Le temps des promesses

EMILIE RICHARDS

Le temps des promesses

BestSellers

Titre original : SISTER'S CHOICE

Traduction française de LOUSIE ACHARD-MADDALENO

HARLEQUIN®
est une marque déposée par le Groupe Harlequin

BEST-SELLERS®
est une marque déposée par Harlequin S.A.

Photos de couverture

Paysage : © 2007 ANANAIMAGES / JUPITER IMAGES
Voilage : © GOODSHOOT / JUPITER IMAGES
Cerisier en fleur : © INFINITE XX / ROYALTY FREE / FOTOLIA
Ciel : © GALYNA ANDRUSHKO / ROYALTY FREE / FOTOLIA
Oiseaux : ©JAROSLAW GRUDZINSKI / ROYALTY FREE / FOTOLIA

Réalisation graphique couverture : T. SAUVAGE

83/85 boulevard Vincent-Auriol 75646 PARIS CEDEX 13.

Service Lectrices — Tél. : 01 45 82 47 47

www.harlequin.fr

ISBN 978-2-2808-0963-4 — ISSN 1248-511X

A toutes ces créatrices de patchwork qui consacrent leur exceptionnel talent de couturières à aider autrui – en particulier celles qui se dévouent en cousant pour divers organismes de soins et de désintoxication.

Prologue

La plupart du temps, Kendra Taylor trouvait que les moments passés avec ses nièces l'aidaient à combler en elle cette béance que constituait sa vie sans enfant. Quand Alison ou Hannah entouraient son cou de leurs bras potelés ou posaient sur sa joue un baiser maladroit et mouillé, elle éprouvait pour leur mère, sa sœur cadette, un immense sentiment de gratitude pour ce pont qu'elle avait finalement jeté par-dessus le gouffre de leur enfance chaotique pour la rejoindre.

Mais « la plupart du temps » laissait encore de longs moments de vide et de douleur, où Kendra aspirait à profiter dans son quotidien de l'animation trépidante qu'un enfant apporte dans l'existence. Tout en regardant la petite Alison, quatre ans et demi, enfoncer un bonnet de Père Noël sur ses boucles cuivrées, elle ressentit une fois de plus ce pincement au cœur si familier qui témoignait de l'obsession croissante que cette absence d'un enfant bien à elle occasionnait dans son esprit.

— Elles sont formidables, non ?

Son mari venait de la rejoindre ; il souriait aux deux fillettes qui s'étaient frayé un chemin parmi les badauds occupés à admirer l'immense sapin de Noël dressé sur l'Ellipse, au cœur de Washington, avec la Maison Blanche en toile de fond.

— Oui, formidables..., répondit Kendra, tâchant de se faire entendre à travers les voix d'un groupe de lycéens en train de conter *La Nuit de Noël* aux enfants agglutinés, bouche bée, devant eux. Et elles savent ce qu'elles veulent !

Sans bousculer personne ni réclamer de faveur, les deux petites avaient réussi à se faufiler jusqu'au premier rang. Hannah, qui allait sur ses huit ans, expliquait à sa sœur les limites à ne pas franchir, mais Jamie, leur mère, se tenait deux rangées derrière elles, prête à intervenir, au cas où l'imprévisible Alison déciderait de passer outre.

Kendra passa son bras sous celui d'Isaac et posa un bref instant la tête sur son épaule, sans pour autant quitter ses nièces des yeux. L'arrivée de sa sœur chez eux avait été une surprise. Ils ne l'avaient pas vue depuis Labor Day[1], en septembre, quand elle était passée avec ses filles pour leur montrer les plans qu'elle avait dessinés pour un chalet à bâtir sur leur terrain, dans la vallée de la Shenandoah. Et puis le vendredi précédent, après que Kendra lui eut signalé incidemment au téléphone qu'ils n'avaient rien prévu pour le week-end, elle était arrivée à l'improviste avec ses filles. Comme ils avaient prévu de se retrouver pour les vacances de Noël, sous peu, cette visite avait quelque chose d'insolite.

Peu à peu, la foule autour d'eux se mit à scander le compte à rebours des secondes avant l'heure où devait s'allumer dans les branches une guirlande de soixante-quinze mille ampoules. Puis à 5 heures, le somptueux sapin bleu s'illumina comme par un coup de baguette magique, sous les cris de joie des enfants. Kendra vit

1. Labor Day : l'équivalent de notre Fête du Travail, aux Etats-Unis, a lieu au mois de septembre (NdT).

Alison battre frénétiquement des mains, transportée d'émerveillement.

— Je déteste les voir partir, même si je sais qu'elles doivent revenir très vite, murmura-t-elle.

— Jamie va devoir chercher un stage, dès qu'elle aura terminé ses études. Est-ce qu'elle t'a dit où elle comptait s'installer ? Sa visite a peut-être un rapport avec cette recherche ?

— Je ne sais pas. Je l'ai trouvée bien évasive sur les raisons de sa venue…

Isaac jeta un coup d'œil sur sa femme.

— Qu'est-ce que ça veut dire, à ton avis ?

— Qu'elle a peut-être déjà trouvé quelque chose, qu'elle se doute que je n'approuverai pas et qu'elle n'ose pas m'en parler…

Sans être d'une beauté classique, Isaac ne manquait pas de prestance ; grand, les épaules carrées, il avait une physionomie agréable, des cheveux châtains, des yeux noisette et un sourire particulièrement séduisant.

Il effleura la joue de Kendra du dos de sa main gantée.

— Tu ne crois pas que Jamie a passé l'âge de solliciter ton approbation ?

Sans doute… De son point de vue à lui… Quand il regardait Jamie, il voyait une adulte responsable, une excellente maman doublée d'un cordon-bleu, une talentueuse étudiante en architecture, une jeune femme honnête qui n'essayait pas de se trouver des excuses pour avoir fait les quatre cents coups durant sa prime jeunesse… La seule Jamie qu'il ait jamais connue, en fait. Une femme parvenue à maturité, qui reconnaissait ses erreurs et conseillait aux autres d'éviter les pièges où elle était tombée ; une femme avisée, indulgente et désireuse de faire amende honorable.

Mais Kendra, elle, voyait aussi la jeune sœur qui avait disparu pendant des années sans se préoccuper du chagrin qu'elle causait, qui avait mis au monde deux enfants sans rien en dire à sa famille. Est-ce que cette Jamie-là avait totalement disparu du paysage ?

Dans les pires cauchemars de Kendra, la jeune fille turbulente et troublée réapparaissait et les liens qu'elles venaient récemment de renouer s'évanouissaient en un clin d'œil ; ses nièces lui étaient arrachées et ils se retrouvaient de nouveau seuls, Isaac et elle. Privés de Jamie, de ses filles, du joyeux désordre que sème dans la maison l'insouciance des enfants, et de la douceur de les aimer.

— Je ne suis pas sûre qu'elle attende mon approbation, reprit Kendra. Mais si elle sent que sa décision doit me déranger, elle m'en parlera le plus tard possible.

— Ce n'est pas très original, ça ; personne n'aime les situations conflictuelles. C'est mon cas et le tien aussi, je suppose ?

La jeune femme perçut une mise en garde discrète. Après tout, depuis un an et demi que Jamie avait fait sa réapparition dans la vie de sa sœur et de son beau-frère, on ne pouvait pas trouver beaucoup de reproches à lui faire. C'était une mère spontanée et décontractée, avec quelques règles éducatives de base et un certain dédain pour les horaires réguliers du coucher. Mais sous ce léger vernis d'insouciance, ses filles apprenaient le respect d'autrui, la confiance en soi et l'importance de faire les bons choix. Jamie semblait se débrouiller remarquablement bien avec elles.

Kendra serra le bras d'Isaac, puis le lâcha pour resserrer son écharpe autour de son cou.

— Alison a l'air complètement épuisée, tu ne trouves pas ?

Apparemment, Jamie l'avait aussi remarqué. Elle avança

de quelques pas, posa la main sur l'épaule avachie de sa cadette et lui dit quelque chose. Ce qui produisit manifestement son effet, car Alison se fraya tant bien que mal un chemin pour venir se blottir contre les jambes de sa mère ; un instant plus tard, la brune Hannah les rejoignit.

— Elle pourra faire un petit somme pendant que nous préparerons le dîner, suggéra Isaac.

Kendra en doutait, mais elle avait mis de côté deux puzzles à gros cubes et des livres d'images en prévision d'une petite heure de repos.

Jamie et les filles ne tardèrent pas à les retrouver. Kendra prit l'aînée par l'épaule et Isaac souleva Alison dans ses bras pour sortir de l'attroupement.

— On rentre à la maison, les filles ?

— J'aurais bien aimé rester un peu, mais Alison n'en peut plus…, répondit Hannah, à la fois déçue et grande sœur responsable.

Réprimant un sourire, Kendra serra l'épaule de sa nièce en signe d'affection et d'approbation. Très mûre pour ses huit ans, la fillette possédait une imagination fertile, une élocution précise et un puissant sens de leur petite famille. Grâce à sa vigilance, elle réussissait à contenir les débordements d'Alison ; Kendra la soupçonnait même d'en faire autant avec Jamie, quelquefois.

Elle avait hérité des traits délicats de sa mère, d'une beauté remarquable. Ce jour-là, elle était affublée d'une jupe en jean délavé, d'un polo trop grand pour elle qui arborait les armoiries de l'école de magie de Harry Potter et de chaussettes en laine à rayures vertes et noires, le tout dissimulé en partie par la veste en fausse fourrure que Kendra lui avait prêtée et qui lui arrivait sous le genou. Ses cheveux longs, retenus par un simple élastique rouge, étaient rassemblés en queue-de-cheval au sommet de sa tête. Sa tante avait tenté en vain de la persuader qu'un chouchou ou une jolie barrette seraient plus élégants ; et il n'avait pas été question, naturellement, de lui faire porter un bonnet.

— Comme ça, nous prendrons le métro avant l'heure de pointe, précisa Kendra. J'ai du guacamole et des galettes de maïs à grignoter pendant que nous préparerons le repas.

Affichant une patience teintée de résignation, Hannah courut pour rattraper Isaac et Alison.

Kendra resta en arrière avec Jamie. Les deux femmes marchèrent en silence jusqu'à ce que la foule soit moins dense. Elles se dirigèrent ensuite vers la station la plus proche, celle de MacPherson Square, pour prendre la ligne d'Arlington, qui passe sous le Potomac.

Jamie jeta un coup d'œil sur un homme qui la gratifiait d'une œillade discrète. Elle ramena ses longs cheveux sur une épaule, esquissant un petit sourire qui montrait qu'elle était flattée, sans pour autant qu'il fût un encouragement à aller plus loin. Puis elle se retourna vers Kendra, que la confiance de sa sœur en son pouvoir de séduction impressionnait malgré elle.

— Je suis vraiment contente que nous ayons pu venir, dit-elle ; c'est un véritable luxe de s'offrir un vol de dernière minute ! Toutes sortes d'opportunités s'offrent à moi, maintenant que je peux disposer de mon legs.

Kendra s'était demandé comment Jamie allait gérer la somme considérable dont elle avait récemment hérité de leur père décédé. Quand elle-même avait reçu sa part, huit ans plus tôt, elle n'y avait pas même touché. Elle n'utilisait qu'une partie des intérêts disponibles pour des achats importants ; dans l'ensemble, les Taylor avaient plutôt tendance à vivre au-dessous de leurs moyens.

Jusqu'à l'année précédente — celle de ses vingt-huit ans, où le legs lui était devenu accessible —, Jamie s'était débrouillée toute seule, avec les moyens du bord, sans hypothéquer son futur héritage. Pendant longtemps, elle avait regardé de près à la dépense ; sa situation actuelle était sans doute pour elle un énorme changement.

— Oui… C'est vraiment chouette de pouvoir prendre un billet comme ça, sur un coup de tête, répéta-t-elle. Mais je continue à traquer les rabais pour le moindre achat ; c'est devenu un réflexe. Pour habiller les filles, je vais toujours fouiner dans les boutiques de troc. Je découpe aussi les bons de réduction, poursuivit-elle en laissant fuser un petit rire chantant. La semaine dernière, au supermarché, j'ai pris trois boîtes de purée de maïs, parce que la troisième était gratuite. J'étais presque arrivée au bout du rayon quand je me suis rendu compte qu'aucune de nous trois n'aimait ça et que rien ne nous obligeait plus désormais à ce genre de non-choix.

— Moi, j'ai essayé de rester insensible à ce brusque afflux d'argent quand j'ai touché ma part, mais ce n'est pas si facile. Je me demandais comment tu avais réagi.

— Dans l'ensemble, j'ai conservé les placements tels quels. On peut dire ce qu'on veut de Jimmy, mais il savait à qui confier ses économies ; je ne vois aucune raison d'en prendre le contre-pied, aujourd'hui.

Jimmy Dunkirk, leur père, avait trouvé la mort dans un accident d'avion, alors qu'il tentait un looping. Une mort spectaculaire, à l'image de sa vie. Père absent et indifférent, il avait toutefois réussi à faire fructifier son propre héritage, puis à le léguer à ses filles par testament. Kendra aurait préféré de l'amour en partage, mais Jimmy n'était pas doué pour tout…

— Cet argent pourra t'aider à t'installer, une fois que tu auras ton diplôme, reprit Kendra. Je sais qu'il te reste encore un peu plus d'un an pour terminer tes études. Est-ce que tu as déjà des projets pour la suite ?

Elles avaient presque rattrapé Isaac et les filles.

— Eh bien, disons que ça va dépendre…

— Dépendre de quoi ? demanda Isaac, comme s'il n'avait rien manqué de la conversation.

— J'interrogeais Jamie sur ses projets d'avenir, lui expliqua Kendra.

Ils furent interrompus par Alison, qui pointait le doigt vers un magasin de jouets, sur le trottoir d'en face. Ils traversèrent donc pour laisser les filles jeter un coup d'œil, puis eurent le plus grand mal à les décoller de la vitrine. Quand ils se remirent en route, l'occasion pour Kendra d'en apprendre un peu plus sur les perspectives de Jamie s'était envolée.

Ils arrivèrent enfin à la bouche de métro et Jamie prit Hannah par la main pour descendre l'escalator. Une fois sur le bon quai, les filles allèrent s'asseoir sur un banc ; Isaac resta bavarder un moment avec elles. Quelque part, dans un couloir, un violoniste jouait *Douce Nuit* pour recueillir quelques pièces.

Jamie fit signe à sa sœur de la suivre à quelques pas des fillettes.

— Je suis un peu déçue que tu n'aies rien remarqué…, lui dit-elle.

— Qu'est-ce que j'aurais dû remarquer ?

— Quelque chose de nouveau, chez moi.

Kendra fronça les sourcils.

— Depuis Labor Day ?

— Oui.

Elle observa sa sœur. Ses cheveux souples, à demi retenus dans les mâchoires d'une pince en écaille, lui arrivaient toujours aux épaules. A en juger par ses hanches et sa taille étroitement moulées dans un jean noir, elle n'avait pas pris ni perdu un gramme depuis sa dernière visite. Elle attirait toujours l'attention des hommes avec sa démarche légèrement chaloupée et sa façon de croiser leur regard sans une once de timidité.

Isaac vint les rejoindre, se plaçant légèrement de biais pour garder un œil sur les filles.

— Dis-moi, Jamie… Je me trompe ou je ne t'ai pas vue fumer depuis que tu es à la maison…

— Tu as arrêté ? demanda Kendra. Tu t'appliques tellement à ne jamais fumer à l'intérieur que je n'avais pas fait attention.

Jamie hocha la tête.

— J'ai arrêté en revenant chez nous, après Labor Day.

Kendra lui flatta le bras d'un geste approbateur.

— Tu as bien fait.

— Oui, félicitations, renchérit Isaac.

— Qu'est-ce qui t'a motivée ?

— Je ne fume jamais quand je suis enceinte.

Un bref instant, Kendra crut avoir mal entendu. Elle chercha désespérément une explication, qui ne serait pas celle qui lui venait tout naturellement : Jamie devait simplement leur faire remarquer qu'elle avait pu facilement arrêter de fumer à deux reprises et qu'arrêter définitivement ne lui posait pas plus de problèmes que cela.

Mais tout en tâchant de se voiler la face, la jeune femme savait bien que ce n'était pas ce que sa sœur avait voulu dire.

Jamie avait déjà démontré qu'elle pouvait tomber enceinte sans difficulté ; la double preuve se trouvait derrière eux, gazouillant sur un banc. Hannah et Alison étaient les fruits de deux relations passagères et leur venue au monde n'avait rien eu de prémédité.

— Tu es enceinte ? demanda-t-elle d'une voix à peine audible, tandis que la rame, qui n'était pas encore en vue, s'annonçait dans un chuintement de freins.

Ce faisant, elle ressentit comme un coup de couteau au plus profond d'elle-même — au fond de cette béance qui jamais ne se comblerait, parce que médicalement, elle ne pouvait pas prendre le risque de porter un enfant.

Jamie posa doucement une main sur le bras de sa sœur.

— Pas encore…

Kendra la dévisagea, interloquée. Ils se trouvaient au bout d'un quai de métro, au milieu d'un flux d'usagers qui revenaient de quelque spectacle au centre-ville, en cette période de fêtes. Isaac était avec elle et ils rentraient chez eux passer une soirée tranquille avant que Jamie et ses filles ne repartent. Il se passait pourtant quelque chose qu'elle ne comprenait pas — quelque chose d'assez important pour que Jamie ait choisi cet instant pour le dévoiler. Il lui avait fallu ce cadre, tout ce monde, ce bruit, cette précipitation, pour situer son coup de théâtre.

— Je ne saisis pas très bien, dit-elle, sans parvenir à dominer le léger tremblement de sa voix. Tu as décidé d'avoir un troisième enfant ? Avant la fin de tes études ? Serais-tu tombée amoureuse, par hasard ?

— Non…

Jamie plongea son regard dans celui de sa sœur et esquissa un sourire hésitant.

— Mais tu m'as demandé quels étaient mes projets d'avenir. Eh bien, dans un avenir immédiat, je veux mettre un enfant au monde. Ton enfant, Ken ; le tien et celui d'Isaac.

La foudre lui tombant sur le crâne n'aurait pas laissé Kendra plus stupéfiée.

— Je veux être sa mère porteuse. Je suis en parfaite santé et mon médecin m'a donné le feu vert. Toi, tu peux le concevoir et moi, je peux le porter. Il n'y a rien que je souhaite plus au monde, Kendra, et je veux le faire cet été, quand j'aurai terminé le plus gros de mon travail. Je pourrai habiter le petit chalet dans la Vallée — s'il est fini à ce moment-là — et surveiller par la même occasion l'avancement des travaux de votre maison.

— Jamie…

La jeune femme l'arrêta d'un geste.

— Je pourrai travailler un peu toute seule et interrompre quelque temps les cours magistraux, jusqu'à ce que je sache exactement dans quel domaine me spécialiser. Bref, c'est la période idéale pour moi et je crois qu'elle vous convient aussi.

La rame apparut puis ralentit à l'approche du quai, mais Kendra aurait aussi bien pu débarquer à l'instant sur une nouvelle planète ; elle ne connaissait aucun langage capable de communiquer ce qu'elle ressentait. Elle songea vaguement que les filles avaient peut-être eu le même genre d'impression tout à l'heure, quand elles attendaient en retenant leur souffle que le grand sapin de Noël s'illumine.

— Ne fais pas cette tête-là, Ken. C'est tout simple. Tu n'as rien d'autre à faire que dire oui…

1

Jamie Dunkirk aurait pu vendre des réfrigérateurs aux ours blancs de la banquise. Ses talents n'avaient peut-être pas toujours été utilisés à bon escient mais à vingt-neuf ans, elle avait démontré son habileté à établir rapidement des relations d'affaires et à convaincre tout client potentiel de la nécessité d'acheter ce qu'elle avait à lui vendre.

Pourtant, jamais elle n'avait eu autant de mal à se montrer persuasive, que pour sa proposition de porter le bébé d'Isaac et Kendra.

En fin de compte, ce fut le profond besoin d'enfant qui tenaillait sa sœur et son beau-frère — et non ses talents de négociatrice — qui les fit céder. Ils avaient commencé par passer en revue tout ce qui pouvait arriver de fâcheux et soupeser le pour et le contre, mais face à la possibilité de tenir un jour un bébé — leur propre bébé — dans leurs bras, ils avaient fini par dire « oui ».

A présent, si la chance et Dame Nature étaient de leur côté, l'un des embryons qu'un médecin avait placés dans l'utérus de Jamie s'y installerait pour neuf mois de transformations ahurissantes. Puis, quand le bébé serait né et qu'elle présenterait le petit paquet de chair braillard à ses véritables parents, Jamie saurait qu'elle s'était finalement vendu à elle-même le bien le plus important de tous : le pardon.

— Tu es sûre qu'on ne l'a pas dépassé ?

Jamie jeta un coup d'œil à côté d'elle, sur le siège du passager. Pour la énième fois, Hannah suivait leur parcours du bout de l'index sur la carte routière de Virginie. Une callosité se serait sans doute formée, quand elles arriveraient à Tom Brooks.

— L'embranchement est un peu plus loin, affirma-t-elle. Et puis tante Kendra nous suit toujours, non ? Tu ne crois pas qu'elle m'aurait appelée sur mon portable, si nous avions manqué la bretelle de sortie ?

Hannah paraissait à bout de nerfs, mais il y avait un peu de quoi. Depuis la fin du mois de mai, leurs vies avaient tellement changé que même une enfant au tempérament aussi souple ne parvenait plus à suivre. Elles avaient d'abord résilié le bail de leur maison dans le Michigan — la seule maison dont Hannah ait eu un véritable souvenir —, puis elles avaient emballé tout ce qui leur appartenait et en avaient expédié une bonne partie dans un garde-meuble. Enfin, les deux petites filles avaient fait leurs adieux à leurs amis et aux parents de leurs amis, tous ces gens qui peuplaient jusqu'alors leur petit univers. L'avenir était pour elles un grand point d'interrogation et même une semaine entière passée avec Kendra et Isaac n'avait pu apaiser l'anxiété d'Hannah.

Et encore, elle ne savait pas que sa mère pouvait être enceinte du bébé de sa tante et de son oncle ! Jamie aurait tout le temps de le lui dire une fois que le test serait positif. La perspective d'expliquer le principe de la maternité de substitution à une petite fille de huit ans — fût-elle aussi mûre et intelligente qu'Hannah —, faisait rêver Jamie à la simplicité du monde des abeilles et celui des oiseaux.

La fillette jeta un coup d'œil derrière elle pour vérifier si Kendra les suivait toujours.

— J'ai envie de faire pipi…

— Tu vois ! Je t'avais pourtant bien dit de t'abstenir de boire ce dernier jus de fruit !

— Qu'est-ce qui prouve que j'aurais pas quand même envie maintenant ?

Le penchant d'Hannah pour l'analyse et l'argutie lui venait de son géniteur, un ténor du barreau avec lequel Jamie avait eu une brève liaison. Larry Clousel ne se manifestait pourtant pas très souvent. Il n'aimait pas les enfants et jugeait le rôle de parent trop complexe pour l'exercer entre deux procès à grand spectacle. Et pourtant, ce petit fruit-là n'était pas tombé loin de l'arbre. A bien des égards et de plus en plus fréquemment, Hannah lui rappelait Larry et Jamie savait que sa fille ne tarderait pas à gagner, elle aussi, toutes les batailles dans lesquelles elle s'engagerait. Quand elle serait étudiante, peut-être le père et la fille découvriraient-ils enfin leur ressemblance et deviendraient-ils alors bons amis ?

— Ma grande, ce qui entre dans un corps doit en ressortir ; c'est une règle de physique générale qui s'applique ici. Nous y sommes presque. Tu peux attendre un peu ?

— Tu es sûre qu'on arrive bientôt ?

— Arrête de m'enquiquiner ; moi aussi, je suis fatiguée !

— J'aimais bien l'ancien chalet.

— Tu t'en souviens ?

— Evidemment ! Il avait du caractère.

Jamie réprima un sourire attendri. Encore une de ces expressions qui n'étaient pas de son âge et que la fillette avait pêchées Dieu sait où !

— Eh bien, le nouveau en aura deux fois plus : Alison et toi, ça fait deux drôles de caractères, non ? En tout cas, ta tante et ton oncle le trouvent très accueillant.

— Est-ce qu'on sera obligées d'y habiter, s'il ne nous plaît pas ?

— Non.

— Tu es sûre ?

— Qui pourrait en être plus sûre ? C'est moi qui décide. Il y a un tas d'autres endroits où habiter. L'entrepreneur va commencer à construire la maison de tante Kendra et oncle Isaac, selon les plans que j'ai dessinés. Si nous habitons le chalet, je serai sur place pour voir comment ça se passe.

— Pourquoi est-ce que le vieux chalet a brûlé ?

— A cause d'une cigarette jetée par négligence à côté de produits inflammables. Raison de plus pour ne pas fumer.

— Tu as fumé, toi.

— Oui, mais j'ai arrêté.

— Pour toujours ?

— J'espère bien.

— Pourquoi ça ne serait pas pour toujours ?

Jamie avait hâte d'arriver pour que l'interrogatoire s'arrête. Elle n'était pas sûre de pouvoir en garder la maîtrise jusqu'au bout.

— Il y a des choses dont on arrive difficilement à se passer, même quand on sait qu'elles sont mauvaises pour nous. Voilà pourquoi il est préférable de ne pas commencer à fumer : c'est relativement facile, alors qu'il n'est pas facile du tout d'arrêter, ensuite.

— Comme les gens qui vont à First Step ? Ceux qui essaient d'arrêter de prendre de la drogue ?

— Oui.

— Est-ce qu'il y a une liste de choses que je ne devrais pas commencer ? Juste pour savoir…

— Tu apprendras au fur et à mesure. Et je serai là pour t'aider, de toute façon. Tu n'as pas à t'inquiéter, ma puce.

— Tu devrais quand même les mettre par écrit.

— Je vais y penser…

— Alison a de la chance. Elle peut dormir n'importe où. J'aimerais bien dormir aussi, mais il faut que je fasse pipi.

Jamie fut ravie d'apercevoir le panneau de sortie pour Tom Brooks.

— Retiens-toi encore un peu, ma grande ; on y est dans cinq minutes.

— Ouf, c'est pas trop tôt !

Les paysages pittoresques qui s'étaient succédé tout au long de la route I-81 avaient donné à Jamie un avant-goût de ce qui l'attendait. Une fois sortie de l'autoroute, elle se serra sur le bas-côté pour permettre à Kendra de prendre les devants et laissa la fraîcheur des pâturages, la vue des montagnes couronnées de brume apaiser les craintes qu'elle gardait pour elle.

La jeune femme se connaissait mieux que la plupart des gens. Soignée pendant un an à First Step, un centre de désintoxication et de soutien aux drogués, elle y avait ensuite travaillé quelque temps dans le service de formation du personnel. Aucun employé ne mentait aux toxicomanes, car il était impossible d'en berner un seul. Le drogué est en quelque sorte le joueur suprême ; pas question de tricher avec quelqu'un qui est prêt à jouer sa vie. Seule la vérité brutale peut le sauver.

Ses collègues n'avaient jamais pris de gants avec elle, lui énumérant ses défauts sans ménagement. Elle était impulsive et idéaliste. Ses ambitions et particulièrement les objectifs qu'elle se fixait étaient démesurés. Elle tentait trop souvent de contourner les obstacles pour éviter l'affrontement direct ; elle avait beaucoup de mal à laisser tomber les cas désespérés et faisait preuve d'une indulgence excessive. Elle cherchait continuellement à obtenir l'absolution.

« Tu ne seras jamais satisfaite, Jamie, tant que tu n'auras pas consenti un sacrifice assez énorme pour te persuader que tu as racheté tes fautes passées », lui avait déclaré Ron Rosario, le directeur du centre.

De ce fait, et sachant ce qu'elle savait sur son propre compte, Jamie avait tourné et retourné dans sa tête l'extraordinaire idée de devenir mère porteuse pour Kendra et Isaac.

Elle ne savait plus très bien quand cela lui était venu. En septembre, probablement, après leur avoir rendu visite et constaté à quel point ils appréciaient la compagnie des filles, quand elle était tombée sur cette émission où une femme racontait comment elle avait décidé de mettre au monde l'enfant de sa sœur stérile.

Cette histoire ne l'avait pas choquée. Elle avait eu au contraire l'impression qu'une question venait de trouver sa réponse, qu'un miracle s'était accompli. Inconsciemment, elle avait dû envisager cette éventualité sans se la formuler clairement. Car en entendant la jeune femme décrire sa joie de donner à sa sœur l'enfant qu'elle n'aurait jamais pu avoir, Jamie avait su, sans l'ombre d'un doute, que c'était également sa mission.

Seulement, elle était impulsive, avec une forte tendance à l'idéalisme. Elle avait mis longtemps pour comprendre à quel point ces traits de caractère pouvaient lui nuire. Mais sachant cela, elle ne s'était pas jetée à l'eau la tête la première. Elle avait fait des recherches sur internet, rencontré une conseillère du centre de fécondation in vitro, consulté son propre médecin ainsi que Ron Rosario. Deux ou trois séances suffisaient généralement à Ron pour dégager le contenu pernicieux de n'importe quelle mauvaise idée. Au bout du compte, sa résolution s'était affermie.

Elle allait faire pour Kendra ce dont elle était privée à

cause des séquelles d'une opération ancienne. Elle allait porter son enfant. Au terme de ces neuf mois, elle lui offrirait le bébé, convaincue qu'Isaac et elles feraient les meilleurs parents au monde. Elles élèveraient ensemble leurs beaux enfants pour en faire des adultes épanouis. Cette nouvelle génération bénéficierait d'une chance qu'elles n'avaient pas eue, petites. Ce serait la renaissance de la famille Dunkirk.

— Nous y sommes presque, les filles !

Alison poussa un cri perçant, ce qui lui arrivait fréquemment quand elle se réveillait après un petit somme.

— Tu pourrais accélérer un peu, maman, s'il te plaît ? Ça presse !

— Je veux descendre ! hurla Alison.

— Patience… Patience, mes chéries…

La route de Fitch Crossing était située sur le territoire de Tom Brooks, mais à plusieurs kilomètres de la petite bourgade. La chaussée étroite et sinueuse était bordée de maisons individuelles — tantôt anciennes, avec une terrasse couverte, tantôt récentes, climatisées et visiblement équipées de tout le confort moderne. Mais quel que soit leur choix, les voisins étaient tous solidaires et comptaient plutôt les uns sur les autres que sur les élus ou l'administration. Deux ans plus tôt, Kendra avait passé là plusieurs mois et s'y était fait de nombreux amis.

Même si le chalet où elle s'était retirée n'était plus là, les projets de s'installer sur le terrain avaient survécu. Kendra et Isaac avaient maintenant l'intention d'y faire construire une maison, qu'ils pourraient habiter dans un proche avenir. Longtemps reporter au *Washington Post*, Kendra comptait utiliser son expérience pour travailler dans un journal local ou écrire un livre et Isaac, qui dirigeait un organisme de protection environnementale spécialisé dans la surveillance des cours d'eau, envisageait de déménager son siège social dans la vallée de la Shenandoah — un fleuve pour lequel ses compétences ne seraient certes pas superflues.

Kendra freina et Jamie en fit autant. Les deux véhicules s'engagèrent l'un après l'autre dans un long chemin bordé d'arbres.

— Le chemin est beaucoup mieux qu'avant ; j'ai l'impression qu'ils l'ont élargi. Tu as vu comme il a été aplani ?

— Mais ce sera dur de rouler en vélo sur le gravier.

Hannah savait monter à bicyclette depuis peu, mais il lui arrivait encore de tomber. Jamie hocha la tête. Le gravier n'était effectivement pas le revêtement idéal pour faire des progrès.

— On trouvera des chemins goudronnés, promit-elle.

— Est-ce qu'il y aura quelqu'un avec qui jouer ?

— S'il n'y a personne tout près, j'irai chercher tes amis et je les amènerai à la maison.

— Comment je pourrais me faire des amis, alors que c'est déjà l'été ?

— Les voisins sont très sympas, tu verras... A ta place, je ne me ferais pas trop de souci.

Mais tout en essayant de se montrer convaincante, Jamie s'inquiétait de savoir comment elles allaient être accueillies, toutes les trois. A moins que Kendra ne cache rien à personne de cette maternité de substitution, Jamie apparaîtrait simplement comme une mère célibataire récidiviste ! Pour certaines personnes, la manière dont un enfant est venu au monde est bien plus importante que l'enfant lui-même.

Et même si Kendra optait pour la vérité, il y aurait encore des gens pour estimer qu'elles faisaient toutes deux quelque chose de contraire à la nature et, de ce fait, répréhensible. Ceux-là ne verraient pas que le fait d'enfanter le bébé de sa sœur était une manifestation d'amour, un miracle familial. Il fallait au moins espérer que ces gens garderaient leur opinion pour eux et n'iraient pas perturber ses filles.

Lorsqu'elle arriva sur le terrain, Jamie constata que les ruines de l'ancien chalet avaient disparu. Kendra se gara devant elle, sur le terre-plein proche de leur emplacement. Nulle part on ne voyait le nouveau chalet.

Jamie coupa le moteur, descendit et ouvrit la portière arrière pour détacher Alison de son siège.

— Aurais-tu oublié de me dire quelque chose ? lança-t-elle à sa sœur.

Kendra fit claquer sa portière et se dirigea vers le mini-van. Sa belle masse de boucles châtaines s'animait, au soleil, de reflets cuivrés. Elle avait une démarche gracieuse, une silhouette élégante, une bouche généreuse et un petit nez parsemé de taches de rousseur. Elle aurait semblé tout autant à sa place sur un terrain de polo ou sur un yacht, mais Jamie savait que son allure un peu altière n'était qu'une barrière destinée à se protéger.

Kendra claqua des doigts avec une petite grimace.

— Ah, zut, j'avais oublié ! En fait, nous n'avons pas fait construire de chalet. Vous allez être obligées de camper, toutes les trois.

Hannah ouvrit de grands yeux.

— Est-ce qu'il y a une tente assez grande pour nous ?

Kendra lui ébouriffa les cheveux.

— Je vous taquine ! Il y a bien un chalet, mais si tu veux dormir une nuit sous la tente, je viendrai camper avec toi.

— Alison voudra venir aussi et elle a souvent peur des bruits…

Hannah observa du coin de l'œil sa petite sœur qui se frottait les yeux.

— Il faudra attendre qu'elle dorme pour partir.

— Oh, mais je crois que j'ai une tente assez grande pour cinq et où nous n'aurons rien à craindre.

— Alors, ce chalet, où est-il ? s'enquit Jamie, intriguée.

— Je crois que ça va te plaire.

Kendra désigna un chemin qui s'enfonçait dans les bois bordant la clairière.

— « La petite maison dans la forêt », comme dans les histoires, commenta Hannah.

Kendra passa un bras autour des épaules de sa nièce.

— Pas mal d'arbres ont été coupés pour le bois de chauffage ; par conséquent, il a été facile de préserver les deux ou trois grands qui restaient et d'éclaircir la futaie pour dégager un emplacement constructible. La vue est magnifique ; elle donne sur le fleuve qui serpente, en bas.

— Hannah, ça va aller ? demanda Jamie, songeant au besoin pressant de sa fille.

Mais Hannah hocha la tête avec enthousiasme.

Elles n'eurent qu'une vingtaine de mètres à faire ; après le premier virage, le petit chalet apparut sur la droite, au milieu d'une clairière.

— Et voilà le chef-d'œuvre de votre maman ! annonça Kendra.

Jamie n'avait pas imaginé la bâtisse à cet endroit-là, mais c'était pourtant l'emplacement idéal. Le chalet, tout simple, avait été conçu pour des séjours ponctuels, en attendant la construction de la maison. Ensuite, il pourrait servir à héberger des invités ou comme bureau.

La superficie de la terrasse qui en faisait le tour était presque égale à celle de l'intérieur. La pièce principale, surmontée d'une mezzanine, s'articulait autour d'une grande cheminée ; la cuisine, une salle de bains et une chambre étaient alignées sur un seul côté.

— A titre sentimental, nous avons récupéré quelques rondins du chalet de la grand-mère d'Isaac pour la charpente. Et les pierres des fondations ont servi pour la cheminée. C'est ce qui s'appelle faire du neuf avec de l'ancien. Mais l'endroit n'est pas conçu pour abriter une famille, Jamie. Tu le sais mieux que quiconque. Tu es sûre de vouloir habiter ici ? Tu as beaucoup d'autres options…

Oui, et Jamie les avait toutes envisagées. Elle avait pensé s'installer dans une nouvelle région pour se faire embaucher dans un cabinet d'architecture ; ou bien rester dans le Michigan et se perfectionner un an de plus. Venir vivre ici. Trouver un logement à Arlington pour être plus près de Kendra et d'Isaac, pendant qu'elle porterait leur bébé. Elle savait que, dans ce dernier cas, Kendra pourrait l'aider à s'occuper des filles et lui apporter son soutien pour tout ce qui concernait les activités prénatales.

Au bout du compte, elle s'était dit qu'habiter loin de sa sœur pendant le temps de sa grossesse serait cruel. De longs trajets fatigueraient inutilement tout le monde, surtout en cas d'échec de la première tentative de fécondation in vitro. Le fait d'habiter trop près présentait aussi un autre genre d'inconvénient. Elles entretenaient actuellement des rapports prometteurs, mais bien des choses pouvaient encore les gâcher. L'expression « étouffer dans l'œuf » avait été inventée pour des situations comme celle-là. Jamie n'était pas sûre que leur relation puisse éclore, si elle était cultivée avec trop de vigueur et d'empressement. En définitive, elle avait donc choisi de se rapprocher — mais pas trop. Elle espérait que ce choix était le bon.

Elle poussa ses filles en direction de leur nouveau gîte,

Alison trottinant à toute l'allure de ses petites jambes pour ne pas se laisser distancer par Hannah.

— Nous allons faire un essai, Ken, mais je crois que nous serons bien ici… Tu oublies qu'à cet âge, les filles n'occupent pas tellement d'espace. Je leur laisserai la chambre et je prendrai la mezzanine.

— C'est bien ce que j'avais pensé. Mais tu n'as pas peur d'avoir du mal à grimper au cas où…

— Ne t'en fais pas. J'ai eu deux grossesses absolument fabuleuses. Je ne vois pas pourquoi ça changerait ! Ce ne sont pas quelques marches à gravir qui m'effraient. De toute façon, je ne laisserais pas Alison dormir là-haut. Elle enjamberait les barreaux.

— En tout cas, la rampe est solide.

Même si Kendra s'efforçait de prendre les choses à la légère, son appréhension était presque palpable. Tout était en train de changer dans sa vie sans qu'elle puisse en contrôler grand-chose. Dans leur enfance, elle avait été la seule personne fiable à s'occuper de Jamie. Elle avait été contrainte à mûrir trop tôt et à assumer la responsabilité de sa sœur cadette car personne, au sein de leur famille instable, ne s'intéressait réellement à elles. Aussi, après avoir eu l'habitude de prendre les choses en main se trouvait-elle désorientée et effrayée de n'avoir aucune prise sur un événement aussi important de son existence.

— Je sais bien que tu aimerais veiller sur nous de près, dit Jamie ; je comprends ce que tu ressens. Mais nous devons absolument mener nos vies séparément. Ne t'en fais pas. Je te promets que vous allez nous voir très souvent, Isaac et toi, au cours de cette année. Quand ce sera terminé et que tu changeras les couches de ton bébé, tu en viendras peut-être à regretter que nous ne soyons pas restées dans le Michigan !

— Ça, ça m'étonnerait !

— En prévision de la période après-naissance, Ken, il va falloir que nous ayons autre chose en cours, les filles et moi… Je ne tiens pas à ce que les mois à venir soient axés uniquement sur cette grossesse ; sinon, ce sera trop pénible pour elles et pour moi de franchir ce cap.

— J'en suis consciente. C'est juste qu'il pourrait vous arriver des pépins, par ici.

— Je ferai attention au risque d'incendie, sois sans crainte. Nous chasserons les couleuvres et si j'ai un problème avec des intrus, je n'hésiterai pas à porter plainte. Nous avons le téléphone, des voisins, une voiture. Il y a une clinique à proximité et je sais appeler les secours. Et puis la grossesse n'est pas une maladie. Nous irons peut-être nous installer chez vous le dernier mois ; on verra. Mais pour le moment, il faut te détendre, ma grande !

Hannah était montée sur la terrasse couverte et regardait à travers la porte vitrée.

— Il y a des meubles ! Est-ce que je peux entrer ?

— Oui, et laisse la porte ouverte pour Alison.

Hannah disparut à l'intérieur. Jamie estima qu'elle trouverait les toilettes toute seule dans une maison qui ne faisait guère plus de soixante-dix mètres carrés, sans la terrasse.

— J'espère que tu aimeras la façon dont nous l'avons aménagé, dit Kendra.

— Le fait que vous l'ayez meublé nous simplifie considérablement la tâche ; je t'en suis reconnaissante. Pas de déménagement, tout est au garde-meuble…

— Tu sais, si vous avez besoin de quoi que ce soit, tu n'auras qu'à décrocher le téléphone.

Jamie s'arrêta au pied des marches. Des exclamations ravies leur parvinrent de l'intérieur.

— Je te connais. Même si ce n'est pas très grand, j'y trouverai tout ce qui pourra m'être nécessaire.

D'un geste spontané, elle retint sa sœur par le bras.

— Nous n'avons pas vraiment eu l'occasion de nous parler sans témoin. Il faudra pourtant le faire un de ces jours. Je n'ai aucune inquiétude, crois-moi : je sais que je mettrai au monde un bébé en bonne santé. Et je sais que vous serez de merveilleux parents. Mais il n'existe aucun manuel pour ce genre de situation. Il faudra donc avancer à tâtons et nous accorder mutuellement de l'espace.

Kendra détourna le regard.

— C'est quelque chose de tellement énorme, Jamie ; tu en es consciente, n'est-ce pas ? Et si moi, je suis morte de trouille, qu'est-ce que ça doit être pour toi ?

— Ma foi, si tu viens me voir assez souvent, je pourrai te le dire ; ça nous aidera l'une et l'autre.

— En ce moment, je me réveille en pleine nuit en me demandant si on n'a pas oublié quelque chose d'important. Tu as raison, il n'y a aucun mode d'emploi. Et si on se fâchait à cause de ce bébé ?

— Et si ça créait de nouveaux liens entre nous ? Laisse-moi t'offrir ce cadeau. Tâche d'avoir un peu la foi, d'accord ?

— C'est peut-être à cause des hormones ?

Les deux femmes avaient été soumises durant des mois à un puissant traitement hormonal pour réguler leurs cycles menstruels et préparer l'implantation. Kendra avait fourni les ovules fécondés, Jamie l'environnement propice à leur développement. Ni l'une ni l'autre n'avait apprécié la partie chimique de l'expérience et Jamie continuait à prendre de la progestérone pour augmenter les chances d'implantation.

— Tu es peut-être seulement en train de te préparer à ton rôle de mère, dit Jamie. Je peux te garantir que tu te feras tout le temps du souci !

Alison ouvrit la porte à la volée et recula de quelques pas sur la terrasse.

— Maman, y a des lits superposés !

— Oh là là ! Voilà un nouveau motif d'inquiétude pour moi, grommela Jamie.

— J'ai acheté le système le moins dangereux de tous, après plusieurs semaines de recherches.

— Tu vois quelle excellente maman tu feras ? Alors, concentre-toi donc là-dessus et laisse-moi m'occuper des détails.

— Des détails comme faire un bébé pour moi, par exemple ?

Jamie serra Kendra tout contre elle.

— Ce n'est rien du tout, Ken. Un vrai jeu d'enfant ! dit-elle en riant.

Elle pria secrètement pour que ce soit vrai.

2

Deux jours après son arrivée à Tom Brooks, sans aucun contact avec le moindre adulte et sous l'emprise du traitement hormonal qui la rendait relativement irritable, Jamie avait beaucoup de mal à répondre calmement aux questions incessantes de sa fille aînée.

— Est-ce que c'est aujourd'hui que nos affaires vont arriver ? Tu es sûre que Manny et Warren vont nous trouver ?

Occupée à discipliner la toison bouclée de sa cadette, la jeune femme leva brièvement les yeux et esquissa un sourire contraint.

— J'ai semé des miettes de pain derrière nous, tu ne t'en souviens pas ? Ils ont promis de les suivre jusqu'ici.

— Des miettes de pain ? Les oiseaux ont dû les manger. Ça fait une éternité qu'on habite ici !

— Deux jours très exactement ; les garçons ne sont partis qu'hier du Michigan. Il leur faut le temps du voyage. Mais ne t'inquiète pas… Je peux t'assurer qu'ils nous trouveront sans difficulté.

Les jeunes existences ne sont pas toujours modelées par de grandes décisions ou de grands événements. La plupart du temps, ce sont les petites choses, les questions prosaïques, la patience requise des adultes pour rassurer, répéter, qui façonnent les vies des enfants. C'est là que les talents d'une mère sont mis à l'épreuve. Jamie s'en était rendu compte dès le moment où elle avait commencé à élever un enfant. Et elle avait appris, par la même occasion, qu'il n'était pas toujours facile de rester fidèle à ses bonnes résolutions. Elle rassit doucement Alison sur ses genoux, souleva la dernière mèche rebelle d'une main et entreprit de la démêler de l'autre, avec un peigne à larges dents. Avec ses joues roses, ses prunelles vertes et ses cheveux d'un roux flamboyant, la fillette faisait songer à l'héroïne d'un conte irlandais traditionnel. Elle avait à peu près tout hérité de son père, Seamus Callahan, à l'exception de sa chevelure. Elle la tenait de son grand-père maternel, un trait qu'elle partageait avec sa tante Kendra. Jamie se demanda si l'enfant de sa sœur — au cas où il viendrait au monde — allait naître, comme Alison, avec un crâne déjà garni de petites boucles.

— J'aimerais qu'on ait un gros camion…

Jamie tenta d'imaginer un fourgon de déménagement remonter l'allée abrupte, au lieu de la camionnette conduite par les deux étudiants qu'elle avait embauchés pour leur apporter leurs affaires personnelles.

— Nous louerons un camion quand nous nous installerons pour de bon dans un endroit où il y aura de la place pour tous nos meubles.

— Mais tu promets qu'ils vont apporter nos habits et nos jouets ?

— Promis, mais oui !

Jamie libéra Alison qui sauta aussitôt sur ses pieds et s'élança sur sa sœur. Habituée à ces attaques inopinées, Hannah l'arrêta au vol et la repoussa vers leur mère.

La petite ne tenait plus en place.

— Je veux aller dehors !

— Pourquoi pas ? dit Jamie. Mais le soleil tape déjà

fort ; il faut mettre un chapeau, poursuivit-elle en regardant sa fille aînée avec insistance. Toutes les deux…

Hannah leva les yeux au ciel, puis se dirigea vers le portemanteau, avec un soupir de résignation qui fit sourire sa mère. Alison s'empressa d'en faire autant.

Jamie resta où elle était. Les patères étaient accessibles aux enfants. Tout l'aménagement du chalet avait été conçu à leur intention. Le placard de la chambre comportait une partie penderie où les filles pouvaient accrocher leurs vêtements toutes seules et une autre avec des cubes de rangement à leur hauteur. Les étagères qui garnissaient deux des murs étaient assez profondes pour y ranger les jouets et assez solides pour qu'on grimpe dessus. Les fameux lits superposés étaient flanqués de deux chevets où chacune pouvait ranger ses trésors. Deux fauteuils à bascule dimensionnés pour des jambes d'enfants les attendaient sur la terrasse couverte.

L'attention que Kendra avait apportée aux détails n'avait pas surpris Jamie. Le chalet était minuscule, mais elle avait tiré profit de son exiguïté. Elle en avait fait une sorte dc maison de poupée, sélectionnant avec soin les éléments qui s'y intégraient parfaitement. Depuis les parures de lit en lin jusqu'à la batterie de cuisine en acier trempé, rien n'avait été laissé au hasard, pour rendre la maison agréable et facile à vivre.

Depuis leur arrivée ici, Jamie n'avait eu besoin de rien que Kendra n'ait déjà prévu.

Le bâtiment, aussi, était exceptionnel. Jamie en avait conçu les plans comme un projet à réaliser avec des matériaux aisément disponibles, qu'on pouvait trouver en stock dans les grandes surfaces de construction par exemple. Dans son idée, il s'agissait de permettre à n'importe quel bricoleur un peu chevronné de fabriquer lui-même un abri de vacances, de type cabane améliorée.

Rosslyn & Rosslyn, l'entreprise de BTP choisie par Kendra, avait fait évoluer le plan initial vers quelque chose d'un tout autre niveau, par l'emploi de matériaux de qualité supérieure et l'appel à des artisans hautement spécialisés. Les éléments de cuisine en merisier massif avaient été confectionnés sur mesure, avec des plans de travail en granit. L'unique salle de bains, bien que petite, comprenait une cabine de douche de verre biseauté et un sol dallé bleu ardoise. Le double lavabo en cuivre monté sur un pied en fer forgé était une pièce unique.

Jamie regrettait un peu de ne pas avoir pu participer à la construction du chalet, mais elle devait admettre que cette réalisation était une véritable réussite. Sa sœur et les Rosslyn s'étaient approprié son plan en y insérant de subtiles modifications et des touches de créativité personnelle. Au final, cela prouvait que le projet était modulable — ce qui était le but recherché.

Il lui faudrait prendre des photos du chalet, pour les faire figurer en bonne place à côté de ses croquis, dans son book. Un jour — qui lui semblait encore bien lointain, pour le moment —, il lui faudrait un book nettement plus garni. Mais elle aurait tout le temps d'y réfléchir, pendant les mois à venir.

Les filles revinrent jusqu'à elle au pas de course, chapeau sur la tête. Depuis qu'elles étaient levées, Jamie leur avait promis de les emmener faire un tour dans l'ancien verger, tout en bas du terrain. Mieux valait ne pas les faire attendre davantage pour mettre le projet à exécution, car la chaleur n'allait pas tarder à devenir intolérable.

— C'est bien, les filles, leur dit-elle. Allons-y… Voyons laquelle de vous deux apercevra le premier oiseau bleu…

Le mois de juin était à peine entamé, mais il faisait déjà une chaleur estivale. Après avoir passé plusieurs années à jongler entre son travail, ses études et les enfants, Jamie se sentit soudain légère, en humant l'air du dehors, et incroyablement libre, en dépit du traitement hormonal qui entamait quelque peu ses réserves de patience.

Elle n'était pas d'un naturel anxieux. Elle était certaine d'avoir bien fait en se proposant de porter l'enfant de sa sœur et en emmenant les filles vivre en Virginie. Elle avait toute la vie devant elle — des années pour faire exactement ce qu'elle voulait. Neuf mois, ce n'était pas grand-chose, en définitive. Ce laps de temps au chalet serait une période de transition, une occasion de faire le point et de prendre son élan pour l'avenir.

La vie ici n'irait pas forcément de soi, cependant. La jeune femme adorait ses filles ; elle aurait décroché la lune pour Alison et Hannah, mais pour être tout à fait sincère, elle appréhendait un peu cette solitude à trois pendant des mois dans ce petit chalet perdu. Outre la compagnie charmante et farfelue des petites, la présence de quelques voisins qu'elle connaissait un peu de son séjour dans l'ancien chalet, il fallait espérer qu'elle trouverait un ou deux amis avec qui partager des moments chaleureux.

Les filles prirent le chemin du verger, le nez en l'air à la recherche de plumes bleues.

— On fait la course !

Joignant le geste à la parole, Alison s'élança en courant et Hannah la laissa prendre un peu d'avance, avant de s'élancer à son tour. Jamie les suivit de loin, chargée d'un panier qu'elle avait garni d'une bouteille d'eau, de barres de chocolat, d'une couverture de pique-nique, d'un Frisbee et du livre qu'elle leur lisait actuellement.

Le trajet ne fut pas bien long. La pommeraie avait peut-être produit de beaux fruits autrefois, mais à présent, les vieux arbres étaient en piteux état. Quelques-uns étaient morts sur pied, d'autres étaient tombés et leur bois achevait de pourrir. Par endroits, un tapis de pétales desséchés indiquait que certains avaient essayé de fleurir en mai ; Jamie ne vit cependant aucune trace de fruits. Ses connaissances en jardinage se limitaient à l'entretien d'un philodendron qui n'avait pas survécu à l'arrosage intensif des filles. Elle se demanda si quelques-uns des vieux arbres pouvaient encore être sauvés.

Après avoir étendu la couverture sur l'herbe, elle sortit le Frisbee, mais les fillettes préférèrent partir à l'aventure.

— Je vais cueillir des fleurs, annonça Hannah. Il y en a assez pour partager avec les animaux qui vivent ici.

— Je suis sûre que les écureuils et les tamias n'y verront pas d'inconvénient, ma chérie…

— Tu crois que Prince Noir est parti quand le chalet a brûlé, maman ?

Jamie, qui se souvenait très bien de Prince Noir, fut épatée que sa fille n'ait pas oublié. C'était une gigantesque couleuvre qui avait vécu sous l'ancien chalet et failli faire périr Jamie d'une attaque, la première fois qu'elle s'était montrée. Les petites, pour leur part, avaient été fascinées.

— Tante Kendra dit qu'elle l'a vu filer vers les bois juste avant l'incendie, répondit-elle. Il doit être en sécurité quelque part, maintenant, et il a peut-être encore grossi.

— Tu crois qu'il viendra habiter sous notre chalet ?

« J'espère bien que non ! » pensa Jamie, en se contentant de hausser les épaules en guise de réponse.

Elles flânèrent toutes trois un moment, s'arrêtant tous les deux pas pour observer quelque chose, discutant serpents, écureuils et sortes d'oiseaux qu'on pouvait voir dans le coin. Alison et Hannah aperçurent simultanément le même oiseau bleu — dénouement idéal de ce concours — et s'enfoncèrent dans le bois pour le suivre. En chemin, elles ramassèrent des cailloux et des brindilles aux formes étranges, qu'elles s'échangeaient comme de la monnaie.

— Je parie que les piverts adorent les vieux pommiers ! dit Jamie. Il doit y avoir un tas d'insectes sous l'écorce qui leur servent de repas…

— Si j'inventais le monde, je m'arrangerais pour que les animaux ne se mangent pas entre eux, déclara Hannah.

— Nous serions alors envahis par les mouches et les moustiques !

— Je n'inventerais pas les mouches et les moustiques…

— J'aime pas les moustiques, renchérit Alison. J'aime que les araignées.

— Je n'inventerais pas non plus les araignées !

Elles étaient sur le point de rebrousser chemin et de regagner l'emplacement du pique-nique, quand Alison s'immobilisa. Elle tendit le doigt devant elle, vers l'endroit où le bois se séparait en deux, à l'approche de la route de Fitch Crossing.

— J'ai vu quelque chose !

Elles n'avaient pas marché bien longtemps, mais il faisait une chaleur humide qui donnait envie à Jamie de faire une halte un moment avant de remonter. On lui avait recommandé de ne pas interpréter le moindre symptôme inhabituel comme une réussite de la fécondation in vitro ; elle se rappelait pourtant avoir ressenti exactement la même chose au début de ses deux grossesses.

— Il y a toujours quelque chose à voir, dit-elle, en posant une main sur l'épaule de sa cadette ; retournons quand même à la couverture, d'accord ?

Alison insista.

— Ça bougeait !

— C'est sûrement un écureuil ; il y en a plein, par ici.

— Non, plus gros, reprit la fillette, en écartant les mains.

Et avant que sa mère ait pu la retenir, elle s'élança dans les bois, dans la direction inverse de celle que Jamie voulait prendre.

— Alison, reviens !

Plutôt que de compter sur une obéissance immédiate, Jamie se mit à lui courir après, des images de Prince Noir — ou pire — plein la tête.

La petite s'arrêta brusquement.

— Tu vois ! triompha-t-elle.

Deux ou trois pas plus loin, un faon était couché dans l'herbe, roulé en boule. Son pelage brun roux formait un parfait camouflage parmi les feuilles et s'il avait bougé quelques instants plus tôt, il était maintenant aussi immobile qu'une souche. Jamie se demanda comment Alison avait pu le voir.

— Oh, maman… Mais il est abandonné !

Hannah essaya d'avancer, mais Jamie la retint.

— Non, ma puce… Je suis sûre que sa maman n'est pas loin.

— Comment tu le sais ?

— Tu vois comme on le remarque à peine sur ce tapis de feuilles et d'aiguilles de pins ? Je parie que sa mère l'a laissé là pendant qu'elle cherche de quoi manger. Nous ne devons pas l'approcher.

— Mais comment est-ce qu'on peut en être sûres ?

— Les animaux savent très bien s'occuper de leurs petits. Si nous touchons à son bébé ou si nous nous approchons trop, la biche risque d'avoir peur de revenir le chercher. Alors il pourrait mourir.

— Oui, mais si sa maman est vraiment partie ? Là, c'est sûr qu'il mourra !

Jamie se mordit la langue, pour ne pas dire quelque chose qu'elle regretterait. Il n'y avait rien à répondre à de tels arguments. Hannah n'oublierait certainement pas le faon ; elle se ferait du souci pour lui tant qu'il ne serait pas en sécurité.

— Voilà ce que nous allons faire : je vais accrocher ma casquette à cette branche, dit-elle en joignant le geste à la parole. Et demain matin, nous reviendrons voir. Ça te va ?

— Je ne veux pas attendre demain.

— Ça donnera le temps qu'il faut à la biche pour récupérer son petit. Sinon, elle aura peur que nous revenions.

— Il va peut-être pleurer toute la nuit.

— Il sera encore plus triste, si nous intervenons et que sa maman n'ose pas revenir.

Hannah s'assit sur ses talons.

— Tu es triste ? demanda-t-elle au petit faon. Tu as besoin d'aide ?

— Hannah ! Ce pauvre animal espère que tu ne le verras pas ! Partons d'ici et laissons plutôt sa maman revenir…

Elle se baissa pour relever sa fille et l'entraîner vers la clairière.

— C'est moi qui l'ai trouvé, chantonna Alison ; c'est moi !

— Oui, c'est toi. Tu as vraiment de bons yeux, ma chérie.

Ravie de sa découverte, Alison se laissa pousser dans la direction opposée, mais les deux fillettes s'arrêtèrent une dizaine de fois pour jeter un coup d'œil en arrière, jusqu'à ce que le faon ne soit plus visible. Jamie savait qu'ensuite, leur imagination n'allait pas chômer ; le petit animal n'était pas près de sortir de leurs têtes.

Une demi-heure plus tard, après avoir confectionné un bouquet de fleurs des champs et grignoté leurs barres de céréales, elles se reposaient, allongées sur la couverture, quand un bruit de moteur se fit entendre du côté du chalet. Jamie espéra que c'était les déménageurs — bien qu'elle ne les attendît pas d'aussi bonne heure, sachant combien les étudiants apprécient généralement la grasse matinée.

Elle se redressa en position assise. Hannah racontait une histoire basée sur la forme des nuages, mais elle était à court d'inspiration et s'efforçait de tout remodeler. Naturellement, les nuages ressemblaient à un troupeau de daims poursuivi par un méchant loup qui voulait les manger, mais une petite fille survenait, qui allait leur sauver la vie.

— Il y a quelqu'un qui arrive, dit Jamie, dans l'espoir que cette visite leur fasse oublier le faon, au moins provisoirement. Vous êtes prêtes à rentrer, les filles ?

Alison se leva d'un bond.

— On va manger !

Jamie se remit debout et tendit la main à Hannah.

— Allons voir qui c'est ; ensuite, nous pourrons déjeuner.

Sur le chemin du retour, il ne fut question que des types de sandwichs que chacune préférait. Jamie avait trouvé plusieurs petits producteurs et un magasin de produits biologiques à Woodstock. Elle avait hâte de faire des provisions et de cuisiner pour Kendra et Isaac quand ils viendraient les voir. C'était là une passion qu'elle pouvait satisfaire au chalet et elle ne comptait pas s'en priver dans les mois à venir.

— Il faudra planter des tomates, dit-elle, quand elles atteignirent les abords de la maison ; et puis quelques poivrons, peut-être. Nous apprendrons à les faire pousser : ce doit être la bonne époque… Tante Kendra a dit qu'il y avait de la place dans le petit potager près de l'emplacement de l'ancien chalet.

— Moi, je ferai pousser des bonbons !

Hannah s'esclaffa et Alison lui donna un coup de coude dans l'estomac, vexée.

— Oui, j'en planterai ! Arrête de rire !

Jamie se baissa pour prendre la petite dans ses bras, puis se souvint que le médecin lui avait déconseillé de porter du poids en attendant de savoir si l'implantation serait réussie. Elle se contenta donc de l'attirer contre elle et lui fit gentiment la leçon.

— Les bonbons ne poussent pas comme un légume, ma chérie. Ils sont fabriqués avec du sucre et divers parfums. Mais je te propose quelque chose : si tu m'aides à planter des tomates, je t'achèterai un paquet de bonbons. Qu'est-ce quc tu dis de ça ?

— J'aime pas quand Hannah se moque de moi !

— Elle ne se moque pas. Elle rit ! C'est plutôt sympa de faire rire les gens, non ? C'est mieux que de les faire pleurer, quand même !

— Ben moi, j'ai envie de pleurer…

Alison fit la moue, sans réussir à s'arracher la moindre larme.

— Et moi, j'aimerais bien avoir une grande sœur, maugréa Hannah.

Jamie la lorgna d'un air sévère.

— Une grande sœur pour toutes les deux, Alison et moi…

— Mmm, tu te rattrapes bien.

Elles terminèrent le trajet en silence, ce qui n'était pas

pour déplaire à Jamie. Quand elles furent arrivées assez près pour voir la camionnette garée devant l'entrée, Alison avait oublié qu'elle était fâchée.

— Ce ne sont pas les déménageurs.

Jamie avait déjà vu ce véhicule ; un homme en bermuda et T-shirt était en train d'en décharger des planches. Elle mit quelques secondes à le reconnaître.

— On dirait Cash Rosslyn… Tu te souviens de Cash, Hannah ? demanda Jamie en jetant un coup d'œil sur sa fille. Il réparait les marches de l'ancien chalet quand nous sommes venues voir ta tante. Tu l'aimais bien. C'est quelqu'un de sympa.

— Qu'est-ce qu'il vient faire ?

— Nous allons voir…

Jamie le héla depuis le bout du sentier.

— Cash ! Nous sommes là !

L'homme se retourna pour les regarder approcher. Jamie vit un sourire éclairer peu à peu son visage.

— Qu'est-ce que vos filles ont changé, ma parole ! s'exclama-t-il, quand elles l'eurent rejoint.

Jamie fut agréablement surprise qu'il se souvînt assez d'elles pour remarquer les changements.

— Je suis bien contente de vous revoir. J'espérais justement que vous passeriez cette semaine, pour pouvoir vous dire combien j'apprécie le chalet.

— J'avais d'excellents plans pour me guider.

— Pourvu que vous disiez la même chose de la future maison ! Je me suis efforcée d'incorporer les idées de Kendra et d'Isaac aux miennes, dans le projet. Vous trouverez peut-être un moment pour jeter un coup d'œil sur mes croquis, ces jours-ci ? Votre architecte pourra ensuite les compléter et tirer les plans définitifs. Kendra m'a dit que vous aimeriez entamer les travaux d'ici un mois ou deux.

— Ce serait l'idéal. Cet incendie, quel gâchis ! Je suis ravi qu'ils aient l'intention de rebâtir ici.

Il s'assit sur ses talons et regarda Alison dans les yeux.

— Toi, c'est Alison, je crois ; moi, je suis Cash. Tu te souviens de moi ?

— On a trouvé un bébé daim…

— C'est vrai ? Est-ce qu'il s'est sauvé, en vous voyant ?

— Non, il était trop petit.

— Petit comme toi ?

— Non ! Petit, comme ça, répondit-elle en étendant le bras. Avec des taches.

— Pourquoi est-ce que vous jetez des planches par terre ? s'enquit Hannah.

— Toi, c'est Hannah, hein ? Quelqu'un m'a dit que deux petites filles auraient besoin d'une cabane pour jouer. Tu crois que c'est vrai ?

Alison se retourna d'une pirouette.

— Maman ?

— C'est Kendra qui vous envoie ? demanda Jamie.

— Nous avons jugé de concert qu'il leur faudrait quelque chose pour s'occuper cet été et éviter qu'elles tournent en rond ; un endroit bien à elles. Ça vous permettra de respirer un peu.

Jamie se demanda ce que Kendra lui avait dit d'autre sur les raisons de leur installation à Tom Brooks.

— C'est une idée épatante ! Qu'est-ce que vous en dites, les filles ?

Hannah réfléchit, l'air très sérieux.

— Elle sera grande comment et où est-ce que vous allez la mettre ?

Cash se releva.

— Tu es bien la même Hannah, en plus grande ! Toujours à poser des questions…

— J'espérais un merci plutôt qu'un interrogatoire, dit Jamie à sa fille.

— Oui, mais je voudrais d'abord savoir, pour remercier.

Cash s'esclaffa.

— Bon, eh bien, nous pourrions mettre ça au point ensemble, avec l'aide de ta maman. Qu'est-ce que tu en penses ? Aurais-tu une idée ?

Les yeux d'Hannah se mirent à briller.

— Un vaisseau de pirates ?

— Elles ont trop regardé Peter Pan, expliqua Jamie.

— Ou alors, un vaisseau spatial ?

— Là, c'est Star Trek… Et si nous laissions Cash vous construire quelque chose qui puisse être tout ce que vous déciderez d'en faire — un château, un vaisseau, une forteresse ?

Cash siffla doucement entre ses dents.

— Vous n'êtes pas trop exigeante, ça va…

Jamie croisa son regard et esquissa un sourire. C'était un garçon séduisant et elle était consciente qu'il ne faisait pas seulement allusion à la cabane. Elle percevait l'intérêt qu'il lui portait ; elle le lisait dans ses yeux.

— Oh, vous pourriez être surpris par mes exigences, répondit-elle, consciente qu'elle entrait dans son jeu.

Il hésita un moment — juste assez pour que cette hésitation soit significative.

— Un homme pourrait avoir du mal à suivre.

En fait, elle aurait difficilement pu croire que cet homme eût du mal à suivre dans quelque domaine que ce soit. Il était plus grand qu'elle — un peu moins d'un mètre quatre-vingts ; il avait les cheveux d'un beau brun chaud, le teint hâlé par le grand air. Le plus frappant était la couleur de ses yeux, à mi-chemin entre le bleu et le vert, un turquoise changeant comme celui des lagons tropicaux, rehaussé par des cils et des sourcils presque noirs. Il devait avoir trois ou quatre ans de plus qu'elle, estima-t-elle, et sans doute avait-il, comme elle, mené une existence mouvementée pendant une partie de sa jeunesse. Extérieurement, il affichait une décontraction typiquement provinciale, mais au moment de leur première rencontre, Jamie avait pressenti que cette apparente tranquillité pouvait dissimuler un tempérament volcanique.

— A mon avis, c'est surtout une question d'imagination, dit-elle, revenant à leur affaire initiale. Et les filles n'en manquent pas !

— Tant mieux, parce que ça correspond tout à fait à ce que j'avais à l'esprit. Une plate-forme de bois prolongée par un pont incliné, avec un bac à sable en dessous, un toit à deux pentes, peut-être un toboggan pour Alison et une corde à nœuds pour Hannah. Tout pirate qui se respecte doit avoir une corde.

— Mais pas de planche suspendue, hein ? Alison n'hésiterait pas une minute à s'en servir.

— Ça ne m'étonne pas. Elle m'a tout l'air d'un pirate !

Alison se rengorgea, la mine épanouie.

— Cap'taine Crochet !

— La ressemblance saute aux yeux, affirma Cash d'un air convaincu. Vous savez, les filles, vous pourriez peut-être m'aider à décider quoi faire exactement et même à planter deux ou trois clous, le moment venu ; est-ce que ça vous dit ?

Les filles étaient aux anges et le déjeuner provisoirement oublié. Au moins, elles seraient occupées durant toute la durée du projet. Ensuite, avec un peu de chance, le cabanon lui-même leur fournirait de quoi s'amuser pour un bon moment.

— J'ai l'impression que ça ne va pas être une mince affaire, dit-elle. Si vous écoutez leur avis, vous risquez de finir par construire un vrai pavillon.

— Ma foi, je prends le risque.

— Le faon ne bougeait pas, dit Hannah, comme s'ils n'avaient jamais changé de sujet. Vous y connaissez quelque chose en faon ?

Cash s'assit de nouveau sur ses talons pour la regarder dans les yeux.

— Oui, mam'zelle. Je sais que c'est ainsi qu'ils se protègent. Où est-ce que vous l'avez vu ?

Jamie écouta Hannah essayer de lui expliquer, puis intervint pour préciser :

— A l'endroit où les bois remontent vers la route de Fitch Crossing.

— Il était complètement immobile, insista Hannah. Je crois qu'il va mourir.

— Tu sais quoi ? Je pense qu'il faudrait y retourner demain, pour voir. Je viendrai le matin et nous pourrons y aller ensemble, mais il faut absolument attendre demain.

Jamie fut ravie du renfort.

— J'ai repéré l'endroit avec une casquette de base-ball, dit-elle.

Cash se remit debout.

— Il y a quelque chose pour vous sous le porche, les filles. Ma grand-mère vous a préparé une tarte aux pommes.

Cela fit diversion, encore une fois. Hannah se dérida de nouveau et Alison battit des mains. Elles partirent en courant vers l'entrée.

— C'est vraiment très gentil de votre part, tout ça, fit Jamie.

— C'est tout naturel. Nous avons l'habitude d'accueillir ainsi les nouveaux venus, dans la région : en les engraissant !

— Je craignais un peu qu'elles soient obsédées toute la journée par ce pauvre faon. Ce projet de cabane va au moins les distraire un moment.

— Et la dégustation de la tarte, aussi.

Il se rembrunit légèrement.

— Je ne voulais pas leur causer du souci, mais j'ai vu une biche morte sur le bord de la route, pas très loin de l'endroit dont vous me parlez. En partant d'ici, je vais appeler un de mes hommes pour m'aider à l'enlever de là, mais vous feriez bien de ne pas perdre de vue ce petit animal ; juste au cas où ce serait sa mère.

— Ce ne seraient pas les chasseurs…

— Pas à cette époque de l'année. Non, c'est une voiture. Les gens n'ont pas toujours la délicatesse de s'arrêter, vous savez.

— Qu'est-ce qu'il faudra faire, si c'était bien la mère et que ce petit est orphelin ?

— C'est pour ça que j'ai proposé de vous accompagner demain ; nous verrons si nous pouvons trouver une solution.

— Je vais vous inscrire dans mon agenda comme le type indispensable à connaître, Cash !

— Le seul fait d'être inscrit dans votre agenda est déjà un honneur, à mon avis.

Malgré la petite voix qui lui recommandait la prudence, Jamie se régalait. Parler avec un homme, cela la changeait agréablement des enfants ; et flirter lui évitait d'être cantonnée à son seul rôle de mère. De plus, elle appréciait Cash ; il lui avait plu dès la première fois. Il lui était même arrivé de repenser à lui une fois ou deux, depuis son dernier séjour à Tom Brooks.

— Vous avez donc réellement l'intention de passer demain matin ?

— Je n'ai apporté qu'une partie des matériaux. D'ici à demain, les filles auront peut-être trouvé quelques idées pour la construction. Nous irons d'abord voir le faon et puis nous commencerons à étudier le projet pour de bon.

— Je vous montrerai aussi les croquis que j'ai dessinés pour la maison de ma sœur et mon beau-frère ; les filles auront eu tout le temps de trouver l'inspiration pour…

Elle s'interrompit brusquement.

— Excusez-moi… J'organise votre journée sans penser que vous n'êtes peut-être plus célibataire et qu'il peut y avoir quelqu'un dans votre vie, avec qui vous préférez passer vos dimanches ! Quelle étourdie je fais…

— Comment avez-vous su que j'étais célibataire, la dernière fois ?

— Oh, c'est venu par hasard dans la conversation, je ne sais plus à quelle occasion…

— Je regrette vraiment de ne pas avoir pu l'entendre, cette conversation.

Ils recommençaient à flirter. Pis encore, elle commençait à aimer ça.

— C'était certainement loin d'être aussi intéressant que vous vous le figurez.

— Je ne suis toujours pas marié. Aucune femme douée d'un minimum de bon sens ne voudrait s'encombrer de moi.

Alison poussa un cri de joie à ce moment-là ; Jamie se retourna et vit Hannah qui brandissait la tarte aux pommes.

— Il faut que j'y aille, dit-elle. J'ai promis aux filles

de les faire déjeuner sans tarder. Il y a de quoi manger pour quatre, si vous voulez vous joindre à nous.

— Merci, mais j'ai déjà mangé. Je vais finir de décharger ce camion et je repars. Je reviendrai demain avec un autre chargement.

— Vous remercierez votre grand-mère de ma part…

— Je n'y manquerai pas.

La jeune femme fit quelques pas vers le chalet, puis jeta un coup d'œil derrière elle. Cash la suivait des yeux, ce qu'elle savait déjà. Elle avait littéralement senti son regard aigu sur elle.

— Alors, à demain, et merci encore pour tout…

— Tout le plaisir était pour moi.

Pour sa part, le plaisir que cette rencontre lui avait procuré pouvait donner à Jamie quelques motifs d'inquiétude.

3

Avant d'emménager dans la vieille caravane installée au fond des vergers Cashel, Cash Rosslyn en avait repeint tout l'extérieur ; et ce, uniquement parce qu'au train où son palace rouillait, il craignait de se réveiller un matin en petite tenue, sans rien d'autre autour de lui pour l'abriter que de vieux pommiers tordus et un carré d'herbes folles hautes d'un bon mètre cinquante, qu'il appelait son jardin d'agrément. Il avait également nettoyé les alentours : tout un tas de vieilles ferrailles, véritable cimetière de matériel agricole, le camion Studebaker de 1943, les meules de foin en décomposition colonisées par les rongeurs et le chenil délabré mais encore odorant, où des générations de beagles et de chiens d'arrêt avaient attendu avec impatience l'ouverture de la saison de chasse.

L'intérieur de la caravane était encore une autre affaire. A l'issue de sa première visite, Cash avait pulvérisé de l'insecticide dans tout l'espace pour en éliminer les puces, cafards et autres bestioles indésirables. Il avait débarrassé ce qui restait des affaires du dernier occupant des lieux — un ouvrier agricole —, ôté et remplacé le vieux lambris bas de gamme par du lambris neuf bas de gamme, puis nettoyé du sol au plafond avec l'aide d'une femme de ménage embauchée pour l'occasion.

Il n'avait ensuite plus guère prêté d'attention à la décoration intérieure.

Ce soir, pourtant, une femme ornait son intérieur, la seule femme libre d'entrer et de sortir à sa guise de chez lui, ignorant superbement ses objections sur sa vie privée, quand il lui arrivait d'en émettre.

Assise sur le petit canapé de récupération, Grace Cashel regardait l'une des trois chaînes que captait l'antenne de télévision. Elle ne tourna pas la tête quand il entra.

— Sandra était déçue que tu n'aies pas honoré son dîner du dimanche soir, dit-elle, le regard toujours fixé sur les images troubles qui sautillaient sur l'écran.

— J'avais autre chose de prévu. Elle savait que je ne viendrais pas.

— Ta mère se vexe facilement…

Elle prit la télécommande et baissa légèrement le son.

— J'espère que la femme qui t'a empêché d'assister à un repas de famille avait assez de classe pour fermer la bouche en mangeant.

Cash se laissa choir à côté de sa grand-mère et enlaça ses épaules.

— C'est juste une fille que j'ai connue au lycée. Nous sommes allés manger une pizza et elle n'a pas cessé de parler, bien qu'elle se soit empiffrée comme un vrai goinfre !

— Tu es trop seul, mon grand.

— Ça me va très bien comme ça, ne t'en fais pas… Et ce n'est pas moi qui suis assis là, à regarder la télé sur un écran minuscule, alors qu'il y a un superbe téléviseur avec le satellite dans cette maison là-haut, sur la colline !

— Chaque fois que j'allume cet appareil, j'ai l'impression d'entendre Ben me demander de changer de chaîne.

Je t'assure qu'il n'a pas quitté les lieux. Certains soirs, j'ai vraiment besoin de m'évader un peu.

Cash lui serra affectueusement l'épaule.

— Qu'est-ce qu'il veut regarder ?

— Il est fana de catch et de John Wayne. Oh, et des westerns, aussi. S'il n'avait pas eu autant de responsabilités étant jeune, il serait parti s'installer dans un ranch du Wyoming.

— Il ne t'aurait jamais quittée.

— Tu pourrais être surpris. Je ne suis pas toujours facile à vivre, comme femme, tu sais…

— Non ? Toi, mamie Grace ? ironisa-t-il, avec un grand sourire de tendresse.

— En plus, elle porte un parfum bon marché…

Elle le regarda enfin.

— Ta bavarde qui parle la bouche pleine de pizza… Je le sens sur toi.

— Je te l'ai dit : c'est une ancienne camarade de classe et elle vient juste de divorcer. Elle a passé la soirée assise à côté de moi sur une banquette de la pizzeria, à dévorer une part trois fois plus grosse que la mienne, tout en me racontant par le menu les vacheries que son mari lui a faites.

— Ta mère a servi du poulet rôti avec de la purée et des haricots verts, sans aucune sauce ni assaisonnement quelconque. La semaine dernière, je lui avais donné ma recette de volaille aux épices mais apparemment, ça ne l'a pas inspirée.

— J'ai un boulot pour toi, mamie…

La vieille dame fit la grimace.

— Je croyais avoir pris ma retraite ! Est-ce que je n'ai pas droit à une médaille en or et à un repos bien mérité, à mon âge ?

— Est-ce que tu as fait valider ta formation à la protection de la faune sauvage ? Ton permis est en règle ?

— Qu'est-ce que tu mijotes encore ? Tu ne vas pas me fourrer dans un sale guêpier, j'espère ?

— C'est qu'il y a une autre femme…

Il ne fut pas facile de faire oublier le faon ; quand l'heure du coucher approcha, les filles demandèrent à Jamie de leur raconter une histoire de biches. La jeune femme élimina d'emblée *Bambi* ou *Le Petit Faon*, qu'elle ne jugea pas de mise en la circonstance et inventa son propre conte, sur la joyeuse vie d'un troupeau de daims dans la forêt. A peu près certaine que les petites n'étaient pas tout à fait dupes, elle continua cependant à décrire des moments heureux à brouter de l'herbe, grignoter les jeunes branches des arbustes et ravager les potagers de la région, si bien qu'Alison et Hannah dormaient à poings fermés avant la fin de l'histoire. Bien qu'elle eût préféré profiter du calme du chalet, du chant dcs criquets et d'un instant de liberté pour peaufiner les plans de la future maison de Kendra, le sommeil ne tarda pas non plus à la surprendre.

Le lendemain matin, les deux fillettes se levèrent avec le soleil et avant même de déjeuner, demandèrent à retourner dans les bois. Jamie s'arracha péniblement à son lit douillet, leur rappela que Cash allait venir les aider au cas où le faon aurait besoin de soins particuliers et que, par conséquent, il fallait l'attendre. Les deux filles poussèrent des cris d'orfraie. Autant demander l'impossible !

Le téléphone sonna pendant qu'elle sortait des œufs du réfrigérateur. C'était Cash. Leur échange fut bref.

— C'était Cash, dit-elle à ses filles, après avoir raccroché. Il arrivera vers 9 heures avec le dernier chargement de bois pour votre cabane. Je l'ai invité à prendre le petit déjeuner avec nous, poursuivit-elle avant de retourner à ses œufs. Et il amène quelqu'un qu'il veut nous présenter.

— Qui ?

— Il dit que c'est une surprise.

En fait, ses termes exacts avaient été : « J'accepte avec joie votre invitation, mais est-ce que ça vous gêne si j'amène quelqu'un avec moi ? Je vous promets qu'elle a un appétit d'oiseau. »

La jeune femme était intriguée. Elle avait toutefois résisté à la tentation de l'interroger davantage, car c'était sans doute ce qu'il escomptait. Afin de relever la gageure, elle fouilla réfrigérateur et placards pour voir ce qu'elle pourrait confectionner de plus festif que des œufs brouillés.

Elle opta pour une omelette aux champignons, une salade de fruits frais et des muffins surprise. La surprise consistait en deux cuillérées de confiture enfouies au cœur du gâteau ; Alison et Hannah se firent une joie de participer aux préparatifs. Une fois les muffins enfournés, Jamie chargea Hannah d'éplucher des bananes et Alison de plier les serviettes.

Les étudiants déménageurs, arrivés la veille en fin d'après-midi, avaient empilé les cartons dans la chambre des filles et sur la terrasse du fond. Avant de se coucher, la veille au soir, Jamie en avait déballé plusieurs et rangé leur contenu. Quelques effets personnels tels que photos et dessins encadrés, un joli jeté de canapé confectionné au crochet par une amie de First Step et le bouquet de fleurs des champs cueilli par les filles dans un vase multicolore donnaient déjà au chalet un petit supplément d'âme.

Quand les muffins furent cuits, elle alla prendre une douche et se changer, pendant qu'Hannah faisait un peu de lecture à sa sœur. Dès l'âge de quatre ans, la fillette en avait eu assez d'attendre qu'on lui lise des histoires et elle avait appris à lire seule, avec un minimum d'aide. Maintenant, elle lisait pour Alison presque aussi souvent que Jamie ; du reste, la cadette commençait à déchiffrer les mots, elle aussi.

Tout en séchant son ventre encore plat, Jamie posa un moment la main sur son abdomen, se demandant si son anatomie allait beaucoup changer après une troisième grossesse. Les hommes la trouveraient-ils encore séduisante ? Un homme comme Cash, par exemple ?

Elle esquissa un sourire. Elle n'avait pas encore trente ans, mais son expérience des hommes, jusque-là, n'avait pas été une réussite. Elle n'avait jamais rencontré quelqu'un d'assez stable pour envisager de fonder avec lui une famille. A sa décharge, il fallait dire que les modèles de référence lui avaient cruellement manqué, durant son enfance. Témoin, dès son plus jeune âge, des relations destructrices que sa mère entretenait avec ses amants, elle avait ensuite reçu, adolescente, l'éducation des rues citadines, où rien de constructif non plus ne pouvait germer. Les hommes qui avaient croisé son chemin, alors, étaient aussi perdus et instables qu'elle.

Même quand elle avait commencé à se reconstruire, ses choix ne s'étaient pas améliorés. Les pères de ses filles n'auraient pu faire, ni l'un ni l'autre, des compagnons acceptables. Ce n'était pas le désir d'avoir femme et enfants, mais une simple négligence qui les avait entraînés dans la paternité. Jamie n'avait pas eu le cœur brisé en se séparant d'eux, bien qu'elle l'eût parfois en pensant que ses filles auraient besoin de bien davantage que du soutien financier et des trop rares visites de leurs géniteurs respectifs.

De ce fait, appréhendait-elle vraiment le jour où les hommes ne se retourneraient plus sur elle ? Redoutait-elle que Cash cessât de s'intéresser à elle, quand il apprendrait la raison de son séjour en Virginie ?

Elle n'avait pas la réponse à la seconde question. Mais elle ne se sentait pas encore prête à renoncer aux hommes. Le fait qu'elle fût systématiquement tombée sur des déserteurs ne la condamnait pas pour autant à ne jamais trouver l'âme sœur. Mais elle n'était pas très sûre non plus de vouloir absolument un homme dans sa vie.

Un bruit de piétinement sur le plancher, suivi des éclats de rire tonitruants d'Alison, lui parvint depuis le séjour. Ça y était ! Les cinq minutes de tranquillité de la journée étaient passées pour Jamie ! Elle enfila rapidement une jupe en jean et un petit débardeur, passa une brosse dans ses cheveux et alla voir ce qui se passait.

A 9 heures pile, postée sur le pas de la porte, Hannah commentait la situation en direct.

— Il est 9 heures et ils ne sont pas là !

— C'est ce qu'on appelle un retard de bon ton.

— Quand est-ce que c'est « de bon ton » ? Tu dis toujours qu'être en retard, c'est mal élevé !

— Quand les muffins sont rassis, c'est mal élevé. Mais il reste encore de la marge.

— Il n'y a pas toujours des muffins.

— Hannah, quand on reçoit des invités, même pour le petit déjeuner, on prévoit de ne pas attaquer immédiatement le repas, de leur laisser du temps pour papoter un peu avant de s'asseoir, de profiter de leur compagnie.

— Combien de temps ça dure ?

— Ça peut varier d'une demi-heure à une heure — mais c'est plus bref pour le petit déjeuner.

— Je crois que j'entends un camion. Ils ont seulement… deux minutes de retard, dit-elle en jetant un coup d'œil sur la pendule de l'entrée. Ça veut dire que ce n'est plus de bon ton ?

— Non, ça veut juste dire que tu surveilles l'heure. Si tu allais plutôt les accueillir dehors ?

— Moi aussi !

Alison sortit en courant sur les talons de sa sœur.

Jamie secoua la tête et espéra que la personne qui accompagnait Cash s'était préparée à l'assaut.

Quand les filles furent revenues au pas de course, les muffins étaient disposés sur un plat en métal, une théière et une cafetière fumaient sur le rebord du bar et quelques feuilles de menthe décoraient la salade de fruits.

— C'est Cash et mamie Grace ! annonça Hannah.

Mamie Grace ? De toutes les femmes que Jamie avait passées mentalement en revue ou imaginées, la grand-mère de Cash était bien la dernière qu'elle s'attendait à voir.

Elle sortit du coin cuisine au moment où l'une des femmes qui ressemblait le moins à une aïeule franchissait le seuil de la maison.

Grace Cashel était grande — presque aussi grande que son petit-fils, qui lui emboîtait le pas. Mince, avec une silhouette élancée, des cheveux argentés, elle avait un beau visage aux traits énergiques. Son regard alerte perçait sous ses lunettes rectangulaires cerclées de noir ; aux commissures d'une bouche généreuse, un pli révélateur paraphait une longue histoire pleine de rire et de sourires.

Son style vestimentaire, d'une originalité remarquable, témoignait d'un goût raffiné. Jamie avait rarement vu le vert acidulé marié au prune avec un tel naturel. L'étoffe souple d'un sarouel bouillonnait autour de ses hanches et se resserrait aux chevilles. Une petite veste rebrodée de perles de verre multicolores complétait la tenue. Grace était chaussée de tennis dorés et le vernis écarlate de ses ongles s'assortissait à la couleur de son rouge à lèvres.

A en juger par ses rides, cette femme pouvait effectivement être une grand-mère. Mais sa démarche juvénile, sa pétulance et sa joie de vivre évidente étaient plutôt celles d'une adolescente.

— Vous êtes Jamie, bien sûr, dit Grace en lui tendant la main. Laissons les autres m'appeler mamie Grace ; pour vous, ce sera Grace…

Jamie serra sa longue main piquetée de taches brunes et fut impressionnée par la force que Grace avait dans les doigts.

— Je suis si contente de vous recevoir. Cash ne m'avait pas précisé avec qui il viendrait… Maintenant, je peux vous remercier pour la tarte.

— Cash est un fripon et un renégat ; deux qualités qui ont sauté une génération ! De sa vie, sa mère n'a rué dans les brancards. Sandra est une chouette fille, remarquez, mais j'ai été ravie de voir la malice réapparaître chez mon petit-fils. Jusqu'à ce qu'il vienne au monde, j'ai craint que tous mes gènes n'aient été emportés dans la vaste cuvette des toilettes éternelles !

Elle pointa le menton vers Cash.

— Quoiqu'il n'ait pas encore de cambriolage à son actif…

Jamie éclata de rire.

— Je parie que des deux, ce serait plutôt vous qui en seriez capable…

— Votre fille aînée est votre portrait tout craché. A se demander s'il y a un père.

Puis elle écarta aussitôt d'un geste sa remarque.

— Peu importe ; il y en a forcément toujours un, mais il n'a pas laissé beaucoup de traces, on dirait… Quant à l'autre… la petite reine des lutins… Aucune ressemblance avec vous, à première vue, mais je parierais que vous aviez la même dose d'énergie et d'enthousiasme, à son âge.

— Il faudra que je demande à ma sœur ; elle doit savoir ça.

— Ce n'est pas la peine ; ça se voit dans votre regard. Je ne raffole pas des gens qui n'ont pas la moindre étincelle dans les yeux.

Cash posa doucement une main sur l'épaule de sa grand-mère.

— Mamie Grace n'a pas d'opinion affirmée sur quoi que ce soit !

— Il n'y a aucune raison de garder pour soi ce qu'on a appris, fiston. J'ai besoin de partager, partager et partager, tant que je le peux encore.

Jamie était sous le charme. D'habitude, elle se méfiait des femmes exubérantes. Sa mère était de ce genre de personnes, très impressionnantes à première vue, mais sous ce vernis chatoyant, elle était totalement déconnectée de la réalité. Grace, pour sa part, avait déjà prêté beaucoup d'attention aux enfants et opéré quelques déductions. Jamie estima que c'était certainement quelqu'un d'observateur, qui s'intéressait à tout et à tout le monde. Et sincèrement.

— Alors, comment est-ce que tu trouves le chalet ? demanda Cash à sa grand-mère.

— Je trouve que c'est une ravissante maison de poupée et je crois que les filles vont avoir besoin de cette aire de jeux que tu vas leur construire. J'imagine des ponts, des tourelles et des endroits pour cacher des messages secrets.

Cash regarda Jamie.

— Si j'étais parano, je pourrais croire à une conspiration !

— Et nous venons à peine de faire connaissance, rétorqua la jeune femme, tandis que les mêmes fossettes que celles d'Hannah creusèrent ses joues un bref instant. Imaginez ce que ce sera au bout d'une semaine !

Grace n'avait pas du tout un appétit d'oiseau. Elle mangeait comme elle s'habillait, avec raffinement, savourant chaque bouchée en véritable gourmet. Une fois assise, elle écouta avec intérêt les filles lui raconter comment elles avaient participé à la confection des muffins. Elle reprit de l'omelette et en chaparda un bon morceau dans l'assiette de Cash, pendant qu'il ne regardait pas. La salade de fruits la captiva tout particulièrement.

— Il n'y a pas du tout de pommes… C'est délicieux comme ça, naturellement, et très joli à voir. Un plat qui est agréable à l'œil, c'est aussi important qu'un plat goûteux. Vous le savez déjà, apparemment, mais où sont donc les pommes ?

— Je n'aime pas les Starking et c'est tout ce qu'ils avaient à l'épicerie, répondit Jamie. Ce n'est pas encore un fruit de saison chez les producteurs locaux.

— J'étais sûre que vous aviez très bon goût ; après tout, vous avez déjà sympathisé avec mon petit-fils, ce qui prouve que vous savez reconnaître un diamant brut. Mais quelle variété de pommes aimez-vous ?

— Peu importe, pourvu qu'elles soient plus fermes que sucrées, croquantes et acidulées.

— L'Ida Red, alors, et quelques variétés de reinettes, qu'on ne trouve pas toujours facilement, c'est vrai. La York est moins juteuse, mais elle vous plairait sûrement. A une époque, nous en avions cinq cents arbres. Rien ne vaut une York en cuisine, même si elle a une drôle d'allure. Les fermiers allemands de la région l'appellent « Schepabbel », un mot de leur dialecte qui signifie « pomme de traviole » : en fait, une partie du fruit se développe sur un axe oblique, d'où son aspect difforme. Mais quel jus succulent nous en faisions ! Ma tarte provenait de la récolte de l'an dernier ; mais de nos jours, les gens préfèrent des pommes tellement parfaites qu'on les croirait artificielles, même si elles n'ont aucune saveur.

— Mes grands-parents avaient un immense verger, expliqua Cash.

— Pourquoi cet imparfait ? Ben n'est plus de ce monde — paix à son âme —, mais j'exploite toujours ces vergers.

— Naturellement, mamie… Personne ne le conteste.

— Et personne ne me donne un coup de main, non plus !

Son expression démentait ses reproches : elle n'avait pas l'air fâché du tout. Sa physionomie indiquait plutôt une détermination sans faille à rester maîtresse en son domaine.

— Il y a un petit verger sur ce terrain — ou du moins, ce qu'il en reste, dit Jamie, tâchant de faire diversion. Je me demandais si on pouvait en récupérer quelque chose.

— Vous pouvez essayer de tailler régulièrement les arbres sur plusieurs années, si le tronc est encore solide. J'ai vu des pommiers complètement étêtés ressusciter ainsi, mais il faut beaucoup de temps et ça ne réussit pas chaque fois. Cependant, si ce sont de vieux amis… Vous feriez tout votre possible pour un ami, n'est-ce pas ?

— C'était les vieux amis de quelqu'un : la grand-mère d'Isaac, mon beau-frère. Leah habitait ici. Est-ce que vous l'avez connue ? Leah Spurlock Jackson…

— Je ne m'en souviens pas. J'étais tellement débordée avec la pommeraie et les enfants… C'est ainsi que j'ai vécu ma vie. Elle passe à toute allure, vous savez. Souvenez-vous-en le jour où vous vous ennuierez. L'ennui est comme un point au bout d'une très longue phrase ; c'est le signe qu'il faut marquer une pause et reprendre son souffle.

— Nous n'avons guère le temps de nous ennuyer, par ici.

Comme pour en témoigner, Alison sauta de sa chaise.

— Alors on y va ?

— On attend que tout le monde ait fini, la reprit Jamie. Mais après avoir demandé la permission de quitter la table, tu pourras aller mettre tes chaussures.

— Est-ce que je peux, maman ?

— Oui, dit Jamie, en esquissant un sourire.

— Et moi ? Je peux aussi sortir de table, s'il te plaît ? demanda Hannah.

— Oui. Nous vous rejoindrons dès que nous aurons fini.

Cash croisa le regard de la jeune femme et lui décocha un petit sourire.

— M'autorisez-vous à en faire autant, madame ? J'aimerais décharger mon camion, avant d'aller faire ce tour dans les bois.

— Mais bien sûr ; plus tôt cette aire de jeux sera faite, mieux ce sera pour ma tranquillité.

— Maintenant, parlez-moi un peu de ce faon, demanda Grace, quand les filles eurent disparu dans leur chambre et que Cash fut sorti. Qu'est-ce que vous avez vu, exactement ?

Le faon était toujours à l'endroit où Jamie et les filles l'avaient laissé la veille. Ce matin, toutefois, il bêlait faiblement comme un petit agneau.

— Hep ! Vous restez toutes les deux près de moi, dit Jamie à ses filles qui voulaient s'approcher avec Grace et Cash. Il sera épouvanté, le pauvre, de voir tant de monde autour de lui.

Cash s'arrêta lui aussi à quelque distance et resta debout à regarder sa grand-mère, qui s'était agenouillée près de l'animal.

— Il est exactement au même endroit qu'hier ?

— Je crois, oui…, répondit Jamie. Elle est vraiment spécialisée dans la réhabilitation de la faune sauvage ? demanda-t-elle ensuite à Cash en se souvenant que Grace avait mentionné sa formation à table. Quel coup de chance extraordinaire !

— Ma grand-mère dit toujours que c'est l'œuvre de sa vie, de secourir les naufragés.

— Une belle œuvre, à mon avis.

— Ma foi oui, quand ce que vous tentez de sauver mérite de l'être. Ma mère dit que les habitants des alentours avaient pris l'habitude d'apporter les animaux blessés à mamie Grace. Quand j'étais petit, elle m'a laissé l'aider à élever un trio de ratons-laveurs dont la mère avait été tuée par un chien de chasse. Mais un beau jour, figurez-vous que les services publics ont été alertés : ce qu'elle faisait était illégal, paraît-il. Il lui fallait une autorisation.

— Je suppose qu'ils veulent juste protéger la faune contre les maladresses des gens qui n'y connaissent rien.

— Dans ce domaine, elle aurait pu leur en remontrer, pourtant ; mais étant ce qu'elle est, mamie Grace a pris le taureau par les cornes et s'est inscrite à la formation.

Grace se releva et vint les rejoindre.

— Nous pourrions laisser cette pauvre petite bête ici un jour ou deux de plus pour voir si sa mère revient. Mais à mon avis, elle ne l'a pas vue depuis un bon moment. Bon, je ne vois pas l'intérêt de raconter ce que j'en pense, poursuivit-elle en jetant un coup d'œil éloquent sur les filles, mais disons qu'il me semble plus sage de l'emmener chez moi. Si ce faon reste là, je crains que ça ne tourne mal pour lui.

— Qu'en pensez-vous ? demanda Cash à Jamie.

— Je redoutais que vous me demandiez de m'en occuper. Car je n'ai vraiment aucune idée de ce qu'il faut faire.

Grace regarda encore les petites.

— C'est assez délicat, en effet ; il vaut mieux que je m'en charge. Si tout se passe bien, vous pourrez venir le voir chez moi, les filles…

Hannah avait gardé un silence inquiet, chose inhabituelle de sa part.

— Est-ce qu'il va mourir, mamie Grace ?

— Pas si j'y peux quelque chose, Hannah. Mais c'est possible.

La petite fille pâlit.

— Je ne veux pas qu'il meure !

— Moi non plus et c'est pour ça que je vais faire de mon mieux pour le secourir. Tu peux compter sur moi ; mais tu sais, ma grande, il y a des choses auxquelles nous ne pouvons rien.

C'était là une leçon que tout enfant doit apprendre un jour et Jamie le savait ; cela lui fit de la peine, pourtant.

— Ce faon a beaucoup de chance d'avoir été découvert par de braves gens, dit-elle, s'efforçant de réconforter sa fille. D'abord, Alison l'a aperçu et, ensuite, mamie Grace est arrivée. Et mamie Grace sait soigner les animaux sauvages, ce que peu de gens sont capables de faire. Dans son malheur, ce faon a donc eu doublement de la chance.

— « Chance », s'écria Alison. On va l'appeler Chance !

— Chance, c'est un joli nom, fit remarquer Grace. Et le nom, ça a beaucoup d'importance.

Elle désigna le faon d'un geste du menton.

— Cash ? Emportons-le tout de suite à la maison.

Cash se baissa et prit délicatement dans ses bras le

petit animal, qui se débattit à peine. Jamie songea que ce n'était pas très bon signe.

— Laissons Cash passer devant avec Chance, dit-elle, en retenant ses filles auprès d'elle.

— Je viendrai voir votre verger une autre fois, lui dit Grace, quand son petit-fils les eut dépassées, son fardeau dans les bras.

Les filles avaient perdu leur entrain habituel, comme si elles venaient seulement de mesurer la gravité de ce qui se passait.

— J'espère que vous reviendrez dès que vous le pourrez, répondit Jamie.

— Dès que son état se sera stabilisé, j'aimerais que vous veniez nous voir avec Alison et Hannah, d'accord ?

— Vous aurez plutôt du mal à nous tenir à l'écart !

— Je crois que nous serons amies... J'ai quitté la région pendant un bon moment et la plupart de mes connaissances ne sont plus là. Je serais donc ravie que vous passiez aussi souvent qu'il vous plaira !

Jamie fut surprise d'apprendre qu'une femme comme Grace pût souffrir de la solitude, mais elle perçut une fêlure dans la voix de sa nouvelle amie et reconnut ce manque. Elle ressentait le même.

— Vous ne serez peut-être pas si ravie que ça, quand les filles viendront trop souvent vous casser les pieds ; il leur arrive d'être intenables, quand elles sont fatiguées.

— Même dans les contes de fées, les enfants ne sont pas toujours sages comme des images.

— Pourquoi la maman de Chance l'a abandonné ? demanda Hannah, comme si la question lui venait subitement à l'esprit. Pourquoi il y a des mamans qui laissent leur enfant ?

— Je vais vous laisser répondre à ça, dit Grace à Jamie. Vos enfants sont les bienvenues chez moi, ma chère, mais je serai aussi ravie de m'en remettre à vous pour les questions délicates…

Jamie sourit, mais déjà son esprit tournait à la vitesse supérieure pour fournir à Hannah une réponse satisfaisante, sans avoir à mentionner la biche morte sur la route ; ce faisant, elle se demanda combien de fois et sous combien de formes cette question allait lui être posée, au cas où elle serait bel et bien enceinte de l'enfant de sa sœur.

4

— Elle n'est pas là, de toute évidence…

Kendra revint vers la terrasse, où son amie Elisa Kinkade se prélassait dans la balancelle. Près de deux semaines avaient passé depuis que Kendra avait accompagné sa sœur et ses nièces au chalet.

Aujourd'hui, les Taylor étaient revenus à Tom Brooks pour peaufiner les plans de leur nouvelle maison avec l'entreprise Rosslyn & Rosslyn, un peu plus tard, dans la soirée. Jamie les avait invités à dîner, mais elle n'était pas chez elle.

Elisa tapota le siège à côté d'elle et cessa de se balancer, invitant Kendra à s'asseoir. Isaac était resté chez Elisa et Sam, son mari, pasteur de la paroisse. Les deux femmes étaient venues seules au chalet dans la voiture des Kinkade.

— Je me demande où elles sont passées…

— Ta sœur est peut-être allée faire quelques courses de dernière minute au supermarché.

— Elle doit se sentir seule avec, pour toute compagnie, celle de deux petites filles. J'imagine qu'elle doit aller faire un tour ailleurs tous les jours, rien que pour rencontrer des adultes.

— J'espère que j'aurai l'occasion de faire sa connaissance ; si elle le souhaite, je pourrai suivre sa grossesse.

Obstétricienne au Guatemala, son pays d'origine, Elisa était en train de terminer un second internat à Charlottesville, afin de pouvoir pratiquer la médecine aux Etats-Unis. Ce samedi-là était l'un de ses rares jours de congé et Kendra se réjouissait de cette opportunité de passer un moment avec elle, même un moment bref.

— Nous voulions dîner tranquillement tous ensemble avant qu'elle retourne, vendredi prochain, au centre de fécondation in vitro. Il ne faudrait pas qu'elle se figure qu'entre nous, tout est fonction de la réussite de cette tentative.

— Elle pourrait croire une chose pareille ?

Jusqu'à ce jour, Kendra n'avait pas pris de nouvelles de sa sœur. En cas de difficulté, Jamie savait où la joindre et Kendra savait qu'un excès d'empressement risquait de la mettre mal à l'aise et de lui donner envie de fuir. Néanmoins, elle n'avait pu s'empêcher de se faire du souci chaque jour.

Elisa et Sam voulaient aussi des enfants, mais ils préféraient attendre la fin de l'internat de la jeune femme. Leur situation était toutefois bien différente des affres de l'infertilité, que personne ne peut vraiment comprendre, sans l'avoir personnellement expérimentée.

— Cette maternité de substitution, c'est vraiment un terrain inconnu, dit Kendra avec un soupir.

— Ce n'est plus si exceptionnel que ça, tu sais, de nos jours. Malheureusement, la presse ne s'intéresse qu'aux cas difficiles et aux échecs ; on ne parle jamais des réussites.

— Tu en as connu toi-même ? En tant qu'obstétricienne, je veux dire ?

— Le domaine dans lequel j'exerce m'a conduite dans d'autres directions. Mais j'ai toutefois pu constater que l'élément essentiel pour un résultat positif est un puissant engagement personnel et affectif de tous les participants ; le sentiment profond d'accomplir une mission, en quelque sorte. Personne ne doit se sentir contraint ni acculé par le désespoir.

— La proposition de Jamie nous a pris au dépourvu. L'idée que quelqu'un puisse faire ça pour nous ne m'avait jamais effleuré l'esprit. C'est tellement énorme…

— Qu'est-ce qui te tracasse exactement, Kendra ?

Après une agression qui avait failli lui coûter la vie, deux ans plus tôt, Kendra s'était retirée au chalet — l'ancien chalet —, pour retrouver un sens à sa vie. A la campagne, le contact avec la nature et l'amitié d'Elisa et Sam l'avaient aidée à apporter des réponses à ses questions. Il y avait encore assez peu de gens à qui elle était capable de se confier, mais Elisa faisait partie du nombre.

— Eh bien, avant tout, ce qui me tracasse le plus, car je n'ai pas encore la réponse, c'est de savoir si ma sœur est enceinte de notre enfant… Rien que de formuler ça, j'en ai la chair de poule, dit-elle en posant un doigt sur ses lèvres.

— Et si elle ne l'est pas ?

— J'ai mis tous mes espoirs en elle, Elisa. Pourtant, je la connais à peine, car nous n'avons eu aucun contact pendant des années. J'avais renoncé au rêve d'être mère et voilà qu'aujourd'hui, je m'expose peut-être à avoir le cœur brisé encore une fois.

— Ou bien tu t'exposes à l'enchantement ; car il y a toujours deux faces à toute pièce, ne l'oublie pas…

Kendra laissa son regard errer sur le terrain, dans l'espoir de se raccrocher à des pensées plus réconfortantes. On voyait déjà des traces du passage de Cash. Une aire de jeux avec cabane et toboggan était en cours de construction à l'orée du bois, pas très loin du chalet. Elle était située à un endroit où Jamie pouvait surveiller ses filles sans en avoir l'air, ce que Kendra estima judicieux.

Alison ne manquait pas d'audace ni d'imagination. Qu'arriverait-il si elle réussissait à échapper à l'attention de sa mère ? L'idée de descendre toute seule jusqu'au fleuve pouvait très bien lui venir à l'esprit. L'été précédent, un petit garçon de son âge était tombé à l'eau près de la maison d'hôtes où ils avaient logé, pendant la construction du nouveau chalet. Gayle, leur hôtesse, lui avait raconté l'incident qui s'était heureusement terminé.

— Je suis dans un état lamentable !

Elle se retourna vers son amie.

— Comment me débarrasser de cette anxiété permanente ? Je regarde cette splendide cabane que Cash Rosslyn est en train de bâtir pour les filles et voilà que, tout à coup, j'appréhende qu'Alison se sauve à l'insu de sa mère et aille tomber dans le fleuve.

— Et si tu formulais carrément toutes tes craintes pour les évacuer ?

— Eh bien… Je me demande par exemple si les petites seront assez heureuses ici pour que Jamie ait envie de rester à un endroit où je peux suivre l'évolution de sa grossesse… Je me demande aussi si les gens comprendront ce que nous faisons… Je m'inquiète de savoir si la grossesse de Jamie — à supposer qu'il y en ait une — se passera sans encombre. Et s'il va falloir recommencer plusieurs fois la procédure de fécondation in vitro. S'il faut recommencer, est-ce que Jamie sera d'accord ? Peut-être que si ça ne marche pas du premier coup, elle aura envie de revenir sur sa décision ?

— Qu'est-ce qui te fait penser ça ?

— Jamie a toujours été versatile, reprit Kendra en secouant la tête. Enfin, non, j'exagère. Petite, elle l'était ; mais les enfants le sont tous un peu, non ? Et au terme d'une adolescence et d'une jeunesse désastreuses, elle a vraiment remis sa vie d'aplomb.

— Tu dis ça comme si tu n'y croyais pas tout à fait.

— Tout le problème est là, je crois... J'en reviens toujours au même point. Quelle part de ces craintes provient de ma propre réticence à admettre que ma sœur se soit réellement amendée ? Ne faut-il pas ajouter à ça une certaine déformation professionnelle ? Pour mener une enquête, un journaliste est entraîné à ne pas se fier aux apparences. Depuis que Jamie a réapparu dans ma vie, je ne peux pas m'empêcher d'être sur mes gardes. Je sais pourtant que je dois lui faire confiance, à présent ; non seulement dans l'intérêt de l'enfant qu'elle porte peut-être, mais aussi parce que la confiance est le seul moyen de les garder dans ma vie, toutes les trois.

— Mais si tu lui fais entièrement confiance, comment réagiras-tu, au cas où cette confiance serait trahie ?

— Toi, tu as le chic pour aller droit au cœur des choses !

Kendra essaya de sourire, mais sa tentative se solda par une grimace.

— Enfin bref, reprit-elle, à part ça, la vie n'est pas si compliquée...

— Tu as déjà fait un grand pas en admettant que tu gamberges à vide. Il faut un début à tout. Et je suis contente de voir que tu es encore capable d'autodérision.

— Je crois que mon sens de l'humour va m'être indispensable dans les mois à venir. Entre autres choses, comme la nécessité de refréner mes émotions, de garder un raisonnement logique en toute circonstance... ou louer une camisole de force !

Elisa lui caressa la main.

— Tu peux aussi envisager de prendre un peu de recul. Ça ne sert à rien de te faire du mauvais sang.

Un bruit de moteur interrompit leur conversation. La voiture de Jamie ne tarda pas à apparaître dans l'allée. Quelques secondes plus tard, les filles en sortaient comme des diables d'une boîte.

— Les voilà enfin, dit Kendra, en se levant pour accueillir ses nièces.

— On a du riz, du saumon et de la laitue qui vient juste d'être cueillie !

Hannah monta au pas de course sur la terrasse pour embrasser sa tante, puis céda la place à sa petite sœur.

— Et aussi du gâteau ! cria Alison.

Kendra les serra tour à tour dans ses bras, puis se leva pour présenter Jamie et les petites à Elisa.

— Je suis ravie que nous fassions enfin connaissance, dit cette dernière. Je ne suis pas au village aussi souvent que je le voudrais, mais si tu as besoin de quoi que ce soit, n'hésite pas à appeler chez nous. Si je suis à l'hôpital, Sam te donnera un coup de main.

— J'ai tellement entendu parler de vous deux… Il me semble que nous sommes déjà de vieux amis, dit Jamie.

Elisa fouilla dans un grand sac en toile et en sortit deux petits paquets joliment enrubannés. Elle en tendit un à chacune des filles.

— C'est un petit cadeau de bienvenue à Tom Brooks…

Hannah remercia poliment la jeune femme, tandis qu'Alison oubliait de le faire, dans sa hâte à ouvrir le paquet. Elle déchira le papier cadeau et découvrit une jolie poupée en tenue folklorique du Guatemala. Hannah en avait une aussi, vêtue d'une tenue d'une autre couleur.

— Ce sont des poupées « anti-souci », leur expliqua Elisa. Si vous avez un souci, vous le confiez à votre poupée et puis vous la placez sous votre oreiller ou juste à côté de votre lit. Pendant que vous dormez, elle, elle va réfléchir pour trouver une solution. Et si rien ne vous tracasse, alors elle sera contente de jouer simplement avec vous.

Elle croisa le regard de Kendra et lui sourit.

— Elle me plaît ! déclara Alison, en brandissant la sienne.

— Elles nous aideront peut-être à trouver des amis, dit Hannah.

— Hannah redoute de ne rencontrer personne de son âge avant la rentrée de septembre, commenta Jamie. Je dois avouer que jusqu'ici, nous n'avons pas eu beaucoup de chance…

Elisa referma son sac et passa la bandoulière sur son épaule.

— Notre paroisse organise un patronage à la fin du mois de juillet ; ça n'a rien de confessionnel. Quelques enfants de La Casa viendront aussi.

— La Casa Amarilla est un foyer social sponsorisé par la paroisse, précisa Kendra. Ce serait un bon moyen pour les filles de faire connaissance avec d'autres enfants.

— Je demanderai à Sam s'il connaît quelqu'un avec qui les filles pourraient jouer, d'ici là. Il y a beaucoup de familles qui partent en vacances à cette époque de l'année, mais nous allons essayer de te trouver des amis, promit Elisa à Hannah.

Puis elle tendit la main à Jamie.

— Il faut que je vous quitte, maintenant ; Sam a une réunion ce soir et nous devons dîner de bonne heure. Kendra te donnera notre numéro de téléphone…

En allant chercher le reste des provisions dans sa voiture, Jamie raccompagna Elisa jusqu'à la sienne. Kendra resta sur la terrasse, tenant chacune de ses nièces par l'épaule et songeant qu'à leur prochaine rencontre, son amie jouerait une fois de plus le rôle de la poupée anti-souci, car ce n'étaient pas les tracas qui allaient lui manquer.

Jamie rapporta deux grands sacs de provisions dans la cuisine. Elle aurait aimé que tout soit prêt et impeccable quand sa sœur et son beau-frère arriveraient. Du coup, elle en ressentit une petite pointe de contrariété. Kendra était arrivée plus tôt que prévu, amenant une amie pour la lui présenter et naturellement, elle n'était pas à la maison ! Elle avait l'impression d'avoir raté un test important, comme si elle venait de prouver une fois de plus qu'on ne pouvait pas lui faire confiance.

Elle se répéta que quatre-vingt-dix-neuf pour cent de ce qu'elle ressentait provenait des hormones dont son organisme était saturé. Mais elle refusait en même temps de se considérer comme un simple amas de progestérone et d'œstrogènes, ni comme un composé chimique.

Kendra entra dans la maison derrière elle.

— C'est un festin que tu nous prépares là ! Je t'avais dit de ne rien faire. Nous vous aurions emmenées toutes les trois au restaurant.

La pointe de contrariété resurgit.

— Je sais bien que pour toi, cuisiner est une corvée mais je te l'ai déjà dit, c'est pour moi un véritable plaisir. Je le fais parce que j'adore ça.

— Je peux te donner un coup de main, alors ?

— Tu peux laver les fraises, les émincer et les saupoudrer de sucre pendant que je déballe les provisions. Et surveille Hannah : elle est capable d'en chaparder la moitié !

Kendra admira les touches personnelles que Jamie avait ajoutées au décor.

— Ces sets de table sont ravissants. Tu les as apportés de chez toi ou achetés ici ?

Jamie ne put s'empêcher de songer que sa sœur essayait peut-être de se faire pardonner d'être arrivée si tôt.

— Je les ai dénichés dans une petite boutique de Strasburg. Ils m'ont plu tout de suite. Ce sont des bandes de tissu denim entrelacées sur un métier à tisser. Je regrette de ne pas avoir le temps de travailler de mes mains ; j'ai toujours rêvé de faire quelque chose comme peindre, broder ou tricoter.

— Fais attention à ce que tu dis et ne parle pas trop fort !

Jamie se retourna.

— Quoi ? Quelqu'un écoute aux portes ?

Kendra répondit à mi-voix :

— Les murs ont des oreilles. Il y en a partout…

— Qu'est-ce que tu racontes ? Il y a de quoi, partout ?

Kendra baissa la voix jusqu'au murmure.

— Des quilteuses.

— Des quilteuses ?

— Et voilà, tu as dit tout haut le mot à ne pas prononcer ! Elles seront là d'un moment à l'autre. Ferme les portes à clé.

Jamie rit, soulagée.

— Explique-toi.

— Je crains que tu ne l'apprennes bien assez tôt. Disons simplement que si tu as jamais eu la moindre envie d'apprendre l'art du patchwork et du quilting, tu es à l'endroit idéal : Tom Brooks grouille de spécialistes !

— Il y a un rapport avec ces anciennes courtepointes que j'ai vues chez toi ?

— Je collectionne, elles confectionnent ; j'avoue cependant qu'elles m'ont un peu enseigné leur art. C'était une question de survie.

— Je serai sur mes gardes !

— Elles te débusqueront.

Jamie sortit un paquet du sac.

— Tu as vu ce joli saumon ? Si je le fais mariner un moment et que j'allume le grill ce soir, tu crois qu'Isaac pourra faire le reste ? A propos, le grill est extra ; c'est vraiment le haut de gamme — comme tout le reste, ici.

— Je tiens à ce que tu sois heureuse…

— Pourquoi ne le serais-je pas ?

— Parce que tu es en pleine cambrousse avec deux jeunes enfants et pas mal de préoccupations.

Cette description de sa situation actuelle — comme si elle était en train de purger une peine de prison quelconque — fit un peu tiquer Jamie. Même les paroles de sa sœur n'étaient pas tellement éloignées de ce qu'elle ressentait parfois. Elle parvint néanmoins à garder un ton léger :

— Pour le moment, les deux jeunes enfants en question ont été littéralement enchantées par certaine cabane de jeux. Je ne sais pas si elles l'apprécieront autant une fois terminée que ce qu'elles se sont régalées à participer à sa construction, mais c'est une idée vraiment formidable. Je ne te remercierai jamais assez, Ken.

— Apparemment, leur vie tourne autour de ça, depuis quelques jours.

— Ça et le faon.

Jamie raconta l'histoire du petit animal.

— En définitive, la grand-mère de Cash l'a emporté chez elle ? demanda Kendra.

— Grace est qualifiée pour s'occuper des animaux sauvages. C'était le mieux à faire.

— Est-ce qu'il s'est bien rétabli ?

— Au début, elle a failli le perdre. Mais le pire semble passé, maintenant. Nous sommes invitées à aller le voir demain. Les filles ne se tiennent plus de joie. Elles ont passé la journée à tresser des colliers de rubans pour Chance.

— Chance ?

— C'est Alison qui lui a donné ce nom. Effectivement, ce faon a eu beaucoup de chance. J'ai l'impression que Grace a passé quelques nuits blanches tant que l'état de notre protégé est resté critique…

Il y avait de la place pour deux dans la cuisine — mais tout juste. Jamie fouilla dans le grand sac en papier et tendit à Kendra une barquette de fraises mûres à point puis une deuxième.

— Ne sont-elles pas magnifiques ? Elles viennent du stand d'un producteur, au bord de la route. J'en ai pris aussi pour le petit déjeuner de demain, même si j'ai bien l'intention d'y passer tous les jours !

— Je suis contente que la cabane plaise aux filles. En fait, il est assez surprenant que Cash ait accepté de s'en charger. L'entreprise Rosslyn & Rosslyn est très demandée, dans la région. Mais il semblait vouloir faire ça lui-même ; il fait du zèle, notre Cash…

Jamie cessa de s'affairer et regarda sa sœur.

— Est-ce qu'il y a quelque chose de particulier que je dois comprendre ?

— Quelque chose de particulier ?

— Ne fais pas l'innocente…

— Je suis sûre qu'il aime bien tes filles, c'est tout. Bon, il estime peut-être aussi que leur mère vaut le détour…

— Oh, oui, bien sûr, je suis un vrai canon ou je le serai d'ici deux mois et plus encore les mois suivants.

Elle posa une main sur son ventre, puis arrondit le geste comme s'il grossissait.

— Tu veux dire qu'après tout ce que tu as enduré, tu serais prête à recommencer ?

Jamie fronça les sourcils, sans comprendre immédiatement où sa sœur voulait en venir ; puis elle se rembrunit subitement et sa perplexité céda la place à un mouvement de colère. Une véritable colère, cette fois. Elle prit Kendra par le bras et baissa la voix.

— Je te l'ai dit et répété : tomber enceinte, c'est dans ma nature. Il serait vraiment étonnant que ça n'ait pas marché du premier coup. Et ce sera carrément une leçon d'humilité, s'il faut s'y reprendre à plusieurs fois !

— Tu ferais ça ?

— C'est une entreprise à long terme à laquelle je suis préparée. Tu n'as pas écouté ce que je t'ai dit ? Du reste, vous avez déjà fait ce qu'il fallait, Isaac et toi, pour que ce soit possible.

— Je sais que ça n'a pas été très drôle, jusqu'à présent, fit Kendra.

— Est-ce que quelque chose m'aurait échappé ? Je ne fais pas ça pour m'amuser, Ken !

— Mais je ne t'en voudrais pas, si tu n'avais pas envie de remettre ça à plusieurs reprises.

— C'est bon…

Kendra avait remarqué le changement dans la voix de sa sœur.

— J'essaie simplement de te fournir une échappatoire, au cas où…

— Je t'en suis très reconnaissante, mais franchement, la grande fille que je suis doit savoir à peu près comment se sortir de là, en cas de besoin.

— Excuse-moi…

Jamie soupira et ferma les yeux. Bien que ce ne fût pas facile, elle essaya de se mettre à la place de Kendra, d'imaginer qu'elle était la mère qui observe et espère au lieu d'être celle qui va mettre le bébé au monde. Elle essaya de se mettre dans la peau d'une femme qui n'avait aucun contrôle sur le destin de son enfant. Car au fond,

Kendra n'avait pas tout à fait tort de se faire du souci. Pour le moment, c'était elle, Jamie, qui tenait toutes les rênes en main.

Quatre-vingt-dix-neuf pour cent d'hormones. Un pour cent d'accablement bien mérité.

Elle rouvrit les yeux.

— Est-ce qu'elle a sauté ou sommes-nous tirées d'affaire ?

— De quoi parles-tu ?

— De la première mine sur un terrain long de neuf mois. Avons-nous réussi à l'éviter ou avons-nous mis le pied juste dessus ?

Kendra garda un moment le silence ; puis elle haussa les épaules, mais ses yeux brillaient de façon suspecte.

— Nous sommes passées très près, mais je crois qu'il n'y a pas de dégâts.

Jamie en revint au contenu du sac à provisions.

— Prévois quelques blessures. Tu ne me fais pas encore tout à fait confiance…

— Je te demande de porter mon enfant, Jamie. Si ce n'est pas une preuve de confiance…

— Je crois que la question…, poursuivit Jamie en se tournant de nouveau face à sa sœur. La question, c'est que tu veux me faire confiance. Tu fais des efforts. Mais tu ne seras rassurée que le jour où je placerai le bébé dans tes bras. Et je peux le comprendre. Je le comprends même très bien. Je conçois que tu aies du mal à faire confiance aux gens de façon générale et à moi, en particulier. Je suis personnellement responsable de ta méfiance à mon égard — je l'admets bien volontiers. Mais nous nous sommes engagées ensemble sur cette route, maintenant, alors, il va falloir que tu te détendes le plus possible et que tu restes seulement attentive.

— Et toi ?

— Moi ? J'ai été psychanalysée, interrogée et soutenue jusqu'à ce qu'il ne reste plus une seule parcelle de mon individu qui n'ait été explorée à fond. Je sais pourquoi je fais ça et ce que je peux m'attendre à ressentir en chemin.

— Et pourquoi fais-tu ça, Jamie ? Avant que tu répondes, comprends-moi bien… Je sais que tu le fais pour moi. J'en suis parfaitement consciente. Je sais que tu as beaucoup d'affection pour moi. Et je ne doute pas que ce soit ta principale motivation. Mais y en a-t-il d'autres ?

Jamie n'hésita pas.

— Bien sûr que oui.

— Tu veux m'en parler ?

— Ça te serait utile ? Est-ce que tu cesserais de te faire du mauvais sang, si je te racontais tout ça dans les moindres détails ?

— Je n'en sais rien, à vrai dire…

— Tu sais déjà que je t'aime. Tu sais que je veux te faire un merveilleux cadeau. Disons simplement qu'en plus de ça, j'ai envie de faire quelque chose de bien, pour me prouver que j'en suis capable.

— Tu élèves déjà deux filles épatantes. J'espère que tu te rends compte de ce que ça représente !

— Et je me débrouille sacrément bien, tu ne crois pas ?

Jamie tendit une planche à découper à sa sœur.

— Tiens, voilà. Quand tu auras fini, viens prendre un thé avec moi sous l'auvent et admirer le panorama. Nous avons neuf mois pour voir venir et discuter de tout ça. N'essayons pas de tout résoudre d'un seul coup.

Kendra prit la planche, mais la posa sur le plan de travail pour enserrer Jamie dans ses bras. Elle la serra contre elle longtemps.

5

Lorsque le vieux chalet « dogtrot »[1] de Leah Spurlock existait encore, Isaac et Kendra avaient envisagé tout simplement de l'agrandir.

Quand Leah était venue s'installer à Tom Brooks pendant la Grande Dépression, elle-même n'avait pas tardé à améliorer la petite bâtisse de bois initiale, presque une cabane, en en construisant une autre identique juste à côté et en reliant les deux par un passage couvert — ce que faisaient beaucoup de gens pauvres à l'époque, dès qu'ils en avaient les moyens. L'espace entre les deux bâtiments formait ainsi un appel d'air pour les vents venus du fleuve et permettait aux animaux domestiques de s'abriter sous le passage, d'où son nom.

Au moment de se lancer dans les travaux d'agrandissement, pour lesquels ils avaient été sollicités, Cash et son père avaient envisagé d'y incorporer de nouveau cet élément évocateur du passé. Très attachés tous deux à la préservation du patrimoine historique, ils mesuraient pleinement l'importance de l'héritage architectural dans les

1. Dogtrot : passage couvert, qui a donné son nom à un type de cabane rustique du sud des Etats-Unis, formée de deux pièces reliées par ce type de passage (où le chien de la maison pouvait circuler et où la brise permettait de se rafraîchir).

contrées rurales de Virginie. La Vallée de la Shenandoah n'avait plus grand-chose en commun avec celle où Cash vagabondait dans son enfance. Les fermes étaient divisées et vendues peu à peu, l'agriculture cédant la place au tourisme ; un urbanisme de lotissements et de zones commerciales gagnait chaque jour du terrain, comme dans le nord de l'Etat. Une évolution qui désolait Cash. Il s'était alors engagé — dans la mesure où il pouvait s'engager à quoi que ce soit — à maintenir autant que faire se peut l'esprit du passé, de la Chaîne du Blue Ridge aux Alleghenies.

La disparition dans les flammes de l'ancien chalet de Leah n'avait pas été une catastrophe architecturale ou historique : de ces deux points de vue, il n'avait pas grande valeur. Mais elle avait été un petit drame affectif. Kendra avait eu un coup de cœur pour ce chalet et l'histoire de la famille d'Isaac. Avec les idées créatives de sa sœur, l'enthousiasme de Cash, ainsi que celui de son père, elle avait donc entrepris de le reconstruire. Les poutres et les rondins d'une vieille grange en cours de démolition, seuls vestiges des constructions précédentes, avaient été réutilisés.

Sans rien d'autre pour amarrer la nouvelle maison au passé, Jamie avait entrepris de dessiner des plans résolument tournés vers le futur. Mais curieusement, ses efforts avaient abouti à quelque chose d'assez inattendu. Sa proposition était celle d'une maison articulée des deux côtés d'un passage central semblable au « dogtrot » du chalet primitif. Proposition qui avait enthousiasmé sa sœur et son beau-frère.

Elle avait ensuite montré ses plans à Cash, un jour qu'il était venu travailler à la cabane des filles.

— Certaines idées s'enracinent simplement, avait-elle

dit, en lui montrant ce qu'elle avait conçu. Celle-ci est bien ancrée, maintenant…

Et elle était si mignonne en disant cela, si sérieuse et si absorbée en même temps, que Cash aurait probablement accepté de construire un igloo en taillant les blocs de glace à mains nues, pour peu qu'elle le lui ait demandé.

En route ce soir-là avec son père pour se rendre chez la jeune femme, afin de discuter de cette nouvelle maison, il trouvait Manning beaucoup trop silencieux à côté de lui.

— Jamie a beaucoup de talent, je trouve…, dit-il, pour rompre le silence. Elle a imaginé une vaste terrasse couverte, reliant les deux parties de la maison ; cette terrasse sera agrémentée d'une cheminée en pierre pour les soirées fraîches. L'étage occupe toute la surface et de grandes baies vitrées permettent de profiter de la vue. Des poutres servent de jonction entre les panneaux de verre et la pierre.

— Le talent, c'est bien beau, laissa enfin tomber Manning, mais je ne donnerai aucun accord écrit tant qu'un architecte expérimenté n'aura pas examiné et approuvé le projet.

Il fallait espérer que Brady, l'architecte avec qui les Rosslyn travaillaient le plus souvent, laisserait Jamie tirer les plans définitifs et se contenterait de les superviser une fois terminés, songea Cash. Jamie pourrait bien sûr toujours les présenter dans son book, mais elle serait certainement très déçue de ne pas garder la main sur le projet jusqu'au bout.

— Je crois qu'il n'y aura pas de problème, dit-il encore. J'ai fait quelques suggestions, mais elle a un œil extraordinaire. Et elle ne va pas tarder à obtenir son diplôme, tu sais…

— Je ne comprends pas très bien pourquoi il fallait

absolument que je vienne ce soir, grommela Manning. Tu sais que je me fie entièrement à ton jugement. Si Brady et toi, vous me dites que ça marchera, alors je suis certain que ça marchera.

— Rosslyn & Rosslyn est une entreprise familiale, papa, et les Taylor apprécieront que tu leur fasses au moins une brève visite. Mme Taylor s'est fiée à toi pour le chalet. Elle sera certainement contente d'avoir ton approbation pour la maison.

— Ah bon ? Je me suis demandé si tu ne voulais pas plutôt m'associer au chantier, parce que tu n'as pas l'intention de le mener jusqu'au bout. Tu pourrais songer par exemple à repartir dans le Kentucky avec tes chevaux…

Cash réprima un geste d'agacement.

— Je t'associe parce que, encore une fois, il y a écrit Rosslyn & Rosslyn sur la porte de ce camion !

— Bien ! Alors tâche de ne pas l'oublier toi-même !

— Est-ce que tu perdrais la forme ? C'est de ça qu'il s'agit ? Il suffit de le dire, si tu te sens trop vieux et trop fatigué pour suivre le rythme, le provoqua Cash, en dissimulant un sourire.

— Je suis toujours capable d'en faire dix fois plus que n'importe quel bonhomme de mon âge ! Je monte et je descends des échelles aussi souvent que toi !

— Alors, pourquoi est-ce que tu traînes des pieds sur cette affaire ? Au cas où tu l'aurais oublié, ces gens-là veulent du boulot de qualité. Personne ne te demande de travailler au rabais. Nous pouvons en profiter pour nous surpasser, en faire une maison de rêve à montrer à nos futurs clients.

— Je m'étais surpassé aussi quand j'ai commencé les agrandissements de l'ancien chalet. Mais avant d'avoir pu voir le résultat, tout est parti en fumée à cause d'un de nos gars qui a emmené un abruti sur le site !

Cash perçut un profond chagrin dans la voix de son père. L'ancien chalet de Leah avait brûlé, à cause d'un jeune homme un peu perturbé que Manning avait embauché. L'employé avait pénétré sur le chantier en dehors des heures de travail avec un ami indélicat et en état d'ébriété, de surcroît. Un mégot mal éteint, quelques restes de produits inflammables dans une poubelle et hop, le passé de Leah Spurlock avait été réduit en cendres.

— Si les Taylor nous en avaient voulu, je crois qu'ils auraient confié ce chantier à une autre entreprise, non ?

— Dans ma jeunesse, j'ai fréquenté l'ancien chalet, tu sais… La fille de Leah, Rachel Spurlock, était une de mes amies.

Cash connaissait l'histoire dans ses grandes lignes. Rachel était la mère d'Isaac. Elle était allée à l'école avec Manning, mais après le lycée, elle avait quitté Tom Brooks où personne ne l'avait jamais revue. Vers l'âge de trente ans, elle avait eu un enfant hors mariage, qu'elle avait confié à des parents adoptifs, avant de mourir dans un tragique accident.

Isaac avait tout ignoré de ses origines, jusqu'au jour où une lettre d'un notaire lui avait appris que sa grand-mère lui léguait un chalet dans la Vallée de la Shenandoah, ainsi qu'un patchwork cousu main. Isaac avait tout d'abord refusé net de s'intéresser à la famille qui l'avait abandonné dès sa naissance. Mais la curiosité de Kendra avait été piquée et elle avait mené son enquête ; une enquête longue et ardue qui l'avait conduite sur les traces de Leah et de son mari Jesse, de leur histoire mouvementée lors de la création du parc naturel de la Shenandoah. Celle de Rachel demeurait un mystère pour Cash comme pour beaucoup d'autres personnes ; du moins son souvenir restait-il vivant dans certaines mémoires, dont celle de son père[1].

— Est-ce que c'est le fait d'affronter le passé en allant là-bas qui te gêne ? demanda-t-il à Manning.

— Pourquoi est-ce que ça me gênerait ?

— C'est à toi de me le dire…

— J'ai seulement perdu courage quand le chalet a brûlé. C'était le bouquet, en quelque sorte.

— Tu n'y étais pour rien et les Taylor ne te considèrent pas comme responsable. Ils ont même de nouveau fait appel à toi, à nous, pour leur nouveau projet ; c'est un message assez clair, il me semble…

Manning se cala dans son siège.

— Bon, allons régler ça… Mais n'oublie pas que c'est toi le maître d'œuvre. Nous n'avons pas tellement de personnel pour les mois à venir, ce qui nous oblige à partager les responsabilités.

Cash fronça les sourcils.

— Ne t'engage pas sur trop de projets sans mon accord, alors. Je n'ai fait aucune promesse sur la durée de ma participation, tu le sais bien.

— Pour sûr, que je le sais ! Vous me filez des ulcères à l'estomac, toi et ta fichue grand-mère ! Je me demande pourquoi vous ne pouvez jamais rester un peu tranquilles, l'un et l'autre.

— Mamie Grace dit toujours : « Plus le fleuve s'agite, plus le poisson y gîte. »

— Oui, eh bien je ne l'ai pas vue souvent dans l'eau avec des bottes et une canne à pêche, ma belle-mère !

— En effet… Je me suis laissé dire qu'elle avait plutôt eu de quoi s'occuper avec ces vergers dont tout le monde

1. Histoire racontée dans le précédent livre d'Emilie Richards : *La Vallée des secrets.*

est si pressé de se débarrasser, pour essayer d'en tirer de quoi subvenir aux besoins de sa famille.

— Ne va pas recommencer avec ça, hein ! Est-ce qu'on n'a pas assez de soucis, ce soir ?

Cash n'ignorait pas que le sujet de sa grand-mère et des vergers Cashel était particulièrement sensible. Il ralentit juste avant l'allée qui menait au nouveau chalet et changea rapidement de sujet.

— Outre son talent d'architecte, Jamie Dunkirk a les deux petites filles les plus mignonnes que j'aie jamais vues.

— Ce qui veut dire qu'il n'y a rien entre elle et toi…

— Pourquoi ? Parce qu'elle a des enfants ?

— Non, parce qu'apparemment, nous avons affaire à un être adulte et responsable, capable de prendre soin d'elle et de ses deux filles.

Cash ne put s'empêcher de rire.

— Tandis que moi, je suis libre et sans attaches. Tu sais ce que je dis toujours…

— Oui. Tu te fais appeler Cash parce qu'ainsi, tu n'acceptes aucun crédit pour quoi que ce soit.

Cash s'engagea dans l'allée et se mit à rouler au pas.

— Mais ce soir, le fait de t'avoir amené ici sera à mettre à mon crédit…

Manning rassembla quelques dossiers et les fourra sous son bras.

— Allons voir ces plans ; ensuite, tu te chargeras de cette affaire de A à Z. J'ai bien assez de boulot comme ça…

Une fois le dîner relégué au rang des souvenirs, la cuisine rangée par les soins d'Isaac et Kendra, et les filles occupées par des jouets flambant neufs, Jamie prépara le café. Comme Manning et Cash étaient attendus d'un moment à l'autre, elle en remplit une pleine cafetière. Pour sa part, elle se fit une tisane à la pomme sucrée au miel.

Sa contrariété à l'égard de sa sœur s'était dissipée. Ils venaient d'avoir tous les trois une conversation agréable autour d'un succulent repas ; cette petite réunion familiale était une réussite.

— Tu as hâte de connaître l'opinion de Manning, n'est-ce pas ? lui demanda Kendra.

— Cash a approuvé mes plans et j'espère qu'ils plairont aussi à son père.

— Je suis assez étonnée que Manning fasse le déplacement, je dois dire, fit Kendra, en sucrant son café. Chaque fois que j'ai essayé de l'interroger sur nos projets, il s'est montré évasif.

Jamie tendit une tasse à Isaac, puis alla s'asseoir sur le canapé à côté de sa sœur.

— Je ne l'ai encore jamais vu. Mais il doit probablement avoir l'âge de prendre sa retraite. Il a peut-être envie de passer progressivement la main à son fils.

— Quand ils ont commencé l'agrandissement du vieux chalet, il y a deux ans, Cash avait plutôt l'air de ne pas vouloir s'attacher un fil à la patte en restant ici. Je suis même très surprise qu'il soit encore là. A mon avis, le bâtiment n'est pas l'unique passion de sa vie.

— Ah bon ?

— Je crois me rappeler qu'il est aussi très impliqué dans le milieu des courses, dans le Kentucky.

Bien que ce soit inédit pour elle, Jamie n'avait aucun mal à imaginer Cash dans l'univers survolté des courses de chevaux.

— C'est donc apparemment un garçon qui a plus d'une

corde à son arc, dit-elle simplement. Tout se passera très bien, vous verrez…

— Je te trouve affreusement positive depuis la fin du repas, ma chère ; serais-tu devenue notre optimiste de service ?

— Si vous voulez bien m'écouter…

Mais le crissement du gravier leur indiqua que les Rosslyn venaient d'arriver. Jamie se leva d'un bond pour aller leur ouvrir. Les dernières lueurs du couchant embrasaient l'horizon. L'air du soir, plus frais, brassait le doux parfum des dernières églantines et du chèvrefeuille.

Sur le pas de la porte, la jeune femme inspira profondément, avec délices.

Cash descendit prestement de la fourgonnette d'entreprise, suivi d'un homme plus âgé. Ce dernier était de taille moyenne mais large d'épaules ; sans doute aurait-il pu être boxeur ou rugbyman dans sa jeunesse.

Manning Rosslyn rejoignit son fils et tous deux se dirigèrent vers la maison. Cash salua Jamie d'un signe de la main, puis fit les présentations. De près, Manning accusait davantage son âge. Jamie lui donna entre soixante-dix et soixante-quinze ans. Le sommet de son crâne était pratiquement chauve et il ne se donnait pas la peine de le recouvrir, à grands coups de gel coiffant, avec les quelques mèches grises qui lui restaient. Ses beaux yeux noisette s'animèrent, quand il accompagna d'un sourire la formule de politesse consacrée. La jeune femme ne remarqua aucune ressemblance entre le père et le fils.

— C'est très gentil à vous de vous déplacer un soir…, commença-t-elle.

Manning hocha brièvement la tête.

— C'est souvent le seul moyen que nous avons de trouver un peu de temps pour discuter avec nos clients.

— Kendra et Isaac doivent repartir de bonne heure demain matin ; il était donc assez difficile de faire autrement, en effet…

Elle s'effaça pour leur permettre d'entrer, mais Cash s'attarda un moment sur le pas de la porte.

— Mamie Grace aimerait que vous passiez chez elle demain.

— Est-ce que Chance va mieux ?

— Si elle a survécu jusqu'ici, je pense qu'elle s'en sortira.

Le petit faon s'était avéré une faonne.

— Les filles trépignent d'impatience de revoir cette petite bête.

— Si vous y êtes vers 9 heures, elles pourront lui donner à manger. Je vous ai apporté un plan. La maison n'est pas difficile à trouver.

— Vous y serez aussi ?

Il esquissa un sourire.

— Qu'est-ce qui vous fait croire que j'habite là ?

— Vous habitez ailleurs ?

— Non, mais j'ai un logement à part sur le domaine…

Jamie s'aperçut que les autres les attendaient. Manning s'était assis sur une chaise en face de Kendra ; il fit signe à Cash de les rejoindre, comme s'il était pressé de s'y mettre.

— Sa journée a été longue, expliqua Cash. Il vaudrait mieux ne pas trop traîner.

Au bout d'une heure, ils s'étaient tous mis d'accord sur le plan définitif à envoyer à l'architecte. Manning lui-même, qui n'avait pourtant pas l'air de quelqu'un qui parlait pour ne rien dire, affirma que la maison allait être splendide.

— Cash m'avait dit que vous étiez douée, dit-il à

Jamie, en roulant les plans. Je constate qu'il ne s'était pas trompé. Ce petit chalet est quelque chose de simple et bien conçu ; mais ce projet-là, c'est tout autre chose. Brady va être impressionné ; il sera sans doute aussi un peu déçu de ne pas avoir tellement besoin d'intervenir. Je tiens quand même à ce que vous vous rencontriez, quand il aura examiné ça, au cas où il aurait des questions.

Jamie était sur un petit nuage.

— Je suis vraiment ravie d'entendre un compliment de la part de quelqu'un qui s'y connaît ; de quelqu'un d'autre que mes professeurs.

Manning sourit — ce qui était assez rare de sa part. Il se leva et tendit la main à Isaac, qui la serra brièvement. Il échangea également une poignée de main avec Kendra et Jamie.

— La première chose à faire sera de vous trouver assez d'eau, leur dit-il. Il va vous falloir un bon forage pour une maison de cette dimension ; Cash vous aidera.

Il les salua tous d'un hochement de tête et se dirigea vers la porte. Jamie lui emboîta le pas, pendant que Cash prenait congé des Taylor.

— Je vais rester ici jusqu'à l'été prochain, lui dit-elle. J'ai hâte de voir la maison se construire.

— Cash ne vous décevra pas.

— Vous n'allez pas participer au chantier ?

— C'est lui qui s'en occupera dans l'ensemble, dit-il en se retournant vers Isaac et Kendra. Votre beau-frère ressemble étonnamment à sa mère ; c'est vraiment frappant !

— Kendra m'a raconté que vous étiez un ami de Rachel autrefois, quand elle vivait ici.

— « Ami », c'est beaucoup dire… Rachel n'avait pas d'amis — pas au sens où on l'entend habituellement. Elle a toujours été quelqu'un de solitaire, mais je l'aimais bien et je pense que c'était réciproque.

Jamie songea que c'était là une façon délicieusement désuète de parler d'attirance sexuelle. Elle se promit de demander à Kendra quelques détails sur cette histoire.

Cash les rejoignit bientôt et les deux hommes remontèrent dans la fourgonnette.

Jamie attendit qu'ils aient disparu avant d'aller retrouver les autres.

Les filles dormaient à présent et la maison était calme. Kendra et Isaac s'apprêtaient à retourner à « La Fille des Etoiles », la maison d'hôtes où ils étaient descendus, mais Jamie les arrêta d'un geste.

— Ne partez pas tout de suite. J'ai quelque chose pour vous…

Kendra épousseta sa jupe.

— Tu n'as pas envie de te reposer un peu ? Tu dois être exténuée.

— Pas encore.

Jamie disparut dans la cuisine, puis revint avec un paquet enrubanné.

— J'avais mis ça de côté pour le moment opportun. C'est pour vous deux.

Kendra prit le paquet.

— Tu ne crois pas tu nous en fais déjà suffisamment, des cadeaux ?

— C'est juste quelque chose qui vous aidera à comprendre toutes les étapes du processus, répondit-elle. Mieux vous serez informés, plus ça vous semblera facile.

— Il faudra fêter comme il se doit l'éloge que nous venons d'entendre sur tes plans, déclara Kendra, en dénouant le ruban. Je savais qu'ils étaient remarquables, mais c'était vraiment agréable d'entendre les louanges de Manning ; tu dois être aux anges…

— Effectivement, admit Jamie ; seulement, ce n'est pas de ce projet-là dont je vous parle. La construction d'une maison est une entreprise à long terme ; là, il s'agit de quelque chose de plus imminent.

Kendra retint son souffle, comprenant enfin où sa sœur voulait en venir ; puis elle déchira le papier d'emballage vert et bleu et observa la couverture du livre : « Dans l'attente d'un heureux événement. »

— Qu'est-ce que tu essaies de nous dire, au juste ?

— Je me suis procuré un test de grossesse à la pharmacie, aujourd'hui, même si je n'étais pas sûre que ce soit une bonne idée. J'ai essayé d'être sage et d'attendre le verdict officiel de la clinique. Mais comme ça fait presque deux semaines que j'ai subi l'implantation, j'ai quand même décidé de voir… Je sais bien que les tests qu'on fait chez soi ne sont pas toujours fiables en cas de fécondation in vitro, mais d'après tout ce que j'ai lu, c'est surtout quand on les tente trop tôt. Alors, comme vous étiez là et que nous avons tous hâte de savoir…

Elle les prit l'un et l'autre par la taille et les attira contre elle. Sa gorge se serra et elle resta un moment sans pouvoir dire un mot. Puis elle prit son élan et prononça les mots qu'elle avait sur la langue depuis plusieurs heures.

— Félicitations, papa et maman… Nous allons avoir un bébé…

6

Parfois le matin, avant de partir pour son chantier en cours, Cash s'arrêtait chez sa grand-mère pour prendre le café. En prévision de ces visites, Grace tenait toujours en réserve quelque chose d'assez goûteux et nourrissant à lui offrir.

Ce matin, par exemple, elle avait du cake aux myrtilles fraîches, cueillies dans les buissons que Ben avait plantés peu de temps avant son décès. Leur vigueur et leur production abondante lui rappelaient tristement qu'il l'avait quittée depuis bien longtemps, maintenant.

Elle n'était pas sûre que Cash passerait, mais vers 7 heures, elle fut contente d'entendre le vrombissement familier du camion. Grace avait trois petits-fils, deux petites-filles et quatre arrière-petits-enfants. Le favoritisme n'était pas son genre. Depuis toujours, elle s'efforçait de tous les traiter également, comme les œuvres inestimables du Bon Dieu qu'ils étaient ; bien malgré elle, cependant, elle s'était toujours sentie plus proche de Cash. Non pas parce qu'il était le fils de Sandra, son unique fille, comme la plupart des gens auraient pu le croire ; mais simplement parce que c'était Cash.

Il entra dans la cuisine de son pas nonchalant. Il marchait toujours comme si le monde lui appartenait, sans que cela lui fît ni chaud ni froid. La confiance en soi était innée chez lui, et l'indifférence apparente aux choses provenait d'un trop-plein de larmes ravalées à certaine époque de sa jeunesse. Bien sûr, il ne l'aurait jamais admis. Il s'était donné tant de mal pour cultiver cette sympathique désinvolture qu'il en était lui-même dupe depuis bien longtemps.

Il traversa la pièce pour venir l'embrasser, puis souleva la cafetière pour remplir un bol, qu'il tendit ensuite vers elle d'un air interrogateur.

— Non, merci… J'ai déjà pris le mien, lui dit-elle. Plutôt maigre, si tu veux le savoir ; une demi-tasse de décaféiné, additionné de lait écrémé. Je ne tiens pas à passer trop d'examens médicaux. Aucun médecin ne m'a jamais dit : « N'oubliez surtout pas de consommer vos deux tasses de café par jour, madame Cashel, ni d'y ajouter une bonne dose de crème fraîche ! »

— On pourrait sûrement en trouver un, en cherchant bien et en lui graissant discrètement la patte.

— Vieillir, ce n'est ni pour les mauviettes, ni pour les faibles de caractère…

— Tant mieux, car tu vieillis merveilleusement bien, mamie Grace !

Ces paroles lui firent chaud au cœur. Ce garçon était vraiment un amour.

Elle le regarda se diriger vers le recoin où Chance avait fini par prendre ses quartiers ; il se pencha sur elle et lui parla tout doucement. La petite bête semblait l'écouter attentivement. Lors de sa dernière visite, il l'avait emmenée faire un tour et Grace les avait surpris ensuite sur le canapé, Chance blottie sur les genoux de Cash. Manning avait appris à chasser à son fils, naturellement — un rituel initiatique pour tous les garçons de la Vallée —, mais au moment crucial, Cash, bien que tireur d'élite, s'était toujours arrangé pour manquer sa cible.

Sandra ne s'était pas trompée en faisant les yeux doux à Manning Rosslyn, bien des années plus tôt, même s'il était nettement plus âgé qu'elle. Sans quoi, Grace n'aurait jamais eu ce petit-fils qu'elle adorait.

— J'attends de la visite, ce matin, annonça-t-elle.

Cash vint la rejoindre à table, pendant qu'elle coupait le cake. Elle en plaça une grosse tranche pour lui sur une assiette, puis s'en servit une plus petite. Il ne restait plus à espérer que les myrtilles soient assez mûres pour donner du goût au gâteau. Pressées entre le pouce et l'index, elles avaient semblé assez souples, mais ce n'était pas un test infaillible.

— Qui est-ce que tu attends ?

Il connaissait déjà la réponse et mordit dans le gâteau avec appétit.

— Succulent, dit-il encore, la bouche pleine.

— Je suis ravie que ce soit mangeable. C'est Jamie et ses filles qui vont venir voir Chance. Tu pourrais peut-être rester pour nous tenir compagnie ?

— Oh, je ne crois pas.

Grace regretta de ne pouvoir déchiffrer l'expression de son visage, caché derrière le bol de café.

— Elle me plaît bien. Et les deux petites aussi… Elle est drôlement jeune pour les avoir, mais c'est une mère absolument remarquable.

— Est-ce qu'elle marcherait aussi sur les eaux, par hasard ?

Grace sourit.

— L'enthousiasme est une qualité, mon chéri ; ce n'est pas la peine de te moquer !

— Je l'ai justement vue hier soir. Papa est venu avec moi examiner les plans de la nouvelle maison qu'ils vont construire là-bas, près de la rivière.

— Qui ça, « ils » ?

— Les Taylor… Kendra et Isaac, sa sœur et son beau-frère. Le terrain et le chalet leur appartiennent.

— Est-ce que tu sais pourquoi Jamie s'est installée là-bas, avec les filles ?

— Kendra a dit qu'elle voulait se rapprocher de sa famille, maintenant qu'elle a terminé ses études. Elle a l'intention de rester pour la prochaine année scolaire, je pense. Peut-être est-ce qu'elle se cherche, je ne sais pas…

Grace se pencha en avant.

— Tu pourrais te renseigner.

Cash posa son bol et se pencha lui aussi en avant, jusqu'à ce qu'ils soient pratiquement nez à nez.

— Combien de projets te faut-il, mamie Grace ? Tu as déjà ton patchwork, les vergers, cette maison, le dressage de la famille pour que tout le monde se range à ton point de vue. Et maintenant, voilà que tu joues les marieuses ?

— Je n'ai pas parlé de mariage. Je me soucie simplement d'une jeune femme sympathique qui vient s'installer parmi nous, dans un coin de campagne complètement isolé, sans personne pour veiller sur elle de temps en temps.

— Nous allons construire une maison à cinquante mètres du chalet. Je viens de bâtir une cabane de jeux pour ses enfants. Il me semble qu'elle n'est pas si isolée que ça ! Qu'est-ce que tu voudrais de plus ?

Grace inclina la tête.

— Laisse-moi réfléchir à la question…

Cash esquissa un sourire.

— Le démon viendra te prendre et t'emportera en enfer, Grace Cashel !

— Ton grand-père me disait la même chose, tu sais. Mais je suis toujours là et lui, pas. Que faut-il en déduire, à ton avis ?

— Que grand-père Ben est en train de jouer de la harpe au paradis, si fort que le diable en oublie de venir t'embêter. Voilà pourquoi il est parti le premier.

La vieille dame trouva l'idée plaisante.

— Si quelqu'un est capable de faire ça, c'est bien Ben !

Cash but son café jusqu'à la dernière goutte et se leva.

— Je dois être à Winchester dans moins d'une heure. Ça t'ennuie si j'emporte mon cake aux myrtilles ?

— Emporte-le et tâche de ne pas faire une pause en chemin pour te gaver d'œufs frits et de charcutaille !

Il se pencha sur la table et embrassa sa grand-mère sur la joue.

— Ne va pas t'enticher de ces deux petites, mamie… Dans un an ou moins, elles seront parties vivre quelque part où leur mère pourra exploiter ses diplômes en se faisant embaucher dans un grand cabinet d'architectes. Et nous n'entendrons probablement plus jamais parler d'elles.

— Ce qui fait de Jamie Dunkirk la femme idéale pour toi…

Cash secoua la tête, glissa sa part de cake dans une serviette en papier et sortit.

Quelques secondes plus tard, Grace entendit le camion démarrer.

— Et un point pour Grace Cashel, murmura-t-elle. Tu peux confier ça à ton orchestre d'anges, Ben…

Elle se servit alors une autre tranche de cake et s'en régala jusqu'à la dernière miette.

Jamie regardait fixement le vasistas situé juste au-dessus de son lit. Après le départ de Kendra et Isaac, la veille au soir, elle avait passé des heures à se reprocher de leur avoir peut-être donné de faux espoirs. Le test de grossesse était positif, incontestablement. Elle était donc enceinte, mais peut-être était-elle allée trop vite en besogne ? Si, lors de sa prochaine visite médicale, mercredi, elle découvrait que dans ces circonstances particulières, le test à faire chez soi n'était pas l'indicateur adéquat ? Si elle n'était pas enceinte ?

Cependant, après une petite nuit de sommeil agité, elle avait eu un vertige, tout à l'heure, en s'asseyant dans son lit. Ce bref étourdissement avait été suivi d'une nausée qui l'avait obligée à se rallonger immédiatement et à fermer les yeux pour ne pas vomir.

Elle était bel et bien enceinte.

Enceinte pour la troisième fois ; mais du bébé d'une autre.

Elle s'était longuement interrogée sur son propre désir d'enfant, avant de parler à sa sœur ; car si une envie de nouvelle maternité était enfouie en elle, sans doute lui serait-il doublement difficile de remettre à ses parents le bébé qu'elle aurait porté durant neuf mois, même conçu en dehors d'elle et biologiquement sa nièce ou son neveu.

Ce premier effort d'introspection n'avait révélé aucun souhait latent et le malaise matinal qui confirmait sa grossesse ne changeait apparemment rien à la chose. Jamie adorait ses filles. Elle se réjouissait à l'idée de les voir grandir et prendre leur place dans la société ; ce projet lui suffisait amplement, même s'il n'excluait pas l'hypothèse d'une rencontre avec un homme qui accepterait de les élever avec elle.

D'après ses calculs, elle en était à sa quatrième semaine de grossesse ; il lui en restait donc trente-six pour la mener à son terme. Si tout se passait bien, le bébé naîtrait fin février, avant que la maison soit achevée ; Kendra et Isaac emmèneraient donc leur fille ou leur fils avec eux à Arlington. Quant à elle, elle aurait alors besoin d'enchaîner sur un nouveau projet.

Mais elle avait du temps devant elle ; tout le temps de savourer le développement, en son sein, d'une nouvelle vie.

— Maman !

Elle se redressa avec précaution, espérant que la nausée s'était atténuée. La pièce ne se mit pas à tourner et bien qu'elle ne se sentît pas un appétit d'ogre, elle se jugea capable d'avaler une tasse de café ou plutôt de tisane aux fruits. Entre les bouleversements dus aux hormones et la privation de tabac et de café, elle s'étonnait de ne pas s'être encore aliéné toutes les personnes qu'elle avait rencontrées dans la région.

Quand elle jeta un coup d'œil par-dessus la rampe, Alison regardait en l'air comme si elle attendait une apparition.

— Qu'est-ce qu'il y a, ma puce ? lui demanda-t-elle.

— Je veux des fraises dans mes céréales.

— D'accord…

— Mais Hannah dit que non.

— Et pourquoi ça ?

— Chais pas…

— Je descends tout de suite.

Jamie enfila son peignoir et rejoignit les fillettes dans la cuisine. L'origine du conflit lui sauta alors immédiatement aux yeux. Hannah était assise à table, la tête dans ses mains. La barquette qui avait contenu la deuxième livre de fraises était vide ; la veille au soir, elle était à moitié pleine.

— Je ferais mieux de cesser d'acheter des fraises, on dirait, fit-elle, en jetant la barquette à la poubelle. Puisqu'il n'y a personne aux toilettes, je te conseille d'y aller tout de suite, Hannah. Et quand ça ira mieux, tu pourras faire tes excuses à ta sœur.

Hannah partit en courant.

— Je suis désolée pour les fraises, Alison. Si tu veux, je peux te couper une pêche en morceaux.

— Hannah a mal au cœur…

Le chalet était assez petit pour que Jamie pût s'en rendre compte au bruit. Plutôt barbouillée elle-même, elle jugea plus sage de ne pas aller s'occuper de son aînée et se borna à poser le paquet de céréales sur la table. Alison se jucha sur sa chaise surélevée et commença à manger. Jamie détourna les yeux, supportant difficilement de la regarder pendant que sa sœur finissait de vomir ses fraises.

Deux minutes plus tard, Hannah émergea des toilettes, le teint pâle, s'épongeant le visage avec une serviette.

— C'est passé ?

Hannah hocha la tête tant bien que mal.

— Ça t'apprendra à te goinfrer !

— Je voulais juste en manger cinq ou six, maman, dit Hannah d'une petite voix mal assurée.

Jamie songea à son adolescence houleuse.

— Tout ce qu'on aime n'est pas forcément bon pour nous. C'est l'une des leçons les plus dures à apprendre, dans la vie.

— Comme les cigarettes, par exemple ?

— Comme les cigarettes ; comme les fraises. Il faudra peut-être que tu arrêtes complètement d'en manger, tant que tu n'auras pas appris à te contenter de quelques-unes.

Elle marqua une pause, puis décida d'enfoncer davantage le clou.

— Maintenant, fais tes excuses à Alison, s'il te plaît. Tu as mangé sa part, sans parler de la mienne.

Hannah fondit en larmes. Le cœur de Jamie se serra, mais elle ne fléchit pas.

— Je vous demande pardon, parvint enfin à articuler la fillette.

— Moi, j'aime bien les pêches, dit Alison, qui ne comprenait pas très bien, au fond, pourquoi on faisait tant d'histoires pour une malheureuse demi-barquette de fraises.

Jamie serra brièvement Hannah contre elle.

— Comme ça, tout est arrangé. Assieds-toi, maintenant. Tu veux une tartine ou préfères-tu attendre un moment ?

La petite renifla.

— On pourra quand même aller voir Chance ?

— Pas tant que tu n'auras rien dans l'estomac. Je vais te donner un jus de pomme, mais je te conseille de le boire lentement et d'attendre un peu pour la tartine. Tu pourras la manger juste avant de partir.

Trois quarts d'heure plus tard, elles étaient en route pour la maison de Grace. Le domaine agricole était à environ une demi-heure du chalet. A vol d'oiseau, dix minutes auraient suffi pour l'atteindre, mais il fallait suivre une petite route en lacets, traverser un pont sur la rivière, puis remonter la colline sur quelques kilomètres.

Jamie était en train de tomber sous le charme de cette région magnifique. Elle en aimait les pâturages d'un vert éclatant, la brume bleutée qui montait du sol le matin de bonne heure, les montagnes dont les pics se perdaient dans les nuages qui se dissolvaient à mesure que le soleil d'été montait dans le ciel. Elle aimait voir les chevaux brouter dans les prés fleuris, l'eau des torrents étinceler au soleil ; la simplicité rustique de l'architecture rurale lui plaisait. Les clématites qui grimpaient à l'assaut des boîtes à lettres. Les roses trémières qui montaient la garde près des portails.

Tout en suivant les indications pour la route, elle admira les fermes nichées dans des bosquets, un peu à l'écart. Un grand épagneul roux descendit une allée en aboyant et les filles lui firent de grands signes au passage, tandis que Jamie accélérait afin d'éviter une éventuelle collision. Mais l'animal, visiblement satisfait d'avoir rempli son devoir, rebroussa bien vite chemin, en trottinant tranquillement.

Jamie ralentit et examina une fois de plus le plan que lui avait laissé Cash.

— Est-ce que tu peux m'aider à repérer le panneau, Hannah ? Il devrait indiquer « Vergers Cashel », mais Grace a dit que les lettres sont un peu effacées.

— Cashel ? Comme Cash ?

— Oui… C'est probablement de là que vient son prénom.

Jamie ralentit encore jusqu'à rouler pratiquement au pas. Malgré tout, elle faillit manquer le panneau. Hannah l'aperçut juste au moment où elles passaient devant.

— Le voilà ! cria-t-elle, en tendant le doigt.

Jamie se pencha pour regarder par la vitre. L'écriteau pendait, accroché à un clou, alors qu'il en aurait fallu deux. Une pomme qu'on devinait à peine était peinte sur un fond gris tout délavé. Les lettres, dessinées à la main, étaient presque illisibles.

Le panneau était peut-être en piteux état, mais quelqu'un avait récemment aplani et dégagé le chemin. Aucune branche ne gênait le passage et Jamie entendit, au loin, le ronronnement régulier d'un tracteur. Elle tourna à droite et avança lentement. Une haie mal entretenue et envahie par la vigne vierge bordait le chemin, dissimulant en grande partie ce qu'il y avait derrière. Après un virage puis une légère côte, elles atteignirent une clairière.

Jamie coupa le contact et regarda la maison devant laquelle elle venait de s'arrêter.

— La ferme typique de Virginie, dit-elle tout haut.

La vieille maison de bois, d'un gris bleu délavé, était flanquée d'une profonde terrasse couverte qui se prolongeait sur les côtés. Il n'y avait qu'un étage, couvert par un toit évasé que deux cheminées jumelles semblaient maintenir en place, à la manière d'un serre-livres. Des roses grimpaient aux piliers du porche, prolongé par une tonnelle. Des conifères qui n'avaient pas été taillés depuis belle lurette cachaient presque entièrement la balustrade de bois. Deux grands noyers semblaient monter la garde à proximité, telles des sentinelles immémoriales.

Jamie fut frappée par ce mélange de grâce rustique et de négligence. La terrasse avait grand besoin d'un coup de peinture et les massifs de fleurs, d'un sérieux désherbage. De toute évidence, cette maison avait besoin d'être aimée.

Elle s'était attendue à tout autre chose ; à une débauche de couleurs ou à un parti pris d'originalité, peut-être, compte tenu des goûts vestimentaires et de la façon d'être de Grace. Cette vieille maison était absolument charmante, mais on doutait que la grand-mère de Cash puisse habiter là.

Elle l'habitait, pourtant.

Tandis que Jamie allait se garer près d'une camionnette Rosslyn & Rosslyn, la vieille dame apparut sur la terrasse, en corsage couleur jonquille et longue jupe ample à motif fleuri. Elle agita joyeusement la main en les apercevant.

— Venez vite ! lança-t-elle. Il y a un petit faon affamé qui attend son repas !

Jamie sortit et détacha Alison de son siège. Hannah, manifestement ragaillardie, prit les devants au pas de course.

La pelouse — ou plutôt, l'herbe — avait été tondue récemment. En fait de gazon, il s'agissait plutôt d'un parterre de pissenlits. De près, le bâtiment était encore plus délabré, mais c'était un endroit qui a indiscutablement une âme.

Tandis qu'elle gravissait les marches du porche avec Alison, Jamie envisagea une foule d'améliorations possibles : une pergola par-ci, l'agrandissement d'une fenêtre par-là, un auvent tout à fait différent pour la terrasse couverte.

— Avant mon arrivée, la famille de Ben a vécu ici pendant cinq générations, lui expliqua Grace, comme si elle lisait dans ses pensées. Menuisiers et maçons de métier, ils ont agrandi au fur et à mesure sans faire de rajouts disgracieux, comme c'est trop souvent le cas à la campagne. L'ensemble est cohérent et solidement bâti. Evidemment, durant toute la période où j'ai mis la maison en location, l'entretien a été négligé ; les locataires sont rarement aussi scrupuleux que les propriétaires. Cash aurait pu s'y installer, mais il prétendait que c'était trop grand pour un homme seul. Les enfants souhaitent vendre le domaine et le minimum a été fait pour le cas où quelqu'un voudrait acheter les terres en conservant la maison — ce qui semble assez improbable.

Perplexe, Jamie regarda autour d'elle.

— Mais tout m'appartient de A jusqu'à Z et j'ai l'intention de vivre éternellement pour les empêcher de vendre quoi que ce soit ! dit encore Grace. Au cas où il m'arriverait quand même de mourir un jour, je suis en train de me renseigner sur les possibilités de faire classer l'endroit en secteur sauvegardé. Je ne veux pas voir les promoteurs construire des immeubles sur le site de mes vergers…

Manifestement, le sujet était hypersensible ; Jamie opta pour la prudence.

— Vous n'avez pas l'air trop fâchée, pourtant.

— Oh, nous nous comprenons mutuellement. Chacun pense agir pour le mieux. Jusqu'à présent, nous n'avons pas trouvé de terrain d'entente, c'est tout. Mais là où il y a de l'amour, une solution existe, généralement.

Cette philosophie plut à la jeune femme. Son offre de porter l'enfant de sa sœur procédait sans doute d'une idée du même ordre.

— Mais entrez donc, ne traînons pas. La petite Chance attend ses amies…

Grace ouvrit largement la porte moustiquaire, qui bougeait un peu sur ses gonds, et les fit entrer.

L'intérieur de la maison était en meilleur état que le reste. Les murs étaient repeints de frais, les parquets et les boiseries, correctement cirés. Il semblait y avoir une cheminée dans chaque pièce, chacune avec sa propre histoire. Jamie suivit les filles dans la cuisine, admirant au passage de superbes antiquités qui devaient être des meubles de famille. Et partout où elle regardait, il y avait des patchworks ; pas du genre de ceux qu'on trouvait chez les brocanteurs de la région, avec des motifs et des couleurs classiques, mais des pièces comme Jamie n'en avait jamais vu nulle part.

— Ces ouvrages sont magnifiques, Grace !

Elle s'arrêta pour en désigner un, fixé à une baguette de bois et accroché derrière un canapé.

— Celui-ci est extraordinaire !

— Je suis contente qu'ils vous plaisent. Je les ai tous confectionnés moi-même — excepté celui qui se trouve dans le petit salon près de l'entrée. C'est un échange avec une autre créatrice.

— Kendra m'a prévenue que cet endroit grouillait de quilteuses.

Grace rit de bon cœur.

— Je ne pense pas faire partie du nombre ! Voilà bien longtemps que j'ai abandonné la technique traditionnelle. Je me suis dit que la vie est trop courte pour refaire ce que de meilleures couturières que moi font depuis des siècles. Je n'ai jamais perfectionné mon point de matelassage et je n'ai pas le tour de main pour un piquage parfait. Je me débrouille quand même tout à fait correctement mais ma passion, c'est ça, dit-elle, en montrant le patchwork qui avait retenu l'attention de Jamie.

Des couleurs vives, des textures originales et des objets incorporés en surface caractérisaient toutes les pièces que la jeune femme avait remarquées. Plumes, grains, perles multicolores, pampilles, épis de blés, brindilles et toutes sortes de breloques et pendeloques garnissaient les ouvrages de Grace. Certains étaient moins chargés que d'autres, avec des bandes de dentelle ou de ruban pour seul ornement ; d'autres avaient des formes de trapèzes ou d'hexagones irréguliers. Leur unique point commun était d'apporter la vie sur les murs de la vieille ferme. Le plus grand — celui qu'elles étaient en train d'observer — se composait de morceaux d'étoffe rouge et or, de dimensions et de formes variées, parsemés de perles de cristal. Il était décoré, en son centre, d'une série de minuscules poupées de chiffon en costumes folkloriques.

— Le patchwork m'apparaît sous un jour tout à fait différent, avec vous…, avoua Jamie.

— J'ai commencé à en faire à l'époque où nous sommes venus nous installer ici, Ben et moi. Je ne suis pas sûre qu'il ait jamais réellement compris de quoi il s'agissait. Ben était traditionnel jusqu'au bout des orteils, que personne n'a jamais vus sauf moi, évidemment, puisqu'un homme comme il faut ne porte jamais de sandales.

Jamie s'interrogea brièvement sur le couple qu'ils avaient formé. Grace parlait avec tendresse de son mari, aussi imagina-t-elle un couple heureux.

Grace les conduisit jusqu'à une immense cuisine ensoleillée, avec des meubles en pin blond et des plans de travail carrelés. Un patchwork en relief, garni de fruits et légumes séchés, décorait le mur, à côté du réfrigérateur.

Chance dormait dans une grande cage à chien, à côté du fourneau. En la voyant, les filles coururent vers elle d'un même élan.

— J'ai un biberon tout prêt pour elle, dit Grace à Hannah. Si tu la laisses faire, elle viendra sur tes genoux pour le boire. Il faudra laisser Alison lui donner aussi le biberon ; mais c'est toi qui la tiendras, Hannah, car elle a déjà des petits sabots bien pointus.

— D'accord…

Grace ouvrit la porte pour prendre la faonne. Chance se laissa faire, sans paraître toutefois avoir hâte de quitter la sécurité de sa cage.

Jamie l'observa d'un œil attendri.

— Oh, mais elle marche, murmura-t-elle.

La petite biche n'était toujours pas plus grosse qu'une peluche, mais son pelage était plus brillant qu'au début et ses yeux aussi. La gorge de Jamie se serra à l'idée que la petite bête était sans doute passée tout près de la mort.

— Elle n'a pas encore le jarret très solide, mais il y a du progrès, leur indiqua Grace. Nous sommes passées au lait de chèvre ; c'est un voisin qui me le fournit. Et elle tient trois heures entre deux tétées, maintenant. Bientôt, elle fera sa nuit complète.

— Quel travail pour vous, dit Jamie. J'ai des remords…

Mais pas autant que j'en aurais si nous ne l'avions pas amenée ici, reprit-elle après avoir marqué une pause.

— Nous sommes deux, alors. C'est un amour de petite biche ; elle me tient compagnie. Les soirées sont longues, ici…

Grace alla prendre le biberon dans le réfrigérateur, puis montra aux deux filles comment faire boire Chance.

— Venez vous asseoir, dit-elle ensuite à Jamie, en désignant la grande table de ferme. Voulez-vous une tasse de café ?

— Pas de café, merci. Mais je veux bien un grand verre d'eau.

— J'ai de la citronnade.

— C'est encore mieux.

Grace remplit quatre verres et les posa sur un plateau qu'elle apporta à table. Dans le coin, les filles poussaient des cris de joie, tandis que l'animal essayait de saisir la tétine entre ses babines.

— Aimeriez-vous voir les vergers, quand les filles auront terminé ?

— Avec plaisir ! Est-ce qu'ils sont encore productifs ?

— Pas autant qu'il faudrait. Il ne reste plus de fermiers dans la famille, je le crains. L'un de mes fils travaille pour la Monnaie américaine, à San Francisco. L'autre enseigne la physique dans une petite université du Massachusetts. Leurs enfants se sont spécialisés dans des domaines très éloignés de l'agriculture. Quant à ma fille — la mère de Cash —, elle adore cet endroit, mais elle ne se sent ni la force ni le courage de l'exploiter. Sandra ne voit vraiment pas comment réussir à maintenir une production suffisante pour régler les impôts, payer les salariés, l'entretien des machines, des terres, des hangars et de tout ce qui a trait aux vergers. La récolte ne rapporte plus suffisamment. Les

Américains veulent acheter leurs produits alimentaires à des prix plancher. Il y a tous les jours des exploitants qui mettent la clé sous la porte, vous savez.

— J'ai vu pas mal d'exploitations aux alentours ; il y a des panneaux sur les routes. Comment font-ils ?

— Ils proposent la cueillette sur place. Ils offrent aux citadins de venir passer une journée à la campagne, faire un tour sur un camion de foin, pique-niquer dans les champs et cueillir leurs pommes sur l'arbre. Ça exige beaucoup de travail et de dévouement, l'air de rien... La plupart sont des exploitations familiales ; ce sont les seules qui parviennent à subsister. Il arrive aussi qu'un membre ou deux de la famille subventionne la survie de l'exploitation.

— Personnellement, je n'y connais absolument rien, mais j'ai l'impression que ça demande d'énormes efforts, voire des sacrifices.

— Certes, et quand on doit payer des salariés, de surcroît, c'est la faillite assurée.

— Comment faites-vous, alors ? Vous avez dit que l'exploitation est toujours en activité.

— Ces temps-ci, nous vendons à des fabricants de cidre et de compote. Les pommes ne sont pas assez parfaites pour la vente directe ou les supermarchés. Mais la récolte est de moins en moins bonne. Il faudrait planter de nouveaux arbres et soigner les vieux comme des nouveau-nés. C'est pour ça que je suis là. Je tiens à m'assurer que ce soit fait.

— Vous avez trouvé le moyen de résoudre tout ça ?

Grace sourit.

— Pas encore. Mais ça ne fait pas longtemps que je suis de retour.

— Et nous qui abusons de votre temps !

Tout en disant cela, Jamie se demandait comment une

femme de l'âge de Grace pouvait régler un problème de cette importance. Elle paraissait encore énergique et très vive, mais elle n'était plus de première jeunesse. A en juger par l'état de la propriété, il semblait évident que ses enfants se bornaient à attendre leur heure pour pouvoir vendre. C'était plutôt désolant.

— Cash pourrait redresser la situation, s'il voulait, reprit Grace tout en remplissant le verre que Jamie avait vidé d'un trait. Il a ça dans le sang, vous savez. C'est celui de mes petits-enfants qui me ressemble le plus. Seulement, il ne se rend pas compte que rester ici et prendre les choses en main représente un challenge à la hauteur de ses ambitions et propre à soigner son instabilité.

— Vous pensez qu'il est instable ?

— Non, c'est lui qui croit ça. Il pense qu'en partant et en repartant encore, il trouvera un certain apaisement. Seulement, ça ne sert à rien, naturellement.

— La paix peut parfois être longue à atteindre…

— Il a eu un parcours difficile.

Jamie ne voulait pas être indiscrète. Elle se dit que si Cash cherchait l'apaisement, ses raisons ne concernaient que lui. Mais son expression dut trahir sa curiosité.

Grace se cala dans son siège.

— Que savez-vous sur mon petit-fils ?

— Que c'est un excellent entrepreneur et un charmant garçon.

— Et qu'il a un faible pour vous ?

Jamie sentit ses fossettes se creuser.

— Je n'irais pas jusque-là.

— Je vous ai dit que c'est un coquin. Mais je peux aussi vous confier qu'il n'a eu aucune relation sérieuse depuis qu'il est redevenu célibataire.

— Ah bon ? fit Jamie, décontenancée.

— Vous ignoriez qu'il a été marié ? Il affirme qu'il ne veut plus jamais l'être.

Jamie songea au bébé qu'elle portait.

— Si Cash ne veut pas s'engager, je serais la dernière personne qu'il souhaiterait fréquenter. Nous sommes de véritables boulets, mes enfants et moi.

— Les filles ? Cash adore les enfants. Et tous mes arrière-petits-enfants le lui rendent bien. Non, l'obstacle, ce serait plutôt vous. Il a une peur bleue de tomber amoureux et ça pourrait facilement lui arriver, avec vous. Il en est à deux doigts, du reste.

Jamie faillit s'étrangler avec sa citronnade.

— Grace, c'est très gentil à vous de me dire ça, mais vraiment, vous ne savez strictement rien de moi.

La vieille dame l'observa attentivement par-dessus ses lunettes.

— Une jeunesse perturbée ; ça se voit sur votre visage. Quelque chose en rapport avec les hommes qui ont engendré ces petites ou alors qui remonte plus loin… Mais une bonne dose de détermination pour faire les choses comme il faut, de la patience, de l'intelligence, de la créativité… Et vous êtes un vrai cordon-bleu, une architecte douée : qu'y a-t-il de plus à savoir, mon petit ? Il aurait bien de la chance de vous avoir.

Elle se leva sans laisser à Jamie le temps de dire un mot.

— Alors, les filles, comment va ce bébé ? demanda-t-elle, en s'approchant pour superviser l'opération biberon.

Chance semblait tout à fait satisfaite, mais Alison s'était lassée de tenir le biberon ; elle alla s'asseoir sur les genoux de sa mère pour boire sa citronnade. Deux minutes plus tard, Hannah vint les rejoindre.

— Nous allons d'abord faire sortir Chance, leur annonça

Grace. Elle a besoin de prendre l'air et de faire sa crotte. Après, je vous emmène en voiture voir mes pommiers.

Les filles pouffèrent et Jamie esquissa un sourire. Grace prit l'animal dans ses bras et se dirigea vers la porte. A mi-chemin, elle se cogna à un tabouret appuyé contre un placard et faillit tomber.

Jamie était assez près pour la retenir par le bras.

— N'est-ce pas idiot ? Mais aussi, ce n'est pas facile d'y voir clair, avec cette petite chose dans les bras.

— Je vais vous guider, dit Jamie, en lui tenant le coude.

— Vous êtes une personne sur qui on peut compter, Jamie. Ça se sent.

La jeune femme posa machinalement son autre main sur son ventre.

— C'est ce que je veux être, dit-elle avec ferveur. C'est exactement ce que je veux être.

7

Depuis qu'ils étaient rentrés à Arlington, la nouvelle de la grossesse de Jamie trouvait en Kendra un écho très particulier. Il se traduisait par les allées et venues incessantes que la jeune femme ne pouvait s'empêcher d'effectuer à l'étage de sa maison, dans la petite chambre qui donnait à l'arrière, sur le jardin.

Elle l'avait meublée avec amour pour ses deux nièces, les seules enfants à l'avoir occupée pour le moment. Quand Hannah et Alison séjournaient chez elle, elles dormaient dans des lits jumeaux que Kendra avait dénichés dans une vente aux enchères. C'étaient des meubles en noyer massif du siècle dernier, avec des fleurs sculptées sur les têtes et les pieds de lit, d'un style campagnard à la fois rustique et gracieux. Elle avait également équipé la pièce d'une commode et de deux fauteuils à bascule de la même époque. Un tapis blanc cassé très moelleux et des patchworks multicolores qu'elle s'était procurés à une vente de charité de la paroisse de la Shenandoah complétaient la décoration et s'harmonisaient parfaitement avec les murs peints en jaune pâle.

Ten, leur gros matou tigré, passa comme une flèche entre ses jambes, alors qu'elle s'apprêtait, une fois encore, à jeter un coup d'œil dans la chambre, suivi de près par la brave Dusty, une chienne bâtarde adoptée à Tom Brooks que même Kendra, pourtant versée dans l'art du mot juste, n'avait jamais réussi à décrire convenablement.

Un bruit de pas se fit entendre dans l'escalier, puis Isaac la rejoignit et passa les bras autour de sa taille. Elle se laissa aller contre lui.

— A quoi penses-tu ? lui murmura-t-il à l'oreille.

— Il est encore trop tôt pour penser ce que je suis en train de penser…

— Tu imagines une chambre de bébé, ici, c'est ça ?

Elle rit doucement, parce qu'il avait raison. Il la connaissait bien… Elle se disait en effet que cette pièce était le meilleur endroit pour y installer un bébé, car la plus proche de leur chambre et la plus calme, avec sa fenêtre qui ouvrait sur le jardin.

— Ça m'ennuie un peu de devoir déplacer les filles, fit-elle, mais nous ne tarderons pas à déménager pour la campagne. Et leur chambre, là-bas, est déjà prévue.

— Moi, j'imagine très bien des équipements sportifs, ici : des fanions de base-ball, un panier de basket…

— Ah oui ? Et si c'est une fille ?

— Une fille peut très bien apprendre à manier la balle comme une pro, je te ferais remarquer ! Hannah est déjà en train de peaufiner son lancer…

— Je n'arrive pas à croire que ce n'est pas un rêve…

Isaac resserra son étreinte.

— Nous n'allons pas tarder à en avoir une preuve concrète.

Jamie ne s'était pas trompée. Elle était bel et bien enceinte et devait passer le jour même une échographie à la clinique où avait été pratiquée la fécondation in vitro. Si tout se passait bien, elle en aurait une autre dans quelques semaines, puis la surveillance de sa grossesse serait confiée à un obstétricien ordinaire. Ils avaient opté pour un cabinet situé à Front Royal, à mi-chemin entre

Arlington et Tom Brooks. Dès le début, Jamie avait posé comme principe que sa sœur et son beau-frère pourraient assister à ces examens chaque fois qu'ils le voudraient.

— Il y a encore tant de choses qui peuvent mal tourner, soupira Kendra.

Le silence d'Isaac lui indiqua qu'il réfléchissait à la meilleure façon de formuler sa réponse.

— N'hésite pas… Dis carrément ce que tu penses… De toute façon, je m'en doute un peu.

Il la serra plus fort contre lui.

— Je comprends bien que tu essaies seulement de te protéger — de nous protéger — en restant sur tes gardes, mais il serait peut-être temps de cesser de bouder notre plaisir, tu ne crois pas ? Ne serait-il pas possible de parler du bébé de façon positive ?

— Tout ça est tellement nouveau… et tellement incertain ! Comment aurais-je pu m'attendre à ce que ma sœur porte notre enfant ? Jamais je ne me suis préparée à une éventualité pareille !

— Alors il vaudrait mieux lâcher prise. Si nous ne sommes pas préparés, nous ne saurons même pas pour quoi nous tracasser !

— Pourtant, c'est exactement l'inverse qui m'arrive : je me tracasse pour tout et n'importe quoi.

— J'aimerais bien que tu arrêtes de t'en faire, d'accord ?

Kendra reçut l'avertissement cinq sur cinq. Il n'était pas question qu'elle gâche l'expérience pour Isaac, par une manifestation trop pesante de son anxiété.

Elle se retourna dans ses bras.

— Tu as raison. Ce n'est pas en me faisant du souci à tout propos que je changerai quoi que ce soit au résultat. Jamie a mis deux enfants au monde en mon absence ; elle n'a vraiment pas besoin de se faire harceler, cette fois-ci, par une enquiquineuse.

— Parfait ! Et maintenant, tâche de croire à ce que tu dis !

Il la serra encore, l'embrassa puis la libéra.

— Je pense que décorer cette chambre pour le bébé nous fera le plus grand bien…, poursuivit-il

— Non, c'est vraiment trop prématuré. Mais je vais ouvrir une liste d'idées.

— Il faudrait que ça reste dans des tons de bleu…

— Tu tiens absolument à avoir un garçon ?

Isaac esquissa un sourire.

— Tu sais bien que non !

— Il faut reconnaître qu'il te manque un allié. Moi, j'ai ma sœur et ses filles. Un peu plus de testostérone dans la famille ne serait pas plus mal.

— Ce que je veux, Kendra, c'est un bébé en bonne santé. Peu importe si c'est une fille ou un garçon. Allez ! Allons voir sa première photo.

La jeune femme jeta un dernier coup d'œil sur la pièce qui accueillerait le nouveau-né. L'inquiétude s'empara de nouveau d'elle, mais elle la chassa délibérément de son esprit, sans y parvenir tout à fait. C'était là le mieux qu'elle puisse faire.

— Dites-moi que c'en est fini de toutes ces questions ! s'exclama Jamie.

L'infirmière qui l'avait conduite dans la salle d'examen, une femme entre deux âges avec un réseau compliqué de petites nattes en zigzag sur le crâne, s'esclaffa.

— Quand est-ce que quelqu'un s'intéressera de nouveau autant que moi au moindre de vos symptômes, ma jolie ?

A la moindre goutte de vos urines ? Vous verrez que je vais vous manquer…

— Vous peut-être, mais vos questions, pas tant que ça !

— Nous allons commencer par une échographie externe, mais si nous ne sommes pas satisfaits, nous procéderons par voie vaginale.

Jamie avait fortement suggéré au médecin de procéder d'abord à l'échographie abdominale afin qu'Isaac pût être présent. L'homme avait accepté à contrecœur.

— Je sais. J'espère seulement que nous pourrons entendre les battements du cœur.

— Cette vessie pleine va favoriser ça.

— Cette vessie pleine aimerait qu'on ne tarde pas trop !

Quelqu'un frappa à la porte et l'infirmière fit entrer Kendra.

— Je vais vous installer, dit-elle à Jamie. La technicienne ne va pas tarder. Ensuite, le père pourra vous rejoindre.

— Comment ça va ? demanda Kendra.

— Disons qu'après avoir ingurgité plus d'un litre d'eau, j'attends avec impatience une petite visite aux toilettes…

Kendra regarda l'infirmière aider sa sœur à se placer dans la bonne position sur la table d'examen. Jamie dégrafa son jean et le tira jusqu'au bas de ses hanches.

— On voit que ce n'est pas votre première fois, fit remarquer l'infirmière avec un clin d'œil.

— Je suis une habituée, en effet.

— Vous êtes bien installée ?

— Ça peut aller…

— Tout est prêt. Lori sera là dans quelques minutes.

— J'espère, dit Kendra. Parce que si Jamie dit que ça peut aller, c'est qu'elle n'est pas si bien que ça.

— Je vous promets que nous ne la laisserons pas exploser.

L'infirmière tapota gentiment la main de Jamie avant de sortir.

La jeune femme remua un peu sur la table d'examen pour se mettre plus à l'aise.

— J'aime bien quand tu prends ce ton sévère, Kendra.

— Je vais faire en sorte que tout soit mis en œuvre pour que chacun prenne soin de toi comme il faut. C'est ma nouvelle mission.

— Nouvelle ? Tu en as toujours fait ta mission, il me semble…

— Ce n'est pas exactement ce qui se passe, cette fois. Est-ce que tu ne prends pas soin de moi, toi ? Tu t'emploies à exaucer mon vœu le plus cher, aux dépens de ta liberté et de ton apparence physique.

— C'est une manière sympa de voir les choses.

Jamie prit la main de sa sœur et la serra dans la sienne.

Kendra sourit, puis reprit un air grave.

— Dis donc, à propos de prendre soin de toi… Est-ce que tu as parlé à Riva ? Elle sait que tu es ici et pourquoi ?

Riva Delacroix, leur mère, n'était pas tant brouillée avec ses filles que complètement indifférente à leur sort. Son existence était une course en avant éperdue, sans but précis, sinon celui de la conduire dans les stations balnéaires les plus huppées du monde. Leur enfance avait été confiée aux soins de domestiques et de gouvernantes choisies sans discernement. Kendra s'était donc efforcée tant bien que mal de pallier, auprès de sa cadette, la négligence de leurs parents. Ce qui avait évidemment engendré une nouvelle série d'inconvénients.

— Je l'ai appelée juste avant de déménager, pour lui annoncer que nous allions séjourner quelque temps en Virginie, dit Jamie. Elle était quelque part en Toscane à une grande réception mondaine ; j'ai eu droit pendant plus d'une heure au récit détaillé de sa rencontre avec un homme qui représentait soi-disant exactement ce qu'elle cherchait depuis toujours, qui correspondait à ses rêves les plus fous et je t'en passe…

— Je vois le tableau !

— Bref, Riva dans toute sa splendeur ! Il paraît même qu'elle a eu une vision juste avant leur première rencontre. Une femme vêtue de voiles vaporeux lui aurait annoncé que ses souffrances touchaient à leur fin et qu'elle allait connaître le paradis sur terre. Sur ce, le prince charmant est apparu…

— Riva, Notre-Dame de Perpétuelle Confusion.

Jamie avait été obligée d'analyser sa relation avec leur mère pendant sa cure de désintoxication à First Step, mais elle ignorait si Kendra en était jamais passée par là. Elle espérait que si. Etudier avec du recul l'attitude d'un parent médiocre semble être une condition préalable pour en devenir un bon. Cela s'était vérifié pour elle, en tout cas.

Après un coup discret frappé à la porte, une jeune femme en blouse verte, blonde et enjouée, entra et se présenta. C'était Lori Jones, l'échographiste.

Kendra s'écarta pour lui faire place.

— Puis-je faire entrer mon mari, maintenant ?

— Vous êtes d'accord ? demanda Lori à Jamie.

— C'est lui le père…

Lori Jones ne broncha pas. Dans une clinique de fécondation artificielle, toutes les situations et les combinaisons imaginables se rencontraient chaque jour.

— Allez le chercher, répondit-elle à Kendra. Il ne faut pas que le papa rate ça, n'est-ce pas ?

Jamie songea qu'elle aurait probablement sympathisé avec Lori dans d'autres circonstances. Mais elle était fatiguée, un peu barbouillée et pressée d'en finir pour aller aux toilettes. En outre, Alison et Hannah attendaient à côté, sans comprendre pourquoi leur mère, leur oncle et leur tante avaient rendez-vous tous ensemble chez le médecin.

Isaac entra. Kendra et lui se placèrent là où l'échographiste le leur indiqua.

— Est-ce que les filles sont sages ? s'enquit Jamie.

— Alison est en train de colorier des vaches au crayon vert pomme et Hannah s'exerce à résoudre des mots croisés destinés à des enfants bien plus grands qu'elle. Elles se demandent ce qui se passe.

— Je le leur dirai bientôt. Je voulais d'abord passer cette échographie et m'assurer que tout va bien.

Kendra lui reprit la main. Lori avertit Jamie que le gel dont elle allait lui enduire le ventre serait très froid, ce que la jeune femme savait déjà.

— Voici le transducteur, leur expliqua Lori, en brandissant sa baguette magique. Il capte les ultrasons. Vous pouvez suivre les choses sur l'écran.

Des images apparurent alors, au fur et à mesure que Lori déplaçait le transducteur sur l'abdomen de Jamie. Leur définition n'était pas très bonne et Lori ne fournissait pas beaucoup d'explications. Même après avoir passé bon nombre d'échographies, Jamie aurait été incapable de dire ce qu'elle voyait. S'il y avait un fœtus dans tout cela, il demeurait imperceptible à ses yeux.

Elle avait espéré que la jeune femme leur fournirait

les commentaires nécessaires à cette lecture d'images, mais elle se comportait maintenant avec une neutralité toute professionnelle.

Au bout d'un moment, elle s'arrêta et retira le transducteur.

— Je vais chercher le médecin, déclara-t-elle.

— Pourquoi ?

— Quelque chose de banal, ne vous inquiétez pas. Il vous dira ça lui-même.

— Je me sens tout à fait prête à descendre de cette table et à m'en aller, la prévint Jamie.

— Je reviens dans deux minutes. Ne bougez pas.

— De quoi pensez-vous qu'il s'agisse ? demanda Isaac, quand elle fut sortie.

— Elle n'avait pas tellement l'air de s'inquiéter, dit Kendra, qui s'inquiétait manifestement bien davantage.

Jamie se doutait un peu de ce que c'était. Elle avait passé assez d'échographies pour savoir que ce que Lori venait de voir ne lui avait causé ni surprise ni inquiétude véritables.

Elle regretta sur le moment de ne pas être restée dans le Michigan, où sa jeune gynécologue, le Dr Chinn, aurait assisté à l'échographie et ne se serait pas privée de la commenter tout haut. Elles s'étaient liées d'amitié, quand le frère cadet de Suzy Chinn avait eu besoin des services de First Step pour l'aider à surmonter une tendance à abuser des calmants. Elle aurait eu besoin de Suzy, maintenant, pour l'aider à rassurer Kendra et Isaac.

— C'est une clinique médicale, dit-elle, craignant de leur gâcher la surprise ou de tirer des conclusions hâtives. S'ils vous disent tout de suite ce qu'il en est, ils ne pourront pas facturer grand-chose ! Alors, ils font durer le mystère…

Comme ils se taisaient tous les deux, elle se rendit compte qu'ils se préparaient au pire.

— Ecoutez, reprit-elle, quel que soit le diagnostic, nous continuerons. S'il faut que nous recommencions, nous remettrons ça.

— Tu crois que c'est ce qu'ils vont nous annoncer ?

— Non. Je suis pratiquement sûre de savoir ce qu'ils vont nous dire, répondit Jamie.

Avant qu'ils aient pu lui demander de leur faire partager ses conjectures, la porte s'ouvrit et un médecin entra en compagnie de Lori. C'était un petit homme au crâne dégarni, dont le sourire renforça la certitude de Jamie.

— Bon, voyons un peu ceci ensemble, dit-il.

Kendra se rapprocha de l'écran.

— Il faut d'abord que je jette un coup d'œil, reprit le médecin. Rien que pour confirmation, bien que Lori soit la meilleure échographiste que je connaisse. L'as des as.

Cette expression ne plaisait généralement pas trop à Jamie, mais elle trouvait ce type plutôt sympathique. Avec la pimpante Lori, ils formaient un sacré tandem. Ensemble, ils savaient tenir leur public en haleine.

— Allons, dit-il à Jamie. Regardons ça une fois de plus.

Kendra avait pâli. Ses taches de rousseur ressortaient doublement sur sa peau blême.

— Finissons-en au plus vite, si vous le voulez bien.

Lori étala encore du gel sur l'abdomen de Jamie et se remit à déplacer le transducteur. Une minute passa, puis deux.

— Là, dit-elle enfin.

Le médecin garda le silence, tandis que l'appareil glissait de long en large sur le gel.

— Dites-leur vite pour que je puisse aller aux toilettes, d'accord ? insista Jamie.

— Nous allons vous libérer un moment, dit le médecin, et ensuite, si ça ne vous ennuie pas, nous vous ferons remonter là-dessus et compléter l'examen par une échographie interne ; juste pour obtenir quelques informations de plus.

— Si vous ne dites pas tout de suite à ces pauvres gens ce que vous avez vu, répliqua Jamie, je vous fausse compagnie sans l'ombre d'une hésitation !

Le médecin s'approcha de l'écran et pointa son index dessus.

— Félicitations, monsieur et madame Taylor… Juste là, vous voyez ? Ce sont deux cœurs qui battent. Ceux des deux embryons implantés. Si tout continue à se passer comme nous le souhaitons, il semble que vous allez être les heureux parents de jumeaux.

8

Jamie était contente de pouvoir enfin rentrer chez elle. Entre le trajet, les examens médicaux, la nouvelle qu'elle attendait des jumeaux et la nausée qui ne l'avait pas quittée de la journée, elle avait grand besoin d'une bonne sieste. Malgré sa fatigue, elle était enchantée pour Kendra et Isaac, qui étaient, eux, encore sous le choc. Depuis le début, tout le monde savait que c'était une possibilité, mais comme il y a d'ordinaire plus de probabilités qu'une implantation ne donne rien plutôt que des jumeaux, sa sœur et son beau-frère en avaient sans doute écarté l'hypothèse.

Evidemment, la médaille avait son revers. Une double grossesse compliquait la situation. Après la seconde échographie, le médecin les avait prévenus que, même si tout allait très bien pour le moment, il était plus difficile de porter des jumeaux. Jamie devrait se ménager davantage. Les symptômes tels que la fatigue et les nausées matinales risquaient d'être accentués. Vers la fin de sa grossesse, elle serait sans doute contrainte de s'aliter et malgré tout, l'accouchement aurait probablement lieu avant terme. L'idéal étant, dans ces cas-là, de le retarder au maximum pour donner aux bébés le plus de temps possible.

Son état serait aussi visible plus tôt. Il serait difficile

de garder bien longtemps le secret, notamment auprès de ses filles.

Tout en conduisant, Jamie se demandait d'ailleurs comment elle allait expliquer cela à Hannah et Alison, puis aux autres personnes de sa connaissance. Quoi qu'elle n'eût pas grand monde dans sa vie, ni même une vie sociale vraiment digne de ce nom.

Arrivée au bout de son chemin, elle aperçut trois camionnettes garées près de la clairière. Jamais elle n'avait vu autant de monde à la fois au chalet depuis son installation dans la Vallée. En définitive, sa vie sociale allait peut-être commencer à s'animer.

En fait, c'étaient les artisans de Rosslyn & Rosslyn qui étaient arrivés.

Hannah, qui avait somnolé pendant tout le trajet, se réveilla tout à coup.

— C'est qui, tous ces gens, maman ?

— Je pense que ce sont les ouvriers qui viennent entamer les travaux de la nouvelle maison de tante Kendra.

— Est-ce que Cash sera là ? Je voudrais bien lui montrer comment on a décoré la cabane.

Cash avait terminé leur espace de jeux depuis déjà deux semaines. La cabane était charmante et assez robuste pour accueillir une dizaine d'enfants. Occupées à faire des courses à Winchester, quand il était venu la terminer, elles n'avaient pu le remercier de vive voix. Jamie lui avait laissé un message sur son répondeur, mais n'avait pas reçu de réponse. Puis, lors d'une de leurs visites à Chance, Grace leur avait appris que Cash était allé voir des amis dans le Kentucky. Il devait revenir cette semaine.

— Je parie qu'il va venir, dit-elle, en détachant Alison de son siège puis en l'aidant à descendre. Il appréciera certainement un grand merci de votre part. Il le mérite bien !

Les filles coururent en avant, pressées de voir ce qui se passait. Jamie les suivit d'un pas plus tranquille.

Un groupe d'hommes sillonnait l'emplacement de la future maison, tandis que cinq ou six autres bavardaient en fumant près d'un amas de pierres. Un peu à l'écart, un homme seul prenait des notes sur un carnet.

Jamie alla se présenter à lui. Il l'informa qu'il s'appelait Gig et qu'il était le contremaître de l'équipe. Agé d'une soixantaine d'années, il avait le teint rougeaud et ces yeux d'un bleu délavé qui vont souvent avec.

— M. Rosslyn ne va pas tarder, lui annonça-t-il. Il a l'intention de trouver de l'eau, aujourd'hui. Ça pourrait vous intéresser de le voir faire.

— Est-ce qu'il va d'abord procéder à une étude géologique ?

Jamie savait que les spécialistes en hydrologie observaient la nature de la roche, la végétation du lieu et les puits déjà existants pour essayer d'en découvrir d'autres. On pouvait penser que la compagnie de forage connaissait suffisamment la région pour savoir à peu près à quoi s'attendre. Elle fut surprise d'apprendre que c'était Cash qui allait s'en occuper.

— Vous ne savez pas, alors ?

— Qu'est-ce que je devrais savoir ?

— Ce vieux Cash a l'air peut-être d'un simple gars de la campagne mais en réalité, c'est un magicien. Le magicien de l'eau !

— Cash, sourcier ? Vous plaisantez ?

Voyant qu'elle cherchait à se protéger la tête du soleil, Gig l'entraîna à l'ombre, tandis que les filles se couraient après à travers la clairière. Tout en attendant l'arrivée de Cash, il lui raconta une série d'anecdotes sur lui.

— Il est même capable de vous dire combien de litres à la minute vous pourrez obtenir. Bon, il n'est pas le seul à pouvoir faire ça, mais c'est le meilleur sourcier que je connaisse. Il a trouvé de l'eau pour un de mes voisins qui s'apprêtait à déménager de son coin perdu, quand son puits s'est asséché. Tous les autres lui disaient que son terrain était aussi sec qu'une ch…

Il se mordit la langue.

— Euh… aussi sec qu'un désert.

— Comment fait-il, à votre avis ?

— Une dose de connaissances géologiques, une dose de don naturel, une dose de chance et une dose d'écoute de la Création.

Jamie savait que les gens étaient très croyants, dans la région, mais à ce point-là, c'était stupéfiant !

— Vous croyez que Dieu guide sa main ?

— Non, ma p'tite dame. Je ne crois pas que Dieu ait du temps pour ça, avec tout ce qui se passe dans le monde. Je crois juste qu'il y a toutes sortes de choses que nous saurions si nous pouvions simplement nous mettre à l'écoute. Tout est là, à notre portée ; seulement, la plupart du temps, nous ne sommes pas sur la bonne fréquence. Tandis que Cash, il sait se brancher sur celle qu'il faut pour trouver de l'eau.

Jamie se figura des ondes radio divines quadrillant la surface du globe. C'était une vision réconfortante, même si on ne possédait pas les bons récepteurs pour les capter. Il restait toujours la possibilité que quelqu'un invente le matériel idoine ; ou peut-être, comme le suggérait Gig, suffisait-il de rester attentif assez longtemps pour les entendre ?

— Moi, continua le contremaître, je ne pourrais même pas trouver d'eau en marchant au bord de la Shenandoah. Mais envoyez-moi dans les bois et je suis capable de flairer n'importe quel animal qui rôde dans les parages.

— Vous devez être un fameux chasseur, j'imagine.

— Je l'ai été, gamin. Maintenant, je me promène sans mon fusil, rien que pour le plaisir d'observer la faune.

Cash apparut sur ces entrefaites. Sa camionnette blanche et verte s'arrêta juste en face du futur chantier. L'un des deux groupes n'était plus là ; les autres hommes continuaient d'arpenter le site en prenant des notes.

Gig avait terminé ce qu'il avait à faire ce jour-là, mais il voulait rester pour voir Cash à l'œuvre.

En descendant de sa camionnette, Cash se dirigea d'abord vers les hommes, mais en apercevant les filles, il changea de direction et s'accroupit devant elles pour leur dire bonjour. Il portait un grand sac en toile noir dont dépassait quelque chose qui ressemblait à un cintre.

Jamie alla les rejoindre et attendit son tour, pendant que les filles le remerciaient pour leur cabane de jeux. Cash leur promit d'aller voir un peu plus tard ce qu'elles en avaient fait.

— On dirait que la fête commence, dit-elle, quand les filles furent reparties gambader.

Le sourire de Cash fit briller ses yeux, qu'elle trouva plus bleus que verts, ce jour-là. Elle n'avait pas oublié combien cet homme était séduisant, mais elle avait oublié à quel point elle trouvait agréable de le regarder.

— Ça fait longtemps qu'on ne s'est pas vus…, dit-il en préambule.

— Je suis allée chez votre grand-mère. Je pensais vous y rencontrer.

— Mamie Grace m'a dit qu'elle vous a fait faire un tour du domaine. Alors, qu'est-ce que vous en pensez ?

Il était difficile de lui répondre. Les vergers Cashel étaient situés sur des terres magnifiques, à flanc de montagne, avec une vue dominante sur le fleuve, de belles étendues de forêts, mais leur état d'abandon gâchait le plaisir. Près d'un millier d'arbres pratiquement morts n'attendaient plus que le bulldozer pour achever leur existence. Au bout de cinq minutes de visite, le spectacle des granges et des hangars en ruine, des champs envahis d'herbes folles, avait convaincu Jamie que le rêve de Grace de restaurer le domaine n'était qu'un vœu pieux.

— Je pense qu'il doit vous être difficile de tous vous entendre sur la question du domaine, dit-elle prudemment. J'ai eu l'impression que les arbres connaissaient le sort qui les attend.

— C'est compliqué…

— Sans aucun doute.

Il sourit encore et changea de sujet.

— Je me suis dit que vous deviez vous ennuyer toute seule, ici. J'ai promis aux filles de venir ajouter quelques touches finales à leur palais, demain matin. Mais j'ai une surprise pour vous ; une véritable distraction. Aujourd'hui, nous allons dénicher de l'eau.

— Gig m'a raconté… Vous allez vraiment chercher une source avec une baguette ?

— Absolument.

— Ce sera sans doute intéressant. Je crains de ne pas croire davantage à la radiesthésie qu'au spiritisme et autres phénomènes paranormaux.

— Alors, vous allez devoir observer et apprendre.

Jamie jeta un coup d'œil sur ses filles, qui s'amusaient maintenant à choisir des cailloux dans l'allée.

Elle se retourna vers Cash.

— Comment ça marche, alors ? Vous déterminez à quel endroit il faut creuser un puits et l'entreprise de forage vous croit sur parole ?

— C'est à peu près ça. Evidemment, si je leur dis de creuser à deux cents mètres de profondeur dans du granit, ils risquent d'y réfléchir à deux fois. Mais je ne leur dirai jamais ça.

— Vous ne vous trompez jamais ?

— Ça m'est arrivé une ou deux fois. Ils ont dû creuser un peu plus profondément et obtenu un peu plus d'eau ou un peu moins que ce que j'avais annoncé. Je ne peux rien promettre.

— J'ai hâte de voir comment vous vous y prenez.

— Je ne parle pas beaucoup pendant l'opération. Il ne faut pas que j'aie autre chose en tête ou que mon attention se disperse.

— Il ne me viendrait pas à l'idée de vous distraire.

— Merci, c'est bon à savoir. Au cas où vous me troubleriez quand même un peu, je saurai que ce n'est pas intentionnel.

Jamie ne put s'empêcher de sourire.

— Bon… Par quoi commencez-vous ?

— Eh bien, nous allons d'abord étudier l'endroit où nous souhaitons avoir un puits, afin que les canalisations à installer ne soient pas plus longues que nécessaire. Il arrive qu'on ait de la chance. Si ce n'est pas le cas, j'élargirai les recherches par cercles concentriques en sillonnant le terrain jusqu'à ce que je trouve ce qu'il vous faut.

— Et s'il n'y a pas d'eau souterraine ?

— Aussi près de la rivière ? Comment voulez-vous qu'il n'y en ait pas ? C'est gagné d'avance !

— Ce n'était pourtant pas facile pour la grand-mère d'Isaac, à ce que j'ai entendu dire. Mon beau-frère pense qu'il n'y a sans doute jamais eu beaucoup d'eau dans son puits. Les filles et moi, nous tâchons de l'économiser. Je limite les bains et les douches ; ce qui n'est pas pour leur déplaire !

— Mme Spurlock n'avait sûrement pas de gros besoins. Les gens allaient faire leur lessive au lavoir. Ils se lavaient dans une bassine. Ils donnaient à boire aux animaux mais n'arrosaient pas de pelouses. Elle devait simplement pomper de quoi boire, faire sa toilette et le ménage. Qu'aurait-elle fait d'une grande quantité d'eau ?

Cash avait probablement raison. Mais une famille moderne consommait quatre à cinq fois plus d'eau que les générations précédentes.

— Kendra et Isaac voudront certainement ajouter du matériel de récupération d'eau de pluie pour éviter de trop puiser dans la nappe phréatique.

— C'est une attitude tout à fait écologique.

Tout en parlant, ils avaient marché jusqu'à l'orée de la clairière. Cash s'arrêta sur le côté du nouveau chantier, tout près de l'emplacement de l'ancien chalet.

— C'est un bon endroit pour entamer les recherches. Si nous trouvions de l'eau ici, ce serait l'idéal. C'est une chance que la végétation ait aussi bien repris ; et c'est de bon augure.

Jamie savait que l'entreprise Rosslyn avait effectué des tests sur la nature du terrain, pour s'assurer qu'un vaste plateau absorbant pourrait être installé près de la maison. Le résultat avait été positif, ce qui n'était pas toujours gagné d'avance.

Cash ouvrit son sac et en sortit deux fils de fer qui se rejoignaient dans une sorte d'étui en plastique. Les morceaux de fil de fer étaient pliés à angle droit.

— Mes cannes à pêche, dit-il.

— On dirait plutôt un cintre en fil de fer dans un étui de stylo à bille.

— On ne peut rien vous cacher !

— J'imagine que personne ne fait fortune en vendant du matériel de sourcier.

— Ma grand-mère utilisait un bâton fourchu de coudrier. Certains tordent l'extrémité d'une canne à pêche. Je me débrouille mieux avec ça.

— Mamie Grace ?

Il rit, comme si cette idée était du plus haut comique.

— Non, l'autre ; la mère de mon père. Elle nous a quittés, maintenant. Elle est probablement en train d'exercer son art là-haut, parmi les anges du paradis, si elle ne leur fait pas des meringues ou de la chair à saucisse !

Jamie lui envia ces liens familiaux. Cette proximité entre générations était quelque chose d'inédit pour elle. Ni Kendra ni elle n'avaient connu leurs grands-parents. Les Dunkirk étaient morts jeunes et les Delacroix avaient vécu dans l'angoisse que leurs petites-filles ne leur ramènent Riva. Jamie ne les comprenait, hélas, que trop bien !

— Que se passe-t-il, quand vous sentez qu'il y a de l'eau ?

— Les morceaux de fils de fer se rapprochent et se croisent.

— Ça me fait vraiment penser à des séances de Oui-ja. Vous ne croyez pas que c'est vous qui les faites réagir par la façon dont vous les tenez ?

— Si je ne faisais que deviner où il y a de l'eau, combien de fois pensez-vous que je tomberais juste ?

— Est-ce qu'il y a des statistiques sur la fréquence de résultats positifs des sourciers ?

— Oh, les chiffres, on leur fait dire ce qu'on veut, vous savez… Si ça peut vous rassurer, Einstein pensait qu'il y a un phénomène tout à fait scientifique là derrière, mais que l'état de nos connaissances ne nous permet simplement pas encore de savoir lequel.

Jamie trouva cette explication bien pratique. Elle pouvait s'appliquer à presque tous les mystères.

— Et vous pouvez trouver autre chose que de l'eau ? Du pétrole ? De l'or ?

— Cette méthode est utilisée pour bien des choses. On

envoie même des radiesthésistes chercher des cadavres, en cas de disparition.

Jamie fit la grimace.

— Rassurez-vous, je suis juste sourcier. S'il y a des squelettes quelque part, là-dessous, il faudra envoyer quelqu'un d'autre les déterrer.

Cash prit une tige dans chaque main.

— Bon, à partir de maintenant, je ne dois plus parler…

Jamie alla voir où étaient les filles et les trouva toujours occupées à collectionner des cailloux. Elle revint alors se placer à côté de Gig. Tandis que Cash restait un moment immobile, le contremaître croisa les bras sur son imposante bedaine. Juste au moment où Jamie commençait à s'ennuyer, Cash commença à s'éloigner de la maison.

Pendant qu'il avançait, la jeune femme observait les tiges en fil de fer. Elles tressautaient légèrement à chacun de ses pas, tout en restant dirigées vers l'extérieur. Puis, quand il eut parcouru une trentaine de mètres, elles commencèrent à se retourner lentement.

Jamie crut d'abord à un effet de son imagination. Mais Cash s'arrêta, fit encore quelques pas, s'arrêta de nouveau, bifurqua légèrement à droite et avança encore. Les tiges en fer s'agitèrent et se croisèrent devant lui.

— Il y a quelque chose par là, dit Gig, sans paraître s'en étonner.

Ils attendirent. Cash repartit puis rebroussa chemin, s'arrêta de nouveau et recommença en partant dans différentes directions. Chaque fois, les tiges métalliques se croisaient au même endroit.

— Il y a de l'eau là-dessous, dit-il en levant les yeux, mais à une centaine de mètres de profondeur ; et pas autant qu'il en faudrait. Disons, dix litres/minute, au maximum. Ça ne suffit pas…

Il repartit plus loin ; au bout d'un moment, Jamie et Gig le suivirent. Il était à peu près en face de l'excavation de l'ancien chalet, mais trente mètres plus loin, près de l'orée du bois. Les tiges bougèrent et il se remit à sillonner l'endroit de long en large, comme il l'avait fait ailleurs, un instant plus tôt. Il fit enfin halte et se balança un moment sur ses talons.

— Ce n'est pas encore ce que je voudrais, mais ça s'améliore, déclara-t-il. Une douzaine de litres et un peu plus près de la surface.

— Et maintenant ? demanda Jamie.

— On continue…

Cash explora trois autres emplacements avec des résultats mitigés. L'un d'eux lui parut presque acceptable. Il estima que l'eau était à une soixantaine de mètres avec un débit de quinze litres/minute.

— Il en faudrait au moins vingt ; avec tous les problèmes de sécheresse que nous avons eus, je tiens à cette garantie-là.

Jamie était entrée dans le jeu. Sans être tout à fait convaincue des talents de Cash, elle ne pouvait s'empêcher d'être impressionnée. Les filles les avaient rejoints un moment, avant de repartir observer les sauterelles.

— Où allez-vous essayer, ensuite ?

— Là où j'aurais dû le faire dès le début.

— C'est-à-dire ?

— A l'ancien puits.

— Mais nous savons déjà qu'il ne fournit pas de quoi alimenter la nouvelle maison…

Cash se tenait près d'elle, sa hanche frôlant la sienne. Une odeur d'herbes d'été mêlée à des effluves de lotion épicée émanait de sa peau et de ses vêtements.

— Essayons autre chose.

Ils se dirigèrent tous les trois vers l'emplacement du

puits, de l'autre côté de la maison. Cash s'arrêta, ôta sa casquette et la vissa sur la tête de Jamie, la visière devant pour protéger son visage du soleil.

— Vous allez faire un essai, dit-il, en lui tendant les tiges métalliques.

— Je n'ai pas le moindre talent pour ça ! J'ai toujours été incapable d'énoncer le moindre présage ; et une fois l'événement accompli, je ne suis même pas tout à fait sûre de ce que je vois.

— Vous ne sentez pas certaines choses, avec vos filles, vous ne suivez pas des idées qui vous viennent vous ne savez d'où ? Vous ne vous fiez jamais à des intuitions ?

Elle ne pouvait pas le nier, bien qu'elle mît plutôt ces intuitions sur le compte d'indices qu'elle enregistrait plus ou moins consciemment jusqu'à y puiser une orientation générale, ou sur le compte de ce qu'on nomme communément l'instinct maternel.

— Ce n'est pas la même chose.

— Bien sûr que si. De quoi avez-vous peur ?

— Je n'ai aucune appréhension. Je vous avertis seulement que cet essai se soldera par un fiasco.

— Ça ne fait aucun doute, si vous l'abordez de cette façon. La radiesthésie, c'est comme le reste ; si vous êtes positive, le résultat le sera aussi.

Elle n'en crut rien, mais songea que l'expérience pouvait être amusante. Elle tendit les mains et Cash lui donna les baguettes. Il passa ensuite derrière elle et l'entoura de ses bras, posant les mains sur les siennes.

— Comme ceci…

Le contact de son corps la surprit, elle ne s'attendait pas à ce qu'il l'approche de si près. La chaleur qui l'envahit brusquement était plus étonnante, en revanche, dans la mesure où le soleil de juillet n'y était pour rien.

— Tournez les mains, maintenant, reprit-il. Voilà,

comme ça… Ne vous crispez pas. Laissez-les juste faire le boulot. Maintenant, restez sur place et imaginez le puits que vous voulez. Demandez au moins vingt litres, à soixante-dix mètres de profondeur, maximum. C'est une moyenne, dans le coin, avec la proximité du fleuve.

Son souffle, quand il parlait, lui effleurait doucement l'oreille.

— A qui faut-il demander ?

— Peu importe. Il suffit de demander dans l'idée d'obtenir une réponse.

— Entendu, et ensuite ?

— Ensuite, vous commencez à marcher. Lentement. Laissez venir les choses.

Il s'écarta enfin, comme pour lui donner l'espace qu'il lui fallait. Jamie se prit à le regretter, puis elle se concentra sur sa tâche.

A l'instar de Gig, elle craignait de pouvoir traverser la rivière à gué sans que les baguettes parviennent jamais à se toucher. Enfin, c'était quand même une expérience. Elle essaya de se vider la tête et d'avoir la foi, pour jouer le jeu.

Quand elle fut aussi focalisée et positive que possible, elle se mit à avancer lentement en direction du puits. Rien ne se produisit, sinon que ses bras devenaient lourds et raides à force de brandir ce drôle d'appareil. Se déplaçant le plus souplement possible, elle tâcha d'imaginer l'eau qui ruisselait, sous terre, en direction du fleuve.

Soudain, tous ses sens fusionnèrent dans un même élan et elle put presque entendre le bruit d'un torrent. Au même instant, les tiges métalliques se rejoignirent.

— Comment ça va ? demanda Cash, qui s'était rapproché d'elle sans qu'elle l'eût remarqué.

Il posa une main légère sur son épaule.

— Je dois être plus fatiguée que j'aurais cru. Je n'ai

plus de force dans les mains et les bras. Je n'arrivais plus à tenir l'appareil comme il faut, je suppose. Et j'ai eu l'impression… comment dire ? De me volatiliser. J'ai besoin de faire un petit somme.

Il rit.

— Sûrement pas. Venez par ici.

Elle le suivit une vingtaine de mètres plus loin.

— Et maintenant ?

— Vous repartez par où nous sommes venus. Mais au préalable, rappelez-vous ce que je vous ai dit tout à l'heure. Demandez bien ce que vous voulez.

— Je me sens un peu ridicule et complètement exténuée.

— La radiesthésie n'a jamais tué personne. Ne vous découragez pas.

Jamie haussa les épaules. Au bout d'un moment, elle recommença tout le processus : la concentration, le pas mesuré, l'effort pour tenir les bras tendus comme il fallait.

Et de nouveau, brusquement, elle put presque sentir l'odeur de l'eau au-dessous d'elle, au moment précis où les baguettes se croisaient pour la deuxième fois.

— Presque au même endroit ; à deux ou trois mètres près. Autrement dit, c'est probablement là qu'il faudrait creuser, dit Cash, en allant se placer juste entre les deux emplacements.

Elle lui tendit l'appareil.

— Ne vous fiez pas à moi. Essayez plutôt vous-même.

— Vous feriez mieux d'y croire. Moi, je sais reconnaître un sourcier quand j'en rencontre un. Bienvenue au club !

Jamie s'écarta. Cash aborda l'endroit sous différents angles, se balançant d'avant en arrière sur ses talons chaque fois qu'il atteignait le point qu'il avait défini. Il se trouvait à moins de dix mètres de l'ancien puits. Quand il parut sûr de lui, il remit les baguettes dans le sac.

— C'est juste là, conclut-il.

Il alla ramasser une pierre qu'il utilisa pour marquer l'emplacement précis.

— Gig en rajoutera quelques-unes, hein, Gig ?

Jamie n'arrivait toujours pas à y croire, même après avoir ressenti indiscutablement quelque chose, quand elle tenait les baguettes dans ses mains.

— Mais le vieux puits est très bien ; c'est vous qui me l'avez dit. Pourquoi faudrait-il en creuser un juste à côté ?

— Parce que le forage n'était pas assez profond, la première fois. Je dirais qu'il y a deux sources, ici. Du temps de Mme Spurlock, ils sont tombés assez vite sur la première et ça leur a suffi. Un forage plus profond aurait coûté cher et Mme Spurlock se contentait certainement de ce qu'elle a eu. Mais ça ruisselle bien plus fort vingt mètres plus bas. Vous aurez un puits dont vous pourrez être fiers.

— Quel débit ? s'enquit Gig.

— Dans les quarante litres, peut-être davantage. Et à soixante-dix mètres de profondeur, pas plus. Il faudra cimenter sur une trentaine de mètres ; les trente autres seront creusés dans le calcaire.

— On cimente pour qu'il n'y ait pas de terre dans l'eau, expliqua Gig à Jamie ; ça devient inutile quand on arrive dans la roche. On pourrait peut-être approfondir l'ancien puits, mais le mieux c'est encore de repartir de zéro.

Jamie était en train de réfléchir à cet extraordinaire événement, essayant de comprendre ce qui avait bien pu se passer.

— Ce n'est pas une blague ? demanda-t-elle enfin.

Vous n'essayez pas de me faire croire que j'ai trouvé une source, alors que ce n'est pas vrai.

— Ce serait pousser la plaisanterie un peu loin, non ? Demander à l'entreprise de forage de creuser ici simplement parce que vous croyez avoir ressenti quelque chose ? Non, il y a de l'eau ici, exactement là où vous l'avez trouvée.

— Mais je ne suis pas sourcier. Je ne peux pas faire ça !

Cash rit de plus belle.

— C'est pourtant bien ce que vous venez de faire, on dirait.

9

Après une telle révélation sur ses aptitudes, Jamie ne pouvait faire autrement qu'inviter Cash à dîner, d'autant plus qu'elle n'avait pu le remercier comme il fallait pour tout le temps qu'il avait passé à construire la cabane. Kendra l'avait payé pour son travail, mais elle ne devait pas s'attendre à un résultat aussi créatif et d'une telle qualité. Il avait mis manifestement beaucoup plus que le strict nécessaire dans cette réalisation.

Il accepta sans hésiter et promit qu'il serait de retour à 19 heures.

A peine rentrée au chalet, Jamie se demanda ce qu'elle faisait. Ou plutôt, elle se connaissait suffisamment bien pour le savoir. Elle tenta de se rassurer en se disant qu'elle l'avait invité pour lui avouer qu'elle était enceinte. Mais même si c'était vrai, la raison profonde en était que Cash lui plaisait. Il lui plaisait beaucoup !

Et puis, malgré la présence constante et exigeante d'Alison et Hannah, elle se sentait seule.

Elle savait pourtant que la solitude pouvait se révéler dangereuse. Elle était bien seule, aussi, à l'époque de sa rencontre avec Seamus Callahan. La solitude les avait rapprochés et le bon sens les avait ensuite séparés. Sa liaison avec lui avait été de courte durée mais féconde.

— Qu'est-ce que nous allons faire de bon à Cash ?

demanda-t-elle à Hannah. Je pourrais préparer des grillades, ou bien ma recette de pâtes aux cœurs d'artichauts que tu aimes tant.

— Les deux !

Hannah était en train de finir les rébus qu'elle avait commencés le matin.

Jamie décida de suivre le conseil de sa fille aînée. Ainsi, s'il n'aimait pas l'un des deux plats, Cash pourrait se rabattre sur l'autre.

Au bout d'un moment, les filles sortirent en disant qu'elles allaient finir de décorer leur cabane avant de la faire visiter à Cash. Jamie les avait emmenées au supermarché local pour acheter des petits coussins colorés en guise de poufs et de l'étoffe à punaiser autour des fenêtres. Elles avaient rangé une partie de leurs jouets d'extérieur sur le porche surélevé ; d'autres jouets, comme leurs seaux, leurs pelles et leurs râteaux en plastique, étaient entreposés en dessous, dans le bac à sable.

Tout en préparant le repas, Jamie réfléchissait à la façon dont elle allait expliquer sa situation à Cash. Ensuite, ce serait le tour des filles. Sur le chemin du retour, Hannah avait posé quelques questions sur la clinique. Jamie lui avait simplement répondu qu'elle venait de passer une visite médicale, comme lorsqu'elle-même allait chez le pédiatre. Mais Hannah avait trop de jugeote pour être dupe bien longtemps ; et la présence de Kendra et d'Isaac lui avait mis la puce à l'oreille.

Pour sa part, Cash n'aurait évidemment aucun mal à comprendre l'aspect technique de l'opération ; mais le reste ? L'impact émotionnel ?

Elle sortit du réfrigérateur le filet de porc qu'elle avait mis à mariner la veille. La recette de pâtes était simple et vite faite. Elle rajouta une salade de tomates achetées chez un producteur, agrémentée de tranches de mozzarella, de feuilles de basilic frais et d'une vinaigrette à l'huile d'olive. Pour le dessert, elle confectionna une tourte aux pêches. Quand elle entendit la camionnette arriver dans l'allée, tout était déjà presque prêt.

Cash ne vint pas directement au chalet. Le bruit d'une conversation et le rire des filles parvinrent à Jamie, depuis la cabane. Quand Cash se présenta en haut des marches, la table était déjà mise sous l'auvent.

— J'ai apporté un petit quelque chose aux filles, lui expliqua-t-il. Et elles risquent du coup de se faire prier un peu pour nous rejoindre.

— Vous les avez déjà gâtées avec cette cabane.

Cash avait troqué son bermuda et son T-shirt contre un pantalon en toile beige et une chemise noire. Jamie, pour sa part, avait enfilé une petite robe à bretelles. Elle se demanda vaguement à quoi ils jouaient, tous les deux.

— Vous croyez qu'elles puissent être trop gâtées ? Elles m'ont plutôt l'air d'avoir les pieds sur terre, ces petites.

Jamie songea à la fortune dont elle avait hérité.

— Je veille à ce qu'elles restent ainsi et j'y veillerai toujours. C'était quoi, ce cadeau ?

— Je leur ai fabriqué une petite table et des chaises de bois à installer dans un coin.

— C'est trop gentil ! C'était pratiquement la seule chose qui leur manquait.

Il tendit une bouteille de vin.

— Tenez ; il n'est pas nécessaire de l'ouvrir ce soir, mais c'est une très bonne année.

Bien qu'il se donnât volontiers l'allure du buveur de bière lambda, Jamie ne fut pas surprise qu'il sût reconnaître et apprécier un grand cru. Elle était pratiquement sûre que cet homme était bien différent de ce qu'il laissait voir.

— Je vais la garder pour ma prochaine réception. Je

ne bois pas, mais j'adore servir du bon vin à mes proches et à mes amis.

Elle hésita puis continua :

— J'ai eu de graves problèmes d'accoutumance, plus jeune ; pas à l'alcool, aux stupéfiants…

— Vous n'êtes pas obligée de me raconter tout ça.

— A quoi bon le cacher ?

Tout en arrangeant les serviettes sur la table, elle leva les yeux vers lui. Il n'avait pas l'air de le prendre mal.

— Il faut du courage pour avouer qu'on n'est pas parfait.

— Parce que vous pensiez que je l'étais ?

— Oui, ou quelque chose d'approchant ; enfin, vu que les papas des filles ne font pas partie du tableau, je dirais que vous n'avez pas été heureuse en amour.

— Je ne suis pas sûre d'avoir jamais connu l'amour. Et je n'avais pas prévu d'avoir un enfant avec leurs pères. J'ai été aussi surprise qu'eux. Heureusement, une fois le choc digéré, j'ai été tout à fait enchantée, chaque fois…

— C'est une lourde tâche d'élever deux petites filles toute seule.

— Pour moi, c'est la plus belle de toutes.

— Elles ont de la chance de vous avoir, dit-il d'un ton sincère.

Jamie savoura le compliment et sentit qu'un sourire avait éclos sur ses lèvres.

— Merci, c'est gentil.

— Est-ce pour ça que vous êtes ici ? Pour passer un été tranquille à la campagne avec vos filles ?

Puisqu'il ouvrait ainsi la porte, elle n'avait plus qu'à la franchir ; mais avant qu'elle ait pu commencer à parler, Hannah et Alison arrivèrent au pas de course et s'extasièrent aussitôt sur leur nouveau cadeau.

— J'ai un beau filet de porc, dit Jamie, tâchant de

dominer le tintamarre. Le grill devrait être chaud, maintenant. Puis-je vous charger de cuire la viande au barbecue ? Je peux le faire, si ça ne vous dit rien, mais il faudra attendre un peu plus.

— Pas de problème ; je m'en occupe. Les filles me donneront un coup de main. Dites-moi seulement comment vous l'aimez.

Une fois qu'ils furent tous à table, Jamie n'eut pas à rougir de son repas, auquel Cash fit particulièrement honneur. Les filles elles-mêmes ne trouvèrent rien à redire, pour une fois. La conversation se maintint à leur niveau et quand Jamie entreprit de débarrasser la table, Cash s'était déjà lancé dans une partie de dames avec Hannah, tandis qu'Alison les grâtifiait de ses plus belles cabrioles.

Ils n'eurent pas l'occasion de se reparler en tête à tête jusqu'à ce que les filles aillent se brosser les dents. Jamie prépara du café et lui en apporta une tasse à table, tandis qu'il rangeait les pions du jeu de dames.

— J'aurais dû vous avertir, dit-elle, sachant que vous n'avez pas d'enfant. Elles prennent vraiment beaucoup d'espace. Est-ce que vous pouvez rester encore un peu, pour que nous puissions bavarder tranquillement, une fois que je les aurai couchées ?

— Avec grand plaisir.

— Il fait frais sur la terrasse ; vous pourrez compter les étoiles en m'attendant.

— O.K. Je vous attends dehors.

Les filles vinrent lui souhaiter bonne nuit. L'expédition à Arlington les avait fatiguées et Jamie fut surprise qu'elles aillent au lit sans se faire prier. Comme Cash attendait, elle pensa échapper au rituel de la petite histoire, mais il n'en fut rien.

Hannah s'installa dans le lit du haut et Jamie se pencha pour l'embrasser.

— C'est quoi, une mère porteuse ?

Jamie savait qu'elle avait trop attendu ; rien n'échappait à Hannah.

— Où as-tu entendu ça ?

— A la clinique, ce matin. Une infirmière a dit que tu étais une mère porteuse, mais elle n'a pas dit de quoi. Tu n'es pas malade, maman ?

Jamie lui lissa doucement les cheveux en arrière.

— Si tu te faisais du souci, pourquoi ne m'as-tu pas interrogée plus tôt ?

Hannah haussa les épaules. Sans doute avait-elle redouté la réponse et retardé la question jusqu'à ce qu'elle ne puisse plus supporter la tension.

— Je ne suis pas malade du tout, m'a chérie. Je te le promets. Une mère porteuse n'est pas porteuse d'une maladie, au contraire.

Elle regarda Alison, qui avait encore les yeux grands ouverts et décida que le moment était venu.

— Voulez-vous que je vous raconte une histoire ? Pour vous aider à comprendre. Tâchez de ne pas vous endormir tout de suite, hein ?

L'idée lui en était venue pendant le trajet du retour, quand elle se demandait par où commencer ses explications. Elle espérait que ce serait un bon début.

— Il était une fois une maman cane. Elle avait envie, plus que tout au monde, d'avoir des petits canards. Chaque jour, elle voyait d'autres mères canes nager sur l'étang avec leurs petits poussins derrière elles et elle était bien triste.

— Pourquoi elle était triste ? demanda Alison.

— Parce que cette maman cane pouvait pondre des œufs, beaucoup d'œufs. Mais elle était tellement petite, tellement légère, qu'elle n'arrivait pas à les faire éclore en se posant dessus. Tu comprends, il faut donner beaucoup de chaleur aux œufs — ça s'appelle couver — pour que le poussin, dedans, puisse grossir. Et chaque fois, ses œufs à elle ne donnaient pas de poussins.

— J'aime pas les histoires tristes, dit Hannah.

— Attends, tu vas voir, ce n'est pas une histoire triste… En fait, cette maman cane avait une sœur. Et sa sœur voyait bien comme elle était triste et comme elle aurait voulu des petits canards qui nagent derrière elle, elle aussi. Alors, elle dit à sa sœur : « Si tu ponds des œufs dans ton nid, je viendrai m'asseoir dessus et les couver jusqu'à la naissance de tes poussins. Je suis plus grosse que toi et je les réchaufferai. Comme ça, tu auras tes petits à toi, et bientôt, tu pourras nager sur l'étang avec tous tes poussins à la queue leu-leu, derrière toi. »

— Elle l'a fait ?

— Eh bien, la maman cane a d'abord réfléchi un bon moment. Si elle ne couvait pas ses œufs elle-même, à qui seraient vraiment les bébés canards ? Est-ce qu'ils seraient vraiment les siens ou est-ce qu'ils seraient ceux de sa sœur ? Qui leur apprendrait à nager sur l'étang, à remuer leurs petites pattes palmées ? Mais la sœur cane promit que la vraie maman des bébés canards serait celle qui aurait pondu les œufs ; elle, elle ne ferait qu'aider à les couver.

— Alors, elles ont fait ça ?

— Oui, c'est exactement ce qu'elles ont fait. La maman cane a pondu deux beaux œufs bien blancs. Puis elle les a laissés tout chauds et tout brillants dans le nid et sa sœur est venue s'asseoir dessus à sa place. La maman cane apportait à manger à sa sœur et s'occupait d'elle pendant la couvée. Elles en profitaient pour bavarder, se raconter les choses dont parlent les canards quand ils ont le temps.

Au bout d'un moment, elles se sont rendu compte qu'elles étaient encore plus amies qu'avant.

— Comme moi et Hannah, dit Alison d'une voix ensommeillée.

— C'est exactement ça : amies comme Hannah et toi. Puis un jour, il y eut un craquement, puis une sorte de gazouillis et la sœur cane s'écarta pour regarder. Et voilà que deux petits bébés canards sortaient des beaux œufs blancs. Peu de temps après, ils étaient assez gros et assez forts pour suivre leur maman sur l'étang et apprendre à nager.

— Et la sœur canard ?

— Eh bien, tous les jours, la sœur cane voyait les adorables petits poussins sur l'étang avec leur maman et elle se sentait toute fière de les avoir aidés à naître parce que sans elle, sa sœur n'aurait jamais pu avoir de petits. Mais tu vois, même si elle était toute fière, elle savait que ce n'était pas les siens. Elle était juste la cane qui avait fait éclore les œufs. C'était une cane porteuse. Voilà ce que veulent dire les mots « mère porteuse » : quelqu'un qui porte l'enfant d'une autre à sa place.

— Je suis bien contente que ça ne soit pas une maladie, dit Hannah.

Du plat de la main, Jamie défroissa le drap sur l'estomac de la fillette et arrangea sa couverture.

— Non, personne n'était malade. C'était juste pour aider, que la sœur cane a couvé les œufs. Seulement, comme elle était leur tante, elle aimait aussi les petits canetons ; elle mettait de côté des miettes de pain pour eux et elle veillait à ce qu'ils ne s'approchent pas trop du bord de l'étang, où des chiens auraient pu leur courir après. A sa façon, elle aidait ainsi maman cane à élever ses poussins.

— Mais elle n'était pas triste du tout ? C'est elle qui a fait tout le travail, non ?

— Pas du tout : il fallait d'abord pondre les œufs, ce qui n'est pas rien. D'ailleurs, sœur cane avait déjà ses propres petits, qui avaient besoin d'elle comme tous les enfants ont besoin de leur maman. Elle avait donc déjà à s'occuper de sa propre famille et au lieu d'être triste, elle était drôlement heureuse d'avoir pu faire le bonheur de sa sœur chérie.

— Tu es trop lourde pour couver un œuf, dit Hannah, tu l'écraserais. Alors, comment est-ce que tu peux être une mère porteuse ?

— Les êtres humains ne font pas leurs petits comme les canards. Mais il est important que vous compreniez ceci : votre tante Kendra peut produire des œufs, un peu comme la maman cane, sauf qu'on les appelle des ovules, puis des embryons. Mais ensuite, elle ne peut pas les garder dans son ventre, à cause d'une opération qu'elle a eue autrefois. Je lui ai donc proposé de porter l'embryon pour qu'il devienne un bébé, commc je l'ai fait pour vous ; sauf que vous, je vous ai fabriquées depuis le début. Tandis que ce bébé — ou plutôt, ces bébés, car il y en a deux, comme les deux œufs de maman cane, ils seront ceux de votre tante Kendra et de votre oncle Isaac. Même si c'est moi qui les mettrai au monde, ils ne seront pas vos frères ou sœurs mais vos cousins. Et je ne serai pas leur mère mais leur tante. Je les aimerai donc comme on aime ses neveux et nièces et toi, Hannah, comme des cousins, mais tu ne seras pas aussi proche d'eux que d'Alison.

Hannah garda un moment le silence, tâchant visiblement d'assimiler ces nouvelles.

— Comment les bébés sont-ils arrivés là ?

C'était l'éternelle question. En l'occurrence, la maternité de substitution permettait d'expliquer le processus de façon plus technique.

— Les médecins, à la clinique, ont aidé votre tante et votre oncle à les fabriquer ; ensuite, ils ont été implantés dans mon ventre. C'est pour ça que je devais aller là-bas aujourd'hui, pour vérifier s'ils allaient bien. Et tout se passe bien.

— Tu vas avoir des bébés ? demanda Alison, qui avait un peu de mal à suivre.

— Oui, mon cœur ; mais pas les miens — ceux de tante Kendra.

— Est-ce que tu seras grosse ?

— Mon ventre va devenir très très gros, je le crains.

— Est-ce qu'il faudra les donner tous les deux à tante Kendra ? demanda Hannah. On ne pourrait pas en garder un pour nous et lui donner l'autre ?

— Non, j'ai deux merveilleuses petites filles et ça me suffit. Et n'oublie pas que ces bébés ne sont pas les miens ; je ne suis que la sœur cane qui couve les œufs.

— Est-ce que les chiens vont leur courir après ?

D'abord interloquée, Jamie se rappela son allusion aux chiens, dans l'histoire.

— Non, mais si ça arrivait, je te promets que je les chasserais.

Elle embrassa ses filles encore une fois.

— Quand il commencera à faire froid, un peu après Noël, vous aurez deux cousins ou cousines ; c'est drôlement chouette, non ?

— Il faudra leur apprendre des choses, dit Hannah. On pourrait faire une liste.

— Bonne idée ! Et tu pourras même la commencer demain.

Jamie leur souhaita encore bonne nuit et cette fois, personne ne la retint. A peine avait-elle atteint la porte que les yeux d'Alison se fermaient, tandis qu'Hannah regardait fixement le plafond, essayant sans doute de mieux comprendre la situation. Connaissant sa fille, Jamie ne douta pas un instant qu'elle s'en serait fait une idée à peu près cohérente dès le lendemain matin.

Elle alluma la veilleuse et éteignit le plafonnier, refermant doucement derrière elle. Puis elle s'adossa au battant et ferma les yeux.

— Je ne voudrais pas vous faire peur, mais quand vous ouvrirez les yeux, vous allez me trouver là, dit Cash.

Jamie sursauta.

— Merci de me prévenir.

— Je suis rentré pour me resservir du café ; ça fait un bon moment…

Elle le comprit à demi-mot.

— Vous avez entendu mon histoire ?

— Pardonnez-moi, je ne voulais pas être indiscret. Je ne savais pas que ce serait une leçon sur les oiseaux et les abeilles.

— Sur les canards, les œufs et l'éclosion.

Elle se sentit soudain lasse. Etait-ce à cause de cette longue journée, de sa grossesse ou de savoir que Cash allait probablement la planter là, maintenant ? Une aventure avec lui n'était pas dans ses intentions, bien sûr ; elle en avait eu assez comme cela et, de toute façon, le moment eût été mal choisi. Mais une belle amitié lui aurait fait du bien.

— Je suppose que vous ne boirez pas de café avec moi, à la réflexion, lui dit-il.

— Vous étiez sans doute sur le point de partir…

Il lui sourit avec chaleur.

— Ce que je voulais dire, c'est que le café n'est pas

recommandé aux femmes enceintes. Je ne comptais pas m'en aller tout de suite. J'ai vu de la citronnade au réfrigérateur ; voulez-vous venir en boire un verre avec moi sur la terrasse ?

— Très volontiers.

— Apparemment, vous avez eu une longue journée. Allez vous asseoir, je vais vous l'apporter.

Jamie obtempéra et se laissa choir parmi les coussins de la balancelle avec un soupir de soulagement. Craignant de s'endormir si elle fermait les yeux, elle se força à les garder grands ouverts. Elle dut néanmoins s'assoupir un instant, car elle n'entendit pas Cash revenir. Elle le sentit juste s'installer à côté d'elle et elle lui sourit encore, en prenant le verre qu'il lui offrait.

— C'est très gentil. Merci...

— Est-ce que vous m'auriez mis au courant de cette grossesse avant d'être devenue énorme comme une baleine ?

— C'était l'une des raisons pour lesquelles je vous ai invité. J'ai eu ma première échographie ce matin et les médecins nous ont montré deux fœtus. Maintenant, c'est réel ; jusqu'ici, c'était un peu... virtuel.

— Ma foi, dit-il en secouant la tête, c'est à peu près l'impression que ça me fait.

La limonade était fraîche et désaltérante, à peine sucrée. Jamie en avala la moitié avant de reprendre la parole.

— Vous n'avez jamais remarqué la façon dont Kendra et Isaac regardent mes filles ?

Cash se redressa légèrement, se plaçant de façon à mieux la voir.

— Pas vraiment, non.

— Ils me font penser à quelqu'un qui assisterait à un banquet, sans avoir jamais mangé à sa faim. Ils adorent Hannah et Alison, bien sûr ; mais ça ne peut pas leur suffire. Avoir des nièces, c'est bien, seulement… ils ont besoin d'enfants dans leur vie, au quotidien ; de *leurs* enfants.

— Je ne voudrais pas me mêler de vos affaires, mais n'aurait-il pas été plus simple pour eux d'avoir recours à l'adoption plutôt que de vous faire faire un tel sacrifice ? Il doit y avoir quantité d'enfants dans le monde qui auraient besoin d'un toit et d'une famille.

— Isaac a été adopté, petit. Contrairement à d'autres, cette expérience a été traumatisante pour lui ; au point que Kendra n'a jamais réussi à le débarrasser de ses angoisses concernant l'adoption.

— Ça peut se comprendre, j'imagine.

— Ces bébés n'auront rien de moi. C'est une fécondation in vitro. Ils ont été conçus sans moi. Je ne suis que la mère porteuse.

— Rien que ça ? Je n'ai pas l'impression que ce soit une mince affaire, de porter un enfant — alors, deux…

— Je suis heureuse de pouvoir le faire. Après tout, ce ne sera que neuf mois de ma vie et je n'ai pas à tout abandonner. Même enceinte, je continue à m'occuper de mes filles, à travailler sur des projets pour finaliser mon diplôme, à m'organiser pour la suite. Je ne compte pas rester assise dans mon coin à compter les jours !

— Sœur cane était toute fière de voir les bébés canards nager derrière leur maman…

— D'accord, c'est un conte et nous sommes dans la réalité. Mais je sais faire la différence.

— C'était une jolie façon de le dire à vos filles.

Jamie se détendit, soudain consciente qu'elle avait été nerveuse. Cash n'avait absolument pas critiqué sa décision ; il semblait seulement se soucier des inconvénients qui pourraient en résulter pour elle.

— Grace n'est pas au courant et personne ne l'est, du

reste. On ne sait jamais ce qui peut arriver, bien que je n'aie eu que des grossesses faciles.

— Ce sera moins simple avec des jumeaux.

— C'est ce qu'on dit, en effet.

— Je ne connais vraiment aucune femme qui serait prête à faire une chose comme celle-là pour qui que ce soit.

— Aucune de vos copines ne se promène avec une pancarte « utérus à louer » ?

— Aucune, non ! Je dirai que vous êtes une personne rarissime, Jamie. Moi, je n'arrive même pas à imaginer que quelqu'un puisse avoir envie de subir neuf mois de grossesse — sans compter l'accouchement. Si cela ne tenait qu'aux hommes, l'humanité s'éteindrait vite.

— Les hommes jouent pourtant un rôle dans l'affaire, non ?

— Un rôle qui n'implique pas de nausées matinales, de vergetures, sans compter la douleur de l'enfantement. Et tout ça pour quoi ? Pour se retrouver avec des petites créatures toutes chiffonnées, totalement dépendantes de vous. Des estomacs sur pattes, braillards et exigeants, qui vous obligent à changer des couches en pleine nuit…

— Evidemment, vu sous cet angle… Mais avez-vous jamais regardé un bébé dormir ?

— Vous endurez tout ça rien que pour le plaisir de voir ronfler un nouveau-né ?

Elle lui donna une tape sur le genou.

— Hé ! Vous oubliez que je n'aurai rien à subir de tout ça. Je mets les jumeaux au monde et je m'en débarrasse tout de suite.

— Et ça ne vous fend pas le cœur ?

— Non, ça ne me fend pas le cœur.

— Un de ces jours, j'aimerais bien apprendre pourquoi. Il doit y avoir une histoire, là-dessous.

Il consulta sa montre, s'étira un peu, puis se leva.

— Mais pas ce soir, poursuivit-il. Vous êtes éreintée. La radiesthésie pompe généralement pas mal d'énergie, sans compter toutes les raisons accessoires comme être enceinte des jumeaux de sa sœur, élever deux petites princesses et habiter un endroit isolé en pleine campagne, sans personne pour vous aider.

— Oh là là ! Rien qu'à vous entendre, je crois que je vais aller faire le tour du cadran !

— Alors à très bientôt, Jamie. N'hésitez pas à m'appeler en cas de besoin. Il faut prendre soin de vous.

Il lui sourit puis, comme si c'était plus fort que lui, il posa les mains sur ses épaules et effleura ses lèvres d'un baiser — presque un baiser d'ami, mais pas tout à fait, quand même. Puis il enroula une de ses boucles autour de son doigt, la lâcha comme à regret et s'écarta.

— Dites à Grace que nous irons bientôt voir Chance.

— Je n'y manquerai pas.

Jamie le suivit des yeux jusqu'à sa camionnette, qui démarra presque aussitôt et disparut dans la nuit.

« Un chouette type », pensa-t-elle.

Sans doute plus que cela, même. Elle ignorait totalement si cette soirée avait mis fin à une amitié prometteuse. Mais au fond d'elle-même, elle sentait plutôt que Cash Rosslyn et sa grand-mère allaient lui rendre la vie beaucoup plus agréable dans les mois à venir.

10

— Et si quelqu'un vient en robe du dimanche ? demanda Hannah, anxieuse. C'est pas impossible, tu sais. Il y a des filles de l'âge d'Alison qui lisent déjà…

Occupée à ajuster la lance d'arrosage, Jamie haussa les épaules. Elle avait bien du mal à obtenir la pression nécessaire avec le débit du vieux puits ; heureusement, elle avait commencé de bonne heure à faire sa mare de boue. Bien que le ciel de cet après-midi d'août fût plutôt couvert, la sécheresse qui sévissait depuis le début du mois rendait le sol poussiéreux. Elle l'avait détrempé pour atteindre son objectif. Il ne restait plus à espérer que le puits serait coopératif.

Enfin satisfaite du résultat, elle s'essuya les mains sur son pantalon.

— Les invitations ne laissaient planer aucun doute, ma puce. Et j'ai parlé à toutes les mamans. Elles savent que la fête consistera à se rouler dans la boue et tout le monde est censé porter ses plus vieux vêtements. Je leur ai dit de mettre à leurs filles ce qu'elles choisiraient pour les déguiser en épouvantail le jour d'Halloween.

Hannah, quant à elle, était accoutrée d'un vieux jean déniché dans une boutique de troc, d'un grand T-shirt élimé que Jamie mettait généralement pour laver le monospace et de tennis une pointure au-dessous de la sienne, dont elle avait découpé le bout pour laisser sortir ses orteils. Alison n'était guère plus présentable.

Jamie jugea inutile de préciser qu'en achetant le vieux jean, elle s'était aussi procuré une pile de vieilles affaires, à tout hasard. L'anxiété de sa fille aînée tournait très vite à l'obsession, en général, et elle ne voulait pas lui gâcher le plaisir.

— Et si elles n'aiment pas se salir ?

Question de pure rhétorique, puisque la fillette s'éloigna sans attendre la réponse. Jamie n'avait, pour sa part, jamais vu un seul enfant qui n'aimât pas se rouler dans la boue si l'occasion s'en présentait.

Depuis le début de l'été, elle avait découvert que même à la campagne, les journées pouvaient être trop courtes, bien qu'elle n'eût plus de cours à suivre ni de travail à rendre. Chaque matin, elle se levait avec toute une liste de choses à faire et le soir arrivé, la moitié, au moins, restait à remettre au lendemain. Le problème venait en partie d'un besoin irrépressible qu'elle avait de s'allonger pour un somme dans l'après-midi. Alison coopérait en faisant une petite sieste, blottie contre elle et Hannah était assez grande pour s'occuper toute seule pendant ce moment. Mais cette sieste, plus le temps du réveil absorbaient tout de même une bonne partie de la demi-journée.

Sinon, depuis leur installation à Tom Brooks, la jeune femme avait consacré une bonne partie de son temps à trouver des compagnes de jeu pour ses filles. Sam Kinkade avait tenu parole en les présentant à plusieurs enfants de leur âge ; mais la période des grandes vacances n'était pas la plus propice à des fréquentations régulières.

A la fin du mois de juillet, comme Elisa le lui avait suggéré, Jamie les avait envoyées au patronage de la paroisse, où Hannah s'était liée d'amitié avec deux fillettes de la Casa Amarilla. Une grande fête mexicaine, avec promenade à dos d'âne et *piñata*[1] avait clos cette semaine riche en enseignements.

A présent, les filles en savaient un peu plus long sur le Nouveau Testament et en prime, elles n'étaient plus isolées. Aujourd'hui, elles recevaient leurs nouvelles amies pour un après-midi festif. La canicule d'août et la sécheresse en avaient inspiré le thème. Hannah rêvait de jouer dans le tourniquet d'arrosage et Alison de faire des pâtés de boue. Une concertation à trois avait finalement abouti à l'idée d'une « journée gadoue ».

Alison avait convié la petite Reese Claiborne, cinq ans, fille de leurs voisins les moins éloignés et Bridget Brogan, dont la mère était l'un des piliers du club de patchwork local. Maria Garcia, sept ans, et Carmen Sanchez, huit ans, étaient les invitées d'Hannah.

Pour le traditionnel goûter de fin d'après-midi, Jamie avait confectionné des « cochonneries » : des gâteaux couleur terre dans des petits pots de fleurs individuels, sur lesquels elle avait planté une pâquerette artificielle. Il y avait aussi, naturellement, des paquets de friandises choisies dans le thème : des vers de terre en sucre gomme et des bonbons en forme de cailloux. En matière de fête d'enfants, celle-là ne serait sûrement pas des plus tristes !

Jamie s'épousseta les mains l'une contre l'autre et se retourna en entendant un bruit de voiture. Cissy Claiborne, la maman de Reese, s'était proposée d'amener tout le groupe et la mère de Maria, Adoncia Garcia, viendrait

1. La *piñata* est un récipient qui peut prendre la forme d'une figurine ou de tout autre objet, que l'on remplit de sucreries et de jouets. Une succession d'enfants, les yeux bandés, armés d'un bâton essayent de casser la *piñata* afin de récupérer les sucreries cachées à l'intérieur (jeu mexicain).

les chercher en fin de journée. Adoncia était une amie très proche d'Elisa Kinkade. Elle était actuellement en formation dans un cabinet médical de la région en vue de devenir la collaboratrice d'Elisa, quand cette dernière ouvrirait son propre cabinet. Jamie n'avait parlé qu'assez brièvement avec les deux femmes, mais elle les trouvait l'une et l'autre très sympathiques.

Un long break des années 80 s'arrêta devant le chalet et les plus grandes des invitées en jaillirent presque immédiatement. Cissy, une jolie jeune femme au visage auréolé d'une mousse de cheveux blond vénitien, alla détacher les ceintures des petites et toute la troupe s'approcha.

Reese avait les mêmes cheveux blonds que sa mère ; on la distinguait tout de suite parmi les petites filles brunes. Jamie constata avec satisfaction que sa recommandation avait été prise au sérieux : les enfants avaient toutes revêtu des tenues qui semblaient avoir déjà été portées par une ou plusieurs sœurs aînées.

Hannah prit aussitôt la tête du groupe et tout le monde partit en courant voir la cabane de jeux.

— Vous allez avoir de quoi faire, on dirait ! s'exclama Cissy. Reese ne tenait plus en place ; depuis trois jours, elle ne parle que de cette fête !

Jamie était ravie de voir une autre femme à peu près de son âge. Les filles s'étaient fait des amies mais pour sa part, elle n'en avait pas encore vraiment eu l'occasion. Deux ou trois voisines étaient passées au chalet lui apporter un dessert ou un gratin en guise de présent de bienvenue, mais elles étaient plus âgées et assez peu disponibles, probablement très occupées par leur propre famille ou leurs activités professionnelles.

— Il fait tellement chaud que je craignais de les voir s'énerver et se chamailler au bout d'un moment, répondit-elle. Comme ça, elles se rafraîchiront. Et elles se saliront, mais quelle importance ?

— Est-ce que c'est une tradition familiale ?

Jamie ne put s'empêcher de rire.

— Je crains de ne pas avoir hérité d'une seule tradition digne d'être transmise ! Alors nous en inventons...

— Ma foi, moi non plus, je n'ai pas hérité de traditions familiales, mais vous avez eu une très bonne idée, en tout cas. Je crois que je vais l'adopter. De toute façon, il est déjà bien difficile d'empêcher Reese de se salir en temps normal. Tous les jours sont des Journées Gadoue pour elle !

La jeune femme sortit une carte de sa poche et la tendit à Jamie

— J'aurais bien aimé rester pour vous donner un coup de main, mais j'ai un travail à temps partiel à la maison d'hôtes, à la sortie du village. J'ai promis d'y aller pendant que Reese serait chez vous. En cas de besoin, vous pouvez me joindre à ce numéro — c'est celui de l'auberge.

Eclats de rire et cris de joie leur parvinrent depuis la cabane. Il était temps de superviser un peu la situation. Jamie prit congé de Cissy et alla voir ce que faisaient les filles.

Après avoir constaté qu'elles n'avaient besoin de rien, elle regagna la maison pour achever de mettre la table du goûter sous l'auvent, puis alla jeter un coup d'œil sur sa mare de boue.

Les deux heures qui suivirent passèrent comme l'éclair — ou, plus exactement, comme si la foudre lui était tombée dessus. Les filles ne tardèrent pas à se plaindre de la chaleur ; après une petite visite de la cabane et de la chambre d'Alison et Hannah, elles étaient prêtes pour le tourniquet d'arrosage et les jeux. Des concours se succédèrent : le plus joli pâté de boue, le plus gros pâté de boue… Rien qui aurait pu faire la fierté d'une équipe de scouts, mais les filles n'en avaient cure.

Elles jouèrent encore sous le jet d'eau, firent une excursion accompagnée jusqu'à la rivière, plongèrent de nouveau dans la boue au retour puis, après une autre séance d'arrosage, un soigneux lavage de mains et la pause « cochonneries » du goûter, elles retournèrent tenir un conciliabule dans la cabane.

Jamie était en train de gratter la terre avec des mains boueuses pour repositionner le jet d'eau, quand elle entendit une voiture arriver. Elle se retourna et reconnut la Lexus de Kendra au bout du chemin. Elle n'attendait pas sa sœur ce jour-là et ce fut pour elle une excellente surprise. En plaidant sa cause, peut-être pourrait-elle la persuader de lui donner un coup de main pour clore la petite fête, puis de rester ensuite pour bavarder un peu.

Elle essuya ses mains sales sur son vieux jean — bon gré, mal gré, elle avait eu elle aussi sa Journée Gadoue — s'apprêtant à accueillir sa sœur qui portait, comme d'habitude, des vêtements sport chic d'une coupe impeccable ; d'une propreté tout aussi impeccable, évidemment…

— Ken ! Quel bon vent t'amène ? lui cria-t-elle, en agitant la main.

Kendra était venue seule. Elle descendit de voiture et observa tour à tour Jamie, les fondations de la nouvelle maison et la mare de boue, prêtant l'oreille aux cris des enfants qu'on entendait plus loin.

— J'arrive au milieu de quoi ?

— Les filles sont en train de s'offrir une Journée Gadoue avec des amies.

Jamie montra ses mains et désigna le jet d'eau d'un mouvement de tête.

— Et moi, tu vois, j'en profite tout autant. S'il te

plaît, dis-moi que tu vas rester pour m'aider à clore le divertissement !

Le sourire de Kendra perdit immédiatement son éclat coutumier.

— Cash doit venir me retrouver ici pour me montrer de la documentation sur des systèmes de chauffage et de climatisation ; ensuite, je dois aller voir des carrelages et des robinets sur le chemin du retour. Ce qui m'a fourni une excellente raison pour venir voir où en est le chantier et vous faire un petit coucou, à toutes les trois, cela va sans dire.

Kendra n'était pas revenue au chalet depuis le soir où ils avaient dîné ensemble, avec Isaac. Les deux sœurs s'étaient revues pour la dernière fois ensuite à la consultation de Jamie chez l'obstétricien de Front Royal. Elles avaient déjeuné sur le pouce dans une cafétéria, mais Jamie s'était étonnée du manque d'enthousiasme de Kendra pour l'évolution de sa grossesse.

— Ils ont presque terminé les fondations et le sous-sol, entamé le bâti, effectué des travaux de drainage. L'entreprise de forage est venue creuser là-bas, dit-elle en indiquant l'endroit d'un rapide geste de la main, et ils sont tombés sur un véritable geyser ! Mais tu dois déjà être au courant ; je suppose que tu restes en contact avec Cash…

— Nous nous sommes entendus pour faire le point tous les vendredis. Il me raconte où en sont les travaux, mais c'est quand même mieux de voir le résultat sur place.

Cette dernière information contraria un peu Jamie. Kendra l'appelait aussi une fois par semaine. Elle se demanda si elle figurait simplement sur la liste des gens que sa sœur jugeait de son devoir d'appeler. « Jamie, le vendredi à 17 heures. »

— Eh bien, regarde donc… Ce qu'ils ont fait te plaira, je pense… Cash passe régulièrement. En fait, je l'aperçois à peine, mais il réussit à faire avancer les choses, apparemment.

— Je croyais que tu le voyais beaucoup.

— Non, pas tant que ça.

Elle omit de dire qu'à chacune de leurs rencontres, Cash se montrait amical, allant jusqu'à lui faire un peu de charme. C'était quelqu'un d'authentiquement chaleureux et elle appréciait leur badinage, ainsi que le zèle qu'il déployait dans l'intérêt des filles. Mais cela n'allait pas plus loin. Depuis ce fameux dîner, ils ne s'étaient jamais revus en soirée. Jamais elle ne l'avait rencontré chez Grace lors des visites pourtant fréquentes qu'elles lui rendaient en famille pour voir Chance.

— Alors, tu as organisé une Journée Gadoue pour les filles ? demanda-t-elle en regardant ostensiblement les mains sales de sa sœur. En quoi est-ce que ça consiste, exactement ?

— Eh bien, elles font des pâtés de boue et batifolent sous le jet d'eau. Viens voir le drôle de dessert que j'ai inventé — ou ce qu'il en reste. Je ne vais pas tarder à aller voir ce qu'elles fabriquent, d'ailleurs. Elles sont dans la cabane, mais je suis sûre qu'elles voudront encore se faire arroser avant de se changer pour rentrer chez elles. C'est un bon moyen de se rafraîchir.

Elle marqua une pause, puis se décida :

— Je ne refuserais pas un petit coup de main, tu sais. Que dirais-tu d'un peu de boue sous ces ongles manucurés ?

— Et si je te remplaçais carrément, pour que tu puisses te reposer un peu ?

— Ne t'inquiète pas ; je suis un peu fatiguée, c'est vrai, mais les filles se régalent tellement que ça me regonfle à bloc. Les gars du chantier nous ont aménagé un creux avec leur pelleteuse et ils y ont versé un peu de la terre meuble qu'ils avaient déblayée pour les fondations. Ils la replaceront dans ton jardin à la fin des travaux. J'ai dû beaucoup l'arroser pour en faire de la boue. J'étais juste en train d'installer le tourniquet dans un endroit moins humide pour qu'elles ne se salissent pas autant, cette fois.

— Jamie…

Kendra s'interrompit comme si elle hésitait à poursuivre.

Subitement sur ses gardes, Jamie fronça les sourcils. Bien qu'elles ne se soient guère fréquentées à l'âge adulte, elle connaissait suffisamment Kendra pour se rendre compte que quelque chose ne tournait pas rond et que sa sœur était en train de se demander comment formuler la chose.

— Tu ferais mieux de ne pas tourner autour du pot, lui dit-elle. Dis-moi carrément ce qui te chagrine…

— Je ne cherche pas à te vexer, tu sais…

— Ma foi, c'est déjà quelque chose. A propos de quoi tu n'essaies pas de me vexer ?

Kendra se dandina légèrement sur ses pieds.

— Je n'ai aucun droit de te dire comment tu dois vivre ta vie…

— Mais ?

— C'est juste que j'ai lu beaucoup de choses concernant la grossesse. Tu comprends, c'est inévitable, même si c'est toi qui es enceinte, et pas moi.

— Quelque chose me dit que nous sommes précisément dans le genre de contexte où la surinformation n'est pas vraiment un avantage.

— C'est possible, mais est-ce que tu as entendu parler de la toxoplasmose ? C'est un parasite qui peut provoquer toutes sortes de malformations congénitales. La plupart des gens s'imaginent qu'on ne risque de l'attraper que par le contact avec les chats. Mais il peut aussi se trouver dans le sol. Par exemple, le fait de creuser la terre sans gants dans un jardin est un facteur de risque important.

Jamie prit un moment pour répondre.

— Ma foi, je constate tu as approfondi la question… Je m'attendais à quelque chose comme ça… La recherche des sujets brûlants, c'est dans nos gènes. A la base, c'est la presse qui a fait la fortune des Dunkirk. Qui pourrait te blâmer de faire ce qui te vient tout naturellement ? Ou de te figurer, comme tu le fais, que je ne sais rien de rien ?

Kendra tordit un peu le nez.

— Tes mains sont couvertes de boue.

— Et de millions de parasites microscopiques, Ken… Mais il est très peu probable d'attraper la toxoplasmose rien qu'en manipulant un tuyau d'arrosage, poursuivit-elle en élevant la voix malgré elle. Et au passage, explique-moi donc ce qui te donne le droit de m'ignorer, pour ainsi dire, pendant un mois, puis de te pointer ici un beau jour pour te mettre à me critiquer !

— Tu sais ce qui m'en donne le droit. Et si je me suis tenue à l'écart, c'est que je redoutais ce qui vient précisément de se produire.

— C'est-à-dire ? Tu craignais de me trouver en train de fumer, de picoler ou de faire des loopings en plein ciel comme notre défunt père ? Tu me prends vraiment pour une irresponsable, ma parole !

— Non… Non… Je me méfie de mon tempérament anxieux, c'est tout. Excuse-moi… Mais en te trouvant là, couverte de boue, alors que je sais qu'il peut y avoir un risque…

— Ken, je suis immunisée contre la toxoplasmose. On a vérifié, quand j'étais enceinte d'Hannah. Je peux changer autant de litières de chats qu'il me plaira ou creuser la terre avec mes ongles jusqu'aux antipodes.

N'oublie pas que j'ai eu deux enfants, reprit Jamie, un peu plus calme, à présent. Je connais par cœur tous les aléas de la grossesse et j'ai toujours bénéficié d'un contrôle prénatal irréprochable, avec une foule de conseils. Je pourrais probablement mettre ces enfants au monde toute seule, tellement je suis entraînée. Par conséquent, tu n'as vraiment rien à craindre. Je connais la règle du jeu et je modifie mes habitudes pour la respecter. Je ne suis pas plus négligente avec tes enfants que je l'ai été pour les miens.

— Je n'ai jamais craint que tu sois négligente parce qu'il s'agit de mes enfants. Je craignais seulement que tu n'aies pas réfléchi à tout.

— Tu sais, je réfléchis assez bien et assez souvent, depuis que j'ai atteint l'âge adulte. Je ne suis plus le mignon petit bébé que tu essayais d'élever toi-même, quand la nurse était ivre morte au milieu de la cuisine et que Riva s'offrait un petit séjour dans les îles.

— Tu ne m'as jamais dit que tu étais immunisée…

— Non, et je ne t'ai jamais dit non plus que j'ai fait le rappel de tous mes vaccins, que ma tension est plutôt dans la partie basse de la normale, que j'ai eu la varicelle juste après m'être enfuie de chez nous et que je suis gravement allergique au sumac vénéneux. Il y a beaucoup de sumac vénéneux dans le coin, mais jusqu'à ce jour, j'ai eu la sagesse de ne pas m'en approcher.

— Il vaut mieux que je m'en aille.

Jamie retint sa sœur par le bras.

— Oh, non, pas question ! Tu n'iras nulle part. Tu vas rester et me donner un coup de main. J'ai six petites filles qui ont passé l'après-midi à faire des pâtés de boue ; alors, j'aimerais que tu m'aides à les remettre plus ou moins en état de regagner leurs pénates.

Kendra porta un regard appuyé sur la main que sa sœur avait posée sur elle.

— Je vais avoir une marque…

— Il suffira de l'effacer sous le jet d'eau…

— La gadoue, ce n'est pas vraiment mon truc.

— Tu vas bientôt te retrouver avec deux enfants, Ken, dont ce sera probablement le truc. Alors il temps que tu t'y mettes ! Les enfants ne vont pas seulement au musée et au concert, ils ne marchent pas sagement dans les allées des parcs. Ils déterrent des vers et essaient de les manger. Ils se pendent par les pieds aux branches des arbres, vomissent dans la voiture et s'essuient le nez sur leurs T-shirts. Il serait temps de t'y faire !

— Tu me serres trop fort.

Jamie la lâcha en imprimant à son geste une légère impulsion. Non pas qu'elle ait voulu pousser sa sœur, mais de fait, Kendra perdit l'équilibre et se retrouva assise dans la mare de boue.

Partagée entre le remords et l'hilarité, Jamie ne fit pas un geste pour l'aider à se relever, s'efforçant de ne céder ni à l'un ni à l'autre. Puis elle voulut reculer, mais Kendra la prit de vitesse.

— Ah, non, tu ne vas pas t'en tirer comme ça !

La saisissant par le poignet, elle l'attira avec elle dans la boue.

Jamie tomba à genoux et le fou rire la prit.

— Au moins, moi, je ne suis pas habillée en Ralph Lauren. Si tu te voyais !

— Tu as toujours été une peste.

— Et toi, une sainte nitouche.

— Ce n'est pas vrai !

Kendra ramassa une poignée de boue et la jeta sur sa sœur.

— Si, c'est vrai !

A son tour, Jamie plongea les deux mains dans la boue, ripostant de plus belle.

Elles riaient l'une et l'autre, à présent. Kendra essaya de s'échapper, mais Jamie la fit retomber sur les fesses.

— Considère ça comme une séance de formation au métier de parent, lui dit-elle, en roulant sur le côté, tâchant de se remettre debout.

Elles entendirent bientôt piailler derrière elles et en tournant la tête, virent une horde de petites filles approcher au galop.

Kendra se remit debout, mais un peu trop tard. En un rien de temps, les filles les avaient rejointes et se roulaient avec elles dans la boue.

— Ça suffit ! Ça suffit ! hurla Jamie.

Quelque part dans leur dos, une portière claqua. Jamie ne put pas se retourner pour voir qui arrivait, car elle était prise en sandwich entre ses deux filles, qui décoraient son T-shirt et ses cheveux avec un mortier d'herbe et de glaise.

— Je vais être chassée du village en fanfare, dit-elle à Kendra, tout en essayant de soulever ses filles et de quitter la mare. Qu'est-ce que nous allons bien pouvoir faire, maintenant ?

— Ça m'a pourtant l'air d'être assez simple, répondit une voix masculine qu'elle reconnut immédiatement.

Elle avait réussi à se remettre debout tant bien que mal. Elle jetait maintenant un regard noir à Cash, qui ouvrit simplement les mains, paumes en l'air, et attendit.

— Au secours, dit-elle.

Il esquissa un sourire et s'enfonça à son tour dans la boue.

— Ne vous en faites pas, mignonnes. J'arrive…

11

— Bon, inutile de triompher comme si vous étiez le premier homme au monde à avoir sorti six petites filles gluantes d'une mare de boue !

Jamie lorgnait Cash du coin de l'œil. Confortablement installé sous l'auvent, il arborait encore le sourire satisfait dont il ne s'était pas départi depuis le moment où il l'avait découverte pataugeant dans la gadoue avec Kendra et les filles.

— Cot, cot, cot, cot…

La jeune femme cessa de natter ses cheveux mouillés et le fustigea du regard.

— Qu'est-ce que ça veut dire ?

— C'est le cri de la poule engluée dans la vase. Je ne sais pas pourquoi il me vient à l'esprit…

— Un faux pas et je suis tombée, voilà tout.

— Votre sœur aussi ?

— C'était un agréable moyen de nous rafraîchir. Vous n'avez jamais tenu une conversation dans une mare de boue ? Très agréable. Je vous déconseille de critiquer tant que vous n'aurez pas essayé.

— J'ai essayé, rappelez-vous : avec les filles, avec Kendra et vous…

Après les avoir tirées une par une de la mare, Cash avait envoyé toutes les petites filles se rincer sous le jet du tuyau d'arrosage. De leur côté, Jamie et Kendra s'étaient rajustées tant bien que mal pour se joindre ensuite aux réjouissances, jusqu'à ce qu'ils soient tous trempés mais débarrassés de leur croûte de terre. Tandis que les filles se séchaient et se changeaient à l'intérieur, Cash avait décroché le tuyau, puis il avait tenu les fillettes à distance, quand elles étaient ressorties.

A l'arrivée d'Adoncia Garcia, elles étaient toutes à peu près propres.

— J'avoue que par moments, je n'ai pas tout maîtrisé, avait avoué Jamie, pas encore tout à fait décrassée, à Adoncia.

— Vous avez bien du courage, lui dit la jeune femme, qui s'était retrouvée veuve avec deux enfants en très bas âge — la petite Maria et Luis, son frère cadet.

— Je crois en tout cas qu'elles se sont bien amusées.

— Et vous aussi, à ce qu'on dirait.

— Je pense qu'il ne faut pas demander à nos enfants de faire des choses que nous ne ferions pas nous-mêmes.

— Et moi, je dis toujours : « A la occasion, la pintan calva. »

— Mon espagnol n'est plus ce qu'il était…

— « Il ne faut jamais bouder les bonnes occasions», avait traduit Adoncia avec un clin d'œil.

Kendra avait repris la route après une bonne douche, dans une tenue prêtée par sa sœur ; Hannah et Alison se reposaient à présent à l'intérieur et Jamie se sentait écrasée de fatigue.

— J'ai été ravi de me rendre utile, dit Cash ; ce fut un spectacle que je ne suis pas près d'oublier !

— Je regrette que vous n'ayez pas tellement eu l'opportunité de parler avec Kendra. Vous ne vous attendiez ni l'un ni l'autre à ce que l'après-midi se passe ainsi, j'imagine.

— Pendant que vous faisiez un brin de toilette, nous avons eu le temps de survoler l'essentiel.

— Elle ne reviendra probablement jamais plus, après ça !

— Vous vous trompez… Je crois qu'elle a vraiment passé un bon moment, mais elle devait arriver à Front Royal avant la fermeture du magasin de carrelages.

Jamie acheva sa natte et commença à enrouler un élastique au bout.

— J'ai pensé que ça vous ferait peut-être plaisir de venir toutes les trois au domaine, jeter un coup d'œil sur Chance et voir où j'habite, dit-il encore. Ce serait un bon moyen de les calmer.

A l'intérieur, on entendait Hannah chanter à tue-tête tandis qu'Alison tentait, sans trop de succès, de s'accorder avec elle.

— Il pourrait leur falloir un siècle ou un millénaire, pour se calmer.

— Je ne compte pas rester là tout ce temps.

En un sens, Jamie savait qu'il serait plus sage de refuser. Cash ne cessait pas d'apparaître, de disparaître et de revenir encore. Ce qui n'aidait pas la jeune femme à voir clair en elle. Les psychologues qu'elle avait côtoyés durant son séjour à First Step lui avaient appris à être honnête avec elle-même. Elle devait donc bien admettre que le jeu de cache-cache auquel Cash se livrait la gênait, parce qu'il l'intriguait.

Elle tâta le terrain.

— Vous avez l'air d'être un homme très occupé. Etes-vous sûr que nous n'allons pas trop empiéter sur votre temps ?

— Pas plus que vous n'empiétez déjà sur mes pensées.

Jamie suspendit son geste, son élastique à demi enroulé. Cette réponse, directe, la prenait au dépourvu.

— Nous sommes assez encombrantes, comme vous avez dû le constater. Vous auriez peut-être intérêt à nous laisser où nous sommes.

— J'ai essayé ; ce n'est pas un exercice où j'excelle, apparemment, répondit-il en se levant. Mamie Grace vous a montré le domaine à travers son regard. J'aimerais que vous le voyiez à travers le mien.

Il avait changé si brusquement de sujet qu'elle dut faire un effort pour le suivre.

— Pourquoi donc ?

— Parce que c'est une bonne excuse pour passer un moment ensemble.

— Et j'ai besoin d'une excuse ?

Il l'examina un instant.

— J'ai l'impression que oui. Celle-là en est une bonne : je montrerai ma nouvelle jument aux filles, qui seront ravies. Vous, vous pourrez me sermonner sur la façon dont je vis. Mamie Grace pourra se démener, pour son plus grand plaisir, ce qui vous reposera un peu. Bref, tout le monde sera gagnant, dans l'histoire.

— Et vous, qu'est-ce que vous gagnerez ?

— Un autre dîner avec vous trois. Mamie Grace est en train de faire cuire un jambon, pour le cas où vous diriez oui.

— Comment pourrais-je dire non ?

— Difficilement sans doute, vu que vous n'avez pas envie de refuser…

— J'opte toujours pour la facilité, quand ça ne fait de mal à personne.

Cash souleva le bout de sa natte et la laissa retomber contre sa poitrine.

— Une maxime à ne pas perdre de vue et à mettre en pratique, le moment venu.

Quand ils arrivèrent en vue du domaine, Alison, épuisée par l'agitation de l'après-midi, dodelinait de la tête et Hannah ne faisait plus que quelques réflexions sporadiques sur le paysage.

— Toutes les boîtes à lettres sont démolies, fit-elle remarquer.

— Base-ball rural…

Cash ralentit à l'approche du chemin qui menait au domaine.

— Les adolescents désœuvrés partent à deux ou trois sur les petites routes de campagne, les soirs d'été, armés d'une batte de base-ball, pour exploser les boîtes à lettres par la vitre ouverte d'un vieux camion.

— On dirait que vous savez de quoi vous parlez, dit Jamie.

— J'ai juste essayé une fois. Je suis tombé sur une de ces boîtes qu'une bombe nucléaire n'entamerait même pas. Vous savez, ce genre de truc qu'on trouve dans les catalogues de vente par correspondance haut de gamme. Elles coûtent une fortune, mais le fermier qui l'avait choisie savait ce qu'il faisait. J'ai frappé une fois et cette boîte m'a arraché la batte de la main ; elle a failli me déboîter l'épaule en prime ! L'avertissement m'a suffi et je suis passé dans l'autre camp. Maintenant, je veille sur les boîtes à lettres. On m'a vu assis près de celle de Mamie Grace, certains soirs d'été, avec un pack de bières et un fusil chargé de gros sel, à attendre le premier 4x4 qui ralentirait au lieu d'accélérer après le virage.

— Moi, je sais que vous plaisantez, Cash. Mais je ne suis pas sûre que les filles l'aient pris comme ça…

— Hannah, Alison, c'est une blague l'histoire du fusil, dit-il tout en faisant un clin d'œil à Jamie. Et le pack de bières aussi.

— Et la batte de base-ball ?

— Là, c'est vrai. C'est l'un des problèmes de la vie à la campagne. Grosso modo, il y a deux sortes d'ados, par ici : ceux qui sont très forts en classe ou dans un sport et que leur famille encadre fermement. Et puis les autres — des élèves plus ou moins médiocres, avec des parents trop occupés ou trop ignorants pour comprendre que leur progéniture ne doit pas être livrée à elle-même sans rien de mieux à faire que nettoyer le poulailler ou pulvériser des produits sur les pommiers.

— Une allusion à votre propre adolescence ?

— J'étais quelque part entre les deux ; assez bon élève pour être admis dans une grande école, une famille capable d'organiser une partie de mon temps libre et un peu trop de fougue pour ne pas chercher les embrouilles, quand je m'ennuyais.

— Est-ce que vous cherchez toujours les embrouilles ?

Cash s'engagea sur le chemin.

— A vous de me le dire.

Jamie se demanda si elle constituait une « embrouille » pour Cash. Cela dépendait de ce qu'il fuyait — et pourquoi. Elle ne savait pratiquement rien de lui. Il avait été marié et ne l'était plus. Il ne tenait pas en place, avait vécu quelque temps dans le Kentucky, fréquenté les champs de courses et il aimait toujours les chevaux. Il habitait quelque part sur le domaine agricole, bien qu'elle n'ait jamais vu sa maison. C'était un excellent entrepreneur, avec un grand souci du détail et un talent indiscutable de manager. A en juger par ce qu'elle avait pu voir sur le chantier de la maison, ses employés l'appréciaient et le respectaient. Sous ses airs de provincial désinvolte, Cash était un homme cultivé, spirituel et perspicace.

Ils dépassèrent l'allée qui menait à la ferme de Grace et continuèrent à suivre le chemin.

— Quand mon grand-père Ben était encore en vie, tous ces champs n'étaient pas en friche. Il y avait de l'herbe à fourrage et des primeurs destinés aux meilleurs restaurants de Washington. Mais il se passionnait surtout pour ses pommes. Je suis certain qu'il avait baptisé chacun des ses arbres. C'était comme ses enfants. Quand l'un d'entre eux perdait une branche ou attrapait une maladie, il en était malade aussi.

— Grace parle de lui avec beaucoup d'affection…

— Il y a une histoire là-dessous, si vous parvenez à la lui faire raconter. Ma mère est la plus jeune — et de loin — de leurs trois enfants. Le plus intéressant a dû se produire avant sa naissance.

Jamie mit l'information de côté en se promettant d'interroger Grace, à l'occasion.

Le chemin serpentait maintenant parmi les vergers, avec des rangées de pommiers à perte de vue.

— Nous avons aussi eu des pêchers, reprit Cash. Mais la plupart sont morts, maintenant ; emportés par la sécheresse, deux gelées hivernales particulièrement fortes, sans compter des saisonniers peu scrupuleux qui ont profité de l'état de faiblesse dans lequel était mon grand-père, à la fin. Bref, il ne nous reste plus qu'une demi-douzaine d'arbres, qui donnent une cinquantaine de kilos de pêches pour la famille et les amis. Mamie Grace ne va pas tarder à confectionner sa fameuse marmelade. Je lui demanderai d'en ouvrir un pot pour accompagner ses biscuits roulés.

— Vous me faites saliver.

— C'est un bon entraînement pour la dégustation.

Tandis qu'ils roulaient, Jamie aperçut des points de vue magnifiques à travers les arbres. Ces terres étaient non seulement immenses, mais splendides.

— Je sais que votre grand-mère redoute que les vergers soient vendus dès qu'elle en abandonnera les rênes, dit-elle, se fiant à son intuition. Ils doivent valoir une petite fortune.

— Une grosse fortune. Imaginez un peu les lotissements résidentiels qu'un promoteur pourrait réaliser ici. Des centaines de maisons sur un terrain rasé, avec des gars du pays engagés comme jardiniers pour tondre les pelouses. Une résidence dortoir pour des gens de la ville qui achèteront leurs pommes d'Argentine au supermarché, parce que ces arbres-là auront été transformés en sciure.

— Quelle horreur !

— Personne n'a envie de voir le domaine finir ainsi. Mes oncles sont de braves gens. C'est mamie Grace qui les a élevés, après tout. Mais ils ont tous les deux un métier et leurs enfants font aussi leurs études ; ils ne sont pas rapaces, mais ils ont l'esprit pratique. Ils pensent qu'il faudrait négocier tant que les taxes sont encore payées et que l'huissier n'est pas à leur porte avec un avis d'expropriation ; ce qui pourrait bien arriver un jour ou l'autre, au bout du compte.

— Ce ne sont pas des décisions faciles à prendre…

Le chemin contournait maintenant un étang et passait sur une digue non goudronnée. Jamie vit ensuite une sorte de manège équestre entouré d'une haute clôture de bois, au-delà duquel on apercevait des écuries badigeonnées à la chaux. Cash ralentit et s'arrêta à côté d'une caravane qui, de près, ressemblait davantage à une benne à ordures qu'à un logement décent.

— Mon petit nid douillet, annonça-t-il.

— C'est cher payer son indépendance.

— Vous parlez du fait de ne pas dormir sous le toit où mes ancêtres se sont succédé sur des générations ?

— Ça m'étonnerait que Grace veuille la maison de famille rien que pour elle. Pour avoir votre chambre, il suffirait sans doute que vous le lui demandiez gentiment.

— J'ai besoin d'être chez moi. Et je suis plus près de mes chevaux, ici.

— Vous êtes même plus près de tout — du ciel, de l'herbe… Enfin, le bon côté de la chose, c'est que vous économisez la clim'…

— Vous vous moquez de mon petit nid douillet ?

— Cash, je n'ai strictement rien à y redire, mais comme il est évident que vous n'êtes pas obligé de vivre comme ça, la raison qui vous y pousse m'intrigue, voilà tout.

— Ah, les femmes ! Il doit y avoir une notice quelque part. J'aimerais bien mettre la main dessus.

— Je vais vous épargner cette peine. Vous êtes à la page 302 : Cash Rosslyn, un mustang sauvage impossible à débourrer, un…

Elle le regarda et réfléchit en se mordant la lèvre.

— Un de ces chiens courants qui ne se laissent jamais vraiment domestiquer, reprit-elle.

— Qu'est-ce qu'une citadine comme vous connaît aux chiens courants ?

— Ce que vos hommes m'en ont dit. Gig a essayé de me persuader d'en adopter un de sa prochaine portée.

Il attrapa le bout de sa natte et le tortilla entre le pouce et l'index.

— Ils vous aiment bien, vous savez. Votre sœur leur fait un peu peur mais vous, vous les avez mis sans aucun problème dans votre poche. Ils ont tous envie de donner le meilleur d'eux-mêmes pour que vous soyez satisfaite.

Jamie fut enchantée de l'apprendre.

— Une expérience qui pourra me servir dans les

années à venir, sur les chantiers où j'irai travailler. Croyez-vous qu'ils seront toujours aussi charmants, quand je commencerai à ressembler à une femme qui a eu quatre enfants ?

— Au fait, mamie Grace n'a pas fait la moindre allusion à ça. Est-ce que vous l'avez mise au courant ?

— L'occasion ne s'est pas encore présentée de lui en parler. Et je présume que vous ne lui avez rien dit.

— C'est votre affaire…

— Je le lui dirai bientôt. Ça ne va pas tarder à se voir, de toute façon.

Cash descendit et fit sortir les filles par le hayon. Comme elles s'apprêtaient à courir vers les écuries, il les retint.

— Attendez ! Il y a quelques règles à respecter ! Les chevaux ne sont pas des animaux de compagnie. Un rien peut les effrayer et je peux vous garantir qu'il vaut mieux ne pas avoir affaire à un cheval affolé. Donc, il faut leur parler doucement et ne faire aucun geste brusque à côté d'eux, d'accord ?

— Vous êtes entraîneur de chevaux de course ? demanda Jamie, pensant que c'était là une question quelque peu superflue, à en juger par son comportement. Vous avez quelqu'un pour vous aider ?

— Ce n'est pas du tout un centre d'entraînement, ici. Et si je suis plus ou moins entraîneur, j'entraîne plutôt ces animaux à ne plus être des chevaux de course, désormais.

— Je ne vous suis pas…

— Venez, je vais vous montrer.

Il souleva Alison et la hissa sur ses épaules d'un seul élan.

— Hannah, tu ne lâches pas la main de ta maman, d'accord ?

— Laquelle de nous deux va protéger l'autre ? demanda Jamie à sa fille.

— Je n'ai pas peur des chevaux, affirma Hannah.

— La prudence est quand même une bonne chose, tu ne crois pas ? Ils sont indiscutablement beaucoup plus gros que nous.

— Tu peux serrer ma main plus fort, si tu es inquiète.

Quand ils eurent franchi l'entrée qui partageait l'écurie en deux, Jamie fit halte un instant, attirant Hannah auprès d'elle pour permettre à leurs yeux de s'adapter à la pénombre.

— Est-ce que vous montez à cheval ? lui demanda Cash.

— J'ai pris des cours d'équitation étant jeune. Ma mère a eu sa période « Princesse Diana ». Elle a envisagé très sérieusement de me faire entrer dans la famille royale britannique, afin de pouvoir assister aux plus somptueuses réceptions. J'ai eu droit aussi à des leçons de maintien. J'étais meilleure en équitation…

— Je ne sais pas si vous plaisantez.

— Hélas, non !

Elle alla le rejoindre, posa un doigt sur les lèvres d'Alison qui commençait à parler fort, pour lui faire baisser le ton, suivant les recommandations de Cash.

Il y avait douze stalles — six de chaque côté — mais trois seulement étaient occupées.

Cash se dirigea vers l'une des trois.

— Voici Sanction's Folly. Ma première erreur. C'est le plus doux des trois.

Sanction's Folly était un immense cheval bai, avec une robe brun roux, la crinière et la queue noires. Il passa la tête par-dessus la porte du box, présentant son front à la caresse de son maître.

— J'ai toujours aimé les courses de chevaux, dit Cash, tout en grattant la tête de l'animal, remontant entre les oreilles. Pas pour les paris, heureusement, mais pour les chevaux. A la fin de mes études, je suis parti pour le Kentucky et j'ai trouvé un job dans l'une des grandes écuries de courses de Lexington. Sanction est l'un des premiers chevaux avec lesquels j'ai eu l'occasion de travailler. Puis les années ont passé et sa période de gloire aussi. Il ne faisait plus gagner assez d'argent à son propriétaire et il n'était pas assez parfait pour la reproduction. Il avait aussi la réputation de donner du fil à retordre et personne ne voulait s'encombrer de lui. Disons qu'au moment où j'ai entendu dire ça, son avenir ne semblait pas très prometteur…

Il lança un regard éloquent à la jeune femme. Jamie comprit que le sort réservé aux chevaux de course devenus inutiles était l'abattoir et qu'il ne voulait pas le mentionner clairement devant les filles.

— Je comprends…

— J'étais son unique chance. Je l'ai donc racheté et je me suis organisé pour le dresser à être un cheval normal — pas un cheval de course. J'avais l'intention de le revendre ensuite à une famille qui s'y connaîtrait assez pour se régaler avec lui. Seulement, le dressage m'a pris plus de temps que je n'avais prévu. Il y avait beaucoup de choses que j'ignorais. Et quand il a fait assez de progrès, je ne me sentais plus capable de me séparer de lui.

Jamie hocha la tête, émue.

— C'est compréhensible ; ce cheval est un amour.

— Maintenant, oui.

Il fit passer Alison de ses épaules à sa hanche et lui expliqua comment caresser le museau de Sanction. La fillette était aux anges et pas effrayée pour un sou.

— A ton tour, Hannah, dit-il, en posant Alison par terre

et en soulevant sa sœur pour qu'elle arrive au niveau de la tête du pur-sang. Attention, on ne peut pas encore toucher les deux autres comme ça. Ça ne fait pas longtemps qu'ils sont là. Je commence à peine à m'occuper d'eux.

— Chacun a un passé chargé, j'imagine, dit Jamie.

— Tsarévitch, l'alezan, a eu un tendon abîmé. Je l'ai soigné pendant près de quatre mois. Il est presque guéri, à présent. Je pourrai bientôt le sortir au pré. Ça devrait provoquer d'énormes changements dans sa personnalité. Ce sera un très bon cheval, qui fera la joie d'un cavalier expérimenté. Pour le moment, il vaut mieux ne pas s'approcher de son box. Il n'a probablement jamais vu un enfant de près.

— Il est magnifique.

— Je vais vous montrer ma jument.

Hannah juchée sur sa hanche sans avoir protesté, Cash les conduisit vers le dernier cheval, une jument baie avec une robe beige clair et de hautes chaussettes sombres assorties à sa crinière.

— Voici Lady's Choice — la raison de mon absence, la semaine dernière. Je l'ai ramenée du Kentucky. Elle est belle, n'est-ce pas ?

— Superbe !

Lady's Choice était une bête élancée, avec une longue encolure, un port de tête altier et une robe soyeuse.

— Et elle, quelle est son histoire ?

— Elle a fait une bonne carrière sur la piste qui lui a valu d'être sélectionnée pour la reproduction, mais elle a maintenant des problèmes qui lui interdisent toute gestation. Depuis lors, on lui a fait faire la navette sans que personne essaie de l'éduquer ou manifeste un minimum de patience envers elle. Ça a failli la détruire. Mais quand j'aurai fait le nécessaire, elle sera aussi douce qu'un agneau. Je pourrais peut-être la former pour la thérapie équestre ; il y a des personnes qui seraient intéressées, une fois qu'elle sera prête. Dans l'immédiat, elle a surtout besoin de repos et de s'accoutumer à son environnement. Ensuite, on verra.

— Je suis impressionnée…

Cash se tourna vers elle.

— Evidemment, c'est bien dans ce but que je vous ai amenée ici ; pour vous montrer que je suis un type épatant !

— Non, vous m'avez amenée ici pour me faire voir ce qui vous plaît le plus au monde ; et comme pour la plupart d'entre nous, c'est aussi ce dont vous aimez réellement parler. Vous vous êtes lancé dans une grande aventure. La vie ici n'a certainement rien à voir avec la vie sur les champs de course.

— La transition est encore bien plus rude qu'on pourrait l'imaginer. Ces animaux ont une foule de choses à apprendre. Ils n'ont pas l'habitude des mouches, des rapports avec les autres chevaux, ni même de se nourrir et de se désaltérer tout seuls. Les gens se figurent qu'il suffit de mettre ces retraités dans un pré avec quelques compagnons, de quoi manger et boire. Mais ce n'est pas si simple.

— Il faut donc leur réapprendre le naturel pour qu'ils puissent s'adapter.

— Ils sont nourris et montés différemment dans les écuries de course. La plupart de ces chevaux sont à peine débourrés, pas vraiment dressés. En fait, ils tolèrent tout juste la selle, le mors et le jockey, mais de très mauvaise grâce. Il faut les entraîner à considérer cela autrement. C'est pourquoi j'ai un enclos circulaire au lieu du corral ovale dont on se sert d'habitude : ils doivent apprendre à ne pas partir au galop dès qu'ils sentent un cavalier sur leur dos. Parfois, il faut plusieurs mois pour débarrasser leur organisme des hormones et autres drogues dont il a été saturé.

Il esquissa un sourire.

— Il ne faut pas me faire démarrer…

— Combien de temps passez-vous ici, avec eux ?

— J'ai quelqu'un de compétent pour m'aider et me remplacer, le cas échéant. Mais je passe au moins deux heures par jour avec eux. Il faut absolument que je me limite à trois chevaux. J'aurais probablement dû m'arrêter au deuxième, mais pour Lady, je n'ai pas pu résister à la tentation.

— Montez-vous Sanction pour le plaisir, maintenant ? J'ai l'impression que c'est vraiment votre cheval à vous.

— Je ne rate pas une occasion. Raoul, mon assistant, le monte aussi de temps en temps afin qu'il ait suffisamment d'exercice. Sanction, c'est ma thérapie équestre à moi.

Jamie eut le sentiment qu'il venait d'entrouvrir une porte sur son âme.

— Vous n'avez jamais eu envie de vous remettre à transformer des pur-sang en chevaux de course ? Ou bien êtes-vous satisfait de rendre à ces chevaux leur nature de pur-sang ?

— La satisfaction est quelque chose qui m'échappe continuellement. Je ne suis jamais tout à fait sûr de l'endroit où je serai ni de ce que je ferai la semaine suivante.

Il posa Hannah par terre.

— Ecoutez, les filles, si vous sortez par là, vous pourrez peut-être avoir la chance de voir toute une portée de chatons. La maman est arrivée de je ne sais où et a mis bas sous l'abri là-dehors, voilà une quinzaine de jours. N'approchez pas trop, mais en restant à quelques mètres, vous pourrez les regarder sans la déranger.

— N'oubliez pas d'avancer lentement et de ne pas

faire de bruit, dit Jamie, en retenant les filles jusqu'à ce qu'elle eût terminé sa mise en garde.

Elles partirent d'un pas rapide, réussissant à ne pas courir.

— Ce sont des enfants exemplaires, dit Cash.

— Nous ne prendrons pas de chaton.

— Je ne vous ai pas demandé d'en prendre un.

— Vous, non, mais elles ne manqueront pas de le faire. Nous devons présenter un front uni, vous et moi.

— Ils sont vraiment très mignons, vous savez. La mère était dans un état pitoyable jusqu'à ce que Mamie Grace commence à la nourrir.

— Je parie qu'elle n'a pas été la seule…

Il ne s'en défendit pas.

— Nous la ferons opérer une fois que les petits seront sevrés. Nous aurions besoin d'un bon chasseur de souris, dans cette écurie. Mon épouse…

Il s'interrompit brusquement et garda le silence.

Comme il continuait à se taire, Jamie lui toucha le bras.

— Grace m'a dit que vous avez été marié. Il y a longtemps que vous êtes divorcé ?

— Kary est décédée moins de deux ans après notre mariage, répondit-il sans la regarder. Il y a longtemps de ça. Nous nous sommes connus à l'université et mariés avant la fin de nos études. Elle est morte avant même d'avoir pu faire usage de son diplôme.

— Je suis désolée, Cash.

— Moi aussi.

— Elle aimait les chats ?

— Elle avait deux magnifiques Siamois, horriblement gâtés. Sa mère les a récupérés après son décès, quand je suis parti dans le Kentucky ; mais malgré sa folie pour ses Siamois, elle aurait pris cette minette sauvage à la maison et se serait arrangée pour caser tous ses petits dans de bonnes maisons.

— Et c'est ce que je vous ferez, je parie. Des chevaux surexploités et des petits chats à l'abandon ; sans compter un petit faon du nom de Chance…

— Oui, nous avons quelque chose en commun vous et moi…

Un bref instant, il posa une paume à plat sur l'abdomen de la jeune femme.

— Que disait ce vieux slogan publicitaire, déjà ? reprit-il. « Nous donnons vie aux bonnes choses » ?

C'était à elle qu'il donnait vie. Elle sentit le sang affluer de toutes les parties de son corps vers l'endroit où il avait si doucement posé sa main. Quand il la retira, cela lui fit comme un vide.

— Nous ferions mieux d'aller voir ce que font les filles, dit-elle. Sinon, Alison va arriver en courant pour raconter ce qu'elle a vu et elle va affoler vos chevaux.

— J'ai peut-être un peu exagéré tout à l'heure, mais il vaut mieux prévenir que guérir. Un cheval nerveux qui se cabre n'est pas un spectacle très rassurant.

— Merci de m'avoir conduite ici.

— Tout le plaisir est pour moi. Merci de m'avoir écouté.

— Le plaisir était réciproque…

Elle sentit qu'il valait mieux ne pas en dire plus et se borna à lui serrer légèrement la main.

— Je parie qu'Hannah a déjà donné un nom aux chatons.

— Je ne relèverais pas ce pari, même si j'étais un joueur invétéré.

Il passa un bras autour de ses épaules, elle mit tout naturellement le sien autour de sa taille et ainsi enlacés, ils sortirent d'un pas tranquille de l'écurie.

12

Quatre jours après leur visite au domaine, qui s'était conclue chez Grace par un repas de jambon cuit aux petits légumes, Alison et Hannah avaient été invitées chez Cissy Claiborne pour jouer avec Reese dans sa piscine en plastique. Jamie avait accepté sans hésiter. Tout d'abord parce que cela ferait du bien aux fillettes — en ce mois d'août torride, toutes les occasions de se rafraîchir étaient bonnes —, ensuite parce que depuis son arrivée au chalet, elle avait eu très peu de moments pour profiter d'une solitude salutaire.

Mais à peine avait-elle laissé les deux filles à la vieille ferme où habitaient les Claiborne, que son projet de passer la matinée les doigts de pieds en éventail s'envola. Elle se retrouva presque malgré elle sur la route qui menait chez Grace. Ne lui ayant pas encore annoncé qu'elle était enceinte, c'était l'occasion de le faire, sans que la conversation ne tombe dans l'oreille des fillettes.

Elle espérait aussi que ses révélations sur sa vie privée inciteraient la vieille dame à lui en dire un peu plus sur celle de Cash.

En l'entendant arriver, Grace sortit sur le pas de sa porte. Comme elle était venue sans prévenir, la jeune femme fut soulagée de voir fleurir un grand sourire sur son visage.

— Pardonnez-moi d'arriver à l'improviste, Grace… Mais je n'ai pas votre numéro de téléphone sur mon portable. Si vous n'êtes pas disponible, je reviendrai une autre fois…

— Vous êtes toujours la bienvenue chez moi, Jamie. Quand j'étais jeune, personne ne prévenait avant de passer, vous savez. J'aimais bien cette façon de faire… Il y avait la bonne surprise de voir arriver un ami et puis ça m'obligeait à tenir ma maison en ordre, ce qui n'était pas évident avec trois enfants et la charge du domaine agricole !

Jamie la rejoignit, s'éventant de la main.

— Je ne sais pas comment vous faisiez !

— Où sont les filles ?

— Chez une amie qui n'habite pas très loin de chez nous, Cissy Claiborne… Elle a une petite Reese de cinq ans.

— Je connais la maison des Claiborne. J'étais en classe avec un garçon de la famille — qui n'était pas l'un de ses membres les plus recommandables, du reste.

— En fait, Cissy et sa famille vivent chez une voisine.

Elle essaya de se rappeler le nom de la dame qu'elle avait croisée, en déposant les filles.

— Helen Henry, je crois. Une ancienne métairie toute blanche… Cissy m'a dit que la famille de son mari possède une ferme un peu plus loin, sur la route.

— Oh, oui… Helen Henry… Ça fait un sacré bail que je ne l'ai pas vue ! Nous avons à peu près le même âge.

— C'était une amie ?

— Loin de là ! répondit Grace en esquissant un sourire avant de changer aussitôt de sujet. C'est bien que vous preniez un peu de temps pour vous. Je n'ai jamais rencontré d'enfants plus agréables que les vôtres, mais je me doute que vous avez besoin de respirer, par moment.

— Il faut se ménager en effet un peu d'espace privatif, quand on est trois.

— Et bientôt plus de trois…

Jamie sentit le sang affluer à son visage.

— Cash vous a parlé ?

— Non, ma chère, mais personne n'a besoin de me dire quoi que ce soit. Je sais reconnaître une femme enceinte quand j'en vois une. Il y a un certain éclat, un rayonnement du teint, qui n'a rien à voir avec la température estivale ; et puis certain refus du café et des boissons alcoolisées, ajouté à un bouton défait à la taille et une fermeture à glissière qui n'arrive plus tout à fait jusqu'en haut…

— C'est la raison de ma visite, aujourd'hui. Je voulais en parler avec vous et vous expliquer comment c'est arrivé.

Grace s'esclaffa tranquillement, ce qui eut pour effet d'alléger immédiatement l'atmosphère.

— Si vous aviez besoin de m'expliquer comment ces choses-là arrivent, je ferais une bien piètre grand-mère !

— Eh bien, que vous me croyiez ou pas, ce n'est pas arrivé de la manière habituelle, figurez-vous…

— Vous m'intriguez ! Y aurait-il un nouveau Nouveau Testament ? Une naissance miraculeuse au XXIe siècle ?

Grace ouvrit la porte en grand et entraîna Jamie à l'intérieur.

La jeune femme entra et soupira de soulagement.

— Ouf, la climatisation n'est pas superflue !

— Cet appareil a l'âge de Cash ; Ben l'avait fait installer à sa naissance, pour que Sandra n'hésite pas à nous l'amener au plus chaud de l'été. J'attends qu'il rende l'âme, mais tant qu'il fonctionne encore, je le fais tourner à plein régime. Venez donc boire un peu de citronnade dans la cuisine.

— Comment va Chance ?

— Elle gambade dans l'enclos que Cash lui a construit à l'ombre d'un pin et elle pousse à vue d'œil. Nous irons la voir tout à l'heure… Avant-hier matin, j'ai aperçu deux daims par la fenêtre. Je ne sais pas ce qu'ils ont pu se raconter, tous les trois, mais ce sera probablement sa nouvelle famille, quand elle aura repris assez de forces pour que je la libère.

Jamie se laissa choir sur une chaise dans la cuisine, tandis que Grace remplissait deux verres de citronnade et de glace pilée. Elle ajouta quelques feuilles de menthe et les apporta à table avec un plat de petits rouleaux à la cannelle, des assiettes et des serviettes.

— Je me demande bien pourquoi j'ai allumé le four ; ils auraient pu cuire naturellement dehors, en plein soleil. Servez-vous ; vous devez manger pour deux, poursuivit-elle en s'asseyant à son tour et en poussant le plat en direction de Jamie.

— Pour trois.

D'un geste machinal, Jamie partagea l'un des gâteaux et en prit la moitié sur une assiette. Puis elle haussa les épaules et ajouta l'autre.

— Vous attendez des jumeaux ? Ça, par exemple. Est-ce fréquent dans votre famille ?

— Non, mais c'est fréquent dans le cas d'une fécondation in vitro. C'est encore une science tellement inexacte que les médecins essaient de vous donner le maximum de chances d'être enceinte. Nous avons opté pour l'implantation de deux ovules, en espérant qu'il y en aurait au moins un qui tiendrait. Au-delà de deux, c'est plus aléatoire.

Elle leva les yeux sur Grace et réprima un sourire, en voyant la mine qu'elle faisait.

— Il est plus difficile de mettre au monde des triplés ou des quadruplés ; et puis, je ne crois pas que ma sœur et mon beau-frère étaient prêts à avoir autant d'enfants à la fois.

— Ce sont les enfants de votre sœur ?

— A cent pour cent.

Jamie lui fit un bref exposé de la situation.

— Voilà pourquoi je n'en ai pas parlé tout de suite. Au début, je voulais d'abord être sûre que tout allait bien. Ensuite, je ne savais pas trop comment expliquer notre démarche. Je suis absolument ravie de le faire, mais je ne pense pas que tout le monde puisse me comprendre. Et je ne suis sans doute pas prête à affronter les critiques.

— J'espère que vous n'avez pas pensé que j'allais vous critiquer ?

— Oh non, Grace ! Mais ce n'était quand même pas facile à raconter, surtout en présence des filles. Cash est au courant. De toute façon, le secret ne sera bientôt plus possible à garder. Je viens d'acheter des pantalons plus larges. Pour des jumeaux, ma grossesse va se voir bien plus vite que pour un seul bébé.

Grace mit un autre gâteau roulé dans l'assiette de Jamie.

— Mangez donc. Vous allez en avoir besoin. Et ce n'est pas en vous privant que vous resterez mince.

— Mon appétit avait faibli, ces derniers temps, mais tout est redevenu normal. Maintenant, la chaleur n'incite pas tellement à manger, ce qui ne m'empêche pas de prendre du poids de jour en jour.

— Je suis un peu éberluée, je l'avoue, dit Grace, en se calant dans son siège et en la regardant manger. Vous êtes une jeune femme sensée et une sœur généreuse. Vous avez dû réfléchir longuement avant de vous engager dans cette aventure.

— Il fallait que je le fasse.

— Cette réponse est loin d'être neutre.

— Vous êtes-vous déjà trouvée face à un choix si évident que le doute n'était pas permis ? C'était mon cas. Kendra et Isaac n'auraient jamais songé à la solution d'une mère porteuse. Je n'étais même pas sûre qu'ils accepteraient ma proposition. Il a fallu d'interminables discussions et une longue période de réflexion de leur part.

— J'imagine que ça n'a pas été une décision prise à la légère.

Jamie leva les yeux de son dernier morceau de gâteau roulé.

— Au bout du compte, je savais que j'étais leur unique chance d'être parents, un jour. Et je dois tant de choses à Kendra…

— Quel genre de choses ?

— C'est elle qui m'a pratiquement élevée, sacrifiant au passage sa propre jeunesse. Et moi, je me suis enfuie à dix-sept ans, après quoi, je ne lui ai pas donné signe de vie pendant des années. Je remettais mon existence en ordre après de sérieux faux départs et je craignais de recommencer à compter sur elle. Il fallait absolument que je m'en sorte toute seule, vous comprenez ?

Grace resta muette un instant, puis elle hocha la tête.

— Parce que Kendra est votre sœur, pas votre mère…

Sa perspicacité réconforta Jamie.

— C'est surtout ça, en effet. J'avais besoin d'arriver à une situation où nous pourrions nous retrouver sur un pied d'égalité car dès le départ, nos rapports avaient été faussés.

— Mais vous culpabilisez quand même.

Jamie sourit.

— Vous êtes très psychologue… Kendra a été inquiète et meurtrie pendant ma longue absence. Quand je me suis sentie enfin prête à la revoir, elle a eu du mal à me faire confiance. Aujourd'hui, je peux lui faire cadeau de ce qu'elle désire le plus au monde.

— Et vous prouver quelque chose, par la même occasion.

Ce n'était pas une question, mais une affirmation.

— Je l'espère ; ça m'aidera à me pardonner de lui avoir fait du mal.

— Quand je pense à ce que nous faisons — ou ne faisons pas — par amour…

En prenant son verre, Grace l'inclina un peu trop et renversa un peu de citronnade sur la table. Jamie tira deux serviettes du présentoir et épongea le liquide.

— Je suis toujours maladroite quand je réfléchis. C'est gentil de réparer mes bêtises.

— C'est gentil à vous de m'avoir écoutée, Grace, dit-elle en posant une main sur celle de la vieille dame et en l'y laissant un moment. A propos de choses que nous faisons par amour… Cash m'a parlé de Kary, le jour où il nous a montré ses chevaux.

— Deux exceptions pour le prix d'une ! Il ne montre pas ses chevaux à n'importe qui et il ne parle jamais de Kary. Ça fait même trois, car il ne m'amène jamais personne à dîner, non plus.

Craignant d'aborder là un terrain trop délicat, Jamie s'empressa de mettre les choses au point.

— Nous sommes en train de devenir amis, Cash et moi. Mais je ne pense pas être une affaire sur le marché, ces temps-ci !

— Ah, la nouvelle génération ! Vous avez de ces formules !

— Ce doit être terrible de perdre aussi jeune quelqu'un qu'on aime.

— Pour être jeunes, ils l'étaient. Il vous a probablement dit qu'ils se sont mariés pendant leurs études. Ils l'ignoraient tous les deux, bien sûr, à ce moment-là, mais les jours de Karen étaient déjà comptés. Elle avait une maladie rare, une sorte de sclérose en plaques d'un type foudroyant. Ils ont vécu deux ans ensemble et Karen a été malade pendant la majeure partie de cette période. Il est resté à ses côtés jusqu'au bout ; mais après sa mort, ce n'était plus le même homme, notre Cash. Il n'a plus confiance en quoi que ce soit.

Jamie regarda un moment dans le vide, ne sachant trop qui plaindre le plus, de Cash, qui avait vu sa jeune femme s'éteindre sous ses yeux, ou de Karen elle-même.

— Il fallait que vous le sachiez. Ça vous aidera à mieux le comprendre.

— Comment était-elle ?

— Jolie, drôle, intelligente. Elle était de Radford, une ville du sud de la Virginie. Elle voulait être enseignante — je ne sais plus au juste dans quelle matière. Nous venions juste de faire sa connaissance quand sa maladie s'est déclarée ; ensuite, tout n'a plus tourné qu'autour de ça. Je pense que c'est ce qui était le plus dur à supporter pour elle : le fait d'être devenue, à la fin, davantage une patiente qu'une personne. Cash faisait tout son possible pour qu'elle n'ait pas ce sentiment ; sans lui, ses derniers mois auraient été terribles. Mais il n'aurait jamais laissé sa belle-famille ou les médecins retarder longtemps l'inévitable ; il a fait en sorte que Karen ait gain de cause. Il a été le seul à écouter ses dernières volontés, à savoir une mort paisible sans prolongations inutiles. Mais il le paie encore aujourd'hui.

Jamie sentit des larmes lui piquer les yeux.

— Il peut être fier de lui, dit-elle d'une voix rauque.

— La fierté disparaît dans ce genre d'épreuve, vous savez… Je parle par expérience. Mais restons-en là pour le moment, voulez-vous ? Cette discussion est bien trop triste par ce bel après-midi d'été. J'ai quelque chose de beaucoup plus gai à vous montrer.

Grace se leva et Jamie l'imita aussitôt.

— C'est à propos de Chance ?

— Il fait encore trop chaud pour sortir. Non, je veux vous montrer mon atelier de couture.

— Excellente idée ! Etes-vous en train de confectionner un patchwork ?

— Bien sûr ! Quelle question ! Une quilteuse a toujours un projet en cours et deux ou trois autres en attente.

Après avoir traversé deux pièces, elles gravirent l'escalier menant à l'étage. Sur le palier, Grace prit un couloir à droite et continua jusqu'à la porte du fond, Jamie sur ses talons. Elles entrèrent dans une pièce spacieuse, avec de hautes fenêtres et une bonne aération. Un mur entier était garni d'étagères encastrées et de niches garnies de rouleaux d'étoffe et de matériel divers. Un autre mur couvert d'un plateau perforé servait à accrocher toutes sortes d'ustensiles — ciseaux, règles et autres objets moins reconnaissables.

— Oh, vous êtes vraiment bien équipée !

Jamie était admirative.

A en juger par la grande pièce d'étoffe coupée sur une table, Grace avait manifestement entamé un nouvel ouvrage. Jamie souleva un coin du tissu et admira le motif floral, avec des dégradés de couleurs d'une extrême délicatesse.

— Est-ce que vous aimez les travaux manuels ? s'enquit Grace.

— Je n'ai pas beaucoup de temps à y consacrer, mais je dessine correctement.

— Cash m'a montré vos plans pour la maison de votre sœur et j'ai vu le chalet que vous avez conçu. Vous ne manquez ni de talent, ni d'imagination. Vous n'aimeriez pas confectionner des patchworks pour les bébés ?

Jamie continua d'admirer les morceaux de tissu sur la table, suivant du doigt le contour d'une feuille très stylisée.

— Est-ce que ce ne serait pas un peu comme si j'avais des prétentions sur eux ?

— Je vois que vous êtes prudente et vos scrupules vous honorent. Mais vous serez leur tante, n'est-ce pas ? Et jusqu'à leur naissance, vous leur offrez le gîte et le couvert ?

— Incontestablement.

— Alors, vous avez parfaitement le droit de leur offrir ces cadeaux qu'ils chériront plus tard, quand ils seront en âge de connaître toute l'histoire. Je sais exactement ce qu'il vous faut, ma jolie. Vous y connaissez-vous un peu en matière de patchwork ?

— Ma sœur les collectionne. Elle possède quelques pièces anciennes ravissantes.

— Il existe un vieux motif traditionnel qui s'appelle « Sister's Choice[1] ». Ce nom correspond parfaitement à votre situation, on dirait… On en fait de charmants couvre-lits pour bébés, entre autres. Selon les couleurs

1. Sister's Choice : (Le) Choix d'une Sœur. Un des motifs traditionnels référencés de patchwork — quilt, en anglais —, parmi des milliers d'autres. L'auteur fait allusion à plusieurs de ces motifs dans cet ouvrage, « Whig Rose », « Snake in The Hollow », etc.

utilisées et la façon dont vous les placez, vous obtiendrez des effets très différents. Vous pourrez en faire un pour chaque jumeau, sans qu'on puisse voir, au premier coup d'œil, qu'il s'agit du même motif.

— J'ai fait un peu de couture à l'école, mais vraiment très peu…

— Parfait ! Ainsi, vous aurez moins de choses à désapprendre !

— Je n'ai pas beaucoup de place au chalet et pas de machine à coudre, non plus.

Jamie se tut, s'apercevant qu'elle donnait l'impression de vouloir s'esquiver, avec toutes ces objections, alors que l'idée commençait à la séduire.

— Je pourrai en acheter une, si vous me conseillez un modèle, reprit-elle. Peut-être me prêteriez-vous la grande table de votre salle à manger pour faire mes couvre-lits de bébés ? Et les filles seraient sûrement ravies de me donner un coup de main.

— Vous n'aurez pas besoin de machine. Nous pouvons très bien travailler ici ensemble et vous utiliserez la mienne ; ainsi, je vous montrerai comment vous y prendre.

— C'est beaucoup vous demander, Grace. Vous êtes sûre que…

— Ecoutez, voilà ce que je vous propose : vous vous occupez des couvre-lits des bébés et, pendant ce temps-là, je ferai des patchworks avec vos filles, pour vos filles. Ainsi, il n'y aura pas de jaloux.

Jamie imagina sans peine combien le projet plairait à Hannah et Alison.

— Elles ont des opinions très arrêtées, vous savez.

— C'est une qualité importante, chez un enfant. Vous leur avez appris à savoir ce qu'elles aiment et à oser exprimer leurs préférences. Ça leur servira, en grandissant.

Grace s'approcha des étagères.

— J'ai suffisamment de tissu ici pour ouvrir ma propre boutique. Je suppose qu'Hannah et Alison trouveront des choses qui leur plaisent ; sinon, nous irons en acheter d'autres. Les enfants adorent coudre ; les adultes ne les y encouragent guère, en général.

Jamie sentit que Grace s'enthousiasmait déjà. Sans doute serait-ce un bon moyen de combler sa solitude ; ainsi, chacune trouverait un avantage dans cet arrangement qui semblait, a priori, la privilégier un peu trop.

— Est-ce que vous auriez des photos d'un patchwork avec le motif Sister's Choice ? lui demanda-t-elle. J'aimerais bien en voir un.

— Oh, j'ai même mieux : mon couvre-lit. Une antiquité. Venez voir…

Jamie la suivit jusqu'à l'autre extrémité du couloir ; elles passèrent devant plusieurs portes de chambres et de salles de bains. La maison était bien plus grande qu'elle l'avait imaginé, vue de l'extérieur.

Elles entrèrent dans une pièce plus petite que l'atelier, sobrement meublée d'un lit en noyer blond, d'une commode assortie et d'une armoire à glace dont le miroir aurait eu besoin d'être réargenté.

La courtepointe qui couvrait le lit était superbe, mais ne ressemblait pas du tout aux ouvrages que Jamie avait admirés dans le reste de la maison. Plusieurs imprimés fleuris dans des tons de gris pâle, bleu lavande et vert, avec quelques pointes de rouge, étaient juxtaposés pour former une grande étoile traversée par une croix. Les bandes vert foncé qui reliaient les blocs les uns aux autres formaient aussi, entre eux, de petites étoiles. Le fond, probablement blanc cassé à l'origine, avait viré à l'ivoire.

— Il est charmant, dit Jamie ; j'aime son côté désuet. Mais ça ne vous ressemble pas du tout. En avez-vous hérité ?

Grace souleva un angle pour le lui faire mieux voir.

— Pas exactement. C'est moi qui l'ai fait, entièrement à la main. C'est l'un de mes rares ouvrages cousus main.

Jamie admira les petits points bien réguliers qui maintenaient l'ensemble.

— Quand était-ce ?

— Je l'ai terminé en 1943. C'est ainsi que j'occupais mes soirées après avoir couché les enfants, pendant que Ben était à la guerre. La maison était bien silencieuse, la nuit tombée. Il ne se passait pas grand-chose, dans la vallée, à cette époque-là. Chacun retenait son souffle, on priait silencieusement.

— Les travaux d'aiguille occupent les mains et l'esprit, je suppose.

— Au début, le patchwork a été simplement ma façon de gérer le passé et l'avenir. Et il y avait de quoi faire, croyez-moi ! Mais c'est une longue histoire…

Jamie se rappela que Cash avait fait allusion à une histoire particulière entre ses grands-parents. Cet écho éveilla sa curiosité. Grace n'était pas de ces gens qui passent leur temps à parler d'eux-mêmes. Elle avait plutôt tendance à écouter et à agir. Ce qu'elle avait à raconter serait sans doute fascinant.

— J'ai tout mon temps, lui dit-elle. Les filles ne m'attendent pas avant une heure ou deux. Et j'ai l'impression que ça vaut la peine d'être entendu.

— Vous pourriez regretter de m'avoir lancée sur le sujet.

— Je prendrais bien encore un peu de citronnade et un autre roulé à la cannelle.

— D'accord. Il me faudra peut-être du temps pour démarrer. Même Sandra n'est pas au courant de tout et Cash encore moins, évidemment. Mais en ce qui vous concerne, j'ai le sentiment que ça pourrait vous intéresser.

Jamie fut touchée et honorée de la remarque.

— Certainement…

— Allons boire cette citronnade et je vous ferai quelques confidences, dit Grace, en rajustant le couvre-lit. Mais il vaudrait mieux passer à autre chose ; le citron commence à me donner des aigreurs, pas vous ?

— Dans ce cas, je goûterais bien à votre jus de pomme.

Grace secoua l'oreiller pour le faire bouffer.

— Ah, voilà des paroles qui me réchauffent le cœur. Mais vous allez boire beaucoup car mon histoire est longue et passablement compliquée. Comme la vôtre, elle commence par un geste que j'ai fait pour ma sœur aînée. Mon nom de jeune fille est Fedley et ma sœur s'appelait Anna. Elle avait presque onze ans de plus que moi ; je ne comprends donc que trop bien ce que c'est que d'être sous la coupe d'une grande sœur. Puis, un beau jour, les rapports qui existaient entre elle et moi ont été bouleversés.

13

1941

Grace Fedley n'aimait décidément pas la grande ferme des Cashel ; elle détestait tout particulièrement la route escarpée qui y menait. Même par beau temps, le vieux camion de son père avait généralement du mal à terminer le trajet. Alors ce soir-là, tandis qu'une pluie givrante recouvrait d'une pellicule argentée ses cheveux châtains, permanentés de frais, son aversion redoubla jusqu'à se transformer en un véritable sentiment de répugnance. Deux kilomètres plus bas, le camion fumait sur le bord de la route et son père était en train de redescendre tant bien que mal vers le village dans l'espoir de trouver un voisin qui l'aiderait à redémarrer. Elle, elle avait choisi de continuer la route à pied.

Elle suivait maintenant le chemin d'accès au verger. L'eau glacée du ruisseau qui s'était formé le long de la route traversait les semelles de ses chaussures et imbibait ses bas. Les ronces accrochaient ses vêtements au passage et les branches des haies qui n'étaient plus taillées depuis belle lurette se balançaient au-dessus d'elle, en une sorte de danse macabre sous le rude vent d'hiver.

Grace aurait pu rester à l'abri dans le camion avec sa

mère. Mais un message de leur voisine, qui hébergeait le standard du téléphone local, annonçait qu'Anna avait besoin d'elle de toute urgence ; la jeune fille devait se rendre sans délai au domaine des Cashel et apporter une bible avec elle.

Elle se demandait quelle raison sa sœur pouvait bien avoir de la demander aussi instamment. Anna attendait son second enfant, mais s'il s'agissait d'un accouchement prématuré, Grace n'était pas la plus qualifiée pour lui venir en aide. Elle n'était pas non plus la personne la plus proche, en dépit de leurs liens familiaux. Elle estimait même qu'elle était probablement la dernière qu'Anna eût appelée en cas d'urgence.

A mi-chemin, deux bergers allemands surgirent de la pénombre et l'accueillirent avec des grognements peu engageants jusqu'à ce qu'ils l'aient reconnue. A son grand soulagement, ils regagnèrent alors la maison au petit trot. Elle aperçut de la lumière aux fenêtres et une voiture inconnue garée sur le côté de la maison. Soucieuse, elle pressa le pas ; une minute plus tard, elle gravissait les marches du perron.

Le fait qu'elle ne pût entrer sans frapper était un navrant témoignage du genre de relations qui existait entre elles. Grace se dandina donc d'un pied sur l'autre, tout en tambourinant à la porte. Comme personne ne venait lui ouvrir, elle frappa plus fort et, n'obtenant toujours aucune réponse, elle finit par entrer.

Le hall était sinistre, avec son papier peint qui datait d'une bonne trentaine d'années et qui se décollait au ras du plafond. Le plafonnier émettait une lueur blafarde qui ne parvenait pas à éclairer les recoins.

— Eh bien, tu en as mis du temps, pour arriver !

La jeune fille dévisagea Ben Cashel, qui se tenait debout, en haut des escaliers, et songea qu'elle ne parviendrait sans doute jamais à l'apprécier. Son beau-frère ne lui avait jamais inspiré plus de sympathie que sa maison lugubre, la route sinueuse qui y conduisait ou la femme qu'il avait épousée. Anna avait beau être sa sœur, Grace ne pouvait se remémorer aucun moment joyeux en sa compagnie, aucune complicité partagée, à l'époque où elles vivaient ensemble. Sa propre existence s'était sensiblement améliorée à partir du jour où Anna avait quitté la maison, en épousant Ben. A présent, elle estimait que ces deux êtres si parfaitement assortis devaient se tenir compagnie de façon exclusive pour le restant de leurs jours, sans que personne soit tenu d'assister au spectacle.

Bientôt, très bientôt Dieu merci, elle serait si loin d'ici qu'Anna ne pourrait plus jamais la convoquer de la sorte, ni même la retrouver.

— Le camion est tombé en panne, dit-elle simplement. Maman est restée dedans et papa est redescendu chercher de l'aide au village. J'ai fait les deux derniers kilomètres à pied…

Elle n'était pas du genre à se faire plaindre, mais comme Ben ne changeait pas d'expression, quelque chose, en elle, s'insurgea.

— Et je les ai fait sous une pluie glacée — ce que tu aurais sûrement remarqué, si tu étais un peu moins occupé à juger mon comportement !

Ben était très grand et il semblait encore plus grand, perché au sommet de l'escalier. D'épais cheveux noirs lui recouvraient le front et il portait une salopette de travail passablement décolorée qui tranchait sur sa peau bronzée. C'était un bel homme, avec des traits harmonieux, une bouche sensuelle, un corps à la fois élancé et robuste. En le voyant pour la première fois, Grace s'était même dit qu'il aurait pu épouser quelqu'un de beaucoup mieux qu'Anna. Par la suite, elle avait découvert que Ben était aussi taciturne, aussi renfermé, aussi austère que sa sœur et qu'ils s'étaient finalement bien trouvés tous les deux.

— Anna est mourante, dit-il d'une voix que Grace trouva dépourvue de toute émotion.

Elle se demanda un instant si elle avait bien entendu. Anna était en pleine forme la dernière fois où elles s'étaient vues, le jour de Noël. Elle l'avait écoutée critiquer tous ses choix — depuis les chaussures à bout rond qu'elle avait achetées avec sa première paie jusqu'à la longueur de ses cheveux, en passant par sa tenue vestimentaire. Grace avait pris sur ses genoux son petit neveu de deux ans pour lui faire un câlin, tandis qu'Anna répétait avec insistance qu'il ne fallait pas lui apprendre des choses pour lesquelles il se ferait gronder ensuite à la maison. Comme Grace protestait, Anna s'était tournée vers son mari. Sans mot dire, Ben avait emmené le petit Charlie, tout déçu, faire une sieste, pendant que tout le monde fêtait Noël.

Comme toujours, Anna s'était montrée acerbe et pénible. Mais elle n'avait manifestement aucun souci de santé.

— Mourante ? Ce n'est pas possible. Elle allait bien le jour de Noël.

— Elle ne va pas bien du tout, maintenant. Le bébé est né à midi et depuis, Anna se vide de son sang. Elle n'en a plus pour longtemps.

Grace eut l'impression glaçante qu'il parlait de sa jument ou d'une vache du troupeau. Il avait l'air exténué mais pas vraiment bouleversé ; comme s'il avait seulement envie que cette journée prît fin.

— Et le bébé ?

— Un deuxième garçon. Il n'est pas né à terme. Il y a peu de chance pour qu'il survive.

A quoi bon lui dire qu'elle avait du chagrin ? Il ne la

croirait probablement pas et même s'il la croyait, cela lui serait bien égal.

— J'ai vu une voiture, murmura-t-elle.

— C'est le médecin. Il a fait tout son possible…

— Où est Charlie ?

— Une voisine est venue le chercher ; il dormira chez elle.

C'était certainement mieux ainsi, mais Grace espéra qu'ils lui avaient laissé le temps de faire ses adieux à sa mère.

— Et maman qui attend dans le camion… Si nous avions su… Anna voudra sans doute la voir ?

Ben haussa les épaules.

— Non, pour une raison inexpliquée, c'est toi qu'elle réclame.

Grace fronça les sourcils, perplexe.

— Tout de suite ?

— Dans quelques minutes. Va te sécher. Je t'appellerai.

Sans un mot de plus, il fit demi-tour et disparut dans le couloir.

Elle alla dans la cuisine où elle trouva des serviettes ; machinalement, elle s'essuya, ôtant son manteau et ses chaussures et s'efforçant d'éponger le maximum d'humidité. Elle se sentait apathique ; engourdie par le froid tout autant qu'assommée par cette terrible nouvelle et par la façon dont Ben la lui avait assenée. Sa sœur était à l'agonie et malgré sa tristesse, Grace ne se sentait pas réellement effondrée. En fait, elles étaient si différentes l'une de l'autre, si peu liées, au fond, qu'il était difficile de les croire issues du même lit.

Elles étaient pourtant les deux seules filles d'une famille de huit enfants. A l'époque de la naissance de Grace, la dernière de la fratrie, leurs parents étaient littéralement exténués. La mort prématurée de trois de leurs fils et l'arrivée d'un nouvel enfant — jugée sans doute malvenue, à un âge aussi avancé — avaient fait que Grace n'avait pas été accueillie avec autant de joie que ses aînés. Elle n'avait pratiquement reçu aucun encadrement. Son caractère fougueux et enjoué put s'épanouir librement dès sa petite enfance. Ses parents n'avaient plus depuis longtemps l'énergie suffisante pour tenter de modeler son tempérament.

Pendant que le reste de la fratrie peinait aux champs et travaillait à la scierie familiale, Grace était simplement livrée à elle-même. Bien que ni son père ni sa mère n'eussent jugé bien nécessaire d'éduquer les filles, elle termina sans encombre ses études secondaires. Au lycée, elle était prise en charge et ne gênait personne. En grandissant, elle s'absentait de plus en plus fréquemment de la maison sans que personne ne s'en aperçoive, hormis sa sœur aînée. Car rien n'échappait à Anna, qui vivait encore à la maison et s'était attribué le rôle de chaperon de sa petite sœur.

A l'école, à l'église, puis sur le lieu de son premier emploi, elle s'était fait des amis qui n'avaient pas plus d'attirance qu'elle pour une vie rurale étriquée, au moment où la fin de la Grande Dépression offrait des opportunités à ceux qui nourrissaient quelques ambitions. Elle découvrit les sorties, les fous rires et les soirées dansantes, les jolies robes, les spectacles et les garçons plus âgés qu'elle qui sentaient l'Old Spice et les lotions après-rasage. Mais Anna se dressait perpétuellement entre elle et la liberté toute neuve ; Anna qui l'interrogeait et la punissait chaque fois qu'elle rentrait ; Anna qui l'enfermait dans sa chambre et l'obligeait à repasser ou repriser pour s'occuper les mains.

Grace avait compté les jours jusqu'au mariage de sa

sœur, qui la délivrerait de cette encombrante tutelle. A présent, âgée de dix-sept ans et ses études terminées, elle comptait ceux qui la séparaient du moment où elle fuirait la Vallée, où elle avait l'impression d'étouffer. Le monde lui faisait signe ; elle n'avait certes pas l'intention de lui tourner le dos.

Ses parents ne se doutaient encore de rien. La ferme et la scierie familiale avaient été lourdement hypothéquées pour payer les dettes consécutives à la crise économique et les Fedley comptaient vendre pour éviter la faillite. Dès qu'ils le pourraient, son père et sa mère iraient s'installer dans le Delaware, chez leur fils aîné. Grace était censée conserver son nouvel emploi de fileuse dans une usine textile de Front Royal et demander asile à la famille d'un de ses frères, où elle pourrait aider au ménage et aux soins des enfants, en sus de ses heures de travail.

Mais elle avait d'autres projets.

Pendant son trajet à pied jusqu'au domaine Cashel, elle s'était juré que ce soir, quelles que soient les intentions d'Anna à son égard, elle lui dirait adieu une bonne fois pour toutes. Hélas, elle ne se doutait pas que le sort l'exaucerait avec une aussi cruelle ironie.

Ses yeux s'emplirent enfin de larmes. Anna était mourante et elles n'auraient plus jamais l'occasion de résoudre leurs différends.

Et si Anna l'avait appelée pour cette raison ? Pour qu'elles parlent une dernière fois, pour lui demander pardon ? Peut-être voulait-elle lui avouer qu'elle avait toujours envié sa petite sœur plus jolie et la liberté relative dont elle avait joui. Naturellement, Grace l'absoudrait sans une hésitation. Leurs mésententes semblaient bien puériles en regard de cette tragédie.

Même si Anna était trop épuisée pour parler, Grace se promit de lui faire comprendre qu'elle lui accordait son pardon. Elle s'engagerait même à veiller sur Charlie, si nécessaire. Cela l'obligerait à revenir de temps en temps au village, mais elle pouvait le faire. Au bout du compte, elles étaient quand même sœurs et Grace, en dépit de ce que les autres pouvaient croire, avait le sens de la famille.

Elle regagna le pied de l'escalier et attendit qu'on l'appelât. Des bruits de voix lui parvenaient de l'étage ; puis la sage-femme descendit les marches en secouant la tête.

— Elle s'est battue comme une lionne, dit-elle d'un ton admiratif. Elle ne manque pas de courage, ta grande sœur. Elle a expulsé ce bébé avec toute l'énergie qui lui restait ; mais ça l'a pratiquement achevée. Il ne lui en reste plus assez pour vivre, maintenant. Elle n'en a plus pour longtemps.

— Et le bébé ?

— Il est emmailloté comme il faut dans son berceau. J'ai fait le nécessaire. Il faut le garder bien au chaud. C'est sa seule chance. Il va peut-être vivre, peut-être pas. A votre place, je n'y compterais pas trop…

Grace se demanda comment cette bonne femme, dont le nom ne lui revenait pas, pouvait parler d'une manière aussi détachée.

La sage-femme eut un sourire sans joie, comme si elle venait de lire dans ses pensées.

— N'aie pas l'air aussi surprise, ma grande. J'enterre un bébé pour dix que je fais naître. Que veux-tu qu'on y fasse ? Demande donc au docteur ; il te dira que j'ai vraiment fait de mon mieux mais ta sœur n'aurait jamais dû avoir un autre enfant. Nous l'avions prévenue tous les deux après la naissance du premier — mais elle n'en a fait qu'à sa tête. Et voilà le résultat…

Grace n'en avait rien su et la colère la prit. Elle avait entendu dire, par des amies, qu'il existait des moyens d'éviter de tomber enceinte, même en couchant avec un homme. Peut-être sa sœur n'était-elle pas au courant ou bien Ben n'avait-il pas souhaité faire plus attention que cela ?

— Le meilleur lait, pour le bébé, ce serait du lait de chèvre — à moins de trouver une nourrice pour lui. Je l'ai dit à M. Cashel ; quand ta sœur ne sera plus là, pense à le lui rappeler. Je crois que les Lindemuths qui ont la ferme en bas de la route ont un petit troupeau. Il faudra leur en demander.

— Je le lui rappellerai, dit Grace en posant une main sur le bras de la femme. Est-ce qu'Anna a parlé de moi ? Elle m'a fait appeler…

— Elle n'a parlé de personne, mais je sais qu'elle a envoyé une voisine faire une commission dès que le docteur lui a dit de se préparer à recevoir les derniers sacrements.

Grace essaya de se figurer ce que sa sœur ressentait. La perspective d'avoir un deuxième enfant n'avait jamais paru l'enthousiasmer, mais Anna ne s'enthousiasmait jamais pour quoi que ce soit. Tout de même… se dire qu'une naissance peut-être non désirée allait vous ôter la vie… Elle éprouva un nouvel élan de compassion pour sa sœur et l'envie la prit d'aller la réconforter.

— Je peux monter, maintenant ?

— Le docteur est encore près d'elle, bien qu'il n'y ait plus grand-chose à faire, hélas… Elle est en train de dire au revoir à son mari.

Un bruit de pas leur fit lever les yeux et Grace vit le Dr Flint, le grand monsieur aux cheveux blancs qui l'avait mise au monde, apparaître sur le palier, hissant sa sacoche noire en bandoulière. Il descendit les rejoindre.

— Elle te réclame, lui dit-il. Tu vas pouvoir y aller. Ne la contrarie pas. Rien de ce que tu lui diras n'aura grande importance pour elle car il lui reste peu de temps à vivre mais toi, tu garderas ces instants gravés en toi pour le restant de tes jours. Il vaut mieux tout laisser à la porte avant d'entrer.

Grace comprit qu'il faisait allusion aux mauvaises relations entre Anna et elle, qui n'étaient un secret pour personne.

— Je ne veux pas la contrarier. Je voudrais juste lui dire adieu.

— Tâche de ne rien dire d'autre, alors.

Il entraîna ensuite la sage-femme à l'écart et ils tinrent un conciliabule à voix basse.

Grace essaya de se préparer à cette dernière entrevue avec sa sœur. Fallait-il dire à Anna qu'elle l'aimait, même si ce n'était pas tout à fait vrai ? Ou bien l'aimait-elle, au fond, simplement parce qu'elles étaient sœurs ?

Ben réapparut et lui fit signe de monter. La jeune fille se prit à souhaiter que l'escalier soit bien plus haut, qu'il n'en finisse même plus. Elle aurait voulu que ce jour n'ait jamais existé.

Quand elle l'eut rejoint, Ben lui saisit le poignet sans ménagement.

— Elle tient à te voir seule. Ne lui dis absolument rien qui risque de la faire partir plus vite, tu m'entends ?

Grace dégagea sa main d'une secousse et plissa les yeux.

— Si tu ne l'avais pas mise enceinte une seconde fois, on n'en serait pas là ! Alors, ne viens pas t'en prendre à moi, s'il te plaît.

Il recula, comme si elle l'avait frappé, et son bras retomba le long de son corps. Le remords la prit aussitôt, mais il était trop tard pour retirer ses paroles.

— J'y vais, dit-elle d'une voix radoucie. Ne t'éloigne pas, au cas où elle aurait besoin de toi.

— Je n'ai jamais voulu ça…

Grace se demanda si c'était une explication ou un appel à sa compassion. Dans un cas comme dans l'autre, cela ressemblait si peu à son beau-frère qu'elle en resta un moment interdite. Ne sachant que répondre à une réflexion qu'elle craignait d'interpréter de travers, elle esquissa finalement un haussement d'épaules et franchit le seuil de la chambre.

La pièce était plongée dans la pénombre et ses yeux durent s'ajuster progressivement. Un grand lit à colonnes en occupait le centre et le reste de l'espace était pratiquement dépourvu de meubles, bien que ce ne soit pas la place qui manquât. Un calendrier de la coopérative locale accroché au mur constituait l'unique élément de décor. Comme dans l'entrée et les couloirs, un vieux papier peint fané donnait à la chambre un caractère triste et désuet. Tout était d'une propreté impeccable — ce qui n'étonna pas Grace car Anna avait toujours astiqué leur maison en véritable maniaque du ménage. Anna était enfouie sous les courtepointes, allongée sur le dos et les genoux surélevés. Grace soupçonna que c'était un moyen de ralentir l'hémorragie. Sa gorge se noua. Personne ne méritait cela !

— Oh, Anna ! s'exclama-t-elle en s'approchant du lit et en se penchant sur elle. Anna… J'ai tant de peine…

Les paupières d'Anna s'entrouvrirent lentement, comme si elles pesaient des tonnes.

— Vraiment ? murmura-t-elle.

Grace s'assit tout au bord du matelas. Sa sœur avait toujours eu les joues rouges, un peu couperosées, des filles de la campagne. A présent, son teint était livide. Ses yeux enfoncés dans les orbites et sa maigreur faisaient peine à voir. Ses deux grossesses semblaient l'avoir terriblement affaiblie, comme s'il s'était agi, chaque fois, d'une guerre entre son organisme et l'enfant à naître.

— Bien sûr que j'ai de la peine. Je ne t'ai jamais voulu du mal, même si nous ne nous sommes pas toujours bien entendues.

— Pas toujours ?

Anna eut un petit ricanement qui s'acheva par une toux sèche.

— Tu m'en as toujours voulu…, reprit-elle, pour tout ce que j'essayais de faire. Egoïste… jamais un geste… pour les autres…

Grace se demanda si sa sœur ne l'avait appelée à son chevet que pour la critiquer une dernière fois.

— Ne parlons plus de tout ça, dit-elle prudemment, se rappelant les paroles du médecin.

Comment avait-elle pu être assez stupide pour penser qu'Anna voulait se réconcilier avec elle et peut-être lui demander pardon ?

— Je ne vais plus… parler de rien… très bientôt.

— C'est le bébé ? dit Grace, en quittant le lit pour se diriger vers le vieux berceau de famille, près de la fenêtre.

— Oublie le bébé. J'ai quelque chose… à te dire… et pas beaucoup de temps.

— Anna… Maman et papa sont en route. Il faut que tu tiennes bon.

— Ne t'occupe… pas d'eux. Viens là… Il faut que tu m'écoutes.

Grace obtempéra, n'ayant rien vu de son nouveau neveu qu'un minuscule bout de nez retroussé.

— Dis-moi.

— Il faut que tu… fasses quelque chose pour moi. Il le faut… tu comprends ?

Anna respira bruyamment et pâlit encore davantage.

Grace vit une serviette dans une cuvette sur la table de chevet et l'essora pour essuyer le front de sa sœur.

— Tout ce que tu voudras, Anna. Ne te presse pas. Respire à fond.

— Ecoute-moi ! Ben... ne peut pas élever les garçons tout seul... en plus du travail des champs. Tu as vu... ce qui est arrivé à papa. Il arrivera... pareil à Ben. Il perdra tout ce qu'il a.

Grace se garda bien de répondre. Il était évident qu'il n'y avait rien à dire que sa sœur ait envie d'entendre.

— Il faut que tu l'épouses.

Anna avait parlé si bas que Grace crut avoir mal compris.

— Anna, qu'est-ce que tu dis ?

— Tu dois... épouser Ben. Je sais que... tu as un faible pour ce...Tom Stoneburner. Mais il n'y a pas... d'autre solution. Ben ne peut pas garder... les enfants et les vergers. Tous ses proches sont morts. Il n'a personne au monde. Et maman ne peut pas... prendre les garçons. Elle est trop âgée et... il n'y aura pas de place... là où ils vont. Ben ne voudra pas... les abandonner. Il tiendra bon, mais il n'y a... personne d'autre pour l'aider. Rien que toi. Et il ne faut pas... que tu viennes ici... sans te marier avec lui.

Grace dévisagea sa sœur, pétrifiée.

— Mais... Papa et maman pourront très bien venir vivre ici. Papa peut aider Ben et maman élèvera les garçons. Je suis sûre qu'ils voudront bien...

— Non ! Ils n'ont même pas été capables de t'élever, toi ! Trop vieux. Papa a laissé tomber la ferme. Il aurait pu la garder mais il ne veut plus... travailler aussi dur. Dans le Delaware, il aidera un peu Luther... au garage et maman aidera... au ménage. Mais ici, ce serait trop pour eux. Ils ne viendront pas… même si Ben leur demande. Et il ne demandera pas.

Anna avait raison, Grace devait en convenir. Leurs parents avaient baissé les bras depuis longtemps. Ils étaient âgés, exténués, découragés. Le dur labeur qu'exigeait le domaine ne tarderait pas à les achever. C'était pour cela qu'ils avaient choisi d'aller passer leurs dernières années chez leur fils aîné, propriétaire d'un garage dans le Delaware. Luther était le plus riche de leurs enfants, celui sur qui ils pouvaient compter pour ne pas mourir dans le dénuement.

— Je peux rester quelque temps pour aider Ben, dit-elle ; jusqu'à ce qu'il trouve quelqu'un pour vivre avec lui et élever vos fils.

— Il ne trouvera… personne. Tu le sais bien. Aucune femme assez jeune… ne voudra venir vivre seule ici… avec un fermier comme Ben. Tout le monde est parti… travailler en ville. Les plus solides… sont déjà casées ailleurs. C'est… à cause de Tom, hein ?

— Anna, ça n'a strictement rien à voir avec Tom. Je ne peux pas épouser Ben, c'est tout. Tu ne vas pas me demander de renoncer à ma propre vie ? Si Ben perd les vergers, ce ne sera pas un drame : il peut trouver du travail ailleurs. C'est un homme robuste, courageux et capable. Et les garçons seront…

— Es-tu égoïste au point… de ne pas voir ce qui se prépare ? Il va y avoir… la guerre !

Anna se tut, respirant avec peine, les paupières closes. Grace se releva d'un bond, mais avant qu'elle ait pu appeler le médecin, sa sœur recouvra la force d'entrouvrir de nouveau les yeux.

— Tu crois que ce qui se passe en Europe… n'arrivera pas jusqu'ici ? Que vont… devenir mes petits… si Ben est mobilisé ? Il n'y a qu'une seule solution… tu dois faire ce que je dis. Tu dois épouser Ben… et rester à la ferme avec lui… tant que les garçons auront besoin de toi. Quand ils seront plus grands… alors tu pourras partir. Je ne te demande pas… de rester pour toujours. Tu n'es pas ce genre de femme-là. Mais es-tu le genre… qui peut faire son devoir, même si ce n'est pas… ce qu'elle avait imaginé ?

Grace entendit la porte grincer ; quelques secondes plus tard, Ben était auprès d'elle. A son expression, elle sut qu'il avait entendu la requête d'Anna. Il avait l'air d'un homme déchiré par un terrible conflit.

— Anna, tu ne dois pas t'inquiéter pour les garçons et moi, dit-il, en se penchant pour s'assurer qu'elle l'entendait.

Les yeux d'Anna s'étaient refermés, mais Grace vit des spasmes agiter ses paupières pendant que son mari lui parlait.

— Je pourrai m'occuper de tout, lui dit-il. Il y a toujours moyen de s'arranger. Je te jure que les garçons seront bien soignés et que les terres seront toujours à nous quand ils auront l'âge d'en hériter.

— Grace… tu as apporté cette bible ? chuchota Anna.

— Excuse-moi, je l'ai laissée dans le camion. Il est tombé en panne et comme j'ai dû finir la route à pied sous la pluie, j'ai eu peur qu'elle s'abîme.

— Va chercher notre bible, Ben, demanda Anna en rouvrant les yeux. Vite…

Ben consulta Grace du regard. Elle haussa les épaules et il quitta la pièce, revenant rapidement avec un livre en piteux état, que sa famille avait dû se transmettre depuis plusieurs générations.

— Tu veux que je t'en lise un passage ? demanda-t-il.

— Grace… mets ta main sur cette bible et toi aussi, Ben. Jurez-moi tous les deux… que vous ferez… ce que je demande. Jurez-le tout de suite… pour que je puisse… mourir en paix.

Grace regarda son beau-frère. Ben ne disait rien, mais son expression était plus éloquente que des paroles. Jusqu'alors, elle n'avait jamais vu de véritable émotion dans son regard — n'en ayant jamais cherché non plus, à vrai dire. Mais en cet instant, ses traits reflétaient une terrible souffrance. Sa femme allait mourir et en dépit de ce que Grace pensait de ce mariage, il aimait Anna. Sur le point de la perdre, elle et sans doute aussi le bébé qu'elle venait de mettre au monde, il n'avait qu'un seul moyen de lui venir en aide une dernière fois.

Dieu allait-il la foudroyer sur place, si elle proférait un mensonge en jurant sur les Saintes Ecritures ? se demanda Grace. Mais quel était le pire des deux ? Dire la vérité et voir sa sœur mourir dans l'angoisse ? Ou bien mentir, en espérant que Dieu lui pardonnerait, sachant que c'était pour la bonne cause ?

— Pour une fois… pense à quelqu'un d'autre que toi, implora Anna en posant son regard fiévreux sur Grace. J'ai essayé… de t'apprendre ce que je pouvais, Grace. Je sais… que je m'y suis mal prise. Mais papa et maman… avaient renoncé, alors… c'était mon devoir. Et maintenant… tu sais quel est le tien.

« Je sais que je m'y suis mal prise. » Grace eut l'impression d'entendre enfin l'aveu qu'elle n'attendait plus, même si Anna ne songeait pas vraiment à lui demander pardon. Le soulagement qu'elle ressentit était disproportionné. Pourtant, un bref instant, le fait que sa sœur ait reconnu qu'elle avait commis des erreurs lui fit un bien immense.

Puis elle prit conscience d'une autre chose : Anna— à

sa manière rigide et limitée — s'était inquiétée de son sort. Alors que leurs parents avaient baissé les bras, elle s'était suffisamment intéressée à elle pour essayer de les remplacer.

— Ben…, dit Anna en tournant légèrement la tête de son côté. Il faut faire ce que je demande.

Grace vit son beau-frère se débattre avec sa conscience pour trouver une réponse. En cet instant atroce, elle sut alors ce qu'elle devait faire, quelles qu'en soient les conséquences.

— Donne-moi la bible, Ben…

Comme il hésitait, elle la lui prit des mains. Elle la posa ensuite sur le lit, à côté de sa sœur, et plaça une main dessus.

— Ben, mets ta main sur ce livre, toi aussi, ordonna-t-elle. Tout de suite.

Il la regarda avec perplexité. Elle se demanda s'il avait compris qu'elle faisait seulement un geste pour faciliter le voyage de sa sœur vers l'au-delà ; mais qu'il en fût conscient ou pas, il finit tout de même par obtempérer.

— Anna, dit Grace, est-ce que tu m'entends ?

Anna hocha imperceptiblement la tête.

— Je te promets d'épouser Ben et d'élever avec lui tes enfants pour en faire des hommes robustes, courageux et respectueux des lois. Ben ?

— Je jure d'épouser Grace, si c'est là ta dernière volonté, dit-il d'une voix sourde.

— Je… le veux.

Grace retira vivement sa main, comme si les flammes de l'enfer venaient d'apparaître entre les pages du vieux livre.

— Maintenant, laisse-nous, dit Ben, les yeux rivés sur le visage de sa femme.

Ne sachant trop que faire, Grace fit la seule chose qui

lui venait à l'esprit. Se penchant sur sa sœur, elle l'embrassa sur la joue. Elle ne se rappelait pas l'avoir jamais embrassée de sa vie.

Anna rouvrit les yeux.

— Tu as intérêt… à faire vraiment… ce que tu as dit.

— Ou ton fantôme viendra me hanter ?

— Tu n'as jamais rien pris… suffisamment au sérieux.

— Que Dieu soit avec toi, Anna…

Hors de la chambre, Grace s'adossa au mur et ferma les yeux. Elle les rouvrit seulement en entendant la porte d'entrée grincer sur ses gonds ; ses parents arrivaient enfin. Même en cette circonstance, ils avançaient lentement, comme accablés par toute une vie de labeur et de soucis. Même s'ils avaient couru, la messe était déjà dite. Quand ils entrèrent dans la chambre pour voir une dernière fois l'aînée de leurs filles, Ben était effondré sur une chaise près du lit et sanglotait éperdument, le visage enfoui dans ses mains.

14

Hannah attendait cette première matinée de patchwork avec autant de fébrilité que le jour de Noël. La veille au soir, elle s'était tournée et retournée dans son lit en essayant de s'endormir. Jamie l'avait entendue longtemps s'agiter en tous sens, dans son impatience d'arriver au lendemain.

A présent, elles étaient toutes les trois sur le chemin de la maison de Grace, où elles allaient sélectionner des tissus pour leurs ouvrages respectifs. Ensuite, il était prévu qu'elles emmèneraient Grace à la salle paroissiale du village, pour la réunion de patchwork du mercredi matin. Là-bas, Alison et Hannah pourraient jouer avec Reese, Bridget et son frère Rory, pendant que les mamans se livreraient à leur activité favorite. Jamie les avait averties que oui, ce serait une matinée épatante, mais que la confection d'un patchwork ne s'arrêtait pas là. Le premier jour, elles ne devaient pas s'attendre à produire grand-chose. Ce serait déjà bien si elles réussissaient à sélectionner suffisamment de tissus à leur goût.

— Moi, c'est le vert que je préfère, déclara Hannah, réfléchissant tout haut. Et le violet, aussi. Les reines ont des habits violets et je me déguise en princesse, des fois.

— Mamie Grace aime bien marier le vert et le violet, dit Jamie. Elle pourra t'aider.

— Moi, j'aime le bleu ! cria Alison. Du bleu très très très bleu ! Comme le ciel. Comme les étoiles.

— Les étoiles ne sont pas bleues, dit Hannah.

— Si ! Bleu brillant ! Je les vois en me couchant.

— Ça rime, dit Jamie, dans l'espoir d'éviter une discussion oiseuse. On dirait un poème, Alison… « Bleu brillant / je les vois en me couchant. » Voyons ce qui pourrait suivre…

Elles réfléchirent au poème pendant le reste du trajet. Quand elles arrivèrent chez Grace, il comportait déjà six vers, dont aucun n'avait plus de sens que le premier, mais qui sonnaient de façon assez mélodieuse.

Elisa Kinkade était passée au chalet dire bonjour, le dimanche précédent, et en apprenant que Jamie se lançait dans le patchwork, elle lui avait suggéré de venir rencontrer les autres quilteuses du village.

— J'aurais pu te le proposer plus tôt, avait-elle dit, mais je ne savais pas que tu t'intéressais au patchwork. Ce sera une occasion de faire des connaissances. Tu as besoin d'élargir ton cercle de relations…

Elisa s'était abstenue de l'inviter à fréquenter l'église, ce dont Jamie lui était fort reconnaissante. Elle n'était pas sûre d'être prête à franchir ce pas, mais la réunion de patchwork lui convenait parfaitement. Et en découvrant que les enfants joueraient ensemble pendant les activités des mamans, elle n'avait plus opposé aucune résistance.

Convaincre Grace de l'accompagner avait été une autre paire de manches.

— J'ai entendu dire qu'Helen Henry est la vedette du groupe, avait-elle tout de suite objecté. A mon avis, ça signifie que je ne serai pas la bienvenue.

— Comment peux-tu dire ça ? C'est un groupe paroissial ; je ne connais pas grand-chose en matière de religion, mais j'imagine que dans une paroisse, tout le monde est accueilli à bras ouverts.

Depuis le jour où elles avaient échangé toutes deux des confidences sur leurs passés respectifs, Grace et Jamie en étaient venues à se tutoyer.

— Tu n'es pas d'ici, ma jolie. Tu ne peux pas savoir combien les souvenirs ont la vie dure. Nous n'étions pas amies étant jeunes, Helen et moi ; nous ne le serons pas davantage maintenant.

— Est-ce qu'elle s'est offusquée de ton mariage avec Ben ? Etait-elle une amie de ta sœur et a-t-elle estimé cette union prématurée ?

— Non, ça n'a rien à voir avec Ben. Disons seulement qu'Helen ne voit ni n'analyse jamais très bien les choses qui sont juste sous son nez. C'est le genre de personne qui est sûre de tout savoir, même quand les faits sur lesquels elle fonde son opinion sont complètement faux.

— Elle a peut-être changé. Cissy et sa famille habitent chez elle, à présent, et ils ont l'air de s'entendre à merveille. Ce serait peut-être le moment idéal pour tirer un trait sur le passé.

— Je l'ai tiré il y a bien longtemps. La vie est trop courte pour la gâcher avec de vieilles rancœurs. Mais tout le monde n'est pas de cet avis.

— Je vois ce que tu veux dire… Il n'est évidemment pas question de te mettre mal à l'aise. Si Helen Henry te donne l'impression de ne pas être la bienvenue, alors je peux comprendre que tu choisisses de rester à l'écart et que tu lui laisses le champ libre.

— J'y vois tout à fait clair dans ton petit jeu, tu sais !

— Ai-je une chance d'arriver à mes fins ?

— Allons déjà voir comment se passent ces réunions…

— Nous avons besoin de nous faire des amis et les filles vont pouvoir jouer avec d'autres enfants.

A présent, en arrêtant sa voiture devant la ferme, Jamie espéra que Grace n'avait pas changé d'avis. La réponse lui parut évidente, quand la maîtresse des lieux sortit sur la terrasse pour les accueillir, dans sa tenue la plus excentrique. Elle portait un pantalon bouffant écarlate, un long T-shirt violet barré d'un superbe motif de salade de fruits multicolores — le tout agrémenté d'une bonne demi-livre de bracelets tintinnabulants et les boucles d'oreilles assorties qui lui descendaient presque aux épaules. En revanche, ses cheveux rouges étaient pour une fois quasi invisibles sous le béret doré posé légèrement de côté.

— Je vois que tu es parée ! s'exclama Jamie.

— Si elles veulent m'enduire de goudron et de plumes, elles devront s'y prendre avec élégance…

— Je suis sûre qu'elles n'utiliseront que des plumes de paon.

La jeune femme embrassa son amie sur la joue, puis s'effaça pour céder la place aux filles. Naturellement, elles voulurent avant tout aller dire bonjour à Chance, qui n'avait plus rien d'un petit faon fragile. C'était maintenant un animal robuste et fringant, curieux de tout.

— Je limite les visites d'admirateurs, dit Grace, en ouvrant la porte de l'enclos à Alison et Hannah. Je ne veux pas qu'elle se prenne pour un être humain. Mais les biches du coin sont curieuses. Elle s'intégrera très bien au groupe, le moment venu. Evidemment, si les membres de ma famille cèdent un jour ces terres à un promoteur, il n'y aura plus aucune place pour le moindre mammifère à quatre pattes…

— Comment ça se passe, au verger ?

— J'ai largement passé l'âge de conduire un tracteur ou de tailler un arbre, mais je suis encore capable de superviser le travail des ouvriers agricoles et de procéder à quelques perfectionnements. Ce sont de braves gens, mais ils manquent de motivation pour donner leur maximum. Ils sont restés trop longtemps sans encadrement et leur travail s'en ressent. Jusqu'à présent, je n'ai trouvé personne qui me semble capable de bien diriger une équipe ; et naturellement, mes enfants ne sont pas chauds pour engager quelqu'un à long terme, ce qui ne me facilite pas la tâche.

— Je ne pense pas que Cash ait envie de voir des lotissements sur ces terres…

— Les autres non plus, à vrai dire ; mais ils sont conscients que si quelqu'un achète en promettant de continuer l'exploitation, il ne faudra pas se fier à sa parole. Les promoteurs sont malins… D'autres que nous se sont laissé berner par des contrats dont les termes n'étaient pas assez clairs.

Après avoir donné des carottes à Chance et gambadé un moment avec elle, les filles quittèrent la petite faonne sur une dernière caresse. Grace promit qu'elles pourraient l'emmener faire un tour la prochaine fois — perspective qui les combla de joie.

Tout le monde entra ensuite dans la maison, car il restait à présent moins d'une heure aux visiteuses pour trouver leur bonheur dans la réserve de tissus de Grace. Comme elle l'avait annoncé, Alison s'en tint au bleu et Grace réussit à la convaincre d'étendre la gamme à plusieurs motifs. La fillette en avait donc tout un assortiment, dans une palette assez variée. Hannah avait immédiatement jeté son dévolu sur un imprimé où l'on voyait de jeunes apprentis sorciers s'exercer à des tours de magie. Grace lui montra comment assortir les couleurs avec d'autres. L'ensemble pouvait paraître un peu criard mais Grace assura qu'un fond plus neutre rendrait l'ensemble tout à fait charmant.

Pendant ce temps, Jamie avait jeté un coup d'œil, elle aussi, sur les trésors de Grace, à la recherche d'idées pour les patchworks des bébés. Dans l'après-midi, elle devait retrouver Kendra qui l'accompagnerait à sa visite médicale. Sa sœur l'invitait auparavant à déjeuner avec les filles ; peut-être pourrait-elle, par la même occasion, aller acheter du tissu à Front Royal ou en trouver sur internet, afin de ne pas trop puiser dans les réserves de son amie.

— Tu as trouvé quelque chose qui te plaît ? s'enquit Grace.

— Le motif « Sister's Choice » existe sur le Web, comme tu le supposais, et j'ai même découvert un modèle que je peux imprimer et reproduire avec les couleurs de mon choix.

— Parfait ! J'ai un logiciel qui te permettra de calculer la quantité de chaque tissu dont tu auras besoin.

— Oh, je constate que tu es à la pointe de la technologie ! Le site Web fournit aussi quelques estimations.

— Pour être tranquille, tu n'auras qu'à acheter un peu plus que le strict nécessaire. Et s'il t'arrive d'être à court de tissu, un remplacement peut parfois donner un supplément d'âme à ton ouvrage.

Jamie replia un rouleau d'étoffe avec un motif inspiré des BD des années 50.

— A mon avis, Kendra et Isaac vont vouloir connaître le sexe des bébés, bien qu'ils ne soient pas encore tout à fait d'accord là-dessus. Mais il faut attendre au moins deux mois pour que ce soit possible, alors je veux quelque chose d'unisexe et de gai.

— Voilà que tu commences à réfléchir comme une vraie pro. Quelles sont tes couleurs de prédilection ?

— Sur un magazine que tu m'as prêté, j'ai vu un superbe modèle dans des tons acidulés — vert, jaune et orange — qui me plaît beaucoup. Et j'imagine l'autre plutôt dans un mélange de rouge et de blanc, avec un motif très graphique.

— Aucune ressemblance entre les deux, j'imagine.

— Non ; j'ai même l'intention d'utiliser des stratégies de couleur différentes, pour qu'il n'y ait vraiment aucun rapport entre les motifs. Chaque enfant est un individu bien particulier. Leurs affaires doivent donc être individualisées, à mon avis.

— Je vois que tu as beaucoup réfléchi à la question et j'approuve à cent pour cent.

Jamie jeta un coup d'œil sur la pendule de l'atelier — une Betty Boop effrontée, qui ondulait des hanches au rythme du balancier.

— Il est l'heure d'y aller.

Elle aida les filles à empiler leurs tissus dans les niches que Grace avait vidées pour elles. Pendant ce temps, la vieille dame roula son petit patchwork en cours, pour l'emporter à la réunion. Le motif se composait de tournesols fractionnés à la manière d'un Picasso, dans des tons allant du jaune pâle au jaune d'or.

— Tu es sûre de vouloir y aller ? demanda Grace. Tu ne passes pas assez de temps comme ça avec des vieilles dames ?

— Astucieux, mais ça ne prend pas ! Elisa sera là, ainsi que Kate Brogan et peut-être Cissy. Il y aura des femmes de tout âge.

— J'espère que tu es prête à te jeter dans la bagarre, si Helen Henry me saute à la gorge.

— Est-ce que tu me diras un jour ce qu'elle te reproche ?

— Ce n'est pas très compliqué. Elle pense que j'ai

brisé le cœur de son frère Tom Stoneburner. Et elle ne me l'a jamais pardonné.

— Vous vous aimiez ?

— Non, mais Helen est convaincue qu'il était amoureux de moi et que je lui donné de faux espoirs.

— Et il n'a jamais pu s'en remettre ?

— Ce pauvre Tom n'a jamais eu le temps de faire grand-chose. Il est mort à la guerre, comme son frère aîné, Obed. Je pense qu'Helen m'en veut aussi pour ça. Ben est revenu, pas eux, et son mari non plus, hélas. Je ne me rappelle plus son nom. Ray ? Non, Fate, qui devait être un diminutif quelconque. Je le connaissais à peine, mais je sais qu'il a été tué à Pearl Harbor. Elle a perdu tous les hommes auxquels elle tenait, tandis que Ben et moi avons vécu toute une vie ensemble.

Jamie guida Alison et Hannah vers la porte.

— Beaucoup d'eau a coulé sous les ponts, depuis. Il faut lui donner une chance, Grace…

— Jamie, ma grande… Tu es assez jeune pour croire qu'il suffit de donner une chance aux gens pour opérer des miracles. Je crains d'être un peu plus désabusée que toi. Enfin, nous verrons bien. Mais ne viens pas me dire ensuite que je ne t'avais pas prévenue !

La réunion du bureau de l'association était en train de s'achever, quand la petite troupe arriva. Elles attendirent debout, légèrement en retrait, pour ne pas déranger, pendant la lecture du compte rendu. Grace en profita pour jeter un coup d'œil sur les lieux.

La salle était de belles dimensions. La disposition des poutres indiquait que des cloisons avaient été abattues pour réunir plusieurs pièces plus petites. A en juger par les coins aménagés pour les enfants, avec divers jeux et des livres sur des étagères, le groupe cherchait manifestement à appâter les jeunes mamans. Une porte vitrée donnait sur une cour arborée, équipée de jeux d'extérieur tels que toboggan et balançoires. Un mur entier était consacré à l'exposition de blocs de patchwork et de croquis. Des œuvres sans doute créées par les membres du groupe décoraient les autres cloisons ; l'un des plus petits patchworks représentait une ruche entourée d'une nuée d'abeilles[1].

Grace avait appartenu à la grande ligue du patchwork, en Californie du Nord, où elle était allée s'installer après le décès de Ben. Elle avait présidé des congrès et même la grande exposition nationale annuelle qui avait rassemblé un si grand nombre de participants qu'il avait fallu renforcer le système de sécurité pour protéger les œuvres d'un enthousiasme excessif. Elle avait remporté des prix dans des concours, vendu ses propres créations dans des galeries et donné des cours dans des écoles techniques. Allègrement dépourvue, pendant tout ce temps, du moindre complexe, elle se sentait sûre de sa science et de la considération des autres pour son travail. Mais ici, au pays ? Au village où elle avait grandi et élevé ses enfants ? Elle se sentait comme en terre étrangère.

La lecture du compte rendu terminée, une ravissante jeune femme brune, très typée, se dirigea vers elles. Grace comprit que ce devait être Elisa Kinkade, l'épouse du pasteur. Manning et Sandra assistaient aux offices ; il était arrivé à Grace d'y aller, quelquefois, mais elle était en Californie quand Sam Kinkade avait été nommé pasteur de la paroisse. A l'époque, il était encore célibataire, son mariage étant relativement récent. Dans une aussi petite

1. Abeille : Bee, en anglais. C'est aussi le nom d'un groupe qui se consacre à une activité quelconque.

commune, les moindres faits et gestes de chacun — à plus forte raison ceux du pasteur — faisaient l'objet de moult commérages.

— Nous avons des visiteuses qui viennent pour la première fois, annonça Elisa au groupe, constitué d'une douzaine de femmes.

Elle présenta chaleureusement Jamie et ses filles, expliquant que Jamie était la sœur de Kendra Taylor et qu'elle habitait actuellement dans leur chalet flambant neuf.

Puis elle sourit à Grace.

— Et certaines d'entre vous connaissent déjà Grace Cashel, je suppose… Elle a vécu ici pendant longtemps, bien avant mon arrivée. C'est une experte en patchwork et je me suis laissé dire qu'elle est connue sur la côte Ouest pour ses ouvrages, considérés comme de véritables œuvres d'art. J'espère qu'elle acceptera de nous en montrer quelques-unes. J'ai hâte de les admirer.

Grace jeta un coup d'œil du côté d'Helen Henry qui s'était immédiatement retournée sur sa chaise. Comme elle, Helen avait pris un coup de vieux, mais elle n'était plus fagotée n'importe comment, à présent. Une jolie coupe donnait du volume à ses cheveux blancs un peu clairsemés et elle avait manifestement perdu l'excès de poids qui devait menacer sa santé. Elle portait ce jour-là un ensemble en lainage chiné rose et gris qui ne semblait pas provenir d'une boutique de vêtements d'occasion et des lunettes à monture dorée, dont la forme s'accordait très bien à celle de son visage.

En voyant Grace, Helen plissa les yeux puis se hâta de lui tourner le dos. Il ne fallait pas rêver, tout de même !

Elisa et Jamie accompagnèrent les filles dans la cour où leurs amis étaient en train de jouer ; Grace tira une chaise à la place que lui indiquaient deux femmes, dans le cercle. Elle les salua d'un signe de tête et ses voisines se présentèrent tour à tour. Celle qui se trouvait à sa droite, après avoir travaillé longtemps à Washington, avait choisi Tom Brooks pour sa retraite ; Kate Brogan, la jeune femme assise à sa gauche, avait grandi ici, était partie étudier puis travailler ailleurs avant de revenir au pays pour ne pas élever ses enfants en ville. Sa fille et son petit garçon jouaient dehors avec les autres.

— C'est drôle, lui dit Grace ; la vie rurale, que je n'appréciais pas du tout étant jeune, est devenue quelque chose de très recherché, de nos jours.

— Souhaitiez-vous un autre genre de vie, quand vous habitiez Tom Brooks ? lui demanda Kate.

— Oh, je voulais être n'importe où sauf ici !

— Ton vœu a finalement été exaucé, intervint alors Helen, assise trois places plus loin. Tu as décampé comme si tu avais le diable aux trousses, dit-elle encore, sans ajouter « dès que ton mari est mort », mais le sous-entendu était évident, pour quelqu'un d'informé.

Grace la gratifia d'un sourire faussement candide.

— Que deviens-tu, Helen ? Tu habites toujours la vieille ferme familiale ?

Elle se retint de lui demander si elle avait jamais poussé plus loin que Mauertown, une bourgade située à quelques kilomètres de là.

— Qui, moi ? Oui… Je ne suis pas comme ces gens qui ne savent pas apprécier les bonnes choses à portée de leur main.

— Mais s'il n'y a qu'une seule chose à portée de ta main, il est difficile de savoir si c'est mieux ailleurs ou pas.

Si Kate Brogan avait flairé la tension entre les deux femmes, elle n'en laissa rien paraître.

— Vous êtes donc partie pour voir un peu le vaste

monde, dit-elle à Grace. Comment avez-vous trouvé la Californie ?

— Somptueuse ; époustouflante. Je n'aurais jamais cru qu'il puisse y avoir tant de choses à faire en un seul endroit.

— Je suis surprise que tu n'y sois pas encore retournée, dit Helen.

— Le moment était venu de rentrer au pays. On a besoin de moi, ici.

Helen eut l'air d'hésiter entre toute une gamme de reparties, que Grace pouvait presque entendre. « Pas nous — on se passe très bien de toi », devait figurer en tête d'une longue liste.

Une femme entre deux âges, avec des cheveux gris bouclés et un léger embonpoint se présenta aux nouvelles venues comme la présidente de l'association, Cathy Adams.

— Nous avons plusieurs travaux en cours, leur expliqua-t-elle. Certaines d'entre nous confectionnent des couvre-lits de bébés pour le personnel de La Casa, qui les distribuera aux jeunes mamans du foyer. Notre grand patchwork à motif « Patte d'Ours » est déjà sur le métier pour la vente aux enchères de la rentrée. Tout le groupe a participé à l'assemblage, mais c'est Helen Henry qui a réalisé les superbes scènes de vie des ours cousues sur le pourtour. Comme cet ouvrage devrait rapporter pas mal d'argent, nous demandons uniquement à nos meilleures couturières de terminer ce travail. Vous savez de qui je parle et que je ne suis pas du nombre !

Un murmure amusé courut à travers le cercle.

— Et je sais aussi que certaines d'entre vous ont apporté leurs propres ouvrages ; ne vous sentez donc pas tenues de faire autre chose, poursuivit Cathy. Mais au préalable, nous allons procéder à une petite démonstration commentée. Nous allons commencer ici par Dovey, puis suivre le cercle dans le sens des aiguilles d'une montre. Si vous avez quelque chose de terminé à présenter, c'est parfait. Si vous êtes en train de travailler à un ouvrage, montrez-le et expliquez-nous ce que c'est. Et ne soyez pas timide… Bien que je n'ai jamais vu personne de très effarouché, dans ce groupe…

Jamie revint alors de la cour avec Elisa ; avant que la porte se referme, Grace entendit des rires joyeux d'enfants. Les deux jeunes femmes s'installèrent en face d'elle et la démonstration put commencer. Tout le monde n'avait pas un ouvrage en cours à montrer, mais quand le tour de Grace arriva, le groupe avait déjà pu admirer le patchwork à motif « Cabane en Rondins » d'une débutante, dans un bleu blanc rouge très patriotique, ainsi qu'un sweat-shirt transformé en blouson avec des morceaux de flanelle aux bords effilochés et une couverture de bébé en patchwork garni de motifs cousus à la main représentant les principaux personnages des contes de Beatrix Potter. Tout le monde applaudit poliment, mais le couvre-lit de bébé obtint plus de succès que les autres car il était manifestement destiné à se transmettre de génération en génération.

Grace hésita un instant à montrer son travail, mais la fierté finit par l'emporter. Elle souleva son patchwork aux tournesols et le déplia devant elle.

— Ma fille a toujours adoré les champs de tournesols que nous avions au fond des vergers. Nous avions moins de variétés que maintenant, à l'époque, mais dès qu'une nouveauté apparaissait, je ne manquais pas d'en planter. Cette pièce est donc destinée à décorer le mur de sa chambre.

— Oh, c'est somptueux ! s'extasia l'une des plus jeunes participantes.

— Où sont les tournesols ? demanda Helen.

— Essaie d'imaginer un bouquet. Mais tu es trop

près pour voir l'ensemble ; tu aperçois ici un pétale, là un morceau de feuille, dit Grace en suivant le dessin du doigt. Le plus grand motif est la somme de tous les détails. Mais le plus petit est un regard différent sur ce qui le compose. Comme vu à la loupe ; on peut reconnaître les gouttes de rosée, une minuscule coccinelle…

— Moi, j'aime bien qu'un tournesol ressemble à un tournesol, dit Helen. Mais je suppose que ce ne sont que des divagations de vieille bonne femme.

— Certes, il faut un peu d'imagination pour rassembler tout ça mentalement, continua Grace, sans regarder son adversaire pour voir si cette réflexion la blessait. A mon avis, c'est le défaut de beaucoup d'ouvrages traditionnels : ils sont trop prévisibles. On sait de quoi il s'agit et ce qu'on est censé en penser. Avec un patchwork d'artiste, celui qui le regarde doit fournir une partie du travail. Ainsi, chacun y découvre quelque chose de différent, selon sa sensibilité et selon ses rêves.

— J'aimerais bien apprendre à penser au patchwork comme à une œuvre d'art, dit Kate. Pouvez-vous apprendre aux gens à regarder autrement ?

— On peut aller très loin, si on joue le jeu…

Grace replia son ouvrage et le posa sur ses genoux.

Kate sortit un bloc abécédaire sur lequel elle était en train de broder des lettres au point de croix et le brandit à son tour. La présentation commentée se poursuivit dans le cercle et arriva à Helen.

— Ma foi, dit-elle alors, d'un ton faussement contrit, j'ai à vous montrer un de ces patchworks traditionnels qui manquent affreusement d'originalité. Je suppose que vous n'aurez pas tellement besoin d'imagination, car j'ai fait en sorte que vous sachiez tout de suite ce que c'est…

Elle déplia une courtepointe destinée à un lit de largeur moyenne.

— La petite Reese Claiborne raffole des reptiles — ce qui me cause bien du tracas, comme vous pouvez vous en douter. J'ai cependant décidé de lui confectionner un patchwork au motif « Serpent dans l'Herbe »[1]. Et cette petite aime les couleurs vives, alors, elle en aura.

Des reptiles couleur émeraude, saphir ou rubis ondulaient de toutes parts sur un fond vert d'eau. Le patchwork se composait de pièces en forme d'éventail, avec un éventail dans les angles opposés de chaque pièce. Ainsi disposés, les éventails formaient des serpents qui semblaient vraiment ramper à la surface de l'ouvrage. Le motif général, en soi, n'avait rien de très inventif ; Grace se souvint de l'avoir vu sur le lit d'un de ses oncles, étant petite, quoiqu'avec des tissus bien différents de ceux-là. Mais la disposition des couleurs et le choix des imprimés faisaient de ce patchwork une œuvre très personnelle, qui donnerait matière à rêver aux petits comme aux grands.

Le groupe s'extasia à l'unanimité. Helen ne bouda pas son plaisir.

— J'ajouterai des insectes par petites touches, précisa-t-elle, en repliant son travail. Reese aime aussi les insectes. Elle construit des petites maisons pour les scarabées ; ou plutôt, des appartements, puisqu'elle empile leurs logements par trois ou quatre. Je n'ai jamais vu un enfant qui soit à ce point attiré par des choses aussi peu habituelles.

— Ce doit être une petite fille qui voit des choses que tout le monde ne voit pas, dit Grace. Si nous pouvions redevenir des enfants, ne serait-ce qu'un jour, imaginez toutes les richesses que nous en rapporterions, pour nos créations.

1. Ce motif traditionnel de patchwork s'appelle, en anglais, « Snake in the hollow ». L'expression signifie littéralement : « Serpent dans le creux. »

— Des cochonneries, du chewing-gum, des genoux écorchés…, rétorqua Helen en secouant la tête. Moi, je préfère rester une adulte et voir le monde tel qu'il est.

— Ou qu'il n'est pas, riposta Grace, consciente de jeter de l'huile sur le feu, mais incapable de s'en empêcher. Car c'est toujours là que se situe le problème, n'est-ce pas ?

Tandis que la voisine d'Helen dépliait son ouvrage à son tour, les deux femmes se mesurèrent du regard. On aurait pu croire que la guerre civile venait de renaître dans la vallée de la Shenandoah. Grace songea, non sans malice, que la charge historique de Sheridan à travers cette région de Virginie, brûlant tout ce qui aurait pu alimenter la Confédération, ne serait plus qu'une simple escarmouche, au terme de ce combat avec Helen.

Jamie, pour sa part, avait passé un agréable moment à cette matinée d'initiation au patchwork. Elle y avait rencontré des femmes bien sympathiques. Elle ne nourrissait certes pas l'ambition d'atteindre le niveau d'une Grace Cashel ou d'une Helen Henry en la matière, mais elle avait toujours eu envie de pratiquer une activité manuelle et l'aspect artistique de celle-ci lui plaisait. Elle se voyait bien coudre le soir, au coin du feu, quand les filles seraient couchées.

— Alors, quelle est ton impression, ma jolie ? lui demanda Grace.

Elle attendait Cash qui devait passer la chercher pour la raccompagner chez elle. Jamie et les filles allaient à Front Royal retrouver Kendra pour la visite médicale.

— Je crains que vous ne soyez pas près de vous inviter à passer la nuit l'une chez l'autre, Helen et toi ! J'espère qu'elle ne va pas te faire fuir les réunions du mercredi.

— Au contraire ! J'ai beaucoup apprécié les autres

membres du groupe. Quelques-unes m'ont demandé d'organiser une formation au patchwork artistique. Je peux être tranquille, Helen Henry ne s'inscrira pas !

— Tout ça parce que tu n'étais pas amoureuse de son frère ?

— Les ressentiments couvent souvent au fil du temps. Je ne m'étonnerais pas tellement qu'elle m'impute la décision de Tom de s'engager dans la guerre. Elle a insinué quelque chose de ce genre, un jour, même si elle ne l'a jamais dit carrément.

— Le deuil peut transformer des personnalités en profondeur.

— Il a transformé bien des femmes et des hommes, dit Grace en pointant le menton vers la camionnette qui arrivait sur le parking de la salle paroissiale. Mais ce garçon-là ne l'admettra jamais…

Cash s'arrêta, descendit de voiture et vint saluer les deux femmes avant d'aider sa grand-mère à s'installer à l'avant. Jamie entendit un air doux et triste de musique country s'échapper de l'habitacle.

Elle se retourna pour aller chercher les filles dans la cour, mais une main la retint par l'épaule. Elle fit volte-face et se retrouva nez à nez avec Cash.

— Il fait une chaleur épouvantable, dit-elle pour cacher son trouble. Grace va cuire, dans la voiture…

— Le thermomètre indique à peine vingt degrés, là-dedans. J'ai mis la clim' plein pot tout au long de la route.

— Alors, comment ça va ?

— Je suis à la recherche d'une cavalière pour un dîner dansant. Est-ce que ça vous tente ?

— Franchement, Cash, vous m'avez bien regardée ?

Sans lâcher son épaule, il recula d'un pas et l'examina de la tête aux pieds.

— Oui, et c'est toujours un plaisir…

— Ma grossesse m'a déjà fait prendre près de cinq kilos. Ce pantalon ne tient à la taille qu'avec une épingle à nourrice. C'est quand, ce repas dansant ?

— Pour Labor Day. Il vous reste encore deux semaines pour vous faire à l'idée de vous montrer en public avec moi.

— Est-ce que vous avez la moindre idée de ce à quoi je ressemblerai dans quinze jours ?

— Non, mais j'ai hâte de le découvrir.

— Dites-vous bien que si je vous accompagne, je ne porterai sûrement pas une robe moulante !

— Je veux faire moi aussi quelque chose pour votre sœur et votre beau-frère, alors, j'endurerai ça stoïquement.

Elle rit.

— C'est quel genre de dîner dansant ? Faudra-t-il faire bonne impression ?

— C'est la soirée annuelle de l'association des entrepreneurs locaux, qui se tient dans une auberge. On y mange bien.

Jamie fit mine de réfléchir.

— D'accord, je viendrai avec vous. Merci de m'avoir invitée.

— Je demanderai à Mamie Grace si les filles peuvent dormir chez elle, pour que vous n'ayez pas à vous soucier de ça.

Il avait pensé à tout. Jamie en fut épatée.

— Donnez-moi un peu plus de détails.

— Mettez quelque chose qui brille ; c'est à peu près tout. Allez, il faut que je m'occupe de ma grand-mère ; elle est en train d'augmenter le son de la radio. C'est signe qu'elle a des fourmis dans les jambes.

Il effleura sa joue du bout des doigts en guise d'adieu.

Quelques secondes plus tard, la camionnette avait disparu au coin de la rue.

Quelque chose qui brille ? A l'allure où son ventre s'arrondissait, Jamie se dit qu'elle n'allait pas ressembler à Cendrillon dans sa belle robe de bal, mais plutôt à la citrouille et qu'elle aurait bien besoin d'une bonne fée pour marraine !

Hélas, aucune formule magique ne lui rendrait sa silhouette élancée tant qu'elle n'aurait pas accouché des jumeaux. Mais malgré tout, elle éprouvait une satisfaction secrète : Cash l'avait invitée en toute connaissance de cause.

En rentrant récupérer ses filles dans la cour de la salle paroissiale, elle ne put s'empêcher de sourire aux anges.

15

— Dans le temps, la grossesse était un truc tout simple. Tu couchais avec le type de la caverne d'à côté, tu savais qu'il t'arrivait quelque chose après avoir vomi deux ou trois fois, tu avais un bébé et tu n'avais plus qu'à dégrafer ton corsage pour l'allaiter…

— A l'époque où c'était aussi simple, comme tu dis, il n'y avait même pas d'agrafes.

Kendra s'engagea dans la circulation du centre-ville de Front Royal. Assise à côté d'elle, Jamie avait du mal à garder les yeux ouverts. Elle se sentait épuisée.

— Ceux qui s'habillaient avaient des peaux de dinosaure sur le dos et des dents de mammouth pour les attacher, continua Kendra.

— L'homme et le dinosaure n'ont jamais cohabité sur cette planète, Ken. Revois tes cours d'histoire.

— Des vieilles peaux de dinosaure toutes moisies, alors. Et ne prends pas les choses au pied de la lettre. C'était juste une façon de parler.

— J'ai l'impression d'évoluer dans un univers de haute technologie médicale.

— N'y pense plus. On va prendre un peu de bon temps.

Après la réunion de patchwork, Jamie et les filles avaient retrouvé Kendra et Isaac au restaurant vers 13 heures.

Ensuite, au cabinet médical, ils avaient écouté les battements de cœur des fœtus, appris que tout semblait se dérouler normalement, mais qu'il était extrêmement difficile d'obtenir des échographies fiables en matière d'anomalies chromosomiques pour des grossesses gémellaires.

— Tu ne veux pas qu'on reparle des questions qui ont été soulevées à la clinique ? demanda Jamie à sa sœur.

— Ecoute, j'ai la tête qui tourne un peu. Clarté nucale, trisomie 21, triple test, dosage des marqueurs sériques... J'ai besoin de grignoter quelque chose. Et toi, ça ne t'a pas donné faim, tout ce jargon scientifique ?

— Où est-ce que tu m'emmènes ?

— Pas très près d'ici. Est-ce que tu as assez mangé à midi pour tenir le coup ?

— Si je commence à grignoter la banquette, arrête-toi sur le bas-côté...

Le déjeuner lui paraissait déjà bien loin, à des années lumière.

— Il y a des biscuits salés dans la boîte à gants.

Jamie jeta un coup d'œil derrière elle et aperçut Isaac au volant de son monospace, avec les filles à l'arrière.

— Tu es sûre qu'Isaac est prêt à faire du baby-sitting jusqu'à notre retour au chalet ?

— Ce sera un excellent entraînement pour lui. Il est complètement gaga de ses nièces, mais il manque cruellement d'expérience en matière d'enfants ; ça lui donnera un aperçu de la chose.

— A propos d'aperçu, vous avez commencé à vous préparer au stress d'en avoir deux à élever à la fois ?

— Non. Comment s'y prépare-t-on ?

— Je n'en ai aucune idée. J'étais bien jeune quand j'ai eu Hannah et trop ignorante pour y songer. Et quand j'ai eu Alison, je savais bien sûr ce qui m'attendait, mais

Hannah m'occupait déjà tellement que je manquais de temps pour réfléchir.

— Alors, nous verrons au fur et à mesure, comme la plupart des parents. Ferme les yeux et fais un petit somme ; tu dois en avoir besoin.

Jamie obtempéra, bien décidée à les rouvrir quelques minutes plus tard. En fait, sa sœur ralentissait pour s'arrêter quand elle souleva une paupière, se réveillant tout à coup tant bien que mal. Un peu hébétée, elle regarda autour d'elle et vit qu'elles se trouvaient sur le parking d'un centre commercial.

— Où sommes-nous ?

— A Winchester. Tu ronflais déjà avant d'avoir complètement fermé l'œil, dit Kendra en détachant sa ceinture de sécurité. Tu as ton compte de sommeil ?

— Oui.

— Jamie… Je me demande si tu n'aurais pas besoin d'un coup de main pour les filles… Par exemple, tu pourrais faire la sieste si quelqu'un venait les prendre de temps en temps, l'après-midi.

— En général, je m'arrange pour qu'Alison fasse un petit somme avec moi après le déjeuner. Ne te fais pas de souci.

— Cette grossesse, c'est une véritable agression sur un corps si mince !

— Et ça va encore s'aggraver !

Jamie se redressa et défit elle aussi sa ceinture.

— Pourquoi sommes-nous là ?

— Pour ton jean.

Jamie regarda son ventre. On distinguait la forme de l'épingle à nourrice sous son ample T-shirt et son vieux jean — le plus large de sa garde-robe — serait bientôt bon pour le panier à chiffons.

— Il est propre. Et j'en ai un autre à la maison que je

peux encore porter, mais il va me falloir des épingles à nourrice plus longues !

— Il y a une boutique pour futures mamans et des Galeries Belk, ici. On devrait y trouver quelques jolies choses. Je suppose qu'il ne te reste rien de l'époque où tu attendais Alison ?

— Quand j'étais enceinte d'Alison, je n'ai acheté que des affaires d'occasion et quand j'ai accouché, le magasin de troc n'aurait sûrement pas repris mes habits pour une cliente de plus.

Kendra aurait pu lui rétorquer qu'elle n'avait jamais eu réellement besoin de vivre chichement, puisque les curateurs de leur héritage se seraient empressés de lui faire une avance, sur un simple signe de sa part. Mais elle se borna à hausser le sourcil et à l'examiner de la tête aux pieds.

— Cette fois-ci, tu n'auras pas besoin de ressembler à Cosette, ma grande. Nous allons procéder à quelques sérieuses emplettes.

Jamie sentit une douce chaleur se répandre en elle.

— Nous n'avons plus fait les magasins ensemble depuis mon adolescence.

— Et même à l'époque, nous ne passions pas tellement de temps à faire du lèche-vitrines ; j'étais trop occupée à essayer de t'empêcher de te faire faire des piercings et des tatouages sur tout le corps.

— En parlant de tatouage, j'en ai un super. Tu veux voir ?

— L'orchidée au creux de tes reins ? J'ai vu ; chaque fois que ton T-shirt remonte ou que tu te baisses, avec ces pantalons taille basse…

— Alors, comment tu le trouves ?

— Plutôt chouette.

Kendra ouvrit sa portière et descendit. Jamie l'attendait de l'autre côté.

— Tu me chambres. Mon tatouage te plaît vraiment ?

— Il m'en faudrait un, tu ne crois pas ?

— Qu'est-ce que tu dirais d'un cœur avec « Double Tracas » inscrit dedans ?

— Ça le ferait !

Elles se frayèrent un chemin parmi les rangées de voitures jusqu'à l'oasis de fraîcheur d'une galerie climatisée.

— Je passe mon temps à lire des articles sur les grossesses gémellaires. Tu vas devenir aussi énorme qu'une baleine, tu sais…

Jamie fit un pas de côté pour éviter une maman encombrée de deux marmots et d'un sac de shopping à chaque bras.

— J'ai hâte d'y être, ma parole ! J'ai déjà eu les nausées, mes seins sont tendus comme des peaux de tambour et je passe une partie de mes journées sur le trône. Et maintenant, tu m'annonces que je vais ressembler à un dirigeable. Merveilleux !

— Il est parfois conseillé de choisir simplement une ou deux tailles au-dessus de la sienne, au début, jusqu'à ce que tu aies réellement besoin de vêtements de grossesse.

— On peut faire comme ça, mais ce sera trop large aux cuisses et aux hanches.

— Bon, et si on attaquait tout de suite, en essayant tout ce qu'il y a dans la galerie ? Qu'est-ce qu'il te faut, pour commencer ?

— Quelque chose à manger. Cherchons d'abord un bar où nous asseoir.

— Parfait ; moi, je prendrais bien un café.

— Ce n'est pas sympa ! Tu devrais boire un jus de

pomme avec moi, par solidarité. Et tu devrais prendre du poids.

— Je sais que ça paraît invraisemblable, mais j'envie tous les changements que tu subis.

Jamie fut prise de remords.

— Oh, Ken, excuse-moi…

— Et le fait que tu souffres me rend malade.

Jamie posa une main sur le bras de sa sœur.

— Je ne souffre pas. La grossesse, ce n'est pas toujours très agréable, surtout au moment des nausées, mais il ne faut pas exagérer. Je voulais faire ça pour toi et je suis littéralement aux anges que tu n'aies pas refusé.

— Tu savais que j'allais accepter ?

— Sûrement pas.

— Nous pensions qu'il n'y avait aucune solution ; et puis tu es venue nous proposer la seule avec laquelle nous puissions vivre, tous les deux. Comment pouvions-nous dire non ?

— En avançant la langue entre les dents et en lui faisant toucher le palais, la bouche en cul de poule…

Kendra se tourna vers elle. La foule déambulait tout autour d'elles. Au-dessus de leurs têtes, la voix d'un crooner susurrait une chanson qui rappela à Jamie son enfance sans joie.

— Jamie, j'aimerais que tu fasses le test de la clarté nucale…

Jamie fronça les sourcils, perplexe. Le test de la clarté nucale était l'une des options mentionnées par le médecin, pour dépister un cas éventuel de trisomie.

— Et si au terme de ce test, aussi peu fiable soit-il, le médecin déclare qu'il faut procéder à une amniocentèse…, continua Kendra. Et si on découvre alors que l'un des fœtus — ou les deux — est porteur du fameux chromosome 21 et que je souhaite une interruption de grossesse ?

Jamie la dévisagea sans mot dire.

— Je n'ai jamais songé à l'avortement, murmura-t-elle enfin.

— Moi non plus.

Kendra se remit à marcher en direction de la cafétéria. Jamie dut presser le pas pour rester à sa hauteur.

— C'est donc à ça que tu réfléchissais pendant mon petit somme. C'est de ça dont tu ne voulais pas parler ?

— Tu n'as jamais pensé à cette éventualité, quand tu as proposé d'être notre mère porteuse ? Qui doit prendre ces terribles décisions ? Les parents biologiques ou bien la femme qui va donner naissance aux bébés ? Quand on s'adresse à une association, la réponse à ces questions est peut-être rédigée noir sur blanc. Mais en l'occurrence, c'est un peu plus compliqué. Il s'agit de nous. Nous sommes proches parentes.

Jamie garda le silence jusqu'à ce qu'elles fussent assises — sa sœur devant un café fumant, elle devant un jus de fruit et un croissant.

— En fait, Ken, il ne s'agit pas tant de trisomie ou d'IVG, que de savoir à qui sont ces enfants, n'est-ce pas ?

— Ce n'est pas si simple. Pourrais-tu te faire avorter ?

Jamie déboucha sa bouteille de jus d'ananas et en versa le contenu dans son verre — gestes automatiques qui lui donnaient le temps de réfléchir.

— Pourrais-tu me le demander ? répliqua-t-elle.

— Je n'en sais rien.

— C'est ce que j'allais te répondre. Je dois te dire que je suis pour la liberté de choix de la femme. Mais chaque fois que j'ai été enceinte, j'ai préféré ne pas demander l'échographie destinée à détecter d'éventuelles anomalies.

Les tests sont trop peu probants et j'étais à peu près sûre qu'en cas de mauvaise nouvelle, ma grossesse serait un fiasco, mais ça ne changerait rien à ma décision.

— Je peux comprendre.

— Tu as toujours cette option-là ; d'autant que dans le cas présent, l'échographie est encore plus aléatoire.

— Le problème majeur, c'est que nous ne savons absolument rien sur le père d'Isaac, dit Kendra en posant sa tasse et en relevant la tête. Nous ne savons pas qui il est, s'il est mort ou vivant ; il pourrait avoir eu de sérieux problèmes de santé, par exemple.

— Si je puis me permettre de te rappeler un petit détail… Nous savons tout sur nos propres origines et il vaudrait mieux ne rien savoir du tout.

— Riva…

— Notre mère est maniaco-dépressive ; ça peut être héréditaire.

— Je sais bien…

— Nous ignorons si son cas est isolé ou s'il n'y a pas d'autres Delacroix capables de s'acheter soixante paires de chaussures identiques dans un brusque accès de surconsommation ou d'avoir des conversations nocturnes avec des saints qu'aucun prêtre ne saurait identifier.

— Ça ne t'a pas fait peur quand tu as eu tes filles ? Tu n'as pas craint qu'elles risquent de devenir comme notre mère ?

— N'y as-tu pas pensé à l'époque où tu m'élevais à la place de Riva ?

Kendra croisa les mains devant elle.

— Comment en sommes-nous arrivées là ? Ne parlions-nous pas d'autre chose ?

— Un sujet mène à l'autre. Mais réponds-moi quand même, Ken : n'était-ce pas ton principal sujet d'angoisse ?

Que je devienne comme Riva ? Avec drogue, sexe et rock'n roll comme symptômes révélateurs ?

Kendra garda un long moment le silence. Finalement, elle haussa les épaules.

— J'avais à peine atteint l'âge adulte. Qu'est-ce que je pouvais savoir ? Notre mère avait de sérieux problèmes. Toi, tu étais terriblement malheureuse et je n'arrivais pas à t'aider.

— Evidemment, tu te faisais du souci et tu te donnais un mal fou pour essayer de me brider. Mais je n'avais pas hérité d'une déficience génétique quelconque ; mes problèmes provenaient uniquement de notre milieu familial complètement déjanté et tous les efforts d'une sœur aînée ne suffisaient pas à amortir le choc.

Comme Kendra ne répondait pas, Jamie appuya un doigt sur sa propre poitrine.

— Mais regarde-moi aujourd'hui, Ken ! Je suis ce que je suis parce qu'en dépit de ces aberrations qu'il faut bien appeler nos parents, je m'en suis sortie. Il devait sans doute y avoir aussi, parmi nos ancêtres, des gens solides, capables d'affronter l'adversité en gardant la tête sur les épaules. Chaque famille peut trouver des motifs d'inquiétude dans son arbre généalogique. Si tu connaissais les origines d'Isaac, tu en trouverais certainement, mais en revanche, tu as déjà découvert des choses sur sa grand-mère qui forcent l'admiration. Regarde-le : c'est un type formidable qui ne s'est pas laissé abattre par une enfance difficile. Regarde-toi ! Tu t'es occupée de moi quand tu aurais eu besoin que quelqu'un prenne soin de toi. Ces gènes-là se transmettront à travers les siècles.

— Les examens dont nous parlons ne détectent rien de tout ça, tu sais.

— Ces bébés sont les tiens, Ken. Isaac et toi devez prendre vos décisions sans tenir compte de moi. Ensuite, moi, je devrai décider si je suis capable de faire ce que vous me demanderez.

Kendra hocha la tête.

— Ma foi, pour quelqu'un qui m'en a fait baver pendant toutes ces années, tu as plutôt bien tourné !

Jamie s'esclaffa ; elle vit trembler des larmes dans les yeux de sa sœur.

— Bon ; revenons-en à l'essentiel. Pouvons-nous acheter autre chose, en plus du jean ?

— C'est moi qui paie. Tu peux acheter tout ce qu'il y a dans cette fichue galerie, si le cœur t'en dit.

— Je pourrais probablement me l'offrir. C'est quand même étrange, non ? Genre Paris Hilton. Enfin, bref…, dit Jamie en se penchant en avant. J'ai un rendez-vous pour Labor Day. Et il me faut une robe.

— Cash ?

— C'était à moi de le dire. Je déteste qu'on m'ôte tous mes effets. Oui, c'est Cash.

— Une robe de grossesse ?

— Peut-être pas encore quelque chose d'aussi radical, mais nous verrons bien ce que nous trouverons. Une robe tunique, peut-être, qui ne souligne pas trop la taille.

— Une robe noire. Avec tes cheveux, ce sera superbe.

Jamie se félicita secrètement qu'elles en eussent fini avec le plus pénible.

— Cash aimerait que ça brille.

— Du noir illuminé par du strass ou des sequins, alors ; ou bien par des bijoux fantaisie exceptionnels. J'en ai de superbes que Riva avait jetés par la fenêtre un de ses mauvais jours.

— Et pourquoi pas un profond décolleté dans le dos, pour qu'on aperçoive mon tatouage ?

— Et pourquoi pas une tenue qui nous éviterait d'être chassées du village enduites de plumes et de goudron ?

— J'aurais probablement dû commander deux croissants — un pour chacun des jumeaux, rétorqua Jamie en terminant celui qu'elle avait entamé avant de se lever. Et puis, j'y pense : ce serait aussi l'occasion idéale de m'acheter quelques sous-vêtements.

— Est-ce que ça me concerne vraiment ?

— Ne t'inquiète pas. Je ne songeais pas à des dessous affriolants, mais plutôt à des chemises de grand-mère en flanelle. Tout ce que j'ai me serre vraiment trop à la taille.

— J'imagine que ce n'est pas destiné à faire les délices de Cash ?

Jamie dévora jusqu'aux dernières miettes qui restaient dans l'assiette.

— Ça, c'est ma vie privée. Il a toujours fallu que tu fourres ton nez dans mes affaires, toi !

— Et en plus, j'ai des espions, cette fois, renchérit Kendra en se levant aussi et en tapotant le ventre de sa sœur. N'oublie pas : mes espions.

— Je crois que je vais acheter le silence des petits chéris avec une crème glacée aux fruits de la passion. Nous aurons bien le temps de refaire une petite pause avant le départ ?

— Il faut se préparer à une longue grossesse, n'est-ce pas ?

— Et tu n'as pas tout vu. Nous allons être drôlement contentes, toutes les deux, le jour où ce sera fini !

16

Dans les semaines précédant la rentrée des classes, le temps sembla s'accélérer. Entre l'inscription des filles en primaire et à la maternelle, l'achat des fournitures et des vêtements, le rappel des vaccins et les visites médicales, les jours passaient à une vitesse folle. Ces heures où l'été s'étirait interminablement s'étaient muées en journées bien remplies, avec bon nombre d'activités, de nouveaux amis et d'agréables visites au Domaine Cashel pour voir Grace et Chance.

La grossesse de Jamie n'était plus, désormais, un secret pour personne. A quinze semaines et avec des jumeaux, ses nouvelles formes commençaient à se voir. La jeune femme ignorait, au juste, comment les gens avaient eu vent des détails, mais soupçonnait Elisa Kinkade d'avoir, avec son tact et sa diplomatie habituels, tenu au courant de la situation les principaux membres de la paroisse, qui avaient à leur tour fait circuler l'information.

Bien que certaines personnes aient feint de ne rien remarquer — détournant les yeux de son petit ventre rond comme s'il s'agissait d'un handicap qu'on leur avait appris à ne pas regarder —, d'autres témoignaient discrètement leur soutien. Helen Henry, qui menait toujours une impitoyable guérilla avec Grace, arriva un jour au chalet avec des œufs tout frais et tout un panier de légumes de son potager. Cissy Claiborne avait ajouté une douzaine d'excellents biscuits et une tarte au chocolat meringuée. Par ailleurs, le groupe de patchwork avait entamé la confection d'un grand ouvrage hétéroclite sur lequel les bébés pourraient se rouler par terre, tout en découvrant des couleurs éclatantes et en laissant courir leurs petits doigts sur toutes sortes de textures.

Dans l'effervescence de tous ces préparatifs, Jamie avait à peine échangé quelques mots avec Cash. Le chantier avançait rondement grâce à l'efficacité de l'équipe de l'entreprise Rosslyn ; à plusieurs reprises, Jamie et les filles avaient choisi de s'absenter pour échapper au bruit des engins mécaniques. Mais quand elles étaient là, elles voyaient Cash passer rapidement, car ce n'était pas le seul chantier qu'il supervisait. Un jour, il avait accepté une tasse de café qu'il avait bue debout sous le porche, discutant avec un sous-traitant de la disposition des sanitaires dans la salle d'eau d'une chambre d'amis.

La veille de Labor Day, Jamie sortit une fois de plus la robe qu'elle avait achetée avec Kendra pour le dîner dansant et la contempla, une moue sceptique aux lèvres. Sa sœur et elle avaient écumé nombre de boutiques, mais entre la fin des soldes d'été et l'arrivée des nouvelles collections d'hiver, le choix s'était avéré restreint. Les quelques robes d'automne en rayon manquaient de légèreté et de fantaisie ; aucune ne leur avait semblé assez habillée. Et parmi les tenues d'été, il ne restait pas grand-chose dans sa taille qui pût convenir. Jamie avait alors arrêté son choix — un choix par défaut — sur un modèle en jersey couleur taupe avec un décolleté plongeant et un joli drapé, espérant lui donner un peu plus de chic grâce aux bijoux de Kendra et une écharpe de soie. Mais plus elle examinait son acquisition, plus elle se disait que la tâche serait difficile.

Kendra ne lui avait encore rien apporté et sa propre boîte à bijoux ne regorgeait pas de merveilles.

« Quelque chose qui brille », avait dit Cash. Rétrospectivement, elle regretta de n'avoir pas poursuivi ses recherches, quitte à aller passer une journée dans l'une des grandes galeries marchandes de Virginie du Nord. Cette robe serait parfaite … si elle décidait d'assister un jour à la messe ! Elle pouvait à la rigueur convenir aussi pour une sortie au restaurant — mais certes pas pour un dîner dansant.

Assises à côté d'elle sur le lit, Hannah et Alison observaient la scène avec intérêt.

— On pourrait dire qu'elle est de quelle couleur cette robe, maman ? demanda Hannah.

Depuis qu'elles s'étaient mises au patchwork sous l'égide de Grace, les fillettes étaient fascinées par les couleurs que la vieille dame leur apprenait à combiner entre elles.

— Taupe, répondit Jamie. C'est une couleur qui n'est ni du gris, ni du beige, ni du marron, mais un peu des trois.

— C'est couleur de la Journée Gadoue, alors ! dit Alison, comme mon pantalon plein de boue.

« Aïe, songea Jamie en tordant le nez, on dit que la vérité sort de la bouche des enfants ! »

Elle replaça donc la robe sur son cintre, la rangea dans la penderie et en sortit les trois autres robes qui s'y trouvaient. L'une d'elles aurait pu faire l'affaire si Jamie n'avait pas été enceinte, mais il était évident qu'en l'occurrence, elle ne pourrait jamais remonter la fermeture éclair. Les deux autres étaient de simples robes bain de soleil en coton imprimé.

Elle n'avait pas le choix.

— J'ai un joli petit châle en dentelle, dit-elle, et avec mon rang de perles, je ressemblerai à Grace Kelly.

— C'est qui, Grace Kelly ?

— C'était une vedette de cinéma qui a épousé un prince. Une dame très élégante…

Seulement, voilà, il y a des circonstances où l'on préfère nettement ressembler à Penélope Cruz ou Scarlett Johansson, dans leurs tenues les plus aguicheuses.

La porte d'entrée s'ouvrit et une voix leur parvint, d'en bas.

— Y a quelqu'un ?

Les filles poussèrent des cris de joie en reconnaissant leur tante et dévalèrent l'escalier pour aller à sa rencontre. Jamie s'approcha de la rampe et regarda sa sœur, au-dessous d'elle.

— Tiens, tu es là, toi ?

— Je suis censée choisir des éléments de cuisine et j'en ai profité pour apporter quelque chose…

Jamie espéra que Kendra avait enfin retrouvé les diamants fantaisie de leur mère et qu'ils allaient opérer un miracle sur la robe « Journée Gadoue ».

Elle rejoignit tout le monde en bas et embrassa sa sœur. Kendra posa sa main sur son ventre.

— Aucun doute : il a grossi…

— Quand j'en étais à ce stade-là, pour Hannah, personne ne s'en apercevait.

— Comment te sens-tu ?

— Comme une femme qui s'apprête à battre des records de poids, si elle ne fait pas attention. Les nausées matinales ont disparu et j'ai l'impression de ne jamais être rassasiée.

Kendra brandit un sac de supermarché.

— Je t'ai apporté des plats cuisinés libanais et des

croissants tout chauds qui viennent de ma boulangerie préférée.

Jamie saliva malgré elle. Les plats orientaux étaient son péché mignon — l'une des rares faiblesses qui lui fût permise, ces temps-ci. Et Kendra savait qu'elle était prête à se damner pour des croissants chauds.

— Miam ! Un homme ne saura jamais que c'est le seul moyen de prendre une femme par les sentiments. Qu'est-ce qu'il y a dans l'autre sac ?

— Deux petites choses que j'ai trouvées à Nordstrom. Tu n'es pas obligée de les garder ; je peux très bien les rapporter. Mais j'ai pensé que tu pourrais avoir des regrets, pour ta robe en jersey…

Jamie ferma les yeux. « Pourvu que je ne rêve pas ! »

Quand elle les rouvrit, Kendra arborait un sourire satisfait.

— Je m'en doutais un peu. J'étais en train de fouiller dans des vieilles boîtes à la recherche des bijoux de Riva ou de quelque chose qui pimenterait un peu ta tenue et finalement, je me suis dit que le problème, c'était la robe. Alors, je suis allée faire un peu de shopping haut de gamme…

Jamie avait déjà la main sur le sac.

— Quoi qu'il y ait là-dedans, je le porterai ! Je mettrai même tes deux robes, l'une par-dessus l'autre !

Kendra lui arracha le sac.

— En fait, il y a deux petites choses supplémentaires pour plus tard. On trouve vraiment de ravissants vêtements de grossesse, de nos jours.

Jamie sentit son cœur se serrer de gratitude. Kendra avait fait des courses à sa place, pour qu'elle se sente jolie à cette soirée qui serait plus ou moins son premier rendez-vous galant depuis son arrivée ici. Mais elle imaginait aussi aisément ce que sa sœur avait pu ressentir en faisant ces achats ; c'était elle, et non Jamie, qui aurait dû porter des vêtements de grossesse. Si la perspective d'être bientôt maman la rendait euphorique, elle avait dû cependant être triste de se dire qu'elle ne porterait jamais l'un des vêtements de ces magasins-là…

— Merci, Ken, dit Jamie, en posant sa main sur celle de Kendra. Tu as un goût fabuleux. Je sais que ce que tu m'as acheté me plaira.

— Alors, offre-nous un petit défilé de mode. Qu'est-ce que vous en dites, les filles ? Vous voulez voir votre maman avec ses belles robes ?

Une demi-heure plus tard, Jamie enfilait de nouveau la première des deux nouvelles tenues qu'elle avait essayées devant ses conseillères de mode. Elle se regarda dans le miroir en pied de la chambre des filles et ce qu'elle y vit lui fit chaud au cœur.

— Celle-là ; c'est indiscutablement celle-là que je vais porter ce soir !

Kendra siffla doucement entre ses dents.

— Rude choix, car les deux robes te vont l'une et l'autre à ravir. Est-ce que je rapporte la deuxième au magasin ?

— Il faudra me passer sur le corps ! Je suis sûre que j'aurai des tas d'occasions de la mettre.

Jamie s'admira une fois encore dans la glace. Cette robe-là était noire avec un bustier en velours, de fines bretelles rebrodées de strass et un long jupon de taffetas. La ceinture s'attachait devant avec un gros nœud qui dissimulait son ventre légèrement rebondi. Sa silhouette restait féminine et sexy en diable.

Une fois le défilé terminé et la robe choisie, les filles sortirent jouer sur la terrasse couverte. Kendra se leva et rajusta le nœud à la taille, s'affairant pendant qu'elle parlait.

— J'ai apporté les bijoux de Riva, mais je crois que ce serait mieux sans rien autour du cou. Le décolleté est trop joli comme ça et ton léger hâle se suffit à lui-même. De longues boucles d'oreilles, en revanche, iraient très bien. Tu pourras en choisir une paire dans cet assortiment…

— Je vais relever mes cheveux… Qu'en dis-tu ? Hum… J'aurais dû prendre rendez-vous chez le coiffeur.

— C'est fait ! Celui de Woodstock t'attend dans une heure et tu auras une manucure en prime. Ça te va ? demanda-t-elle en consultant sa montre. Je resterai ici avec les filles pendant ce temps.

Jamie la serra dans ses bras. En plus de la robe noire, Kendra lui avait offert une robe de cocktail rouge qui lui arrivait juste au-dessus du genou, recouverte d'un discret lacis de dentelle ; elle aurait également fait un tabac, avec celle-là. Et pour faire bonne mesure, il y avait encore deux jolis corsages, un chemisier de soie, une robe verte portefeuille plus sobre, pour tous les jours, et un pantalon en velours en prévision des frimas à venir. Tout plaisait à Jamie.

— Tu m'as horriblement gâtée, dit-elle.

— Je veux que tu passes un bon moment. Au fait, est-ce que tu veux que je dorme ici ce soir pour garder les filles ?

— Grace doit les prendre chez elle. Je rentrerai ensuite avec Cash et j'y passerai aussi la nuit. Avec Grace et les filles, je veux dire…, corrigea-t-elle, rosissant légèrement en s'apercevant que sa dernière phrase pouvait prêter à confusion.

Kendra esquissa un sourire.

— J'avais compris. Ce sera parfait. J'ai généralement beaucoup de travail après le week-end, mais chaque fois que tu as besoin que je vienne, passe-moi juste un coup de fil.

Elle s'interrompit, puis sourit plus largement.

— Ça va peut-être devenir une habitude…

Jamie feignit d'avoir mal compris.

— Non, l'association des entrepreneurs n'organise qu'un seul repas dansant par an.

— Tu sais bien ce que je veux dire : le fait de sortir avec Cash…

— Je me contenterais de le voir juste un peu plus souvent. Il est sacrément occupé, ce garçon, tu sais.

Jamie regarda sa sœur dans les yeux, pour s'assurer qu'elle comprenait bien.

— Entre Cash et moi, ça ne peut pas être quelque chose de durable. C'est très sympa d'avoir quelqu'un avec qui bavarder et flirter de temps en temps, mais je n'en demande pas plus.

— Tu n'as pas envie d'une liaison sérieuse ?

— Serait-ce raisonnable ? Regarde-moi : mère célibataire de deux petits diables, cnceinte de deux bébés qui ne sont pas les miens. Sans compter les années de formation qui m'attendent avant de pouvoir réellement exercer. Mes expériences avec les hommes, mieux vaut ne pas en parler ; et mon parcours personnel, à un moment donné, semble révéler de graves lacunes dans mon discernement. Crois-tu vraiment qu'avec tout ça, je sois une affaire en or ?

— Allons ! Tu as un talent fou, tu es intelligente, dégourdie, exceptionnellement lucide sur tes propres défauts ; tu es belle et riche, avec des enfants adorables…

Les éloges de sa sœur la flattèrent ; puis l'un de ses qualificatifs lui fit cependant froncer les sourcils.

— Je me demande si Cash sait que je suis riche…

— Il n'ignore pas que nous ne regardons pas à la

dépense pour la nouvelle maison, Isaac et moi. Mais je ne suis jamais entrée dans les détails avec lui.

— En fait, je crois que ça ne lui ferait ni chaud ni froid.

— C'est un bon point pour lui, non ? J'espère que tu as raison, en tout cas. Je ne sais pas trop ce qu'il cherche dans la vie, mais il ne me donne pas l'impression de vouloir se faire entretenir.

— Tu crois que je devrais lui en parler ?

— Pourquoi donc ? Tu as dit toi-même que tu ne veux rien de sérieux, entre vous deux…

Jamie crut discerner un soupçon d'espièglerie dans la voix de sa sœur.

— Bon, disons que si la conversation s'oriente vers un échange d'opinions sur les placements boursiers, j'y ferai allusion.

— Un échange de confidences sur vos vécus respectifs ferait tout aussi bien l'affaire.

Cash lui avait déjà confié pas mal de choses sur son passé. Le moment était peut-être venu, pour elle, d'en faire autant ; ce serait un bon entraînement pour l'avenir.

Le soir du dîner, Cash offrit des orchidées à Jamie ; un petit bouquet mauve pâle à piquer à son corsage, une autre dans un pot. D'après l'étiquette plantée dans la terre du pot, il s'agissait d'une orchidée Phalaenopsis, une plante à larges feuilles vert sombre et fleurs fuchsia, à installer sur le rebord d'une fenêtre ou sous le porche.

— L'entretien n'est pas si difficile que ça, dit-il, comme elle ne réagissait pas tout de suite. Humectez juste un peu la terre quand elle est trop sèche, ajoutez un soupçon de fertilisant dans l'eau et elle refleurira chaque année.

— Ce n'est pas ça. J'en prendrai grand soin, soyez sans

crainte. J'ai une véritable passion pour les orchidées, dit-elle en levant les yeux sur lui. Comment l'avez-vous su ?

— Vous avez une ravissante orchidée au bas de votre dos. N'est-ce pas un indice ?

Elle qui ne rougissait pas facilement, sentit pourtant ses joues s'empourprer violemment.

— Et comment se fait-il que vous regardiez le bas de mon dos ?

— Où voulez-vous qu'un homme regarde, quand vous vous penchez et que votre T-shirt remonte ? Enfin, ça n'arrive plus tellement, ces temps-ci. C'est l'inconvénient des tenues de grossesse…

— Cette tenue-là est une robe de grossesse ; vous la trouvez moche ? dit-elle, en écartant les bras pour se faire admirer.

— Vous êtes belle comme un ange ! Enfin, peut-être pas un ange exactement, précisa-t-il en lui décochant une œillade. En tout cas, vous êtes magnifique.

— Vous n'êtes pas mal non plus. La tenue habillée vous va bien.

La veste sombre qu'il portait accentuait le noir de ses cheveux et les nuances de bleu dans sa cravate mettaient en valeur la teinte rare de ses prunelles.

Ils se trouvaient tous les deux chez Grace. Jamie avait amené les filles à la ferme en fin d'après-midi. Elle s'était ensuite habillée et maquillée dans la chambre d'amis où elle dormirait au retour du bal. Grace et les filles lui avaient déjà dit qu'elle était superbe, mais venant de Cash, le compliment était encore plus agréable à entendre.

Grace sortit sous l'auvent, où ils se trouvaient tous les deux.

— Le temps s'est bien refroidi, aujourd'hui ; j'ai pensé que tu aurais peut-être besoin de te couvrir plus tard. Est-ce que tu veux ça ?

Jamie prit le châle tricoté en fine laine noire et argent, avec quelques discrètes touches de rouge, que la vieille dame lui tendait.

— Il est ravissant ! J'avais emporté un gilet, mais ce châle est beaucoup plus joli. Tu es sûre que…

— Il y en a une demi-douzaine d'autres là où je l'ai pris. Ils partent vite. Quand je ne fais pas de patchwork, je tricote. C'est plus facile à transporter. Sandra m'a suppliée d'arrêter de lui donner des écharpes et des chaussettes !

Jamie appuya sa joue sur la laine moelleuse.

— Merci. J'en profiterai ce soir.

— Je t'en fais cadeau, ma jolie. Il te va à ravir.

Jamie l'embrassa en guise de remerciement.

— Si nous en avons fini avec les compliments et les congratulations, je crois qu'il serait temps de nous sauver, dit Cash.

— Je pourrais dire encore un petit bonsoir aux filles ? demanda Jamie.

— Inutile de remonter dans la salle de couture, lui répondit Grace. Quand je les ai laissées, elles étaient très occupées à se chamailler gentiment sur le tri des couleurs claires et foncées.

— Merci de les garder ; elles n'ont parlé que de ça toute la journée !

Grace l'embrassa sur la joue, puis essuya la trace de rouge à lèvres.

— Tout le plaisir est pour nous : Chance est bien d'accord avec moi là-dessus.

Cash conduisit Jamie à sa voiture, un cabriolet Honda noir.

— C'est la voiture de ma mère ; quand j'ai été sage, elle me prête les clés.

— Moi, j'aime bien votre camionnette…

Il ouvrit la portière pour elle.

— Ma mère dit que j'aurai grandi pour de bon à ses yeux, quand j'achèterai une véritable voiture. Mais je n'en vois pas l'intérêt ; ma camionnette m'emmène partout où je veux. Que demander de plus ?

Cela se voyait que la voiture n'était pas celle de Cash. Les sièges étaient d'une propreté impeccable ; il n'y avait pas un grain de poussière sur le tableau de bord ni autour, pas d'outils ni de canettes de Coca vides. En outre, le véhicule était équipé d'un système GPS. Elle connaissait assez Cash pour savoir qu'il pourrait craquer pour des haut-parleurs sophistiqués ou des jantes en aluminium, mais qu'il n'admettrait jamais avoir besoin d'une carte routière ou d'un navigateur.

— Votre mère est quelqu'un de très méticuleux, dit-elle, quand ils s'installèrent à l'intérieur.

— Pas autant que vous le croyez. J'ai nettoyé la voiture à fond rien que pour vous.

— Vous m'épatez !

Il démarra et s'engagea dans le chemin d'accès du domaine.

— Est-ce que vos petits copains ne nettoyaient pas tous la voiture de leur maman ?

— Ce genre de chose évoque une adolescence normale et la mienne a été tout sauf ça. Mes petits copains étaient plutôt du genre à nettoyer les sacs à main de leurs mères, si vous voyez ce que je veux dire…

Cash la regarda brièvement du coin de l'œil.

— Vous n'étiez pas vraiment une jeune fille rangée, n'est-ce pas ?

Elle esquiva momentanément le sujet, tout en gardant à l'idée la suggestion que Kendra lui avait faite de parler franchement du passé.

— Vous n'avez pas toujours dû mener une vie rangée, vous non plus.

— Effectivement. Dans le Kentucky, j'ai passé les deux premières années à faire la tournée des fiestas. Pas celles du milieu huppé des courses hippiques, remarquez ; non, la bringue pure et dure, où on se soûle à tomber ivre mort au petit matin avec des inconnus rencontrés au bar.

— Je peux comprendre ça.

— Je me doute que vous le pouvez, en effet.

— Mais vous aviez une bonne raison ; meilleure que la mienne.

Elle décida de se lancer — ou du moins, d'avancer un pied sur le terrain des aveux.

— J'étais seulement très immature et profondément malheureuse. Je n'appréciais pas la seule personne au monde qui m'ait aimée et je ne l'ai vraiment pas ménagée. J'ai transformé sa vie en cauchemar avant de disparaître sans un mot d'explication.

— C'est de Kendra dont vous parlez ?

— De ma sœur, oui… La seule et l'unique. J'avais tout juste onze ans, quand nous avons quitté la maison, toutes les deux. Mon père était décédé. Riva, notre mère, faisait de brèves apparitions, de temps à autre. Pour résumer, quand elle allait bien, elle passait le plus clair de son temps à séduire tous les hommes fortunés qui avaient la chance — ou la malchance — de croiser son chemin. Quand elle avait besoin de se soigner, elle revenait près de nous, puis disparaissait de nouveau dès que la forme revenait. C'est Kendra qui a pris l'initiative de briser ce cycle infernal en partant faire ses études de journaliste dans le Nord-Ouest et en m'emmenant avec elle. Seulement moi, je ne voulais pas d'une autre vie et puis, ce n'était pas ma décision.

Jamie savait évaluer l'intérêt qu'un interlocuteur portait à ce qu'elle lui racontait. Si Cash avait manifesté le moindre signe d'ennui ou de gêne, elle aurait aussitôt mis un terme à ses confidences ; sans doute définitivement, même. Au fond, son passé ne regardait qu'elle. Mais l'homme assis à ses côtés l'écoutait attentivement ; quand elle se tut, il ôta une main du volant et la posa légèrement sur la sienne.

— J'ai l'impression que vous êtes en train de réparer ça, en ce moment. N'est-ce pas le but de cette grossesse, au moins, en partie ?

— Ma dette envers Kendra est impossible à solder. C'est grâce à elle que j'ai trouvé la force de m'en sortir, plus tard ; elle a tout fait pour me donner l'éducation dont j'étais privée et m'éviter de sombrer dans l'univers délirant de Riva. Mais elle était ma sœur, pas ma mère.

— Et vous lui en vouliez pour ça ?

— J'étais une gamine.

— Que s'est-il passé, quand vous êtes partie ?

— J'ai appris à mes dépens combien Kendra m'aimait et ce dont elle avait essayé de me protéger.

— Dure expérience.

— Je n'ai pas seulement fait les quatre cents coups, disons plutôt que j'ai carrément roulé dans le caniveau. Un jour, je me suis fait arrêter ; j'étais avec un type dans une voiture volée et bien trop défoncée pour me rendre compte de quoi que ce soit. Bref, les flics nous ont emmenés au poste et nous sommes passés en jugement. J'ai eu droit à un avocat commis d'office ; il s'appelait Larry Clousell.

— Le père d'Hannah ? dit Cash, visiblement surpris.

— Dans le cabinet où il travaillait, chaque associé devait faire sa part de travail bénévole. Grâce à lui, j'ai été acquittée sur un point de procédure et je me suis retrouvée enceinte, par la même occasion. Bon, s'il a un peu profité de la situation, ce n'était quand même pas un si mauvais bougre. Quand il a appris que j'étais enceinte, il a recouvré ses esprits et m'a posé un ultimatum : soit j'acceptais de suivre une cure de désintoxication, soit il ferait en sorte que je ne sois jamais autorisée à tenir ce bébé dans mes bras.

Cash siffla légèrement entre ses dents.

— J'ai eu une trouille bleue, il faut bien le dire, poursuivit Jamie. Mais Larry a fait autre chose pour moi. Il a réussi à me persuader que je pouvais encore reprendre ma vie en main. Alors, une fois mon travail entrepris avec les psys, je me suis rendu compte que j'avais le choix : je pouvais être tout ce que ma mère n'avait jamais été — quelqu'un de responsable, de fiable et capable d'aimer vraiment — ou bien je deviendrais comme elle. A ce moment-là, je suis redescendue sur terre ; j'ai eu envie de donner à ce bébé la chance que je n'avais pas eue.

Elle se tut un moment et Cash garda aussi le silence.

— Ce n'est pas une entrée en matière bien joyeuse pour notre soirée, n'est-ce pas ? dit-elle enfin.

Il esquissa un sourire.

— Je dirais que vous venez seulement de mettre les choses au clair, pour que je sache exactement à qui j'ai affaire. A moins que vous vouliez me donner l'occasion de vous abandonner sur le bord de la route… Avez-vous un peu de sous dans ce ravissant petit sac ?

— En aurai-je besoin ?

— Vous savez ce qui me plaît dans toute cette histoire ? Pas les détails — car mon imagination les reconstitue sans peine et je suis furieux contre ce monde qui vous a fait endurer ces choses-là.

— Je suis seule responsable de ce qui m'est arrivé, Cash. Ce n'est la faute de personne d'autre.

— Vous voulez dire que si vous aviez été élevée par des parents attentifs et aimants, dans un environnement normal, vous auriez fait la même chose ?

— Il y a beaucoup d'enfants qui grandissent dans des conditions épouvantables sans tourner mal pour autant.

— Il y en a beaucoup plus encore qui ne s'en remettent pas. La façon dont on est élevé a une grande importance — c'est pourquoi vous êtes une excellente maman pour vos filles. Mais je tiens à vous dire ce qui me plaît dans l'histoire.

— Allez-y…

— C'est que vous n'avez pas honte de vous. Cela fait simplement partie de votre parcours ; de la personne que vous êtes. Vous avez accepté ces erreurs de jeunesse, vous les avez relativisées, vous les revendiquez. Et vous êtes capable d'en parler à quelqu'un qui est pratiquement un inconnu pour vous — et pas pour attirer l'attention ; pas pour m'épater. Simplement pour que tout soit clair. Pour que je comprenne.

— Je passe pas mal de temps à rechercher l'absolution. Je ne suis pas encore tout à fait aussi bien rétablie que vous le dites.

— A mon avis, c'est encore une bonne chose. Nous avons tous des choses à nous faire pardonner. Mais dites-moi un peu : en remettant ces bébés à Kendra dès l'accouchement, serez-vous capable de passer vraiment à autre chose, une fois pour toutes ? Serez-vous vraiment capable de dire : « Voilà, à présent, j'ai payé ma dette » ?

Jamie s'interrogea.

— J'aurai plutôt tendance à dire : « Je t'aime, Ken ; je suis contente d'avoir pu faire ça. Je suis heureuse de t'avoir fait ce merveilleux cadeau. »

— Vous n'êtes vraiment pas quelqu'un d'ordinaire, Jamie Dunkirk.

Et malgré elle, Jamie se prit à penser que Cash Rosslyn n'était pas un homme ordinaire, non plus.

17

Cash ne participait que très rarement aux sorties et autres rencontres organisées par l'association des entrepreneurs. La plupart de ses membres étaient plutôt de l'âge de son père que du sien. Et au cours de ces rencontres, nombre d'entre eux jugeaient de leur devoir d'étaler un maximum de signes de richesse, preuves incontestables de leur réussite professionnelle. Sur les chantiers, ils faisaient beaucoup moins les malins. Cash les y croisait quelquefois, vêtus comme leurs ouvriers, une casquette vissée sur leurs cheveux grisonnants, le bloc-notes dans une main et la cigarette dans l'autre. Trop occupés pour parader, ils se montraient alors d'agréable compagnie pour bavarder ou plaisanter un moment autour d'une bière.

En s'arrêtant devant l'auberge, Cash crut bon d'avertir Jamie.

— Il y a deux ou trois gars qui vont essayer de vous draguer. Vous serez le plus ravissant spectacle qu'ils aient vu depuis des années et l'alcool aidant… J'ai un ami qui appelle ça : « le dîner dansant annuel des démolisseurs ».

— Est-ce qu'il y en a un de particulièrement redoutable ?

— Oui, Orel Jensen, le patron de la Société « Maisons O'Jensen ». Il se prend pour un personnage très influent.

Il est venu renifler du côté du domaine Cashel. Il aimerait nous faire une offre, mais jusqu'à présent, nous ne l'avons pas encouragé.

— Quel genre d'offre ?

— Il s'agirait de collaborer à la construction d'un grand ensemble immobilier sur nos terres. Il pense pouvoir convaincre le conseil régional de requalifier une bonne partie du domaine de zone agricole à zone constructible.

— Grace en aurait une attaque !

— Il est prêt à attendre qu'elle ne soit plus là.

— Ne me dites pas que vous avez discuté de ça avec lui à l'insu de votre grand-mère ?

— Nous ne procédons pas ainsi, dans la famille, Jamie !

Elle parut soulagée.

— Tant mieux.

Ils s'éloignèrent de la voiture et Cash posa une main dans son dos pour la guider, ce qui n'était pas désagréable. Il écarta davantage les doigts pour sentir sa chair bouger au rythme de son pas.

— Il n'est pas le seul à être intéressé ; il fait simplement plus de bruit que les autres. Personnellement, je préférerais vendre mon âme au diable, mais Orel réussit généralement ce qu'il entreprend et il a les moyens de faire sa pub. Malheureusement, il construit des maisons bas de gamme : son lotissement commencera à se délabrer en moins de temps qu'il n'en faudra pour terminer tous les logements.

— Grace espère qu'une partie du domaine puisse être placée en secteur sauvegardé.

— C'est une possibilité. Seulement, elle sait aussi que si personne ne s'occupe des vergers, les arbres fruitiers ne vont pas tarder à mourir. Dans ce cas, les terrains ne seront plus qu'un vaste amas de broussailles. Ils sont cultivés depuis plus de trois siècles et l'idéal serait de continuer, mais pour le moment, personne n'a fait un geste en ce sens.

— Et vous ? demanda-t-elle en s'arrêtant et en se plaçant face à lui. En seriez-vous capable ? Est-ce que vous feriez ça ?

— Il faudrait choisir d'y consacrer toute sa vie, Jamie... C'est une lourde décision à prendre...

Il marqua une pause. Avec ses talons hauts, la jeune femme avait les yeux au niveau des siens. Elle le regardait avec un tel sérieux qu'il ne put s'empêcher de sourire.

— Et les décisions lourdes, je n'en prends plus...

— Il faudrait peut-être l'annoncer à Kendra ; elle compte sur vous pour sa maison.

— Je peux assumer des responsabilités limitées et ponctuelles ; et j'achève toujours ce que j'ai accepté d'entreprendre.

— Vous n'avez pas la terre dans le sang, j'imagine.

La seule chose qu'il eût dans le sang, à ce moment-là, c'était cette jolie femme. Il n'avait probablement jamais vu quelqu'un d'aussi séduisant. La grossesse n'enlevait rien à sa sensualité. Elle avait les joues teintées de rose, un teint lumineux, ses yeux paraissaient encore plus grands, plus étincelants que d'ordinaire. Et dans cette robe, elle avait une allure de reine.

— Allons plutôt prendre un peu de bon temps, dit-il, en effleurant sa joue d'une caresse. C'est un problème que nous ne pouvons pas résoudre ce soir, de toute façon...

Elle acquiesça de mauvaise grâce et Cash lui prit une main pour la glisser au creux de son bras.

La soirée avait lieu dans un ancien corps de ferme rénové et transformé en salle de réception pour des mariages ou des banquets. L'extérieur avait gardé l'aspect originel du bâtiment, mais il n'en restait rien à l'intérieur, où de grandes baies vitrées permettaient de profiter de la vue sur le fleuve. Une énorme cheminée montait jusqu'au plafond voûté ; un feu brûlait dans l'âtre et un orchestre composé de deux guitaristes, d'un batteur, d'un pianiste au synthétiseur et d'un crooner aux allures d'Elvis Presley, se tenait sur un podium, face à l'assistance. Des serveurs circulaient parmi les convives avec des plateaux chargés de flûtes de champagne. Les tables rondes, nappées de blanc et ornées de bouquets multicolores, étaient placées le long des murs et en hauteur, sur des mezzanines, ce qui permettait de dégager de l'espace pour la piste de danse.

— Intime, n'est-ce pas ? plaisanta Cash. Cet endroit me plaît car il est impossible d'entretenir une véritable conversation, surtout quand l'orchestre joue. Comme ça, je n'ai pas à entendre les gens se vanter de leur réussite et s'étonner que Rosslyn & Rosslyn n'ait pas encore mis la clé sous la porte.

— Pourquoi venez-vous, alors ?

— Parce que mon père refuse maintenant d'y assister et que j'estime nécessaire de montrer aux autres que nous existons. Allons nous faire servir quelque chose à boire ; pas d'alcool pour vous, je suppose ?

— Je prendrais bien une boisson aux fruits ; ou un jus de tomates.

Ils se dirigèrent vers l'un des bars installés près de l'orchestre et Jamie arrêta son choix sur un cocktail de fruits exotiques. Cash demanda une bière et ils déambulèrent un moment avec leurs boissons jusqu'à un endroit où étaient exposées des photos de constructions réalisées par des membres de l'association au cours de l'année.

— Quelle est la marche à suivre ? demande Jamie. Je commence à avoir un petit creux…

— Ce doit être chronique, non, quand on attend des jumeaux ?

— Je crains que ça ne fasse qu'empirer ; je vais essayer de ne pas dévorer votre repas, en plus du mien.

Cash fit signe à un serveur, qui distribuait des ailes de poulet aux épices. Pendant que la jeune femme s'y attaquait, il partit vers le buffet et revint avec une assiette garnie d'amuse-gueules.

— Rouleaux de printemps, boulettes de volaille, un petit chou à la crème fromagée, deux champignons farcis — attention, un pour chacun, hein ! — et un canapé au saumon. Ça vous ira, pour commencer ?

— Un canapé, ça ? Tout juste un fauteuil une place ! dit-elle, en le fourrant dans sa bouche. J'imagine qu'il y en a d'autres, où vous l'avez pris.

Elle accompagna sa boutade d'un clin d'œil.

— Si nous avançons jusqu'au milieu de la salle, nous pourrons voler au passage de quoi manger sur les assiettes des autres.

— Vous feriez ça pour moi ? demanda-t-elle avant de se lécher les doigts. Si vous avez décidé d'entamer une vie de délinquance, allez-y. Trouvez-moi un autre morceau de poulet aux épices.

Il prit son champignon farci sur l'assiette avant qu'il ait disparu dans la bouche de sa cavalière et la regarda dévorer tout le reste.

— C'était bon ? demanda-t-il. Avez-vous pris le temps de savourer quelque chose ?

— Mmm… pas mauvais du tout. J'ai été cuisinière, vous savez, à l'époque où je tâchais de recoller les morceaux de ma vie. J'aime bien nourrir les gens. J'aurais pu choisir d'être chef cuistot, au lieu d'architecte.

— Oh, mais vous êtes quelqu'un d'intéressant à fréquenter, dites-moi : j'adore qu'on me nourrisse !

— Je parie qu'il y a toujours eu des femmes pour vous nourrir, dans votre vie. Excusez-moi…, se reprit-elle visiblement confuse. Je ne songeais pas à votre femme ; je voulais dire…

— Vous pensiez à ma mère et à ma grand-mère. Il y a même une rivalité, entre elles, à mon sujet. Ma grand-mère ne peut pas cuisiner un plat sans y ajouter un élément inédit. Ce jambon qu'elle avait préparé, l'autre jour, elle l'avait fait mijoter…

— A la bière, continua Jamie, avec de la sauce Tabasco et de l'écorce d'orange. J'ai copié la recette, comme j'ai pu car elle invente au fur et à mesure.

— Ma mère préfère les mets sans fioritures. Elle dit qu'elle apprécie mieux les goûts séparément. Ce doit être par réaction contre ce que Grace lui a fait manger pendant toute son enfance.

— Et vous, que préférez-vous ?

— Je mange sans me plaindre tout ce qu'elles m'offrent.

— C'est la sagesse même.

L'orchestre se tut et un quinquagénaire en costume bleu pastel, chemise à jabot et cravate rayée, annonça qu'il était temps de passer à table. La musique recommencerait au dessert.

— Nous aurions dû nous réserver des places, dit Cash. Il y a deux autres petites entreprises comme la nôtre, dont les associés sont des gens sympas ; nous tâchons généralement de rester ensemble, mais c'est peut-être trop tard, maintenant.

Levant les yeux, il vit un homme qui fonçait droit sur eux. Aïe, songea-t-il. C'était précisément celui qu'il voulait éviter.

— Cash, mon vieux…

L'homme portait un costume rayé à double boutonnage

dont la coupe évoquait une marque italienne. Ses cheveux étaient un peu trop noirs pour un homme de son âge et une énorme Rolex brillait à son poignet. Cash n'aurait su reconnaître une vraie d'une imitation : une ignorance dont il était plutôt fier.

— Je vous ai gardé deux places à ma table, annonça-t-il en tendant la main à Jamie. Orel Jensen. Cash et moi sommes des amis de très très longue date…

Jamie échangea une poignée de main avec lui.

— Jamie Dunkirk. Nous sommes des amis de très très récente date, Cash et moi.

— Toutes mes félicitations, Cash, tu as très bon goût ; en matière de femmes du moins, si ce n'est de maisons.

Son rire bruyant sonnait un peu faux.

— Rien que le meilleur, dans tous les domaines, dit Cash, mais Orel, occupé à détailler Jamie de la tête aux pieds, ne l'écoutait pas.

Son regard s'arrêta finalement sur la proéminence à peine perceptible de son abdomen.

— Mais dis donc, espèce de cachottier…, dit-il en gratifiant Cash d'une œillade entendue. Des amis de très très récente date, hein ? dit-il, s'adressant à Jamie avec un petit sourire narquois.

— Quoi, les bébés ? répondit-elle en riant. Oh, ils ne sont pas de Cash ; le père, c'est mon beau-frère.

Cash faillit s'étrangler avec sa bière, mais Jamie n'en avait pas fini avec Orel. Elle surveilla sa réaction et ajouta d'un ton dégagé :

— Je vois que vous avez l'air un peu inquiet pour ma sœur. Mais il ne faut pas, vous savez ; elle était là quand nous les avons faits. C'est une grande joie, pour elle. Nous sommes ainsi, dans la famille.

*
* *

Quelques heures plus tard, sur le trajet du retour, Cash riait encore et pas des blagues que l'animateur avait racontées au dessert.

— Je n'arrive pas à croire que vous ayez dit la vérité à ce crétin ! Maintenant, je vais faire les frais de tous les potins de l'association. Je vais passer pour le partouzard qui s'est dégotté la plus belle et la plus serviable des bombes sexuelles.

— Vous pourrez l'appeler demain et tout lui expliquer. En attendant, j'ai cru qu'il allait être obligé d'ôter sa perruque pour s'éventer, tellement il transpirait, rien qu'à imaginer la scène. Au fait, partouzard, c'est un mot qu'on utilise encore ?

— La révolution sexuelle a peut-être atteint notre vallée, mais dans le domaine du langage, nous sommes encore passablement arriérés.

— Pourquoi ce « peut-être » ?

Cash lui sourit.

— Parlerions-nous de sexe, mademoiselle Jamie ?

— Il semble que oui.

— Alors, si nous en sommes là, j'aimerais bien vous interroger sur le père d'Alison. Comme ça, nous serons à égalité.

— Parce que j'ai manifestement eu des rapports sexuels avec lui ?

— C'est le lien, effectivement.

— Seamus est un joueur professionnel ; assez bon joueur pour être capable de payer la pension alimentaire de sa fille, du reste. Irlandais pure souche, flagorneur en diable, c'est quand même un chic type qui a offert de m'épouser quand je suis tombée enceinte, mais nous n'étions pas vraiment amoureux, au sens où je l'entends.

J'ai quand même accepté qu'il assiste à l'accouchement et il m'a tenu la main tout du long.

Cash feignit de frissonner.

— Ce garçon ne manque pas de courage ; c'est plus que je pourrais jamais faire, même pour vous.

Elle lui donna un petit coup de poing sur le bras.

— Enfin bref, si jamais je me décidais à sauter le pas, je n'aimerais pas traîner mes filles d'une salle de jeux à l'autre.

— Leurs pères ne les voient pas souvent…

— Deux fois par an, tout au plus. Si j'avais vraiment choisi ces garçons comme pères de mes filles, je dirais que c'était un mauvais choix. Mais je ne me suis pas engagée dans ces liaisons dans l'idée d'avoir des enfants. Avant Hannah, je m'étais sans doute rarement figurée en mère de famille car pour moi, ça impliquait forcément l'amour fou et une vie rangée où je ferais grimper des rosiers aux piquets de clôture — bref, une véritable image d'Epinal. Evidemment, je ne faisais absolument rien pour en arriver là : les piquets de clôture, ce n'était pas mon truc. Je n'avais pas la fibre domestique.

— Et maintenant que la progéniture est là ?

— Ma foi, dit-elle en riant, je ne compte pas me caser, mais c'est une éventualité que je ne peux pas exclure, non plus. Nous avons tellement de projets, toutes les trois, que je rencontre ou pas l'homme de ma vie…

— A quoi est-ce qu'il ressemblerait, l'homme de votre vie ?

— J'imagine qu'il saurait comment tailler mes rosiers et être un père pour mes filles, qu'il ne fuirait pas la salle d'accouchement, le cas échéant.

La troisième condition le fit sourire.

— Ce sont là des vœux relativement modestes, somme toute.

— Peut-être ont-ils une chance d'être exaucés alors… Mais j'y pense réellement assez peu. Je me soucie bien davantage d'éviter un nouvel échec sentimental.

— Et si l'envie vous en prend, vous n'aurez aucune difficulté à trouver des hommes.

— Honnêtement, non. Seulement, les aventures purement sexuelles ne m'intéressent pas.

— Ah, le sexe : nous y revoilà !

— Il n'y a pas de mal à en parler ; mais pour un mot aussi bref, il est plutôt lourd de conséquences et générateur d'anxiété, non ?

— Sans aucun doute.

Ils arrivaient chez Grace. Cash s'engagea sur le chemin.

— Est-ce que c'était un avertissement ? s'enquit-il.

Jamie formula sa réponse avec soin.

— A priori, non. Simplement, il faut être lucide : je ne suis pas au summum de ma beauté, d'une part. D'autre part, je ne m'approcherais même pas d'un homme sans avoir lu son bilan de santé complet, avec les résultats de quelques tests, en particulier. Pour rien au monde, je ne voudrais mettre en péril la santé de ces bébés.

— Je trouve ça normal. Où est-ce que je dois passer ma visite médicale, alors ? demanda-t-il en l'observant du coin de l'œil et en souriant à son expression. Je plaisante, voyons…

— Nous procédons de manière très efficace, on dirait.

— Vous avez des impératifs et vous les faites connaître — c'est bien. Mais soit dit en passant, vous êtes au summum de votre beauté, croyez-moi. Dans quelques mois, ça changera peut-être ; mais pour le moment, vous resplendissez littéralement.

Elle posa une main sur son bras. Ce n'était pas la

première fois de la soirée. Après avoir dansé trois slows à la fin du repas, Cash avait proposé qu'ils s'en aillent, car elle commençait à paraître un peu lasse. C'était un bon danseur. Il l'avait menée comme il fallait, sans la serrer de trop près — juste assez pour qu'elle apprécie le contact de son corps qui bougeait en souplesse contre le sien. En fait, elle y avait même pris un peu trop de plaisir, pour quelqu'un qui s'apprêtait à traverser une longue période d'abstinence.

Il y avait là matière à réflexion. Les rapports sexuels occasionnels ne l'intéressaient vraiment pas, mais cela allait peut-être encore plus loin. Il n'était pas question pour elle de faire l'amour avant la naissance des jumeaux. Si elle avait déjà entretenu une relation suivie avec un partenaire sûr, peut-être en aurait-il été autrement ; mais ce n'était pas le cas et elle n'était pas disposée à en entamer une maintenant.

— Enfin, bref, je ne suis quand même pas une bonne affaire, dit-elle en laissant retomber sa main. Je vous assure que je comprendrai très bien si vous me déposez chez Grace et faites ensuite comme si vous ne m'aviez jamais connue.

— Seulement, je vous connais et j'apprécie beaucoup ce que je connais, même si je ne suis pas un de ces gamins qui additionnent leurs conquêtes sur un tableau de chasse.

— Chaque homme n'a-t-il pas son tableau de chasse ?

— Quoi, vous croyez qu'il existe une salle enfumée au fond d'un bar quelconque, à Woodstock, où des bookmakers prennent des paris et donnent les cotes des femmes ?

— Ça ne m'étonnerait guère.

Il rit et s'arrêta devant la maison de sa grand-mère.

— Allons plutôt admirer les étoiles depuis la balancelle, sous le porche. Vous avez défini la règle du jeu et je la respecterai. Mais depuis notre départ, je n'attends que cette partie-là de la soirée.

— Cette partie-là ?

— Oui, celle où nous ne sommes pas obligés d'endurer le regard concupiscent dont Orel vous couve ou d'écouter les plaisanteries fumeuses de Pete Sutter sur le cochon de sa belle-mère. Rien que vous et moi, la lune et mon bras autour de vos épaules…

Le programme était alléchant. Même plus que cela. Et sincèrement, Jamie n'était pas encore prête à lui souhaiter bonne nuit. Le repas dansant n'avait peut-être pas été le cadre idéal d'un premier rendez-vous. Peut-être aurait-elle préféré lui raconter sa vie dans un petit restaurant tranquille plutôt que dans la Honda de sa mère. Peut-être auraient-ils pu aller se promener en montagne et regarder le soleil se coucher derrière les crêtes, dans toute sa splendeur.

Mais quelle importance, au fond ? Ils avaient passé un bon moment ensemble. Cash était un garçon d'agréable compagnie, intelligent, sensible et suffisamment réservé pour la mettre à l'aise. Il savait maintenant tout ce qu'il était nécessaire qu'il sache sur elle — excepté qu'elle avait hérité d'une fortune colossale. Il n'avait pas eu l'air de se formaliser de ses écarts de jeunesse, ni même du regard un peu flou qu'elle portait sur l'avenir.

Il contourna la voiture et vint lui ouvrir la portière — galanterie aussi surannée que la fleur à piquer au corsage. Elle le laissa faire car la soirée s'y prêtait. Elle avait manqué les fêtes de fin d'études, les bals et les rallyes mondains, préférant fourrager dans les bennes à ordure et sniffer n'importe quoi au coin des rues. A présent, ce rituel et ces gestes d'une simplicité rassurante, venant de lui, ne semblaient pas ridicules. Pourquoi aurait-elle boudé son plaisir ?

Sous l'auvent de la terrasse, il se laissa choir sur la balancelle et l'attira près de lui, l'installant de façon à ce qu'elle pose la tête contre sa poitrine.

— Il y a encore une chose que je voudrais savoir, dit-il, une fois qu'ils furent assis, un de ses bras autour des épaules de la jeune femme, l'autre négligemment posé sur son ventre, où sommeillaient les jumeaux. Est-ce que vous m'avez accordé davantage qu'une pensée fugitive, au cours des mois qui ont suivi notre première rencontre ?

Elle se cala contre lui avec un petit soupir satisfait.

— C'était il y a deux ans. Vous me demandez si j'ai pensé à vous une ou deux fois au cours de cette période ?

— Voilà…

— Je n'ai pas chômé, ces deux années-là.

— Ce qui veut dire non.

— Je crains que ce ne soit pas non. Vous m'avez plu tout de suite. J'ai pensé que si j'avais passé un peu plus de temps par ici, il aurait pu y avoir quelque chose entre nous. Ça me trottait dans la tête. Et vous ?

— Ma foi, vous faites des ravages chez un homme, Jamie. Vous devez le savoir…

Elle eut l'impression qu'on ne lui avait jamais rien dit d'aussi gentil.

— Je suis ravie d'avoir produit autant d'effet sur vous.

— Je ne pensais pas que vous reviendriez. C'est drôle, comme les choses ont tourné…

— En effet ; je ne m'attendais pas à venir un jour couver les petits de ma sœur à la campagne, c'est sûr.

— Je me demande où ça peut nous mener. Vous allez accoucher, puis aller vivre votre vie ailleurs. Moi, je traîne le poids de mon vécu personnel.

— Karen… Elle vous manque toujours autant ?

— Vous voulez la vérité ?

— Tâchons d'en faire un principe entre nous.

— Je me souviens à peine de Karen en bonne santé. Je sais que je l'aimais et j'espérais que nous vieillirions ensemble. Mais nous n'avons même pas pu faire un bout du chemin. C'est comme si j'avais connu un pour cent de la femme qu'elle était et rien du tout de ce qu'elle serait devenue.

— C'est terrible ! Il y a vraiment des injustices inacceptables, dans la vie !

— Tout ce qui me reste, ce sont des souvenirs de chambres d'hôpital, de décisions à prendre pour une femme qui n'avait ni l'âge ni la force d'affirmer sa volonté. Il a fallu que je le fasse à sa place, avec toutes les conséquences que cela implique. Voilà ce qui pèsera sur mes épaules jusqu'à mon dernier jour.

— Et vous regrettez de ne pas avoir d'autres souvenirs que ceux-là.

— Kary méritait mieux.

Jamie se redressa, essayant de distinguer son visage à la lueur d'une lampe posée sur le rebord intérieur d'une fenêtre.

— Elle a eu la chance de vous avoir, Cash. Je suis sûre qu'elle en était consciente. Je suis sûre qu'elle vous était reconnaissante d'être là pour l'aider à traverser cette épreuve. Il y a probablement eu des jours où c'est elle qui a pensé qu'elle ne vous méritait pas.

— Quelquefois, je me demande si je n'aurais pas fait demi-tour et pris les jambes à mon cou, si j'avais su ce qui nous attendait.

Elle effleura sa joue du dos de la main.

— C'est peut-être pour ça qu'il y a aussi peu de gens capables de prédire l'avenir — pour que nous ne soyons pas tentés de tourner le dos et de déguerpir, comme nous le ferions presque tous si nous savions ce qui nous attend.

— Vous croyez que certaines personnes peuvent prédire l'avenir ?

La jeune femme sourit.

— Je peux prédire le vôtre. La période noire est terminée. Vous aurez une longue vie remplie de bonheur, de belles choses et de gens qui vous aimeront de nouveau.

— Et où voyez-vous tout ceci se produire ?

— Ici même, sur ces terres.

— C'est mamie Grace qui vous a mis ça dans la tête ?

Poussée dans ses retranchements, Jamie leva légèrement la tête et l'embrassa. Cash resserra son étreinte. A demi allongée sur lui, les seins pressés contre son torse, elle passa les bras autour de son cou ; c'était une posture particulièrement incommode et qui semblait pourtant tout à fait naturelle, comme s'ils s'étaient toujours tenus ainsi, dans les bras l'un de l'autre.

Le baiser s'accentua et Cash promena ses mains sur les portions de peau nue de Jamie, inclinant la tête pour savourer ses lèvres sous différents angles. Elle sentait ses cheveux tomber en cascade sur ses épaules à mesure qu'il ôtait les épingles de son chignon, sans cesser de l'embrasser.

Il s'écarta le premier, dégagea son visage des cheveux qui le cachaient et l'éloigna légèrement de lui.

— Hum, fit-elle, ça devait arriver, je suppose.

— C'est arrivé de la façon la plus naturelle du monde, non ?

— Il faudrait probablement que j'y aille.

— Probablement, oui.

Elle lui sourit. Il l'embrassa de nouveau.

Quelques instants plus tard, elle s'extirpa de la balancelle et se remit debout.

— Bon, il faut absolument que je rentre, cette fois.

— Je pense que c'est une bonne idée.

Cash se leva, la reprit dans ses bras et la garda un moment contre lui.

— Quand je serai parti et que vous serez en haut, ouvrez la fenêtre et regardez les étoiles. Tous les astres de l'univers se rassemblent au-dessus de ces vergers. Vous n'en verrez jamais autant au même endroit.

— Vous serez en train de les regarder, vous aussi ?

— C'est ce que je fais chaque soir, avant de me coucher.

Jamie prit sa main et la frotta légèrement contre sa joue avant d'y déposer un baiser.

— Bonne nuit… Et à bientôt…

— Oui, j'ai hâte de vous retrouver.

Il fit demi-tour et Jamie le regarda s'éloigner en direction de sa voiture. Puis elle rentra et ferma la porte à clé derrière elle, pour le cas où Grace prendrait ce genre de précautions.

A l'étage, elle passa voir ses filles. Alison et Hannah dormaient dans le lit à deux places que Grace leur avait donné. La jeune femme se déshabilla ensuite sans bruit et enfila l'ample T-shirt qu'elle avait apporté pour la nuit. En revenant de la salle de bains, elle s'arrêta au bout du couloir et regarda par la fenêtre. Elle était toujours là, quelques instants plus tard, quand la porte de Grace s'entrouvrit en grinçant. La vieille dame vint la rejoindre.

— Pas encore envie de te mettre au lit ?

— Non, et toi, tu ne dors pas ?

— On ne dort pas tellement ni très bien, à mon âge. N'oublie pas ça ; ainsi, quand ça t'arrivera, tu penseras à moi.

Jamie rit doucement.

— Tout s'est bien passé, ici ?

— Les filles m'ont épuisée ! Et je crois que cette pauvre Chance sera contente de trouver un troupeau et de nous laisser tous tomber d'un jour à l'autre.

— Je suis désolée. Mais tu as l'air ravie.

— Nous nous sommes régalées. Mes arrière-petits-enfants me manquent. Je ne devrais pas tarder à aller les voir.

Elle posa une main sur l'épaule de Jamie.

— Autrefois, je me postais aussi à cette fenêtre pour regarder dehors, en me demandant ce que je faisais là. En définitive, je savais ce que j'y faisais, bien sûr, mais à l'époque, je me posais d'autres questions.

Jamie n'était vraiment pas prête à dormir.

— Et si tu me racontais la suite de ton histoire, pendant que nous y sommes ? J'aimerais bien la connaître. Je pourrais préparer du thé ou une infusion, si tu me dis où trouver les choses.

— Tu es sûre ? Tu ne préfères pas te coucher après cette longue soirée ?

— Ça m'aidera à me détendre. Et toi aussi, peut-être.

— C'est bon de t'avoir ici, ma petite Jamie ; vraiment très bon…

Jamie, pour sa part, songea que c'était là qu'elle souhaitait être et nulle part ailleurs.

18

1941

Grace avait toujours rêvé de se marier en juin dans l'église du village. Elle imaginait l'air embaumé d'effluves de pivoines et de magnolias, ses bras chargés d'iris et de roses. Elle aurait porté une simple robe blanche dégageant à peine la naissance de ses épaules et un petit voile court accroché dans ses cheveux. Le marié, en costume sombre, l'aurait couvée d'un regard éperdument amoureux. Ses nombreux amis auraient rempli les bancs de l'église, venant ensuite lui présenter leurs vœux.

Rien, en tout cas, qui ressemblât de près ou de loin à un mariage civil expédié entre deux passages de tracteur parmi les pommiers du verger. Dans les fermes de Virginie, l'ail sauvage et le chardon mènent la danse tout au long du mois de juin ; en proliférant à leurs pieds, ces herbes folles affaiblissaient gravement des arbres prometteurs. Aux yeux de Ben, leur éradication était à peine moins importante qu'une union destinée à lui permettre de ne pas se séparer de ses fils.

— Ma journée de noces tant attendue…, dit Grace à sa mère, qui paraissait une décade de plus que ses soixante ans, avec son pauvre dos voûté et son teint cireux. J'aurais presque souhaité qu'il pleuve.

— Tu savais bien qu'il n'y aurait rien de romantique dans ce mariage…

Grace ne pouvait pas prétendre le contraire. Ces six derniers mois avaient été pénibles pour tout le monde. Même si la jeune fille n'était pas très proche des siens, elle avait admiré la cohésion dont sa famille avait fait preuve après le décès d'Anna. Tandis que son père reprenait sa ferme et s'efforçait de tenir encore le coup quelques mois de plus, Mina, sa mère, était allée chez Ben s'occuper de Charlie et du petit Adam qui, contre toute attente, avait finalement survécu et perçait aujourd'hui sa première dent. C'était un bébé adorable qui semblait jouir d'une santé satisfaisante.

Evidemment, Mina ne pouvait pas se charger de tout : l'entretien du vieux corps de ferme, le nouveau-né prématuré, l'aîné rongé par le chagrin, le veuf dont la vie s'était écroulée… Au bout de quelque temps, elle avait regagné ses pénates avec ses deux petits-enfants sous le bras, pensant qu'elle s'en sortirait mieux dans son environnement familier. Les deux fermes n'étant pas trop éloignées l'une de l'autre, Ben pourrait venir voir ses fils quand il en aurait le temps et l'envie. Mais même dans sa propre maison, la tâche était encore trop lourde pour elle. Elle n'avait pas les moyens de se faire aider et toutes ses belles-filles étaient trop occupées par leurs propres familles. Le petit Adam réclamait le biberon pratiquement toutes les heures et Charlie, inconsolable, demandait beaucoup d'attention, lui aussi. Les Fedley avaient des animaux à nourrir et la vie à la campagne était encore rude, à l'époque. Mina commença à souffrir d'une vilaine toux qui menaçait de se transmettre au nouveau-né, encore d'une fragilité extrême.

Toujours employée à la filature, Grace avait fait tout ce qu'elle pouvait pour l'aider en sus de ses heures de travail. Mais elle n'eut finalement d'autre choix que de démissionner. Quinze jours, à peine, après le décès de sa sœur, elle prit entièrement la relève de Mina auprès des deux garçons. A présent, elle s'apprêtait à épouser leur père.

— Une idylle avec Ben Cashel est effectivement hors de question, maugréa-t-elle. Je l'épouse uniquement parce que j'ai fait une promesse.

— Personne ne t'y obligeait.

Grace se laissa choir sur le lit. Elle était en train de se vêtir pour la cérémonie dans l'une des chambres de la ferme Cashel — une pièce un peu moins sinistre que les autres, parce qu'cllc avait demandé à Ben de lessiver la peinture des fenêtres et de décoller le papier peint. Jamais elle n'aurait pu dormir dans celle où Anna avait rendu son dernier souffle.

La jeune fille regarda ses ongles et secoua tristement la tête. Son métier de fileuse avait exigé des mains parfaitement entretenues, avec une peau douce et des ongles soigneusement manucurés. La moindre gerçure ou un ongle cassé pouvaient endommager le fil. Elle avait été très fière de ses mains. Maintenant, ses ongles étaient abîmés, sa peau rêche et calleuse.

— J'ai placé une main sur cette bible et j'ai menti, dit-elle en levant les yeux sur sa mère. Je voulais qu'Anna meure en paix. J'ai pensé que nous trouverions un autre moyen de nous arranger.

— Le Seigneur a peut-être fait en sorte que tu tiennes ta promesse ; ça vaut mieux que de brûler en enfer !

— Si l'enfer est pavé de bonnes intentions, alors j'y serai en bonne compagnie.

Mina gagna la fenêtre de son pas menu, aussi légère

qu'une ombre. Elle n'avait pas faim quand elle était malheureuse ; et ces derniers temps, elle ne se nourrissait plus que de pain au maïs trempé dans du café. Grace craignait que sa mère ne tardât pas à rejoindre sa fille aînée dans la tombe.

— Il n'empêche que s'il y avait une autre solution, je serais pour, dit Mina.

Elle contemplait le jardin ensoleillé, envahi par les herbes folles. Anna considérait les fleurs comme un luxe superflu et elle avait laissé à l'abandon les massifs que la mère de Ben avait tant soignés. A une certaine époque, les roses musquées et les pivoines avaient parfumé l'air, tout autour de cette ferme. Grace se rappelait avoir senti ces parfums le jour du mariage d'Anna, par une matinée aussi ensoleillée que celle-ci.

— Moi aussi, je serais pour, répondit-elle. Mais y a-t-il une autre solution pour que les enfants ne soient pas séparés de leur père ?

— Ben aurait peut-être dû vendre des terres ; garder seulement une partie des vergers et les cultiver tout en prenant un autre emploi en ville.

— Un autre emploi ? Avec deux enfants en bas âge dont il faut s'occuper à plein temps ? Aucune personne digne de confiance n'accepterait de s'en charger !

Mina se retourna vers sa fille.

— Tu ferais peut-être mieux de dire la vérité, ma belle… Tu ne jugerais personne d'autre capable de prendre soin de ces petits. Le bébé, tu l'aimes comme si c'était le tien, maintenant. Et le petit Charlie t'a mise dans sa poche en un tournemain. Si tu épouses leur père, c'est uniquement pour eux. Tu crois que je ne m'en rends pas compte ?

Grace ne savait pas si c'était la vérité. Elle avait bien du mal à voir clair en elle. Ce qui était certain, c'est qu'elle n'avait pas pu trouver quelqu'un d'assez patient et endurant pour venir prendre soin des enfants et s'occuper des tâches domestiques en se contentant de la maigre rémunération que Ben pouvait offrir. Mais si elle avait trouvé quelqu'un, aurait-elle accepté de laisser les garçons dans les mains d'une autre femme ? Sans doute que oui. Seulement, cette personne n'existait pas. Anna avait bien compris tout cela, ce soir de janvier où elle avait demandé à Grace de la remplacer.

— J'ai failli m'en aller…

Grace se remit debout et commença à dégrafer la robe en calicot qu'elle avait enfilée le matin. Comme sa mère se taisait, elle leva les yeux vers elle.

— J'étais sur le point de partir, de saisir ma seule chance de voir le monde, en vous laissant tous vous débrouiller pour trouver une solution. Est-ce que tu le sais ?

— Je me doutais que l'idée t'était venue à l'esprit. Mais je savais que tu ne le ferais pas.

— Et pourquoi ?

— Ta sœur s'est toujours trompée sur ton compte. Ce qu'elle prenait pour de la frivolité ou de l'insouciance n'étaient que les signes d'un caractère enthousiaste. Je le lui ai souvent répété. Moi, je savais que tu avais une bonne nature, même si je ne me suis jamais tellement souciée de te le dire.

Grace était stupéfaite.

— Tu ne t'es jamais tellement souciée de me dire grand-chose, maman…

Mina haussa les épaules, comme pour signifier que c'était vrai, mais qu'elle n'y pouvait rien.

— Ce n'était pas vraiment dans mon tempérament, que veux-tu… Toi, tu ressembles à ta grand-mère, que tu n'as jamais connue. Une jolie femme, pleine d'esprit, qui tâchait tout le temps de rendre la vie moins ennuyeuse. Elle adorait faire pousser des plantes, cultiver son jardin.

J'ai eu l'impression qu'elle revenait parmi nous quand tu es née. C'est pour ça que je t'ai appelée Grace. C'était comme une grâce qui nous était accordée, au moment où nous arrivions au bout du rouleau, ton père et moi. Tu étais une enfant si facile que je n'avais pas tellement de souci à me faire pour toi.

Elle marqua une pause, puis ajouta :

— Anna ne s'est jamais rendu compte qu'on pouvait te faire entièrement confiance.

— En effet.

Grace se sentait profondément émue. Sa mère ne lui avait jamais rien dit d'aussi gentil et c'était certainement le plus long discours qu'elle ait tenu en sa présence.

— Je tiens surtout à te dire que ce que tu fais aujourd'hui, c'est une bonne action.

Incapable de la serrer dans ses bras comme elle aurait aimé le faire, Grace la regarda sans mot dire s'éloigner de nouveau vers la fenêtre. Les effusions n'étaient pas de mise chez les Fedley et Mina en aurait été plus embarrassée qu'autre chose.

— M. Foxhall arrive au volant de sa vieille Dodge, commenta Mina, en désignant par la fenêtre ouverte le véhicule qui approchait. Tu as bien fait de ne pas faire venir le pasteur ; ça n'aurait pas été correct de trop en rajouter, aussi peu de temps après la mort d'Anna. Il vaut mieux en finir au plus vite.

— Maman, il faut que je finisse de me changer, maintenant. Est-ce que tu peux aller jeter un coup d'œil sur Adam et Charlie ?

— Je vais plutôt cueillir quelques fleurs ; tu mérites au moins ça, à défaut d'autre chose.

— Si, par hasard, tu croises Ben, veux-tu bien lui demander de prendre quelques minutes pour m'épouser, avant d'attaquer la prochaine rangée d'arbres ?

Mina resta un instant interdite, les lèvres pincées. Puis, comme si elle puisait une chose de plus à dire dans quelque réserve d'une longue vie de silence :

— Grace… Je sais ce que tu penses de Ben. Tu crois savoir qui il est, mais tu te trompes. Il y a deux sortes d'hommes, dans le monde. Certains sont comme un morceau de verre ; il n'y a rien de caché. Mais si on peut tout voir, il n'y a pas grand-chose d'intéressant dans le paysage, la plupart du temps. Et puis il y a les autres, comme Ben. Lui, il ressemble à une pièce avec tous les rideaux tirés. Tu ne sais pas ce que tu vas trouver quand tu passes la porte, mais quelquefois, c'est un véritable trésor qui t'attend.

— Maman, Ben va m'épouser parce qu'il n'a vraiment pas trouvé d'autre solution. Il est content — et même un tout petit peu reconnaissant — que je me dévoue, même s'il n'a jamais trouvé le temps de me le dire. Mais il sait parfaitement que si je fais ça, c'est uniquement pour les enfants et parce qu'Anna s'arrangerait sûrement, de là-haut, pour me rendre la vie impossible sinon.

— Ne crois surtout pas ça ; pas un instant ! Il y a une vie pour vous tous, ici, Grace. Une vie pour ces garçons et peut-être même une bonne vie pour Ben et toi, si tu y réfléchis un peu.

— Ce sera provisoire, maman. Je te préviens. Je n'ai pas l'intention que ça dure toujours. Même Anna m'a dit que je pourrais m'en aller dès que les garçons seront assez grands.

— Ne parle pas comme ça ! Tu vas attirer la colère divine sur cette famille ! Tu vas prononcer un serment et tu t'y tiendras.

Grace écarta les mains, paumes tournées vers le ciel, laissant sa mère interpréter son geste à sa guise.

Grace ne pouvait pas avouer à sa mère que seule la

certitude de recouvrer la liberté à la fin de cette peine de prison lui donnerait la force de se retrouver, tout à l'heure, devant l'officier de justice. Elle se demanda si Ben s'en doutait ou s'en souciait seulement. Ils avaient à peine échangé quelques mots depuis les obsèques d'Anna.

Elle entendit une porte se fermer, puis un pépiement d'oiseaux succéda au bruit du tracteur. Ben devait être en train de regagner la maison pour aller se changer, lui aussi. Elle avait intérêt à se dépêcher.

La robe qu'elle enfila n'avait rien de commun avec celle qu'elle avait imaginée pour cette cérémonie. Mais elle n'avait pas de quoi en rougir, non plus. Ses belles-sœurs s'étaient cotisées pour lui acheter le tissu ; c'était là leur façon de la remercier pour son sacrifice. Sans elle, les fils de Ben seraient probablement passés d'un frère à l'autre, leur ajoutant un fardeau à une période où le moindre frais supplémentaire pouvait suffire à plonger une famille dans la misère.

L'étoffe était une soie artificielle couleur crème, parsemée de guirlandes de roses minuscules reliées par des rubans bleu pervenche. A l'aide d'un patron, la jeune fille avait confectionné elle-même un joli modèle avec une encolure bateau et des manches raglan. Sa tenue était élégante et féminine, mais il y avait peu de chances pour que Ben s'en aperçoive. De toute façon, elle l'avait faite pour elle — pas pour lui.

Une fois habillée, elle entreprit de se coiffer, relevant ses cheveux mi-longs en un chignon dans lequel elle piqua une douzaine de roses pompon blanches cueillies le matin même sur une haie.

Elle recula pour se voir en pied dans la glace de l'armoire. Puis elle s'approcha de nouveau, se remit du rouge à lèvres et se poudra le nez. Dans tout l'éclat de sa jeunesse, elle était assez jolie pour plaire à n'importe quel homme. N'importe lequel sauf Ben, évidemment. Son sourire s'éteignit et, l'espace d'un instant, elle fut encore tentée de prendre ses jambes à son cou. Quelle femme eût accepté d'épouser le seul homme au monde à qui elle déplaisait manifestement ?

On frappa à la porte et Sylvie, l'épouse de son frère Ethan, entra dans la chambre. C'était une jeune femme potelée, avec des cheveux bruns naturellement bouclés, qu'elle rassemblait d'habitude en queue-de-cheval. Ce jour-là, elle s'était arrangée pour les discipliner en un semblant de coiffure et elle portait sa plus jolie robe imprimée.

— Tu es ravissante !

Sylvie sourit, d'un sourire qui n'atteignait pas tout à fait ses yeux. Elle savait, comme tout le monde, qu'il s'agissait d'un mariage de convenance.

— Charlie et Adam se sont assoupis. Je les ai mis tous les deux au lit et ma Lulie va veiller sur eux jusqu'à ce que tout soit terminé. C'est incroyable ce qu'il a poussé, ce petit Adam ! Tu as drôlement bien pris soin de lui ; nous pensions tous qu'à l'heure qu'il est, il reposerait sous terre près de sa maman.

— Il faut croire que ce n'était pas son heure…

Les biberons qu'elle lui avait donnés jour et nuit, à intervalles réguliers, avaient certes contribué à le maintenir en vie ; tout comme les bouillottes, les couvertures et les petits bonnets de laine dont elle le couvrait ; sans compter les nuits passées à le bercer contre elle, pour éviter qu'il se fatigue à pleurer.

Maintenant, en songeant au petit bout de chou endormi sous sa couverture en patchwork, elle comprit qu'elle n'allait pas se sauver. Comment faire une chose pareille, alors que le bébé lui adressait un radieux sourire chaque fois qu'il l'apercevait ? Qu'il lui tendait les bras pour qu'elle le prenne, dès qu'elle s'approchait ? Que son frère aîné recommençait enfin à rire, comme un petit garçon normal ?

Ce mariage devait avoir lieu.

— Bon, eh bien, je crois que tout est prêt, dit-elle, en lissant le bas de sa robe et en rajustant la couture d'un bas. Si nous y allions ?

— Je parie que Ben ne t'ennuiera pas, ce soir, Grace. Il te laissera même tranquille pendant un bon moment. Ce n'est pas le genre d'homme à s'imposer. Tu auras tout le temps qu'il faut pour t'habituer à lui.

Grace regarda sa belle-sœur, dont les joues s'étaient empourprées. La jeune femme avait débité ses phrases à toute allure, comme une leçon bien apprise. Elle se demanda si les autres l'avaient envoyée lui parler franchement. Elle avait évidemment songé à ce qui pourrait se passer le soir de ses noces. Elevée dans une ferme, elle n'ignorait rien des rapports qui existent entre les deux sexes. Elle avait même poussé le flirt un peu loin après certaines sorties au dancing et ces préliminaires ne lui avaient pas semblé si désagréables. Mais avec Ben ! Elle réprima un frisson.

— Il n'a pas intérêt, dit-elle en achevant de lisser son ourlet. Je n'accepterais pas dans mon lit un homme en deuil de sa première femme. Ce mariage n'est qu'un arrangement.

— Tu ne devrais quand même pas te marier dans cet état d'esprit, Grace. Même si son deuil est récent, Ben est un homme, malgré tout. Un jour ou l'autre, son chagrin va s'éteindre…

— Je me soucierai de ça le moment venu.

Elle rejeta les épaules en arrière.

— Allons-y, Sylvie. Tout le monde attend…

*
* *

Grace avait émis peu d'exigences quand elle avait accepté ce mariage ; elle avait seulement demandé que la cérémonie eût lieu en plein air. A l'intérieur de la maison, elle se sentait oppressée. Au moins, du temps d'Anna, l'endroit était-il sinistre, mais propre. A présent, personne d'autre que Ben ne faisant le ménage, il y avait des toiles d'araignées partout et une bonne couche de poussière sur les meubles. Sans desserrer les dents, Ben avait accepté d'un hochement de tête qu'ils se marient au verger, où les pommes commençaient à prendre forme. Grace espéra qu'il n'irait pas d'une rangée à l'autre pour éclaircir les fruits sur les branches, au moment où il serait censé dire : « Oui, je le veux. »

Elle descendit les marches du porche au côté de sa belle-sœur et mit sa main en visière au-dessus de ses yeux pour voir si les autres se dirigeaient vers le verger. Sa mère apparut à l'angle de la maison, un petit bouquet à la main.

— C'est tout ce que j'ai pu trouver, dit-elle en lui tendant les fleurs, rassemblées par un ruban noué autour des tiges. Quel dommage que les anciens massifs soient en aussi piteux état !

Grace songea qu'Anna n'avait jamais pris soin du jardin qui leur avait été légué ; puis elle prit conscience aussi que ce serait désormais à elle de s'en occuper. La maison de sa sœur, son jardin, ses enfants seraient les siens — la vie de sa sœur allait devenir la sienne.

Une vie dont elle ne voulait pas.

— Je pense que tu devrais rester ici et nous rejoindre avec Ben, dit Mina. Je vais aller retrouver les autres avec Sylvie et nous vous attendrons là-bas.

— Avec Ben ?

Grace, qui avait plongé le nez dans son bouquet pour humer son parfum, releva brusquement la tête.

— Ce serait normal, que vous marchiez ensemble jusque-là, non ?

D'abord perplexe, la jeune fille songea que si elle n'était pas capable de faire trois cents mètres en compagnie de Ben, ce n'était pas la peine, non plus, qu'elle aille jusqu'au verger.

Elle se rappela les paroles de Sylvie, dans la chambre. Qu'allait-on encore exiger d'elle ?

— D'accord, allez-y… Je vais attendre ici, précisa-t-elle en esquissant un sourire contraint. Merci pour les fleurs, maman.

— Ben n'a vraiment pas le cœur à penser à ces choses-là, dit Mina, comme pour l'excuser.

— Je sais.

Sa mère et sa belle-sœur s'éloignèrent, comme si elles estimaient avoir joué leur rôle dans la pièce. Plutôt que de s'asseoir sur les marches, Grace alla s'abriter du soleil sous un vieux chêne.

Ben arriva enfin. Peut-être était-il allé jeter un coup d'œil sur les garçons qui dormaient, se dit-elle. Puis elle se demanda s'il avait été, comme elle, rongé par le doute et s'il avait désespérément cherché une autre solution pour se tirer d'affaire sans elle. Dans l'affirmative, il n'avait pas trouvé et il était manifestement prêt pour les formalités.

En dépit de tout, elle ne put s'empêcher de l'admirer. Ben en salopette, c'était un spectacle habituel ; mais en tenue habillée — fût-ce un costume passablement élimé —, il ne manquait pas de prestance. La veste sombre mettait en valeur sa haute taille et ses larges épaules. Et sa peau bronzée resplendissait contre la chemise blanche.

— Maman a pensé que nous devions y aller ensemble,

dit-elle. Elle s'est peut-être dit que ça nous donnerait aussi l'occasion de nous sauver à toutes jambes.

Ben n'esquissa pas même un sourire. Sans doute aurait-elle pu compter ses sourires sur les doigts des deux mains, si elle en avait pris la peine. Et ce, même avant le décès d'Anna.

— Je ne vais pas me sauver…

Il regarda le bouquet qu'elle tenait à la main.

— Qui t'a donné ces fleurs ?

— Maman les a cueillies pour moi.

— Il y en avait plein, à une époque.

— Je m'en souviens ; il y en avait beaucoup plus, la dernière fois que tu t'es marié.

Ben détourna le regard et elle se rendit compte que ce souvenir lui faisait de la peine.

— Ce mariage-ci, c'est Anna qui l'a voulu, dit-elle encore. Si elle est quelque part d'où elle peut voir ce qui se passe aujourd'hui, elle sera contente.

— Un tel endroit n'existe pas. Elle n'est plus là et c'est tout ce qu'on peut dire.

— Tu penses vraiment ça ? Alors, ce n'est pas pour elle que tu le fais ?

— Je le fais parce qu'il n'y a pas d'autre solution apparemment, dit-il en paraissant se rendre compte de l'effet que pouvait produire sa réponse. Et je te suis reconnaissant d'avoir accepté, ajouta-t-il d'un ton qui manquait de spontanéité, comme s'il récitait une formule de politesse.

Son attitude éveilla la curiosité de la jeune fille.

— Tu ne pensais pas que je tiendrais parole ? Tu as cru que j'allais vous abandonner, les enfants et toi ?

— Quelle importance, que je l'aie cru ou pas ? Si j'ai pensé ça, alors je me suis trompé, c'est tout.

— Je ne veux pas dire du mal de ma sœur, mais je suis meilleure personne que ce qu'elle a pu te faire croire.

— Anna était une bonne épouse, qui a travaillé dur. Je ne peux pas te dire ce qu'elle pensait, car elle était trop occupée pour perdre son temps à en parler.

« Contrairement à toi, qui bavardes à tort et à travers. » S'il ne l'avait pas ajouté, Grace l'avait tout de même entendu.

— J'ai l'intention de faire de mon mieux, Ben. Mais je tiens à ce que tu le saches : j'ai bien compris que ce ne sera pas un vrai mariage. Je le fais parce que mes neveux ont besoin de moi ; je n'attends rien de plus de ta part.

Elle s'interrompit pour prendre son élan, puis fonça de nouveau.

— Et je ne veux rien de plus. Il vaut mieux que ce soit bien clair entre nous, avant de prononcer les serments du mariage. J'ai fait une promesse et je m'y tiens, un point, c'est tout. Quand les enfants seront assez grands pour se passer de moi, je m'en irai. J'espère que tu n'as pas autre chose en tête.

Il l'examina un instant, comme un pêcheur regarde un poisson qu'il vient d'attraper et se demande s'il va le garder ou le rejeter à l'eau.

— Ce que je compte faire, dit-il, c'est tâcher d'arriver à demain — et demain au surlendemain ; à chaque jour suffit sa peine. J'ai l'intention d'éclaircir mes fruits et d'écouter Charlie dire sa prière du soir. J'ai l'intention d'aller fleurir la tombe d'Anna chaque printemps car c'était ma femme et elle a fait tout son possible pour être une bonne épouse. Et j'ai l'intention de te laisser tranquille, si c'est ça qui t'inquiète. Tu pourras prendre cette chambre où tu t'es habillée aujourd'hui. J'ai déjà mis mes affaires dans celle de Charlie et condamné celle où Anna est morte.

Tu ne partageras pas mon lit et tu n'auras pas besoin de partager ma vie, non plus.

— Je vois. Je serai simplement la bonne à tout faire…

— Non, tu seras la sœur d'Anna, qui se dévoue pour aider sa famille.

Elle se demanda de quoi elle aurait pu se plaindre. Elle lui avait dit qu'elle ne voulait pas d'un vrai mariage et il venait de répondre clairement qu'il était d'accord. Tout cela lui semblait tellement triste, pourtant ! Ce jour, qui aurait dû être le plus beau de sa vie, était le plus sinistre qu'elle ait jamais connu.

Il lui restait cependant encore un point à préciser.

— Il y aura quelques changements. Je ne suis pas Anna. Je suis Grace. Et je ferai à ma manière ce qui doit être fait.

— Tâche seulement de ne pas te mêler de ce qui ne te concerne pas.

— Et qu'est-ce qui ne me concernera pas, une fois que nous serons mariés, Ben ? Car tant que je vivrai dans cette maison, tout, ici, me concernera !

Il eut l'air de vouloir répondre tout en se doutant que s'il parlait franchement, elle risquait de tourner les talons. Finalement, il haussa les épaules.

— Dans ce cas, nous nous sommes compris, reprit Grace en faisant un geste en direction des vergers. Si nous allions en finir ?

A en juger par son expression, elle devina qu'il redoutait autant cette longue marche avec elle que la cérémonie qui suivrait. Mais il avança d'un pas et lui offrit son bras.

Surprise, elle ne put faire autrement que le prendre. C'était un bras robuste et musclé. Bien que grande et solidement bâtie, elle aussi, elle se sentit curieusement toute petite. Si près de lui, elle était consciente de la chaleur de son corps contre le sien, de l'odeur de sa peau, qui n'était pas désagréable. Elle aurait préféré ne rien remarquer du tout.

Ils marchèrent ainsi jusqu'à ce qu'ils eussent rejoint les autres ; mais plus tard, au terme de cette cérémonie sans joie, célébrée uniquement pour la forme, où Ben ne fut même pas invité à embrasser la mariée, Grace comprit que ce parcours jusqu'au verger avait été le plus long et le plus difficile de leur existence.

19

Grace prenait finalement beaucoup de plaisir aux réunions du groupe de patchwork. Elle en était la première surprise.

Toutes les participantes avaient apporté un soutien tacite à Kendra et Jamie, en entreprenant la confection d'un tapis de jeu pour les bébés, comme s'il s'agissait d'une grossesse des plus naturelles. Pas une réflexion négative, aucun étonnement faussement appuyé, ce qui contribua à lui rendre la petite communauté des faiseuses de patchwork doublement sympathique, car Grace, en dépit de son âge, s'en serait immédiatement prise à quiconque aurait osé manifester la moindre désapprobation envers sa jeune amie.

Evidemment, elle-même n'avait pas été tout à fait accueillie de la même façon. Si, dans l'ensemble, les membres du groupe lui avaient manifesté la plus grande bienveillance, il n'en allait pas de même, comme elle pouvait s'y attendre, pour Helen Henry. Piques et flèches se succédaient sans relâche et si Grace s'en était amusée un moment, cela commençait à la contrarier sérieusement. La médisance et les ragots étaient, à ses yeux, une véritable plaie dans les villages et les petites villes rurales ; c'était même l'un des motifs de son envie de fuir la campagne à l'époque de sa jeunesse, quand elle était encore célibataire et avide de découvrir le monde.

Avant Ben.

Bien qu'elle n'eût pas échangé une journée de sa vie contre celle de quiconque, elle regrettait parfois que dans la région, les souvenirs aient la peau si dure et que le pardon — du moins dans certains domaines — soit plutôt l'exception que la norme.

Ce jour-là, au cours de la réunion, c'était son travail qui devait faire l'objet d'une présentation, puis qui serait étudié par le groupe de patchwork tout au long du mois à venir. Grace fit part de son enthousiasme à Jamie qui l'aidait à sortir de sa camionnette les ouvrages destinés à l'exposition. Enceinte de dix-sept semaines, la jeune femme portait maintenant de vrais vêtements de grossesse. Elle venait de déposer Hannah à l'école primaire, Alison à la maternelle. Les réunions du groupe étaient nettement plus calmes, depuis la rentrée.

— Je sais que ça doit te sembler idiot, ma belle, et pourtant, le terrain d'essai capital, c'est toujours l'endroit d'où l'on vient. « Nul n'est prophète en son pays », paraît-il. Je suis quand même obligée d'admettre que ma réussite artistique ne me paraîtra jamais totalement aboutie, tant qu'elle n'aura pas été confirmée ici même.

— J'ai du mal à l'imaginer, en effet ; peut-être parce qu'il n'y a aucun endroit au monde auquel je me sente reliée.

— Tu aimerais qu'il y en ait un ?

— Et comment ! Quand je m'installerai pour de bon quelque part avec les filles, je compte acheter une maison qui deviendra leur port d'attache. J'ai encore le temps de leur créer des racines, avant de les aider à se fabriquer des ailes.

— J'espérais plus ou moins que tu t'installerais ici, au

bout du compte, que tu finirais par t'éprendre de ce pays et en faire ton point d'ancrage. Ta sœur va bientôt habiter sa nouvelle maison avec sa petite famille ; il y aurait certainement des opportunités pour toi, ici, sur le plan professionnel. Est-ce que tu trouves cet environnement trop rural ? Serions-nous trop provinciaux pour une fille qui a grandi à New York ?

— Tiens, drôle d'idée, répondit Jamie en refermant les bras sur la pile de patchworks soigneusement pliés que Grace venait de lui tendre. Moi ? Rester ici ?

— Je suppose que je n'ai pas envie de te perdre…

— Tu nous verras très souvent, tu sais. Tu viendras nous rendre visite et nous, nous ne manquerons pas de séjourner chez Kendra et Isaac. Je n'ai pas l'intention de laisser les jumeaux grandir sans moi ! J'aurai tout de même joué un rôle particulier dans leurs vies.

— Je craignais que tu aies l'intention de t'éloigner exprès.

— C'est ce que je ferai au début ; il ne faut pas que ma sœur et son mari aient l'impression d'être surveillés. Mais un peu plus tard… Je suppose que je vais aimer ces bouts de chou comme une tante avantagée dès le départ. Et leurs parents voudront sûrement que nous restions très proches.

— Je suis contente que tu prévoies au moins de venir de temps en temps, dit-elle en se rendant compte qu'elle avait prononcé ces paroles sans grande conviction. Vraiment contente, ajouta-t-elle, comme pour s'en convaincre.

— J'adore cette région, dit Jamie. Mais est-ce l'endroit idéal pour une mère célibataire qui souhaite réussir dans son métier ?

Pour sa part, Grace espérait que le célibat de Jamie ne durerait guère et elle savait qui pourrait faire un bon parti — et même le parti idéal — pour sa jeune amie. Mais il eût été prématuré d'en parler : Jamie et Cash risquaient de ne jamais s'apercevoir qu'ils étaient faits l'un pour l'autre, si elle s'avisait de jouer les entremetteuses. A sa connaissance, le repas dansant de Labor Day avait été leur première et dernière sortie ensemble ; et cela remontait à trois semaines, environ.

— Tu es la seule à pouvoir dire si cet endroit te convient, bien entendu, répondit-elle prudemment. Mais la campagne est un endroit merveilleux pour élever des enfants, quand on sait comment les occuper.

Elle prit les trois patchworks qui restaient et referma le hayon.

— Bon… Eh bien, il ne me reste plus qu'à descendre dans la fosse aux lions…

— Tu n'as vraiment aucune raison de t'en faire ; tout le monde t'a pratiquement suppliée de montrer tes œuvres. Presque tout le monde, corrigea-t-elle, après une légère pause.

— J'espère qu'Helen Henry sera restée chez elle, pour bien me faire comprendre qu'elle se moque éperdument de mon travail !

— Cissy a dit qu'au contraire, Helen ne veut surtout pas rater ça.

— Il me faudrait une cotte de mailles et un bouclier, alors.

— Elle n'est quand même pas si hargneuse…

— Je me demande si je ne suis pas la seule à reconnaître la véritable nature de ses flèches empoisonnées.

— Helen a été adorable avec moi, Grace. Sous son air bourru, elle semble avoir un cœur d'or. Je ne peux pas m'empêcher de penser que vous pourriez être de vraies amies si vous surmontiez cette étrange animosité.

— Il y aurait plus de chances pour que la paix s'installe au Moyen Orient, ma jolie.

— Oh, là aussi, il suffirait que les gens parviennent à s'écouter mutuellement au lieu de poursuivre leur dialogue de sourds ; à mon avis, ils finiraient par s'apercevoir qu'ils ont plein de choses en commun.

Grace faillit soupirer devant tant de candeur puérile.

— Ne te lance surtout pas dans une carrière diplomatique !

Dès qu'elles eurent franchi la porte de la salle de réunion, plusieurs femmes accoururent pour leur prêter main-forte.

L'assistance était plus fournie que d'ordinaire ; il y avait bien une douzaine de personnes en plus. Les habituées avaient amené des amies et quelques membres d'une association de Winchester se présentèrent, expliquant qu'elles avaient entendu parler du projet annoncé lors de la dernière assemblée. Cathy, la présidente, rappela tout le monde à l'ordre ; chacune s'installa à une place et la réunion put commencer.

Grace prit place à côté de Jamie. Helen n'était pas arrivée, ce qui lui donna un regain d'optimisme. Mais au beau milieu du compte rendu de la trésorière — il y avait assez d'argent pour acheter les fournitures d'un patchwork de Noël et remplacer une balançoire au jardin d'enfants —, Cissy fit son apparition, suivie de sa logeuse. Les deux seuls sièges qui restaient se trouvaient juste en face de Grace et Jamie. Grace se retint à grand-peine de ne pas lever les yeux au ciel.

— Et voici la conclusion de mon rapport financier…

Dovey Lanning, une dame de l'âge de Grace qui coiffait ses cheveux en un chignon aussi serré que ses lèvres étaient pincées, leva les yeux de ses notes.

— Je suis ravie de vous annoncer que nous n'avons aucun souci et encore plus ravie de tenir les comptes au lieu de faire le secrétariat, qui m'obligeait à prendre des notes tout au long de nos réunions. J'ai l'intention de m'enfuir avec l'argent de l'association, le jour où nous aurons fait fortune !

— Quelqu'un a des questions ? demanda la présidente.

— Je n'ai pas de question, dit Helen, en s'installant en face de Grace ; rien qu'une idée à proposer pour notre patchwork de Noël. Il va falloir nous y mettre dare-dare, maintenant que nous avons terminé le motif « Patte d'ours ».

— Nous allons donc en faire notre priorité pour les mois à venir.

En dépit des interruptions, Cathy réussit à traiter rapidement tous les points qui restaient à examiner. Ayant elle-même présidé une association de ce genre, Grace admira son efficacité. Quand elle en fut aux comptes rendus des opérations terminées, Cissy Claiborne leva la main.

— Je sais qu'Helen Henry n'en dira rien elle-même, mais il faut savoir qu'elle a inscrit son « Rêve de Dalila » au concours du festival international de patchwork de Houston et qu'elle se trouve parmi les finalistes. Son ouvrage sera donc exposé là-bas et elle fera le voyage en compagnie de sa fille, Nancy Whitlock.

Tout le monde applaudit — y compris Grace.

— Nous sommes toutes très fières de vous, Helen, dit Cathy. Le « Rêve de Dalila » est effectivement un patchwork de rêve — aucun doute là-dessus.

— Je tiens à préciser que c'est ma fille qui l'a inscrit pour le concours — pas moi. Nancy n'est pas un modèle de modestie !

— A mon avis, Nancy a simplement envie de faire reconnaître votre talent et elle a raison, reprit Cathy. Si elle ne l'avait pas fait, quelqu'un du groupe s'en serait probablement chargé à sa place.

Helen avait l'air gênée mais néanmoins flattée, bien que Grace vit qu'elle essayait de n'en rien faire paraître. Il y avait de quoi être fière car la compétition était particulièrement rude, au festival de Houston. Si Helen avait été un tout petit peu plus gentille avec elle lors des précédentes réunions, Grace s'en serait réjouie pour elle.

Elles passèrent aux nouveautés et Cathy se tourna de nouveau vers Helen.

— Voulez-vous nous parler de votre idée ? demanda-t-elle en promenant son regard sur l'assistance. Je rappelle pour celles qui ne le savent pas que nous confectionnons chaque année un patchwork collectif pour Noël et nous le mettons à la tombola. Ça rapporte toujours beaucoup d'argent à la paroisse.

— Mon idée, dit Helen, c'est de faire un appliqué traditionnel en rouge et vert sapin, peut-être un motif « Crête de Coq » ou quelque chose de ce genre. Il ne faut pas qu'il soit trop grand, si nous voulons avoir le temps de bien le faire. Celles qui maîtrisent la technique de l'appliqué peuvent confectionner chacune un bloc.

Personne ne dit rien, bien que Cathy eût ménagé un temps de réponse suffisant.

— Est-ce que tout le monde est d'accord ? Ou l'une de vous a-t-elle une autre idée ?

— Un jour, j'ai vu un calendrier de l'Avent, à une exposition de patchwork, en Californie, dit Grace. C'est amusant car ça donne à tout le monde l'opportunité d'être créatif. Chaque membre confectionne une petite pochette de son invention en assemblage de tissus ou en appliqué ; une ou deux pochettes, suivant le nombre de membres, puisqu'il en faut vingt-cinq au total. Chacune peut être un modèle unique, mais il faut qu'elles soient toutes de dimensions identiques. Ensuite, on assemble le fond, un carré formé de cinq blocs sur cinq et bordé de larges bandes colorées, avant de coudre ou d'attacher les pochettes sur chaque carré avec du Velcro, par exemple. Les pochettes sont destinées à recevoir de menus cadeaux surprise ou des accessoires de toilette pour les invités, à l'occasion des fêtes.

— Je trouve l'idée très sympa ! s'enthousiasma Cathy. Nous avons toutes des restes de tissus de Noël ; voilà un excellent moyen de les utiliser.

Deux personnes renchérirent. Quelqu'un se proposa pour faire passer une liste de noms à cocher pour la confection d'une ou deux pochettes. Grace accepta de dessiner un modèle, pour qu'elles soient toutes de la même taille.

— C'est donc entendu ; s'il y a assez de personnes qui acceptent de faire des pochettes, c'est ce que nous ferons pour Noël ?

Le groupe vota en faveur du projet de Grace. Helen Henry s'était abstenue. L'intention de Grace n'avait jamais été de la contrecarrer, mais depuis son retour, l'hostilité d'Helen était si évidente qu'elle était contente d'avoir remporté cette petite joute.

L'ordre du jour étant épuisé, Cathy présenta Grace aux nouvelles venues et lui céda la parole. La vieille dame se leva et salua l'assistance, qui semblait fort intéressée par ce qu'elle avait à dire. Puis elle jeta un coup d'œil sur Helen qui l'observait, les yeux plissés, et le plaisir que lui procurait la présentation de ses ouvrages s'émoussa considérablement. Elle se rappela un slogan des années 60, quand elle était pacifiste dans un Etat majoritairement favorable à la guerre du Viêt-nam : « S'ils déclaraient la guerre et que personne ne venait ? »

C'était là un slogan qu'elle se promit de ne jamais oublier en présence de Helen Henry.

*
* *

— Tu les as épatées, Grace ! Ne me dis pas le contraire. Elles t'ont même demandé de leur donner des cours.

Jamie s'engagea dans l'allée menant au chalet. Elle avait invité Grace à déjeuner et s'était levée de bonne heure pour préparer une salade à la grecque avec des produits frais, qui accompagnerait la spécialité d'Alison — des sandwichs au beurre de cacahuètes. Il y avait encore un litre de thé glacé aux fruits et une tarte aux pêches, avec des fruits achetés directement chez le producteur.

— Je n'aurais pas dû insister autant pour le calendrier de l'Avent ; Helen ne me pardonnera jamais ça, maintenant.

— Grace, tu as fait une suggestion ; tu n'as pas insisté du tout ! Elles étaient seulement prêtes à essayer quelque chose de différent. Vous avez proposé chacune une idée épatante.

— La carrière diplomatique ne serait peut-être pas un si mauvais choix que ça pour toi, tout compte fait.

Jamie sourit, arrêta le monospace en face du chalet et coupa le contact.

— Tatie Kendra est là, fit remarquer Alison.

Jamie n'avait pas vu la Lexus de sa sœur, garée entre une camionnette de Rosslyn & Rosslyn et la vieille Ford d'un ouvrier du chantier.

— Elle avait dit qu'elle viendrait voir le chantier cette semaine ? J'ai dû oublier… Heureusement, nous avons largement de quoi nourrir tout le monde.

Tandis que Grace descendait de voiture, Jamie aida Alison à sortir de son siège, puis chercha du regard sa sœur et son beau-frère, qu'elle aperçut en compagnie de Cash. Son cœur fit une légère embardée. Cash semblait venir plus souvent ces temps-ci, comme si le chantier exigeait davantage sa présence. Ils n'étaient plus sortis ensemble, mais il s'arrêtait parfois au chalet après le travail et s'asseyait sur la terrasse avec les filles, qui lui racontaient leurs journées à l'école. Il était resté dîner une fois et une autre fois, il les avait toutes entassées dans son pick-up pour les emmener manger des glaces en ville.

— Alison va me montrer comment elle fait son sandwich spécial, dit Grace. Nous y allons directement, d'accord ? Tu nous rejoindras quand tu seras prête.

Jamie se fraya un chemin parmi les piles de matériaux, contourna les machines, puis longea le bord des fondations. La structure de la maison était largement entamée. Le chantier avançait plus vite qu'elle aurait cru, bien qu'il suffît de peu de choses pour enrayer sa progression — des pluies un peu trop fortes, un retard dans les livraisons, un incident à traiter immédiatement sur un autre chantier, par exemple. Dans l'ensemble, cependant, elle pouvait s'estimer satisfaite. Et chaque soir, quand elle allait jeter un coup d'œil sur le chantier pour se rendre compte du travail accompli, elle imaginait l'ensemble une fois achevé et se disait que ce serait superbe.

— Salut, vous deux…

Elle embrassa Isaac sur la joue et serra brièvement sa sœur d'un seul bras.

— Est-ce que vous restez déjeuner ? Nous avons tout ce qu'il faut.

— J'ai apporté des plats cuisinés qui viennent de mon restaurant indien préféré, au cas où…, dit Kendra. Il y en a tellement que vous aurez aussi de quoi dîner.

Jamie se tourna vers Cash.

— Est-ce que vous voulez déjeuner avec nous ? Votre grand-mère est là.

— Si je ne dérange pas…

Elle lui sourit, il fit de même et un ange passa.

— Bon, dit-elle enfin, sans détacher son regard du sien, j'ai dû interrompre votre conversation. Je vous laisse terminer…

Soudain, elle sentit quelque chose palpiter en elle de façon à peine perceptible. Peut-être était-ce un effet de son imagination ? Elle avait ressenti la même chose la veille, avant de s'endormir, mais cela s'était arrêté avant qu'elle ait eu le temps d'en être absolument certaine. A présent, elle attendit que cela se répète. Elle ne fut pas déçue.

— Est-ce que ça va ? lui demanda Kendra.

— Là…

Jamie prit la main de sa sœur et la posa sur son ventre. Sous sa tunique, elle portait un pantalon en jersey moins épais qu'un jean.

— Tu sens quelque chose ?

Kendra fronça les sourcils.

— Ce n'est pas encore un peu tôt ?

— N'oublie pas qu'ils sont deux ; chacun doit essayer de trouver sa place.

Tandis que Kendra se concentrait, les deux hommes se dandinèrent légèrement, comme s'ils avaient l'impression d'être de trop.

— Il ne se passe rien, dit enfin Kendra.

— Ma foi, ça s'est arrêté, dit Jamie en tapotant la main de sa sœur. Les plats indiens déclencheront peut-être de nouveau le phénomène. Voilà une bonne excuse pour y goûter au déjeuner.

Isaac et Cash prirent la direction du chalet tout en discutant de techniques de construction écologiques qu'Isaac souhaitait essayer. Kendra et Jamie leur emboîtèrent le pas.

— Ce doit être prodigieux de sentir une vie bouger en soi, dit Kendra.

— En fait, c'est un peu la même sensation qu'après

avoir mangé trop de chili par une chaude soirée d'été, dit Jamie en passant son bras sous celui de sa sœur. Mais c'est prodigieux, en effet. Je regrette que ce ne soit pas toi qui le sentes.

— Moi aussi. Mais là, je n'en suis pas loin.

— Quand ils deviendront vraiment remuants, tu pourras t'asseoir toute la journée avec ta main sur mon ventre. Ils nous offriront une séance d'entraînement.

— Ça commence vraiment à me paraître réel !

— Moi, ça me paraît bien réel, chaque fois que je baisse les yeux.

— Tu te sens quand même un peu mieux, maintenant que la grossesse est plus avancée ?

— Infiniment mieux. Ce n'est pas le grand confort au niveau du ventre et des seins, mais… Tiens, essaie encore, reprit-elle après s'être interrompue.

Kendra parut sceptique.

— C'est peut-être la faim et ton estomac qui gargouille…

Jamie lui reprit la main et la posa de nouveau au même endroit.

— Là, tout de suite…

Plissant le front, Kendra resta parfaitement immobile. Puis elle tressaillit.

— Oh, je l'ai senti !

— Probablement autant que moi.

— C'est fini, maintenant.

— Attends encore une ou deux secondes.

Elles restèrent ainsi tout près l'une de l'autre sous le soleil encore chaud de septembre. Jamie songea au jour où elle était arrivée en voiture par ce chemin pour la première fois, il y avait un peu plus de deux ans ; elle ne savait pas trop, ce jour-là, si sa sœur accepterait seulement de la revoir.

Aujourd'hui, elles étaient là, les enfants de Kendra grossissant en elle. Le monde était quand même un drôle d'endroit, quelquefois !

— Oh, je les ai encore sentis, dit Kendra d'un ton émerveillé. Salut, les bouts de choux…

D'un clignement de paupières, Jamie réprima les larmes qui lui montaient aux yeux.

Cash aimait bien voir Jamie avec sa famille. Les deux sœurs étaient aussi différentes qu'on peut l'être. Jamie lui avait dit un jour qu'elle ressemblait à leur mère et Kendra à leur père. Avec ses taches de rousseur et son allure un peu fière, Kendra lui faisait penser à Katharine Hepburn dans *L'Odyssée de l'African Queen*, tandis que la brune Jamie évoquait plutôt Vivien Leigh dans *Autant en emporte le vent* ; sa passion pour les grands classiques du cinéma hollywoodien lui soufflait souvent ce genre de comparaison.

Jamie adorait recevoir et cuisiner, Kendra l'aidait avec application, mettant la table de façon un peu machinale, l'esprit ailleurs. Un dîner chez Kendra devait essentiellement graviter autour de conversations passionnantes, avec des plats commandés chez les meilleurs traiteurs, tandis que Jamie prenait plaisir à tout préparer elle-même pour ses proches, dans une ambiance assez décontractée.

— Alison est en train de découper ses sandwichs en forme d'étoiles, annonça Grace. Elle a décidé de vous les présenter sous forme de patchwork…

Cash n'était pas surpris que sa grand-mère s'entendît aussi bien avec Jamie.

— Jamie m'a dit qu'à la réunion de ce matin, la conduite des projets vous a été confiée jusqu'au mois prochain, dit Kendra à Grace. Je regrette d'avoir manqué ça.

Les femmes continuèrent à parler de patchwork tout en disposant les mets sur des plats. Cash alla se laver les mains et en regagnant la cuisine, il aperçut son père sur le seuil de l'entrée.

Isaac avait vu Manning avant lui. Lorsque Cash rejoignit les autres, les deux hommes étaient déjà sortis sur la terrasse.

— Il faut juste que je voie Cash, disait Manning, assez fort pour se faire entendre de son fils. Je voudrais lui parler de quelque chose qui s'est produit sur un autre chantier.

— Je vais vous laisser ensemble, répondit Isaac ; mais un jour où vous ne serez pas trop pressé, j'aimerais passer un moment avec vous. Vous êtes l'une des rares personnes qui semblent se souvenir de ma mère.

— Nous étions amis, oui, mais il y a bien longtemps de ça.

— Je sais si peu de choses sur elle. Si vous pouviez me raconter quoi que ce soit, je serais heureux de vous écouter.

Cash connaissait bien son père et le ton de sa voix trahissait un malaise. Il s'arrêta, ne sachant trop s'il devait voler à son secours ou laisser cette conversation se poursuivre. Puis Manning se mit à parler, d'abord lentement, puis en prenant de plus en plus d'assurance.

— Une chose que je peux vous dire, c'est qu'elle serait fière de ce que vous faites. Vous savez, votre travail sur la santé des fleuves… Elle passait des heures au bord de la Shenandoah. C'était la seule personne que j'ai connue qui aimait ce fleuve même quand il était en crue ; elle disait que ces inondations étaient la façon dont le fleuve se débarrassait des saletés que les gens jettent dedans. Un jour où nous nous promenions ensemble, quelqu'un a balancé des ordures de la berge, depuis son camion.

Elle s'est précipitée devant le capot pour que le type ne puisse pas démarrer sans l'écraser et elle l'a traité de tous les noms. J'ai eu peur qu'il appuie sur l'accélérateur pour la réduire au silence. Elle n'avait peur de rien ni de personne.

— Eh bien, quelle histoire ! dit Isaac. Je suis d'un tempérament plus calme que ça.

— Elle était tout feu tout flammes, vous savez. Cet endroit ne lui convenait pas. J'ai toujours pensé que c'était en partie dû au fait qu'il lui aurait fallu quelque chose de mieux que l'enseignement dispensé aux filles, à l'époque, dans la région. Elle apprenait avec une facilité incroyable. De nos jours, on parle d'enfants surdoués, mais à ce moment-là, ils étaient plutôt considérés, en classe, comme des éléments perturbateurs.

— Jusqu'à ce que Kendra entreprenne des recherches, il y a deux ans de ça, tout ce que je savais sur elle, c'était qu'elle n'avait pas voulu élever son enfant.

— Je crois plutôt qu'elle ne pouvait pas. Elle n'a jamais vraiment trouvé sa voie. Et elle n'aurait pas pris la responsabilité d'élever un enfant seule et sans le sou, après l'enfance qu'elle avait eue. Bien sûr, elle avait une mère, mais la présence d'un père lui manquait terriblement. Elle aurait voulu avoir deux parents, une vie normale — et non pas vivoter dans ce vieux chalet, là-bas, qui a brûlé l'an dernier, en attendant que Leah ait un nouveau malade à soigner pour gagner de quoi subvenir à leurs besoins. Elles étaient pauvres ; ce n'était pas la misère noire, non, mais le genre de pauvreté que vous sentez là.

Cash put se figurer son père touchant sa poitrine de l'index — une habitude de toujours. Craignant d'être indiscret s'il en entendait davantage et ne pouvant rebrousser chemin sans se faire remarquer, il gagna la porte d'entrée et l'ouvrit largement.

— Hé, tu voulais me voir ? dit-il à Manning.

Son père parut revenir brusquement de très loin, dans le temps comme dans l'espace ; le soulagement qui se peignit sur ses traits était tel que Cash jugea cela étrange.

— Il y a des petits problèmes à régler sur le chantier des Sanford ; rien de grave, mais j'ai besoin de ton avis.

Il échangea une poignée de main avec Isaac.

— Merci de m'avoir accordé un moment, lui dit celui-ci. Je serai toujours enchanté de vous écouter parler de Rachel, au cas où vous auriez autre chose à me dire. C'est super de rencontrer quelqu'un qui l'a bien connue. J'ai l'impression de recomposer la moitié d'un puzzle — car je crains que l'identité de mon père reste à jamais un mystère.

Manning le salua d'un bref mouvement de tête.

— Je reste à votre disposition.

Isaac rentra, le laissant seul avec Cash.

— Il a l'air d'un type bien, murmura Manning, comme s'il se parlait à lui-même.

— Ce que je sais de lui me plaît assez, acquiesça Cash.

— Sa mère serait fière de lui…

— Je suis content que tu le lui aies dit.

— Ce n'est pas grand-chose. Je te trouve bien familier avec tout le monde, ici ; qu'est-ce qui se passe entre Jamie et toi ?

Cash haussa un sourcil.

— Parlons plutôt de ce qui se passe sur le chantier Sanford, si tu veux bien.

Son père parut chercher une réponse qui se tienne ; puis il haussa les épaules.

— C'est à propos de leur projet de solarium…

*
* *

Kendra et Isaac partirent juste après le repas, car ils avaient à faire de nouveaux achats pour leur maison et Alison, fatiguée de sa matinée à la maternelle, alla faire un petit somme. Pendant que Grace racontait une histoire aux filles dans leur chambre, Cash aida Jamie à débarrasser la table.

— Il y a plein de plats indiens dans mon réfrigérateur, lui dit-elle. Vous pouvez revenir ce soir pour nous aider à les terminer, si le cœur vous en dit…

— J'ai rendez-vous à Richmond avec un couple qui veut construire une maison à l'autre bout du département. Mais merci pour l'invitation, cependant.

— Kendra a pu sentir les bébés remuer. Juste une légère palpitation, mais perceptible quand même.

— Quelle impression est-ce que ça vous fait de sentir bouger des enfants qui ne sont pas les vôtres ?

— C'est gentil à vous de me poser la question.

Elle recouvrit le reste de salade d'un film transparent et le rangea à côté des plats du traiteur.

— Pour être franche, ça me fait un drôle d'effet. Quand c'était l'une de mes filles, il se passait quelque chose d'exceptionnel — un moment d'intimité très forte.

— Tandis que là, ce n'est pas pareil ?

— En fait, c'est dans ma tête que ça se passe… Je suppose que c'est toujours dans nos têtes.

— Les hormones jouent un rôle aussi.

— Oh, de ce côté-là, ça va, ça vient. Mais il y a cette petite voix en moi qui ne cesse de me mettre en garde, de me répéter que ce qui se passe là-dedans est l'affaire de Kendra et d'Isaac, que je dois m'en distancier le plus possible.

— Sans doute est-ce plus sage, dit-il en la regardant. Et sans doute est-ce très difficile aussi.

Elle lui sourit, puis posa une main sur son abdomen.

— Oh là là !

— Ils recommencent à bouger ?

Sans réfléchir davantage, elle lui prit la main et la guida jusqu'à son ventre.

— Là… Est-ce que vous sentez ? Juste une petite secousse, un petit soubresaut.

Elle lâcha sa main, mais il ne la retira pas. Les sourcils froncés, il parut se concentrer. Puis il leva les yeux sur elle et esquissa un sourire.

— C'est le geste le plus intime que vous m'ayez autorisé jusqu'ici. Il y a du progrès.

Elle lui donna une petite tape sur la main, mais il ne l'ôtait toujours pas.

— Là, dit-il enfin. C'était ça ?

— C'était probablement le poulet colombo ; je le sens qui remonte un peu.

Cash attira Jamie vers lui, la fit se retourner dans ses bras de manière à ce qu'elle appuie son dos contre lui. Un bras passé autour de sa taille, il plaqua une main sur son ventre en écartant les doigts pour en couvrir le maximum.

— Comme ça, si je ne sens pas un bébé bouger, je sentirai quand même quelque chose de bon.

— C'est bien une réflexion masculine !

Il lui embrassa le sommet du crâne. Jamie sentit la chaleur de son baiser à travers ses cheveux, la légère pression sur sa tête. C'était le nirvana.

Ce fut le moment que choisit l'un des bébés pour remuer encore et Cash se mit à rire.

— Ah, ça, par exemple ! Cette fois-ci, c'était bien le vrai truc, hein ?

— Le vrai truc, en effet.

— C'est drôlement bien, ce que vous faites là, de mettre au monde ces bébés. De futurs footballeurs, j'imagine, à en juger par toute cette activité.

Mais il parlait d'une voix un peu rauque, qui la fit sourire. Elle couvrit sa main de la sienne.

— Merci, Cash.

— De quoi ?

— De rendre ce moment exceptionnel pour moi aussi.

20

Jamie prenait grand plaisir à confectionner les couvertures en patchwork pour les jumeaux. Elle avait passé plusieurs heures à choisir ses tissus sur internet et dans deux boutiques spécialisées avant de trouver ce qu'elle cherchait : des motifs pour bébés avec des imprimés multicolores, des petits personnages et des animaux. Le motif « Sister's Choice » était assez graphique pour les mettre en valeur et les deux couvre-lits seraient tellement distincts, dans le choix des étoffes et leur disposition, que seul un œil averti serait capable de voir que le dessin général était le même.

— Dans le fond, bâtir un patchwork et bâtir une maison, ce n'est pas si différent que ça, dit-elle à Grace, un matin où elles étaient en train de piquer ensemble, à l'étage de la vieille maison.

Grace avait entamé sa part de la réalisation du calendrier collectif de l'Avent. Trois semaines s'étaient écoulées depuis la réunion où la décision avait été prise et Grace avait accepté de confectionner, pour sa part, quatre pochettes à cadeaux. Sur l'une, elle avait appliqué des étoiles argentées ornées de semences de perles ; la seconde était composée d'une juxtaposition de tissus en satin et velours, entrelacés de dentelle ancienne, avec un petit bijou fantaisie en forme de souris. Ce jour-là, elle était en train de découper la troisième dans un bloc de patchwork composé de seize tissus rustiques aux teintes un peu fanées, récupérés dans une malle de sa grand-mère.

— Peut-être, mais par une journée torride, on est nettement plus au frais à l'intérieur en faisant du patchwork que sur un chantier, lui répondit Grace.

— Oui, mais l'ordre dans lequel on effectue les choses est assez similaire : concevoir le plan, puis choisir les matériaux et s'assurer d'avoir les bons outils. Ensuite, il faut tout mesurer avec le plus grand soin…

Jamie savait maintenant cela par expérience, à cause d'une erreur qui lui avait fait gâcher deux blocs, pour avoir oublié de prévoir une largeur de repli suffisante.

— Et il faut surtout y mettre tout son savoir-faire…

— Dixit une architecte !

Jamie avait déjà terminé dix blocs sur douze et elle adorait les placer côte à côte pour se donner une vue d'ensemble du patchwork une fois fini. Sans doute ne serait-elle jamais aussi passionnée que Grace par cette activité, mais elle constatait avec plaisir qu'elle était capable d'accomplir quelque chose de ses mains.

Avec l'aide de la vieille dame, Alison et Hannah avaient assemblé leurs tissus de manière à ce qu'ils se mettent en valeur les uns les autres et elles apprenaient maintenant comment attacher deux blocs ensemble à l'aide de nœuds pour en faire des « patchworks sandwichs ». C'était évidemment plus facile pour Hannah, mais soutenue par tout le monde, Alison faisait, elle aussi, des progrès remarquables. Jamie songea que le patchwork pourrait devenir un loisir habituel à partager avec ses filles.

Elle consulta l'horloge de l'atelier de couture et se leva. Posant ses mains au bas de son dos, elle cala ses reins au creux de ses paumes. Elle était à peu près à mi-chemin de sa grossesse et sentait régulièrement les bébés remuer, à présent. Son nombril n'était plus en creux, mais en relief et la peau de son ventre était tendue comme le cuir d'un tambour.

A quatre mois et demi, les fœtus devaient mesurer une quinzaine de centimètres et peser près d'une demi-livre chacun. Elle avait bientôt rendez-vous pour une nouvelle échographie. Kendra et Isaac s'interrogeaient encore pour savoir s'ils souhaitaient connaître le sexe des enfants.

— Ça ne va pas, ma belle ? s'inquiéta Grace. Tu es restée assise trop longtemps ?

— J'ai un peu mal au dos ; et mon estomac gargouille. Je n'ai peut-être pas assez mangé au petit déjeuner.

— Attends, je vais te préparer un petit casse-croûte en bas. Si tu descendais avec moi ? Tu pourras t'allonger confortablement sur le canapé.

— Oh, ne t'en fais pas pour moi, tout va bien ! Mais il vaudrait mieux que je rentre. Je dois aller chercher Alison dans un petit moment et nous irons déjeuner quelque part. Avec un peu de chance, je pourrai manger ce qu'elle…

Elle s'interrompit, soudain consciente que ça n'allait pas si bien que cela.

— Il faut que j'aille aux toilettes…

Il se passait quelque chose d'anormal. Elle s'affola ; ses joues perdirent leurs couleurs.

— Je reviens tout de suite.

— Je t'accompagne ; je resterai dans le couloir.

Jamie ne protesta pas. Elle avait déjà fait la moitié du chemin. Dans la salle de bains, elle respira à fond et commença à se dévêtir.

Quelques minutes plus tard, elle ressortit.

— Je perds du sang, dit-elle, la gorge nouée. Ce n'est pas une hémorragie, mais ce n'est pas négligeable non plus.

— Tu as eu peur d'être en train de perdre les eaux, c'est ça ?

Jamie hocha brièvement la tête.

— Tu peux descendre l'escalier ?

— Je pense que oui. J'ai des tremblements, mais c'est surtout à cause…

Elle fondit en larmes. Grace la prit dans ses bras.

— Allons, allons… Tu as déjà eu des enfants, Jamie ; tu sais que ça peut être bien des choses, dont certaines ne sont pas très graves.

— Je ne veux pas faire une fausse couche !

Elle s'efforça de ne pas pleurer, ce qui fit redoubler ses sanglots. Elle finit par s'effondrer dans les bras de Grace.

— Tu ignores si c'est une fausse couche, dit Grace, en lui donnant de petites tapes dans le dos. Commençons par descendre au rez-de-chaussée… Tu vas t'allonger avec les pieds surélevés, d'accord ? Et moi, je vais appeler Cash pour qu'il te conduise au cabinet médical ; ou bien Sandra, si je n'arrive pas à le joindre. Tu ne connais pas encore ma fille. Elle te plaira, tu verras ; c'est quelqu'un de très efficace en cas d'urgence.

— Ma sœur…

— Je l'appelle aussi. Tu vas me donner son numéro de portable ; je lui dirai de nous rejoindre là-bas.

— Alison…

— Cissy Claiborne la prendra avec elle en allant chercher Reese. Elle t'a dit qu'elle le ferait chaque fois que tu aurais besoin d'elle, n'est-ce pas ? Alors je vais la prévenir aussi.

Jamie eut l'impression que le monde s'écroulait soudain autour d'elle. Elle n'arrivait pas à imaginer ce qu'elle ferait en cas de fausse couche. Comment avait-elle pu se croire capable de mener cette entreprise à son terme, se figurer qu'elle pouvait réaliser un miracle, elle qui avait accumulé les erreurs tout au long de sa vie ?

— Arrête ! lui ordonna Grace. Arrête d'imaginer le pire, je t'en prie !

Le Dr Raille n'était pas du genre à vous plaindre, ni à vous tenir la main. C'était une femme d'une cinquantaine d'années aux traits anguleux, avec le teint mat et les cheveux grisonnants. Elle était bien élevée, mais trop occupée pour mâcher ses mots avec les patients. Sa brusquerie naturelle ne la rendait pas sympathique à tout le monde, mais beaucoup appréciaient sa franchise, aussi brutale fût-elle.

Elle termina son examen et demanda à Jamie de rester allongée sur la table. Kendra, debout à côté de sa sœur, lui tenait la main. Contrairement à Jamie, elle n'avait pas versé une larme. Elle avait plutôt l'air assommée, à la manière des victimes d'un ouragan ou d'un tremblement de terre. Elle faisait machinalement ce qu'il fallait, mais elle était visiblement sous le choc.

— Nous allons vous faire une échographie pour confirmer le diagnostic, leur annonça le Dr Raille. Mais il me semble qu'il n'y a rien de bien grave. Tout porte à croire qu'il s'agit d'un placenta previa partiel — un phénomène fréquent avec des jumeaux. On le devinait un peu sur la dernière échographie et ça peut provoquer des saignements. Il n'y a pas de quoi s'affoler.

— Qu'est-ce que c'est, au juste, « un placenta previa » ? s'enquit Kendra.

— Il arrive que le placenta s'implante au bas du bassin et obstrue le col de l'utérus. Avec un peu de chance — ce qui me semble être le cas —, il ne le bouche pas complètement et le problème se corrige de lui-même au fur et à mesure que l'utérus grossit. Nous en saurons davantage tout à l'heure. En attendant qu'on vienne vous chercher, reposez-vous tranquillement, mademoiselle Dunkirk…

Elle tapota gauchement la main de Jamie pour la rassurer, avant de quitter la pièce.

— Est-ce qu'elle dit ça juste pour me calmer ? demanda Jamie.

— Tu crois vraiment que ce soit le genre de femme à dire un mensonge pour te faire plaisir ?

— Non… Tu as raison…

Jamie sentit l'espoir renaître en elle.

— Je suis désolée…

Les deux sœurs avaient parlé simultanément. Jamie ne parvint même pas à en rire.

— Pourquoi est-ce que tu me ferais des excuses ? demanda-t-elle à Kendra.

— Parce que je t'ai laissée prendre ce risque. Et que maintenant, tu t'inquiètes en plus à l'idée qu'il y ait un gros problème…

Les yeux de Kendra se remplirent enfin de larmes.

— Tu paniques… Tu fais tellement d'efforts… Parce que tu veux me rendre heureuse… Et ça marche drôlement bien, Jamie.

— S'il arrive quelque chose…

— Ne parlons pas de ça. Il ne va rien arriver de fâcheux. Cette grossesse va suivre son cours normal et tout va bien se passer.

— Grace et la mère de Cash m'ont amenée ici à toute allure ; je n'ai même pas eu le temps de réfléchir.

— Isaac a roulé comme un fou.

— Comment est-il ?

— Calme. Il ne dit jamais un mot, quand il est inquiet. Il ne montre rien.

L'infirmière, beaucoup plus maternelle par nature que le médecin, fit irruption dans la pièce.

— Nous allons vous installer dans la pièce d'à côté, mademoiselle Dunkirk. Ne craignez rien, vous êtes en de bonnes mains…

Jamie regarda Kendra.

— Est-ce qu'Isaac voudrait assister à l'échographie ?

— Il aimerait bien, je crois.

— Il sera peut-être possible de connaître le sexe des jumeaux…

— C'est vraiment le dernier de nos soucis, à présent ! s'écria Kendra. Et dire qu'à un moment donné, ça nous a semblé si important.

Sandra Rosslyn devait avoir un peu moins de soixante ans. Ses cheveux blonds — qui avaient sans doute été, naguère, plus foncés — étaient coupés au carré. Grande et mince, elle marchait d'un pas aussi décidé que sa mère, mais sans donner cette impression d'énergie exceptionnelle qui émanait de Grace. On sentait qu'elle avait bon cœur et beaucoup d'affection pour sa mère, tout en se méfiant manifestement un peu de son excentricité.

Elle était apparue au bas du perron un quart d'heure après l'appel téléphonique de Grace, au volant de la Honda noire dans laquelle Cash avait emmené Jamie au dîner dansant. Après avoir allongé Jamie sur le siège arrière et installé sa mère à l'avant, elle avait foncé comme un bolide sur les petites routes de campagne, jusqu'à Font Royal.

A présent, elles étaient toutes les trois revenues chez Grace et elle aidait Jamie à descendre de sa voiture.

— Je suis soulagée que les nouvelles soient bonnes,

dit-elle à la jeune femme. Nous n'avions pas encore fait connaissance, mais j'ai prié pour vous et ces bébés depuis le jour où maman et Cash m'ont parlé de vous.

— C'est vraiment gentil de votre part d'avoir tout laissé tomber pour m'emmener. Je ne sais comment vous remercier.

— N'hésitez pas à faire appel à moi, à l'avenir. J'étais sûre de sympathiser avec vous, rien qu'en entendant le portrait que Cash a brossé de vous. Voilà qui est fait. De toute façon, puisque vous allez rester là maintenant, je passerai voir si vous n'avez besoin de rien, que ma chère mère le veuille ou pas !

Sandra décocha un sourire à Grace et baissa la voix, bien que cette dernière fût toujours en mesure de l'entendre.

— Elle a horreur que je vienne l'embêter… Alors comme ça, j'aurai une excuse !

Jamie n'aurait jamais imaginé servir d'excuse à quelqu'un pour quoi que ce soit. Pourtant, le fait était là. Sa grossesse n'était pas menacée dans l'immédiat — ni même à plus long terme, du reste —, mais par mesure de précaution, le médecin lui avait prescrit le repos complet au lit. C'était une injonction sans appel, qui ne lui laissait même pas le temps de s'organiser. Elle devait rester alitée en permanence, du moins tant que les saignements persistaient.

Dans la salle d'attente, après l'échographie, les deux sœurs Dunkirk avaient débattu des décisions à prendre. Kendra et Isaac lui avaient proposé de la prendre chez eux, à Arlington, jusqu'à la date de l'accouchement. Mais Jamie y avait vu de sérieuses objections. Les filles s'étaient fait des amis à l'école et au village ; leur vie à Tom Brooks leur plaisait. Elle-même ne voulait pas partir non plus. Elle avait Grace et son groupe de patchwork. Elle voulait suivre l'avancement du chantier de la maison. Et elle ne voulait pas renoncer à son indépendance. De plus, elle n'était pas prête à quitter Cash ; pas encore.

Heureusement, Grace avait pris les choses en main.

— Jamie va venir s'installer chez moi, avait-elle déclaré. Une vieille dame comme moi est toujours ravie d'avoir de la compagnie. Alison et Hannah seront enchantées d'être à la maison avec Chance et ainsi, elles n'auront pas à changer d'école en cours d'année. Sandra m'aidera, déclara-t-elle sans prendre la peine de demander son avis à sa fille qui, heureusement, acquiesçait d'un hochement de tête. Et Cash nous donnera un coup de main aussi. Quand le médecin l'autorisera à se lever, Jamie pourra décider de retourner au chalet, mais en ce qui me concerne, je la garderai très volontiers ici jusqu'au jour où ces bébés pointeront leurs nez.

Sandra et Grace l'avaient donc ramenée au domaine Cashel et elles s'employaient maintenant à l'installer sur le canapé du séjour. Elles comptaient ensuite préparer pour leurs hôtes les deux chambres du rez-de-chaussée. En quittant le cabinet médical, Kendra et Isaac s'étaient rendus directement au chalet. Pendant qu'Isaac irait chercher Hannah à l'école et Alison chez Cissy, Kendra rassemblerait toutes les affaires dont Jamie et les filles auraient besoin dans les semaines à venir, pour les leur apporter.

— Vous avez dû être rassurés de voir ces tout-petits gigoter sur l'écran ! dit Grace. Mais je m'étonne que ta sœur et ton beau-frère aient refusé de connaître le sexe des enfants.

— Après qu'ils sont sortis de la salle, l'échographiste a proposé de me le dire, puisque c'est moi qui les porte…

— Tu parles d'un privilège, s'exclama Sandra ; il faut

une sacrée vigilance pour éviter de gaffer au cours d'une conversation !

L'esprit pratique de Sandra plaisait à Jamie. Ce que Grace considérait comme un manque d'imagination chez sa fille n'était sans doute qu'un solide bon sens. Le tempérament de Sandra n'avait rien à voir avec celui de Grace, mais elles se complétaient parfaitement l'une l'autre ; peut-être à la façon dont Ben et Grace avaient eu, eux aussi, des personnalités complémentaires.

— C'est ce que j'ai répondu, dit Jamie. Quand ils sont partis en voiture, Kendra et Isaac étaient encore en train d'épiloguer sur l'intérêt de savoir par avance ou pas.

Sandra se tourna vers Grace.

— Maman, je crois que nous devrions laisser à Jamie la chambre qui donne sur l'ancien carré de potirons de papa. Il est couvert de fleurs des champs en ce moment et il y a une très jolie vue sur les vergers et les montagnes. Cette pièce est un peu plus petite que l'autre chambre du rez-de-chaussée, expliqua-t-elle à Jamie, mais la plus grande donne sur l'endroit où on gare les voitures.

— Si Jamie est d'accord, nous donnerons donc la grande aux filles, qui auront ainsi plus de place.

Jamie glissa un coussin de plus sous sa tête, pour mieux les voir.

— Je suis d'accord avec tout. Je ne te remercierai jamais assez de nous accueillir, Grace… Hannah est heureuse dans sa nouvelle école et elle se sent chez elle, ici. Quant à Alison, elle se régale à la maternelle avec Reese.

— Et moi, je suis ravie d'être en aussi bonne compagnie, répondit Grace. Cette maison est trop grande et trop isolée, pour une personne seule. Elle a besoin d'une famille pour la faire vivre.

— L'ennui, c'est que je ne pourrai même pas lever le

petit doigt pour t'aider et nous allons te donner beaucoup de travail.

— La paroisse organise des portages de repas à domicile, lui indiqua Sandra. Et puis je pourrai venir donner un coup de main à maman ; Kendra a promis d'en faire autant de temps en temps. A nous toutes, nous ferons en sorte de nous répartir les tâches au maximum. Tout le monde aime rendre service, quand il y a une naissance en vue.

— Vous êtes si gentilles, l'une et l'autre ! On dirait bien qu'à vous deux, vous pourriez soulever des montagnes !

La mère et la fille se regardèrent puis partirent d'un grand éclat de rire.

La couverture réseau de téléphonie mobile n'atteignait pas encore certains endroits reculés de la région. Aussi, lorsque Cash écouta le premier message de sa grand-mère, Jamie, de retour de Front Royal, était en train de s'installer au rez-de-chaussée de la maison Cashel. Quand il appela, Grace lui passa la jeune femme et les laissa parler tout le temps qu'il fallait pour qu'il pût s'assurer que tout allait bien.

En écoutant Jamie, Cash avait l'impression qu'on lui retournait l'estomac, puis qu'on le lui tordait comme une serpillière. Il avait beau se répéter fréquemment que Jamie et ses filles n'étaient pour lui qu'une diversion passagère, des moments comme celui-ci réduisaient ses efforts à néant.

Pourtant, il n'avait certes pas besoin dans sa vie d'une maman de jeunes enfants — particulièrement d'enfants auxquelles il était si facile de s'attacher ! Il avait encore moins besoin d'une femme enceinte, même si les bébés n'étaient pas les siens. Et que dire enfin d'une femme qui s'était évertuée à se doter d'une profession passablement dépourvue de mobilité et qui serait probablement de courte durée ? Car malgré son passé en dents de scie, malgré son insistance à affirmer qu'elle n'avait pas besoin de se caser, Jamie appartenait à cette catégorie d'individus perpétuellement en quête de racines.

Il n'avait besoin d'aucune de ces contraintes, mais en imaginant l'angoisse que Jamie avait dû éprouver à l'idée que sa vie et celle des bébés pouvaient être en danger, il se rendit compte qu'il était déjà éperdument amoureux. Un homme ne se fait jamais autant de souci pour une simple « diversion ». Et il était inutile de prétendre que l'attirance sexuelle était seule en cause. Compte tenu de la situation de Jamie, le sexe ne constituait pas le point fort de cette relation.

Conscient que l'action l'aiderait à se tranquilliser l'esprit pendant que Jamie dormait chez Grace, il se rendit au chalet pour voir s'il pouvait donner un coup de main. Il se gara à côté de la voiture des Taylor et grimpa deux à deux les marches du perron.

Il s'apprêtait à frapper, quand la porte s'ouvrit sur Isaac, les bras chargés de cartons.

— Tiens, Cash ! Vous êtes au courant de ce qui s'est passé ?

— Depuis une dizaine de minutes, à peine. Je regrette de ne pas avoir été là pour emmener Jamie chez le médecin. Est-ce que je peux me rendre utile ?

— Volontiers ! Si vous voulez bien nous aider à emporter quelques affaires chez votre grand-mère, vous pourriez passer devant pour nous montrer le chemin. Kendra et les filles sont en train de rassembler ce qu'il leur faudra. Il y a une pile de cartons dans le séjour, si ça ne vous ennuie pas de les prendre…

— C'est pour ça que je suis là.

Cash s'effaça pour laisser passer Isaac, puis entra dans le chalet. Hannah et Alison accoururent en l'apercevant. Il se baissa pour être à leur niveau.

— Je viens de parler au téléphone avec votre maman, leur dit-il. Tout va très bien. Elle est en train de faire une petite sieste pour être en pleine forme quand vous arriverez.

— On va chez Mamie Grace ! annonça Alison, les yeux étincelants. Et on y restera longtemps !

— Oui, je sais. Je passerai tous les jours pour vous voir et donner un coup de main, en cas de besoin.

— Tu mangeras avec nous ?

Cash sentit le piège se refermer sur lui.

— De temps en temps. Quand mon travail le permettra…

— Et tu nous liras des histoires ?

— Pareil.

Alison se jeta à son cou et faillit le faire tomber à la renverse. Il la prit dans ses bras et leva les yeux sur Hannah.

— Comment est-ce que ça va, Hannah ?

— La cabane va me manquer.

— Bon… Eh bien tu sais quoi ? Le week-end, quand je viendrai jeter un coup d'œil sur le chantier, je vous emmènerai avec moi pour que vous puissiez jouer dedans. Est-ce que ça te va ?

— Oui, peut-être, répondit-elle sans enthousiasme.

Cash se demanda ce qui l'ennuierait, s'il était à la place d'Hannah et il crut avoir deviné.

— Je suis sûr que mamie Grace acceptera volontiers que vos amies viennent jouer chez elle avec vous. Je parie qu'elles seraient bien contentes de voir Chance.

Le visage d'Hannah s'éclaira.

— Oui, mais ça va faire beaucoup d'enfants et mamie Grace n'est pas jeune…

— Ne t'en fais pas. Mamie Grace trouve qu'il n'y a jamais assez d'enfants autour d'elle ; et elle veut que vous vous sentiez chez vous, dans sa maison. Ça ne posera aucun problème, je peux te le promettre…

— Chance sera contente qu'on soit là.

— C'est sûr.

— Et je sais comment faire pour qu'Alison reste tranquille, même si elle est encore petite.

Cash eut envie de la prendre aussi dans ses bras, mais il songea qu'elle préférait sans doute rester dans son rôle de « grande ».

— Tu sais, la maison est vaste et mamie Grace y a élevé trois enfants. Elle a aussi des petits-enfants et des arrière-petits-enfants ; alors le bruit, elle a l'habitude !

— C'est vrai ?

— Je t'assure…

Hannah sourit. Elle était tout le portrait de sa mère, avec ses fossettes irrésistibles.

Alison partit en courant pour voir ce qu'on faisait de ses jouets et Cash se remit debout.

— Bon, si tu allais préparer tout ce que tu veux emporter, maintenant ? Prends bien tout ce que tu veux. Je ferai le nombre de trajets qu'il faudra.

— J'aimerais bien prendre les lits superposés.

Cash regretta de ne pas avoir exclu les meubles de sa proposition ! Il se mordit la lèvre. Hannah attendait. Quand il finit par acquiescer, piégé par sa propre générosité, elle lui décocha encore son sourire à la Jamie.

— C'est pas la peine. Les lits sont confortables, chez mamie Grace. Je voulais juste voir si c'était pour de vrai, que tu disais ça.

Elle le planta là sans plus de cérémonie et courut rejoindre sa sœur.

Quand Cash eut rempli son coffre de cartons, il partit avec Hannah, tandis qu'Isaac et Kendra le suivaient avec Alison, leur voiture également chargée d'affaires. Hannah demanda la permission d'allumer l'autoradio et écouta un moment.

— De quoi parle cette chanson ?

Brad Paisley était en train de chanter son ancien tube *All because two people fell in love*[1], que diffusait une station locale.

— Apparemment, il est question de toutes les façons dont l'amour traverse les années et change la vie des gens. Ils tombent amoureux, puis ils ont des enfants qui pourront améliorer le monde… Ce genre de choses…

— Elle te plaît ?

En fait, la chanson lui plaisait beaucoup, mais ce n'était pas le genre de choses qu'un homme a envie d'admettre.

— C'est un peu trop fleur bleue à mon goût.

— Qu'est-ce que ça veut dire, fleur bleue ?

— Sentimental…

Il se demanda si elle savait ce que ce mot signifiait.

— Une chanson ou une histoire sentimentale, c'est quelque chose qui te ramollit le cœur, qui te met les larmes aux yeux ; ça peut être à propos de la mort d'un petit chien, des anges qui nous regardent, des gens qui vieillissent ensemble…

1. *All because two people fell in love* : tout ça parce que deux personnes sont tombées amoureuses.

Elle écouta encore un peu la musique, puis se tourna de nouveau vers lui.

— Comment est-ce que deux cœurs peuvent être attachés ? Ça fait mal !

Même une petite fille intelligente de huit ans pouvait avoir quelques difficultés avec les métaphores.

— Il n'est pas question de ficelle ou de points de couture. C'est une image pour dire que quand les gens sont amoureux, leurs deux cœurs — c'est-à-dire l'endroit où on ressent les choses, même si en réalité, ce n'est pas tout à fait ça — enfin bref, leurs cœurs sont liés par les sentiments et chacun peut ressentir les émotions de l'autre.

— Moi, j'aimerais pas ça. Parce qu'alors, si quelqu'un pleure, tu as envie de pleurer aussi. Du coup, ça fait qu'on pleure deux fois plus — et c'est pas très bien. Tu crois pas ?

— Si, mais ça veut dire aussi que si quelqu'un est heureux, celui qui l'aime ressent la même joie. Est-ce que ça ne compense pas les larmes ?

— Il faut se débrouiller pour que l'autre soit tout le temps heureux, alors, dit-elle en fronçant le nez. Ça demande beaucoup d'efforts.

— Il paraît que l'amour demande beaucoup d'efforts.

— Pourquoi « il paraît » ? Tu ne le sais pas ? Tu n'es pas encore assez vieux ?

— L'amour demande beaucoup d'efforts ; là, c'est mieux comme ça ?

— Moi, j'aime Alison et pour elle, il faut faire beaucoup d'efforts, dit encore Hannah. Pour maman, un peu moins, mais je crois que maintenant, il va falloir en faire, aussi.

Cash faillit éclater de rire. On ne risquait pas de s'ennuyer auprès de cette gamine. Elle était totalement imprévisible. Son petit cerveau débordait d'idées impayables.

Voilà qu'il commençait à s'imaginer en train de regarder Hannah grandir, à présent. Il ne put s'empêcher de se demander quelle adolescente elle deviendrait, comment se passerait sa première sortie avec un petit ami et d'imaginer combien Jamie serait fière d'elle, quand elle terminerait ses études ; comme dans la chanson.

Il s'empressa de passer sur une autre station radio, mais c'était trop tard : l'air lui trottait déjà dans la tête et avec lui, les sentiments qui l'accompagnaient.

Quand ils arrivèrent chez Grace, Hannah descendit vivement de voiture et partit en courant vers la maison. Cash se surprit à siffloter tout en déchargeant les cartons.

Isaac vint se garer à côté de lui et entreprit à son tour de vider son coffre, avec l'aide de Kendra. L'air résonna soudain de sifflements. Cash s'aperçut qu'Isaac était en train de siffler, lui aussi. Et il sifflait bien, le bougre ; aussi juste et clair que lui-même, qui était assez fier de ses performances, pourtant, sur ce point. Plus étrange encore : il sifflait la même chanson de Brad Paisley.

— Je parie que vous écoutiez la même station que nous, dit-il.

Isaac sourit et sifflota quelques mesures. En moins de temps qu'il n'en fallait pour y réfléchir, Cash se mit à siffler en accord avec lui.

A la fin de la chanson, Kendra applaudit.

— Vous avez du talent, tous les deux, leur dit-elle. Vous devriez faire une tournée ensemble. Vous vous accordez parfaitement bien.

— Qu'est-ce que tu en penses ? demanda Isaac. Tu serais prêt à abandonner ton boulot ?

Cash fit mine de réfléchir.

— Gardons ça à l'esprit pour le cas où nous nous retrouverions tous les deux au chômage…

Isaac lui décocha un clin d'œil et ils commencèrent à transporter, ensemble, les bagages de Jamie et les filles dans la maison.

21

Les filles adoptèrent d'emblée leur nouvelle chambre, située en face de celle de Jamie. Grace leur donna une pile d'anciennes courtepointes en patchwork. Elle alla ensuite raconter à Jamie qu'elles les avaient étalées sur chaque surface disponible, se fabriquant ainsi une ville en tissu où jouer avant l'heure du coucher. Grace leur promit qu'elles pourraient tout laisser en place pendant la nuit et leur suggéra de garder une veilleuse allumée pour ne pas avoir peur des formes étranges qui pourraient surgir dans la pénombre, au cas où elles ouvriraient un œil avant l'aube.

Le dîner composé de poulet frit et de riz au lait fut avalé en un rien de temps. Les deux fillettes allèrent nourrir Chance et la promenèrent en laisse au crépuscule. Elles vinrent ensuite souhaiter bonne nuit aux adultes, sentant le dentifrice et le sel de bain au lilas qu'elles avaient emprunté à Grace. Jamie les ayant rassurées sur son état et celui de leurs futurs cousins, elles se réjouirent de passer la nuit dans la vieille maison, avec l'assurance que ce n'était certes pas la dernière.

Le silence régnait maintenant. Cash avait installé dans la chambre de Jamie un petit poste de télévision avec télécommande et Grace lui avait apporté le patchwork de bébé à terminer, l'assurant qu'avec tout ce temps libre, elle pourrait apprendre à assembler les tissus à la main et ferait de rapides progrès. Sandra était allée chez elle pour chercher des romans et une heure plus tard, elle avait rapporté de surcroît un lecteur de CD avec tout un assortiment de disques, une pile de magazines féminins achetés à la supérette locale et un livre de mots croisés édité par le *New York Times*. Jamie n'allait certes pas manquer d'occupations !

Malheureusement, il n'y avait rien d'intéressant pour elle à la télévision ce soir-là. Elle se sentait trop lasse pour coudre ou faire des mots croisés ; même la lecture lui semblait exiger un effort trop important. Il était encore trop tôt pour dormir et trop tard pour entreprendre une activité quelconque.

Quelques petits coups frappés à la porte lui redonnèrent l'espoir d'un divertissement avant la nuit. Grace passa la tête dans l'entrebâillement et Jamie l'accueillit avec un sourire.

— Les filles se sont endormies. Alison ronfle déjà !

— Tant mieux. Hannah ne sera pas dépaysée. Tu allais te coucher aussi ?

— Moi ? Non. Je suis un véritable oiseau de nuit. Je monterai probablement dans un moment pour finir une pochette du calendrier de l'Avent. Tu n'as pas l'air tout à fait détendue…

— Si, ça va… C'est drôle, j'avais un million de projets ce matin et me voilà immobilisée au lit à ne rien pouvoir faire, pour un temps indéterminé.

— Il va falloir t'adapter, c'est normal. Demain matin, tu seras déjà plus résignée…

— Le Dr Raille m'a dit que je ne serai peut-être pas obligée de rester alitée plus de deux semaines, qu'ensuite, je pourrai reprendre progressivement mes activités jusqu'à ce que tout soit redevenu normal — du moins, aussi normal que possible quand on attend des jumeaux.

— Alors, il va falloir que je profite à fond de chaque seconde de votre présence. A moins que je puisse te persuader de rester jusqu'à la fin de l'année scolaire. Les filles se régalent, dans cette maison. Et moi, je me régale de vous avoir toutes les trois ! Je ferai une excellente baby-sitter, quand tu sortiras avec mon petit-fils.

— Tu es la personne la plus adorable que je connaisse, Grace, mais nous reprendrons cette conversation dans quinze jours. A ce moment-là, peut-être auras-tu changé d'avis. Tu pourrais bien mourir d'envie de nous mettre à la porte !

— A mon âge, ma belle, on commence à savoir qui on est et ce que l'on veut.

— Et à quel âge est-ce qu'on commence à le savoir ? La jeune Grace dont tu m'as parlé ne me semble pas avoir été si sûre de ses choix.

— Vraiment ? C'est que tu ne connais pas la suite, répondit Grace en entrant finalement complètement dans la chambre. Car, à un moment donné, je me suis rendu compte que le mariage est un engagement et que je devais y mettre toute ma bonne volonté, quoi qu'il m'en coûte. Ben aussi, même s'il a été plus lent à le comprendre.

— Tu ne veux pas me raconter ? Disons que ce sera une histoire pour m'endormir, dit Jamie en invitant Grace à s'asseoir près d'elle, sur le lit.

Grace obtempéra et s'installa confortablement, la nuque appuyée contre la tête de lit, les jambes allongées sur l'édredon.

— Alors… Il était une fois, avant la guerre…

22

1941

Ce jour-là, la matinée n'était pas encore terminée, mais Grace se sentait déjà fatiguée. Elle s'était levée à l'aube, consciente de s'être, en quelque sorte, approprié la vie de sa mère — et quelle vie ! Rien ne lui manquait de ce que Mina avait abandonné en suivant son mari dans le Delaware, quelques mois auparavant : le labeur éreintant — sans aucune reconnaissance, aucun témoignage de gratitude —, l'isolement et les journées à la fois interminables et harassantes.

Elle n'avait pas même eu le temps de s'appesantir là-dessus, avec le petit déjeuner à préparer et les enfants dont il fallait s'occuper. Sitôt habillée, elle était descendue ajouter du bois dans le fourneau. Elle avait ensuite préparé le café, des galettes de maïs et des tomates de la dernière récolte poêlées avec un peu d'ail et des herbes du jardin. Quelques minutes plus tard, elle avait salué d'un signe de tête son mari qui était entré dans la pièce, puis avait fourré quelques galettes de tomates et emporté le tout dans une serviette. Il avait ensuite presque aussitôt disparu dans le jardin, son paquet dans une main, une tasse de café dans l'autre.

Son déjeuner terminé, elle était montée réveiller les garçons, faire leur toilette et les habiller avant de redescendre et installer le petit Adam dans sa chaise haute, devant un bol de céréales et de la compote. Assis à côté d'elle, Charlie avait picoré son petit déjeuner, comme d'habitude.

La journée s'était poursuivie sur ce mode-là. Il était maintenant 10 heures et elle en avait terminé avec les besognes courantes. Adam faisait sa sieste de la matinée et Charlie jouait tranquillement dans un coin avec des cubes et trois petits soldats que son grand-père avait sculptés pour lui. Tout à coup, il vint se planter devant elle et la regarda de cet air buté qu'elle voyait trop souvent sur le visage de son père. A trois ans, l'enfant avait les cheveux noirs et les belles joues rouges de sa mère, mais le bleu-vert profond de ses yeux, rehaussé par de longs cils noirs très fournis, était celui de Ben.

— Où est mon papa ?

Grace soupira et prit le petit garçon sur ses genoux.

— Il travaille, Charlie, dehors ; à l'étable, peut-être, ou bien au hangar, à trier les pommes.

— Moi, j'en ai assez qu'il travaille !

Un instant, la jeune femme fut tentée de lui dire qu'il devrait être content, parce que c'était encore pire quand son père était là. Les silences pesants de Ben, ponctués parfois de quelques réflexions acerbes, étaient plus pénibles à supporter que son absence. Mais elle savait bien que ce qui était vrai pour elle ne l'était pas pour son neveu.

— Il viendra probablement pour le repas de midi… D'ici deux ou trois heures, reprit-elle en jetant un coup d'œil sur l'horloge murale.

— Mais après ça, il va repartir travailler tout de suite, maugréa Charlie.

Sa lucidité était désarmante ! Effectivement, Ben s'attardait rarement à la maison. Avant la récolte, les jours de beau temps, il avait quelquefois emmené son fils aîné aux champs avec lui. Il l'avait fait monter sur le tracteur ou sur Buddy, le vieux cheval de trait qui jouissait désormais d'une retraite bien méritée au pré, après une vie de labeur. Mais depuis la fin de l'automne, une fois les dernières pommes récoltées et stockées, Charlie restait beaucoup plus souvent à la maison. Il voyait rarement son père — et seulement quand Ben était si fatigué qu'il ne lui restait plus une miette de patience ou d'énergie.

Grace ouvrit la bouche pour lui répondre, mais les mots ne vinrent pas. Comment expliquer à un petit garçon que son père n'était pas tenté de se retrouver en compagnie de sa nouvelle épouse ? Et que cet arrangement lui convenait aussi à elle, même si cela l'obligeait à s'occuper toute seule des enfants ? Qu'ils ne formaient pas une véritable famille, comme Charlie se le figurait, mais n'étaient que des étrangers, occupant différentes parties de la même existence comme des colocataires occupent différentes parties d'un même appartement ?

Décembre était un mois capricieux. La veille, il avait fait un temps agréable, avec un ciel dégagé et une douce lumière. A présent, le ciel était aussi maussade que son humeur. Des nuages bas, couleur de plomb, bouchaient l'horizon au-delà du verger et l'après-midi menaçait d'être pire. Ce temps aurait servi d'excuse à d'autres hommes pour écouter le commentaire d'un match à la radio ou jouer aux dames avec leurs enfants. Le dimanche était un jour de repos ; un jour que l'on consacre à sa famille. Mais Ben n'accordait de temps ni à l'un, ni à l'autre.

Grace se demanda s'il agissait de la même manière du temps où il était le mari d'Anna. Etait-ce sa sœur qui l'avait incité à travailler sept jours sur sept ? Depuis leur mariage, quelques mois plus tôt, Grace n'avait certes rien fait pour l'en dissuader. Du matin au soir, elle avait passé son temps à s'occuper des deux petits garçons et à transformer la vieille maison ; non qu'elle eût envie de s'y sentir chez elle, mais parce que le fait d'être débordée l'empêchait de ressasser des regrets inutiles sur ses espoirs envolés.

— Maman, je veux voir papa !

Grace serra l'enfant contre elle et appuya sa joue contre ses cheveux soyeux. Depuis près d'un mois, Charlie s'était mis à l'appeler maman. En principe, il ne le faisait que le soir, au moment où elle le bordait et l'embrassait, après lui avoir lu une histoire. Mais récemment, il avait commencé à le lui dire plus fréquemment, quoique jamais, encore, en présence de son père. Grace se demanda si Anna et elle s'étaient fondues en une seule et même personne, dans l'esprit du petit garçon et si le souvenir de sa véritable mère était en train de s'estomper. Au début, elle avait rappelé à Charlie qu'elle n'était que sa tante, mais il avait obstinément refusé d'en tenir compte. Dans son cœur, il en avait apparemment décidé autrement. Grace n'avait pas insisté davantage.

Quelle vie Charlie et Adam allaient-ils mener dans les années à venir ? La tension, à la maison, était presque palpable. Combien de temps pourraient-ils continuer ainsi, les uns et les autres ? Ce n'était pas une vie qu'ils menaient, tous les quatre ; juste des jours barrés sur le calendrier. Dans un monde aussi incertain et tumultueux, ne pouvaient-ils préserver au moins la dose de bonheur auquel chacun aspire ?

Adam choisit ce moment précis pour se réveiller ; elle l'entendit pleurnicher dans la chambre du rez-de-chaussée, où elle l'installait près de la fenêtre dans un vieux berceau que Sylvie leur avait prêté. Grace trouvait ce bébé particulièrement observateur ; il s'endormait beaucoup mieux quand il pouvait voir bouger les branches, dehors, et entendre le pépiement des oiseaux, qui semblait réellement le fasciner.

Le petit visage de Charlie se ferma, comme s'il savait qu'une fois son frère réveillé, la discussion était terminée.

— Ecoute, mon bonhomme, lui proposa-t-elle. Tu sais quoi ? Nous allons sortir Adam de son berceau et puis nous nous couvrirons bien et nous irons rejoindre ton papa.

Les traits du garçonnet s'épanouirent. Grace se reprocha de ne pas avoir eu cette idée plus tôt : il en fallait si peu pour lui faire plaisir !

Ils mirent une demi-heure à se préparer, mais bien qu'elle eût emmitouflé les petits, enfilé son plus épais manteau, sans oublier gants et bonnets, la morsure d'un vent glacial la saisit dès le pas de la porte. Heureusement, les enfants n'en avaient cure et Grace ne détestait pas vraiment le froid. Elle jucha Adam sur sa hanche et Charlie prit les devants, lançant des bâtons aux chiens qui les escortaient.

Elle se demanda ce que Ben pouvait faire par des journées comme celle-là. Les tâches routinières de la ferme, le matin, étaient accomplies en une heure. A en juger par la quantité d'hommes, de charrettes et de camions qui avaient circulé durant la période de la récolte, elle savait que les pommes de l'année étaient maintenant toutes stockées ou vendues, bien qu'elle ne parlât presque jamais de tout cela avec Ben. Il y avait plusieurs semaines qu'elle n'était plus réveillée par le bruit du tracteur qui passait entre les allées et les cris des saisonniers, à mesure que les pommes s'entassaient dans les cageots. Chaque jour, elle avait préparé pour eux un substantiel repas de midi, ajoutant cette besogne à toutes celles qui lui incombaient déjà.

Ne sachant trop où chercher son mari, elle se dirigea vers l'entrepôt. Il se trouvait à deux cents mètres, environ, à l'ouest de l'étable, en bordure des premières rangées de pommiers. La progression du petit groupe n'était pas rapide : Adam, qui commençait tout juste à marcher quand on lui tenait la main, décida de faire quelques pas et Charlie courait autour d'eux avec les chiens. Ils mirent trois fois plus de temps à faire le parcours qu'il lui en aurait fallu, toute seule. Quand ils arrivèrent, le froid la transperçait jusqu'aux os.

Elle ouvrit la porte du bureau et passa la tête à l'intérieur, pensant que Ben était peut-être en train de s'occuper des comptes. Mais la petite pièce était déserte, les classeurs suspendus, soigneusement fermés à clé. Les enfants sur ses talons, elle ouvrit la seconde porte, qui donnait sur l'entrepôt proprement dit, et aperçut Ben tout au fond.

Ce n'était pas la première fois qu'elle venait là, mais le jour où elle était passée, l'endroit grouillait de saisonniers. A présent, elle reconnaissait à peine le long bâtiment sombre et étroit, divisé en deux sections par des murets en briques. A l'extrémité où elle se trouvait, une longue rigole en pierre où coulait de l'eau de source longeait le mur. Après la récolte, on y lavait les pommes et l'eau s'écoulait ensuite à l'extérieur, collectée par une canalisation qui permettait d'irriguer un champ de maïs. Plus loin, les pommes étaient stockées dans le cellier en attendant d'être vendues.

Ben se tenait à l'autre bout du hangar, à l'endroit où l'on rangeait une partie du matériel et des fournitures — sacs d'engrais, pulvérisateurs, produits insecticides, cageots vides empilés jusqu'au toit. En approchant avec les enfants,

Grace vit qu'il était en train de prendre des notes. Elle reprit Adam dans ses bras pour avancer plus vite.

— Tu manquais à Charlie, lui dit-elle, quand elle fut assez près pour lui parler. Alors je lui ai proposé que nous venions te rendre une petite visite.

Elle s'attendait à une réponse bourrue, une critique injuste de sa décision de faire sortir les enfants par un temps pareil, au risque de leur faire attraper un de ces coups de froid auxquels succombaient tant d'enfants, à cette époque-là.

Mais son mari posa son carnet sur une étagère et ouvrit grand les bras. Charlie courut s'y jeter et Ben le souleva en l'air.

— Alors, mon grand, ton papa te manque ?

— Tu travailles tout le temps !

Ben sourit et Grace ne put manquer d'apprécier le spectacle charmant qu'ils offraient tous les deux — l'homme robuste et sa réplique en plus petit. C'était un tout autre Ben, que Grace découvrait : un Ben libéré de tout souci et rayonnant de plaisir.

Cet homme-là adorait ses enfants. Jamais la chose ne lui avait paru aussi évidente.

Cet homme souffrait aussi terriblement de solitude. Elle ne s'en était jamais rendu compte.

— Pa…

Adam se débattit pour quitter les bras de Grace. La jeune femme le posa par terre et il fit quelques pas maladroits vers Ben, qui s'accroupit et le récupéra in extremis.

— La promenade était agréable, dit Grace. Mais ça risque de se gâter, cet après-midi. J'ai l'impression qu'il va neiger ou pire…

— Pire ?

— Une pluie givrante, peut-être. Brr… ce froid humide ne me dit rien qui vaille !

Ben continuait de sourire, visiblement heureux d'avoir ses fils dans ses bras. Peut-être est-ce ce qui la motiva à lui faire la suggestion qui suivit. Ou peut-être avait-elle compris que leur petite famille ne pouvait pas continuer à vivre ainsi. Ben devait faire partie du cercle. Il était le père des garçons. Il était aussi, vaille que vaille, son mari.

— Ben, si tu prenais ton après-midi ? Je vais préparer un vrai repas dominical et après, tu pourrais écouter un match de foot à la radio ou apprendre à Charlie à jouer aux dames. J'ai récupéré le vieux jeu de mon père. Il adorerait ça.

Elle marqua une pause.

— Et ça ne te ferait pas de mal d'arrêter un peu de travailler ; à moi non plus, du reste. Qu'est-ce que tu en dis ?

Le sourire s'estompa lentement et Grace sentit son cœur se serrer. Elle était allée trop vite en besogne. Ben pensait toujours à Anna ; il aurait préféré un repas en famille avec elle assise en face de lui. Il se sentait coupable d'avoir oublié son deuil dans un moment d'abandon avec ses enfants… Grace ne pouvait pas deviner ce qu'il éprouvait d'autre, mais il était probable que sa suggestion ne le comblait pas d'aise.

— Tu es sûre ? demanda-t-il enfin.

La question la surprit tellement que, sur le moment, elle resta muette.

— Non… Apparemment, non…, répondit-il à sa place, en regardant les petits. Rien ne t'oblige à être gentille avec moi, Grace. Ce n'était pas une condition de notre accord.

— Ce n'est pas ça, Ben…

Elle fit un pas vers lui et posa une main sur son bras.

— Tu m'as étonnée, c'est tout. J'ai bien cru que tu allais refuser. Evidemment, que j'en suis sûre ! Et les garçons seront tellement contents ! lui dit-elle en souriant. Sans compter qu'il est plus facile de s'occuper des enfants quand ils sont heureux, non ?

— Comment le saurais-je ?

Elle trouva cette réflexion étrange.

— En le testant par toi-même…

— Je ne peux pas faire grand-chose dehors, par ce temps.

— Raison de plus ; en fait, je pense que nous devrions faire une tradition de ces dimanches après-midi. Certaines personnes ont besoin de ta présence, précisa-t-elle en regardant ostensiblement Charlie.

Ben reposa Charlie par terre et tendit le cadet à Grace.

— Nous verrons…

Sa réponse lui convenait tout à fait car de la sorte, elle ne se voyait rien imposer, non plus.

— A tout à l'heure, alors. Nous t'attendons pour déjeuner, vers 1 heure.

Grace était bonne cuisinière, car la cuisine est un art. En revanche, les tâches ménagères répétitives l'assommaient littéralement. Elle ne tenait pas son intérieur aussi bien que sa sœur, mais il était incontestablement plus gai et plus accueillant, depuis le changement de maîtresse de maison.

La cuisine en était un exemple éclatant. La jeune femme avait ôté le papier peint tristounet, badigeonné les murs à la chaux et peint les moulures de couleurs vives, assorties à celle des nouveaux rideaux. Si elle devait passer la majeure partie de ses journées dans cette pièce, autant en faire un lieu convivial et agréable à vivre, s'était-elle dit. Elle avait troqué le lino gris contre un tapis de sol en fibres tissées multicolores et la toile cirée contre des nappes en tissu changées régulièrement. Elle prenait soin de ramasser chaque jour des fleurs pour égayer la table, le bouquet fût-il composé de simples fleurs des champs. Elle avait aussi entrepris de recomposer les massifs et les parterres de la mère de Ben, laissés à l'abandon par Anna, et qu'on voyait par la fenêtre de la cuisine.

Ben n'avait ni encouragé, ni applaudi ces initiatives. Mais il avait laissé entendre qu'elle aurait mieux utilisé son temps à terminer la préparation des conserves pour l'hiver. Il lui avait reproché à demi-mots d'accorder trop d'importance aux apparences. D'abord profondément contrariée par cette réaction, Grace avait fini par comprendre que Ben considérait toutes ces transformations comme une critique muette à l'égard d'Anna.

Que Ben appréciât ou non son nouveau cadre de vie, Grace se sentait en tout cas plus à l'aise dans la cuisine ; en l'occurrence, cela lui permit de confectionner le repas du dimanche avec un regain d'ardeur. Elle coupa de généreuses tranches de jambon cru, les rinça pour ôter l'excès de sel, puis les mit à revenir dans la poêle. Quand elles eurent légèrement bruni, elle ajouta une livre de pommes coupées en rondelles, couvrit et laissa mijoter le tout à petit feu sur le coin du fourneau. Puis elle mit à bouillir des haricots rouges qui trempaient depuis le matin, ouvrit une boîte de petits pois et les fit cuire avec des oignons et de l'ail revenus dans un peu de graisse d'oie. Il lui restait encore des galettes de sarrasin du petit déjeuner ; elle prépara quelques petits pains de maïs pour aller avec et les enfourna.

Enfin, elle compta les œufs qui lui restaient et décida de confectionner une génoise pour accompagner les pêches au sirop du verger de Ben et la crème du lait de leurs vaches. Elle installa Charlie sur un tabouret de bar et lui donna une cuillère de bois pour lui faire remuer la pâte à gâteau. Elle guida son bras pendant l'opération qu'il effectua avec enthousiasme — mais non sans quelques éclaboussures sur le plan de travail. Quand il commença à se fatiguer, elle prit la relève et termina la pâte.

Quand le repas fut prêt et le gâteau en train de refroidir sur le plan de travail, la cuisine embaumait.

Ponctuel, Ben arriva à 13 heures pile et monta faire un brin de toilette. Quand il regagna la cuisine, la table était mise et tout le monde s'assit. Tandis que Ben récitait l'action de grâces, Charlie baissait la tête comme son papa et Adam battait la mesure en tapant avec sa cuillère sur le plateau de sa chaise de bébé.

— Nous avons notre Gene Krupa[1] à nous, dit Grace quand Ben eut terminé, en désignant Adam d'un signe de tête.

Sur le point de prendre le plat de jambon aux pommes, Ben interrompit son geste. La jeune femme prit conscience de ce qu'elle venait dire et de l'effet que cela pouvait produire : *notre Gene Krupa à nous*. Comme si Adam était leur enfant à tous les deux. Elle croisa son regard et attendit sa réaction.

— Nous risquons d'avoir de la visite, alors, dit-il finalement. Benny Goodman pourrait venir l'embaucher.

Il lui tendit ensuite le plat et l'invita à se servir la première.

Soulagée, elle mit une portion dans son assiette, puis aida les garçons à choisir ce qu'il leur fallait. Quand ils eurent tous commencé à manger, elle eut l'impression que son estomac se dénouait peu à peu. Ce repas n'était pas une mauvaise idée, somme toute…

1. Gene Krupa : célèbre batteur américain des années 30, engagé un temps dans la grande formation de jazz de Benny Goodman.

Elle pensait que Charlie allait bavarder, poser une foule de questions au père qu'il voyait trop rarement. Mais malgré sa mine épanouie, l'enfant mangeait sans rien dire, lui qui était intarissable, quand ils mangeaient tous les trois.

— Charlie, pourquoi ne parles-tu pas à ton papa du renard que nous avons vu hier, en nous promenant ?

Elle vit ses yeux briller, mais ils s'assombrirent presque aussitôt et il les baissa sur son assiette. Il n'avait jeté qu'un bref coup d'œil sur son père.

— Bon, il va falloir que je lui raconte moi-même, alors ? Si tu ne te dépêches pas de parler, ton tour sera passé.

— J'ai pas l'droit, murmura-t-il d'une petite voix à peine perceptible.

Grace fronça les sourcils et Ben détourna le regard.

— Tu n'as pas le droit de quoi, mon cœur ? De sortir ?

Il secoua la tête, glissant un regard furtif vers son père.

— Je crois que Charlie essaie de te dire qu'il n'a pas le droit de parler à table, expliqua Ben.

Elle essaya de s'en figurer la raison. Charlie risquait-il de s'étrangler en parlant la bouche pleine ? Peut-être était-il si bavard qu'il en oubliait de manger ? Avait-il la manie d'interrompre les adultes, de telle sorte que Ben voulait lui apprendre à bien se tenir ?

Sa perplexité obligea Ben à lui fournir une explication.

— Sa mère avait des principes…

— Je vois.

Il était difficile d'en dire davantage en présence des garçons.

Ben se remit à manger.

Grace reprit sa fourchette, mais une idée lui vint à l'esprit.

— L'avantage des principes, c'est qu'on peut en changer, dit-elle d'un ton suave. Vous aviez certainement tant de choses à vous dire, Anna et toi, que Charlie n'aurait pas eu le temps de placer un mot. Mais ce n'est plus le cas, à présent. Charlie, s'il te plaît, raconte à ton papa notre rencontre avec le renard.

Voyant que Ben allait émettre une objection, elle plissa les yeux.

— La conversation aide à mieux faire descendre ce qu'on mange et dans cette famille, c'est Charlie qui a le plus de chance de nous épargner une indigestion.

Ben la fustigea du regard. Puis, comme elle ne baissait ni ne détournait les yeux, son expression s'adoucit et l'ombre d'un sourire effleura ses lèvres.

— Vas-y, fiston, dit-il sans regarder Charlie. Je crois que les règles sont en train de changer, ici…

Grace détourna les yeux, craignant d'être aussi tentée de sourire.

Une demi-heure plus tard, Adam jouait allègrement dans son parc et Charlie était monté à l'étage chercher le jeu de dames, qui lui avait servi la veille à faire un champ de bataille pour ses soldats de plomb. Ben s'attardait dans la cuisine devant son deuxième café pendant que Grace débarrassait la table et grattait les plats.

— Le bruit agaçait Anna, dit-il, reprenant la conversation du repas au point où ils l'avaient laissée.

— Oui, je me souviens de ça.

— Toi, il ne semble pas te déranger.

— J'aime bien que les enfants se comportent comme des enfants. Charlie est un petit garçon merveilleux, mais c'est un petit garçon. Pourquoi devrait-il faire comme s'il était grand ?

— Nous t'avons privée de ta vie… Tu avais plein de projets totalement étrangers aux tâches ménagères et aux braillements de bébés.

Une fois de plus, Grace resta un instant muette de stupéfaction. Mais l'étonnement devenait habituel, avec Ben ; cette fois, elle se ressaisit plus rapidement.

— Ma foi, ce sont des choses qui arrivent, non ?

— Que comptais-tu faire, Grace ? Tu avais bien un programme, n'est-ce pas ? Tu avais mis de l'argent de côté.

Il désigna la cuisine d'un geste circulaire, comme pour indiquer qu'elle n'avait pas pu effectuer tous ces changements avec la maigre somme qu'il lui donnait chaque mois pour les dépenses courantes.

Il avait raison. Elle avait puisé dans ses économies pour acheter la peinture, les tissus et le revêtement de sol — ainsi que pour les rideaux de toute la maison. Elle était même allée jusqu'à faire une folie en remplaçant la vieille radio par un modèle tout récent, ultra perfectionné, qu'elle avait trouvé dans le catalogue Lafayette Radio. Son épargne était pratiquement réduite à néant, désormais — à l'image de ses rêves de jeunesse.

— J'avais l'intention de voyager.

Elle empila les assiettes dans une cuvette métallique remplie d'eau savonneuse. A son arrivée, elle avait été satisfaite de découvrir que la cuisine était équipée d'un chauffe-eau au gaz qui rendait la corvée de vaisselle beaucoup moins pénible. Elle en fut reconnaissante à Ben.

— Où comptais-tu aller ?

— Un peu partout… J'avais mis assez d'argent de côté pour m'installer dans une grande ville. J'aurais aimé prendre la route de l'Ouest dès que papa et maman seraient partis chez Tom, dans le Delaware. J'aurais pu trouver du travail en chemin et voir le monde. Je ne suis jamais allée nulle part. Il y a des océans, des montagnes à côté desquelles les nôtres paraîtraient toutes petites, plein de gens différents à rencontrer.

Elle jeta un coup d'œil sur lui, par-dessus son épaule.

— Je voulais voir tout ça…

— Et nous t'avons mis des bâtons dans les roues, les garçons et moi…

Le simple fait qu'il le reconnût de façon explicite réchauffa le cœur de la jeune femme. Il n'était pas allé jusqu'à exprimer des regrets, mais il y avait déjà du progrès.

— Maman m'a avoué un jour qu'elle aurait rêvé d'ouvrir un petit café-restaurant en ville, pour parler chaque jour avec les clients qui seraient venus déguster sa cuisine. Au lieu de ça, elle a cuisiné pour nous et personne ne lui disait rien, personne ne la remerciait. C'est probablement ainsi qu'Anna s'est habituée au silence.

— Tu parles bien, toi !

Elle rit.

— Oui ! Quand il y a quelqu'un à qui parler.

— Tu parles tout le temps aux garçons. Charlie apprend chaque jour des mots nouveaux en t'écoutant ou en écoutant cette radio que tu as achetée. C'est un vrai moulin à paroles, maintenant.

— Tant mieux pour lui, tu ne crois pas ? Un homme qui sait s'exprimer est un homme qui saura dire ce qu'il faut pour se tirer d'affaire en cas de besoin.

— Pas s'il cultive un verger.

Grace se rendit compte que c'était sa première vraie conversation avec Ben. Elle imagina des couples en train de bavarder après le repas du dimanche, à travers tout le pays. Des gens riches, ou des gens comme Ben qui possédaient des terres mais peu d'argent disponible, ou encore des gens pauvres qui n'avaient pas grand-chose pour accompagner le café qu'ils dégustaient en ce moment. Ensemble, ils formaient une chaîne qui se déroulait d'un océan à l'autre. Cette idée lui fit chaud au cœur.

— J'imagine que ce n'est pas facile de cultiver des pommes, dit-elle. Il n'y a pas grand-chose à dire pour éviter que les fruits s'abîment.

— S'il n'y avait que ça… Mais le négoce des fruits est en déclin constant depuis pas mal de temps, maintenant. Chaque année est plus dure que celle d'avant.

— Pourquoi ? Qu'est-ce qui a changé ?

— Oh, rien que des bêtises…

Elle le regarda encore du coin de l'œil.

— Quel genre de bêtises ?

Il parut surpris qu'elle cherche à savoir.

— Après la guerre, mon père obtenait au moins dix-huit dollars pour un baril de pommes expédiées en Grande-Bretagne. C'était la belle époque. La main-d'œuvre était bon marché, il n'y avait pas beaucoup de taxes et peu de maladies. On pouvait vivre et remplir son compte en banque en cultivant ses pommiers et en expédiant les fruits par bateau.

— Et ce n'est plus pareil, aujourd'hui ?

— La situation empire continuellement. Ça coûte de plus en plus cher et prend tellement de temps, pour cultiver un arbre jusqu'à ce qu'il produise, que les seuls vergers encore exploités sont d'immenses terrains comme ceux-ci, avec un rendement très important — et des soucis à n'en plus finir.

— Voilà pourquoi tu travailles tout le temps.

— Il faudrait que je puisse me multiplier par dix.

Grace se redressa et sourit.

— Dis donc, heureusement que ce n'est pas possible. C'est déjà assez pénible d'avoir un seul mari factice !

Il eut d'abord l'air de ne pas trop savoir comment prendre cela ; puis il lui rendit son sourire.

— Tu as vraiment l'art de dire ce qui fâche avec élégance.

Elle rit.

— Excuse-moi. Mais tu m'as tendu la perche.

— C'était involontaire.

— Alors, combien touches-tu pour un baril de pommes, à présent ?

— Plus que nous n'en touchions il y a dix ans. Au plus fort de la Dépression, les cours avaient chuté jusqu'à deux dollars. Ils sont tout de même remontés, depuis, mais la main-d'œuvre revient aussi beaucoup plus cher et le coût des insecticides a augmenté — sans compter qu'il en faut dix fois plus qu'avant.

— Si nous entrons en guerre, les choses vont changer, n'est-ce pas ?

Ben se rembrunit.

— Tout va changer. Les fruits seront recherchés, mais il n'y aura personne pour s'occuper des vergers. Nous serons tous au front.

— Sûrement pas toi, Ben ? Le pays aura besoin de ses cultivateurs et puis tu as deux enfants en bas âge.

— Tu as écouté les informations à la radio ? Tant que nous gardons un contingent de temps de paix, les pères de famille ne sont pas appelés, mais en cas de guerre, tout le monde devra s'y mettre pour que nous ayons une chance de vaincre l'ennemi — et encore, ce ne sera pas gagné.

Grace se rembrunit à son tour. Elle n'avait jamais aimé les informations — toutes ces histoires de massacres, de bombardements, de haine, de torture. Mais il était difficile d'y échapper, ces temps-ci. Elle avait entendu

Walter Winchell exhorter ses concitoyens à entrer en guerre, Edward R. Murrow commenter la situation en direct depuis l'Europe. Même les émissions régionales destinées aux ménagères des zones rurales consacraient de plus en plus de temps aux informations. Un mois plus tôt, le navire de guerre américain Reuben James avait été coulé par un sous-marin allemand. Seule une autruche avec la tête enfouie dans le sable aurait pu ignorer que la situation se détériorait à une vitesse alarmante.

— L'année dernière, Anna avait prédit que nous serions en guerre, à l'heure qu'il est.

— Anna n'avait pas toujours raison, mais sur ce point, elle ne s'était pas vraiment trompée. Nous y sommes presque.

Charlie apparut à la porte, tenant contre lui la mallette en cuir du jeu de dames. Ben avala les dernières gouttes de café qui restaient au fond de sa tasse, puis il prit le garçon sur ses genoux et ils entreprirent ensemble de placer les pions sur le damier. Charlie était si excité qu'il arrivait à peine à coordonner ses mouvements.

Grace essaya de retrouver le sentiment de bien-être qu'elle avait ressenti quelques instants plus tôt — celui qui l'avait reliée à tant de familles américaines. Quand Adam commença à s'agiter, elle le sortit de son parc et l'installa sur le tapis pour qu'il joue avec les blocs de patchwork de son frère. Puis elle alluma la radio, à la recherche d'une ambiance musicale.

La « Sérénade Dominicale » de Sammy Kaye venait de s'achever et la speakerine annonçait que l'émission suivante accueillerait plusieurs spécialistes de l'Université de Chicago pour un débat sur le rôle du Canada dans la guerre qui se déroulait actuellement en Europe. Grace essuya ses mains sur son tablier et s'approcha pour tourner le bouton dans l'espoir de trouver quelque chose de moins déprimant à entendre. A pareille distance d'une zone urbaine, la réception dépendait des caprices du vent mais elle était optimiste.

Une nouvelle voix, sur les ondes, interrompit son geste.

— Ici, le studio central de la NBC ; le Président Roosevelt a tenu aujourd'hui une conférence de presse pour annoncer que les Japonais…

Grace augmenta le son et écouta la suite. Elle se tourna vers la table et vit que Ben avait entendu, lui aussi.

— Pearl Harbor ? demanda-t-elle.

— C'est l'endroit où est basée la flotte américaine du Pacifique.

— Qu'est-ce que ça veut dire ?

Au lieu de la regarder, Ben baissa les yeux sur son fils, qui était en train d'installer les pions blancs et noirs d'un seul côté du damier. Avant de répondre, il embrassa le sommet de sa tête.

— Ça veut dire que c'est la guerre, Grace…

23

1941

Même si son père reportait toute son attention sur la radio chaque fois qu'un communiqué sur l'attaque de Pearl Harbor était diffusé, Charlie semblait ravi de son après-midi en famille. La cuisine bien chaude, encore délicieusement parfumée par le repas de midi, resta leur havre de paix jusqu'à l'heure du souper. Grace réchauffa alors les restes du repas précédent, puis servit le gâteau et les pêches au dessert.

Ben s'offrit à mettre les enfants au lit, pendant qu'elle faisait la vaisselle et elle accepta avec gratitude. Ce ne fut qu'au moment où Charlie tendit ses petits bras pour lui dire bonne nuit que la paix vola aussi en éclats dans ce coin paisible de Virginie.

— N'nuit, m'man, dit-il d'une voix ensommeillée.

— Bonne nuit, mon Charlie.

Grace le serra dans ses bras et posa un baiser sur sa joue.

— Dors bien ; fais de beaux rêves…

Elle le posa par terre et croisa le regard de Ben en se redressant. Il lui fallut un moment pour comprendre pourquoi il avait l'air aussi furieux.

— Ce n'est pas ta maman, c'est ta tante Grace, dit-il à son fils.

Charlie, fatigué par cette journée inhabituelle, avança une lippe boudeuse.

— Non, c'est ma maman !

Grace lui ébouriffa les cheveux.

— Ce petit garçon est épuisé, Ben. Laissons ça pour le moment, tu veux bien ?

Ben tendit la main à son fils.

— Allez, viens…

L'enfant eut un mouvement de recul.

— Non, je veux maman !

Grace fit un pas, s'interposant entre eux deux.

— Je monterai avec lui dans un petit moment. Si tu commençais plutôt par Adam ? Tu as l'air furieux, lui dit-elle en baissant la voix de façon à ce que le petit garçon ne puisse pas l'entendre. Tu lui fais peur !

Ben changea immédiatement d'expression, comme sous l'effet d'une gifle.

— Il n'a aucune raison d'avoir peur.

Quand Grace avait commencé à s'occuper des enfants, Charlie paraissait tellement docile, tellement soucieux de bien se conduire, que la jeune femme s'était demandé ce qui clochait, chez lui. Etait-ce le chagrin consécutif à la disparition de sa mère qui l'avait éteint de cette manière ? Ou bien ses parents avaient-ils recours au châtiment physique, de sorte qu'il craignait une correction à la moindre incartade ?

Depuis lors, elle avait vu Ben lui donner une ou deux petites fessées, sans plus, et seulement pour un motif sérieux. Ayant été élevée de la même façon, elle n'avait émis aucune objection. Mais jusqu'à ce soir, elle n'avait jamais vu Ben aussi en colère contre l'enfant.

Elle se sentit soudain gênée de s'être interposée. Elle

n'avait aucune preuve que Ben ait pu faire du mal à son fils en quelque occasion que ce soit ; et il ne fallait pas que Charlie puisse croire qu'il était en danger avec lui.

— Excuse-moi…

Elle s'effaça pour lui permettre de récupérer son fils. Sans tarder, Charlie qui regimbait mit sa petite main dans celle de son père et ils se dirigèrent vers la porte.

— C'est ma maman, répéta encore Charlie, en quittant la cuisine.

Quand Ben revint, elle avait terminé la vaisselle et s'était préparée à l'affrontement qui l'attendait.

— Je n'ai jamais demandé à Charlie de m'appeler maman, si c'est ce que tu veux savoir. Je lui rappelle au contraire très souvent qu'il est mon neveu. Il le sait, mais un petit garçon a besoin d'une mère et je suis certainement la mieux placée pour lui en tenir lieu. J'espère que tu ne vas pas me reprocher également ça ?

— Egalement ?

— J'ai fait pas mal de changements dans cette maison et je sais que tu n'apprécies pas. Mais je ne suis pas Anna, Ben, et je ne le serai jamais.

— Tu es différente, pour sûr…

Elle soupira et se tourna vers lui.

— Est-ce que tu veux encore du café ou tu vas te coucher tout de suite ?

— S'il en reste, j'en reprendrai bien une tasse…

— Je ne sais pas comment tu fais pour supporter le café à cette heure-ci. Moi, je ferais la java toute la nuit !

— Ce serait intéressant à voir.

Elle essaya de déchiffrer son expression. Malheureusement, Ben était l'exemple même de cette vertu fondamentale du mâle américain : la retenue.

— Assieds-toi, dit-elle. Je vais en refaire. Celui-ci est tout froid.

Il prit la cafetière.

— C'est inutile. Je croquerais les grains, s'il le fallait.

— J'ai eu peur que tu le frappes, parce qu'il ne voulait pas t'obéir. C'est un petit garçon adorable ; il n'a pas besoin de recevoir des claques.

— Tu ne crois pas que je le sais ?

— Honnêtement ? J'avais un doute. Je suis contente d'en être sûre, maintenant.

Elle hésita à livrer le fond de sa pensée, mais il ne lui en laissa pas le temps.

— Tu n'as jamais levé la main sur lui ?

— Pas une seule fois. Ce n'est pas une façon d'élever un enfant, à mon avis.

— Ta sœur ne pensait pas la même chose.

Grace s'était demandé s'il y avait un rapport entre l'attitude effarouchée de Charlie, au début, et la sévérité d'Anna. Elle formula sa réponse avec précaution, sachant qu'il ne servait à rien de fustiger quelqu'un qui n'était plus de ce monde.

— Personnellement, dit-elle, j'essaie de faire de mon mieux, mais je n'aurai pas recours à la violence pour dompter un petit garçon normal, qui s'intéresse à tout. J'espère que tu n'attends pas ça de moi.

— La violence… N'exagérons rien. Anna disait seulement : « Qui aime bien châtie bien. »

— Moi, je ne vois pas l'intérêt de châtier un enfant qui manifeste ses opinions et fait preuve de caractère ; je préfère lui montrer autrement que je l'aime.

— Alors, dis-moi un peu l'effet que lui fera ce bel amour, quand tu auras décidé de partir d'ici, *maman* ?

Grace sentit que la conversation prenait une nouvelle direction et qu'elle l'entraînait sur un terrain glissant. Il n'était plus question de Charlie et de l'éducation des enfants mais de tout autre chose : sa relation avec cette famille.

— Ecoute, s'il y a encore un peu de café, sers-m'en donc aussi une tasse, dit-elle. Nous n'arrêtons pas de changer de station ; il faudrait peut-être écouter un peu plus longtemps les nouvelles.

— Je ne peux pas rester assis une minute de plus à cette table. Nous prendrons le café dans le salon ; je vais emporter la radio à côté.

Grace acheva de ranger la cuisine, puis le rejoignit dans la pièce voisine. Lors des rares soirées qu'ils avaient passées là ensemble, depuis leur mariage, la jeune femme avait toujours pris le gros fauteuil rembourré qui occupait un coin du salon et Ben s'était assis à l'autre bout de la pièce. Malheureusement, à l'occasion du réaménagement de la maison, elle avait changé la disposition des meubles. A présent, elle n'avait aucun endroit où s'asseoir qui lui permît d'esquiver une discussion.

Ceci étant, elle choisit de prendre place au beau milieu du canapé, pendant que Ben installait la radio et essayait de trouver une station, le mettant au défi de s'asseoir près d'elle. Quand il eut terminé, il releva le défi et la rejoignit sur le canapé, allongeant les jambes devant lui tout en restant à distance respectueuse.

La radio émettait une musique douce, audible malgré les grésillements. Dehors, l'un des bergers allemands aboyait après les ombres. Quelque chose tambourinait sur le toit de la terrasse — sans doute de la neige fondue — et Grace n'enviait pas Ben, qui devrait se lever tôt le lendemain matin pour aller travailler à l'extérieur.

Elle souleva sa tasse.

— Je pense à tous ces hommes qui ont dû mourir aujourd'hui. Dire qu'ils vaquaient à leurs affaires, vivaient normalement leur vie et qui du jour au lendemain…

Elle secoua la tête, sincèrement affectée.

— Nous aurions dû entrer dans cette guerre depuis longtemps, dit Ben. Roosevelt savait bien qu'elle arriverait jusqu'à nous. C'est pour ça qu'il a commencé à appeler les conscrits l'an dernier. Il préparait les choses.

— Tu penses réellement que tu n'y échapperas pas ?

— Je dois y aller, Grace…

Au ton de sa voix, elle comprit que même s'il n'était pas appelé, Ben se sentait tenu de rejoindre l'armée. Et il estimait que le moment était venu.

— Quand, à ton avis ? demanda-t-elle.

— Nous n'aurons pas beaucoup de temps pour nous organiser, tous les deux…

Elle s'était arrangée pour ne pas avoir une minute à elle, pour travailler dur et passer l'essentiel de son temps avec les enfants. Comment aurait-elle eu le temps de penser à l'avenir ? Les tâches quotidiennes avaient absorbé toute son énergie.

Mais voilà qu'une foule de possibilités s'offraient à elle ; son avenir était plein de points d'interrogation.

Sans doute y aurait-il beaucoup d'emplois — des emplois valables — pour les femmes ; des emplois jusque-là réservés aux hommes. Et comme beaucoup de femmes seraient dans la même situation, peut-être y aurait-il moyen d'organiser des gardes d'enfants pendant les heures de travail. Elle devrait trouver quelque chose pour s'installer en ville, mais elle avait maintenant de la famille un peu partout en Virginie et jusque dans le Delaware. Peut-être pourraient-ils l'aider à trouver un emploi et un logement ; peut-être même pourraient-ils l'aider pour les garçons.

Pendant la brève période où ils seraient en guerre, elle retrouverait un peu de sa liberté perdue, elle aurait un revenu à elle, une vie plus riche, la possibilité de rencontrer des gens intéressants.

Une chose était sûre, en tout cas : elle n'aurait plus affaire à Ben ! Il serait en train de se battre pour son pays quelque part dans le monde et elle n'aurait aucun compte à lui rendre. Quand il reviendrait chez lui, les garçons seraient un peu plus grands et moins dépendants d'elle. S'il le souhaitait, Ben pourrait alors trouver quelqu'un pour l'aider à s'occuper d'eux. Ou peut-être se sentirait-il beaucoup moins proche de ses enfants après cette séparation, au point de la laisser les élever avec un peu d'aide de sa famille.

A condition qu'il revienne.

Cette pensée la fit frissonner; elle posa brusquement sa tasse et se tourna vers lui.

— Tu as mentionné la nécessité de nous organiser, tout à l'heure; qu'est-ce que tu voulais-tu dire par là?

— Si je trouve quelqu'un qui soit prêt à acheter les vergers, même pour une somme dérisoire, je vendrai, expliqua-t-il tout en paraissant soudain très las. Je ne te demanderai pas de rester là avec les garçons et de t'occuper de tout. Tu as déjà renoncé à tes rêves quand ta sœur te l'a demandé; il serait aberrant d'en attendre encore davantage de ta part.

— Ces terres appartiennent aux Cashel depuis des générations.

— Je m'inquiète surtout pour les garçons.

Il se leva et se mit à marcher de long en large.

— Qu'est-ce qu'ils vont devenir?

Elle ne comprit pas très bien sa question.

— Ce sera terrible pour eux, évidemment. Tu leur manqueras…

— Je voulais dire : qui est-ce qui va s'occuper d'eux?

Grace fronça les sourcils.

— Tu ne te figures quand même pas que je vais les abandonner dès l'instant où tu auras enfilé l'uniforme ?

— Notre … arrangement était provisoire — tu l'as dit toi-même. Mais cette guerre va durer longtemps, Grace. Je vais peut-être m'absenter pendant des années.

— Allons, je n'en crois rien. L'Amérique aura tôt fait d'écraser l'ennemi. La guerre ne durera guère plus de quelques mois et tu n'auras probablement pas à vendre un seul arbre.

— Les choses ne se passeront pas ainsi. Nous allons déclarer la guerre au Japon puis à l'Allemagne, probablement dans les jours à venir. Gagner sur les deux fronts ? Ça prendra des années. Et il est possible que je ne revienne jamais…

« Nous y revoilà », songea Grace. Comment nier l'évidence ? Ben était solide. Ben courait vite. Mais personne ne peut échapper à une balle qui lui est destinée. La liberté à laquelle elle aspirait pourrait être plus proche qu'elle se l'était figuré.

Et cette perspective ne la réjouissait pas le moins du monde.

— Il faudra que tu sois très prudent, alors.

Elle se leva et se plaça sur son chemin pour l'empêcher de continuer à tourner en rond.

— Tu as deux petits garçons qui vont attendre ton retour ici. Tu dois absolument t'assurer qu'ils te revoient un jour.

Ben eut un rire sans joie.

— Tu te rends compte de la chance que ce serait pour toi, si je ne revenais pas ? Tu pourrais faire ce que tu veux de ta vie !

— J'y ai pensé. Et tu sais quoi ? Cette perspective ne me plaît pas du tout. Alors, je te serai reconnaissante d'essayer de ne pas casser ta pipe quelque part en Europe ou dans le Pacifique ; Charlie et Adam ont déjà perdu leur mère ; tâche d'éviter qu'ils perdent aussi leur père, d'accord ?

— Nous devons faire des projets pour eux.

— Non, c'est inutile. Où que j'aille, ils viendront avec moi. Tu n'es peut-être pas d'accord pour que Charlie m'appelle maman, mais de fait, il me considère comme sa mère et Adam aussi. Je refuse de les laisser à un parent éloigné ou à des inconnus.

— Il y aura du travail pour les femmes dans tout le pays. Tu pourrais aller pratiquement n'importe où, faire ce que bon te semble.

Un bref instant, Grace imagina les cimes enneigées du Colorado, les falaises ocre du Nouveau Mexique, les méandres majestueux du Mississippi. Et la Californie ? Ce rêve-là était trop cher à son cœur pour faire l'objet d'une brève évocation dans un moment pareil.

Elle regarda Ben dans les yeux et vit qu'il se sentait, lui aussi, dépossédé d'un rêve : celui d'élever ses fils sur ces terres qu'il aimait, de leur transmettre un héritage dont il avait pris jusque-là tant de soin.

— Avec les garçons, je n'irai pas bien loin, dit-elle. Quoi que puissent devenir ces terres et la pommeraie, nous resterons à proximité de la famille, dit-elle en esquissant un sourire. Enfin, de ce qui m'en tient lieu.

— Tu ne changeras pas d'avis ? Je serai trop loin pour que nous en parlions.

— Tu crois sans doute que je vais les abandonner au bord d'une route parce que j'en aurai assez de prendre soin d'eux ?

Ben passa une main dans ses cheveux, dégageant son front d'un geste machinal.

— C'était temporaire. Nous avions un accord.

— Oh, je vois…

Cela recommençait. Ben insistait pour lui faire comprendre qu'il n'avait pas l'intention de prolonger l'expérience avec elle ; et qu'ils auraient de plus en plus de mal à séparer leurs vies à mesure que le temps passerait.

Elle voulut s'esquiver, mais il la retint par l'épaule.

— C'est ce que tu as dit toi-même, Grace, le jour de notre mariage. Tu tenais à me le faire savoir ; et je n'ai pas oublié.

— Anna l'a dit avant moi. Tu te souviens ? Le soir de sa mort, elle m'a dit que je n'aurais à rester que jusqu'à ce que vous n'ayez plus besoin de moi, les garçons et toi.

— Il arrive parfois que les choses évoluent.

Il la fit pivoter face à lui et la maintint cette fois par les deux épaules.

— J'ai juste besoin d'être sûr que c'est bien ce que tu souhaites.

Elle eut un instant de trouble, incertaine de comprendre le sens de son propos. Ben voulait certainement parler de ses fils, du fait qu'elle prenne soin d'eux pendant son absence et peut-être même jusqu'à ce qu'ils atteignent l'âge adulte, au cas où il ne reviendrait pas. Elle attendit. Comme il ne disait rien de plus, elle soupira. Ces choses-là étaient impossibles à dire ; mais certaines autres ne l'étaient pas.

— Le jour où je t'ai épousé, je t'ai aussi dit que je n'étais pas la personne dont Anna avait pu te faire le portrait. Tu veux que je te dise ? Alors, je vais le faire : j'aime ces deux enfants. Comme une mère, je le crains. Et je ne suis pas égoïste au point de me débarrasser d'eux pour aller vivre ma vie. Si tu m'en crois capable, alors c'est que tu n'as pas appris grand-chose de moi.

— Je n'ai appris que ce qu'on peut apprendre de loin.

— Et qui a fait en sorte que nous nous rapprochions le moins possible ? Tu as regardé de travers toutes les transformations que j'ai faites ici. Tu as travaillé chaque jour jusqu'à la nuit pour ne pas être obligé de supporter ma présence. Tu m'as fait entendre de mille et une façons que je n'arrivais pas à la cheville de ma sœur.

— J'ai dit que tu étais différente d'elle, pas qu'elle valait mieux que toi.

— N'est-ce pas du pareil au même ?

Un bref instant, il parut sur le point de riposter, puis il secoua la tête et laissa retomber ses bras.

Elle regretta immédiatement la chaleur de ses mains, la solidité de ses doigts qui la maintenaient sur place sans aucune brutalité.

— Je vais te dire ce que je vois en te regardant, dit-il : une jeune femme que j'ai pratiquement kidnappée par souci de commodité.

Grace en tomba des nues.

— Tu te trompes, Ben… Bien sûr, j'ai parfois l'impression d'être une sorte d'esclave au service de cette famille. Mais j'avais le choix. Pour être honnête, si j'ai fait ce qu'Anna a exigé de moi, ce n'est pas par pitié ni par amour pour elle. C'est simplement parce qu'en définitive, il n'y avait pas d'autre solution. Si tu m'as kidnappée, comme tu dis, alors, j'ai été une victime tout à fait consentante.

— Je ne te considère pas comme une esclave. Je n'ai jamais pensé à toi de cette façon.

— Alors, comment penses-tu à moi, Ben ?

Il resta muet si longtemps qu'elle pensa qu'il ne répondrait pas. Etrangement, elle sentit des larmes lui monter aux yeux.

— J'essaie d'éviter, murmura-t-il enfin, d'une voix à peine audible.

Puis il fit demi-tour et quitta la pièce, tandis que la radio diffusait en grésillant un nouveau bulletin concernant les événements survenus le matin même à Honolulu. Grace s'appliqua à écouter la pluie glacée fouetter la balustrade du porche et ruisseler sur le bois peint. Elle ne voulait surtout pas entendre les mots que Ben avait peut-être failli prononcer.

24

Jamie attendait avec impatience les visites de Cash. Il avait pris l'habitude d'arriver chaque matin de bonne heure avec une nouvelle surprise. Il y avait des cadeaux idiots, comme une pierre de rivière dont la forme faisait penser à Mickey, un dictionnaire d'expressions du Sud pour elle qui résidait maintenant en Virginie, ou un immense T-shirt avec l'inscription : « Est-ce que ceci me grossit ? », au-dessus d'une flèche pointée vers la protubérance conséquente où se trouvait naguère sa taille.

D'autres cadeaux étaient nettement plus traditionnels : truffes en chocolat, bouquets de fleurs champêtres et bijoux fantaisie. L'approche d'Halloween lui avait manifestement inspiré les derniers : une broche en forme de sorcière sur son manche à balai assortie à des boucles d'oreilles-boules de cristal.

Même sans ces présents, elle aurait été impatiente de le voir. Cash était toujours d'agréable compagnie ; il arrivait pile à l'heure pour lui apporter son petit déjeuner sur un plateau, s'asseyait auprès d'elle pendant qu'elle le prenait, tout en supervisant les préparatifs des filles pour l'école. Quand elles étaient prêtes, il les emmenait en voiture jusqu'à Tom Brooks. Il affirmait que cela ne le dérangeait pas, que le trajet lui paraissait deux fois moins long grâce aux remarques d'Hannah et au babillage d'Alison. Mais Jamie savait que tout ce temps était pris sur celui qu'il réservait à ses chevaux et elle appréciait autant le sacrifice que sa compagnie.

Un peu plus de deux semaines après le début de sa période d'alitement imposé, elle eut de bonnes nouvelles à lui annoncer.

— Vous savez quoi ? demanda-t-elle en se penchant en avant et en remontant les genoux sous les couvertures. J'ai eu le Dr Raille au téléphone. Elle dit que si les symptômes ne réapparaissent toujours pas, je pourrai passer dès la semaine prochaine au repos alité à mi-temps. Deux longues pauses par jour et interdiction de porter du poids, mais le reste du temps, je pourrai circuler. Et si tout se passe bien, je serai autorisée à conduire la semaine d'après, enfin, tant que je ne serai pas trop grosse pour m'asseoir au volant !

Ce jour-là, Cash portait son polo au sigle de l'entreprise Rosslyn et ses cheveux bruns bouclaient négligemment jusqu'en dessous des oreilles. Elle le soupçonna d'avoir passé trop de temps avec elle et les filles pour trouver celui d'aller chez le coiffeur. Mais les cheveux un peu plus longs lui allaient fort bien.

— Ah, c'est chouette ! Il va falloir fêter ça…

— Le seul fait de sortir du lit et de me promener sera fabuleux.

Il s'assit au bord du lit à côté d'elle, une tasse de café à la main.

— Et ces patchworks, ça avance ?

Ce repos forcé avait au moins permis à la jeune femme de terminer l'assemblage du premier dessus-de-lit, qu'elle matelassait maintenant à la main à l'aide d'un petit cercle à quilter qui reposait sur son ventre rebondi. Ses points n'étaient pas d'une qualité irréprochable, mais Grace affirmait que pour une débutante, il n'y avait vraiment rien à redire. Quand elle se lassait de travailler au cercle, elle traçait des motifs pour le patchwork suivant sur le tissu de son choix et entamait la coupe. Elle avait ainsi terminé quatre blocs et les deux ouvrages lui plaisaient autant l'un que l'autre.

Elle montra à Cash celui qu'elle était en train de quilter.

— J'en ai déjà fait la moitié. Je n'irais pas jusqu'à le présenter à un concours, mais je n'en suis pas mécontente…

Il se pencha pour mieux voir.

— Joli travail, fit-il. Les filles m'ont montré les leurs. J'ai l'impression qu'elles resteront blotties dessous tout l'hiver.

— Votre grand-mère est une sainte ! Le soir, quand les filles en ont envie, elle travaille là-haut avec elles. Hannah en est bientôt à poser le galon autour de son ouvrage et Grace aide Alison à faire les nœuds pour relier ses blocs avec une patience d'ange.

Cash se leva, fouilla dans sa poche et en tira une enveloppe.

— A propos d'événement à fêter, je vous ai apporté quelque chose…

Jamie le regarda en battant des cils.

— Vous me gâtez horriblement, mais tous ces cadeaux me plaisent beaucoup, je l'avoue. J'ai appris que *cattywampus* signifie « de guinguois » et que *nearabout* veut dire « à peu près » grâce à votre dictionnaire ; et tous les gens qui viennent me voir veulent une broche-sorcière comme la mienne, dit-elle en pointant l'index vers le haut de son négligé, où elle avait épinglé le bijou. Mais vous devez vous donner un mal fou pour venir chaque jour avec quelque chose de différent !

— Pas du tout ! Bon, est-ce que vous allez prendre ça, ou pas ?

— Soit dit en passant, vous pouvez sauter un jour, de temps en temps. Je ne veux pas être un fardeau.

— J'ai compté le nombre de fois où vous m'avez répété ça ; sauf erreur de ma part, ça fait un nombre à cinq chiffres.

— Pas vrai ! Quatre, au maximum, rétorqua-t-elle en lui décochant un sourire irrésistible. Vous savez, Cash, ce n'est pas si facile d'accepter toutes ces faveurs sans rien donner en retour.

— Si ça peut vous mettre à l'aise, sachez que mamie Grace et moi, nous accumulons les bonnes actions uniquement pour gagner notre paradis. J'espère d'ailleurs que quelqu'un n'oublie pas de tenir le compte, là-haut.

— Ce sera peut-être compté à votre crédit, mais pas au mien.

— Oh, je crois que ces bébés vous feront gagner quelques points à vous aussi… A votre place, je ne me ferais pas trop de mouron pour ça.

— Se faire du « mouron » ? C'est dans mon lexique des expressions du Sud ?

— Ça devrait y être.

Jamie décacheta l'enveloppe.

— Le Bistro italien de Sal. Un repas ?

— C'est à un jet de pierre d'ici et il vaut bien des restos de la capitale. Votre sœur a appelé le médecin, qui a donné son feu vert pour demain soir, à condition qu'on vous dépose et qu'on vous reprenne à la porte. Ça servira de galop d'essai. Vous, les filles, mamie Grace et moi. Qu'est-ce que vous en dites ?

C'était presque trop beau pour être vrai. Jamie en resta un moment sans voix.

— Je pourrai reprendre de tout deux fois ?

— Certainement. Et en prime, je vous donnerai ce qui reste dans mon assiette. A table, devant tout le monde.

Elle tendit un index replié en crochet vers lui.

— Venez par ici…

Cash se rassit sur le lit et elle passa les bras autour de son cou pour l'embrasser.

Elle souriait encore aux anges pendant qu'il roulait vers Tom Brooks avec les deux filles à l'arrière.

Le vendredi, désormais, c'était Sandra qui ramenait Alison de la maternelle jusque chez Grace. Cissy et elle se relayaient chaque jour de la semaine et Jamie récupérait sa fille à l'heure tous les après-midi. Hannah rentrait généralement par le bus du ramassage scolaire et Martina, une dame qui travaillait au verger et faisait un peu de ménage chez Grace, allait la chercher à l'arrêt de bus.

Ce jour-là, cependant, Kendra et Isaac prirent Hannah directement à la sortie de l'école. Depuis l'installation de Jamie chez Grace, Kendra lui avait rendu visite à plusieurs reprises. Chaque fois, elle apportait des plats de chez un traiteur et une bonne dose d'énergie pour aider Grace à la maison. Sagement, la vieille dame la laissait faire, bien qu'entre Sandra et Martina, elle eût tout le soutien nécessaire pour tenir la maison et s'occuper de Jamie.

Cette fois, les Taylor apportèrent de la cuisine asiatique — un assortiment de plats vietnamiens, thaï et chinois, qui permettrait à toute la maisonnée de se nourrir durant une bonne semaine.

— Je n'arrivais pas à choisir, expliquait Kendra, tandis que Grace s'employait à caser dans le réfrigérateur tous les récipients que lui passaient Hannah et Isaac. Mon système décisionnel ne fonctionne plus très bien. Les bons jours, je reste plantée une demi-heure devant ma penderie avant de réussir à trouver quoi me mettre. Les mauvais, c'est tout juste si j'arrive à sortir du lit. Je suis d'une inefficacité effrayante ! Le seul endroit où je fonctionne encore normalement, c'est le bureau.

Jamie ne fut pas surprise d'apprendre que sa sœur était désorientée et stressée ; elle était bien plus étonnée qu'elle le reconnût aussi facilement.

— Qu'est-ce qui te préoccupe, Ken ? Je vais parfaitement bien. En fait, tu sais comme moi qu'on m'emmène dîner au restaurant demain soir, à titre de galop d'essai, n'est-ce pas ?

— Tu n'as plus de douleurs ? Plus de saignements ?

— Plus rien du tout. Les bébés bougent normalement et me réveillent pratiquement chaque nuit. Je crois qu'ils se crêpent le chignon ou qu'ils se préparent à voir les Lions se battre contre les Bears, dimanche. Si ce sont des garçons, je ne sais pas comment leur annoncer que le match ne sera pas diffusé à la télé, ici !

Elle marqua une pause.

— Alors ? Tu n'as toujours pas envie de savoir ce que c'est ?

— Pour ça aussi, je n'ai pas pu me décider !

Jamie s'esclaffa.

Isaac vint les rejoindre, embrassa sa belle-sœur sur la joue, lui posa les mêmes questions que Kendra et sourit en entendant les réponses.

— Voilà d'excellentes nouvelles ! Et le dîner au resto demain soir vous changera un peu des kilos de plats asiatiques que nous venons d'entasser dans le frigo, dit-il.

— Je vais me régaler.

— Dans le couloir, je vous ai entendues parler de garçons et de match…

Il s'installa dans un fauteuil, tandis que Kendra s'asseyait au bord du lit.

— Kendra m'a avoué qu'elle fait un blocage. Et toi, qu'est-ce que tu voudrais ?

— Je suis plutôt du genre prévoyant comme gars… C'est pourquoi je préférerais prévenir les gens, pour que les enfants ne portent pas que des vêtements jaunes et verts jusqu'à l'âge de la maternelle ! Et puis j'aimerais bien réduire de moitié les discussions sur le choix des prénoms.

— Nous pourrions avoir une fille et un garçon, lui fit remarquer Kendra.

— Mais un seul prénom de chaque sexe suffirait.

— Ça ne me paraît pas une raison suffisante…

Jamie décida de donner son avis ; Kendra en ferait ce qu'elle voudrait.

— Ecoute, pour Hannah et Alison, j'ai su chaque fois par avance. Et ça n'a rien gâché du tout. Il se passe tant de choses au moment de l'accouchement que c'est déjà pas mal d'avoir réglé ce sujet-là. Je comprends qu'on puisse avoir envie du petit frisson lié à la surprise, mais tu sais, avec des jumeaux, il va y avoir beaucoup plus de remue-ménage, alors, le moment sera mal choisi pour fêter la grande découverte. Vous pourriez faire ça maintenant.

Kendra consulta sa montre.

— C'est trop tard pour aujourd'hui. Le temps que j'obtienne quelqu'un au cabinet médical et qu'ils consultent les dossiers et…

— Inutile de te donner cette peine.

Isaac prit son portefeuille dans sa poche et en tira une petite enveloppe.

— Je me suis dit que ce serait bien de l'avoir par écrit, au cas où tu changerais d'avis. Alors, l'échographiste a noté ça sur un petit papier et l'a mis sous enveloppe cachetée, pour que nous puissions savoir le jour où nous serions prêts.

— Tu n'as pas fait ça !

— Je n'ai pas regardé, si c'est ce que tu veux dire.

— Je veux dire que tu ne t'es quand même pas donné tout ce mal ?

Il se pencha vers Kendra et lui prit la main.

— Ces enfants sont déjà bien réels pour nous, Ken ; alors, que nous leurs choisissions un nom ou pas, qu'est-ce que ça change ?

Jamie comprit alors d'où provenait l'ambivalence de sa sœur. Elle avait peur de s'attacher plus encore aux bébés qu'elle ne l'était déjà, alors qu'il restait plusieurs mois de grossesse, pas mal d'obstacles à surmonter, sans compter les éventuelles complications. Jamie ne s'était jamais rendu compte aussi clairement de ce que cette grossesse représentait pour Kendra. En acceptant de porter ses enfants, elle avait ouvert une porte que sa sœur avait cru définitivement scellée pour elle et quelque part, Kendra avait peur de la franchir.

— C'est toi qui vois, dit Isaac.

— Est-ce que ça ne va rien gâcher pour toi ? demanda Kendra à Jamie.

— Oh, moi, au moment où mes filles sont nées, j'ai eu l'impression que je les connaissais mieux ainsi et ça me plaisait bien.

Elle se rendit compte que ce n'était pas la bonne réponse. Kendra ne voulait pas connaître davantage ces bébés ; elle préférait garder encore une certaine distance mentale avec eux dans la crainte d'un problème grave qu'elle ne pourrait pas supporter.

Pourtant Kendra opina, comme si elle s'apercevait enfin qu'il était temps franchir une étape.

— Bon… Alors c'est d'accord…

— Je veux que tu sois bien sûre, dit Isaac. Il ne faut pas le faire rien que pour moi.

— Non, dit-elle en tendant la main vers l'enveloppe. Donne-la-moi.

Jamie se demanda si sa sœur allait décacheter l'enveloppe ou la déchirer en mille morceaux. Mais elle l'ouvrit calmement et parcourut rapidement son contenu. Puis elle tendit le feuillet à Isaac.

— Eh bien, nous y voilà…

Isaac esquissa un sourire. Puis il se leva et prit Kendra dans ses bras pour la serrer contre lui.

— Des garçons, dit-il, enfin. Deux petits piliers de foot !

Kendra renifla, mais ce n'était pas une protection efficace contre l'afflux d'émotion ; en moins d'une seconde, ses yeux s'emplirent de larmes.

— Nos fils…

Submergée elle aussi par le trouble, Jamie sentit sa gorge se serrer.

— Nous avions besoin de garçons, dans cette famille.

Isaac posa brièvement une main sur son ventre — un privilège que sa belle-sœur lui accordait aussi depuis que les bébés commençaient à bouger.

— Vous entendez ça, les gars ? On a besoin de vous pour faire un compte rond ! Maintenant, nous n'avons plus qu'à chercher des prénoms.

Kendra se mit à rire à travers ses larmes.

— Ce n'est pas tellement plus facile qu'avant. Tu sais combien il existe de prénoms masculins ? Des milliers.

— Ceux qui conviennent se feront connaître, dit Jamie, et puis, vous avez encore le temps.

— Des garçons…

Kendra posa sa main sur celle d'Isaac. Jamie les sentit peser agréablement sur son ventre et réchauffer son cœur.

*
* *

En apprenant la nouvelle, Grace, pragmatique et forte de son expérience de mère de deux gaillards, suggéra aux futurs parents d'équiper la maison d'une moquette bon marché, car il faudrait la changer régulièrement, et de mettre des barreaux aux fenêtres de l'étage. Elle accompagna ce dernier conseil d'un petit clin d'œil.

— Il va falloir leur apprendre beaucoup de choses, comme c'est des garçons, dit Hannah très sérieusement. Les garçons, on dirait qu'ils ne savent jamais ce qu'ils doivent faire !

— Est-ce que ça s'applique aussi aux oncles ? lui demanda Isaac.

— Les oncles, c'est des hommes. Quand un garçon devient un oncle, c'est un monsieur qui a appris à bien se tenir.

— Ça prend si longtemps que ça ?

Hannah hocha solennellement la tête.

— Oui. Et les garçons ne deviennent pas tous des oncles, un jour.

Jamie s'imagina tout un continent peuplé de garçons adultes qui n'auraient pas mûri. Elle allait devoir expliquer à sa fille que les garçons pouvaient être utiles de bien des façons, même s'il fallait être patiente avec eux.

— Tu verras comme c'est sympa d'avoir des cousins, lui dit-elle, vu que son exposé sur les garçons devrait attendre l'opportunité d'un petit tête-à-tête.

— Ce ne sera pas exactement des cousins, rétorqua Hannah en se mordillant le bout des doigts. Et pas vraiment des frères, non plus.

Jamie aurait préféré que sa fille émît cette remarque en l'absence de sa tante et son oncle. Mais Kendra lui évita d'avoir à répéter, pour la énième fois, que ces bébés seraient des cousins pour elles — des cousins, et rien d'autre.

— Je vois ce que tu veux dire, ma grande ; ils seront toujours plus importants que des cousins, parce qu'ils auront poussé dans le ventre de votre maman, c'est ça ?

— Des frousins, dit alors Hannah, le regard brillant ; des frères-cousins, ça fait des frousins !

Jamie coula vers sa sœur un regard inquiet, craignant que cette syntaxe fantaisiste issue d'une légère erreur d'interprétation ne la fasse tiquer. Mais Kendra eut l'air enchanté.

— J'adore ça, Hannah ! s'extasia-t-elle. « Frousins », c'est exactement le terme qui convient ! Ils en seront d'autant plus uniques, pour vous.

Alison s'approcha et appuya ses boucles cuivrées contre la hanche de sa tante.

— Et nous, on est uniques ?

— Naturellement ; vous serez toujours uniques, pour moi, ma chérie.

— Mais tu auras des bébés, lui rappela Hannah. Tu vas être drôlement occupée.

— Très occupée, en effet, reprit Kendra en hochant la tête, les yeux comme des soucoupes. Très, très, très occupée, j'en ai peur.

— Trop occupée pour t'occuper quand même un peu de nous ? lui demanda Hannah.

Jamie se demanda si sa fille aînée n'allait vraiment remettre aucune question épineuse à plus tard.

— Je ne serai jamais trop occupée pour Alison et toi, promit Kendra. Et puis soyons lucides, ce sont des garçons. Et même si garçons et filles ne sont pas aussi différents qu'on l'imagine, il y a des choses que les premiers n'aiment pas toujours faire.

— Quoi, par exemple ?

— Par exemple… Des choses comme bien s'habiller pour organiser des dînettes avec ses poupées.

Elle se troubla soudain, comme si elle se reprochait d'avoir succombé à quelque stéréotype d'une banalité affligeante.

— Enfin, bon, ils aimeront peut-être ça et ce sera super, n'est-ce pas, Isaac ?

Isaac, l'air sceptique, hocha néanmoins la tête.

— Certainement. Les garçons aiment bien les poupées ; s'habiller, peut-être un peu moins…

Jamie essayait de ne pas rire.

— Nous devrions organiser une dînette entre filles avant l'arrivée des bébés, vous ne croyez pas ? Avec quelques amies d'Hannah et Alison, bien sûr. On pourrait même ajouter une ou deux poupées à votre collection.

Riva avait acheté des poupées par dizaines à Kendra et Jamie quand elle était en voyage — c'est-à-dire, presque tout le temps. Kendra les avait soigneusement conservées et celles de Jamie appartenaient maintenant à ses filles, bien qu'elle ne leur en donnât que quelques-unes à la fois. Elle avait fait aussi cadeau du surplus aux familles de l'association « First Step ».

— Quand ? demanda Hannah.

— Nous verrons… Il faudra envoyer des cartons d'invitation… Il faudra aussi prévoir le menu du goûter et les jeux à organiser…

— Pas de gadoue, cette fois, hein ? les avertit Kendra. Pas de pâtés de boue ! On s'habillera chic, pour changer !

— Chacune mettra ses plus beaux atours, promit Jamie. Toutes les filles seront des petites dames, d'accord ?

Hannah ne répondit pas, comme si la chose demandait réflexion.

Grace intervint à son tour.

— S'il ne fait pas trop froid, on pourra organiser ce

goûter au verger. Il reste encore des fleurs des champs et peut-être même quelques pommes sur les arbres. Vous servirez du gâteau aux pommes et des jus de fruits. Je dois avoir quelques tables qui conviendront très bien et plein de châles pour s'emmitoufler, en cas de besoin.

— Nous ne voudrions pas te causer trop d'embarras, dit Jamie. Tu ne préfères pas que nous donnions ce goûter en bas, au chalet ?

— Il n'en est pas question ! Nous n'avons pas eu de réception pour goûter, ici, depuis l'époque où Sandra était petite. J'ai hâte d'y être !

Un bruit de pas dans le couloir fit soudain diversion et la chambre de Jamie accueillit bientôt deux personnes de plus. Le seuil à peine franchi, Cash et son père s'arrêtèrent net en voyant tout ce monde.

— Il faut prendre un ticket d'entrée ? demanda Cash.

— Nous faisions des projets pour une réception…

Jamie sourit à Manning.

— Monsieur Rosslyn, qu'est-ce qui nous vaut cet honneur ?

— J'ai demandé à Manning d'envoyer un de ses gars regarder mon toit, dit Grace. Je ne suis pas sûre qu'il tienne le coup cet hiver, même si Cash prétend que oui.

— J'adore départager mon fils et ma belle-mère, bougonna Manning. Je vais me régaler.

Il se tourna vers Jamie.

— Est-ce que ça va ? Sandra m'a dit que tout se passait bien.

— Vous pouvez constater tout le soutien que je reçois, non ?

— Je me demande comment vous arrivez à prendre un peu de repos avec toute cette agitation ! Mon couvreur n'était pas libre aujourd'hui, dit-il à l'attention de Grace. Je vais aller moi-même jeter un coup d'œil là-haut.

— Je vous accompagne, si vous le permettez, proposa Isaac. J'ai travaillé avec un couvreur pendant les vacances d'été, quand j'étais étudiant.

Manning haussa les épaules pour signifier : « Pourquoi pas ? »

— Cash, tu viens aussi ?

— Je reviens…, dit Cash à Jamie.

La jeune femme surprit le regard clairvoyant de sa sœur ; mais qu'aurait-elle bien pu lui dire à propos de Cash, même si elles avaient été seules ensemble ? Elle n'avait pas de mots pour lui décrire une relation qu'elle ne comprenait pas très bien elle-même.

Perchés sur le toit de la maison, les trois hommes examinèrent les bardeaux en bitume.

— La pire erreur, ici, a été de remplacer l'ancienne couverture en ardoise par cette cochonnerie. Je ne sais pas ce que ton grand-père avait dans la tête mais je crois que tu as raison, Cash, reconnut Manning. Ça devrait tenir encore un an ou deux. Quand il faudra tout refaire, des décisions auront peut-être été prises, pour cette propriété.

— Vous songez à la vendre ? demanda Isaac.

— Personne n'en a vraiment envie, mais personne ne veut non plus se charger de l'entretien nécessaire pour maintenir tout ça en état.

Manning donna un coup de pied dans un bardeau ; comme il ne bougeait pas, il hocha la tête.

— Oui… Ça devrait tenir le coup un bon moment. En cas de fuite, on colmatera.

Cash regarda Isaac redescendre par l'échelle. Il faillit

sourire, devinant ce qu'il avait pensé : Manning n'avait plus l'âge de grimper sur les toits et Isaac se plaçait entre le vieil homme et le sol, à tout hasard. Cash joua le jeu et laissa son père passer avant lui. A l'occasion, il pourrait expliquer à leur ami que Manning faisait cela près de dix fois par jour, sans jamais rater un barreau. Manning ne remiserait certainement pas ses outils et son carnet de commandes avant que son heure ait sonné.

— Vous grimpez drôlement bien à l'échelle, dit Manning à Isaac, une fois sur la terre ferme. Pour ça, vous tenez sûrement de votre mère. Rachel était plus agile qu'une chèvre. Je l'ai vue escalader des sommets où personne — y compris moi — n'aurait osé s'aventurer. Alors, elle se moquait de moi et me traitait de poule mouillée parce que j'étais trop prudent pour la suivre. Vous êtes un peu casse-cou, vous aussi ?

— Pas tellement. Mon père ne m'aurait pas laissé faire.

— Votre père ?

— Mon père adoptif. Un colonel de l'armée.

— Tiens donc, un militaire qui n'appréciait pas d'avoir un garçon casse-cou ?

— Un enfant qui teste ses limites, ça requiert une bonne dose de patience et de surveillance.

— J'imagine que vous n'êtes pas très proches ?

Cash trouva la question étrange, venant de son père. Généralement, comme la plupart des hommes de sa génération et de son milieu, Manning ne parlait pas tellement de ces choses-là. Cash supposa que l'amitié qui avait uni son père à la mère d'Isaac y était pour quelque chose.

— Le colonel Grant Taylor est incapable de se sentir proche de quiconque, répondit Isaac d'un ton neutre. C'est peut-être un des risques du métier, quoi que j'aie vu pas mal de types bien et d'excellents pères, dans l'armée.

Enfin, bref, il ne fait plus partie de ma vie et nous ne le regrettons ni l'un ni l'autre.

— Je suis navré de l'apprendre.

— De son vivant, ma mère adoptive a fait ce qu'elle a pu. Etant donné la marge de manœuvres qu'elle avait, elle ne s'est pas trop mal débrouillée pour me convaincre que je pourrais être heureux, un jour. La suite lui a donné raison.

— Apparemment, vous méritiez mieux.

— C'est drôle, on ne pense pas tellement à ces choses-là avant d'être sur le point de devenir père soi-même, dit Isaac avant d'esquisser un rire bref. Et je vais avoir des fils, paraît-il. Deux garçons !

Cash lui donna une tape dans le dos.

— Alors, ça y est, vous avez la réponse ? C'est super. Félicitations !

— Dites donc, des jumeaux ! s'exclama Manning en secouant la tête. Et moi qui trouvais qu'élever un garçon, déjà, c'était quelque chose…

— J'aurai peut-être besoin des conseils d'un homme qui est déjà passé par là.

Isaac avait dit cela d'un ton détaché, mais les paroles qui suivirent démentaient cette légèreté.

— Je n'en ai reçu aucun de mon père adoptif et je n'ai aucune idée du genre d'homme que pouvait être mon père naturel. Il a certainement quitté ma mère — peut-être n'a-t-il même fait qu'un bref passage dans sa vie. Ce qui me donne un double handicap, j'imagine.

— Oh, je ne sais pas. Votre mère était une femme très indépendante qui n'aurait probablement jamais accepté de faire un bout de chemin avec un bon à rien. Ne croyez surtout pas que c'était son genre.

Manning jeta un coup d'œil sur Cash qui eut soudain l'impression d'être de trop. Son père aurait manifestement préféré ne pas avoir d'autre témoin qu'Isaac, mais il poursuivit néanmoins :

— Connaissant Rachel, elle a très bien pu ne pas dire au père qu'elle était enceinte.

— Qu'est-ce qui vous fait croire ça ?

— Ma foi, elle était comme ça, vous savez. Si elle ne voulait pas ou ne pouvait pas l'épouser — pour une raison quelconque —, il ne lui serait pas venu à l'idée de le lui dire. Elle n'acceptait l'aide de personne, ni le moindre geste de pitié. Elle n'en faisait qu'à sa tête. Quel que soit votre vrai père, il n'a sans doute jamais rien su de sa paternité…

— Vous n'avez pas essayé de retrouver sa trace ? demanda Cash à Isaac, puisque sa présence l'incluait, de facto, dans la conversation.

— Jamais. Pourquoi aurais-je recherché un homme qui s'était désintéressé de nous ? J'ai pensé que s'il avait été auprès de ma mère, elle ne m'aurait peut-être pas abandonné. J'ai pu me tromper.

— Toujours selon moi, dit Manning, Rachel n'a sûrement jamais dit à personne qui c'était. Son nom ne sera pas mentionné sur votre certificat de naissance, même si vous parvenez à mettre la main dessus.

— Et vous ? Vous n'auriez pas une petite idée, par hasard ?

— Je ne l'avais pas vue depuis des années, quand elle est morte. Nous nous sommes parlé au téléphone, une fois ; peu avant votre naissance. Mais elle n'a mentionné aucun homme, à ma souvenance.

— Il y avait peu de chances, en effet, dit Isaac avec un sourire un peu triste. Enfin, ça n'a pas grande importance, j'imagine. Comme je vous le disais, c'est curieux comme le fait d'être bientôt papa vous met des idées dans la tête.

— Vous serez un bon père, dit Manning. Vous avez toutes les qualités qu'il faut. Et parbleu, qu'est-ce que j'en sais, au juste ? Regardez ce que j'ai élevé !

Il donna un coup de poing sur le bras de son fils.

Les trois hommes firent le tour de la maison dans un silence complice et se séparèrent au pied de la terrasse.

25

En vue de la réception au verger, Kendra emmena les filles acheter des robes habillées. Comme elle avait promis de leur laisser carte blanche, elles allèrent dans une grande surface pour limiter les dégâts. Alison choisit une robe rose à bretelles, dans une cotonnade imprimée de fleurs. La couleur jurait avec ses cheveux roux, mais elle tenait à la porter avec un gilet lavande et des collants rouges car elle avait noté des nuances de bleu lavande et de rouge dans l'imprimé.

— Elle aime mélanger les couleurs, expliqua Hannah à sa tante. Alison dessinera peut-être des motifs de tissu, un jour. Mamie Grace dit qu'il faut l'encourager.

Kendra acquiesça avec diplomatie et ne dit pas un mot, quand Hannah choisit une robe chasuble noire à porter sur un pull à col roulé noir, avec des collants noirs et des ballerines vernies noires. Le noir ne jurait pas avec ses cheveux à elle, après tout, même si elle avait l'air de s'habiller pour un enterrement ou quelque assemblée gothique.

Le temps était de la partie pour un après-midi en plein air. Elles eurent droit à un beau soleil d'automne, alors qu'il aurait aussi bien pu pleuvoir ou même neiger, à cette époque de l'année. Grace fit installer quatre tables de jeu pour les filles, leurs chaperons et leurs poupées et refusa de laisser Jamie acheter des nappes et des serviettes en papier. Elle préféra recouper et ourler d'anciennes nappes en lin ; elle apprit ensuite aux filles à plier les serviettes assorties et à les glisser dans des ronds de serviettes en argent, gravés du C des Cashel. Les filles ramassèrent les dernières fleurs des champs — asters mauves et jaunes, pâquerettes et laiteron — pour en faire des bouquets qu'elles étoffèrent avec de grandes herbes. Elles confectionnèrent des cartons au nom de chaque fille et de chaque poupée pour marquer leurs places et Hannah rédigea soigneusement un menu par table.

— Je suis sûre qu'il y a un k dans concombre, dit-elle à Kendra. Ça s'entend tout de suite.

— Eh bien, non, dit Kendra.

Hannah leva les yeux, l'air intrigué.

— Alors, pourquoi est-ce que ton nom ne s'écrit pas avec un C ?

— Parce qu'il ne s'écrit pas comme ça.

Hannah continua d'énumérer les plats.

— Sandwichs au concombre avec un C ; salade aux œufs et…

Elle leva de nouveau les yeux.

— Pourquoi on dit « salade », s'il n'y a pas de laitue dedans ?

— Je crois que tu ferais mieux de finir tes menus, chérie, dit Grace, qui était en train d'accrocher la nappe au rebord de la table voisine. Tu es en train de perdre ton temps.

— Est-ce qu'on peut vraiment perdre son temps ? Du moment qu'on respire et que notre cœur bat à chaque seconde, on fait quelque chose et le temps n'est pas vraiment perdu. Salade de fruits…, continua-t-elle à noter, en s'appliquant. Là non plus, il n'y a pas de salade. Il faudrait un autre mot. On pourrait en inventer un.

Se retenant de rire, Kendra ébouriffa les cheveux de sa nièce — retenus par un ruban noir, évidemment — et s'éloigna pour aller donner un coup de main à Grace.

— Cette enfant fera enrager quelques professeurs, murmura Grace, quand Kendra fut assez près pour l'entendre. Je crois que nous devrions mettre de l'argent de côté pour régler ses frais d'avocat, tant qu'il est encore temps.

— Je suis sûre que son père interviendrait immédiatement en cas de problème. D'après ma sœur, Larry Clousell est un ténor du barreau. Hannah bénéficiera toujours d'un filet de sécurité.

Hannah s'éloigna pour aller montrer quelque chose à sa mère. Les deux femmes purent parler à voix haute.

— C'est à ça que servent les parents, je suppose, dit Grace. Mes deux garçons, Charlie et Adam, ont toujours su qu'en cas de pépin important, nous serions là pour les tirer d'affaire, Ben et moi. Bien entendu, Ben les laissait toujours aller à deux doigts de la catastrophe, rien que pour leur flanquer la trouille de leur vie. La plupart du temps, ça marchait. Ma fille, en revanche, ne nous a jamais donné le moindre frisson. C'est une créature parfaitement saine et organisée, ma Sandra. Nous sommes si différentes que j'aurais pu craindre un échange de bébés à la maternité, sauf que j'ai accouché d'elle ici.

Kendra rit.

— J'aime bien votre fille. Vous vous apportez tant de choses l'une à l'autre. J'espère…

Elle se tut brusquement, se demandant comment elles en étaient arrivées là.

— Vous espérez ? l'incita Grace à poursuivre, avec douceur. Que vous vous apporterez mutuellement beaucoup de choses, vos fils et vous ? Je vous rassure tout de suite. La réponse est oui.

Kendra se pencha pour accrocher un plomb à la nappe.

— Je ne suis pas très douée pour ce rôle-là. Ils risquent de s'en rendre compte.

— Je ne vais pas vous mentir en disant que tout s'apprend, dans l'art d'être parents. Il y a des gens qui semblent venir au monde avec un stock de patience quasi inépuisable. Vous n'êtes peut-être pas de ceux-là ?

— Si, je crois avoir de la patience.

— A la bonne heure ! C'est bien ce qui me semblait. Je vous ai vue à l'œuvre avec vos nièces.

— N'importe qui pourrait être patient avec elles. Ce ne sont vraiment pas des enfants bien compliquées.

— Oh là là, bien sûr que si… Pas pour nous, évidemment, parce que nous les aimons. Mais Hannah fera tourner tout le monde en bourrique avec ses questions et ses remarques incessantes. Et Alison donne déjà quelques signes d'un fichu caractère, mais dans un autre genre. Non, vous êtes patiente parce que c'est dans votre nature.

— Bon, alors, c'est déjà un point en ma faveur.

Kendra prit un autre crochet plombé et se dirigea vers l'angle suivant.

— Donc, vous êtes patiente, reprit Grace. Nous sommes d'accord là-dessus. Vous n'êtes peut-être pas assez généreuse ? Les enfants vous prennent beaucoup de temps, d'argent et d'énergie. Vous craignez peut-être de ne pas en avoir suffisamment ?

— L'argent n'est pas un problème. L'énergie ? se demanda-t-elle. Pour des jumeaux, je ne suis peut-être plus aussi jeune qu'il faudrait. Mais bon, si j'utilise intelligemment mon énergie, j'en trouverai peut-être assez. Le temps ? J'adore mon travail, mais je pourrai toujours réduire un peu le rythme.

— Patiente et généreuse, alors…

Kendra leva les yeux sur elle.

— Je vois bien ce que vous essayez de faire.

— Moi ?

— J'ai déjà eu une expérience dans le domaine parental, vous savez. Ce fut un échec lamentable.

— Vous avez déjà été mère ? Oh, excusez-moi, je ne savais pas…

— Non, je parle de Jamie.

— Vous n'allez quand même pas vous juger sévèrement parce qu'étant enfant vous-même, vous n'avez pas réussi à élever votre sœur cadette avec la compétence d'un adulte ?

— A ma décharge, je manquais cruellement de modèle parental.

— Votre sœur m'a un peu parlé de votre famille.

— C'est curieux, mais je m'étais fait depuis longtemps une raison à propos de Riva, notre mère. Et maintenant, voilà que ça me tourmente de nouveau. Je sais que je n'ai rien de commun avec elle. Ce n'est pas ça…

Kendra se redressa et s'étira.

— Pourquoi est-ce que je vous raconte ma vie ? Je suis en train de vous casser les pieds.

— Non, pas du tout. Mais je dois avouer que si j'étais plus jeune, j'irais poursuivre votre mère avec un fusil de chasse.

— Il est difficile de séparer la femme de la maladie.

Grace garda un instant le silence. Puis elle demanda gentiment :

— Auriez-vous peur d'être sujette au même genre de symptômes ?

— Non, je sais que je ne le suis pas. Ils se seraient déjà déclarés.

— Jamie est devenue une jeune femme accomplie, en

fin de compte. En fait, si mon petit-fils ne l'épouse pas, je songe à l'adopter. Croyez-vous qu'elle serait d'accord ?

Kendra sentit ses épaules s'alléger d'un immense poids. Elle sourit tant bien que mal.

— Uniquement si vous m'adoptez aussi ! Et deux enfants comme nous, ce n'est pas rien. Nous traînons un vécu personnel assez lourd.

— Vous vous en êtes mieux sorties que vous ne le croyez, Kendra. Je sais que vous avez eu des périodes difficiles, votre sœur et vous. Mais vous lui avez donné la force de remettre sa vie d'aplomb. Ce n'est pas donné à tout le monde, vous savez. Je crois même qu'un très faible pourcentage de ceux qui dégringolent aussi bas sont capables de remonter la pente comme elle l'a fait. Et où a-t-elle puisé cette force, si ce n'est dans votre amour et les préceptes qu'elle a reçus de vous ?

Kendra esquissa une grimace et sentit sa gorge se nouer.

— Ne faites pas cette tête, lui dit encore Grace. Je sais de quoi je parle. Chaque fois que quelqu'un triomphe de l'adversité, vous pouvez être sûre que dans son passé, quelle que soit la tragédie vécue dans son enfance, on trouve une personne qui lui a donné la dose nécessaire de courage et de confiance en soi. Vous avez fait ça pour Jamie quand vous n'étiez encore vous-même qu'une enfant. Imaginez la mère que vous allez être, maintenant que vous êtes une adulte.

— Jamie s'est enfuie. Quelle réussite !

— Elle s'est enfuie, soit… Mais vous avez été l'ancre qui l'a empêchée de couler complètement et qui l'a aidée à regagner la surface.

— J'ai tellement peur de répéter les mêmes erreurs. Cette angoisse me ronge en permanence.

— Vous devriez en parler à Jamie ; pour voir les choses sous un angle différent.

— Je n'arrive pas à croire que je vous en ai parlé, à vous.

— Oh, ça n'a rien d'étonnant. Les gens se confient volontiers à moi. Je ne sais pas pourquoi, mais je sais que je m'en réjouis.

Grace franchit l'espace qui les séparait, prit Kendra dans ses bras et l'étreignit brièvement.

Le goûter des poupées fut une réussite complète. Les petites filles qui s'étaient roulées dans la boue lors de la « Journée Gadoue », ainsi que deux ou trois nouvelles compagnes de jeux, arrivèrent habillées comme des princesses avec leurs poupées tout aussi endimanchées. Les robes restèrent relativement propres, mais les bonnes manières de princesses s'estompèrent au fil de l'après-midi. A l'heure où les parents arrivèrent pour récupérer leur progéniture, les filles jouaient à chat perché en se poursuivant au galop parmi les vieux pommiers.

Jamie s'était consciencieusement octroyé un long repos matinal en prévision de l'effervescence à venir ; maintenant que la petite fête s'achevait, elle projetait d'en faire autant, en attendant le repas du soir. Les symptômes du placenta previa n'avaient pas réapparu ; elle se sentait solide, en bonne santé, mais néanmoins bien lasse, il fallait l'admettre. Elle était contente que Kendra soit restée pour débarrasser, ranger les tables et rentrer le reste des boissons dans la cuisine.

Cash était arrivé à la rescousse juste à temps pour voir Alison attraper Bridget avant qu'elle ait grimpé à l'arbre et Jamie annoncer que le jeu était terminé et avait aidé à rassembler les troupes.

— Allez, les filles, vos parents ne vont pas tarder à arriver ! Tout le monde va récupérer ses affaires à la maison et remettre un manteau… Il faut que vous soyez prêtes quand ils seront là. Vous pouvez aller dire au revoir à Chance. Et n'oubliez pas vos sachets de friandises.

Kendra avait proposé de superviser l'opération, pendant que Jamie irait s'allonger un moment.

La jeune femme n'avait pas discuté. Elle avait l'impression que ses pieds et ses jambes pesaient des tonnes. Elle salua Cash d'un petit signe de main, puis se laissa choir dans un fauteuil et ôta ses chaussures pendant que la joyeuse troupe filait en courant vers la maison.

Cash s'approcha et lui posa une main sur l'épaule.

— N'ayant personnellement jamais eu d'enfants, je me pose quelques questions… Est-il indispensable d'organiser fréquemment des journées festives ? Y a-t-il une règle d'or du type une réception par mois ?

— C'est seulement la seconde fois que les filles reçoivent leurs amies depuis notre arrivée dans la région. Mais je crois que je suis en train d'éduquer des fêtardes. J'ai hâte qu'elles en soient au stade où on passe la nuit les unes chez les autres.

— Plus elles le feront, mieux ce sera ?

— A condition qu'elles rentrent quand même de temps en temps à la maison. J'ai toujours eu envie d'avoir une famille nombreuse, mais deux enfants, c'est déjà pas mal quand on est mère célibataire.

— Et si vous ne l'étiez plus ?

Le cœur de Jamie fit une petite embardée, mais la jeune femme se calma bien vite en se disant que la question s'inscrivait simplement dans la logique de leur conversation.

— Deux, c'est toujours beaucoup. Je souhaite avoir une maison où il y ait plein d'espace, où les filles pourront inviter leurs amis et où les gens se sentiront tous les bienvenus. Il n'est pas nécessaire de mettre des enfants au monde pour en avoir dans sa vie.

— Vous avez l'air éreinté.

Elle ferma les yeux un instant.

— J'ai juste un peu mal aux pieds. Cette petite fête sera la dernière avant la naissance des jumeaux. Je n'aurais pas pu l'organiser sans l'assistance de Grace et de Kendra. Je leur ai délégué presque tout le travail. Mais tout le monde s'est régalé — y compris elles.

— Mamie Grace recevait tout le temps du monde, ici. Grand-père Ben appelait la maison « la gare routière », parce qu'il y avait toujours beaucoup de circulation dans le chemin. Mais la plupart de leurs amis ont disparu ou déménagé et mes oncles habitent trop loin pour venir aussi souvent que nous le souhaiterions tous. Ce qui fait que vous avez vraiment relancé les choses, avec vos filles.

— Je m'en félicite. Evidemment, elle a fait bien plus que ça pour nous…

Cash s'agenouilla à ses pieds. Jamie se sentit un peu gênée car elle portait des socquettes en laine peu élégantes et en dessous, des ongles de doigts de pieds qui n'avaient pas été vernis depuis que son ventre proéminent lui rendait l'exercice par trop pénible.

Il souleva son pied gauche et commença à en masser la plante avec les pouces, par petits mouvements circulaires.

— Je demande généralement la permission à une femme de la déshabiller. Est-ce que je peux vous ôter ces chaussettes ?

— Ce que vous allez voir ne vous plaira pas, j'en ai peur…

Il lui enleva la chaussette.

— Je vois un pied, long, étroit et juste un peu enflé.

Il replaça ses pouces au même endroit et Jamie ferma les yeux avec un soupir d'aise.

— C'est le paradis.

— Je ne cherche qu'à satisfaire.

— C'est ce que vous dites à toutes les femmes que vous déshabillez ?

— Je n'arrive pas à m'en souvenir.

— Pourquoi, parce qu'elles sont trop nombreuses ?

— Non, parce que ça fait trop longtemps.

Une chaleur subite se répandit en elle, jusqu'en des endroits qu'il ne touchait pas.

— Pensiez-vous que c'était ce que je voulais savoir ?

— C'était ce que vous vouliez savoir. Et ça ne m'ennuie pas de répondre, dit-il en interrompant un bref instant son massage. Et vous, Jamie ? Y a-t-il un homme dans votre vie qui ait le droit de poser des questions personnelles ?

— Non, il n'y en a pas.

— Alors, vous ne vous languissez d'aucun des papas des filles ?

Elle rit.

— Oh, non, Cash, certainement pas. J'aurais pourtant juré que je n'avais laissé planer aucun doute là-dessus.

— Je crois que c'est moi qui pose des questions personnelles, à présent.

Elle se pencha en avant, lui souleva le menton et effleura ses lèvres d'un baiser.

— Je vous y autorise, si vous le souhaitez.

— Je considère ça comme un honneur, ma chère.

Et cette fois, ce fut lui qui l'embrassa.

— Cette petite fête était très réussie, tu ne trouves pas ? demanda Grace à Jamie, quand tout le monde fut parti, y compris Kendra.

Alison et Hannah jouaient maintenant à Candyland sur leur console de jeux — un divertissement auquel Hannah avait uniquement recours quand elle était trop fatiguée pour entreprendre quelque chose de plus élaboré pour distraire sa petite sœur.

Jamie se leva de table, où elle était en train de boire un jus d'orange et se mit à fourrager dans les placards de la cuisine.

— C'était parfait mais nous t'avons donné beaucoup de travail. Si tu me laissais préparer le repas du soir ? Je peux faire des pâtes avec une bonne sauce et une salade, le tout d'une seule main.

— J'en ai l'eau à la bouche. Je pensais qu'il nous resterait plein de victuailles après cette dînette, mais tes filles et leurs invitées sont plus voraces que tous les garçons dont j'ai eu à m'occuper jusqu'ici. Il aurait fallu mettre un cochon ou un bœuf à rôtir, ma parole !

Jamie brandit un paquet de spaghetti.

— Nous avons tout ce qu'il nous faut. Je commence tout de suite à préparer la sauce.

— Tu ne te sens pas trop lasse ?

— Non ; je me reposerai pendant qu'elle mijote.

Grace regarda la jeune femme rassembler les ingrédients : tomates en conserve, poivrons et champignons, un bocal de sauce à spaghetti, ail et oignons, origan, basilic et fenouil. Jamie adorait cuisiner et Grace adorait la regarder faire.

Il faisait bon dans la cuisine, où flottait encore l'odeur des cookies aux flocons d'avoine parfumés à la cannelle que Jamie avait confectionnés pour la dînette. Les rayons du soleil couchant qui pénétraient par les hautes fenêtres réchauffaient les murs pêche d'une belle lumière dorée et brillaient sur le parquet blond.

Grace eut envie de fixer ce moment dans sa mémoire,

en compagnie d'une foule de bons souvenirs des années qu'elle avait passées dans cette pièce : Ben rentrant d'une journée de travail au verger, les joues rougies par le froid ou moites de chaleur. Les repas en famille à cette table, ses fils et sa fille riant ou se disputant, mais mangeant toujours comme s'ils n'avaient rien eu à se mettre sous la dent depuis des mois. Les premières visites des nouveaux petits-enfants qui tambourinaient avec leur cuillère sur la tablette de la chaise de bébé en attendant que leur père ou leur mère vienne leur donner la becquée.

Jamie versa deux cuillerées d'huile d'olive dans une grande casserole et la mit à chauffer sur le fourneau ; puis elle décrocha la planche à découper de son clou et entreprit de hacher un oignon.

— J'ai été surprise qu'Helen Henry ne soit pas venue chercher Reese avec Cissy, dit Grace. Je pensais qu'elle aurait bien aimé venir m'espionner.

— Quelle drôle d'idée…

— Peut-être, mais ça n'aurait rien d'invraisemblable, si ?

— En fait, Cissy m'a dit quelque chose à propos d'Helen…

Elle tressaillit et regarda Grace.

— Quelque chose de triste. Ce week-end est celui du grand festival de patchwork de Houston…

— Mais oui, bien sûr ! Helen est là-bas. Et alors ? Qu'est-ce qu'il y a de triste ? Son ouvrage n'a pas été primé ?

— Ça, je n'en sais rien, mais Helen n'a pas pu y aller, elle est malade. Apparemment, elle souffre d'une vilaine bronchite qui risque d'évoluer vers la pneumonie. Son médecin lui a interdit de quitter le lit.

— Oh…

Grace imaginait très bien combien cela avait dû contrarier

la pauvre Helen. Elle avait passé pratiquement toute sa vie à Tom Brooks, veuve de guerre se débrouillant seule pour élever sa fille, privée aussi de ses frères, tous deux victimes de la Seconde Guerre mondiale. Qu'elle se soit tirée d'affaire sans l'aide de quiconque et sans cesser de confectionner ses superbes patchworks témoignait d'un courage indiscutable.

Même si Grace ne la portait pas dans son cœur, elle lui reconnaissait au moins cette qualité-là.

Jamie jeta l'oignon haché dans la casserole, où il se mit à rissoler, tandis qu'elle épluchait une gousse d'ail.

— Cissy m'a dit qu'Helen ne veut même pas en parler ; elle prétendrait que c'était ridicule d'aller jusqu'au Texas, de toute façon. Mais je suis sûre qu'elle a été drôlement déçue.

— Est-ce qu'elle va un peu mieux ?

— Cissy dit qu'elle recommence à se lever, mais qu'elle ne doit pas sortir de chez elle. Apparemment, la fièvre serait tombée. Cissy est bien ennuyée car elle pense que c'est Reese qui a transmis un virus à Helen. La petite s'en est vite remise, ce qui n'a pas été le cas d'Helen.

Grace réprima un sourire. Pour quelqu'un de l'âge de Jamie, les vieilles dames comme Helen et elle étaient à deux doigts du trépas.

— Je me demande si nous ne pourrions pas lui porter quelque chose, poursuivit Jamie, sans remarquer l'amusement de son amie. J'ai donné des cookies à Cissy pour toute la maisonnée, mais je pourrais doubler la dose de sauce et leur en apporter un pot demain matin.

Grace regarda par la fenêtre et songea à d'autres moments où elle était restée assise là, à ressasser son ennui et ses regrets pour une vie qui lui avait été imposée.

— J'ai du pain au congélateur, dit-elle à Jamie, sans détacher son regard de la fenêtre. Et il y a tous les ingrédients nécessaires pour une grosse salade composée. Si tu prépares la sauce, je demanderai à Cash de m'emmener là-bas ce soir pour livrer le repas. Ça ne le dérangera pas trop.

— Tu vas aller là-bas ? Toi ? Ce soir ?

— Bien entendu, et je dirai à Helen que la sauce est ton œuvre.

— Tu sais bien que ce n'est pas à ça que je pensais.

Cette fois, Grace sourit franchement.

— Il est peut-être temps que nous parlions enfin à cœur ouvert, Helen et moi. N'est-ce pas le moment idéal ? Elle ne se sentira probablement pas assez bien pour me jeter dehors. C'est une occasion qui ne se reproduira sans doute pas de sitôt.

— Tu crois vraiment que c'est une bonne idée de parler à cœur ouvert avec elle ?

— La vérité est toujours bonne à dire et à entendre, non ?

— Sûrement pas !

— En l'occurrence, je crois que si. Quelquefois, quand on a l'impression de toucher le fond, les seules personnes qui peuvent réellement te comprendre sont celles qui t'ont connue toute jeune ; celles qui savent pourquoi tu es qui tu es et qui sont prêtes à t'accepter ainsi.

— Et tu es prête à l'accepter telle qu'elle est ? Parce que bon, moi, je l'aime bien mais enfin, elle n'est quand même pas tendre avec toi.

— Espérons que ça va changer, dit Grace en repoussant sa chaise pour se lever. Allez, je vais décongeler ce pain… Et si je faisais une énorme salade pour la partager avec eux ?

— J'aimerais bien être une petite souris cachée dans la pièce où vous vous parlerez à cœur ouvert.

Grace sourit encore et embrassa Jamie sur la joue.

— Dans ce cas, j'emporterai une tapette à souris, ma belle ; car c'est une conversation que personne d'autre ne doit entendre.

26

— C'est là… La vieille ferme, à droite… Ralentis.

Cash appuya sur le frein un peu brusquement. Comme la plupart des gens de la région, il roulait généralement à vive allure, mais c'était un bon conducteur.

— Tu es sûre de vouloir t'infliger ça ? demanda-t-il à sa grand-mère.

— Absolument certaine.

— Alors j'irai faire un tour jusqu'à la maison des Taylor pour voir où en sont les travaux de drainage ; je ne serai pas très loin. J'ai pris mon téléphone ; en cas d'urgence, tu peux te sauver et te diriger de ce côté. Je volerai à ton secours le plus vite possible.

— Oh, je doute qu'elle me poursuive avec son fusil de chasse ! Au pire, elle me flanquera dehors, mais elle me laissera au moins t'attendre à sa porte. Ce n'est pas une sauvage, tout de même.

— Je me demande si tu n'es pas un peu masochiste. Les gens comme elle ne méritent pas la charité de leurs voisins.

— Helen Henry a sa propre version de certains faits survenus il y a bien longtemps. C'est le petit bois qui entretient ce feu de colère, depuis toutes ces années ; j'ai l'intention de régler enfin cette vieille affaire.

Cash s'engagea dans une allée étroite qui longeait le côté de la maison et s'arrêta au bout.

— Bon, eh bien, j'espère que tout va bien se passer. Alors, je te laisse… J'attends ton appel pour repasser te chercher.

Grace lui donna une petite tape sur le genou avant de sortir. Puis elle alla ouvrir le hayon et sortit le panier de provisions préparé par Jamie.

— A tout à l'heure… Inutile d'attendre pour voir si quelqu'un me fait entrer. Je sais qu'elle est forcément chez elle.

— Je te dirais bien de prendre ton temps, seulement, j'aimerais te récupérer en un seul morceau ! répondit Cash en riant.

La vieille dame referma le hayon et se dirigea vers la maison, tandis que Cash repartait en marche arrière. Quelques instants plus tard, la camionnette avait disparu sur la petite route de Fitch Crossing.

Une lampe était allumée au-dessus de la porte d'entrée, comme si Helen attendait quelqu'un ou craignait l'obscurité grandissante du crépuscule. En cette fin d'automne, les deux érables plantés de chaque côté du perron avaient perdu leurs feuilles, mais pas une ne crissa sous les pieds de Grace, à l'approche des marches. Les massifs de buis étaient soigneusement taillés ; des parterres de chrysanthèmes flanquaient l'allée principale. La maison semblait bien entretenue et repeinte de frais.

Il n'en avait pas toujours été ainsi. Grace se souvenait de son état d'abandon, encore quelques années auparavant. Elle s'était souvent dit que cela aurait fait honte à Tom Stoneburner. S'il avait vécu, ainsi que leur frère aîné, Obed, sans doute auraient-ils hérité tous les deux de la propriété, comme cela se faisait à la campagne, dans ces temps-là. Les deux garçons étaient travailleurs et ils l'auraient entretenue. Mais avant d'être tué à la guerre, Obed s'était marié et installé ailleurs.

L'un ou l'autre aurait maintenu les lieux dans un état impeccable, quoi qu'il en soit. En tout cas, le fait qu'Helen, devenue seule, ait réussi à garder la maison tenait déjà du prodige — d'autant qu'elle avait toujours refusé toute assistance de ses amis ou voisins.

La guerre avait changé tant de choses pour beaucoup de gens. Grace se réjouit qu'après tant d'années difficiles, Helen eût enfin accepté l'aide dont elle avait besoin.

Elle gravit péniblement les marches du perron avec son panier et se fit la réflexion qu'Helen, manifestement, n'était pas la seule à prendre de l'âge. Un gros matou sauta de la balustrade quand elle atteignit l'entrée, puis fila vers l'arrière de la maison, où on entendait caqueter quelques poules. Grace posa son panier par terre pour ouvrir la porte moustiquaire et frapper à la suivante.

La lueur d'une lampe filtrait à travers les épais rideaux tirés de la fenêtre du séjour. Grace crut entendre le murmure d'une télévision, mais la porte était assez épaisse pour amortir les bruits.

Comme personne n'avait répondu à ses premiers coups, elle s'apprêtait à frapper de nouveau quand le battant s'ouvrit lentement.

Grace s'attendait à ce que ce soit Cissy, ou bien la fille d'Helen qui vienne lui ouvrir. Mais c'était Helen en personne qui se tenait sur le seuil ; en la voyant, elle fit une légère grimace.

— Tu es venue me narguer ?

— Encore une chose qui ne viendrait à l'esprit de personne, à part toi !

Helen grommela une réponse inintelligible, puis elle haussa les épaules et s'effaça pour la laisser entrer.

— Je pensais que c'était Nancy. Elle est en route pour venir passer le week-end avec moi.

Grace avait oublié le prénom de la fille d'Helen, mais elle remit maintenant un visage dessus. Frêle et menue, Nancy avait été une petite jeune fille blonde qui ne ressemblait en rien à sa robuste fermière de mère. Helen fit entrer Grace. Cette dernière espéra que mère et fille avaient fini par accepter leurs différences, comme Sandra et elle-même y étaient parvenues.

— Il y a une éternité que je n'ai pas vu Nancy ! Que devient-elle ?

— Elle est heureuse.

— Et tu as des petits-enfants ?

— Un seul. Et un arrière-petit-fils.

— C'est merveilleux ! Je parie que tu te régales, avec lui.

— Qu'est-ce que tu viens faire ici ?

— J'ai appris que tu étais souffrante.

Grace souleva son panier en guise de complément d'explication.

— Et avec Jamie, nous nous sommes dit que tu aimerais peut-être goûter aux pâtes qu'elle a préparées pour dîner. Il y a aussi une salade, du pain maison et des pommes du verger. Si tu as déjà mangé, tout ça peut tenir jusqu'à demain. Jamie est un fin cordon-bleu, tu sais…

— J'essaie de comprendre pourquoi tu te donnes tout ce mal.

— Helen, tu ne prends donc jamais une chose pour ce qu'elle t'est donnée ?

— Pas souvent, non.

— Enfin, c'est sans doute compréhensible…

— Pourquoi ?

— Tu as connu l'adversité ; ça rend méfiant.

— Je me suis bien tirée d'affaire.

Grace posa de nouveau son panier sur le sol.

— Effectivement, mais prétendrais-tu pour autant que ça a été facile ? Tu ne crois pas que les événements ne t'ont pas transformée ?

— Tout le monde change, à quelques exceptions près, précisa Helen en haussant un sourcil. Certaines personnes ne changent jamais parce qu'elles en sont incapables… C'est dans leur nature même.

— Je suppose que c'est de moi dont tu parles ?

— Tu n'en as toujours fait qu'à ta tête, quelles qu'en soient les conséquences !

Comme c'était loin de la vérité, songea Grace. En réalité, quelle qu'ait été sa « nature même », le devoir avait régi toute sa vie. Mais à présent, elle n'en éprouvait pas le moindre regret.

— Où souhaites-tu que je mette ces victuailles ? demanda-t-elle.

Helen parut se retenir pour ne pas lui dire où elle pouvait les mettre — certainement pas dans la cuisine, pensa Grace. Mais finalement, elle fit demi-tour et se dirigea de l'autre côté du séjour. Grace reprit son panier et lui emboîta le pas.

— Oh ! s'exclama-t-elle, tombant en arrêt devant un patchwork de belles dimensions, tendu sur un grand cercle à matelasser. Dis donc, Helen, ce patchwork est une merveille !

— Rien d'extraordinaire…

Grace posa une fois de plus son panier et s'approcha pour admirer l'ouvrage.

— Si, c'est absolument ravissant ! s'exclama-t-elle en se penchant pour mieux voir les points minuscules. C'est un « Whig Rose » ?

— Non, un « Rose of Sharon »… La courbure des tiges et les fleurs ne sont pas du tout les mêmes.

C'était un travail somptueux et Grace était toute disposée à l'admettre. Elle compta cinq blocs disposés en forme de losanges, chacun comportant une rose rouge en son centre, la tige courbée dirigée vers l'extérieur. Sur chaque tige étaient fixés des boutons de roses et des feuilles. Une guirlande de feuilles et de fleurs pleine de grâce entourait l'ensemble.

— C'est ce genre de patchwork que tu proposais au groupe pour Noël ? lui demanda Grace, en soulevant un coin de la courtepointe pour en examiner les détails.

— Quelque chose dans ce style, oui… Seulement, comme tu as eu l'air de sous-entendre que c'était sans originalité et démodé, j'ai décidé d'en confectionner un pour moi. Le dessus est terminé depuis un moment et quand je suis tombée malade, je l'ai descendu dans le salon pour finir de le matelasser sur ce cercle.

— Je n'ai jamais dit que c'était démodé, Helen. J'ai simplement émis une autre suggestion ; tout le monde a droit à la parole, non ? Apparemment, ces dames étaient d'humeur à sortir un peu des sentiers battus, c'est tout. Mais j'espère bien que l'an prochain, nous aurons toutes envie de nous lancer dans un travail aussi raffiné que celui-ci !

— Ce n'est pas donné à tout le monde de faire ce genre d'ouvrage.

Helen prit soin d'accompagner ce « tout le monde » d'un regard qui ne laissait planer aucun doute sur la personne à laquelle elle pensait, en particulier. Grace songea qu'il serait décidément difficile de lui faire baisser la garde.

— J'avoue qu'une telle minutie dépasse de loin mes capacités, reconnut-elle, s'efforçant de ne pas céder à la provocation. J'ai dû renoncer à tous ces points minuscules ; je n'en ai jamais fait d'aussi impeccables, du reste.

— Tes créations ne nécessitent pas tellement de métier.

— Non, c'est vrai... Ils font plutôt appel à l'imagination, à l'audace ; et de l'audace, je n'en manque pas, hein ? Il suffit de voir ce que je suis en train de faire, en ce moment même...

Helen ne releva pas et poursuivit son chemin. Grace la suivit jusqu'à la cuisine, une pièce de petites dimensions, mais pimpante et accueillante. Tant bien que mal, elle hissa son panier sur le plan de travail, tout en s'exhortant au calme et à la patience.

— Si je rangeais tout moi-même dans le réfrigérateur ? Tu ne dois pas te sentir assez en forme pour t'agiter, j'imagine.

Elle ouvrit la porte de l'appareil et vit qu'en rangeant son contenu, il y aurait la place pour tout.

— Je me sens très bien..., répondit Helen avant de se taire un moment pendant que Grace déchargeait le contenu du panier. Maintenant que ça n'a plus d'importance, ajouta-t-elle d'un ton dépité.

— Ce coup de froid ne pouvait pas tomber plus mal. Je suis désolée que tu n'aies pas pu voir ton patchwork parmi les œuvres exposées à Houston. Que tu me croies ou pas, je suis sincère et j'espère que tu pourras y aller l'an prochain.

— A mon âge, « l'an prochain » n'est qu'un point d'interrogation.

— J'en suis au même stade, tu sais, dit-elle en refermant le réfrigérateur. Je regrette de ne pas être allée voir plus d'expositions quand c'était encore facile pour moi ; et de ne pas avoir voyagé davantage, pour découvrir des choses dont je ne peux plus que rêver, à présent.

— Moi, ça ne m'a jamais tellement tentée. Enfin, peut-être que si, un jour ; mais c'était il y a bien longtemps.

J'étais quelqu'un de différent, alors. Aujourd'hui, j'ai beaucoup de mal à me rappeler cette femme-là.

— Moi, si… Tu débordais de vie et d'énergie. Tu avais le regard étincelant et toujours le sourire aux lèvres. Tom disait que tu étais tout feu tout flammes.

— Tu n'as pas le droit de parler de mon pauvre Tom !

— Oh, bien sûr que si ! Tom était mon plus cher ami.

Helen ricana.

— C'est ce que tu es venue me dire ? Que tu regrettes que Tom ne soit plus là ? Et me rappeler tous ces souvenirs ?

— Ai-je besoin de te les rappeler ? J'imagine que tu penses à lui encore plus souvent que moi.

— Merci pour le repas. Mais je suis fatiguée, maintenant. Tu ferais mieux de t'en aller.

— Helen…

Grace prit le risque de poser une main sur son bras.

— J'ai aimé ton frère. Pendant longtemps, j'ai cru que Tom serait l'homme que j'épouserais.

Helen la dévisagea sans rien dire, l'air sceptique.

— C'est Tom qui n'a pas voulu se marier avec moi.

— Ce n'est pas vrai ! Tu lui as brisé le cœur ! Il n'y a jamais eu d'autre femme dans sa vie après que tu es partie et que tu as épousé ton beau-frère. Il en a toujours pincé pour toi jusqu'au jour où il s'est engagé pour aller se faire tuer au Guam. Il y avait plein de filles qui auraient bien voulu de lui, mais il n'en regardait pas une seule. Après sa mort, j'ai vidé sa chambre et j'ai trouvé une photo de toi dans le tiroir de sa table de nuit.

Grace consulta sa montre. Elle avait fait une erreur en venant ici. Qu'aurait-elle pu dire de plus, à présent ? Elle avait espéré que cette preuve de bonne volonté et un morceau de vérité suffiraient à apaiser Helen ; mais elle aurait dû se douter qu'il n'en serait rien.

Elle la regarda de nouveau.

— Je m'en vais, maintenant. Excuse-moi de t'avoir dérangée.

— Ce qui me dérange surtout, c'est que tu refuses d'admettre la vérité, de reconnaître que tu as mené mon frère en bateau avant de le laisser tomber. Après ça, il a eu tellement de chagrin qu'il n'a plus trouvé une seule raison de vivre ni aucun motif valable de ne pas mourir !

— C'était il y a si longtemps, Helen…

— Pas si longtemps que ça, pour moi ; Tom était mon frère.

— C'était aussi l'homme que j'ai cru aimer.

— Alors, pourquoi ne l'as-tu pas épousé ? Tu ne peux pas m'affirmer une chose et avoir fait le contraire !

— Je te l'ai déjà dit : c'est Tom qui ne voulait pas m'épouser.

— Qu'est-ce que tu racontes ? Il avait ta photo encadrée près de son lit. Dans un angle, il y avait écrit : « Avec tout mon amour, Grace. »

— C'est vrai, je lui ai donné cette photo, à l'époque où je croyais…

Elle s'interrompit.

— Je m'en vais. Ça vaut mieux.

D'une pirouette, elle rebroussa chemin et se dirigea vers l'entrée, balançant à son bras le panier devenu beaucoup plus léger.

— Qu'est-ce que tu croyais ? Que Tom allait quitter la région pour toi, peut-être ? C'est de ça dont il était question ? Quand il t'a dit qu'il ne pouvait pas, qu'il devait rester ici pour s'occuper de la ferme, alors tu l'as envoyé paître pour pouvoir décamper sans aucune attache, hein ?

— Est-ce que j'ai décampé ?

Grace fit demi-tour pour affronter Helen.

— Non, je suis restée ici, j'ai épousé un homme en deuil de ma sœur et j'ai servi de mère à mes deux neveux. Ensuite, jusqu'au décès de Ben, je ne suis jamais allée plus loin que Washington et encore, pour faire des courses en ville à l'époque des fêtes. Alors, n'essaie pas de me mettre ça sur le dos, d'accord ? Ce qui s'est passé entre Tom et moi n'a aucun rapport avec mon désir de voyager.

— Ça avait un rapport avec quoi, alors ?

— C'était strictement entre nous.

— Tu ne peux rien dire d'autre, parce qu'il n'y a rien d'autre à dire, c'est tout ! Voilà la vérité !

Grace finit par exploser.

— Ah, vraiment ? Eh bien, si tu veux la vérité, je vais te la dire ! A ton avis, pourquoi un beau garçon comme Tom aurait-il refusé de succomber à la tentation de séduire toutes ces jolies filles qui lui tournaient autour ? Tu es peut-être une paysanne comme moi, mais tu as tout de même un minimum de sagacité, non ? Je te répète que j'aimais ton frère. Je l'aurais probablement épousé, s'il m'avait demandée en mariage ; il ne l'a pas fait. Il m'aimait à sa façon, mais j'étais une sorte de paravent entre les autres et lui…

— Quoi ? Pourquoi mon frère aurait-il eu besoin de quelqu'un comme toi ?

— Pour faire croire qu'il était un homme comme les autres !

— C'était un homme comme les autres — et sans doute mieux que beaucoup d'autres. Un homme qui avait juste besoin d'une vraie femme !

— Helen, il n'y avait pas une seule femme au monde qui aurait pu lui donner plus de raisons de vivre que moi. Tu ne saisis pas ? Tom ne pouvait pas éprouver d'attirance physique pour une femme, un point, c'est tout. Tu veux que je te mette les ponts sur les i ?

Helen la dévisagea sans un mot. Grace comprit qu'elle était allée trop loin, que la révélation était trop brutale. Elle se retourna, ouvrit la porte d'entrée et sortit sur la terrasse, faisant claquer derrière elle la porte grillagée. Elle prit son téléphone dans la poche de son sarouel bleu vif et l'alluma pour appeler Cash. Elle sentit alors une main se refermer sur son bras.

— Tu ne vas pas te sauver comme ça, maintenant. Dis-moi tout, dit Helen d'une voix rauque, entrecoupée d'une vilaine toux. Allez, vas-y, dis-le carrément. Qu'est-ce que tu essaies encore de me faire croire ?

— Lâche-moi, Helen…

— Tu n'as pas le droit de partir sans achever ce que tu as commencé.

Elle laissa retomber sa main.

— S'il te plaît…

Grace ferma les yeux. Elle avait parlé sous le coup de la colère. Il lui fallait à présent trouver les mots justes, achever de dire la vérité le plus délicatement possible.

— C'était une autre époque, tu sais. Il fallait qu'un homme soit complètement un homme. Peu importait qu'il soit courageux, travailleur, loyal… si les filles ne l'intéressaient pas. Du coup, beaucoup d'hommes, en ce temps-là — et aujourd'hui aussi, je le crains — faisaient semblant de les aimer, Helen. Ou ils essayaient de se mentir à eux-mêmes. Tom faisait partie de cette catégorie. Il aurait voulu m'aimer et il m'a aimée, en un sens. Mais pas comme il fallait. Il voulait être comme les autres, comme Obed. Il voulait tomber amoureux d'une femme ; mais il s'est finalement rendu compte qu'il ne pouvait pas et il a compris qu'il serait cruel envers moi de continuer à simuler toute sa vie. Tom était amoureux de quelqu'un d'autre.

Elle rouvrit les yeux.

— Amoureux d'un autre homme…

— Tu mens !

— Quoi que tu puisses penser de moi, crois-tu que je sois le genre de personne qui irait inventer une chose pareille ? Pour quelle raison le ferais-je ? Parce que nous n'avons pas la même conception du patchwork ? Pour te donner un véritable motif de m'en vouloir ?

— Tom n'était pas comme ça.

Grace sentit le découragement l'envahir.

— Comme quoi ? Tom était l'un des hommes les plus formidables que j'ai connus — le meilleur de tous, avec mon Ben. Il est mort en combattant pour son pays, lui qui était si sensible, au point d'avoir horreur de tuer un poulet ou de vendre les veaux de son élevage. Il m'expliquait tout le temps combien il détestait voir souffrir un être vivant. Mais tout le monde savait qu'on pouvait compter sur lui pour faire ce qu'il fallait, que ça lui plaise ou non. C'était un homme, un vrai, et personne ne me fera dire le contraire ; mais c'était un homme qui aimait un autre homme et qui en éprouvait une honte indescriptible…

Helen tâtonna derrière elle, trouva le bras d'un fauteuil et se laissa choir dedans. Elle enfouit son visage dans ses mains.

Grace comprit qu'elle remontait dans ses souvenirs, y cherchant la preuve de ce qu'elle avançait. Mais elle ne trouverait rien. Ils avaient tous été si aveugles ; aveugles, négligents et moralisateurs.

— Tu aurais dû me le dire plus tôt, murmura enfin Helen. Pendant tant d'années…

— Pour quoi faire ? Après sa mort, j'ai voulu préserver sa mémoire ; il le méritait. Les gens sont tellement stupides et haineux, en ce qui concerne l'homosexualité, même de nos jours.

Helen se redressa et chercha le regard de Grace.

— Tu as pensé que je ne comprendrais pas ?

— Honnêtement ? J'avais un doute. Est-ce que je me trompais ?

— Qui était l'autre homme ?

— Je n'en sais rien. Je sais seulement qu'il y en avait un. Il a fallu que je devine pas mal de choses toute seule, que je les mette bout à bout et que j'interroge Tom. C'était aussi épouvantable que tu peux te le figurer.

Elle s'assit en face d'Helen.

— Il ne voulait pas que je sache, mais il ne voulait pas non plus me donner de faux espoirs. Il me parlait de choses et d'autres, mais c'est seulement quand j'ai été un peu plus mûre que j'ai enfin compris tout ce qu'il avait essayé de me dire sans y arriver complètement. Et alors, chaque pièce du puzzle a fini par se mettre en place.

Elle attendit. Helen ne disait rien. Cette nouvelle lui faisait manifestement l'effet d'une bombe. Grace devinait son combat intérieur ; pour Helen, il était bien difficile d'y croire mais plus encore, d'admettre que c'était vrai. Puis ses épaules s'affaissèrent et cette fois encore, sa réaction surprit Grace.

— Pauvre Tom…

Grace hocha la tête.

— Oui, dit-elle, je le plains d'avoir vécu ici, à cette époque-là. Dans une grande ville, peut-être aurait-il pu trouver le moyen d'être lui-même. Mais à la campagne, c'était impossible.

Helen la regarda.

— Tu crois que c'est pour ça qu'il a devancé l'appel ? Pour se prouver quelque chose — ou en espérant se faire tuer, afin de ne plus avoir à affronter toutes ces difficultés ?

En définitive, Grace était presque étonnée qu'Helen eût accepté la chose aussi rapidement. Pourtant, cela pouvait s'expliquer. Helen et Tom avaient grandi ensemble ; sans doute s'était-elle posé des questions sur le comportement de son frère et se rendait-elle compte aujourd'hui qu'elle n'y avait pas apporté les bonnes réponses, qu'elle avait inconsciemment refoulé ses doutes.

— Je ne crois pas que Tom ait voulu mourir, dit Grace, en posant une main sur celle d'Helen. A mon avis, il voulait seulement servir son pays, comme Obed l'a fait. S'il n'avait pas été tué, peut-être aurait-il fini par se réconcilier avec lui-même, un jour. Cela, hélas, nous ne le saurons jamais…

— Moi, je l'aurais aimé, n'importe comment.

— Tu le crois vraiment ?

Helen ne répondit pas tout de suite.

— A l'époque, dit-elle enfin, je n'aurais peut-être pas compris tout ce que je comprends à mon âge ; j'aurais peut-être essayé bêtement de le faire changer. Mais ça ne m'aurait pas empêchée de l'aimer et le reste de la famille, non plus.

— Je regrette qu'il ne l'ait jamais su.

Helen secoua imperceptiblement la tête.

— Et pendant toutes ces années, tu as gardé ce secret pour toi ? Tu n'en as jamais parlé à personne ?

— Pas même à Ben. Je l'ai fait pour Tom. Il méritait le respect que son sacrifice exigeait, sans que quiconque l'évalue à l'aune de ses préjugés personnels.

Encore une fois, Helen garda le silence. Quand elle reprit enfin la parole, sa voix n'était plus la même.

— Je t'avais mal jugée, dit-elle avec douceur. Tu es quelqu'un de bien, Grace Cashel…

Avec son caractère bourru, Helen n'aimait guère reconnaître ses torts ; Grace apprécia d'autant l'effort. Elle faillit sourire, mais n'en fit rien car il lui restait encore à s'assurer d'une chose.

— Dis-moi, Helen… J'aimerais être sûre que Tom ne va pas baisser dans ton estime. Dis-moi que je n'ai pas fait une grosse erreur en t'avouant la vérité.

— Tom était mon frère, tout comme Obed. Tous les deux sont morts en héros, comme mon Fate. Personne ne peut m'enlever ça. Il ne perdra pas une miette de mon estime ni de mon amour ; je regrette seulement qu'il soit mort sans le savoir.

Grace serra la main d'Helen dans la sienne et tandis que le crépuscule cédait la place à l'obscurité complète de la nuit, les deux femmes restèrent assises ensemble à écouter le chant des criquets.

27

Jamie plissa le nez en regardant son bol, d'un air désolé.

— Quand j'attendais Hannah, je n'ai jamais eu d'envies subites d'aliments introuvables. Ma seule préoccupation, à l'époque, était de survivre aux séances de désintoxication. Pour Alison, je ne rêvais que de cheeseburgers et de barres chocolatées, ce qui n'est pas trop difficile à trouver. Je ne me serais volontiers nourrie que de ça !

Grace hocha la tête, compatissante.

— Et moi, pour Sandra, j'ai avalé des kilos de fromage suisse, de soupe aux pois cassés et d'écorce de pastèque confite.

— Miam, de l'écorce de pastèque ! Une fois confite, elle reste croquante, même sucrée ?

— Telle que je la fais, elle croque sous la dent et elle a un petit goût de bonbon acidulé. Il doit m'en rester deux ou trois pots au cellier. J'en servirai comme dessert, quand tu seras de retour.

— D'ici là, cette envie de fraises me sera peut-être passée…

Jamie repoussa son bol de céréales parsemées de morceaux de baies rouges séchées. C'était ce qu'elle avait trouvé de plus approchant à l'épicerie, à défaut de fraises, qui n'étaient plus un fruit de saison.

— C'est dommage que tu n'aies pas eu cette envie quand on en trouvait encore partout.

— Il y a trois mois, je rêvais de belles pommes juteuses !

— Ce n'est pas ce qui manque, en ce moment.

— Oui, mais l'envie m'en est passée !

La cueillette battait son plein en cette fin d'octobre et la petite route de montagne, d'ordinaire si tranquille, était encombrée de camions qui s'y croisaient du matin au soir. La récolte n'était pas fameuse, après la sécheresse exceptionnelle de l'été ; la production suffirait juste à éviter la faillite de l'exploitation. Jamie et les filles avaient passé des heures à observer la cueillette, le tri et le conditionnement des fruits. Elles avaient appris que l'époque de la récolte pouvait varier pour plusieurs fruits d'un même arbre, qui n'arrivaient pas toujours simultanément à maturité. Elles avaient vu Grace verser quelques gouttes d'iode sur la surface coupée de certaines variétés pour voir si la chair bleuissait — signe que le fruit contenait le taux de sucre voulu. Elles connaissaient désormais les pires ennemis du verger — puceron cendré, tavelure, oïdium. Elles s'étaient aussi exercées à cueillir les pommes des branches les plus basses, s'appliquant à prendre la tige avec le fruit sans abîmer le rameau. Malheureusement, toutes ces précautions ne pouvaient rien changer au fait que les arbres n'avaient pas été entretenus avec suffisamment de soin. Depuis de nombreuses années maintenant, les pommes des vergers Cashel n'étaient plus que des fruits destinés à la production de jus et de compotes. Financièrement, cela rapportait beaucoup moins.

— Que dirais-tu d'une tasse de cidre chaud pour accompagner ces céréales ? proposa Grace.

Jamie esquissa un sourire.

— Il est inutile d'être aux petits soins pour moi. Je me débrouille comme une grande.

— Il ne s'agit pas de toi, il s'agit de moi ! J'ai besoin d'être aux petits soins pour quelqu'un, ma grande. Des voix dans la maison, des gens qui ont besoin de moi — voilà ce qui motive ce vieux tas d'os que je suis à s'extirper du lit chaque matin.

— Tu es sûre de ne pas avoir envie d'un peu de tranquillité, au contraire ? Tu ne commences pas à en avoir assez de nous ?

— Ça ne risque pas, chérie !

Depuis que Jamie avait la permission de rester debout une bonne partie de la journée, elle aurait pu retourner au chalet. Mais quand elle avait commencé à rassembler ses affaires, Grace avait insisté pour la retenir. Pour dire le vrai, Jamie ne s'était pas tellement fait prier. Elle appréciait la compagnie de la vieille dame et l'aide qu'elle lui apportait pour s'occuper des filles. Elle était aussi tombée amoureuse de la vieille maison avec ses chambres spacieuses, ses coins et ses recoins. Elle s'y sentait comme chez elle et le fait de pouvoir s'étaler ne lui déplaisait pas.

Elle s'apprêtait cependant à quitter la maison de Grace pour quelques jours, afin d'aller rencontrer son directeur d'études à l'université. Ayant mis à profit sa période de repos forcé pour peaufiner de nouvelles idées, elle voulait savoir comment les intégrer au mieux dans son parcours. Après les lui avoir exposées par téléphone, elle souhaitait à présent lui montrer ses esquisses.

— Les filles resteront au chalet, pendant que je serai dans le Michigan ; elles profiteront de la cabane de Cash, et Kendra et Isaac auront un avant-goût de ce qui les attend.

— Tu te sens vraiment d'attaque pour ce voyage ?

— Ce ne sera pas si fatigant que ça, tu sais ; le vol dure à peine une heure et mon amie Tara vient me chercher à l'aéroport, ce soir. Je séjournerai à « First Step » et ils prendront bien soin de moi, n'aie crainte. Ça me fera du bien de revoir les amis…

— Je suis bien contente que tu aies un médecin de confiance, là-bas, à tout hasard.

— C'est le meilleur toubib au monde. Avec Suzy, je peux dormir sur mes deux oreilles. Nous déjeunons ensemble demain.

— Ma foi, j'espère que tu arrêteras ensuite de voyager jusqu'à la naissance des jumeaux. Je me fais du souci…

Après sa frayeur du mois précédent, Jamie comprenait l'appréhension de Grace ; mais le Dr Raille lui avait donné le feu vert. C'était le moment ou jamais de voyager avant l'accouchement, lui avait-elle dit ; pour des jumeaux, il était fréquent de devoir rester alitée les derniers temps, pour retarder au maximum une naissance qui serait de toute façon probablement prématurée. Sitôt mise au courant de ce projet, Kendra s'était proposée de conduire sa sœur dans le Michigan, en divisant le trajet en étapes. Mais Jamie lui avait demandé de s'occuper plutôt des filles.

Cash était le seul qui n'avait pas cherché à influencer la jeune femme. Quand elle lui avait fait part de son intention, il avait simplement hoché la tête en lui disant qu'elle était une grande fille et que si elle s'en sentait capable, elle devait le faire.

— Je pourrais faire des crêpes, suggéra Grace. J'ai des myrtilles surgelées ; qu'est-ce que tu en dis ?

Jamie reprit son bol de céréales.

— Non, je vais terminer ça et me régaler avec. J'ai un régime bien équilibré et je prends des vitamines. C'est uniquement dans ma tête, ces envies irrépressibles. Demain, j'aurai probablement envie de caviar ou de truffes… enfin, quelque chose d'impossible à dénicher encore…

— Et quelque chose qui te ruinerait, de surcroît !

Jamie lécha le dos de sa petite cuillère, comme le faisait Hannah, quand elle voulait retarder le moment de manger un aliment qui ne la tentait pas.

— Tu sais, dit-elle enfin, je crois que je ne t'en ai jamais parlé, Grace, mais je suis plus ou moins rentière.

— Comment ça, « plus ou moins » — ? Ou tu l'es ou tu ne l'es pas.

— En fait, j'ai hérité d'une fortune d'un montant assez scandaleux, mais la richesse m'intéresse moins qu'on pourrait l'imaginer, dit-elle en levant les yeux. Je pourrais m'offrir des tonnes de caviar et de truffes sans que mon patrimoine s'en ressente — sauf que je m'en lasserais certainement très vite ; ce serait normal, non ?

— Je ne sais pas, je n'ai jamais essayé.

Grace apporta le cidre chaud sur la table.

— J'avais compris que ta sœur et ton beau-frère ne se refusaient rien. Ils ne reculent jamais devant la dépense pour leur maison, même si ce n'est pas une de ces villas tapageuses que les gens construisent trop souvent par ici. Mais je ne savais pas d'où provenait leur argent.

— Ce n'est pas quelque chose dont nous parlons. J'ai vécu sans le sou quand je me suis enfuie. Maintenant, j'ai beaucoup d'argent ; ce qui est plus agréable. Mais ça ne va pas plus loin.

— Et tu n'en parles pas pour éviter que les gens se comportent autrement avec toi, peut-être ?

— Le fait d'être riche ne change rien à ce que je suis. Ce n'est pas de l'argent qui m'est tombé du ciel, un beau jour ; j'y suis habituée, je veux dire. Et notre fondation familiale soutient tellement d'actions caritatives que je ne culpabilise pas vraiment de dépenser une infime partie du surplus.

— Une infime partie du surplus ? De quel surplus ? De quoi parlez-vous, mesdames ?

Jamie regarda derrière son épaule pour voir d'où venait la voix. Cash approchait, une barquette de fruits à la main.

Elle ouvrit de grands yeux.

— Est-ce que je rêve ? Des fraises... en cette saison ?

— Je vais te raconter tout le mal que je me suis donné pour en dénicher, afin que tu en apprécies chaque bouchée à sa juste valeur !

— Pas besoin d'explications !

Elle se leva d'un bond et lui sauta au cou.

— Tu es un homme merveilleux !

Les semaines pendant lesquelles Jamie était restée allongée les avaient encore plus rapprochés et ils étaient passés tout naturellement au tutoiement.

Il brandit la barquette en l'air, hors de sa portée.

— J'ai un ami en Pennsylvanie, qui les cultive sous des tunnels en plastique ; ça prolonge sa saison, ce qui lui permet de vendre chaque fruit à un prix exorbitant.

— Et tu as commandé cette barquette pour moi ?

— Elles ont voyagé par avion cette nuit, dans un emballage digne d'un écrin à bijoux. Il les a probablement assurées une par une comme des diamants.

— Tu es un prince parmi les hommes !

— Je vaux mieux que ces surplus dont tu parlais tout à l'heure ?

Jamie le regarda un instant, perplexe ; puis elle se rappela de quoi il s'agissait et observa un silence circonspect. Sa réticence à mentionner l'étendue de sa richesse tenait à plusieurs raisons. D'une part, cela n'avait pas vraiment d'importance pour elle. L'argent n'avait pas rendu ses parents heureux et inversement, les gens les plus sympathiques et décontractés qu'elle ait connus à la fac s'achetaient des pizzas en raclant à plusieurs leurs fonds de poches, comme c'était également son cas à l'époque, sans se démoraliser pour autant.

Elle était aussi tellement habituée à sa condition d'héritière d'un magnat de la presse qu'elle ne songeait jamais tellement à l'étendue de sa fortune. Mais pour l'essentiel, c'était la crainte de voir leur attitude changer à son égard qui l'avait empêchée d'en parler à Grace et à Cash.

— Nous parlions d'argent, dit-elle. Il se trouve que nous en avons pas mal, ma sœur et moi.

Cash ne parut pas vraiment impressionné.

— Et tu as quelques surplus dont tu voudrais te débarrasser ? Alors, je te suggère de remplacer ce monospace qui commence à donner des signes de faiblesse. Au moins, offre-toi des pneus qui tiennent mieux la route…

Le regard de Grace allait de l'un à l'autre.

— Je crois que Jamie essaie de te dire qu'elle pourrait s'offrir l'entreprise tout entière, si l'envie lui en prenait.

Cash se gratta la tête, puis haussa les épaules, comme si l'idée lui paraissait parfaitement saugrenue.

— Tu n'as pas vraiment envie de fabriquer des autos, n'est-ce pas, ma mie ? Je ne te vois pas en train d'arpenter une chaîne de montage en disant aux gars d'accélérer le tempo. Et je ne t'imagine pas non plus en vendeuse de voitures d'occasion. Ça ne le ferait pas.

— Il y a des gens qui pensent que je suis quelqu'un d'exceptionnel parce que je suis riche.

— Alors, ils ne te connaissent pas bien. Tu es quelqu'un d'exceptionnel parce que tu es toi, un point c'est tout.

Il se pencha pour l'embrasser, puis il lui tendit la barquette.

— Allez, mange tes fraises comme une grande, maintenant…

Jamie et les filles arrivèrent au chalet à 15 heures ; il était prévu que Kendra et Isaac les y rejoignent une demi-heure plus tard. Jamie avait préparé son sac de voyage avec des vêtements et quelques spécialités de Virginie pour ses amis, ainsi qu'un porte-documents contenant les plans qu'elle apportait à son directeur d'études. En attendant sa sœur, elle réinstalla les filles dans leur chambre et leur promit qu'elle rentrerait dès le jeudi suivant. Elle dut répéter au moins dix fois à Alison — pour la rassurer — que sa tante et son oncle s'occuperaient tellement bien d'elle qu'elle remarquerait à peine son absence.

— Je veux pas que tu t'en ailles ! protesta Alison, pour la énième fois. Les vraies mamans, elles s'en vont jamais !

Jamie s'exhorta à la patience.

— La tienne, si, quelquefois ; mais elle s'arrange toujours pour que quelqu'un qui vous aime beaucoup toutes les deux vienne à la maison prendre soin de vous.

Hannah essaya de venir à la rescousse de sa mère.

— Tonton Isaac nous emmènera à la rivière. Et tatie Kendra nous mettra au lit tôt, mais elle nous lira des histoires jusqu'à ce qu'on s'endorme…

— Je veux venir avec toi, maman ! s'obstinait Alison.

Déterminée à ne pas culpabiliser, Jamie refusa de se laisser glisser sur la pente de la mauvaise conscience.

— Je ne peux pas t'emmener cette fois-ci, mon cœur. J'aurai beaucoup de choses à faire et tu t'ennuierais. Et puis n'oublie pas que vous préparez les décorations pour Thanksgiving, avec la maîtresse…

— Tu veux pas de moi à cause des frousins ?

— Les frousins ne me tiennent guère compagnie, pour le moment, et ce sont les bébés de tatie Kendra et tonton Isaac. Toi, tu es ma fille à moi.

Alison se renfrogna, esquissant une moue boudeuse. Elle était pourtant une enfant bien adaptée, qui s'accrochait rarement à sa mère. Mais Jamie subodora le problème. Les frontières familiales n'étaient plus assez nettes pour la petite fille. Si sa mère s'apprêtait à donner les enfants qu'elle portait à sa tante Kendra, pourquoi ne lui donnerait-elle pas aussi Alison ? Et tant qu'à faire, pourquoi pas Hannah, en prime ? Leur mère allait-elle vraiment revenir ou bien ce départ était-il pour elle une façon de les confier à une autre femme ?

— Alison, tu te souviens de l'histoire des deux sœurs canard ?

Alison hocha la tête sans desserrer les lèvres. Elle s'en souvenait forcément, car Jamie la leur racontait au moins trois fois par semaine depuis qu'elle l'avait inventée, ajoutant des détails et brodant tellement sur la trame initiale que cela prenait maintenant une bonne demi-heure. Les filles la réclamaient continuellement, ce qui incitait la jeune femme à l'embellir chaque fois davantage.

— Bon, je n'aurais quand même pas oublié de vous dire que la petite sœur canard devait s'éloigner de temps en temps ? Elle devait trouver du maïs et des vers..., dit Jamie tout en essayant — en vain — de se rappeler ce que mangeaient les canards..., enfin toutes sortes de choses pour les repas des enfants. Alors, chaque fois, elle demandait à maman canard de veiller sur ses petits à elle ; et maman canard, qui avait maintenant ses bébés, était toujours contente parce qu'elle aimait aussi beaucoup les petits de sa sœur.

La situation devenait trop complexe et Jamie abrégea pour conclure :

— Bref, l'important, c'est que tous ces canards s'aimaient beaucoup et veillaient les uns sur les autres. Mais maman canard et sa sœur ne s'en allaient jamais très loin. Elles revenaient toujours très vite retrouver chacune leurs petits à elles ; comme je vais revenir à la maison m'occuper de vous dès que j'aurai fini ce que j'ai à faire dans le Michigan.

La lèvre inférieure encore en surplomb au-dessus du menton, Alison semblait toutefois assimiler un peu mieux ces explications.

Le téléphone sonna à ce moment-là, offrant une diversion bienvenue. Jamie espéra que ce n'était pas Kendra qui allait lui annoncer une crevaison ou quelque autre incident susceptible de lui faire rater son vol pour Detroit.

Elle alla répondre.

La voix masculine, à l'autre bout du fil, avec sa pointe d'accent irlandais et ses inflexions charmeuses, ne pouvait être confondue avec aucune autre.

— Bonjour, Jamie… Comment ça se passe, en Virginie ?

Jamie jeta un coup d'œil sur Alison, qui avait si rarement affaire à Seamus Callahan qu'elle n'avait pas encore appris à espérer l'entendre au téléphone.

— Tu as reçu mon message ? lui demanda-t-elle. Je t'ai envoyé un texto avec le nouveau numéro où tu pouvais nous joindre.

— En effet, je l'ai bien reçu ; mais je viens d'appeler là-bas et on m'a répondu qu'en faisant vite, je pourrais avoir une chance de te trouver chez toi aujourd'hui.

Il était rassurant d'apprendre que Seamus s'était soucié de ne pas perdre complètement sa fille de vue — ou pour le moins, de savoir où elle se trouvait. C'était un nomade et un aventurier, mais à l'instar de Larry, il n'oubliait jamais tout à fait qu'il avait une fille.

— Est-ce que tu souhaites parler à Alison ? Elle est près de moi.

— C'est pour ça que j'appelais. J'ai une pause entre deux séries de tournois. Je voulais absolument qu'on se parle avant d'être repris par mes activités.

Jamie réprima un sourire et posa une main sur le récepteur.

— Alison, c'est ton papa.

D'abord perplexe, le regard d'Alison s'éclaira subitement. Elle s'approcha, prit le récepteur de la main de sa mère et le porta à son oreille.

— Allô ?

Jamie l'observa d'un air attendri. Pour une fois, l'appel de Seamus tombait vraiment à point nommé. Cette faveur rarissime allait certainement réconforter la fillette et lui rendre sa bonne humeur. Elle écouta sa fille répondre aux questions de son père et lui raconter ce qu'elle faisait à la maternelle. Jamie s'apprêtait à reprendre le téléphone, quand la petite hocha la tête avec sérieux, comme si Seamus pouvait la voir.

— Hannah va bien, oui…

C'était gentil de la part de Seamus de prendre des nouvelles de son aînée, estima Jamie. En fait, il avait toujours eu beaucoup d'affection pour Hannah. Il aimait pratiquement tout le monde, du reste.

— Maman aussi, dit encore Alison, toujours en hochant la tête. Elle va avoir des bébés.

Jamie se figea. Il ne lui était pas venu à l'idée d'annoncer la chose à Seamus, puisque cela ne le concernait en rien. Elle prit conscience de son erreur.

— Oui, des bébés. Deux bébés.

Alison secoua la tête, cette fois.

— Non, maman dit qu'elle a trop d'enfants. Elle va en donner un peu à tatie Kendra.

Jamie ferma les yeux. Quand Alison lui rendit le téléphone, elle le prit et préféra à s'expliquer, avant que Seamus saute dans le premier avion pour voler au secours de sa fille.

— La vérité sort de la bouche des enfants, commenta Kendra, l'œil pétillant, quand Jamie lui eut raconté l'affaire. Qu'a dit le papa d'Alison ?

— Je ne lui ai pas tellement laissé le temps de parler. Il m'a écoutée. Puis il m'a demandé si j'étais tombée sur la tête. Seamus a du mal à imaginer qu'une femme puisse porter volontairement un enfant — et encore moins deux — pour quelqu'un d'autre. Lui, il serait plutôt du genre à aimer tout le monde — donc personne. A part lui-même, bien entendu…

— Pauvre Alison…

— Oh, ce n'est pas vraiment un mauvais bougre et il aime bien sa fille, tant que ça ne lui demande pas trop d'effort.

— Elle s'en apercevra un jour.

— J'espère bien qu'à ce moment-là, il y aura un autre homme dans ma vie pour lui donner la stabilité et la figure paternelle dont elle a besoin.

— Est-ce que ça pourrait être quelqu'un que tu connais déjà ?

Jamie se sentait en pleine forme. Elle s'apprêtait à revoir des amis de longue date. Sa vie retrouvait un sens.

— Qui sait ? répondit-elle gaiement.

— Dois-je comprendre que ça pourrait être Cash ?

— Qui vivra verra ! Cash est arrivé aujourd'hui chez Grace avec une barquette de fraises pour moi. Il est difficile de ne pas aimer un homme aussi attentionné et puis je lui ai dit que je n'étais pas pauvre et ça lui est égal.

— Si c'est ainsi que tu as présenté les choses, il va falloir t'expliquer un peu mieux.

— Il n'a pas cherché à en savoir plus. Il a dit que c'était sans importance.

Les deux sœurs étaient sur la terrasse. Isaac avait déjà porté les affaires de Jamie dans la voiture et il était maintenant en train de distraire les filles en lançant des bâtons à Dusty, la chienne des Taylor. Ten, le chat de gouttière qu'Isaac avait sauvé d'une mort certaine, observait la scène depuis le pas de la porte, trop snob pour se mêler à ces jeux puérils.

— Ce sera bientôt Thanksgiving, dit Kendra. Comment voudrais-tu le fêter ? Chez nous à Arlington ? Ce sera notre premier Thanksgiving ensemble depuis notre enfance. Tu n'as pas pu venir l'an dernier à cause de tes cours. J'aimerais vraiment que nous en fassions une tradition familiale, si possible.

— Grace souhaite nous réunir tous là-haut, à la ferme ; y compris Isaac et toi, naturellement. Il y aura tous les Rosslyn, plus l'un des fils de Grace avec sa famille. Ça ne gâcherait rien, pour toi ?

— Pas du tout, au contraire ! Je trouve l'idée super. Et comme nous allons bientôt habiter la région, l'année prochaine, ça pourra être nous qui recevrons tout le monde dans la nouvelle maison. Les bébés seront assez grands pour apprécier ce remue-ménage, tu ne crois pas ?

Plus que jamais, Jamie s'émerveilla de la façon dont sa vie et celle de sa sœur s'étaient peu à peu rapprochées, au point que Kendra la consultait aujourd'hui sur la façon d'élever ses enfants. Elles pouvaient parler de l'avenir, espérer créer pour leurs deux familles de nouvelles traditions familiales. Même s'il restait quelques épreuves à surmonter — comme la question délicate de sa relation avec les jumeaux après la naissance, l'éventualité qu'elle ressente une sorte de manque au terme de cette grossesse —, Jamie ne doutait plus, à présent, que tout se passerait bien.

— Ils auront une dizaine de mois — un âge trop mignon, répondit-elle. Ce serait vraiment extra. Cette année, Grace a promis de nous mettre à contribution. Si tu veux, tu pourrais venir mercredi m'aider à faire des quiches et des gratins…

— Avec plaisir ; mais c'est toi le cordon-bleu. Tu apporteras tes recettes ?

— Volontiers. Je serai de retour en un rien de temps. Merci encore à vous deux d'être venus pour les filles.

— C'est la moindre des choses.

Elles s'étreignirent un peu gauchement, mais Jamie songea que c'était là un geste pleine de promesses.

28

Depuis la rue, les locaux de « First Step » ressemblaient à quantité d'autres maisons dans le quartier populaire d'Okleaf Avenue, au nord-ouest de Détroit. Ces grandes maisons avaient été naguère les logements des cadres supérieurs de l'industrie automobile, de gracieuses demeures construites grâce à la main-d'œuvre bon marché fournie par les immigrants qui arrivaient alors par milliers. Mais à mesure que la ville s'était étendue, ceux qui avaient les moyens de s'offrir plus de paix et de tranquillité avaient choisi d'émigrer vers les faubourgs huppés.

Après la Seconde Guerre mondiale, la plupart des vastes maisons d'Okleaf avaient été divisées en appartements et vendues comme résidences à plusieurs familles. Certaines avaient été transformées en bureaux ou quartier généraux d'associations de bienfaisance. « First Step » occupait l'une des deux maisons situées au milieu d'une portion de rue qui en comprenait quatre. L'autre était un foyer pour adultes atteints d'un léger handicap mental, où les membres de « First Step » faisaient souvent du bénévolat pour s'acquitter des travaux d'intérêt général qui leur étaient imposés.

Le règlement de l'association était clairement établi et extrêmement rigoureux. Les nouveaux résidents apprenaient immédiatement à le respecter, au besoin par des interventions musclées. Certains arrivaient et repartaient le même jour, bien que le séjour nécessaire à une cure soit organisé pour une durée d'un an.

Jamie avait vécu là durant les premiers mois de sa première grossesse. Elle avait terminé ses études secondaires quand Hannah avait trois mois, s'était installée dans un studio à proximité, tout en continuant son job de cuisinière dans un restaurant local et en aidant à conseiller les nouveaux arrivants de « First Step ». En moins d'un an, elle était passée du statut d'assistée à celui d'assistante puis assistante à temps partiel, quand elle avait entamé ses études d'architecture à l'université.

Tara Blayne l'aida à sortir ses bagages du coffre.

— L'équipe de jardinage vient de terminer le grand nettoyage d'automne, dit-elle, comme Jamie admirait la propreté des lieux. Evidemment, j'ai surpris nos deux tailleurs de haies en train de jouer aux dés derrière le garage. Rosario leur a dit que s'ils étaient fascinés par ce jeu au point de négliger les tâches qui leur incombaient, ils allaient l'apprendre à tous les résidents dans ses moindres détails : stratégies, statistiques, espoirs de gains, comparaisons entre la dépendance au jeu et à la drogue et tout et tout. Ils devront donner un cours tous les mercredis soir ce mois-ci, avec polycopiés et travaux pratiques.

Jamie passa affectueusement son bras autour des épaules de Tara. Son amie était une petite blonde d'une trentaine d'années, aux traits délicats, mais à la volonté de fer. Elle travaillait depuis plusieurs années pour l'association et les deux femmes avaient sympathisé tout de suite. Pendant quatre jours, Jamie allait partager son appartement mansardé.

— Je reconnais bien là notre Rosario ! lui dit-elle. Quand j'étais résidente, je suis descendue une fois dans la cuisine en pleine nuit pour me faire rôtir du maïs, alors qu'à ce stade du traitement, je n'avais pas le droit de sortir de ma chambre. Rosario m'a surprise et, en guise de punition, il m'a assigné la corvée de cuisine le matin de bonne heure. En fait, c'est ainsi que j'ai pris conscience de mes talents de cuisinière et du plaisir que j'y trouvais.

— Ma foi, en ce qui concerne ces deux garçons, je doute qu'ils se découvrent une vocation de croupier, une fois qu'ils auront planché pendant un mois sur le sujet. A mon avis, ils ne voudront plus revoir une paire de dés de leur vie !

— Comment ça marche, l'association, en ce moment ? La collecte de fonds est toujours aussi difficile ?

— La lutte contre la toxicomanie ne passe pas suffisamment par notre quartier et les fonds privés peinent à compenser les carences du gouvernement. Je préfère passer sous silence les questions de remboursement par les assurances médicales. Mais Rosario se donne de la peine ; nous tenons le coup tant bien que mal.

En réalité, Jamie en savait plus long sur la situation financière de l'association qu'elle ne voulait l'avouer, ayant réussi à convaincre les administrateurs de la Fondation Dunkirk de faire un don substantiel à « First Step ». Elle s'était toutefois arrangée pour faire transiter la somme par une autre organisation de manière à ce que personne ne se doute que le don venait d'elle.

— Rosario m'a demandé de passer le voir dès mon arrivée, dit-elle à Tara. Ça ne t'ennuie pas ?

— Bien sûr que non. Je vais faire monter tes bagages chez moi par un de nos résidents.

Elles se séparèrent devant le bâtiment. Jamie prit le sentier qui le contournait et menait à l'autre partie du jardin. Ron Rosario et son épouse habitaient un appartement de trois pièces construit au-dessus du garage, à l'ombre des arbres centenaires du parc. C'était Jamie qui en avait dessiné les plans, en troisième année d'architecture. L'escalier extérieur partait du mur latéral du garage pour aboutir, à l'arrière, sur une terrasse juste assez grande pour une table de bistrot et deux chaises. Elle trouva Rosario attablé là, le regard perdu dans le vague.

— Salut, dit-elle, en prenant l'autre chaise. Nous sommes en novembre, dans le Michigan. Tu n'as pas remarqué qu'il commence à faire bien froid, le soir, en plein air ?

Il se pencha par-dessus la table pour l'embrasser.

— Ce manteau doit te tenir assez chaud, j'imagine. La vie dans le Sud ne t'a pas corrompue. Tu ressembles toujours à une fille du Michigan.

— Je transporte deux petits radiateurs personnels, ces temps-ci, dit Jamie, en posant les mains sur son ventre arrondi.

— Comment te sens-tu ?

— Un peu fatiguée par le voyage, mais surtout comme une femme enceinte.

Il hocha la tête. C'était un homme corpulent auquel la plupart des gens n'auraient pas su donner d'âge. Jamie estimait qu'il devait approcher de la soixantaine. Son fils unique était déjà étudiant à l'époque où l'association s'était installée dans le quartier, une dizaine d'années plus tôt.

Rosario avait encore d'épais cheveux gris qu'il attachait en queue-de-cheval et une barbe de la même couleur. Le trait le plus remarquable de sa physionomie était constitué par ses grands yeux noirs qui semblaient voir à travers les gens et détecter tous les mensonges. S'il avait jamais eu du tact et de la patience, ses années de travail auprès des toxicomanes avaient épuisé ses réserves.

— Georgia est là ? s'enquit Jamie. Je vous ai apporté des cacahuètes et des pralines de Virginie.

Le penchant de Rosario pour les sucreries n'était un secret pour personne.

— Quoi, plus de dons de la fondation familiale ?

Jamie haussa les sourcils d'un air faussement innocent.

— Je ne sais pas de quoi tu parles…

— J'admets que tu t'es donné beaucoup de mal pour dissimuler la provenance de cet argent !

Il était inutile de jouer au plus fin avec lui.

— Si je l'ai fait, c'était pour éviter que quiconque en fasse toute une affaire — y compris toi.

— Tu as rempli tes obligations pendant ton séjour ici ; tu as réglé toutes tes dettes. Tu peux t'estimer quitte.

— Nous savons l'un et l'autre que l'argent doit servir à quelque chose. Est-ce que tu regrettes que je vous aie soutenus ?

— Pas le moins du monde. Je t'en sais gré, au contraire. Mais je me demande seulement quand tu vas arrêter de faire pénitence pour quelques années d'égarement.

Jamie était trop habituée à sa brusquerie pour s'en formaliser. Les grands yeux noirs de Rosario lui servaient à voir au-delà des apparences. Il n'avait pas toujours raison, mais il se trompait assez rarement.

— Georgia est allée fermer la petite maison de la plage, dit-il, répondant à sa question précédente.

Les Rosario avaient une villa au bord du lac Michigan, sur la péninsule supérieure, où ils allaient se retirer chaque fois que possible. Jamie avait toujours eu le sentiment que Georgia s'y retirait plus souvent, non seulement pour s'éloigner de « First Step », mais aussi pour échapper à l'intensité de la vie avec son mari.

— Quelle différence y a-t-il entre faire pénitence et rembourser une dette ? demanda Jamie.

— Quand tu fais pénitence, tu recherches l'absolution.

— Ce n'est pas le cas, en l'occurrence. Je ne t'ai jamais fait de mal, alors pourquoi devrais-tu m'absoudre ?

— Parce que je suis le principal modèle d'autorité dans ta vie.

Elle sourit.

— C'est bien possible, mais je suis intervenue en faveur de « First Step » parce que c'est important pour beaucoup de gens, pas parce que j'attendais quoi que ce soit de toi.

— Et cette grossesse ?

Le sourire de Jamie s'estompa.

— Là, tu frappes au-dessous de la ceinture !

— C'est le cas de le dire, dit-il en lui tendant une assiette de crackers au sésame. Tu as dîné ?

— Tara m'a gardé une part du repas des résidents, ce soir. Je mangerai tout à l'heure.

Elle prit quand même une poignée de crackers pour caler un petit creux, en attendant.

— Nous n'avons pas eu un repas correct, ici, depuis que tu nous as quittés, lui dit Ron. Tes lasagnes me manquent.

Tout en croquant ses biscuits salés, Jamie songea à ce qu'il venait de lui dire. Il n'y avait aucune raison de reprendre cette conversation. C'était le style Rosario : jeter quelque chose en l'air pour voir si l'autre mordait à l'hameçon et le laisser méditer jusqu'à la prochaine fois. Il ne reparlerait pas des jumeaux, à moins qu'elle le relance.

Ce qu'elle ne put s'empêcher de faire…

— Tu ne crois pas qu'on peut devoir quelque chose d'exceptionnel aux gens qu'on a blessés, quelquefois ?

— Quelque chose comme mettre sa santé en péril,

retarder d'un an le début d'une carrière prometteuse, aller s'installer dans un endroit perdu où on ne connaît personne, rien que pour prouver qu'on a changé ?

— Tu noircis un peu le tableau. Comment fais-tu pour que ma vie paraisse aussi médiocre et névrotique, ainsi dépeinte ?

— Je dirais que ce que tu fais est tout le contraire de médiocre, tu ne crois pas ?

— J'ai l'impression que c'est bien.

— Il y a beaucoup de choses qui donnent cette impression, Jamie. Les gens qui sont dans cette maison ont l'impression que c'est bien de se droguer, de voler pour acheter de la came. Demande-leur ; rappelle-toi…

— J'ai fait ces choses-là rien que pour moi. Ça, je le fais pour ma sœur.

— Vraiment ?

— Evidemment, je reçois quelque chose en retour. La personne qui fait un cadeau en retire un sentiment de satisfaction. Quoi de plus normal ?

— Satisfaction ou absolution ? Est-ce le prix à payer pour que ta sœur te pardonne ? Ou pour te pardonner toi-même ?

— Je ne sais pas si Kendra a besoin de me pardonner. Elle a certainement besoin d'avoir confiance en moi, en revanche.

— Et cette grossesse te vaudra sa confiance ?

— Je crois que oui. Mais je t'assure que ce n'est pas seulement ça. Je l'aime profondément. Isaac et elle seront des parents formidables. On a si rarement l'occasion de rendre les gens heureux. Commet aurais-je pu ne pas les aider ?

— Rien de plus facile. Ils ne t'avaient rien demandé. Ça ne leur serait même probablement jamais venu à l'esprit.

— Je suis contente d'y avoir songé pour eux.

Rosario donnait rarement son avis. Il avait plutôt tendance à poser des questions. Cette fois, il fit une entorse à ses habitudes.

— Je pense que tu as intérêt à être prudente. Tu fais là un sacrifice et un don qui retentiront sur plusieurs générations, mais tu dois être consciente que tes espoirs d'un dénouement heureux pourraient être déçus. Tu dois t'y préparer et être capable de l'accepter.

— Je sais…

Il hocha la tête.

— Intellectuellement, oui, dit-il en se frappant la tempe de l'index. Mais pour quelqu'un qui a vécu un temps dans la rue, tu as gardé le cœur bien tendre. Et tu le laisses encore prendre trop de décisions.

— J'ai peut-être gardé le cœur tendre, mais j'ai aussi conservé quelques réflexes de survie.

— Tâche d'en faire bon usage, alors, conclut-il en lui serrant la main par-dessus la table. Et ne reste pas trop longtemps sans venir ; arrange-toi pour nous amener tes filles, de temps en temps. Pour Georgia et moi, vous êtes de la famille. N'oublie jamais ça.

Le lendemain matin, Jamie repensait à cette conversation, tout en prenant sa douche. Elle était en train de se savonner le haut du corps quand elle sentit une boule sur le côté de son sein droit.

Elle crut d'abord s'être trompée. Raccrochant le gant de toilette, elle tâta l'endroit en question du bout des doigts. Depuis le début de son traitement hormonal, destiné à préparer la fécondation in vitro, ses seins étaient gonflés et nettement grumeleux à la palpation. Ayant passé une mammographie au cours de l'examen médical obligatoire pour une candidate à la maternité de substitution, elle s'était toutefois sentie relativement tranquille. Les hormones puis la grossesse pouvaient expliquer tous ces changements.

Elle ferma le robinet et sortit de la douche tout en continuant son exploration. Ce n'était pas un effet de son imagination. Quelque chose de dur et rond comme une bille se trouvait juste sous la peau, quelques centimètres au-dessous de l'aisselle.

Elle devait retrouver Suzy Chinn, son amie et ancienne gynécologue, pour le petit déjeuner. Peut-être pourrait-elle en profiter pour lui demander de la faire passer entre deux patientes et d'examiner cette boule dans la journée, afin de la rassurer.

A peine l'idée lui avait-elle traversé l'esprit, qu'elle la jugea ridicule. Elle n'était dans la région que pour quelques jours ; si la boule était toujours là à son retour en Virginie, elle prendrait rendez-vous pour un examen avec le Dr Raille.

Seulement, voilà : le Dr Raille était tellement habituée à informer Kendra de l'évolution de sa grossesse dans ses moindres détails qu'elle se sentirait sans doute obligée de la mettre au courant.

Jamie se demanda quoi faire. Kendra se faisait déjà bien assez de souci comme cela. Elle avait sérieusement tiqué au sujet de ce voyage, bien qu'elle n'ait pas essayé de la dissuader. Jamie n'osait même pas imaginer ce que ferait sa sœur si le Dr Raille lui parlait de cela.

Une fois habillée, elle descendit au rez-de-chaussée pour la réunion matinale — une obligation pour toutes les personnes qui se trouvaient là — résidents, personnel ou hôtes de passage — sans s'être encore décidée sur ce qu'elle allait faire. Elle salua tout le monde à la ronde dans le séjour spacieux où ils étaient rassemblés, écouta le programme de la journée et les projets de chacun, annonçant à son tour qu'elle rencontrait une amie puis son directeur d'études dans la matinée. Elle serait de retour dans l'après-midi pour aider aux préparatifs du dîner.

Si elle n'était pas sur la table d'examen du cabinet de Suzy…

Quand Tara l'eut déposée au café où elle avait rendez-vous, Jamie parcourut distraitement le menu, l'esprit ailleurs. L'université n'était qu'à quelques minutes de là à pied et après son entretien avec son directeur d'études, elle comptait aller faire quelques courses pour rapporter des cadeaux à ses filles avant de rentrer se reposer à « First Step ». Tout cela lui semblait toutefois de plus en plus futile. Elle n'était pas quelqu'un d'anxieux mais elle se demanda si le fait d'avoir eu deux grossesses parfaitement anodines ne l'avait pas rendue un peu trop insouciante. Sans doute aurait-elle dû informer son médecin de chaque petit symptôme, de sorte que le Dr Raille examine ses seins plus attentivement et lui prescrive une nouvelle mammographie, le cas échéant.

Elle n'était pas d'une nature anxieuse, mais pour le coup, elle estima qu'elle s'était peut-être montrée négligente.

Elle était encore en train de ressasser tout cela quand Suzy arriva. Elle se leva pour l'accueillir et les deux femmes s'étreignirent chaleureusement. Suzy s'assit ensuite en face d'elle et fit signe à la serveuse de leur apporter du café.

Suzy était née à Honolulu, d'une mère hawaiienne et d'un père chinois. Sa beauté, son intelligence et bien d'autres qualités conjuguées lui avaient conféré la confiance en soi et l'assurance qui conduisent à la réussite. Chez Pete, son frère cadet, cette alliance de cultures n'avait pas été aussi bénéfique. L'installation de la famille à Detroit, quand il était encore tout jeune, l'avait jeté à la dérive dans un univers étranger où ses origines exotiques l'avaient relégué dans une minorité. Ceci ajouté à un léger déficit de l'attention l'avait finalement persuadé qu'il n'arriverait jamais à rien, ce qui faisait de lui la proie idéale pour des dealers. Aujourd'hui, Pete comptait parmi les nombreux rescapés de « First Step », mais à l'époque où Suzy avait sollicité l'aide de Jamie, la famille Chinn redoutait que l'avenir du garçon ne soit définitivement compromis.

— Tu as une mine superbe ! s'exclama Suzy. Comment te sens-tu ?

— Plutôt bien…

Elle lui raconta le bref épisode de son alitement forcé.

— A part ça, rien à signaler, sinon que c'est un peu plus pénible avec des jumeaux…

— Et tu n'es plus aussi jeune ! Mais je vois beaucoup de futures mères enceintes de jumeaux à l'approche de la ménopause. C'est dû aux remèdes hormonaux et à l'âge ; ce qui est loin d'être ton cas, pour le second point.

— Je suis ravie de l'entendre. Avec la fatigue, je me sens presque vieille, par moments.

Elles continuèrent à bavarder, se tenant au courant des derniers événements de leurs vies. A trente-sept ans, Suzy avait un compagnon que Jamie connaissait et appréciait. Le couple était en train d'acheter une maison et comptait se marier prochainement. Jamie parla de Grace et des filles, et même de Cash.

Le petit déjeuner se prolongea agréablement et elles rirent beaucoup. Mais quand elles eurent réglé l'addition, Jamie n'avait toujours pas fait la moindre allusion au problème qui l'avait alarmée le matin. Suzy se leva pour partir et Jamie réprima un petit mouvement de panique. Cela suffit à la convaincre qu'elle avait besoin d'être rassurée.

— J'aimerais te parler de quelque chose…, dit-elle, en

se levant à son tour. Sous la douche, ce matin, j'ai senti une espèce de boule sous mon sein droit…

Elle exposa brièvement les faits et rappela à Suzy qu'elle avait passé une mammographie lors de l'examen médical préalable à la grossesse.

— Ce n'est sans doute rien, conclut-elle ; mais je me demandais si tu pourrais voir ça ? Ça m'ennuie de solliciter une faveur, mais je préfère avoir affaire à toi qu'à mon obstétricienne de Virginie, au cas où… Je pourrai ainsi réfléchir à ce qu'il convient de faire sans consulter ma sœur.

Suzy ne tenta pas de la rassurer ou de minimiser ses craintes. Elle se borna à hocher la tête.

— Que comptais-tu faire cet après-midi ? Auras-tu le temps de passer au cabinet ?

— Je peux venir quand tu veux, à partir de 14 heures.

— Je dirai à mon assistante de te faire passer en priorité dès qu'elle te verra.

— Ce n'est probablement rien du tout.

Suzy consulta sa montre.

— Si tu savais combien de fois par jour j'entends ça…

— Est-ce qu'il arrive souvent que ce ne soit rien ?

— Bien assez souvent pour que tu n'aies aucune raison de t'alarmer. Passe tout à l'heure et je jetterai un coup d'œil.

— Je pourrais attendre d'être rentrée. Je me sens un peu ridicule de m'inquiéter comme ça…

— Pourquoi laisser l'anxiété gâcher ton séjour ici ? Tu fais juste un saut et nous verrons ce que c'est.

Bien que cela eût l'air simple et raisonnable, Jamie sentit sa panique augmenter. Les deux femmes se séparèrent sur le trottoir, à la sortie du café. En traversant la rue, l'envie prit à Jamie d'être déjà au soir pour pouvoir dormir sur ses deux oreilles, en sachant qu'aucune menace ne pesait sur elle.

A 16 heures, après avoir palpé consciencieusement ses seins, Suzy lui dit de se redresser en position assise.

— Bon, tu avais raison, annonça cette dernière. Ça valait la peine d'être examiné.

Elle nota quelque chose dans le dossier de Jamie, puis leva de nouveau les yeux.

— Il y a plusieurs façons de procéder, mais je te suggère de passer une échographie et probablement une cytoponction mammaire, c'est-à-dire une biopsie réalisée avec une très fine aiguille. Il est inutile d'avoir recours à la mammographie, qui est plutôt contre-indiquée à ce stade de la grossesse, à cause des radiations.

Jamie secoua la tête.

— Ça ne peut pas être cancéreux, puisque je suis enceinte…

— Je crains que la grossesse ne protège personne. Dans ta tranche d'âge, il y a plus de diagnostics de cancers du sein chez les femmes enceintes que chez celles qui ne le sont pas.

Suzy lui prit la main et la réchauffa entre les siennes.

— Ce qui ne veut pas dire que c'est courant ; en fait, c'est même très rare — de l'ordre d'une femme enceinte sur mille, environ. Le risque est donc minime. Il s'agit plus probablement d'un kyste ou d'une tumeur bénigne ; toutes les hormones que ton organisme est en train de produire peuvent favoriser la formation de tissu glandulaire. Ton médecin n'a pas effectué de palpation ?

Jamie essaya de se rappeler.

— Kendra est généralement avec moi dans la salle d'examen et Isaac aussi, quelquefois ; c'est donc assez animé. Je suis sûre que le Dr Raille m'a examinée, mais pas chaque fois.

— Enfin, je sens très bien cette grosseur aujourd'hui, mais elle passait peut-être inaperçue, jusqu'à maintenant.

Suzy regarda encore sa montre — un réflexe qui semblait presque aussi naturel, chez elle, que de respirer.

— Je connais un chirurgien formidable qui acceptera certainement, à titre amical, de te prendre demain pour une cytoponction mammaire puis une biopsie, si ça s'avère nécessaire. Est-ce ce que tu souhaites ? Ou préfères-tu attendre d'être rentrée chez toi ?

— Je ne sais pas…

— Alors, laisse-moi arranger ça dès que possible. Tu seras en de bonnes mains et plus tôt tu sauras à quoi t'en tenir, mieux ce sera. Ce n'est probablement rien de grave, mais dans le cas contraire, il y aura des décisions importantes à prendre.

Jamie eut l'impression que la pièce se mettait à tourner lentement. Elle cligna des yeux pour échapper au vertige.

— Quel genre de décisions ?

— Il n'y a aucune raison de les évoquer maintenant, avant de savoir si la question est pertinente…

Jamie chercha son regard.

— Quel genre de décisions ?

— Le choix d'un traitement anticancéreux, Jamie, et ce qu'il convient de faire à propos de la grossesse.

29

Depuis son installation à Tom Brooks, la route qui menait aux vergers Cashel était devenue complètement familière pour Jamie et elle avait fini par la parcourir sans y penser. Mais ce jour-là, alors qu'elle abordait la dernière côte qui menait à la ferme, de retour d'une visite « de routine » chez le Dr Raille, elle s'arrêta sur le bas-côté pour observer les rangées d'arbres dépouillés des fruits qui étaient leur raison d'exister.

Même dénudés, les vieux pommiers offraient un spectacle émouvant. Ces vergers témoignaient depuis plus d'un siècle de la fertilité du sol et du climat favorable de la Vallée. La jeune femme ne pouvait imaginer que ce pacte soit rompu ; quand Grace et sa famille aussi, sans doute, contemplaient ce paysage, ils devaient éprouver un sentiment de détresse et de perte irréparable.

Elle-même ne connaissait que trop bien ce sentiment d'appréhension, désormais.

Cette visite médicale n'avait pas été réellement routinière. Jamie avait apporté ses dossiers médicaux du Michigan pour les remettre en main propre au Dr Raille, en lui expliquant les décisions qu'elle avait prises, ce qui s'en était suivi et ce qu'elle attendait d'elle à présent.

Visiblement consternée, l'obstétricienne avait fortement

désapprouvé le fait que Jamie ne voulait pas que sa sœur et son beau-frère en soient informés pour le moment.

Au moment de quitter le cabinet, Jamie était tout de même parvenue à un accord avec le Dr Raille, tout comme elle avait fait accepter à Suzy le choix de son traitement. Son corps lui appartenait et c'était à elle uniquement de décider dans quelle mesure elle souhaitait informer sa famille de son état de santé. Rien de ce qu'elle avait fait ne représentait le moindre danger pour les jumeaux ; son médecin n'avait donc aucune obligation morale ou professionnelle d'en avertir les parents biologiques.

Mais il était triste et lourd pour elle de penser qu'un silence désapprobateur entourerait désormais les soins qui lui seraient prodigués à Front Royal. Encore fallait-il espérer que cela n'éveillerait pas les soupçons de Kendra. Jamie avait déjà fort à faire pour la rassurer, depuis qu'elle s'était rendue seule à sa dernière visite. Elle avait dû trouver une raison que Kendra avait acceptée à contrecœur, ayant déjà été déroutée par l'absence de Jamie et de ses filles à la grande réunion prévue pour Thanksgiving.

Au lieu de passer cette fête en famille chez Grace, en effet, Jamie avait emmené Alison et Hannah à Detroit, où elles avaient déjeuné, comme les années précédentes, avec les Rosario, Tara et les résidents de « First Step » qui n'avaient pas le droit de rentrer chez eux ou qui ne connaissaient personne chez qui aller. Elle avait cuisiné la dinde traditionnelle et quelques plats d'accompagnement. Après le dessert, elles étaient montées toutes les trois chez Tara regarder leur feuilleton favori à la télévision. En guise d'explication, Jamie avait dit à sa sœur qu'on avait eu besoin d'elle au dernier moment, à l'association, car beaucoup de membres du personnel allaient s'absenter pour l'occasion. Même à ses propres yeux, le prétexte semblait dérisoire.

Elle espérait maintenant trouver un moyen de convaincre Kendra qu'elle n'avait aucun souci à se faire ; du moins jusqu'au jour où elle lui avouerait qu'elle avait menti durant les derniers mois de sa grossesse et qu'il y avait bien eu, en fait, quelques motifs d'inquiétude.

Au volant de son monospace, elle cala un moment sa nuque contre l'appuie-tête. Elle était exténuée et son dos la faisait souffrir. Au moins, à l'intérieur de la voiture, elle n'avait pas à feindre de se sentir en forme. Profitant de cette trêve, elle ferma les yeux jusqu'à ce que le froid hivernal l'incite à redémarrer. Elle avait parcouru la moitié du chemin menant à la maison de Grace quand elle aperçut la Lexus grise de sa sœur dans son rétroviseur.

Les soupçons arrivaient directement à sa porte !

Lorsque Kendra descendit de voiture et la salua d'un signe de la main, Jamie avait déjà atteint le porche. La Vallée de la Shenandoah attendait encore ses premiers flocons de neige qui n'allaient sans doute pas tarder à tomber. Un vent glacial balayait les feuilles mortes et chassait des brindilles le long du chemin ; malgré le soleil éclatant et son manteau épais, Jamie réprima un frisson.

— Qu'est-ce que tu fais là ? demanda-t-elle à sa sœur, s'efforçant de ne pas laisser paraître sa contrariété.

— Nous sommes en train de faire dégager la vue autour de la maison avec un élagage sélectif et quelques coupes d'arbres, maintenant qu'il n'y a plus de feuilles. Il ne faut pas en enlever plus que nécessaire, même s'il ne sera possible d'admirer certains points de vue qu'en hiver. Je suis venue superviser l'opération.

Jamie savait déjà que l'élagage était prévu ce jour-là. Le fait que sa sœur crût nécessaire de le répéter indiquait qu'elle essayait de gagner du temps avant d'annoncer la vraie raison de sa visite.

— Excuse-moi, lui dit-elle, voyant qu'elle grelottait en

attendant d'être invitée à entrer. Viens vite te réchauffer dans la cuisine. Je vais préparer du thé. Grace est allée voir Helen Henry. Elles travaillent sur un projet pour la prochaine réunion du groupe de patchwork.

Kendra la suivit à l'intérieur.

— Grace et Helen ?

— Je ne sais pas trop ce qui s'est passé, mais on dirait qu'elles s'entendent bien mieux. Helen l'a invitée chez elle. Grace a dit qu'une proposition comme celle-ci ne se refusait pas.

L'aller-retour à Front Royal l'avait fatiguée. Depuis une semaine, Jamie tenait le coup à grand renfort de comprimés antalgiques et de pur stoïcisme. Dans l'immédiat, avant le retour de l'école des filles, elle ne rêvait que de pouvoir s'allonger un moment, les pieds en l'air.

A défaut de savoir pourquoi, Kendra remarqua immédiatement sa fatigue.

— Tu as l'air éreintée. Laisse-moi faire le thé…

Dans la cuisine, Jamie sortit ses pieds enflés de ses bottines fourrées et se laissa choir sur une chaise devant la table. Elle montra à sa sœur où se trouvaient la vaisselle et les ingrédients.

— Comment s'est passée ta visite ? s'enquit Kendra.

— Sans problème. Les petits cœurs battent comme il faut, ma tension artérielle est correcte. C'est une grossesse qui suit son cours normalement…

— Et le trajet ?

— Pas de problème non plus. Pourquoi ?

— Parce que tu as l'air vraiment exténuée. Front Royal, ce n'est pas la porte à côté, surtout quand tu arrives tout juste à te coincer entre le siège et le volant.

— Je me coince très bien derrière le volant. Tu n'as aucun souci à te faire.

— Eh bien, je m'en fais quand même. Je préférerais

t'accompagner à chaque visite, même si ce n'est que de la routine. Je m'inquiète beaucoup trop quand je ne suis pas là et je ne crois pas que tu devrais faire d'aussi longs trajets toute seule, maintenant.

— Kendra… Je viens de faire deux voyages dans le Michigan.

— Je ne voudrais pas me comporter comme une mère…

— Alors justement, évite, s'il te plaît !

Comme sa sœur ne disait plus rien, Jamie se rendit compte de sa brusquerie. Des larmes lui montèrent aux yeux et elle les refoula tant bien que mal. Il lui fallut un moment pour se ressaisir et être sûre de pouvoir parler sans se trahir.

— Excuse-moi. Je sais que tu essaies seulement de me rendre service. Du reste, je ne pense pas que notre mère se serait souciée de moi.

Kendra gardait toujours un silence froissé. Elle attendit près du fourneau que les sachets de thé aient suffisamment infusé, puis elle apporta les tasses. Elle s'assit devant la sienne et ajouta consciencieusement dedans une cuillerée du miel de montagne qui se trouvait au centre de la table, dans un petit pot en forme de ruche, elle qui ne sucrait jamais aucune boisson. Finalement, elle leva les yeux.

— Tu as pris les filles à l'école et tu les as emmenées dans le Michigan pour Thanksgiving, alors que nous avions décidé de le fêter ensemble. Et aujourd'hui, tu n'as pas voulu que je t'accompagne à ta visite médicale…

— Je ne t'ai jamais dit de ne pas venir, Ken. J'ai juste dit que j'avais pas mal de choses à faire avant et qu'il ne se passerait rien de particulier qui t'oblige à m'accompagner, cette fois-ci.

— Je sais ce que tu as dit. J'étais à l'autre bout du fil.

— En fait, tu ne sais pas grand-chose sur ma vie au Michigan. Il faut comprendre que je dois tout à mes amis de « First Step » ; alors, quand ils ont sollicité mon aide, je ne pouvais vraiment pas refuser. J'étais contente de pouvoir leur rendre ce service.

Kendra se pencha vers elle par-dessus la table.

— Est-ce qu'il ne s'agissait que de ça, Jamie ?

Un bref instant, la jeune femme se demanda si sa sœur avait découvert le pot aux roses.

— Que voudrais-tu qu'il y ait d'autre ?

— Les jumeaux…

Kendra repoussa sa tasse et croisa les mains sur la table.

— Nous approchons du terme, maintenant. Il reste un peu moins de trois mois avant l'accouchement. Ce serait compréhensible que tu changes d'avis ; que tu te demandes ce qui t'est passé par la tête en promettant de nous donner ces enfants.

Jamie faillit laisser échapper un soupir de soulagement. Ce n'était que cela ! Puis elle mesura l'incongruité de sa réaction, face aux appréhensions de sa sœur.

Elle chercha à gagner du temps pour se tirer d'affaire.

— Quel rapport pourrait-il y avoir avec mon séjour dans le Michigan ?

— Tu avais peut-être besoin d'un moment où ils seraient entièrement à toi ; où les filles, les jumeaux et toi, vous formeriez une famille dont personne ne puisse revendiquer une partie. C'est peut-être aussi pour ça que tu ne voulais pas de moi au cabinet médical.

— Apparemment, tu n'as pas confiance dans la parole que je t'ai donnée.

— Ce n'est pas une question de confiance. Il y a des

choses qu'on ne contrôle pas, j'imagine ; et tu pourrais être gênée de m'avouer que tu as réfléchi.

— Je n'ai pas changé d'avis.

— Ce serait pourtant compréhensible…

— C'est possible, mais je n'ai pas changé d'avis. J'aime ces bébés par avance, je suis contente de les mettre au monde, mais je ne souhaite pas les garder pour moi.

Elle haussa un sourcil et durcit le ton, sachant que ce serait la seule façon de réussir à convaincre sa sœur.

— Seulement, je voudrais bien avoir un peu plus d'espace pour respirer. Je vis une expérience d'une grande intensité émotionnelle et physique. Je suis fatiguée, irritable, ébranlée par tous les changements hormonaux qui s'opèrent en moi. S'il m'arrive d'avoir envie de faire quelque chose dont tu es exclue, j'aimerais que tu me comprennes, sans y mettre une signification dramatique.

Kendra reprit sa position initiale avec une certaine raideur.

— Excuse-moi… Je ne me rendais pas compte que j'étais à ce point envahissante, dit-elle.

— Tu ne l'es pas vraiment. C'est moi qui ai besoin d'espace ; je ne vois pas comment l'expliquer autrement. Je suis retournée dans le Michigan pour retrouver des amis qui m'ont connue avant, dans d'autres circonstances et qui ne me voient pas seulement comme une mère porteuse.

Jamie se pencha par-dessus la table jusqu'à ce que leurs mains se touchent presque.

— Je me suis juste accordé une petite pause avant la dernière ligne droite, d'accord ? mentit-elle. Je ne suis pas perturbée, je n'ai pas changé d'avis. Ce voyage m'a permis de fêter Thanksgiving avec des amis que je n'aurai pas l'occasion de revoir de sitôt. Et aujourd'hui, je ne voyais pas la nécessité de te déranger pour si peu, voilà tout.

Mais si, à l'avenir, tu tiens à être présente à chacun de mes rendez-vous, je peux m'en accommoder.

— Je vais m'appliquer à être moins envahissante. Je suppose… Enfin, je crois que le fait d'être avec toi me facilite les choses…

— Je ne te suis pas très bien.

Kendra se tordit les mains — geste à la fois si inhabituel de sa part et si parlant que Jamie fut obligée de regarder ailleurs.

— Je lutte aussi contre l'angoisse, dit-elle enfin. Je ne sais pas si je suis capable d'élever des enfants.

— Quoi ?

Elles levèrent les yeux simultanément et leurs regards se croisèrent.

— C'est pour ça que j'ai tellement tardé à me décider. Je ne suis pas sûre que j'aurais eu le courage de me jeter à l'eau, même quand je pensais encore que je pouvais avoir des enfants. Et puis j'ai découvert que je ne pouvais pas et j'ai eu l'impression qu'une lumière s'éteignait en moi. Mais jusque-là, je différais continuellement la décision parce que j'avais peur.

— Peur de quoi ?

— De ne pas être à la hauteur.

Jamie fronça les sourcils.

— A cause de moi ?

— Je n'ai jamais vraiment eu de modèle pour me guider et quand j'ai essayé de te servir de mère, ça n'a pas été une réussite. On ne peut pas dire…

Comme Jamie s'apprêtait à la rassurer, elle secoua la tête.

— Je sais ce que tu vas dire : que j'étais moi-même une enfant essayant d'en élever une autre. On m'a déjà dit ça. Mais j'ai fini par me rendre compte d'une chose : cette petite fille que j'ai essayé d'élever est devenue quelqu'un de formidable, en définitive, et une maman hors pair. Alors, je n'ai peut-être pas fait un si mauvais boulot que ça, après tout…

— Oh, Ken ! C'est tout ce que tu m'as appris de bien qui m'a permis de m'en sortir.

— Et maintenant, tout ce que tu m'as appris de bien à ton tour va m'aider à m'en sortir. Si je ne sais pas comment me débrouiller dans les années à venir, tu seras là ; c'est comme si tu avais déblayé le chemin pour moi, en somme. Tu pourras me donner des conseils pour leur apprendre la propreté, pour leur premier jour d'école, pour la conduite accompagnée… Tu seras passée par toutes ces étapes avant moi…

Jamie garda le silence, se demandant si elle serait encore là, dans les années à venir, pour aider sa sœur. Serait-elle en vie dans cinq ans ? Dans dix ans ? Et même si elle était là, Kendra lui pardonnerait-elle ce qu'elle avait fait sans la consulter, quand elle l'apprendrait ?

— Merci, dit Kendra en posant ses mains sur les siennes. Merci, Jamie, non seulement de mettre mes enfants au monde, mais d'être là pour m'aider à les élever.

Jamie ferma les yeux et opina. Mais cette fois, elle ne put retenir ses larmes.

Ce soir-là, Hannah et Alison réclamèrent une fois de plus l'histoire des sœurs canard ; quand Jamie eut terminé, elle était tellement lasse qu'elle dut presque se traîner pour quitter la pièce. Mais elle savait qu'une fois allongée dans le noir, elle garderait les yeux grands ouverts et ressasserait sa discussion de la journée avec sa sœur.

Kendra reconnaissait rarement ses faiblesses. Elle n'en éprouvait pas le besoin, car c'était l'une des personnes les plus sûres d'elles que Jamie eût rencontrées. Au cours de sa carrière de journaliste, elle avait interrogé des présidents et des tueurs en série, découvert des secrets pourtant très bien gardés et fait publier des reportages auxquels tout le monde essayait de la faire renoncer. Elle avait mis sa sécurité en péril plus d'une fois pour faire éclater la vérité.

Son courage était donc incontestable. Mais dans ce nouvel univers émotionnel qui est celui de la maternité, un univers peuplé de mille faux pas et de chausse-trappes, un univers qu'elle n'avait pas été préparée à aborder, elle se sentait désemparée. Jamie savait combien il lui en avait coûté de l'admettre et de solliciter son aide. Le fait qu'elle ait quand même fini par lui faire cet aveu était une preuve irréfutable qu'elle la considérait désormais comme son égale, comme quelqu'un à qui on pouvait se fier les yeux fermés.

Comme le sommeil ne venait pas, Jamie gagna sans bruit la cuisine pour se préparer une tasse de cidre chaud.

Elle était assise à table avec son bol entre les mains, à la lueur d'une petite lampe, quand Grace entra dans la pièce. Jamie ne dit rien, pensant que son amie parlerait la première. Mais Grace passa à côté de la table sans lui adresser la parole.

— Grace ?

La vieille dame sursauta et plissa les yeux.

— Oh, je ne t'avais pas vue, chérie ! Je devais être absorbée dans mes pensées.

Grace n'était pas passée sans la voir parce qu'elle réfléchissait, Jamie s'en rendait compte à présent. Elle ne l'avait pas vue parce que l'éclairage était trop faible. Elle n'y voyait pratiquement rien, dès qu'elle se trouvait dans la pénombre.

— Ta vue se détériore, Grace ? lui demanda Jamie.

Grace soupira.

— Gravement, je le crains…

Jamie se leva.

— Si tu t'asseyais, pendant que je vais te chercher quelque chose à boire ?

— Inutile de t'inquiéter, ma belle ; ce problème ne date pas d'hier. C'est une diminution progressive de la vision. Je sais où se trouve chaque chose. C'est l'une des raisons pour lesquelles je suis revenue ici, en fait. La mémoire est là pour pallier la vue déficiente. Si je finis un jour par ne plus rien y voir, je ne serai pas complètement désemparée, dans cette maison. Je serai capable de m'orienter.

Jamie se souvint alors des verres renversés, des faux pas de la vieille dame et se demanda comment elle avait pu passer à côté de tout cela. Elle s'était tellement repliée sur ses propres préoccupations que l'évidence ne lui avait pas sauté aux yeux.

— Je suppose que tu tiens à ce que personne ne le sache ?

Grace ouvrit le réfrigérateur et avança la main vers le lait. Jamie mesurait maintenant seulement à quel point tout était intelligemment rangé, à l'intérieur, ainsi que dans le congélateur. Il y avait une place pour chaque chose et chaque objet revenait exactement à sa place après utilisation : le lait à droite, à côté du pichet de cidre, précisément où la main de Grace venait de se poser.

Grace referma la porte et posa la brique sur le coin du fourneau. Elle prit l'une des casseroles accrochées au mur — toujours au même crochet.

— Sandra soupçonne quelque chose et Cash également, j'imagine. Mais je ne crois pas qu'ils se rendent compte de la vitesse à laquelle l'état de mes yeux se dégrade depuis quelque temps. Enfin, ils le sauront bien assez tôt…

— Je suis profondément navrée, Grace.

— Il ne faut pas. Un nouveau traitement que je suis en

train de tester pourrait peut-être enrayer la progression vers la cécité. En ce moment, j'arrive à voir à peu près correctement quand la lumière est bonne ; surtout les couleurs vives. Et avec ma loupe, j'y vois suffisamment pour faire du patchwork.

Grace gardait en effet au cou une loupe accrochée à un cordon, quand elle cousait. Jamie s'était figuré que c'était pour mieux voir les petits détails et faire plus facilement ses points de quilting. Mais de fait, le travail de Grace n'était pas tellement minutieux. La vieille dame mariait surtout les couleurs avec audace, disposait des objets en trois dimensions qu'elle pouvait toucher et placer sur ses ouvrages, suivant de vastes motifs. Et quand elle brodait des mots sur une courtepointe, elle qualifiait ses lettres sens dessus dessous de « folk art ».

— Je me débrouille très bien pour le moment, reprit Grace. Tu ne dois pas te faire de souci pour moi.

— Je ne sais pas comment tu t'es arrangée pour que personne ne s'aperçoive de quoi que ce soit. Ça tient du miracle.

— Et je compte bien faire durer ce miracle le plus longtemps possible !

— Est-ce que tes patchworks ont commencé à changer au fur et à mesure que ta vue baissait ?

Tandis que le lait chauffait, Grace s'appuya contre le fourneau.

— Oui, et le changement a été profitable. Avant, j'essayais de faire comme tout le monde. Quand je n'en ai plus été capable, il a fallu que j'improvise. C'est alors que j'ai découvert mon talent artistique.

Elle rit discrètement.

— Enfin, peut-être que si je voyais un peu mieux le résultat de mon travail, je serais horrifiée !

— Non, tu serais fière de toi. Tes patchworks sont splendides.

— Helen Henry m'a même dit que mon gros tournesol n'est pas si mal que ça, en définitive, et qu'il a peut-être quelques qualités qui rachètent ses défauts.

Jamie s'esclaffa, mais son rire lui fit un drôle d'effet, comme si elle avait donné libre cours à son hilarité au moment le plus grave d'un sermon.

— Ne t'attendris pas trop sur mon sort. L'adversité n'est pas une si mauvaise chose, ma chère. On la sous-estime beaucoup. Elle a du bon, parfois…

Jamie sentit sa gorge se nouer.

— Oh, Grace !

Grace était peut-être en train de perdre la vue, mais elle avait gardé l'ouïe fine et elle entendit dans la voix de Jamie tout ce que la jeune femme ne disait pas. Elle éteignit la plaque chauffante et vint s'asseoir à table près d'elle.

— Il serait peut-être temps de me dire ce qui se passe, ma jolie…

Elle chercha sa main et la prit dans la sienne. Si Jamie avait ignoré ce qu'elle savait maintenant sur l'état de sa vue, sans doute n'aurait-elle pas remarqué la façon dont la vieille dame avait fait glisser sa main sur la table pour trouver la sienne.

— Tout va bien, répondit-elle. Il n'y a pas de souci.

— Non, ce n'est pas vrai. Et ne me dis pas que je me fais des idées. Il s'est passé quelque chose dans le Michigan. Rien ne t'oblige à me dire quoi que ce soit si tu n'en as pas envie, bien entendu. Mais je tiens cependant à m'assurer que tu n'es pas en train de cacher quelque chose dont tu aurais besoin de parler. Et je préférerais arrêter de gamberger en imaginant le pire.

Si Grace ne lui avait pas avoué la vérité à propos de

ses yeux, peut-être Jamie aurait-elle été capable de mentir encore pour la rassurer. Mais la franchise de son amie exigeait une certaine réciprocité.

— J'ai un cancer du sein… Je m'en suis aperçue lors de mon premier séjour dans le Michigan et mon amie gynécologue, là-bas, s'est occupée de moi. Les tests ont confirmé qu'il s'agissait bien d'une tumeur maligne.

— Et personne n'est au courant, ici ?

— Je ne peux pas en parler ! Kendra se fait déjà un mauvais sang terrible pour cette grossesse ! J'ai cru que ça s'arrangerait au fil des mois, mais c'est presque de pire en pire. Elle est dans un état d'anxiété indescriptible.

— Je sais. Nous avons parlé un moment, elle et moi. Elle a beaucoup hésité avant d'accepter ta proposition. Mais tu es en train de me dire que tu as pris toute seule des décisions concernant ta santé ?

Grace marqua une pause.

— Tu as bien pris des décisions ?

— Si je n'étais pas enceinte, la meilleure solution aurait été l'ablation de la tumeur, suivie d'une radiothérapie. Mais la radiothérapie est hors de question durant une grossesse et personnellement, je ne considère pas l'interruption de grossesse comme une chose envisageable.

— J'aurais pourtant pensé qu'on te la conseillerait.

— Non, sur ce point, au moins, mon amie Suzy et les statistiques sont d'accord avec moi. Elle a donc consulté un cancérologue, un chirurgien et un radiologue, qui m'ont proposé une mastectomie radicale modifiée, suivie, si nécessaire, d'un type de chimiothérapie qui n'aurait très probablement aucune incidence sur les bébés.

Jamie s'interrompit.

— Seulement, voilà : « très probablement » ce n'est pas une expression que je souhaite associer à cette grossesse.

— Auraient-ils fait cette suggestion, s'il y avait un risque ?

— Les informations qu'ils possèdent sur ces médicaments sont prometteuses, mais il n'existe encore aucune étude sur leurs effets indésirables à long terme. Suzy m'a mise en garde à ce sujet.

De retour à « First Step », Jamie avait effectué quelques recherches sur l'ordinateur de Tara. Elle y avait appris que l'objectif de la chimiothérapie était d'inhiber le développement des cellules ; or, qu'était-ce qu'une grossesse sinon le développement de jeunes cellules dans le corps de la mère ?

— Il ne me restait donc que deux options, soit une mastectomie — et l'ablation d'un sein aurait été impossible à cacher à Kendra et Isaac — suivie d'une chimio, si les résultats de l'opération suggéraient que c'était nécessaire, en espérant que les jumeaux n'en souffriraient pas, ou alors retarder la chimio jusqu'au lendemain de l'accouchement.

— Apparemment, ce n'est pas ce que tu as choisi ?

— Non ; la seconde option était l'ablation de la tumeur, avec une anesthésie beaucoup moins longue, ce qui était préférable pour les jumeaux ; je pouvais ensuite différer la radiothérapie à la période post-natale, puis me soumettre au traitement qui me serait indiqué, le cas échéant, à ce stade-là. Et je pouvais être opérée dans le Michigan, sans que personne, ici, ne soit au courant. C'est donc ce que j'ai fait. Plus tard, si le cancer revient, je pourrai toujours avoir recours une mastectomie.

— Et l'obstétricienne qui te suit, ici ?

— Je lui ai fait promettre de se taire.

Grace inclina la tête d'un air interrogateur.

— Il arrive qu'on retarde la radiothérapie jusqu'à six semaines après l'intervention ; en l'occurrence, ça me ferait commencer juste après le début de la nouvelle année. Or, je vais devoir attendre deux mois de plus et Suzy craint qu'il y ait plus de risques de métastase.

— Elle en est certaine ? Est-ce qu'il y a des études qui font apparaître une recrudescence du cancer si on prolonge le délai d'attente ?

— Non ; tout dépend de la durée du délai, des changements survenus dans mes seins pendant la grossesse, de la taille de la tumeur, du fait que les ganglions lymphatiques soient touchés ou pas. Bref, même si tout ça joue un rôle, on ne sait pas au juste lequel et Suzy estime que je mets ma santé en jeu.

Jamie posa les mains sur son ventre et le regarda. Il y avait du mouvement, là-dessous.

— Mais elle me demandait de mettre la leur en jeu, aussi… L'ablation de la tumeur n'est peut-être pas la meilleure solution pour moi ; je le sais. Je n'essaie pas de me leurrer. Et le fait de retarder le traitement peut avoir des conséquences fâcheuses. Mais étant donné la situation, c'était la seule manière dont je souhaitais procéder.

— Il ne t'est pas venu à l'idée de consulter ta famille ?

— Et s'ils m'avaient demandé de faire le maximum pour préserver ma santé ? se demanda-t-elle avant de marquer une pause, puis de lever une main en voyant que Grace s'apprêtait à parler. Et s'ils m'avaient demandé le contraire ?

La vieille dame secoua la tête pour signifier qu'elle comprenait le dilemme.

— Ma sœur et mon beau-frère n'auraient rien pu dire qui convienne. Quelle que soit leur réaction, cette affaire serait restée à jamais entre nous. Je ne veux pas qu'ils sachent ce qui se passe. Nous commençons tout juste à devenir une vraie famille ; mais c'est encore tellement…

tellement fragile. Ce n'est pas le moment de prendre des risques, surtout avec la santé de ces bébés.

— As-tu pensé à Hannah et Alison ? Et si le retard de la radiothérapie et d'une éventuelle chimio favorisait la formation de métastases ?

— J'ai posé la question à Suzy. Elle ne connaît pas la réponse, mais elle veut que je demande au Dr Raille de provoquer l'accouchement dès qu'elle considérera que c'est sans risque pour les jumeaux. Ça pourrait faire une différence importante pour le début du traitement.

Grace lui toucha la main.

— Quel terrible fardeau pour quelqu'un d'aussi jeune !

— Ça pourrait être bien pire. L'intervention s'est bien passée. La tumeur ne faisait pas plus de deux centimètres, ce qui signifie qu'elle en était au stade précoce. Les marges étaient saines et le cancer lui-même n'est pas d'un type particulièrement invasif — alors que la plupart des cancers le sont, chez les femmes de mon âge. Un prélèvement sur les ganglions lymphatiques axillaires n'a fourni aucune indication qu'il aurait pu s'étendre. Si j'avais eu la possibilité d'une irradiation immédiate, mon pronostic aurait été excellent. En l'occurrence, j'ai quelques espoirs que ma décision d'attendre un peu le rendra juste un tout petit peu moins favorable.

Grace ne dit rien pendant un long moment. Puis elle serra la main de Jamie.

— J'aurais peut-être fait le même choix…

— Tu le penses vraiment ?

— Confrontée à la situation à laquelle tu étais confrontée ? Oui, je crois bien que j'aurais réagi comme toi.

Le fait d'avoir quelqu'un qui la comprenne et compatisse était plus que la jeune femme n'aurait osé espérer.

— Tu ne peux pas savoir à quel point ce que tu me

dis est important pour moi, fit-elle, en retenant la main de Grace. Je pensais que tu allais me donner tort, comme les médecins.

— Tort et raison sont des mots qui ne devraient pas avoir cours dans des situations pareilles. Avec autant d'inconnues, tu as fait ce que tu pensais être le mieux. Je regrette seulement que tu n'aies rien dit à ta sœur ni sollicité son avis.

— Je ne pouvais pas.

Jamie n'était pas surprise que Grace la comprenne aussi bien. Elle savait ce que c'est que de se demander si on a fait le bon choix, sans être vraiment sûr d'avoir un jour la réponse. La vieille dame savait aussi combien il est difficile de faire confiance aux gens qui sont censés nous aimer.

— On sous-estime peut-être l'adversité, dit Jamie, mais je m'en passerais quand même bien volontiers.

— Sans les moments les plus difficiles de ma vie, il y a beaucoup de choses que je n'aurais jamais apprises. Mais l'heure n'est pas aux leçons de vie ! Je me bornerai donc à te dire ceci : ne crois jamais savoir ce que pensent ou ressentent les gens qui t'aiment. A mon avis, bien plus de vies ont été gâchées par des suppositions erronées que par l'âpre vérité.

— Tu as l'avantage de pouvoir regarder en arrière et analyser tes décisions après coup. Moi, je suis obligée d'avancer à tâtons, en espérant avoir fait pour le mieux.

— Et les gens qui t'aiment réellement le comprendront, Jamie…

La jeune femme espéra que ce serait le cas. Mais elle n'appelait pas de ses vœux le jour où elle en aurait le cœur net.

30

Le nez au vent glacial de janvier et les mains enfoncées dans ses poches, Cash regardait la maison des Taylor se découper sur le ciel du soir, en songeant que ce serait probablement là le chef-d'œuvre de Rosslyn & Rosslyn. Tous les éléments s'y assemblaient de la manière la plus harmonieuse qui soit. Il se demanda si Jamie avait réellement imaginé à quel point son plan s'intégrerait si parfaitement au site, avec quelle grâce il imitait celui de l'ancien chalet « dogtrot » de Leah Spurlock, tout en transformant cette structure simple et rustique en un bâtiment remarquable.

Certes, les Rosslyn avaient ajouté quelques touches personnelles : un type de fenêtres différent pour les pièces du premier étage, une salle de bains à la place initialement prévue pour une penderie et d'autres détails de ce genre. Jamie avait accepté de bonne grâce ces modifications, quand on lui en eut expliqué les raisons. Outre son talent, elle faisait preuve de souplesse et de réceptivité.

Mais quelque chose qui n'avait rien à voir avec la maison de sa sœur la préoccupait aussi de toute évidence, en ce moment. Cash commençait à la connaître suffisamment pour en avoir la certitude. Jamie avait des soucis personnels. Il ne savait pas au juste lesquels ni pourquoi, mais, depuis plus d'un mois, elle passait beaucoup trop de temps à regarder dans le vide. Quand ses filles lui parlaient, elle était si distraite qu'elles avaient pris le pli de répéter systématiquement leurs questions. Bref, il avait l'intention de l'interroger là-dessus, un de ces jours ; dès qu'il aurait déterminé ce qui le rendait aussi sensible aux états d'âme de Jamie Dunkirk.

Bien que les travaux aient avancé de façon régulière, les retards inéluctables dus aux intempéries hivernales empêcheraient probablement les Taylor d'emménager avant la fin du printemps — un peu plus tôt s'ils acceptaient de vivre dans le bruit et l'agitation des aménagements de dernière minute. Cash doutait qu'ils soient tentés de le faire car, à ce moment-là, les jumeaux seraient nés. Sans doute resteraient-ils à Arlington, au calme, jusqu'à ce que le dernier artisan ait quitté le site.

Il se demanda alors où serait Jamie, à ce moment-là.

— Quand tu auras fini de bayer aux corneilles, j'aimerais bien avoir ton avis sur les finitions dans la grande pièce, dit Manning, en s'approchant. Je sais que la couleur de l'enduit foncera avec le temps, mais c'est au moins six tons plus clairs que la teinte commandée par les Taylor.

Cash n'avait pas besoin d'aller voir ; il était aux côtés de Kendra quand elle avait vu la teinte pour la première fois et elle avait dit exactement la même chose. Il avait appelé le sous-traitant pour lui demander de revenir faire le travail comme on le lui avait indiqué.

— Le gars a tenté de manifester sa liberté artistique, répondit-il. Il avait sa propre théorie sur ce qui convenait pour cette maison. Nous allons arranger ça la semaine prochaine.

— Très bien. Isaac devrait nous rejoindre d'un moment à l'autre. Je lui ai demandé de venir jeter un coup d'œil sur l'emplacement du bassin et du barbecue. Amos creusera un trou dès que le temps le permettra.

Cash s'étonna de ce rendez-vous. Il avait passé en revue toutes les questions de paysagisme avec les Taylor la semaine précédente. Chaque emplacement était soigneusement marqué par un piquet dans le sol et tous les arbres qu'il fallait élaguer l'étaient depuis le mois de décembre.

— Et c'est pour ça que tu m'as demandé de retarder mon déplacement à Roanoke ? Pour que je puisse revoir tout ça avec lui une fois de plus ? Mais tout est réglé depuis une semaine, papa !

— Tiens, le voilà…

Cash écouta, mais il n'entendit aucun bruit de moteur — rien qu'un léger crissement sur le gravier, puis la Prius d'Isaac apparut au bout de l'allée.

— Cette voiture pourrait t'écraser sans crier gare, dit Manning. On croirait un gadget sorti d'un film d'espionnage.

— Ou plutôt d'un documentaire sur la protection de l'environnement ; tu devrais apprécier.

— Je n'ai jamais dit que je n'appréciais pas.

Pendant qu'ils parlaient, Isaac était descendu de son auto et s'approchait d'eux. Comme Manning l'avait annoncé, il était venu seul, chaudement vêtu d'un pantalon en velours et d'un anorak, chaussé de bottes, mais tête nue. Cash remarqua que sa façon d'enfoncer d'abord le talon quand il marchait puis de dérouler le pied vers les orteils, avait pour lui quelque chose de familier, mais il n'aurait su dire quoi.

— Désolé de vous avoir fait faire tout ce chemin, s'excusa Manning, en lui tendant la main.

Les trois hommes échangèrent une poignée de main, puis Isaac enfonça les siennes dans ses poches.

— Pas de souci. Ce sera l'occasion pour Caleb Claiborne de conduire ma voiture jusqu'à Fitch Crossing. Je le lui ai promis depuis des mois.

Cash savait que les Taylor s'étaient liés d'amitié avec Caleb, le jeune frère de Cissy Claiborne, qui venait probablement de passer son permis. Les beaux-parents de Cissy, qui habitaient tout près de Fitch Crossing, avaient adopté le garçon. Il avait été abandonné à la naissance et séparé de sa sœur qui l'avait finalement retrouvé après des années de recherches. Après une adolescence difficile, le jeune homme semblait maintenant s'épanouir grâce à l'affection des gens qui l'avaient pris sous leur aile.

— Alors, il y a du changement ? s'enquit Isaac. Qu'est-ce que vous vouliez me montrer ?

Manning ne répondit pas tout de suite. Après avoir contemplé un moment la maison, il se tourna face aux deux autres.

— Il ne s'agit pas de la maison, dit-il enfin. C'était simplement un prétexte pour vous faire venir tous les deux.

Isaac le regarda, visiblement stupéfait. Cash ne l'était pas moins. C'était bien la première fois, d'aussi loin qu'il s'en souvienne, que son père avait recours à un subterfuge. Comme la plupart des hommes de son âge, à la campagne, il disait ce qu'il avait à dire, un point, c'est tout. Il n'était pas le genre de personne qui tourne autour du pot, même s'il faisait relativement attention à ne pas froisser les gens.

— De quoi s'agit-il, alors ? demanda Isaac.

— D'un mensonge que je me suis fait à moi-même quand j'ai appris votre existence ; et de ce qui pourrait bien être la vérité — du moins, à mon avis.

Manning sembla chercher ses mots, puis commença, à l'attention d'Isaac :

— Je vous ai dit l'autre jour que j'avais parlé à Rachel, quelque temps avant votre naissance et qu'ensuite, je n'avais plus eu de ses nouvelles. En fait, je lui avais bien parlé une dernière fois, mais pas au téléphone, comme je l'ai prétendu. Votre mère m'a appelé un beau jour, après des années d'absence, en disant qu'elle voulait me voir. C'était totalement inattendu, pour moi. Elle était partie à la fin de ses études secondaires et je n'avais plus jamais entendu parler d'elle. Entre-temps, j'avais déjà été marié une fois ; la mère de Cash est ma deuxième femme. La première n'est pas restée longtemps par ici. C'était une citadine et elle m'a quitté pour un homme qui avait plus d'argent et plus de perspectives, comme elle disait. Mais je n'avais pas envie de vivre seul. Deux ans après, j'ai rencontré Sandra, la fille de Grace, et je suis tombé amoureux d'elle. Je venais de la demander en mariage, quand Rachel m'a appelé…

Cash voyait à peu près le tableau ; il était inutile de lui faire un dessin. Il regarda Isaac du coin de l'œil et vit qu'il commençait aussi à deviner la suite. Mais ils gardèrent l'un et l'autre le silence, laissant Manning égrener ses souvenirs.

— Au début… je me suis dit qu'il ne fallait pas y aller. Rachel avait fait ses choix et moi les miens. Il valait mieux en rester là.

Il passa une main dans ses cheveux clairsemés.

— Et puis j'y suis allé quand même, parce qu'à un moment donné, bien des années plus tôt, j'avais été follement amoureux d'elle. J'ai appris qu'elle habitait dans le Mississippi, du côté de Tupelo. Elle y était partie avec un homme, mais n'avait pas vécu longtemps avec lui, en fin de compte. Elle travaillait dans un restaurant et faisait quelques ménages pour subsister. J'ai pensé qu'elle avait peut-être besoin d'aide, mais Rachel n'était pas ce genre de femme-là. Je n'ai jamais connu personne d'aussi indépendant qu'elle. Apparemment, je lui avais manqué et elle avait entendu dire, je ne sais trop comment, que ma femme m'avait quitté ; alors elle voulait voir s'il restait quelque chose à ressusciter entre nous. Elle m'a dit que j'étais le seul homme qui ait jamais vraiment représenté quelque chose pour elle…, confia-t-il en se dandinant, visiblement mal à l'aise.

Cash avait déjà compris ce qui allait suivre. Il attendit.

— Il restait quelque chose entre nous, en effet, continua Manning. Je n'avais jamais cessé de l'aimer, je suppose. Nous avons passé la nuit ensemble, mais en me réveillant, le lendemain matin, j'ai compris que c'était une erreur. Rachel ne pourrait jamais revenir vivre ici avec moi ; elle aurait été trop malheureuse. Moi, j'étais incapable de quitter ma vallée ; c'était l'endroit où je voulais habiter jusqu'à mon dernier jour. J'avais déjà perdu ma première femme à cause de ça. Et puis il y avait Sandra. Entre Rachel et moi, c'était tout feu tout flammes, ce genre de passion qu'on raconte dans les livres. Mais j'aimais Sandra aussi et je savais que c'était avec elle que je voulais passer le restant de mes jours. Alors, je l'ai quittée pour de bon cet après-midi-là. Rachel a dit que j'avais raison, qu'elle ne serait jamais le genre de femme qu'il me fallait. Je pense qu'elle a aussi compris qu'il y avait quelqu'un d'autre, même si nous n'en avons pas parlé. Elle a promis de garder le contact, mais elle ne l'a pas fait. Nous savions tous les deux que c'était fini.

Manning leva les yeux et regarda Isaac.

— Seulement, à mon avis, l'histoire ne s'est pas arrêtée là. Rachel ne m'a probablement pas tenu au courant de la suite. Quand votre femme est venue s'installer au vieux chalet et qu'elle m'a raconté un jour comment votre grand-mère Leah vous l'avait légué parce que vous étiez le fils de Rachel, j'ai d'abord pensé que Rachel était une jeune femme libérée qui n'avait jamais accepté de vivre selon les normes de la société. Je savais qu'il y avait eu des hommes avant moi et j'ai pensé qu'il y en avait eu après. Mais quand j'ai commencé à parcourir tous ces papiers que vous avez signés pour cette maison, j'ai jeté un coup d'œil sur votre date de naissance. Dès ce moment-là, j'ai su qu'il y avait une chance pour que vous ayez été conçu cette nuit-là — la seule que nous avions passée ensemble, votre mère et moi. J'ai remarqué des choses, chez vous, qui m'ont fait penser à mon père ; des petites choses, comme votre façon de bouger, par exemple. Rien de vraiment précis, mais une impression globale de familiarité…

Cash comprit alors pourquoi Isaac lui rappelait quelqu'un. Manning voyait son propre père en le regardant marcher, mais Cash, lui, voyait Manning.

— Vous dites que vous êtes mon père…, murmura Isaac.

Ce n'était pas une question.

— Je n'en ai aucune preuve, mais je pense que c'est probable. Je me suis d'abord dit que cette date ne signifiait pas grand-chose, que Rachel aurait pu concevoir un enfant quelques semaines avant ou après cette unique nuit avec moi. Puis, quand j'ai fini par cesser de me raconter des histoires, j'ai pensé qu'il valait mieux vous laisser tranquille avec ça. Vous n'étiez plus un enfant ; vous n'aviez pas besoin qu'un inconnu vienne vous annoncer qu'il pourrait être votre père. Il était difficile d'imaginer que vous seriez content d'entendre ça et toi, dit-il en se tournant vers Cash, d'apprendre que j'avais trompé ta mère. Nous n'étions pas encore mariés, mais engagés, tout de même.

— Tu n'es pas le premier homme qui ait dérapé, dit Cash, essayant de relativiser.

— Je n'ai jamais été infidèle à Sandra depuis lors. J'ai eu du mal à me décider à parler ; mais j'ai pensé que tu avais peut-être un frère, Cash, et qu'il était important que tu le saches. Le mieux, c'était de vous réunir, pour vous parler…

Isaac ne disait rien. Cash ne savait pas quoi dire.

— Il existe le test ADN… Si vous voulez, Isaac, on pourra le faire.

— Pourquoi ?

— Parce que j'aimerais bien être votre père.

Un muscle bougea dans la mâchoire d'Isaac, comme s'il était en train d'absorber en silence les mots de Manning.

— Est-ce que le sang est si important que ça ? demanda-t-il enfin.

— Qu'est-ce que vous voulez dire ?

— Je serais très déçu d'apprendre que ce n'est pas vous.

Un bref instant, Manning le regarda d'un air perplexe, puis son visage s'éclaira et son corps parut se détendre.

— Vous pensez vraiment ce que vous venez de dire ?

— Vous êtes le genre de père que j'aurais voulu avoir, étant petit. Je ne sais pas ce qu'on peut faire pour tout ça, maintenant, mais j'aimerais bien pouvoir vous connaître mieux ; j'aimerais aussi que vous puissiez connaître mes enfants.

Isaac regarda Cash.

— Et puis j'aime l'idée d'avoir un frère…

Cash s'éclaircit la voix. Il était singulièrement ému et content de ne pas avoir été exclu de ce coup de théâtre.

— Alors, qu'est-ce que ça fait de nous ? Des demi-frères ?

— A vrai dire, reprit Manning, je n'ai pas besoin de test pour savoir à quoi m'en tenir. Mais si jamais tu ressentais le besoin d'avoir une certitude, Isaac, sache que je suis tout prêt à le faire. A compter d'aujourd'hui, je te considère comme un des miens. Et j'espère qu'un jour, tu me diras la même chose.

Cash regarda les deux hommes, son père et ce sympathique garçon qui était peut-être bien son demi-frère. Ils auraient visiblement voulu s'embrasser, mais ils n'étaient ni l'un ni l'autre de tempérament démonstratif. Il n'y eut donc ni effusions, ni larmes, ni déclarations d'aucune sorte. Une simple poignée de main scella le pacte qu'ils venaient de conclure.

La nuque calée par un coussin, Jamie se balançait mollement dans un fauteuil à bascule bien rembourré, un paquet de lettres jaunies sur ses genoux. L'endroit où elle se trouvait — le passage couvert, comme l'appelait Grace — était une longue pièce occupée, sur tout un côté, par une baie vitrée. Ben l'avait fait ajouter pour relier deux pièces plus petites et offrir à Grace une jolie vue sur les vergers, à l'époque où elle donnait le biberon à Sandra. D'un point de vue architectural, c'était là une idée à la fois pratique et sentimentale.

— Mamie Grace m'a dit que je te trouverais là.

Jamie leva les yeux en entendant la voix de Cash et lui sourit.

— Tiens, je te croyais sur la route, aujourd'hui. Tu ne devais pas rencontrer demain matin un fabricant de placards, du côté de Roanoke ?

— Le rendez-vous a été annulé. Je reviens de la maison des Taylor, où j'ai retrouvé mon père et Isaac.

— Ah bon ? Kendra était là ? s'enquit Jamie en se redressant légèrement dans son fauteuil.

— Non ; ton beau-frère est venu tout seul.

Cash tira une chaise pour s'asseoir près de la jeune

femme, croisa les mains derrière la tête et fit basculer le siège sur ses pieds de derrière.

— Ils sont allés dîner ensemble quelque part.

Jamie trouva cela curieux, car Manning n'avait pas tellement voulu s'impliquer dans le chantier.

— Ils sont devenus amis, tout d'un coup ?

— Ce n'est pas exactement ça ; en fait, ils avaient des choses à se dire. Je suppose que Kendra t'en parlera plus tard, dit-il en la regardant du coin de l'œil. Comment se fait-il que ces temps-ci, chaque fois que l'un de nous deux prononce le nom de ta sœur, tu fasses cette tête-là ?

— Quelle tête est-ce que je fais ?

— C'est assez difficile à décrire... Quelque chose à mi-chemin entre la tête d'un chiot beagle qu'on vient de chasser à coups de pied et celle d'un vieux labrador en train d'essayer de nouveaux tours pour ne pas être abandonné par son maître.

— Oh là là, quelles métaphores ! Ou est-ce des analogies ? La rhétorique, ce n'est pas mon fort.

— Peu importe, si c'est bien là que le bât blesse.

— Il n'y a pas de problème, Cash, si c'est ce qui t'inquiète. C'est juste que j'ai besoin d'être un peu seule, en ce moment ; les gens me fatiguent. Et je ne suis pas sûre de supporter longtemps la compagnie de ma sœur, en ce moment, avec sa sollicitude exagérée...

— Seulement celle de ta sœur ?

— Si tu me demandes si tu dois t'en aller, la réponse est non. Avec toi, je me sens détendue.

S'il avait remarqué le compliment, il n'en laissa rien paraître.

— Et avec Kendra, non ?

Elle essaya de lui mentir le moins possible.

— Cette grossesse s'accompagne d'une bonne dose d'anxiété pour elle et Isaac. Je peux le comprendre. A leur place, j'éprouverais sûrement la même chose. Mais par moments, c'est trop lourd pour moi. J'ai besoin d'air, de calme. Ce soir, en particulier, je me sens complètement lessivée.

— Je suis sûr que ce n'est pas tout. Enfin bon, je n'insisterai pas. Alors, de quoi allons-nous parler ? Ou sont les deux fripouilles ?

— Grace les a emmenées donner à manger à Chance.

Maintenant que la biche avait atteint sa taille adulte, Grace laissait la porte de la grange ouverte et l'animal s'aventurait chaque jour un peu plus loin. Un jour, elles arriveraient avec leur fourrage et Chance ne serait plus là. Jamie savait que le moment était venu de lui rendre sa liberté, mais elle allait manquer à tout le monde — surtout à Hannah et Alison.

— Dès qu'il y aura de nouveau de la douceur dans l'air, elle partira pour de bon, n'est-ce pas ? demanda-t-elle.

— Pas définitivement ; à mon avis, elle va continuer à rôder dans le coin. Nous la verrons de temps en temps.

— Ce sont les chasseurs qui m'inquiètent.

— Le collier orange fluo que lui a mis Grace la protégera un peu, mais rien ne peut vraiment arrêter quelqu'un qui est prêt à tirer sur tout ce qui bouge. Heureusement, la chasse est interdite tout autour des vergers ; il y a des panneaux.

— Un temps pour vivre et un temps pour mourir…

— Je te trouve bien philosophe, tout à coup.

Elle lui tapota le genou et sourit, quand il prit sa main dans les siennes pour la réchauffer. Si le passage couvert de Grace était sa pièce préférée, c'était aussi la plus froide. La baie vitrée aurait eu besoin d'un double vitrage.

— Qu'est-ce que tu lisais ? lui demanda Cash.

— Oh, il faudra que tu jettes un coup d'œil là-dessus,

un jour… Ce sont les lettres qu'échangeaient ta grand-mère et ton grand-père quand il était en formation militaire à Fort Belvoir. A les lire, je me demande comment ces deux-là ont pu vivre ensemble…

— J'ai cru comprendre que ce n'était pas un couple très bien assorti, à en juger par ce que m'a raconté ma mère. Ils étaient aussi différents qu'on peut l'être ; mais ils s'aimaient quand même, ça ne fait aucun doute.

Jamie souleva le paquet et l'agita devant elle.

— Grace me les a prêtées en me disant de voir si je pouvais deviner ce qui était en train de se passer entre eux. Moi, j'ai l'impression qu'ils étaient tombés amoureux, mais qu'ils ne voulaient l'admettre ni l'un ni l'autre. Ils ont perdu un temps précieux.

— On croit généralement avoir tout le temps qu'il faut devant soi. Hélas, ce n'est pas toujours le cas.

Il devait penser à Kary, mais Jamie pensait à elle-même. Elle se demanda quel message Grace avait voulu lui faire passer, en lui laissant lire ces lettres.

Elle retira sa main et se mit debout.

— J'ai quelque chose à te montrer. Ça t'intéresse ?

— Si tu crois que tu pourras te traîner sur quelques mètres… A mon avis, ces bébés ont encore grossi depuis ce matin.

Jamie regarda son ventre et esquissa une grimace.

— Je me fais l'effet d'une baleine ; ou de quelque créature extraterrestre.

— Moi, je te trouve très belle…

Manifestement, Cash était sincère.

— Tu sais parler aux femmes, toi…

Il l'entoura de ses bras et l'attira contre lui — enfin, dans la mesure du possible.

— Je trouve que tu fais quelque chose de beau, dit-il

en lui massant le dos. Je sais que ce n'est pas facile ; ça ne peut pas être aussi facile que tu le prétends !

— C'est vrai… Ces bouts de choux vont me manquer. Je l'admets. Mais je les donnerai volontiers à ma sœur, je t'assure.

— Tu es une femme qui sait ce qu'elle fait ; je suis bien obligé de te croire.

Elle s'écarta et le prit par la main.

— Viens voir ce que j'ai fait pour eux.

Les deux petits couvre-lits étaient soigneusement pliés à côté du canapé du salon. Elle les tint un instant contre elle, un peu embarrassée.

— Toi qui es habitué à voir les ouvrages de ta grand-mère, n'oublie pas que ce sont mes premières tentatives. Ils sont terminés jusqu'au dernier point, lavés et repassés dans l'attente du grand jour. Kendra ne les a pas encore vus. Je pense qu'ils lui plairont.

— Fais-moi voir…

Elle en posa un et déplia l'autre — le graphique en blanc, rouge et noir.

— Celui-ci sera pour le premier-né. Kendra et Isaac ne sont pas encore tombés d'accord sur les prénoms. S'ils se décident à temps, je les broderai au dos. Mais regarde…

Elle retourna l'ouvrage pour lui montrer le petit cœur, dans un angle, où elle avait brodé : « Pour mon neveu chéri, de la part de sa tante Jamie. »

— C'est magnifique ! s'exclama-t-il en promenant un doigt sur la bordure. Evidemment, un grand dadais comme moi n'y connaît pas grand-chose. Mais si j'étais un bébé, je ne voudrais pas le quitter des yeux.

Jamie rit de bon cœur. Il trouvait toujours ce qu'il fallait dire, sans se prendre au sérieux.

— Je ne suis pas mécontente de moi.

Elle replia rapidement la courtepointe et déplia l'autre.

— Ouah ! Est-ce qu'il va pouvoir s'endormir ?

L'explosion de couleurs du second patchwork obligeait presque à cligner des yeux. Rien ne plaît davantage aux tout-petits que les couleurs vives, Jamie le savait.

— Et voilà le résultat ! dit-elle, en le repliant lentement.

— Ils sont aussi beaux l'un que l'autre. Tu les as gâtés par avance, tes neveux.

— Je ne sais plus trop quoi faire de mes mains, maintenant. Or coudre me détend considérablement...

— Le dernier point a dû te faire l'effet d'un dénouement, en quelque sorte.

Jamie sentit que Cash allait revenir à la question de sa séparation d'avec les jumeaux ; mais cette fois, elle ne chercha pas à l'éluder. Les dénouements occupaient son esprit, ces temps-ci, et le fait d'arriver au terme de son travail l'avait vraiment attristée.

— Kendra et Isaac seront les meilleurs parents possibles.

Elle serra le petit couvre-lit contre sa poitrine, contre la cicatrice qui avait bouleversé son univers.

— Je sais que ces enfants vont avoir une vie magnifique et qu'ils ne manqueront jamais de rien — surtout pas d'amour. En fait, s'il m'arrivait quelque chose, j'ai déjà désigné ma sœur et mon beau-frère comme tuteurs de mes filles, par testament.

— Quand as-tu fait ça ?

— Pourquoi cette question ?

— Ma foi, c'est tout de même assez révélateur de ton état d'esprit, non ? Qu'est-ce qui a bien pu te mettre cette idée dans la tête ?

Elle fournit la réponse qu'elle avait préparée.

— Le moment était venu de le faire, c'est tout. J'aurais dû m'en occuper depuis longtemps, déjà. S'il devait m'arriver quoi que ce soit, je tiens à m'assurer que mes filles seront en de bonnes mains. Quoi de plus normal ? Elles ont chacune un père, mais il vaut mieux qu'elles ne soient pas séparées et je pense qu'aucun des deux ne contestera ma volonté.

— Est-ce que tu crains de ne pas supporter l'accouchement ? Est-ce là ce qui te rend tellement…

Il laissa sa phrase en suspens et haussa les épaules.

— Non, pas du tout ! Je vais très bien. Mais c'est une situation qui oblige à se projeter dans l'avenir. J'ai envie que mes filles soient entourées de gens qui les aiment. En fait, j'espère que tu resteras en contact avec elles. Tu es un peu leur héros.

— Jamie…, murmura-t-il en lui reprenant les mains. Est-ce que les femmes enceintes sont toujours comme ça ? Tenaillées par des obsessions un peu morbides ?

Elle se força à sourire.

— Ça fait partie du plan perpétuel. Dénouements et commencements vont de pair, voilà tout. Il est tout à fait naturel de penser aux deux, dans des moments pareils.

— Tu devrais sortir davantage.

— Peut-être bien, dit-elle.

— Bon, voilà ce que nous allons faire : je t'invite à dîner quelque part. Un petit dîner romantique aux chandelles, en tête à tête, avec des violons.

— J'ai l'impression d'être une grosse vache, Cash ! Je refuse d'aller dîner aux chandelles dans cet état. Et du reste, il faudrait faire au moins quatre-vingts kilomètres pour trouver un endroit comme ça. Je me sens incapable de faire cent soixante kilomètres aller-retour dans une soirée.

— Alors, nous irons quelque part à proximité.

— Ce n'est pas la peine de…

— Il faut que j'aille à Roanoke ce week-end, mais dès mon retour, lundi, prépare-toi pour une sortie romantique. Pas de discussion !

— Est-ce que tu m'as regardée récemment ? Disons, depuis cinq minutes ?

Il souleva sa main et la porta à ses lèvres.

— Laisse-moi m'occuper un peu de toi, Jamie, s'il te plaît…

La jeune femme ne sut quoi dire. C'était un moment délicieux, comme elle n'en avait jamais encore connu avec un homme. Elle aurait voulu qu'il dure toujours.

— Que puis-je faire ? demanda-t-elle d'une voix rauque.

— Venir.

— Alors, je viendrai.

Cette fois, Cash ne se contenta pas d'embrasser sa main.

Quand Grace et les filles revinrent de la grange, Cash était reparti chez lui s'occuper de ses chevaux. Jamie était en train de hacher des oignons pour la sauce du saumon que Sandra avait apporté, avec tout un sac d'autres provisions. La jeune femme les soupçonnait tous de former une conspiration pour l'empêcher de prendre le volant, même pour de courts trajets. Elles n'avaient probablement pas tort car en ce mois de janvier, les petites routes de montagne étaient souvent verglacées.

Dès qu'elles entrèrent dans la cuisine, les filles chipèrent des rondelles de carottes et de pommes, puis ressortirent presque aussitôt en courant pour jouer à être des daims dans la forêt.

— Cash doit-il revenir pour dîner ? demanda Grace, en se laissant choir sur une chaise.

— Il a pris les restes du repas de midi et m'a parlé de fumier à répandre je ne sais où.

— Alors, il vaut mieux qu'il reste où il est ! Ben savait qu'il devait prendre un bain avant que je l'accepte à table. J'avais quelques principes, même s'ils n'étaient pas aussi draconiens que ceux de ma sœur.

— A propos de Ben, j'ai lu les lettres que tu m'as prêtées…

— Alors, qu'en penses-tu ?

— Je pense que tu m'as laissée sur ma faim. Ton histoire ne s'arrête sûrement pas là où j'en suis restée.

— C'est l'histoire de deux personnes qui nient l'évidence, non ? En lisant ces lettres, tu auras certainement deviné que lorsqu'il est parti au camp d'entraînement militaire, nous étions toujours à des années lumière l'un de l'autre.

— Disons, quelques milliers de kilomètres seulement…

— En fait, nous avons eu de la chance que ce ne soit pas si loin que ça. Il aurait pu être envoyé se former si loin qu'il ne serait pas revenu ici avant l'embarquement. Evidemment, j'ai aussi eu de la chance que son copain Sledge soit un gars de Virginie…

— Sledge ? Ah oui… Ben parle de lui dans ses lettres.

— Ses camarades l'appelaient « La Massue », paraît-il. Ben disait qu'il pouvait démolir un mur à mains nues. Ça ne lui a pas servi à grand-chose sur le parcours d'obstacles de Fort Belvoir — le premier de son genre dans l'armée américaine. Chaque soldat devait en venir à bout ou se tuer à l'effort. Sledge était fort comme un bœuf, mais trop costaud pour être agile. Il est tombé d'un mur qu'il essayait d'escalader et s'est brisé deux vertèbres. Ils l'ont renvoyé se remettre chez lui. Il est venu me voir quand il allait mieux.

— Les filles s'amusent bien, dehors. Moi, je m'amuse à cuisiner. Tu pourrais me raconter la suite.

Grace s'installa confortablement, avec un petit sourire satisfait aux lèvres.

— Ah ! Quand même ! J'ai cru que tu ne me le demanderais jamais…

31

1942

Postée à la fenêtre de la cuisine, Grace regardait deux hommes arpenter le champ de maïs tout en gesticulant comme des sémaphores. Le plus âgé, un certain Otis Gaff, qui habitait un peu plus haut dans la montagne, portait une salopette grise et une chemise à carreaux en flanelle. L'autre, dont elle n'avait pas cherché à retenir le nom, était vêtu d'un costume trois pièces. Elle avait tendance à les détester autant l'un que l'autre, sans faire de différence entre crapule des villes et crapule des champs. Le vieux avait l'intention de voler les terres de Ben et le plus jeune, de l'aider à financer cette rapine.

— Où est mon papa ? demanda Charlie pour la troisième fois de la matinée.

— Charlie, mon chéri, ton papa est dans l'Armée, tu sais bien. Nous en avons parlé, tous les trois. Tant qu'il est là-bas, tu es l'homme de la maison ; tu dois te montrer courageux et patient.

— Moi, j'aime pas cette armée, dit Charlie, les yeux étincelants. Elle a pris mon papa.

— Ton papa ne fait que son devoir. Tu te rappelles ce qu'il t'a dit ? Il y a des méchants, au loin, qui veulent faire du mal à des braves gens. Ton papa va aider les gentils à se défendre.

— Je veux pas être l'homme de la maison ! Je suis trop petit !

Grace tourna le dos au spectacle des deux hommes qui se découpaient sur le champ de maïs dont les épis, en ce début de juillet, leur arrivaient presque à la taille.

— Tu peux être le petit homme de la maison, alors…

Déstabilisé par la proposition, Charlie réfléchit en silence. Grace s'abstint de lui expliquer que bientôt, il ne serait même plus question de maison. Un vieux fermier aurait pris possession de la maison et des terres ; avec un sourire déplaisant, il avait déjà averti Grace qu'elle devrait libérer les lieux au plus vite. Sitôt les papiers signés, il comptait emménager avec sa femme, préférant cette demeure à celle qu'ils habitaient actuellement. Elle frémit à l'idée de ce qu'ils feraient de la maison et de la vitesse à laquelle elle allait se délabrer.

Dans l'espoir de ne pas en arriver là, Ben avait fait tout son possible pour obtenir une récolte de plus avant d'être appelé sous les drapeaux. S'il y était parvenu, peut-être auraient-ils réussi, en ajoutant sa solde de l'armée et ce qu'aurait pu gagner Grace, à économiser suffisamment pour subvenir à leurs besoins jusqu'à son retour.

Mais tous ses calculs, ses longues soirées passées à éplucher les livres de comptes, ses déplacements en ville pour se renseigner sur la date de son incorporation, avaient été peine perdue. On lui avait dit qu'un sursis d'appel serait probablement accordé aux exploitants agricoles. Misant là-dessus, Ben avait dépensé beaucoup d'argent pour acheter de l'engrais et des insecticides, considérant cela comme un investissement pour une meilleure récolte. Aidé par un seul ouvrier, il avait lui-même taillé, traité, soigné des milliers d'arbres, passant souvent plus de dix heures par jour sur son tracteur. Puis, au printemps, le conseil d'incorporation local n'avait pas réussi à atteindre son quota de conscrits. Les sursis des agriculteurs avaient été remis en question et la priorité accordée aux éleveurs.

Depuis le début des hostilités, Ben avait eu l'intention de s'enrôler. Il n'avait jamais souhaité être réformé, espérant seulement que lors de son départ, sa famille et ses terres seraient protégées jusqu'à son retour.

Grace regarda les deux hommes se diriger vers la maison. Elle allait être obligée de leur parler. La veille, ils étaient arrivés sans crier gare pendant qu'elle se promenait avec les garçons. Elle les avait vus venir d'assez loin pour avoir le temps de se cacher parmi les arbres qu'Otis Gaff était si pressé de s'approprier. Ils étaient repartis sans découvrir leur cachette mais aujourd'hui, elle n'aurait pas cette chance.

Elle essuya ses mains sur un torchon, enleva son tablier, ôta Adam de sa chaise haute pour l'enfermer dans son petit parc. L'enfant se mit aussitôt à pousser des cris stridents. Charlie, visiblement désireux d'être à la hauteur de ses nouvelles fonctions, le rejoignit dans le parc pour jouer avec lui.

Grace alla ouvrir tout en se promettant de raconter à Ben, dans sa prochaine lettre, combien son fils aîné se rendait utile. Elle ne lui écrivait que pour lui donner des nouvelles de ses fils et de la ferme, sans épanchements superflus. Récemment, elle lui avait décrit des appartements en ville où s'installaient d'autres femmes pour se rapprocher de leur nouveau lieu de travail, pendant que leurs maris se battaient sur le front. Elle avait seulement omis de l'informer que les garderies et les écoles n'arrivaient plus à contenir des effectifs en surnombre et que ses fils seraient entassés dans des salles de classe où ils passeraient trop de temps, avec des instituteurs débordés.

Elle sortit sur le pas de la porte et accueillit ses visiteurs sans l'ombre d'un sourire.

— Que puis-je faire pour vous ? demanda-t-elle, s'efforçant néanmoins de se montrer polie.

— Madame, j'ai reçu aucune réponse de vot'mari sur cette nouvelle offre que je lui ai faite.

Otis s'aperçut qu'il avait gardé sa casquette et l'enleva sans se presser, comme pour indiquer qu'il n'avait même pas besoin d'être courtois avec elle. Les Gaff tenaient les Cashel à leur merci, désormais. Trop âgé lui-même pour être enrôlé, il n'avait plus qu'à récolter les fruits du travail de Ben — au propre comme au figuré — sans se soucier de quiconque.

Grace n'était pas au courant de cette proposition.

— J'ignore de quoi vous parlez.

— M. Samson, ici présent, dit Otis, en désignant d'un signe de tête — mais sans le regarder — le personnage squelettique qui l'accompagnait, il est pas tellement emballé par vos pommes. Y dit qu'elles rapporteront sûrement pas autant que vot'mari l'avait dit ; y trouve que c'est trop cher payé pour des arbres de cette qualité-là.

Grace en savait assez sur son compte pour comprendre que le bonhomme essayait juste de la rouler. Il se servait simplement du jeune banquier — qui n'aurait visiblement pas su faire la différence entre une Golden et une Starking —, pour négocier à son avantage. Elle se demanda si le fermier avait seulement écrit à Ben ; sachant que sa jeune épouse était seule sur ses terres avec deux enfants, il avait plutôt dû se dire qu'inquiète pour son avenir, elle supplierait son mari d'accepter cette nouvelle offre.

Un bref instant, elle se demanda si elle était assez forte pour les envoyer rouler tous les deux au pied de la terrasse. L'un était trop vieux pour lui donner du fil à retordre et l'autre, d'une maigreur maladive. Et Grace était furieuse.

Capable ou pas de le faire, elle recula d'un pas pour réfléchir, puis d'un second.

— Monsieur Gaff…

Consciente d'être encore trop en colère, elle respira à fond et souffla lentement l'air par le nez avant de poursuivre.

— Nous avons les meilleures pommes du département et même de toute la vallée. Il n'y aura donc pas de nouvelle offre. J'espère que c'est bien clair.

— Seulement, p'têt' bien que vot'mari, il serait pas de cet avis-là.

— Si vous pensiez que Ben pourrait être d'accord avec vous, vous n'auriez pas pris la peine de venir jusqu'ici pour essayer de m'impressionner.

Au diable la sérénité, se dit-elle. Avançant de deux pas, elle pointa son index sur la poitrine de l'homme, à travers la chemise en flanelle.

— Vous savez quoi, monsieur Gaff ? Je vais dire à mon mari que nos terres valent plus que le prix de vente initial ; au moins une fois et demie ce prix-là. Et je lui dirai de vous faire payer cette somme jusqu'au dernier centime, même s'il aurait peut-être demandé moins à un honnête fermier qui sait à quoi ressemble une bonne pomme. Est-ce que c'est bien compris ? Ou faut-il que je vous l'écrive ?

Elle le poussa du doigt encore une fois.

— A condition que vous sachiez lire, bien sûr.

— Vous avez pas l'droit de m'parler comme ça ! J'ai bien envie de dire à vot'mari que j'laisse tomber l'affaire. Qu'est-ce que vous en pensez, hein ?

— Je pense que vous êtes dur d'oreille. Fichez-moi

le camp d'ici ! Et vous aussi, poursuivit-elle en pointant le menton vers l'autre homme. Reprenez votre offre et mangez-la donc pour dîner. Vous avez l'air d'être mal nourri.

Samson devint blême.

— Je crois que ce que M. Gaff essaie juste de vous dire…

— Plus un mot et du balai ! Filez d'ici et ne remettez plus jamais les pieds chez moi, compris ? Il y a un fusil de chasse derrière ma porte. Je vous donne dix secondes pour déguerpir ; à dix, je le décroche, histoire de voir s'il est chargé.

Les deux hommes se regardèrent.

— C'est pas la peine d'essayer de discuter avec une telle mégère, grommela Otis.

Ils décampèrent juste assez vite pour lui donner à penser qu'ils avaient pris sa menace au sérieux.

Elle referma la porte et appuya son dos au battant. Les deux garçons la dévisageaient avec des yeux ronds, bouche bée.

— Bon, dit-elle, s'éclaircissant la voix, ce qu'il nous faudrait, c'est des cookies aux noisettes ! Qu'est-ce que vous dites de ça, fistons ?

Deux heures plus tard, gavés de biscuits et d'autres bonnes choses, les petits garçons montèrent dans leur chambre pour faire la sieste. Grace ne les avait jamais vus se tenir aussi bien. Evidemment, ils ne l'avaient jamais entendue non plus menacer un voisin de lui tirer dessus. Il y avait probablement un rapport.

En bas, elle débarrassa la table et balaya la cuisine qui sentait bon les cookies juste sortis du four, mais elle n'avait pas le cœur à l'ouvrage. Elle se demandait comment raconter cet épisode à Ben. Gaff, à n'en pas douter, reviendrait sournoisement dans un jour ou deux et proposerait, magnanime, d'en revenir aux conditions initiales. Ben n'aurait plus qu'à signer l'acte de vente ; maintenant qu'il savait à quoi s'en tenir, le vieil Otis s'arrangerait pour accélérer les choses.

Elle regretta de ne pas pouvoir modifier les événements qui avaient engendré cette situation.

Les mois qui avaient précédé le départ de Ben avaient été difficiles. Il avait redoublé de travail dans l'espoir d'un miracle ; et même s'il avait déjeuné à la maison chaque dimanche depuis le bombardement de Pearl Harbor, il n'y avait plus eu d'après-midi de détente, de jeu de dames avec Charlie ou de conversations révélatrices sur leur avenir. Ils n'avaient plus échangé que des bribes de dialogue pour les tâches routinières.

Le soir, Ben montait et s'endormait avant même qu'elle ait fini de débarrasser la table du dîner. Le matin, il n'attendait pas qu'elle soit levée pour partir, sans même prendre son petit déjeuner ; elle lui apportait simplement quelque chose au verger quand les enfants avaient mangé.

Grace repensait parfois à ces moments d'intimité uniques où elle avait discerné chez Ben bien des choses qu'elle n'aurait jamais soupçonnées. Elle se demandait si l'attirance qu'elle avait ressentie n'était qu'un effet de son imagination. Sinon, si elle avait réellement été prête à l'embrasser, était-ce seulement parce qu'il n'y avait pas d'autre homme dans son entourage ?

Pendant que les garçons dormaient, elle en profita pour aller chercher une boîte dans le placard de la salle à manger. Un jour où elle avait décidé d'aérer et de nettoyer une des nombreuses chambres inoccupées, après le départ de Ben, elle l'avait trouvée cachée sous un lit et son contenu l'avait surprise. Alors que le nécessaire à couture de sa sœur s'était réduit à des fils de couleurs neutres et des morceaux d'étoffe plus ternes les uns que les autres, cette boîte contenait des pièces d'imprimés multicolores et chatoyants. Tout au fond, dans une enveloppe, Grace avait découvert un motif de patchwork, manifestement expédié avec les tissus, par un magasin de vente par correspondance.

Le motif s'appelait « Sister's Choice ».

Pour la première fois depuis le décès d'Anna, la jeune femme avait senti la présence de sa sœur. Elle ignorait pourquoi Anna avait commandé ce motif et choisi ces tissus. Peut-être y avait-il eu au fond d'elle un désir secret de couleur et de fantaisie.

En regardant ces pièces d'étoffe, elle s'était sentie plus proche d'elle dans la mort qu'elle l'avait été dans la vie. Elle se demanda si sa sœur aurait eu le courage de confectionner cet ouvrage et dans l'affirmative, si elle en aurait été fière ou si c'était là un aspect de sa personnalité qu'elle ne laissait voir à personne.

Elle avait alors décidé sur-le-champ de faire ce que sa sœur n'était plus en mesure de faire. Une fois l'ouvrage terminé, elle le montrerait aux garçons en leur racontant sa découverte. Ils connaîtraient ainsi, un jour, un aspect de leur mère qu'elle n'avait pas dévoilé de son vivant.

Elle sortit les carrés d'étoffe qu'elle avait découpés la veille, alla s'installer dans un fauteuil près de la fenêtre et enfila son aiguille.

Elle avait presque terminé d'assembler deux carrés, quand elle entendit une voiture rouler sur le chemin. Elle alla jeter un coup d'œil par la vitre, s'attendant à voir l'ouvrier agricole revenir de chez lui pour reprendre le travail après déjeuner ; ou même Otis réapparaître au pied de l'escalier, son chapeau à la main. Mais c'était un véhicule qu'elle n'avait jamais vu et l'homme qui en descendit ne figurait pas au nombre de ses connaissances.

Que devait-elle faire ? Elle était seule avec les enfants

et le fusil de chasse dont elle avait menacé ses visiteurs était plus ou moins une fiction. Il y en avait bien un accroché derrière une porte et elle savait s'en servir. Mais il n'était pas à portée de sa main et elle n'avait plus le temps — l'eût-elle souhaité — d'aller le chercher et de vérifier s'il était chargé.

Elle pouvait laisser l'homme frapper sans répondre et c'était sans doute ce qu'elle aurait fait si l'inconnu n'avait été correctement vêtu, inspirant confiance. Grand et fort, il avait une tête carrée, un cou épais et il marchait avec difficulté, comme si chaque pas lui coûtait.

L'ouvrier agricole n'allait pas tarder à revenir et il passait toujours voir si tout allait bien avant de reprendre le travail. Grace décida qu'elle ne risquait rien à aller ouvrir, tant qu'elle n'invitait pas l'inconnu à entrer.

Avant qu'il ait gravi les marches de l'entrée, elle sortit sur le pas de la porte, refermant derrière elle. L'homme s'arrêta au pied de l'escalier et leva les yeux vers elle, plaçant sa main en visière pour les protéger du soleil ; puis il esquissa un sourire.

— Ma foi, vous êtes aussi jolie que Ben le dit et que sur la photo, aussi. Bonjour, m'dame, et ravi de faire votre connaissance. Je m'appelle Sledge.

Un instant passa avant qu'elle réagît à son nom ; mais cet instant lui avait suffi pour enregistrer ses paroles.

Aussi jolie que Ben le dit et que sur la photo...

— Oh... Sledge, du régiment de Ben ? De Fort Belvoir ?

— J'étais à Fort Belvoir, oui. Je devrais y retourner un de ces jours, je suppose, à moins qu'on m'envoie ailleurs. J'ai eu un accident, alors, ils m'ont envoyé à la maison pour me rétablir. Et comme j'en avais assez de me reposer, je m'suis dit que j'allais vous rendre une petite visite et vous apporter les salutations de vot'mari.

Grace descendit les marches et lui tendit la main.

— Je suis très heureuse de faire votre connaissance, mais je suis navrée pour l'accident.

— Oh, ce n'était pas trop grave ; je me suis brisé deux vertèbres en tombant d'un mur d'escalade, sur le parcours d'entraînement.

Il plaça sa main — une main énorme — au creux de ses reins pour illustrer son propos.

D'un geste, elle l'invita à entrer, devinant d'instinct que tout ce qu'il raconterait serait vrai. Ben parlait souvent de lui dans ses lettres, aussi brèves et rares fussent-elles. Sans doute ne tarderait-elle pas à en recevoir une où il mentionnerait cet accident.

— C'est douloureux, mais ça va déjà beaucoup mieux, continua Sledge, en montant lentement l'escalier. Ils m'ont mis une ceinture de maintien. Ça va finir de s'arranger et dans un mois ou deux, je vais tirer sur tous les guignols qu'il faudra abattre.

— Ma foi, il y a de quoi s'en réjouir d'avance.

Ils rirent de bon cœur ; Sledge avait un rire franc et communicatif. Grace comprit pourquoi Ben le trouvait sympathique.

— J'ai des cookies aux noisettes encore chauds et je viens de préparer du café. Puis-je vous en offrir ? Ou voulez-vous que je vous prépare un petit repas sur le pouce ?

— Le café et les biscuits, ça m'ira très bien. J'ai mangé avant de partir.

Il lui dit qu'il habitait plus au sud mais toujours dans la vallée, qu'il élevait du bétail et cultivait du blé avec sa famille. Il arrondissait aussi ses fins de mois avec quelques travaux de menuiserie.

Elle lui donna le siège le plus confortable de la cuisine,

posa une assiette de cookies devant lui sur la table et servit le café qui restait avant d'en préparer d'autre.

— Avez-vous dit à Ben que vous veniez me voir ? demanda-t-elle, tout en posant la cafetière en fonte émaillée sur le feu.

— Je n'ai même pas pu le voir avant de partir. Cet homme-là ne passe pas inaperçu, là-bas, vous savez. Il grimpe les échelons à une allure incroyable. Il a déjà le grade d'adjudant — et ce n'est qu'un début. C'est exactement le genre de type qu'ils veulent — solide, intelligent, qui ne parle pas pour ne rien dire.

— Tout ça, c'est bien beau, mais est-ce que ça lui permettra de sauver sa peau ?

— Là, c'est plus une question de chance… Nous sommes un régiment d'ingénierie, alors, nous serons au beau milieu de la mêlée pour construire des ponts et des routes, défricher les champs de mines…

— Les champs de mines ?

— Ben enverra les autres faire ça.

Grace ne connaissait pas Ben aussi intimement que sa qualité d'épouse le suggérait, mais elle en savait assez sur son compte pour être sûre qu'il ne laisserait jamais quelqu'un faire une tâche dangereuse à sa place. Il n'était pas du genre tire-au-flanc.

Elle changea de sujet, car il lui était insupportable d'imaginer Ben au combat.

— Est-ce que Ben vous a parlé du verger ?

— Je sais qu'il adore cet endroit ; il m'avait presque convaincu de planter quelques hectares de pommiers, sauf qu'en l'écoutant raconter tous les problèmes qu'il a eus, je me suis dit que mes vaches et mon maïs me suffisent amplement.

— Il vous a dit qu'il vend tout ?

— Non ! Vous n'y pensez pas !

— Il a reçu son ordre d'incorporation avant l'époque de la récolte. Et maintenant, il a trop investi dedans pour s'en sortir.

— C'est pas normal de foutre nos vies en l'air, comme ça ; il va falloir qu'ils nous indemnisent !

Sledge avala quelques gorgées de café. Puis il frappa la table du plat de la main et tout sauta en l'air.

— Un homme a besoin de quelque chose pour revenir sain et sauf ; il faut qu'il ait une raison de rentrer. Au moins, il vous a, vous et les garçons.

Grace ne sut trop quoi répondre. Apparemment, ils n'étaient pas assez intimes pour que Ben lui eût expliqué la situation.

— Ben adore ses fils, dit-elle. Il ferait n'importe quoi pour revenir vers eux. Leur sieste est bientôt finie ; vous pourrez les voir.

— J'ai vu leur photo ; juste à côté de la vôtre.

Ben avait donc une photo d'elle ? Elle l'ignorait.

— Je serais curieuse de savoir quelle photo de moi il vous a montrée.

— Une photo de votre mariage. Vous avez des fleurs dans les cheveux, un petit bouquet à la main et vous souriez.

Elle se souvint alors que Sylvie l'avait effectivement prise en photo avec le vieil appareil de son père. Mais elle n'avait jamais vu ce cliché, bien que sa belle-sœur en eût donné d'autres à Ben, quand ils s'étaient vus en ville. Ben les lui avait remises ensuite, en rentrant, mais celle-là n'était pas dans le lot. Grace avait alors pensé qu'elle était ratée. Il l'avait en fait interceptée et gardée pour lui, puis il l'avait emportée avec lui et placée assez en évidence pour que Sledge ait pu la voir. Etait-ce seulement pour avoir une photo de sa femme, comme les autres soldats, afin d'éviter des questions embarrassantes ? Ce n'était pourtant pas tellement le genre de Ben.

— Je devais me marier, moi aussi, lui apprit Sledge. Mais ma future femme m'a écrit quinze jours après mon départ pour m'annoncer qu'elle ne voulait pas épouser un soldat. Elle a rencontré un agriculteur, dans la région de Page, qui a été réformé à cause d'un pied-bot. Une femme comme ça ne vaut pas la peine qu'on la regrette, non ? J'envie votre homme, en tout cas : retrouver quelqu'un comme vous en rentrant, ça suffira à le motiver, même si le verger est vendu.

— Ben vous a-t-il raconté comment nous nous sommes mariés ? lui demanda-t-elle à brûle-pourpoint, histoire d'en avoir le cœur net.

— Ma foi, il m'a juste dit que vous lui avez offert votre aide après la mort de sa femme, quand il ne savait pas comment s'en sortir et qu'il avait bien de la chance de vous avoir...

Ce n'était pas à proprement parler une déclaration d'amour fou, mais venant d'un homme aussi peu expansif que Ben, cela s'en approchait tout de même considérablement.

— C'est rare d'avoir eu deux femmes à aimer dans une seule vie, dit Sledge ; moi, je m'estimerai heureux d'en trouver une...

Grace ôta la cafetière du fourneau et remplit sa tasse vide. Elle se rendit compte que sa main tremblait un peu.

— Dans notre cas, Charlie et Adam avaient besoin d'une mère...

— Ben dit que vous êtes la meilleure maman au monde ; au moins, il est tranquille pour ses enfants pendant son absence, même si c'est bien dommage qu'il perde cet endroit qu'il aime. C'est le genre de sacrifice que doit faire un soldat, je suppose.

— Je me demandais…

— Oui ?

Elle s'aperçut que la tasse commençait à déborder et que le café était aussi pâle qu'une tisane.

— Oh là là, mais qu'est-ce que je fais ?

Elle remit la cafetière sur le feu et alla vider la tasse de Sledge dans l'évier.

— Je n'avais pas vu que le café n'était pas prêt !

— Vous avez la tête ailleurs, avec tous ces soucis. Il y a sûrement de quoi, remarquez.

— Le fermier qui veut racheter ces terres est une véritable vermine.

— Quelle misère…

— Au prix qu'il va payer cette exploitation, c'est pratiquement du vol et il empochera en plus tout le bénéfice de la récolte que Ben s'est donné tant de mal à préparer.

— C'est une honte ; ça ne devrait pas être possible de convoiter les biens des gens qui se dévouent pour leur pays !

— Vous avez entendu parler de toutes ces femmes qui occupent les emplois laissés vacants depuis que notre pays est en guerre ? Des postes dans la Défense, l'administration et même, l'agriculture ? Du travail jusque-là réservé aux hommes ?

— Je crois qu'une femme est capable de faire tout ce qu'elle veut si elle est décidée à le faire.

Grace songea aux branches de pommiers qui croulaient sous les fruits, par-delà le jardin. Une femme d'exploitant devait apprendre à savoir tout faire, en effet. En ce moment même, des femmes comme elle devaient être en train de désherber les champs et semer, même si c'était la première fois. Tant bien que mal, elles se débrouillaient pour ajouter ces tâches à celles qui leur incombaient d'ordinaire.

L'ouvrier agricole qu'ils avaient gardé pourrait certainement lui montrer comment s'occuper du verger. En outre, il connaissait pratiquement tout le monde à des kilomètres à la ronde. Il saurait à qui s'adresser pour trouver des saisonniers, au moment de la récolte.

— Qui s'occupe de votre exploitation, quand vous n'êtes pas là, Sledge ? demanda-t-elle à son visiteur.

— Quelques personnes de la famille qui n'ont pas l'âge d'être incorporés. Bon, ils font ce qu'ils peuvent et ce ne sera plus pareil quand je reviendrai ; mais enfin, j'aurai pas tout perdu.

— Rien ne reste jamais pareil, non ?

— Ça, vous pouvez le dire !

Il s'esclaffa et Grace partit à son tour d'un rire irrépressible, nettement disproportionné avec la plaisanterie, mais qui lui fit un bien fou.

— Moi, je ne suis pas restée la même, pour sûr, dit-elle, quand ils eurent repris leur sérieux. Et vous savez quoi ? J'ai l'intention de changer encore plus. Ben aura du mal à me reconnaître, la prochaine fois qu'il me verra !

— Ne changez quand même pas trop, hein ? Il tient drôlement à vous comme vous êtes.

Pour la première fois, Grace s'autorisa à croire que c'était peut-être vrai. Ben éprouvait peut-être pour elle d'autres sentiments que ceux qu'il laissait voir. A en croire Sledge, sa gratitude ne faisait aucun doute, en tout cas. Et la gratitude ne pouvait-elle conduire à un sentiment plus profond et plus durable ? Ne pouvait-elle conduire à l'amour ?

Il ne lui restait plus qu'à savoir si elle le souhaitait. Le moment était venu pour elle d'écouter ce que son cœur lui disait. Quels sentiments éprouvait-elle, au juste, pour l'homme qu'elle avait épousé, le père des enfants qu'elle considérait désormais comme les siens ?

— Tenez, Sledge, dit-elle avec son plus gracieux sourire, il va falloir me raconter absolument tout ce que Ben vous a dit à mon sujet. Faites ça pour réconforter une pauvre épouse bien esseulée ! C'est presque votre devoir de patriote, vous ne croyez pas ?

32

— Je n'arrive pas à croire qu'ils soient si gros !

Tout au long du trajet du retour, après la visite maintenant hebdomadaire de Jamie à Front Royal, Kendra s'était montrée volubile, donnant libre cours à son euphorie, sans paraître remarquer la fatigue de sa sœur, plus manifeste que d'habitude pourtant.

— Ils pourraient être déjà nés et viables depuis quelques semaines, tu te rends compte ? Ça commence à me paraître réel, Jamie…

— Moi, ça me semble réel depuis la première fois où j'ai failli vomir mes cookies.

Kendra se sentait rajeunie, prête à escalader les montagnes, après les bonnes nouvelles qu'elles avaient reçues ce jour-là. Les rythmes cardiaques des jumeaux étaient parfaits ; ils avaient bien profité…

— Dans très peu de temps maintenant, je pousserai un landau avec des jumeaux. Moi !

— Tu ne comptes vraiment pas embaucher quelqu'un pour t'aider ?

— Sûrement pas ! Nous nous débrouillerons très bien, Isaac et moi. Je ne veux pas perdre une miette de ces petits.

Elle hésita, puis poursuivit :

— Je sais bien qu'un accouchement, ce n'est pas comme

un cancer ou une crise cardiaque, mais il te faudra quand même quelques semaines pour t'en remettre. Et si tu dois subir une césarienne…

Jamie tressaillit comme sous l'effet d'une gifle. Kendra s'en aperçut et préféra faire prudemment marche arrière.

— Excuse-moi…, lui dit-elle. Je ne voulais pas faire l'oiseau de mauvais augure. Je sais que l'obstétricienne pense que ce ne sera pas le cas. Je voulais juste te dire que si elle s'était trompée…

— Il n'y aura pas de césarienne. Les bébés sont tous les deux positionnés comme il faut. Tu n'as aucun souci à te faire…

Kendra hocha la tête.

— Oui, oui, bien sûr… Ce que je voulais dire, simplement, c'est que quand tu seras remise de cette grossesse et que tu te sentiras d'attaque pour un petit séjour à Arlington, sache que tu seras la bienvenue chez nous. Ton soutien et tes conseils nous seront précieux.

— Je croyais que nous étions d'accord pour mettre un peu de distance entre nous ? Ce sera nécessaire pour moi, en tout cas, pendant que vous commencerez à créer le lien avec vos enfants.

— Un accord peut toujours se renégocier, n'est-ce pas ? Pour ma part…

Elle regarda Jamie et la trouva bien pâle.

— Bref, ça se passe beaucoup mieux que je le craignais, c'est tout. Il y a eu quelques tensions entre nous, en chemin, mais je me sens très proche de toi. Je ne voudrais pas que vous soyez privées des jumeaux pendant un long moment, les filles et toi. Il ne faudra pas vous sentir obligées de rester à l'écart le week-end, si vous êtes libres. Personne n'ignore à qui sont ces enfants, mais nous savons aussi qui a rendu cela possible…

— J'entends, Kendra, et je te remercie…

Jamie n'en dit pas plus.

Kendra se demanda quoi en penser, mais elle était allée aussi loin que possible. Maintenant, la balle était dans le camp de sa sœur ; à elle de savoir quelle distance elle souhaitait établir avec ses neveux, après les avoir portés durant neuf mois. Elle avait peut-être besoin de réfléchir ; Kendra respecterait ses désirs.

Elles étaient presque arrivées, quand Jamie reprit la parole :

— Tu te rappelles cette robe de cocktail rouge que tu m'as offerte ?

— Celle que tu n'as encore jamais portée ?

— Eh bien, je vais la porter ce soir…

— Sans blague ! Pour aller où ?

— Cash m'emmène dîner quelque part.

— Ça, c'est une surprise !

En fait, ça n'en était pas une pour Kendra, puisque Cash avait sollicité son aide quelques jours plus tôt pour l'organisation de cette soirée. Mais ce pieux mensonge la réjouissait particulièrement.

Cash, un beau-frère qui lui tombait du ciel ! Kendra ne put s'empêcher de sourire. L'idée ne lui serait jamais venue qu'il puisse l'être autrement que par alliance, en épousant Jamie. Qui aurait pu imaginer qu'Isaac était son demi-frère ?

Les deux sœurs avaient parlé de cette révélation inattendue dans la salle d'attente, quelques heures plus tôt.

— Tu sais, reprit Kendra, je me demandais ce que deviendrait Cash, pour moi, si tu l'épousais : mon double beau-frère ? Est-ce que ça existe ?

— Nous allons juste dîner ensemble, Ken…

— Je cherchais juste à savoir comment je devrais le qualifier, le cas échéant, sachant qu'Isaac est son frère. Et voilà que Manning devient mon beau-père…

— Manning est un chic type. Le fait qu'il ait pris l'initiative de tout raconter, alors que rien ne l'y obligeait, en dit long sur lui. Il paraît qu'en apprenant la chose, Sandra s'est montrée compréhensive.

— Tout ça est si loin ; il y a prescription !

— Ralentis, tu vas rater l'embranchement…

Kendra obtempéra, consciente d'être distraite par tous ces événements. Elle ne reprit la parole qu'après s'être engagée sur le chemin menant à la ferme de Grace.

— C'est quand même incroyable ! Quand nous avons pris possession de l'ancien chalet, j'avais une sœur qui ne me donnait plus signe de vie depuis des années, une mère qui faisait semblant de n'avoir jamais eu d'enfants — qui fait toujours semblant, d'ailleurs… — et un mari avec lequel je n'étais pas sûre de vouloir rester. Je me sentais très seule au monde. Et puis tu es réapparue, Isaac et moi nous sommes retrouvés, tu m'as offert de mettre un bébé au monde pour nous et tu nous en as donné un de plus en prime ; et maintenant, voilà qu'Isaac a un père, un demi-frère et une charmante belle-mère, sans parler de Grace !

Elle rit, débordante de confiance en l'avenir.

— Le monde est vraiment un drôle d'endroit, conclut-elle.

— Oui, le destin a un sens de l'humour assez imprévisible, parfois…

Kendra jugea qu'il valait mieux changer de sujet. Jamie lui donnait correctement la réplique, mais si elle ne manquait pas d'à-propos, ses remarques avaient quelque chose d'un peu déprimant. Elle en revint à un sujet plus anodin.

— Tu porteras donc ta jolie robe rouge… Et comme chaussures ?

— Celles dans lesquelles mes pieds voudront bien rentrer.

— Je chausse une bonne pointure au-dessus de la tienne.

— Ne regarde pas tout de suite, mais tu es chaussée de bottes en daim beige, Ken. Elles ne constituent pas forcément l'accessoire idéal pour ma robe en dentelle.

— Je ne parlais pas de mes bottes… Comme j'ai remarqué que tes pieds gonflent et que tu gardes souvent des mules, ces temps-ci, je t'ai apporté des chaussures à essayer. Elles seront plus confortables que les tiennes, c'est sûr.

— Tu es si gentille avec moi…

Kendra entendit la fêlure dans sa voix et fronça les sourcils. Jamie avait l'air si fragile, ces temps-ci… Même si elle affirmait qu'elle leur donnerait les enfants sans aucun état d'âme, Kendra ne pouvait s'empêcher de s'interroger. Elle jeta un coup d'œil sur le siège passager et vit que Jamie pleurait.

— Excuse-moi, Ken… Je pleurniche pour un rien, en ce moment. Ça me fait toujours ça, quand je suis enceinte. Je ne veux plus regarder la télé, parce que même les publicités me perturbent !

— Moi aussi, elles me perturbent : elles tombent toujours au moment le plus palpitant d'un film !

— Tu sais, celle où on voit au début un adorable petit chiot et à la fin, le même, devenu un vieux chien qui se traîne péniblement au pied de l'escalier ? C'est celle-là qui me fait pleurer, dit Jamie en reniflant.

— Minouche, il faut absolument que tu te requinques pour ce soir. Ce serait dommage de gâcher cette soirée par des larmes.

— Qu'est-ce que tu suggères ?

— Qu'est-ce qu'il te faudrait ?

— Un accouchement en urgence. Des pieds tout neufs. Les miens sont affreux à voir.

— Ton premier souhait me semble irréaliste. Est-ce qu'un peu de pédicure satisferait le second ?

— Pose un médecine-ball sur tes genoux et essaie de te pencher par-dessus…

Kendra essaya de ne pas rire. Elle se gara devant la maison de Grace et coupa le moteur.

— Un de ces jours, je ferai ça, mais dans l'immédiat, si je m'occupais moi-même de tes pieds ? Ce ne sera peut-être pas quelque chose d'ultra professionnel, quoi que… D'accord ?

Jamie ouvrit sa portière et réussit à s'extraire de l'habitacle.

— Tu n'as pas une vie à toi ? Un endroit où tu dois aller ?

— Je m'entraîne à prendre soin d'autrui. Ce sera ma mission pendant, disons… les vingt années qui vont suivre.

— Alors, ne devrais-tu pas te reposer un peu, en prévision ?

Kendra rit pour de bon, cette fois. Elle sortit à son tour et contourna la voiture.

— Allez, petite sœur ; nous allons te faire belle pour Cash. Cela dit, je ne vois pas pourquoi tu devrais avoir de beaux pieds ; qu'est-ce que vous pourriez bien faire ensemble qui exige des pieds impeccables ?

— J'espère qu'il me proposera un petit massage plantaire…

— Sois prudente, l'excitation pourrait te tuer !

— Non, je t'assure, rien que ça et c'est tout. Les jumeaux ont eu raison de ma libido.

Kendra passa un bras autour de ses épaules et la serra gentiment contre elle.

— J'espère qu'il t'en reste un tout petit peu quand même… Tu as intérêt à être sympa avec lui ; n'oublie pas, désormais, Cash fait partie de la famille.

Cash vint chercher Jamie dans la voiture de sa mère. Il portait un veston et une cravate sombres, une chemise jaune pâle et ses chaussures étaient si bien cirées qu'il n'aurait eu qu'à baisser la tête pour voir s'il était bien rasé. Il portait ses vêtements avec la désinvolture d'un homme qui se sent à l'aise dans n'importe quelle tenue — ce que Jamie trouva particulièrement sexy.

A en croire Cash, elle n'était pas mal non plus. Une lueur brilla dans ses yeux, quand il la découvrit dans sa robe rouge. Kendra avait des goûts d'une élégance discrète ; le rouge n'avait rien de criard et l'unique fantaisie du vêtement consistait en un corsage rebrodé de dentelle. Jamie avait néanmoins l'impression d'être une citrouille déguisée en danseuse de flamenco. Bien que ce soit une robe de grossesse, il lui était difficile de s'y sentir à l'aise.

Dans la voiture, elle boucla sa ceinture de sécurité, obligée de l'étirer au maximum.

— J'espère que là où nous allons, la porte est assez large pour que je puisse entrer !

Cash manœuvra pour repartir et fit au revoir de la main à Grace et aux filles qui frissonnaient sur le pas de la porte.

— Je les ai prévenus. Ils m'ont promis qu'il y aurait un camion de pompiers à proximité, au cas où tu resterais coincée.

— Tant mieux ! Quant à moi, je n'omettrai pas de dire aux pompiers que c'est toi qui m'as mise dans cet état et que tu refuses de m'épouser.

— Je n'y suis peut-être pour rien, mais ces jumeaux sont quand même mes neveux, finalement.

— N'est-ce pas incroyable ? Ce sont aussi les miens.

Il esquissa un sourire.

— Encore une chose que nous avons en commun.

— Quelles sont les autres choses ?

— C'est un exercice à faire ensemble ; mais je veux bien commencer.

— Combien de temps faut-il pour arriver où nous allons ?

— Une vingtaine de minutes.

— Alors, ne te presse pas. Il faut que je réfléchisse de mon côté…

Il la regarda du coin de l'œil et sourit encore.

— Première chose : nous sommes tous les deux des sauveteurs. En cas de besoin, on peut compter sur nous pour voler à la rescousse.

— Vrai jusqu'à un certain point.

— C'est sur ta liste, ça ?

— Non. En secourant des chevaux, tu opères un transfert : ils comblent ton besoin de liberté. Tandis que moi, une fois que j'ai tiré les gens d'affaire, l'idée est de les laisser voler de leurs propres ailes.

— Je ne savais pas que c'était un exercice d'introspection.

— On ne peut pas faire de comparaisons sans un minimum de discernement.

— Alors, techniquement, c'est encore ton tour, puisque tu n'as fait qu'un commentaire.

— Tu penses que j'ai raison ?

— Je n'ai pas le temps d'y réfléchir. Ma liste avant tout.

Jamie s'occupa de la sienne.

— D'accord… Bon, deuxième chose : nous trouvons tous les deux que j'ai des filles exceptionnelles.

— Nous ne sommes pas les seuls.

— Tu n'as jamais dit que les autres ne devaient pas penser comme nous.

— C'est vrai, je te l'accorde ; sauf que dans ce cas, la liste risque de devenir interminable.

Jamie remarqua qu'il tournait en direction de Woodstock. Elle se demanda dans quel établissement il pourrait bien l'emmener sans qu'elle soit un peu trop habillée ; peut-être le River'd Inn, un restaurant au bord du fleuve, réputé pour sa cuisine traditionnelle et son ambiance romantique. Elle se demanda si elle supporterait de rester sur une chaise toute la soirée, à une longueur de bras de la table, pendant que le service traînerait.

— Nous aimons tous les deux danser le slow, dit-il, l'un avec l'autre.

— Et aucun de nous deux n'a envie de voir les vergers transformés en terrain de camping.

— Il n'y a pas de danger. La mairie n'autoriserait jamais ça !

— Tu sais exactement ce que je veux dire.

— Ça aussi, ça fait partie de ta liste ? Que nous nous comprenons à tel point que les mots n'ont pas vraiment d'importance ?

— Si tu dis vrai, tu as un tour de retard.

Cash garda le silence et Jamie regarda défiler le paysage. Ils s'engagèrent bientôt sur la Route 11, ce qui confirmait son hypothèse sur leur destination. Puis, comme s'il avait pu lire dans ses pensées, il tourna dans la direction opposée.

— Encore deux choses, reprit-il, quand ils furent repartis vers le nord, comme pour aller à Strasburg. Primo, nous sommes attirés l'un par l'autre…

Il marqua une pause, comme s'il attendait une objection de sa part. Comme elle se taisait, il poursuivit :

— Secundo, nous sommes tous les deux sur nos gardes à cause de nos vécus respectifs.

— Ce n'est pas juste : tu prends les plus faciles !

— Tu n'as jamais dit que ça devait être difficile.

Jamie se sentit soudain détendue comme cela ne lui était plus arrivé depuis le coup de tonnerre de son diagnostic. Peut-être, ce soir, pourrait-elle faire comme si personne n'avait jamais prononcé le mot « cancer » à son sujet ; comme si elle n'avait aucune décision à prendre à cet égard.

— D'accord, je vais aller un peu plus loin, dit-elle. Nous aimons tous les deux la vallée, seulement nous n'admettrons ni l'un ni l'autre que nous aurions peut-être envie d'y planter nos racines et de nous y installer une bonne fois pour toutes.

— Tu pourrais envisager de rester ici après la naissance des jumeaux ?

Elle essaya d'analyser le ton de sa voix, mais il avait seulement l'air poliment surpris, comme si cela ne lui était jamais venu à l'esprit.

— Je n'en sais rien. Mais après Detroit, cet endroit est si reposant, si dépourvu de problèmes…

— Les problèmes sont d'une autre nature, fit-il remarquer.

— Oui, je sais… Des problèmes, il y en a partout. Mais les problèmes dont on peut se plaindre, par ici, commencent carrément à me plaire. Trop d'espace dégagé, trop peu de délinquance, des plaisirs tout simples…

— Il y a plein de choses à voir, de par le monde.

— Ça me plairait aussi de les voir ; les vacances servent peut-être à ça, non ?

Apparemment, elle n'était pas capable de faire longtemps comme si ce cancer n'existait pas, car elle se demanda soudain s'il lui restait assez de temps à vivre pour emmener les filles en Europe, les initier aux plaisirs de nager au large des plages somptueuses d'Hawaii ou de skier sur les pentes du Colorado.

— Je crains de ne pas pouvoir compter ta prestation, puisque je n'ai jamais dit que je rêvais secrètement de m'enraciner ici, répliqua-t-il. J'y ai déjà mes racines. Mais je ne suis pas sûr que ça ait fait mon bonheur.

Jamie en revint à sa liste.

— Est-ce que tu souhaites avoir le dernier mot ? Autre chose, encore ?

— Seulement que nous sommes tous les deux en train de nous demander comment passer au stade suivant, peut-être.

Jamie aurait voulu pouvoir lui répondre qu'il était devenu beaucoup plus compliqué pour elle de passer au stade suivant. Elle pouvait former tous les projets d'avenir qu'elle voudrait, le sort pourrait en décider autrement. Mais il n'était pas question d'en parler à Cash. Elle se reprochait déjà suffisamment d'avoir accablé sa très chère Grace d'un tel fardeau. Mettre Cash dans la confidence ? Il serait horrifié et bouleversé ; en outre, il ne comprendrait pas. Et elle ne se sentait pas assez solide pour sortir indemne de cette controverse-là.

— Je crois qu'il vaudrait mieux ne rien nous demander du tout, dit-elle prudemment. Les choses évolueront toutes seules. Pourquoi se faire du souci ? Il ne faut pas que cette relation commence à nous peser. « Laisser venir » : n'est-ce pas aussi un état d'esprit que nous partageons ?

— Peut-être… Ou bien l'avons-nous seulement cru ? Tu as gravement perturbé un certain nombre de certitudes que j'avais sur moi-même.

— Ce n'est pas anodin. Ne jouons pas à ça, Cash…

— A vos ordres, mam'selle Jamie, dit-il en lui faisant un clin d'œil appuyé. Est-ce que ça veut dire que ce soir, nous n'avons qu'à laisser venir ?

Cette idée procura à Jamie plus de plaisir qu'elle s'y serait attendue. Mais il n'était certes pas question de l'avouer.

— Dans tes rêves… Et au cas où j'y serais, dans tes rêves, gomme le ballon, d'accord ? Rêve de moi un peu moins enceinte. Où allons-nous ?

Elle s'aperçut qu'il avait quitté la route pour s'engager sur un chemin non goudronné.

— Il y a un restaurant par ici ? Ou bien allons-nous chez une de tes grand-tantes pour lui permettre de persifler sur ma condition de fille-mère et me souffler discrètement quelques recettes qui pourraient me soulager avant terme ?

— A peu de choses près, tu as déjà rencontré tous les membres de ma famille côté Rosslyn et même s'il n'y a aucune mamie Grace dans le lot, je ne vois personne, non plus, qui prendrait la peine d'examiner ton annulaire gauche. Ils te déconseilleraient peut-être d'assister à un enterrement car les enfants pourraient naître avec une marque — sans plus.

— Tu ne m'as toujours pas dit où nous allons.

— En effet…

— Et tu n'as pas l'intention de me le dire. Je vois : surprise, surprise…

— Tu n'aimes pas les surprises ?

— Tant qu'il ne s'agit pas de nettoyer le poulailler ou d'aller attraper des carpes dans le bassin pour les faire frire, ça va.

— J'aimerais bien te voir faire, surtout dans cette tenue ; peut-être les carpes d'abord et ensuite, le poulailler.

Cash prit un chemin tortueux, passant savamment

d'une petite route de campagne à l'autre, coupant à travers prés en empruntant, au passage, quelque voie privée le long d'un champ. Jamie aperçut brièvement le fleuve, qui disparut ensuite derrière un bois. Quand elle se rendit compte, enfin, de l'endroit où ils étaient, elle demeura perplexe.

Fitch Crossing Road.

Elle attendit qu'il eût ralenti et pris le chemin d'accès au terrain des Taylor.

— Tout ça pour arriver au chalet ? C'est là que nous allons dîner ?

— J'aurais voulu t'offrir un genre de pique-nique dans la nouvelle maison. Seulement, l'électricien a pris du retard et le chauffagiste, aussi. Mais bon, je me suis dit que ça te plairait peut-être de voir notre œuvre commune au clair de lune…

Naturellement, la jeune femme s'était rendue le plus souvent possible au chantier pour suivre l'avancement des travaux. Mais elle n'avait pas encore admiré l'endroit par une belle nuit étoilée, avec la vue sur le fleuve qui scintillait, en bas, comme un serpent d'argent.

Cash roula encore quelques mètres et la maison apparut devant eux. Il coupa le moteur au milieu de la clairière et ils contemplèrent le bâtiment, qui était maintenant une maison achevée et non plus une simple ossature.

— C'est le summum du romantisme ! murmura Jamie.

— Tu n'es pas déçue ?

— Cash Rosslyn, tu es le plus merveilleux des hommes.

Ses yeux s'emplirent de larmes. C'était elle qui avait conçu cela. Quoi qu'il arrive, désormais, cette maison conserverait une part de l'âme de celle qui l'avait dessinée.

Le plan d'une architecte en herbe. L'imagination derrière le concret.

— Ensemble, nous valons notre pesant d'or, non ? fit-elle, émue avant de se tourner vers lui. Regarde ce que nous avons fait…

Cash garda les yeux fixés droit devant lui.

— J'ai construit des tas de maisons ; j'en ai rénové aussi un bon nombre. Mais celle-ci n'est pas comme les autres. Tu as l'art de tirer profit d'un site, de détecter ce qu'il convient de mettre en valeur ou de dissimuler, d'utiliser les traditions régionales de façon originale, de ne pas sacrifier le charme et l'allure sur l'autel de la commodité. Je pense que ta sœur et… mon frère seront heureux de vivre ici et d'y élever leurs enfants, dit-il en esquissant un sourire. Quoi que l'avenir nous réserve, nous viendrons toi et moi leur rendre visite de temps en temps. Ça la rend plus exceptionnelle, encore.

— Comme c'est curieux, tout de même : nous n'avons aucun lien de sang, mais un lien familial par alliance ; nous serons amenés à nous rencontrer. D'une manière ou d'une autre, tu verras grandir les filles.

Pour le coup, il la regarda.

— D'une manière ou d'une autre ?

— Tu sais bien ce que je pense. Qui sait ce que l'avenir nous réserve ?

Au moment où elle avait prononcé le mot « temps », Jamie s'était prise à penser à l'avenir comme avant — comme si la vie, pour elle, ne devait jamais s'arrêter — ou presque. Comme si sa durée pratiquement illimitée était un acquit, un droit incontestable, alors qu'en réalité, chaque jour serait désormais pour elle un don du ciel. Quelle que soit l'issue de sa maladie, il n'y aurait jamais pour elle aucune garantie de durée.

— Ma foi, maintenant que je suis sûr de les voir

grandir *de toute façon,* il devient inutile de courtiser leur mère…, plaisanta Cash.

— Un brin de cour peut poétiser n'importe quelle situation, non ? Je pourrais rendre visite à Kendra plus souvent.

— Nous allons voir ça.

Il redémarra et fit demi-tour pour repartir en direction du chalet.

Jamie fut surprise de voir des guirlandes de petites ampoules scintiller dans les arbres.

— Quelqu'un les avait retirées il y a une quinzaine de jours, dit-elle. C'est ravissant…

— N'est-ce pas ?

Il coupa le moteur. Jamie lui posa une main sur l'épaule pour le retenir un instant.

— C'est pour moi que tu as fait ça ?

— Je ne vois personne d'autre dans les parages, ma beauté.

Jamie renifla, les yeux soudain luisant de larmes.

— Eh… Je ne voulais pas te faire pleurer !

— Je ne pleure pas vraiment. C'est juste… une allergie aux guirlandes lumineuses.

— Il faudra que je m'en souvienne et que je renonce à ce petit week-end à Manhattan après la naissance des jumeaux.

Il descendit et alla lui ouvrir la portière, ce qui laissa juste le temps à Jamie de renifler encore et d'essuyer ses yeux d'un revers de manche.

— C'est la grossesse, tu comprends, se justifia-t-elle, en s'extirpant de la voiture. Les femmes enceintes pleurnichent pour un oui pour un non.

— Alors, tu ne vas pas tarder à recommencer, prophétisa-t-il.

Elle trébucha sur une racine, piqua du nez et Cash la retint par le bras.

— N'est-ce pas formidable de prêter secours à une seule personne et d'être crédité de trois sauvetages ?

— Petit veinard, c'est le cadeau du siècle : trois pour le prix d'une.

— J'ai bien de la veine, en effet. Pour moi, tu es un vrai cadeau tombé du ciel.

— Je te complique la vie.

— Tu sais ce qui m'embête le plus ? C'est que j'aime ça, figure-toi.

— Cash…

Il l'attira contre lui et, d'un baiser, la réduisit au silence. Puis il passa un bras autour de ses épaules et l'entraîna vers le chalet.

Jamie se réjouit secrètement d'être là plutôt qu'au restaurant, où elle n'aurait pas joui d'un confort comparable. En approchant de l'entrée, elle vit qu'un ruban de fumée sortait de la cheminée et que l'intérieur était éclairé. Une fois derrière la porte, elle entendit de la musique, avec l'incomparable vibrato des violons.

— Tu t'es donné un mal fou, Cash.

— Ta sœur m'a beaucoup aidé.

— Kendra ?

— En aurais-tu une autre, par hasard ? Une deuxième sœur qui aurait épousé un autre frère à moi dont j'ignore encore l'existence ?

— Je ne savais pas Kendra capable de garder aussi bien un secret !

— Ces sœurs Dunkirk peuvent être de sacrées cachottières, quand même !

Jamie se figea, redoutant qu'il ait appris quelque chose.

— C'est à moi que tu fais allusion ?

— Tu as vu le temps qu'il t'a fallu pour te décider à me dire que tu étais enceinte ?

— J'ai toujours de bonnes raisons quand je garde quelque chose pour moi, répliqua-t-elle, en espérant qu'un jour, il serait de son avis.

Cash ouvrit la porte et la fit entrer. Un fumet de viande rôtie, une odeur de feu de bois et de pain frais en train de cuire les accueillirent sur le seuil. Avançant dans le séjour, Jamie vit qu'un plateau avec deux verres à pied, une bouteille de jus de fruit pétillant et une assiette d'amuse-gueules était disposé sur la table basse. Prêtant l'oreille à la musique, elle reconnut un morceau de Debussy. Décidément, cet homme-là n'avait pas fini de la surprendre.

— Je me sens tellement choyée. C'est presque trop beau pour être vrai, dit-elle en se retournant vers lui.

Il s'approcha et cueillit du bout des doigts une larme qui roulait sur sa joue.

— Voyons, ce n'est quand même pas si difficile que ça, de te faire plaisir.

— Je crains d'être allergique à la fumée, aussi.

— Alors là, ma mie, il va falloir te soigner, parce que le feu de bois, c'est ma spécialité. Si tu veux passer tes soirées d'hiver en ma compagnie, tu vas devoir t'y faire !

Cash n'était pas un cordon-bleu, mais il était capable de réchauffer les plats cuisinés d'un traiteur. Kendra, passée maîtresse dans l'art de dénicher les meilleures adresses, l'avait aidé à faire ses emplettes. Alléchée par la bonne odeur qui régnait dans le chalet, Jamie mangea avec appétit, reprenant de tout deux fois. Elle ne bouda pas le dessert non plus — un gâteau au chocolat nappé de fraises. Plutôt encline, en temps normal, à n'acheter que des fruits et légumes de saison, elle dévora cependant toutes les fraises du gâteau sans chercher à connaître leur provenance, terminant même ce qui restait au fond de la barquette.

— Près du feu, il doit y avoir quelques brindilles que tu pourrais encore grignoter, suggéra Cash, après avoir débarrassé la table et tout rangé dans la cuisine. Et il reste même un paquet de petits pois au congélateur.

Vautrée dans le canapé, où Cash avait servi la totalité du repas, Jamie soupira de plaisir.

— Je suis rassasiée. J'ignore pour combien de temps mais là, je n'en peux plus ! C'était un repas succulent et tu as dû te donner un mal fou pour cuisiner tout ça !

Cash rit avec bonhomie, puis reprit son sérieux.

— Tu n'as pas l'air tout à fait à ton aise…

— Dans mon état, je ne pourrais pas me sentir mieux, crois-moi.

— J'ai une meilleure idée.

Il prit deux gros coussins et les empila sur d'autres qui se trouvaient déjà sur le tapis, face à la cheminée.

— Tu n'as quand même pas l'intention de me remettre debout et de me hisser jusque-là, dit Jamie. Il faudrait au moins une grue ou un élévateur.

— Si je peux porter une caisse de tuiles sur un toit, je devrais pouvoir réussir à te soulever.

— Quelle femme n'a pas rêvé d'être un jour comparée à des matériaux de toiture ?

— J'ai bien failli te comparer à un tas de lisier, mais il ne faut pas effaroucher les citadines, qu'ils disent, par chez nous. Allez, viens là et ensuite, je t'aiderai à t'allonger, dit-il en lui tendant les bras.

Jamie hésita un instant, puis elle se redressa en position assise et, avec un minimum d'assistance, parvint à s'arc-bouter d'abord sur les genoux avant de se lever complètement. Elle se sentait aussi gracieuse qu'un lutteur de sumo.

Cash s'installa parmi les coussins et l'invita à en faire autant, de façon à ce qu'elle vînt s'appuyer contre lui. Après un autre instant d'hésitation, Jamie se laissa aller dans ses bras.

— Je me demande où je pourrais bien mettre mes mains, dit-il.

Elle les prit et les posa à plat sur l'arrondi de son ventre.

— Tu imagines comme ils doivent être serrés, là-dedans ?

— Oui, mais au moins ils ne se sentent pas seuls, c'est sûr.

— Au lieu de flotter tranquillement comme un bébé unique, ils doivent être étroitement enlacés, dit-elle en se calant plus confortablement contre Cash et en soupirant d'aise. Un peu comme nous, en ce moment.

Elle se sentait merveilleusement bien, son dos épousant le torse de Cash idéalement. Ses jambes et ses pieds lui semblaient même plus légers. Le seul ennui était que le bras de Cash appuyait sur la cicatrice de l'incision ; toute cette zone était restée encore sensible. Elle avait vérifié que son décolleté ne laissait entrevoir aucune marque.

Elle déplaça légèrement le bras de Cash.

— Estimerais-tu que je prends trop de libertés ?

— J'essaie jute de me positionner plus confortablement.

Il relâcha légèrement son étreinte.

— Là, c'est mieux ?

— Je n'arrive pas à croire que ce soit aussi agréable. Je vais peut-être avoir besoin que tu restes comme ça pendant les deux mois à venir.

— Nous risquerions d'avoir un peu faim et de sentir mauvais, au bout d'un moment.

— Ça vaudrait quand même la peine.

— Ta grossesse touche à sa fin… Est-ce que tu te sens prête ?

Sans son cancer du sein, elle eût répondu oui. Maintenant, elle savait qu'après l'accouchement, il faudrait choisir un traitement et le commencer sans délai. Cela n'avait rien de réjouissant.

— Je ne voudrais pas que ces bébés viennent au monde un jour plus tôt que nécessaire, dit-elle. Je tiens à mettre toutes les chances de leur côté. Mais ensuite, je sais qu'avec Kendra et Isaac, ils seront choyés.

— S'ils sont aussi chouettes avec leurs enfants que tu l'es avec tes filles, les jumeaux n'auront pas à se plaindre.

— C'est gentil, ça… Tu n'es pas mal non plus avec elles, tu sais ; je me demandais même, l'autre jour, en te voyant faire, si tu n'avais jamais regretté de ne pas avoir d'enfant ?

— Pas souvent. Prendre soin des chevaux, c'est un peu le même genre de chose. Je suppose que ça m'aide.

Jamie et les filles avaient passé quelques moments inoubliables avec lui à l'écurie, à le regarder s'occuper de Sanction, Tsarévitch et Lady's Choice. Peu à peu, Hannah avait même été autorisée à s'approcher de la jument pour lui donner quelques carottes ou des pommes, qu'elle lui apportait régulièrement.

— Il y a une chose dont je n'arrive plus à me passer, en revanche, dit-il, en la déplaçant légèrement dans ses bras pour voir son visage : c'est vous, mam'zelle Jamie. Je ne sais pas si tu l'as remarqué, mais je suis en train de tomber raide dingue de toi.

A un moment donné, au cours du repas, il avait ôté sa

veste et sa cravate. Jamie caressa sa joue et laissa glisser sa main jusqu'au creux de son cou.

— Si c'est vrai, je n'en reviens pas ; car je ne suis pas vraiment un canon de beauté, en ce moment.

Il l'embrassa, passant ses bras derrière ses épaules pour la maintenir contre lui. Jamie soupira d'aise et lui rendit son baiser. C'était si bon de se sentir de nouveau femme, dans ses bras.

Elle se blottit contre lui et noua ses doigts sur sa nuque.

— Tu es vraiment en train de tomber amoureux ?

— Toi, tu n'as peut-être pas eu besoin d'attraper des carpes pour dîner, mais tu vas quand même à la pêche.

— J'avais juste envie de l'entendre encore.

— Pas avant que j'aie entendu quelque chose venant de toi.

— Ma foi, la seule chose que j'aimerais attraper, ici, je crois bien que c'est toi. Seulement, nous savons l'un et l'autre qu'il ne me suffirait pas de te ramener dans mes filets ; même si nous admettons que nous aurions envie d'être un jour ensemble, il y aura une foule de choses à mettre au point, avant.

— Faut-il absolument le faire ce soir ?

Un bref instant, la jeune femme se demanda si ce n'était pas le moment idéal pour lui parler de la dernière complication en date survenue dans sa vie. Jusque-là, il l'avait soutenue dans toutes les épreuves ; pourquoi pas celle-là ? Mais elle savait que si elle parlait, le moment magique qu'ils étaient en train de partager s'envolerait à jamais.

— Ce soir, nous n'avons rien d'autre à faire que ceci…

Elle l'embrassa de nouveau et cette fois, leur baiser se prolongea, de plus en plus fougueux. Leurs langues se touchèrent, s'emmêlèrent sans retenue. Jamie avait dit à Kendra que sa libido s'était éteinte au fil de la grossesse, mais ce n'étaient que des mots en l'air. Elle ne fut pas surprise de sentir monter le désir en elle et son intensité lui fit presque peur.

— Voici la règle du jeu, dit Cash, s'écartant légèrement pour déposer une pluie de petits baisers le long de son cou. Deux ados en train de flirter sur le siège arrière de la voiture des parents et plus que dix minutes avant le couvre-feu. Il ne reste plus assez de temps pour autre chose que ça.

— Si tu étais un ado, dix minutes te suffiraient amplement.

— J'ai l'impression d'en être un, en ce moment.

Il s'allongea un peu plus, l'entraînant avec lui. Les jumeaux étaient entre eux, au propre comme au figuré, mais elle pouvait sentir la fermeté de son torse, la force de ses bras, la douceur de ses lèvres contre les siennes.

Il appuya légèrement une paume sur sa gorge et descendit plus bas, glissant les doigts à l'intérieur de son décolleté. Elle mit un moment à se rendre compte qu'ils s'étaient introduits sous son soutien-gorge. Elle se raidit et tressaillit un peu quand il passa trop près de la zone la plus délicate.

— Hé, qu'est-ce qu'il y a ? dit-il, en se redressant avec elle.

— Rien…

Gênée, elle essaya de rajuster le décolleté de sa robe et vit qu'il ne la croyait pas.

— Je suppose que c'est la grossesse. Je suis un peu sensible, de ce côté.

Il baissa les yeux sur sa gorge et Jamie s'aperçut que sa posture lui donnait une vue plongeante sur sa poitrine.

Leurs yeux se croisèrent.

— C'est un hématome ?

— Ce n'est rien du tout. J'ai des bleus pour un rien, en ce moment.

— Jamie, qu'est-ce qui se passe ?

Il se redressa complètement en position assise et l'aida à en faire autant, l'éloignant ainsi légèrement de lui.

— Qui est-ce qui t'a fait ça ?

— Personne, Cash. Je te l'ai dit, j'ai facilement des bleus et…

— Si tu me montrais ce que c'est ?

Elle porta instinctivement la main à l'endroit qu'il avait touché, comme pour se protéger et secoua la tête.

— Ça a quelque chose à voir avec ton séjour à Detroit ? Tu n'es plus tout à fait comme avant, depuis ton retour. Quelqu'un t'a frappée, là-bas ? Il y a un homme ?

Dans ses yeux, Jamie vit la colère et le désappointement. Elle ne pouvait pas lui laisser croire cela.

— Il n'y a pas d'homme que je vais retrouver à Detroit et je ne laisse personne me brutaliser. Je n'ai jamais été frappée et ça ne m'arrivera jamais. Je t'ai dit que j'ai facilement des bleus et la grossesse augmente les…

Elle s'entendit mentir encore et, tout à coup, ne put aller plus loin. A un moment donné de sa vie, quand elle errait dans les rues à la recherche de sa dose d'héroïne, les mensonges avaient fait partie intégrante de son existence. La frontière entre vérité et mensonge était alors aussi floue que ses idées, après des nuits de débauche avec des gens qu'elle connaissait à peine. C'était l'époque sombre de ses dix-huit-vingt ans, celle où il lui était égal de vivre ou de mourir. Elle ne voulait plus jamais connaître des jours pareils.

— D'accord, je ne t'ai pas tout dit, Cash…

Elle s'écarta de lui et rajusta sa robe, en prenant soin de ne pas croiser son regard.

— Mais la vérité ne va pas te plaire. Alors, nous ferions peut-être mieux d'en rester là, tous les deux. Ce serait peut-être plus facile, ainsi.

— Est-ce que j'avais raison ? Quelqu'un t'a brutalisée ?

Si elle avait pensé qu'il était le genre d'homme perpétuellement soupçonneux, Jamie se serait levée et lui aurait demandé de la raccompagner. Mais Cash n'était pas comme cela. Elle lui avait donné des raisons de douter d'elle. Elle avait menti — et plutôt mal. Apparemment, elle ne maîtrisait plus aussi bien l'art de retomber sur ses pattes et de berner les gens.

— Absolument pas ; sur ce point, je t'ai dit la vérité. Est-ce que ça te suffit ?

— Alors, qu'est-ce qui t'arrive, Jamie ? Au point où nous en sommes, je crois qu'il faut aller jusqu'au bout.

Le silence s'installa entre eux et il le laissa se prolonger. La jeune femme n'avait plus le choix.

— Début novembre, lors de mon premier séjour dans le Michigan, j'ai découvert une boule à mon sein droit, reprit-elle en levant enfin les yeux sur lui. A mon âge, je me suis dit que ce n'était sans doute rien, mais j'ai quand même consulté ma gynéco, pour en avoir le cœur net. Ce n'était pas rien. J'ai dû être opérée. C'est pour ça que je n'ai pas passé Thanksgiving avec vous… Et la cicatrice est encore un peu douloureuse.

— Un cancer ?

Le ton de sa voix en disait plus long que ses mots.

— Je préférerais te dire que non, tu peux me croire…

Cash avait maintenant les traits figés, comme s'il craignait de trahir une émotion quelconque.

Jamie détourna de nouveau les yeux.

— Il y avait plusieurs options, dans mon cas. J'ai

choisi la seule avec laquelle je me sentais capable de vivre : l'ablation de la tumeur. Beaucoup de chirurgiens ne jugent pas ça moins efficace que la mastectomie, à condition d'entamer un traitement par irradiation aussitôt après l'intervention. Moi, je vais attendre d'avoir accouché ; d'ici là, je refuse le recours à un traitement.

— Tu refuses ?

Elle regretta d'avoir utilisé ce mot-là. Mais elle avait décidé de tout dire et c'était le seul mot qui convînt.

— Je te l'ai dit, il y avait plusieurs options — entre autres, une chimiothérapie tout de suite, avant la fin de cette grossesse ; mais je ne voulais pas mettre la santé des jumeaux en péril. Les études actuelles n'ont pas été menées sur une durée suffisante pour…

— Tu joues avec ta vie, n'est-ce pas ? C'est pour ça que tu n'en parles à personne.

— J'en ai parlé à ta grand-mère.

— Et Kendra, dans tout ça ? Et Isaac ? Et moi, hein ?

Jamie sentit le découragement l'envahir.

— Cash, réfléchis un peu. Si j'en parle à Kendra et à Isaac, je les place dans une position épouvantable. Que peuvent-ils me dire ? Comment pourrais-je leur demander de choisir entre ma santé et celle des bébés ?

— C'est simple. Tu leur dis la vérité. Mais enfin, Jamie, où as-tu la tête ? Il ne s'agit pas d'hésiter entre envoyer Alison à la garderie des Joyeux Bambins ou à celle de l'église baptiste. C'est ta vie qui est en jeu !

— Il n'y a pas de décisions sans risques.

— Pourquoi tiens-tu tant à faire preuve d'héroïsme ?

— Je n'y tiens pas !

— Donc, le médecin t'a dit qu'il n'y avait aucun danger à attendre que les enfants soient nés pour commencer un traitement ? Il estime que tu as fait le bon choix ? Et tu as demandé plusieurs avis ?

— Ce n'est pas si simple que ça. Il y a encore beaucoup de choses qu'ils ignorent et, pour eux, c'est une décision clinique. Ils tiennent compte des statistiques, des études menées ici ou là, d'un tas de choses purement scientifiques. Pour moi, ce n'est pas uniquement médical. Je me suis engagée à prendre le plus grand soin de ces enfants jusqu'à leur naissance. Et je tiendrai parole.

— Non, il faut leur dire immédiatement ce qu'il en est ! Ta sœur et ton beau-frère doivent être au courant.

— J'ai décidé de le leur dire quelques jours avant l'accouchement.

— Ah oui ? Juste à temps pour ne pas leur gâcher l'expérience ?

Elle acquiesça d'un léger hochement de tête.

— Tu ne crois pas qu'elle sera gâchée, de toute façon ? Qu'ils ne vont pas se demander comment tu as pu prendre une telle décision sans les consulter ? Et que ça les perturbera profondément, à un moment où ils n'auront pas besoin de ça ?

— J'ai réfléchi, Cash, tu peux me croire. C'est une sale affaire et j'essaie de la résoudre au mieux !

— Il faut qu'ils sachent tout de suite, Jamie…

— Cash, ne t'avise pas de le dire à quiconque ! Cette décision m'appartient. Il s'agit de ma vie et de ma sœur. Mon corps, c'est mon corps. Ce ne sont pas tes affaires !

Il se leva et la regarda d'en haut.

— Ah, vraiment ? Pas mes affaires, hein ? Eh bien, merci d'avoir mis les choses au clair. J'ai compris. Tu voudrais que je reste en marge de tout et que j'applaudisse, quand tu mets ton avenir en danger. As-tu pensé au moins à tes filles ?

Il passa une main dans ses cheveux.

— Mais oui, ça me revient ! Tu y as fait allusion il y a quelque temps. Je comprends pourquoi, maintenant. Tu as déjà organisé leur avenir. Kendra et Isaac auront quatre enfants pour le prix de deux. Et si tu disparais, tu comptes sur moi pour venir leur faire un petit coucou de temps en temps, histoire de leur remonter le moral !

— Ça, c'est cruel et je ne vais pas mourir ! Je vais mettre toute mon énergie à combattre cette saleté. La tumeur en était à un stade précoce et ce n'est pas un cancer de type extrêmement agressif. Les médecins pourront faire tout ce qu'il faut après la naissance des jumeaux.

— Tu sais quoi ? Il est temps d'y aller. Puisqu'il y a apparemment un pacte entre mamie Grace et toi à ce sujet, il vaut mieux que je te ramène à la ferme pour qu'elle te dise quelle noble chose tu fais là. Parce que moi, j'en suis incapable…

— Je ne t'ai rien demandé.

Elle se releva péniblement, sans son aide, puis alla s'asseoir sur le canapé pour remettre ses chaussures.

— Dis-moi un peu, Jamie… Est-ce qu'au moins tout ça va te permettre de te sentir quitte à l'égard de ta sœur ? Estimeras-tu enfin avoir mérité son pardon ?

— Je t'ai donné assez d'explications comme ça ; c'est terminé.

— Terminé. Très bien. C'est un mot avec lequel je peux vivre. Je ne veux pas être mêlé à ça.

Jamie respira à fond, mais la souffrance ne diminua pas pour autant. Elle se leva de nouveau, alla décrocher son manteau près de la porte et l'enfila toute seule.

Cash la rejoignit en bas des marches. Elle le vit se baisser et débrancher la prise électrique de la guirlande lumineuse. Ensuite, ils regagnèrent la voiture sans un mot.

33

Cinq jours s'étaient écoulés depuis le soir où il avait contemplé la maison au clair de lune, avec Jamie ; il semblait pourtant à Cash que cela faisait une éternité. Appuyé à la portière de sa camionnette, il prenait maintenant des notes sur un classeur. Il était seul, parce que les ouvriers du chantier se tenaient à distance. Sans doute l'évitaient-ils depuis qu'il avait failli congédier l'un d'entre eux, une heure auparavant, pour avoir laissé trop d'espace entre les pavés de l'allée.

Sans être un patron laxiste, il n'avait jamais fait preuve, non plus, d'injustice ou de sévérité excessive. En temps normal, il aurait signalé l'erreur au fautif, en cherchant si cela provenait d'une négligence ou d'un malentendu. Au pire, il lui aurait demandé d'y remédier sans lui compter d'heures supplémentaires. Au mieux, il serait passé là-dessus en envoyant quelqu'un donner un coup de main pour régler le problème. Malgré le soin que les Rosslyn père et fils mettaient à choisir leurs ouvriers, quelques erreurs de-ci de-là étaient inévitables ; un patron équitable savait cela.

Mais ce jour-là, Cash ne se sentait pas d'humeur équitable. Il était conscient que le problème venait de lui et il essayait de le surmonter. Il luttait contre un besoin irrépressible de rendre tout le monde aussi malheureux que lui.

Son expression indiquant qu'il avait été envoyé pour tâter le terrain, Gig approcha finalement de la camionnette, l'air un peu moins confiant que d'habitude. Cash tint bon et attendit d'entendre ce que son vieil ami avait à lui dire.

— Nous n'arrivons pas à déplacer ce rocher sur le côté de la pente, Cash… Seulement personne ne veut te le dire, parce qu'ils ont peur que tu viennes essayer de le démolir à mains nues. Et vu ce que tu as l'air furax, aujourd'hui, tu pourrais bien y arriver…

Cash ravala la première réponse qui lui vint à l'esprit et attendit qu'une autre germe.

— Alors, laissez tomber… A un moment donné, je crois qu'il a été question de l'intégrer dans le paysage.

— Jamais entendu parler de ça…, dit Gig, que personne n'aurait jamais pu qualifier de démonstratif, tout en posant une main sur l'épaule de Cash. Cet après-midi, il n'y a rien de particulier qui nécessite ta présence. Je peux te remplacer, si tu veux.

— Kendra Taylor va arriver avec des échantillons de moquette.

— Il faut que tu sois là, pour ça ?

Cash haussa les épaules et Gig laissa retomber sa main.

— Je dois lui parler de quelque chose d'autre. Mais elle est en retard.

— Tu veux un coup de main ?

— Je ne souhaiterais à personne d'avoir cette conversation à ma place.

Il hocha brièvement la tête pour indiquer à son contremaître qu'ils en avaient fini.

— Merci quand même pour ta proposition, Gig…

— Si tu changes d'avis, je suis à l'intérieur de la maison…

— D'accord.

Cash le regarda s'éloigner, traversant le terrain boueux où subsistaient quelques plaques de neige durcie. L'herbe repousserait dès les premiers jours du printemps mais au mois de janvier, dans la Vallée, on pouvait s'attendre à avoir une ou deux semaines de temps assez agréable pour travailler dehors. Cet après-midi-là, un soleil éclatant réchauffait le paysage hivernal et quelques hommes étaient en bras de chemise. En plein jour, la maison des Taylor était aussi jolie qu'au clair de lune.

Il y a des choses qui ne changent pas, quoi qu'il advienne.

Il entendit une voiture approcher et quelques minutes après, la Lexus des Taylor s'arrêta sur le parking. Les dernières fois où Cash avait vu Kendra, la réserve qu'il associait habituellement à sa personne s'était dissipée. Elle lui faisait penser à une gamine en train d'attendre ses cadeaux, le soir de Noël ; sauf que dans la vraie vie, le Père Noël Jamie allait les lui apporter au péril de la sienne.

— Bonjour, Cash…

Kendra portait des échantillons de moquette sous chaque bras ; Cash alla au-devant d'elle pour la délester un peu.

— Je viens de me décider pour un motif berbère dans la chambre des jumeaux, mais je voudrais voir s'il ira avec la couleur des murs. Il faut aussi que je vérifie encore une fois si la moquette de la chambre des filles convient tout à fait. Vous devez me prendre pour une maniaque, j'imagine, et me trouver bien exigeante, vos artisans et vous…, reprit-elle en esquissant un sourire.

— Non, nous pensons que vous dépensez beaucoup

d'argent et d'énergie pour avoir la maison de vos rêves. Vous méritez que vos efforts soient récompensés.

— Est-ce que tout se passe bien ? Vous avez l'air contrarié…

Il était encore temps pour Cash de renoncer à ce qu'il comptait faire. Il pouvait mettre sa mauvaise humeur sur le compte des problèmes avec la pose des pavés de l'allée et se laver les mains de tout cela. Après tout, ce n'étaient pas ses affaires. Jamie le lui avait fait clairement remarquer.

— Bon, qu'est-ce qui ne va pas ? insista Kendra, comme il ne répondait pas tout de suite. Est-ce un problème de toiture ? Un problème de fondations ?

— Un problème avec votre sœur…

— Oh… Je suis navrée… Je n'ai probablement aucun droit de vous interroger, mais si je peux faire quoi que ce soit…

Il en avait déjà trop dit ; il n'y avait plus moyen de reculer, à présent.

— Vous avez le droit de m'interroger, Kendra ; personne, hélas, ne pourrait le revendiquer davantage.

Et tandis que les échantillons de moquette étaient relégués dans l'oubli, il lui expliqua pourquoi il avait voulu la rencontrer.

Kendra eut du mal à trouver Jamie. Bien que son monospace fût garé à son emplacement habituel, la jeune femme n'était pas dans la maison. Grace informa Kendra qu'elle n'avait pas vu Jamie depuis près d'une heure. Les filles jouaient en ce moment chez une amie d'Hannah et Grace s'apprêtait à monter dans son atelier de couture. Elle suggéra à Kendra de jeter un coup d'œil dehors, puisque Jamie n'avait pas pu aller bien loin.

Kendra fit le tour de la maison et appela sa sœur. N'obtenant pas de réponse, elle recommença, puis prit le chemin qui menait à la grange qui abritait Chance. Elle ne s'attendait pas vraiment à trouver Jamie là-bas, mais quand elle arriva du côté où se trouvait l'enclos, elle aperçut sa sœur, penchée sur la barrière, en train de donner à la petite biche quelque chose qui devait être du grain. Chance n'était plus un faon, maintenant, mais elle n'avait pas encore tout à fait atteint sa taille adulte, non plus. Mignonne comme tout, elle était toutefois relativement méfiante avec les inconnus et s'éloigna vers la grange à son approche, en remuant son petit derrière blanc.

— Tu ne m'as pas entendue t'appeler ? lui demanda Kendra en guise de salut.

Jamie fronça les sourcils.

— J'avais la tête ailleurs, je suppose. Et je ne m'attendais pas à te voir aujourd'hui. Tu restes pour dîner ? Ou bien est-ce que tu dois rentrer chez toi ?

— Je doute que tu aies envie de te mettre à table avec moi, une fois que j'en aurai fini.

Elle vit Jamie changer d'expression. La jeune femme n'avait pas sauté de joie en la voyant, mais elle n'avait pas non plus semblé mal à l'aise. A présent, tout comme Chance, elle se tenait sur ses gardes, manifestement prête à tourner les talons dans le sillage de la biche.

— Il commence à faire froid, dit-elle, et je suis debout depuis un bon moment. Allons dans la cuisine, je vais nous préparer du thé…

— Je ne veux pas de thé. Je veux te parler sans témoins…

— Alors, nous pouvons nous installer dans le passage couvert, à moins que tu aies l'intention d'élever la voix. Grace doit être juste au-dessus, dans sa pièce à couture.

— Nous pouvons essayer, mais je ne te promets rien.

Jamie ne lui demanda pas de quoi il s'agissait. Elle se borna à hausser un sourcil, comme pour indiquer qu'elle comptait sur Kendra pour rester correcte. Elles reprirent ensemble le chemin de la maison.

— Je vais me préparer une tisane aux fruits, dit Jamie, une fois à l'intérieur. Je l'emporterai avec moi pendant qu'elle infuse. Tu veux boire quelque chose ?

Kendra fit non de la tête. Jamie réchauffa une tasse d'eau dans le micro-ondes, elle y ajouta un sachet, puis elle conduisit sa sœur jusqu'au passage couvert où elle alluma quelques lampes. Au lieu de s'asseoir dans le canapé avec Kendra, elle choisit le fauteuil d'en face.

— Eh bien, vas-y, dit-elle, en remuant le sachet dans sa tasse. Qu'est-ce qu'il y a ?

— Je viens d'avoir une conversation avec Cash…

La main qui agitait le sachet se figea à mi-course. Jamie ne perdit pas contenance, toutefois. Sans doute en fallait-il davantage pour lui faire perdre son sang-froid, jugea Kendra.

— Et alors ?

— Alors, il m'a dit comment tu avais passé Thanksgiving…

Comme Jamie se taisait toujours, Kendra explosa.

— C'est quand même inimaginable ! Comment as-tu pu penser qu'une décision pareille ne me concernait pas ?

Jamie garda un long moment le silence, comme si elle préparait mentalement sa réponse. Puis elle ôta le sachet de sa tasse et le posa sur la soucoupe.

— Elle ne te concernait pas, Ken. J'espère qu'en trahissant mon secret, Cash t'a aussi expliqué que le cancer du sein ne peut avoir aucune incidence sur la santé des jumeaux. Ils ne risquent absolument rien, même dans le cas où la maladie s'étendrait. Et comme j'ai choisi d'attendre qu'ils soient nés pour entamer mon traitement, il n'y a aucun danger de ce côté-là, non plus. Voilà pourquoi, en fait, ça ne regarde que moi. C'est mon corps, mes décisions, mon droit de faire ce que je considère être le mieux pour moi.

Kendra se pencha vers elle.

— Nous ne sommes pas à un meeting féministe, Jamie ! Je ne te demande pas un discours sur le droit des femmes à disposer d'elles-mêmes. Tu oublies que tu parles à ta sœur — la personne qui t'aime le plus au monde ! Comment peux-tu prétendre que je ne suis pas concernée ? Tu es la mère porteuse de mes enfants ! Et c'est à cause d'eux que tu refuses tout traitement !

— N'exagérons rien. Je bénéficierai d'un traitement ; je refuse seulement d'être bombardée de rayons ou de produits chimiques maintenant, tant que je suis enceinte. J'ai la chance de pouvoir attendre un peu, dans la mesure où la tumeur a été enlevée à temps et où les analyses ne sont pas trop alarmantes. Je peux donc faire encore ça pour eux. Aurais-tu préféré que je prenne des risques avec leur santé ?

— Est-ce que tu penses vraiment que je t'aurais demandé de te sacrifier ?

Jamie ne répondit pas.

— Jamie ? Tu penses vraiment ça ?

Kendra se rendit compte qu'elle avait presque crié ; elle baissa la voix.

— C'est terrible, Jamie ; qu'est-ce que j'ai bien pu faire pour que tu puisses croire ça une seule minute ?

— Je pense que c'est une décision que seul le roi Salomon pouvait prendre, mais je devais la prendre quand même.

— Que disent les médecins ? Que t'ont-ils conseillé ?

Kendra observa sa sœur, pendant qu'elle cherchait encore comment formuler sa réponse et l'attente ne fit que décupler sa colère. Elle se demanda si Jamie avait l'intention de mentir aussi à ce sujet-là ; mais quand elle parla, il était clair qu'elle avait renoncé à toute dissimulation.

— Ils sont divisés. Je m'aperçois qu'il n'y a rien de bien établi dans le domaine du cancer du sein. Mon amie et gynécologue Suzy Chinn me recommandait une mastectomie immédiate suivie d'une chimio, si nécessaire. A des degrés divers, les autres pensaient que Suzy avait raison et que c'était probablement la meilleure solution ; mais celle que j'ai choisie diminue presque insensiblement les chances de survie à long terme. Le plus confiant dans cette technique, c'était le radiologue. Evidemment, il aura ainsi le plaisir de me tripoter le sein six fois par semaine pendant un mois, au minimum. Il est jeune et célibataire. Je pense qu'il n'attend que ça !

— Comment peux-tu plaisanter dans un moment pareil ?

— Comment puis-je faire autrement ?

Pour la première fois, Kendra discerna un accent plaintif dans la voix de Jamie. Depuis sa conversation avec Cash, elle était trop en colère pour se laisser attendrir ; elle s'était sentie avant tout ulcérée, trahie par ces mensonges.

Mais sa petite sœur, à moins de trente ans, avait un cancer du sein…

— Pourquoi est-ce que tu m'as caché ça ? lui demanda-t-elle. Je peux à la rigueur comprendre que tu aies pris cette décision-là, même si ce n'est pas celle que je t'aurais demandé de prendre — et j'espère que tu n'en doutes pas. Mais pourquoi ne m'avoir rien dit ? J'aurais pu te soutenir dans cette épreuve, t'accompagner pour cette intervention. Nous aurions pu faire des recherches ensemble, interroger les spécialistes à Washington. Ai-je été une sœur si épouvantable, que tu as jugé impossible de me faire confiance ?

— Je ne t'ai pas caché tout ça de gaieté de cœur, Ken. J'ai renoncé depuis longtemps à cette mauvaise habitude — parmi bien d'autres.

— Alors, pourquoi ?

— Parce que tu es toujours sûre de savoir ce qui est le mieux pour moi et ce, depuis ma naissance ou presque. Tu as essayé de changer mais, au fond, il en est toujours ainsi. Cette fois, je devais absolument décider moi-même de ce qui serait le mieux pour moi ; sans t'impliquer dans ce choix. Le dilemme, pour toi, aurait été déchirant. Comment pouvais-tu rester objective, ainsi écartelée entre ma santé et celle de tes enfants ? J'ai voulu t'épargner ce dilemme…

— Ne me fais pas croire que c'était si magnanime de ta part ! Tu t'es aussi épargné d'apprendre quel aurait été mon choix.

— J'ai fait le meilleur choix pour tout le monde. Je suis une adulte. C'est mon corps. C'est moi qui porte ces enfants. J'ai fait ce choix pour toi, pour moi, pour eux. J'ai consulté quatre médecins, rassemblé le maximum d'informations possible, pesé soigneusement le pour et le contre. J'ai fait le seul choix avec lequel je pouvais vivre.

Kendra comprit que ce qu'elle allait dire ensuite affecterait ses relations avec sa sœur pour le restant de leurs jours. Elle était partagée entre sa peur pour Jamie et sa colère contre elle. Elle devait aussi, hélas, s'avouer que quelque part, elle éprouvait un certain soulagement à savoir que ses bébés — les enfants auxquels elle allait désormais consacrer toute sa vie — n'auraient pas dès la naissance cette épée de Damoclès suspendue au-dessus de leur tête. Et par conséquent, Jamie n'avait pas tout à fait tort de dire qu'elle lui avait épargné d'avoir à prendre une décision impossible.

Le silence s'installa dans la pièce. Dehors, on entendait les oiseaux lancer leurs derniers trilles avant la tombée du jour. Une voiture approcha sur l'un des chemins cahoteux du verger. Une voix de femme interpella quelqu'un dans un espagnol mélodieux.

— Voilà ce que j'aurais fait, après avoir été en mesure d'y réfléchir consciencieusement, dit enfin Kendra, se penchant légèrement en avant en gage de sincérité. Tu n'avais absolument rien à craindre de plus de ma part. Je t'aurais dit combien je t'aime. Puis je t'aurais dit que je comprenais qu'il fallait que tu prennes cette décision toi-même et que mon soutien inconditionnel t'était assuré, quel que soit ton choix. J'aurais dit que tu n'étais plus ma petite fille, que tu ne l'as jamais été ; que ces mois passés ensemble depuis ton retour m'avaient fait comprendre ça. J'en suis désormais consciente et je me fie entièrement à toi pour faire ce qu'il faut.

Elle se cala de nouveau dans son siège.

— Je t'aurais ensuite demandé si tu étais vraiment sûre de vouloir prendre le moindre risque avec ta santé ; parce que je ne sais pas comment je pourrais vivre avec moi-même s'il t'arrivait quoi que ce soit, alors que tu fais quelque chose d'aussi merveilleux pour Isaac et moi.

Les yeux de Jamie s'emplirent de larmes ; elle les essuya d'un revers de manche.

— Je ne suis pas une martyre, Ken. Crois-moi, si les risques étaient plus importants, nous aurions une conversation tout à fait différente.

— En matière de cancer, le moindre risque, c'est déjà beaucoup trop. As-tu pensé à Alison et Hannah ?

— J'ai l'intention d'être assise au premier rang pour la remise de leurs diplômes !

— Et si tu ne peux pas ?

— J'ai déjà vu un avocat. Au cas où je ne serais plus là, si vous êtes d'accord, j'aimerais que vous les preniez, Isaac et toi. Je ne pense pas que Larry ou Seamus s'y opposeraient.

Kendra sentit un sanglot monter à sa gorge.

— Si tu es capable de me confier tes filles, pourquoi as-tu été incapable de me confier la vérité ? Pourquoi ne pas t'être confiée à moi quand ta vie était en jeu ?

— Parce que tu es une mère, à présent, et les mères sont parmi les gens les moins objectifs au monde. Les sœurs aussi, bien souvent, dit Jamie en lui prenant la main. M'aurais-tu réellement laissé prendre cette décision toute seule ? Sans faire tout ton possible pour m'influencer ?

Kendra réfléchit encore, puis hocha la tête avec conviction.

— Je suis sûre que oui et précisément pour les raisons que tu viens d'énoncer : parce que je suis à la fois une mère et une sœur.

Jamie avait l'air sceptique.

— Jamie, il n'est pas trop tard pour que tu changes d'avis. Je suis sûre que si tu acceptes, tu peux entamer immédiatement une chimio. Les médecins n'utiliseront que les remèdes les moins dangereux pour les bébés et je pourrai assurément accepter ça. Mais je ne vais pas davantage te dicter ta conduite maintenant que je ne l'aurais fait avant. Je te dirai seulement que si tu changes d'avis et acceptes un traitement, je t'épaulerai à cent pour cent, tout comme je te soutiendrai si tu refuses.

Une larme roula sur la joue de Jamie.

— J'ai souffert de te mentir. J'avais besoin de toi ; seulement, je ne pouvais..., dit-elle avant de secouer la tête, je ne voulais pas te gâcher le plaisir. Tu avais attendu si longtemps… Je voulais juste te donner quelque chose une bonne fois pour toutes, pour que tu saches combien je regrette de t'avoir causé autant de tracas et de chagrin, pendant toutes ces années. Un geste comme celui-là ne devait être assorti d'aucune condition, ne générer ni anxiété, ni problème d'aucune sorte. Rien que de la joie. Alors, je ne pouvais pas — je ne peux toujours pas — mettre en péril la santé de ces bébés. Je passerais le restant de mes jours à m'interroger et à trembler pour eux à la moindre alerte. Dis-moi que tu comprends.

Kendra s'agenouilla devant le fauteuil de Jamie et la prit dans ses bras. Elle la sentit se détendre et au bout d'un moment, elle n'aurait su dire laquelle étreignait l'autre avec le plus de force.

Jamie trouva Grace en train de travailler à son dernier patchwork. Ce n'était ni un couvre-lit, ni un ouvrage à accrocher au mur, mais un tapis de jeu au fond d'herbe vert tendre où serpentait une route grise, bordée d'immeubles en tissu appliqué, avec des portes qui s'ouvraient. Il y avait aussi un champ où broutaient des vaches et un joli village avec sa pompe à essence, sa petite église et sa mairie.

Grace comptait l'offrir à Kendra après la naissance des jumeaux, en y ajoutant un assortiment de petites voitures et de camions de pompiers à faire rouler sur la route, quand ils seraient plus grands.

— Si tu ne te couches pas tout de suite, lui dit Jamie depuis le pas de la porte, ça ne t'ennuierait pas de faire attention aux filles ? Elles dorment depuis un moment et ça m'étonnerait qu'elles se réveillent. Je vais faire un petit tour en voiture. Pas bien loin, c'est promis.

— Je n'ai pas l'intention de me mettre au lit. Vas-y. A moins, ma belle, que ce ne soit quelque chose qui puisse attendre à demain ? La nuit porte conseil, paraît-il.

Grace n'avait pas cherché à la dissuader de prendre le volant ; elle savait manifestement très bien où Jamie voulait aller.

— Je crains que non, répondit Jamie.

La vieille dame eut l'air triste.

— Il est si facile de se tromper en croyant comprendre ce que quelqu'un d'autre ressent pour vous. J'en parle en connaissance de cause.

— Il y a erreur et erreur…

— Certaines sont presque inévitables quand on refuse d'affronter ses propres sentiments. C'est une façon de se débarrasser du problème.

— Quelquefois, ça marche.

Grace secoua la tête, mais Jamie savait que son ingérence s'arrêterait là.

Dehors, la température avait chuté d'au moins quinze degrés. La météo annonçait des gelées pour le week-end et d'éventuelles chutes de neige. Les filles espéraient en avoir près d'un mètre ; pour sa part, Jamie souhaitait plutôt que les routes soient dégagées, au cas où elle aurait besoin d'être emmenée d'urgence à la clinique.

Isaac lui avait prêté un de ses anoraks. Elle en remonta la fermeture à glissière jusqu'au menton et enfila des mitaines en lainage. Un instant, elle avait envisagé de traverser le verger à pied pour rejoindre la caravane de Cash, mais cela lui aurait donné le temps de réfléchir encore ; elle préférait en finir au plus vite.

En voiture, il lui fallut à peine deux minutes. Elle avait craint qu'il soit sorti pour la soirée, mais de la lumière brillait à la fenêtre de la caravane. Jamie se dit que le choix d'un tel logement aurait dû lui mettre la puce à l'oreille depuis longtemps : il fallait avoir renoncé à beaucoup de choses, dans la vie, pour mener ce genre d'existence. Cash aurait aussi bien pu apposer une pancarte au néon avec l'inscription : « Femmes, passez votre chemin. » Mais sans doute ne l'aurait-elle pas remarquée non plus.

Elle frappa à la porte et n'obtint pas de réponse. Les bras serrés contre elle pour se protéger du froid, elle marcha jusqu'au corral, qui n'était pas éclairé, puis jusqu'aux écuries, qui l'étaient. Cash ne s'y trouvait pas non plus, mais le box de Sanction était vide. Apparemment, il était parti faire un tour à cheval.

Le vent commençait à forcir et la jeune femme ne pouvait pas s'abriter dans l'écurie sans énerver Tsarévitch et Lady's Choice, qui n'étaient pas habitués à une présence étrangère.

Elle regagna l'auvent de la caravane et resta un moment recroquevillée sur le banc, indécise. Elle s'apprêtait à reprendre sa voiture, quand elle entendit un bruit de sabots. Quelques instants plus tard, Cash et Sanction apparurent sur l'un des nombreux sentiers qui parcouraient le verger.

Jamie se leva, épousseta son jean et avança à sa rencontre.

— Ça fait longtemps que tu es là ? lui demanda Cash.

— Pas trop…

— Je vais aller desseller Sanction et je te rejoins. Si tu m'attendais dedans ?

L'invitation n'avait rien de bien tentant, mais le vent redoublait de plus belle.

Chaque fois que Jamie avait mis les pieds dans la caravane, l'endroit était au moins propre et rangé. Ce soir, c'était un véritable capharnaüm. Des vêtements traînaient par terre, des cartons de pizza débordaient de la poubelle, près de l'évier.

La jeune femme poussa des piles de journaux pour s'asseoir sur le canapé, mais ne toucha pas aux canettes de bière et de soda écrasées qui jonchaient la table basse. Elle n'était pas là pour faire le ménage.

Cash prit tout son temps, ce qui n'avait rien d'étonnant. Elle avait eu plusieurs heures pour réfléchir, après le départ de Kendra ; lui n'avait que le temps de desseller son cheval. Il avait pourtant dû se douter qu'elle ne laisserait pas passer cela sans piper mot.

Quand il apparut enfin sur le seuil, il affichait un air circonspect, comme s'il craignait quelque guet-apens.

— Désolé pour le désordre…, dit-il.

— Ça m'est complètement égal.

— Il est trop tard pour y remédier, de toute façon.

— Par simple curiosité, est-ce que tu laisserais un de vos saisonniers habiter là-dedans ?

— Non.

— Je te demanderais bien ce que tu essaies de te prouver, en t'infligeant un tel cadre de vie, sauf que je ne suis pas venue pour ça.

— Je me doute…

— Kendra est venue me voir juste après t'avoir parlé ; ou plus précisément, après que tu lui as parlé, pour lui raconter ce que je t'avais demandé de garder pour toi.

Sans rien dire, Cash alla ouvrir le réfrigérateur et en sortit une bouteille d'eau. Il se retourna et la lui tendit, mais Jamie secoua la tête.

Il prit son temps pour ouvrir la bouteille et boire la moitié de son contenu. Puis il alla s'asseoir en face de Jamie, dans un fauteuil pliant en toile qui semblait avoir été récupéré dans une benne à ordures.

— Il fallait que quelqu'un le lui dise, répondit-il enfin.

— Et qu'est-ce que ça a changé, au juste ? Maintenant, elle est au courant un petit peu plus tôt qu'elle l'aurait été si j'avais fait les choses à ma façon. Je ne vais pas pour autant entamer une chimio avant la naissance des jumeaux ni accepter qu'on provoque l'accouchement avant la date prévue. La seule différence, c'est que je ne risque plus de te confier un secret, désormais. Et je sais que je ne peux pas me fier à toi pour me laisser prendre une décision toute seule.

— Je n'arrive pas à y croire : tu es toujours décidée à temporiser ?

Jamie se leva.

— Oui, et c'est ce que je suis venue te dire. Et ce n'est pas pour te faire un pied de nez, ni par stupidité de ma part ; encore moins parce que j'ai envie de mourir. Simplement, parce que c'est ce qu'il y a de mieux à faire en pareille circonstance. Est-ce facile ? La réponse est non. Et tu ne m'as certes pas facilité les choses en parlant à Kendra. Heureusement, nous ne sommes pas fâchées pour autant, elle et moi. Tu n'as pas réussi à gâcher notre entente ; mais si tu croyais m'avoir rendu un service quelconque, tu te trompes lourdement, c'est tout.

Elle se dirigea vers la porte. Cash se leva d'un bond et la retint par le bras.

— Qu'est-ce qu'il faudrait pour te faire entendre raison ?

— Qu'est-ce qu'il faudrait pour que tu arrêtes de juger mes décisions en fonction de ton vécu ? Ta vie n'est qu'un bloc de réactions au décès de Kary, Cash. Ça crève les yeux : cette caravane pourrie, ton indécision à propos de l'avenir, ton refus d'intervenir pour aider ta grand-mère à trouver une solution concernant le domaine agricole…

— Arrête de me psychanalyser, histoire de détourner l'attention sur moi ! Tu pourrais laisser ta peau dans cette histoire. Ta décision pourrait te tuer !

— Tu as peur que je meure, c'est bien naturel. Au cas où tu ne l'aurais pas remarqué, j'en ai peur aussi. Et je vais combattre ce cancer avec toutes les armes dont dispose la médecine, dès que je pourrai raisonnablement le faire. Je n'ai pas peur de perdre mes cheveux ou ma poitrine. Je m'inquiète pour ma vie et je ferai tout ce qu'il faut pour la protéger. Seulement, je pourrais me faire écraser en traversant la rue pour aller chez le médecin ou m'étouffer à cause d'une piqûre d'abeille, en mangeant un fruit. Ça peut t'arriver aussi. Ainsi va la vie et c'est ainsi qu'il faut la vivre, en remerciant chaque jour le Ciel de cette chance. Toi, tu ne t'impliques dans rien, en t'imaginant que, de cette façon, tu éviteras toute nouvelle douleur ; car les tragédies sont moins tragiques quand il ne s'agit pas d'un proche, bien sûr…

— Tu peux parler ! Comme si tu ne voulais pas prouver quelque chose, toi aussi, avec cette grossesse ! Et maintenant, tu voudrais me faire croire que tu n'espères rien prouver à travers cette décision soi-disant rationnelle d'attendre des mois avant de traiter une tumeur maligne ?

— D'abord, je l'ai déjà traitée. La tumeur n'est plus là. Et dans quelque temps, la radiothérapie et peut-être une chimio élimineront toute trace éventuelle de cellules douteuses.

— Si ce n'est pas pris assez tôt, sûrement pas !

Elle fit comme s'il n'avait rien dit.

— Et même si cette grossesse est bien une façon de prouver à ma sœur que j'ai changé, qu'elle peut me faire confiance et qu'elle compte énormément pour moi, qu'est-ce que ça peut bien faire ?

— Quand tu commences à risquer ta peau, ça devient grave.

— Non. Je suis contente d'avoir fait quelque chose de beau, que je meure un plus tôt ou un peu plus tard. Et c'est ça qui compte. Maintenant, dis-moi un peu : quels risques as-tu pris, toi, ces derniers temps ? Tu es un chic type, mais tu danses à la périphérie de la vie des autres. Ça te regarde, bien sûr, mais n'essaie pas de me convaincre que je devrais moi aussi faire passer mon intérêt avant tout !

— Je ne te demande pas d'être égoïste.

— Alors, quoi ? Qu'est-ce que tu me demandes ?

Les lèvres serrées, Cash ne répondit pas. Au bout d'un moment, Jamie secoua la tête.

— Je n'ai pas besoin d'un homme pour me dicter ma conduite, dit-elle, comme il continuait à se taire. Tu avais raison sur un point : je me suis trompée en ne me fiant pas assez à Kendra pour tout lui dire. Et je me suis aussi trompée en croyant que je pouvais me fier à toi pour garder ta langue, quelle que soit ton opinion sur la question. Mais ce sont les seules erreurs que j'ai commises. Alors, maintenant, cesse de te mêler de mes affaires ; tu l'as fait et ça n'a strictement rien changé. Je vais mener cette grossesse à son terme et m'occuper ensuite de mon traitement. Tu as déjà dit que tu en avais fini avec moi. Tâche de ne pas l'oublier, cette fois !

Elle pivota et sortit. Cash n'essaya pas de la retenir et Jamie ne souhaitait pas qu'il le fît.

Elle remonta en voiture et appuya son front contre le volant, s'efforçant de ne pas pleurer. Quand elle se fut relativement calmée, elle recula pour manœuvrer et regagna la maison.

Il y avait de la lumière dans la cuisine et elle entendit la bouilloire siffler quand elle entra. Elle n'avait pas vraiment envie de parler et fit deux pas en direction de sa chambre. Grace comprendrait…

Puis elle s'arrêta, consciente que la solitude lui pesait. Grace ne lui poserait pas de questions ; ce n'était pas sa façon de procéder. Mais sa présence la réconforterait.

Jamie fit alors demi-tour et se dirigea vers la pièce éclairée.

Grace était en train de verser de l'eau dans deux tasses. Elle poursuivit son geste sans lever les yeux.

— Du vivant de Ben, c'était mon heure préférée de la journée. Il prenait toujours du café avant de se coucher. En fait, il n'aurait pas pu s'endormir sans en boire.

Jamie s'assit au bout de la table.

— Quand j'étais petite, je me plaisais à imaginer cette scène…

Grace remit la bouilloire sur le fourneau.

— Quelle scène ?

— Que j'avais une mère ou une grand-mère qui m'offrait une tasse de thé — avec son affection — quand je me sentais seule ou un peu triste.

— Oh, chérie… Tu ne peux pas savoir à quel point j'aurais aimé être ta grand-mère ! Tu méritais du thé et de l'affection. Tu les mérites encore…

— Tu as été aussi gentille avec moi que les bonnes fées de mes rêves.

Grace lui prit la main.

— Je ne sais pas ce qui s'est passé entre mon petit-fils et toi, ce soir, mais quoi qu'il ait fait ou dit, Jamie, ça ne change rien à l'estime que j'ai pour tes filles et toi…

Jamie serra sa main, tout en sachant qu'elle devait changer immédiatement de sujet pour ne pas se mettre à sangloter.

— Dis-moi juste une chose, Grace… Comment auriez-vous pu être plus différents l'un de l'autre, Ben et toi ?

— Aussi différents que vous l'êtes, Cash et toi, à votre manière ? Eh bien, sur le tard, je me suis rendu compte que nous nous complétions, voilà tout. Evidemment, nous avions des avis contraires sur tellement de choses qu'au bout du compte, quand nous finissions par tomber d'accord, nous savions qu'il était inutile de revenir sur le sujet, car nous l'avions examiné sous tous les angles possibles.

Jamie saisit le message. Deux personnes n'étaient pas tenues d'avoir le même point de vue sur tout pour être heureuses ensemble. Elle regretta cependant que ses problèmes avec Cash ne soient pas aussi simples que cela.

— Vous n'aviez peut-être pas besoin d'être d'accord sur tout, mais il était quand même indispensable de vous faire mutuellement confiance, non ?

— Si… Nous avons eu du mal, mais nous y sommes arrivés.

— C'est difficile d'imaginer que tu aies été heureuse un jour avec Ben, après le récit de tant d'années pénibles, au début de votre mariage.

Les yeux de Jamie s'emplirent de larmes — ce qui lui arrivait beaucoup trop fréquemment à son gré.

— Comment avez-vous pu tomber amoureux l'un de l'autre, Grace, après vous être regardés pendant si longtemps en chiens de faïence ?

— Si tu n'es pas encore trop fatiguée, je peux te le raconter. Mais ça risque d'être un peu long…

La jeune femme savait que l'autre option, pour elle, consistait à rester éveillée dans son lit toute la nuit à ressasser cette conversation — la dernière, peut-être, qu'elle aurait jamais — avec Cash.

— J'ai besoin d'entendre une histoire qui finit bien, ce soir.

Grace serra sa main une fois de plus dans la sienne. Puis elle lui tendit le sucrier.

— Nous sommes tombés amoureux petit à petit, Ben et moi ; c'est peut-être la meilleure façon de s'aimer, dans le fond, car ainsi, les bases sont plus solides. Seulement, il est aussi plus difficile de s'en apercevoir que lors d'un coup de foudre. Il nous en a fallu, du temps…

34

1942

Sylvie ne serait sans doute jamais une femme mince, mais depuis quatre semaines, elle avait perdu pas mal de rondeurs ; ce matin-là, dans sa salopette dont elle avait roulé les jambes jusqu'aux genoux, elle était superbe à voir, avec ses joues roses, son teint hâlé par le grand air et ses cheveux bouclés retenus en arrière par un fichu.

Debout au pied de l'échelle à rallonge, Grace interpella sa belle-sœur, perchée dans un pommier :

— Dommage qu'Ethan ne puisse pas te voir comme ça ! On dirait Eve la tentatrice, avec cette pomme rouge dans ta main.

Sylvie rompit une autre tige entre son pouce et son index, puis plaça soigneusement le fruit au fond du sac en toile qu'elle portait en bandoulière.

— Au moins, je sais qu'Ethan ne me dirait pas que la cueillette des fruits n'est pas un travail de femme, comme Hiram l'a dit à Dolly.

Ethan, le mari de Sylvie, était le second frère de Grace, le plus aimable de la fratrie des Fedley ; Hiram, le troisième, était un époux tyrannique. A l'instar d'Anna, il avait toujours eu des conceptions extrêmement traditionnelles sur la manière dont les choses devaient être faites. Grace soupçonnait quelque ancêtre puritain d'avoir sévèrement mené la chasse aux sorcières en Nouvelle-Angleterre et transmis cet héritage à deux de ses lointains descendants — Anna et son frère cadet.

— Enfin, Dolly a quand même dit à Hiram ce qu'il pouvait faire de son opinion, répondit Grace, de façon à n'être entendue que de Sylvie.

Dolly cueillait des fruits trois rangées plus loin.

— C'est une chance pour toi : Dolly est la plus efficace de l'équipe. Allez, va vite t'occuper de ce que tu as à faire ; inutile de me tenir l'échelle. Je ne tomberai pas, c'est promis…

Grace n'était pas rassurée, avec ces rallonges qui permettaient à ses cueilleuses d'atteindre les plus hautes branches. Mais elle n'avait pas le choix. La prise de risques était à l'ordre du jour pour tout le monde, ces temps-ci. Il restait encore une bonne partie des fruits à récolter, bien que les variétés les plus précoces aient déjà été expédiées à la vente.

Et c'était une récolte exceptionnelle ! Alors que l'armée avait besoin de vivres et que le rationnement commençait à se faire sentir, la demande de pommes était à son maximum pour la fabrication de conserves et de marmelades à envoyer aux troupes. Grace pouvait vendre jusqu'au dernier fruit du domaine et aller livrer, tant bien que mal, au marché. Malheureusement, elle venait d'apprendre que l'essence et les pneus allaient bientôt manquer ; elle allait peut-être se voir obligée d'atteler Buddy, leur vieux cheval de trait, à une charrette pour remplacer le camion. Elle devait aussi réparer les pièces défectueuses de chaque machine et prier pour que rien ne tombe en panne, car il devenait de plus en plus évident qu'on ne pourrait plus se procurer de pièces de rechange avant la fin de la guerre. En fait, le bruit courait que le moindre morceau de métal serait bientôt réquisitionné pour être fondu afin de servir à la fabrication de munitions.

Mais il était inutile de se faire du souci pour le lendemain. Elle en avait largement son compte dans l'immédiat.

— Je vais jeter un coup d'œil sur nos tout-petits, dit-elle à Sylvie. Ensuite, j'irai voir comment les plus grands se débrouillent pour ramasser les légumes.

— J'espère qu'ils ont bientôt fini, car il y a pas mal de fruits tombés à terre, ici…

Et il n'y avait pas que les pommes tombées à ramasser ; le travail était l'une des rares choses dont ils ne risquaient pas d'être à court, au verger ! Les efforts de Ben avant son départ portaient maintenant leurs fruits, c'était le cas de le dire : la récolte était exceptionnelle — un vrai petit miracle local, dans une période où tout allait si mal.

Grace plaça soigneusement sa propre cueillette dans l'une des caisses qui seraient transportées plus tard au hangar, puis accrocha son sac à un piquet de clôture. Elle regagna ensuite la maison à pas mesurés, contrainte de ménager ses forces pour arriver chaque jour jusqu'au soir. Malgré la fatigue, immense, elle se sentait euphorique. Son plan de sauvetage du verger était en train de réussir, alors que tout semblait définitivement perdu quelques mois plus tôt.

Arrivée sous l'auvent, elle s'appuya un moment à un pilier pour se reposer. Plus bas, le verger s'étendait à perte de vue ; les derniers arbres se découpaient sur le fond bleuté des montagnes. L'odeur piquante de feuilles mortes qu'on brûlait, quelque part, se mêlait à celle des pommes écrasées qui fermentaient en tas derrière la maison — un excellent fertilisant, une fois ajouté au fumier d'épandage.

Des rires et des voix de femmes assourdis parvenaient

jusqu'à elle, portés par la brise de ce début d'automne. Au fond de la maison, elle entendit un enfant pleurer — mais pas comme s'il y avait eu un drame. C'était un enfant qui réclamait seulement plus d'attention. Adam, songea Grace — à moins que ce ne fût Emma, la cadette de Sylvie, une belle poupée toute potelée. Charlie, chargé de surveiller les plus petits sous la houlette de Lulie, la fille aînée de Dolly, prenait son rôle très au sérieux.

Qu'allait penser Ben, quand il viendrait en permission chez lui, la semaine prochaine, et qu'il verrait ce qu'elle avait fait ? Son cœur fit une légère embardée, comme chaque fois qu'elle se posait la question. Ben n'avait aucune idée de ce qui se passait ici. Une fois sa décision prise de sauver le verger, elle lui avait écrit en lui suggérant de lui renvoyer le contrat signé par Otis Gaff dès qu'il le recevrait à Fort Belvoir, sous prétexte qu'elle voulait le faire examiner par un avocat de leur banque. Les banquiers leur recommandaient de se méfier, avait-elle expliqué à Ben, car le vieux Gaff n'en était pas à son premier coup fourré. Ensuite, elle avait attendu en retenant son souffle, dans l'espoir que Ben suivrait son conseil.

Il l'avait suivi. Le contrat signé était arrivé un matin dans la boîte aux lettres, d'où elle l'avait expédié directement dans le poêle à bois, pour y démarrer un bon feu de joie. Puis elle avait écrit une lettre à Otis Gaff pour que le fermier cesse de correspondre avec son mari. Elle y avait tranquillement apposé la signature de Ben, expliquant que les vergers n'étaient plus à vendre et que tout nouveau courrier serait illico détruit.

Le lendemain, elle était allée remettre la lettre en main propre à l'intéressé, lui expliquant que son époux n'avait pas apprécié cette révision de l'offre à la baisse et qu'il préférait garder son bien. Elle était désolée, mentit-elle, ajoutant que c'était ce qui arrivait quand un voisin essayait d'en rouler un autre. Puis elle avait repris dare-dare le volant de sa camionnette avant que le bonhomme ait eu le temps de lâcher un chien à ses trousses.

A présent, elle bravait les conséquences de cet élan créatif, passablement impétueux. Elle avait persuadé ses deux belles-sœurs, dont les maris étaient également incorporés dans l'armée, de venir travailler et habiter à la ferme pendant l'absence de leurs époux. Trois autres femmes du voisinage avaient été embauchées pour la cueillette, ainsi que le frère de leur ouvrier agricole. Grace leur offrait une rémunération identique à celle des autres exploitants locaux, mais ils auraient gagné davantage en travaillant en usine. Chez elle, toutefois, toutes les femmes avaient leurs enfants sur place et Lulie s'occupait très bien d'eux. Ils prenaient leurs repas tous ensemble et les grands gagnaient aussi quelque argent de poche, en donnant un coup de main le week-end.

Au printemps suivant, Grace comptait agrandir le potager et ajouter un hectare de maïs au champ déjà existant, si le tracteur tenait le coup jusque-là. Personne, aux vergers Cashel, n'aurait à s'inquiéter du rationnement.

Il y avait du lait frais et du beurre, ainsi que de la charcuterie pour l'année, après l'abattage du cochon engraissé au maïs et aux pommes. Il fallait travailler dur, mais hormis quelques petites prises de bec de temps en temps, les femmes s'entendaient bien et appréciaient la vie au grand air. Elles ne regrettaient certes pas les trajets quotidiens en bus pour se rendre à l'usine.

Si tout se passait comme prévu, il resterait même assez d'argent à la fin de la saison pour rembourser les dettes de l'exploitation et s'approvisionner pour l'année suivante. Les vergers ne seraient pas exploités de façon aussi efficace, aussi scientifique, que sous le contrôle de Ben, certes... Grace n'avait ni l'expérience, ni les connaissances nécessaires pour sélectionner de nouvelles variétés d'arbres à planter ou essayer les tout derniers produits du marché en matière de fertilisants ou de pesticides. Elle était obligée pour cela de s'en remettre à leur employé et à d'autres exploitants agricoles assez serviables pour la conseiller. Mais elle faisait tout son possible.

De retour de la guerre, Ben trouverait l'exploitation transformée, pas toujours de la meilleure façon peut-être — l'inexpérience de Grace entraînant certainement des erreurs et des approximations —, mais au moins, il retrouverait son bien. Il y avait maintenant de fortes chances pour que ce soit toujours son nom sur le panneau à l'entrée des vergers et pour que ses fils occupent encore l'endroit dont ils hériteraient un jour. Tout cela, à condition qu'il ne prenne pas l'initiative de vendre lors de sa permission de quinze jours, à la fin de sa période d'entraînement à Fort Belvoir, en attendant d'être envoyé Dieu sait où, pour la suite des événements.

Pour le moment, il croyait qu'Otis avait permis à Grace de louer la maison jusqu'à l'été prochain, pendant qu'elle cherchait un emploi à proximité. Grace était censée avoir déposé l'argent de la vente sur le compte en banque du domaine et le fait qu'il se soit entièrement fié à elle pour cela était plutôt bon signe. Mais comment réagirait-il en découvrant la supercherie ? Le connaissant, elle n'avait pas osé lui avouer la vérité ; comment un agriculteur aurait-il pu croire qu'une femme inexpérimentée pourrait le remplacer en son absence, aidée par d'autres femmes aussi peu expertes qu'elle ? Si elle ratait son coup, l'exploitation perdrait de la valeur et ils auraient de la chance si Otis Gaff renouvelait son offre la plus minable.

En revanche, si elle réussissait, Ben serait alors contraint de la traiter comme une associée, peut-être même comme la personne qui avait préservé le verger et leur relation pourrait alors prendre une autre tournure.

Elle ne pouvait pas prévoir comment cela allait se passer. La plupart du temps, elle n'avait pas même une seconde pour s'en inquiéter. Mais à mesure que la date de la permission approchait, elle sentait l'anxiété monter.

Dans l'immédiat, elle avait du pain sur la planche…

Elle entra dans la maison et alla directement dans la cuisine. Lulie y était occupée à faire manger tout son petit monde. En voyant Grace, Adam tendit les bras et la jeune femme alla le sortir de sa chaise haute. C'était le plus jeune de la bande et comme les hommes étaient tous au front, il y avait de fortes chances pour qu'il le reste jusqu'à la fin de la guerre. Les deux plus jeunes fils de Dolly et Hiram dégustaient des tartines de confiture, tandis que les autres grignotaient du pain et du fromage. Les plus grands enfants Fedley, ainsi que cinq enfants des voisines embauchées pour la cueillette étaient dehors, en train de ramasser des carottes et des navets pour la soupe du soir. Chacune des femmes préparait en rentrant le repas de 6 heures — le plus important de la journée.

— Comment va mon petit homme ? demanda-t-elle à Adam, en plaquant un baiser sur sa joue. Tu as bien mangé ?

Elle fit le tour de la table avec lui, disant un mot gentil à chacun et ébouriffant quelques têtes. Lulie avait l'air fatigué, ce qui pouvait se comprendre, mais elle tenait le groupe bien en main. Une fois le repas terminé, elle pourrait se reposer un peu pendant que les enfants feraient une petite sieste.

Grace s'accroupit près de Charlie, Adam toujours dans ses bras.

— Tu as passé une bonne matinée, mon cœur ? s'enquit-elle, après l'avoir embrassé.

— Emma m'a poussé…

— Exprès ?

Il haussa les épaules.

— Tu as mal quelque part ?

Même réponse ; le geste lui fit penser à Ben. Elle espérait toutefois que Charlie apprendrait un jour à s'exprimer un peu plus clairement que son père.

— Est-ce que tu veux venir faire un tour dehors avec moi ? Nous irons voir les grands qui ramassent des légumes au potager…

Les yeux du petit garçon étincelèrent, mais il les promena d'abord autour de la table pour s'assurer qu'il ne raterait pas quelque chose de plus important. Apparemment, ses déboires avec sa cousine ne l'avaient pas trop perturbé.

Le potager se trouvait derrière l'étable. Adam toujours dans les bras, Grace guida Charlie de ce côté, marquant une pause pour caresser le museau soyeux de Buddy, qui venait quémander quelque gâterie, à la clôture du pré. Puis ils allèrent retrouver les grands qui, tout en plaisantant et se racontant des histoires, avaient ramassé assez de légumes pour prouver leur bonne volonté.

Sur le chemin du retour, une chaussure de Charlie se délaça. Grace posa Adam par terre, le laissant dégourdir ses petites jambes et s'assit sur ses talons pour renouer le lacet.

— Bientôt, tu sauras le faire plus vite que moi, dit-elle, pour compenser le fait qu'elle n'avait pas le temps de le laisser se débrouiller seul. Tu as déjà fait des progrès, tu sais !

— Papa…

— Oui… Tu y arriveras même mieux que papa. Quand il reviendra de l'armée, tu sauras faire toutes sortes de nœuds !

— Papa !

La jeune femme comprit alors que Charlie ne suivait plus la conversation. Avant qu'elle ait pu achever de relacer sa chaussure, il lui échappa et partit en courant.

Sans se retourner, elle devina qui se tenait derrière eux, sur le chemin.

L'heure de vérité était arrivée.

Tandis qu'Adam suivait son frère d'un pas chancelant, Grace se remit debout sans se presser. Elle jaugea rapidement sa tenue, regrettant de s'être habillée n'importe comment et d'avoir rassemblé ses cheveux sous un simple fichu ; elle avait l'air d'une paysanne et sentait probablement la ferme. Pour couronner le tout, elle aperçut un rond humide sur son gilet — à première vue, de la salive de bébé, enrichie de marmelade et de miettes de pain.

Elle essaya d'ôter la tache d'un revers de main, mais ne fit que l'étaler davantage. Redressant les épaules, elle se retourna et vit son mari qui se tenait à moins de deux mètres d'elle. Il avait maigri et ses cheveux étaient coupés si court qu'on n'aurait su dire leur couleur. Vêtu d'un uniforme kaki, il tenait une casquette à la main. Il avait l'air épuisé, abattu, mais il était magnifique…

Ils restèrent un moment l'un en face de l'autre, sans rien trouver à se dire.

— Je vais t'expliquer, dit enfin Grace avec un haussement d'épaules. Si tu veux bien m'écouter…

Il la dévisagea d'un œil perçant.

— Il y a des femmes dans le verger. J'ai cru en reconnaître quelques-unes… Et dans la maison, il y a des enfants qui ne sont ni les miens ni ceux d'Otis Gaff…

— Cette vermine n'est sûrement pas capable d'engendrer des enfants ! Au mieux, sa bougresse de femme mettrait au monde des cafards.

— Je suppose qu'il n'est pas à portée de voix ?

— Ça m'étonnerait ; il pense que j'ai un fusil chargé derrière la porte, avec des balles gravées à son nom.

— C'est vrai ?

— Non, je suis quelqu'un de pacifique. La menace a suffi. D'ailleurs, depuis qu'il a une lettre de toi disant que tu ne veux plus vendre…, dit-elle tout en dessinant un cercle au sol du bout de sa chaussure, s'appliquant à la symétrie. Bref, il n'a aucune raison de revenir traîner ses guêtres ici, l'abruti…

— Une lettre, dis-tu ? C'est drôle ; je ne me rappelle pas l'avoir écrite…

Le ton de sa voix ne trahissait aucun sentiment — mais c'était tout Ben. Si elle levait les yeux de son cercle parfait, sans doute ne pourrait-elle rien discerner non plus dans son expression. Alors elle garda les yeux baissés.

— Ma foi, j'ai dû faire un tout petit mensonge de rien du tout, dans cette lettre…

— De rien du tout ?

— Disons, pas si petit que ça… Et j'ai signé de ton nom…

— Grace, qu'est-ce que tu as fait, au juste ?

Elle leva finalement les yeux. Les traits de Ben étaient totalement hermétiques, comme elle s'y était attendue, mais il avait pris Adam sur un bras et serrait Charlie contre lui comme si quelqu'un voulait lui enlever ses fils.

— Bon, écoute, pour faire bref… j'ai pensé que je pouvais faire tourner l'exploitation moi-même, dit-elle après avoir respiré à fond. Otis voulait te la voler. Je ne pouvais pas lui laisser faire ça, non ? Alors j'ai inventé une ou deux histoires. Une pour toi, une pour lui. Tu comprends, je me suis dit que si tu ne savais pas ce que je comptais faire, tu ne pourrais pas me mettre des bâtons dans les roues. Et on dirait que ça marche. Nous avons déjà vendu toutes les Galas et les Empires au marché, pour un prix drôlement intéressant ! Je te ferai voir les cahiers de comptes. J'ai embauché mes belles-sœurs, plus quelques femmes du coin pour récolter les pommes. Dolly et Sylvie logent ici avec leurs enfants et nous mettons des provisions de côté pour ne manquer de rien si la guerre doit se prolonger. Peut-être que le verger n'aura pas aussi fière allure à ton retour que le jour où tu es parti, mais au moins, il sera toujours à toi, Ben. A toi et à tes fils !

Ben ne disait toujours rien. La jeune femme pinça les lèvres et les mordilla même un peu, pour faire bonne mesure. Elle s'apprêtait à dessiner un autre cercle avec son pied, quand il lâcha Charlie et posa Adam par terre. Il fit deux pas vers elle et s'arrêta.

— Et toi, dans tout ça ? lui demanda-t-il.

— Quoi, moi ?

— Tu viens de dire que le verger Cashel sera toujours aux garçons et à moi… Et toi, Grace ? Est-ce qu'il sera aussi à toi ?

Elle s'aperçut qu'elle tremblait. Pis encore : ses yeux s'emplirent de larmes. Elle renifla.

— Je suppose que ça dépendra de toi…

Il secoua la tête.

— Non, Grace, ça a toujours dépendu de toi, ou presque toujours… Depuis la fois où Adam a commencé à faire ses dents, le soir de ses six mois, et que je t'ai trouvée en train de le bercer, alors que n'importe quelle autre femme l'aurait laissé pleurer, après s'en être déjà occupé toute la journée ; ça a peut-être été à partir de là… Ou bien le soir où je t'ai vue compter les étoiles, sur la terrasse, comme si c'était possible ; de les compter toutes, je veux dire. Ce n'est pas ça qui t'empêchait d'essayer. C'était quand ? Bref, ça dépend de toi depuis ce moment-là. Et ça ne dépend toujours que de toi…

Grace entrevit l'avenir dont elle avait rêvé jeune fille.

Elle aurait vu plein de pays, de villes, de monuments qu'elle ne verrait sans doute jamais, maintenant, et des gens qu'elle ne rencontrerait plus. Puis elle vit l'avenir qu'elle n'avait pas souhaité : une vie avec Ben Cashel, le plus sérieux, le plus obstiné des hommes, qui ne voulait pas quitter l'endroit où il était né. Ben, qui consacrerait le reste de sa vie — et celle de Grace, si elle le laissait faire — à sa famille et à ses chers pommiers.

— Ma foi, si c'est de moi que ça dépend..., dit-elle, alors je crois que je vais rester là jusqu'au bout. Mais il faut me promettre que tu m'apprendras à tailler un arbre, car je compte travailler auprès de toi le plus souvent possible. Une fois que tu seras de retour, Ben, je crois que je n'aurai pas envie de te quitter des yeux un moment de plus.

Ben ne bougea pas, mais il eut l'air de s'assouplir subitement, comme si toute la rigidité de sa personne se fondait en quelque chose de doux et de fluide. Il lui sourit et Grace eut l'impression de fondre à son tour.

Il lui tendit les bras ; elle alla s'y blottir sans la moindre hésitation. Et quand il l'embrassa, rien ne lui avait jamais paru aussi juste, aussi naturel. Aussi délicieux.

Ils ne se retrouvèrent plus un moment seuls avant la nuit. Entre les garçons, les belles-sœurs et leurs enfants, l'ouvrier agricole et les voisins qui avaient entendu dire — les voisins savaient toujours tout, dans la Vallée — que Ben était en permission chez lui, ils furent constamment entourés.

Mais la nuit venue, Grace veilla à ce que Ben vienne dormir dans la bonne chambre.

Quand il entra, elle était en train de ranger quelque chose dans un tiroir.

— Qu'est-ce que c'est ? demanda-t-il, en s'approchant dans son dos.

— J'espère que tu ne seras pas fâché…

— Jusqu'ici, je me suis débrouillé pour rester maître de moi, répondit-il, en passant les bras autour de sa taille.

Le contact de son corps la fit frissonner de plaisir — un plaisir mêlé, peut-être, d'un soupçon d'appréhension à l'idée qu'ils étaient sur le point de devenir réellement mari et femme. Elle rouvrit le tiroir et en sortit la courtepointe qu'elle était en train de confectionner avec les carrés de tissus de sa sœur.

Elle se retourna dans ses bras.

— J'ai trouvé ces tissus et un motif d'assemblage dans une boîte qui appartenait à Anna. Le motif s'appelle « Sister's Choice » ; j'ai eu l'impression qu'il fallait que je le fasse.

Ben prit un angle de l'ouvrage entre ses doigts.

— C'est une bonne chose, dit-il en hochant la tête.

— Il ne ressemble pas aux ouvrages qu'elle faisait d'habitude. Je me suis sentie comme attirée par celui-ci ; particulièrement à cause du nom, peut-être.

— Il n'a rien de commun avec ceux qu'elle faisait, Grace, parce qu'elle avait l'intention de faire celui-là pour toi. Elle m'avait dit qu'elle te l'offrirait comme cadeau de noces. Ces couleurs et ces étoffes, c'était plus ton genre que le sien ; elle m'a expliqué qu'après t'avoir maintenue si longtemps dans le droit chemin, elle voulait te donner quelque chose que tu aimerais vraiment.

Grace resta un moment sans voix, le souffle coupé. Elle leva les yeux sur lui.

— Elle m'a donné toi…

Leurs lèvres se joignirent. Le patchwork entamé tomba entre eux sur le parquet. Elle aurait tout le temps de le terminer pendant les longues années de guerre et de solitude. Mais pour le moment, elle avait quelque chose de plus urgent à conclure.

35

La préservation du patrimoine historique de la vallée était l'un des chevaux de bataille de l'entreprise Rosslyn & Rosslyn. A eux deux, Cash et son père avaient restauré bon nombre de vieux chalets, de granges et de moulins qui auraient peut-être été démolis sans leur intervention et leur savoir-faire. Cash avait toujours été secrètement fier de cela.

Ce matin, pourtant, un mois après la visite que Jamie lui avait rendue dans sa caravane, il n'était plus fier de rien.

L'endroit qui lui servait de logement depuis plusieurs années n'était pas assez ancien pour qu'on le qualifie d'historique et il doutait qu'il ait été le théâtre de souvenirs heureux. Pour l'essentiel, la caravane avait été le logis provisoire de quelques saisonniers venus ramasser les pommes en automne. Ses grands-parents avaient pris soin de la maintenir en bon état, jusqu'au jour où mamie Grace avait jugé la tâche impossible et posé un verrou sur la porte. Mais personne ne l'avait jamais réellement habitée. Elle n'avait été que le lieu du provisoire.

Lui-même ne s'y était d'ailleurs jamais vraiment senti chez lui, non plus.

Depuis un mois, il se demandait constamment pourquoi un bâtisseur comme lui, qui aimait la belle ouvrage et restaurait avec amour les plus beaux fleurons de la vallée, s'était acharné, dans le même temps, à s'oublier lui-même et à habiter le pire taudis qui soit. Il ne se complaisait pas dans les situations complexes d'ordinaire et se considérait plutôt comme un garçon de la campagne, simple et sans prétention. Le chemin qu'il souhaitait suivre dans la vie était une belle ligne droite, sans détours. Mais un homme n'obtient pas toujours ce qu'il veut.

A présent, Cash n'était plus très sûr de grand-chose, sinon qu'il ne souhaitait plus vivre ainsi, dans une boîte en tôle à moitié rouillée. Il ne voulait plus jamais se réveiller à 6 heures du matin, au mois de février, comme ça avait été le cas le matin même, et trouver des glaçons dans l'interstice entre la paroi et la fenêtre du séjour, tandis que le poêle s'efforçait vainement de chauffer à la fois l'intérieur et toute la nature alentour.

Normalement, en pareille circonstance, il serait allé se préparer un petit café dans la cuisine de sa grand-mère, tout en guettant le lever du soleil. Mais en ce moment, cela lui était impossible. Jamie serait déjà debout, en train de préparer ses filles pour l'école. Il n'avait pas envie d'échanger des banalités avec elle ni d'entendre le ton poli et distant sur lequel elle lui parlait ces temps-ci. Il continuait à conduire Alison et Hannah à l'école, puisque Jamie n'était pratiquement plus en mesure de le faire, surtout par des routes aussi verglacées qu'elles devaient l'être. Mais il ne passait plus faire un saut chez mamie Grace, à moins d'être sûr par avance que Jamie ne serait pas là.

Il avait donc décidé d'occuper cette heure précédant le départ à l'école des fillettes à boucher tous les trous qu'il pouvait trouver sur les murs en tôle de son palais. Il découpait des bandes de matériau isolant et les insérait dans chaque fente, les recouvrant tantôt avec du papier collant, tantôt avec des morceaux de boiserie pour les maintenir en place.

Il n'était pas encore au bout de ses peines, quand on frappa à la porte. Sous l'effet de la surprise, son marteau lui échappa des mains et atterrit sur son pied gauche. Grommelant un juron, il alla ouvrir en boitillant, pensant trouver un des gars de son équipe. Mais c'était Isaac.

Cash et son « nouveau » demi-frère s'étaient retrouvés quatre ou cinq fois depuis la révélation de Manning. Ils allaient généralement boire un verre quelque part en ville, quand les Taylor venaient voir la maison. Ils bavardaient amicalement autour d'une bière, sans plus.

Cash se sentit gêné qu'Isaac vît l'endroit où il vivait — et où il ne recevait jamais personne, du reste.

— Tu ne passais pas exactement par hasard, n'est-ce pas ? fit-il.

— Tu dis ça parce qu'il ne fait pas encore jour et que tu habites au milieu de nulle part, j'imagine ?

— En gros, oui. Entre donc, mais garde ton anorak ; on gèle, là-dedans !

Isaac franchit le seuil et regarda autour de lui, puis il enfonça les mains dans ses poches comme pour les protéger du froid.

— Bon, je sais que tu ne vis pas comme ça parce que tu y es obligé. Tu as un bon job…

S'il avait tourné autour du pot, peut-être aurait-il baissé dans l'estime de Cash. Mais Isaac était allé droit au but et il semblait sincèrement intéressé.

— Il y a plusieurs raisons à ce choix. D'abord, c'est gratuit et mes chevaux sont juste à côté. Quand je suis arrivé, ça m'a paru suffisant, comme motivation.

— Tu ne dois pas y passer trop de temps, je présume.

— J'aurais préféré ne pas y passer cette nuit, maugréa Cash. C'est descendu à combien ? Moins dix ?

— Pas tout à fait. Mais il ne faisait pas chaud non plus là-haut, à la maison ; enfin, c'était mieux qu'ici. Tu savais que nous avons dormi chez Grace, cette nuit ? demanda Isaac en désignant du menton la direction de la ferme.

— Personne ne m'en a parlé.

Isaac n'eut pas l'air surpris ; il savait certainement que Jamie et Cash ne se voyaient pratiquement plus, à présent.

— En apprenant que nous étions dans le coin, ta grand-mère nous a proposé de venir chez elle plutôt qu'au chalet ; comme Kendra doit emmener Jamie à sa visite médicale, demain, c'était plus simple.

Il hésita quelques secondes avant de poursuivre.

— Jamie a l'intention de s'installer dans notre maison d'Arlington à la fin de l'année scolaire... Comme ça, elle pourra chercher un travail dans un cabinet d'architectes, si elle ne retourne pas passer ses examens tout de suite dans le Michigan. Les écoles sont bien et elle ne serait pas trop loin de nous.

— Je n'étais pas au courant.

— Est-ce que tu as besoin d'un coup de main ? demanda Isaac, faisant allusion au travail d'isolation que Cash avait entamé. C'est du rafistolage maison, on dirait.

— C'est ce que nous appelons des mesures bouche-trou, dit-il en esquissant un petit sourire qui mourut aussitôt sur ses lèvres. Un de ces jours, je donnerai un coup de marteau et tout va tomber en poussière.

— Tu as une idée de l'endroit où tu iras ?

— Des idées, j'en ai des tas. Mais de véritable projet, non.

— Tu dois bien avoir une cafetière ; tu permets que je m'en serve ?

— Ne te sens pas obligé de rester. Je vais finir ce petit boulot et ensuite, il faut que je m'habille pour emmener les filles à l'école.

— En fait, je venais te dire que Kendra les déposera et qu'elle conduira ensuite Grace à sa réunion de couture. Ensuite, Jamie et elle fileront au cabinet médical. Donc tu as tout ton temps. Je partirai si tu y tiens, mais j'aimerais bien rester un moment avec toi…

— D'accord… Tu as raison : un petit café bien chaud, ça ne nous fera pas de mal.

Cash entendit Isaac fourrager dans le coin cuisine ; il se félicita d'avoir fait la vaisselle et mis les restes de son repas de la veille au réfrigérateur. Il découpa une autre bande d'isolant et l'enfonça dans une fente entre le sol et le bas d'une paroi. Il avait commencé à en couper une seconde quand Isaac revint avec deux tasses fumantes. Cash lui indiqua du menton la table basse jonchée de journaux et alla le rejoindre sur le canapé. Il prit sa tasse entre ses mains pour les réchauffer.

— Tout se passe bien, là-haut, à la maison ?

— Jamie en a un peu marre d'être enceinte jusqu'aux yeux, je pense. Et les filles ont hâte de la voir redevenir comme avant.

Cash ne souhaitait pas trop parler de la jeune femme ; c'était pourtant lui qui avait tendu cette perche à Isaac.

— Il lui reste combien ? Trois, quatre semaines, encore ?

— Oui. Mais maintenant, les bébés pourraient arriver d'un moment à l'autre.

— Le plus tôt serait le mieux…

— Je sais que tu es mécontent des décisions qu'elle a prises.

— Ce n'est plus une gamine.

Cash hésita, puis il haussa les épaules.

— J'ai fourré mon nez dans quelque chose qui ne me regardait pas. Je n'aurais pas dû me mêler de ça. C'était à elle de décider à quel moment elle voulait vous mettre au courant.

— Pourquoi t'être interposé, alors ?

— Parce qu'à mon avis, elle faisait une grave bêtise. Et je le pense encore.

— Je ne te connais pas encore très bien, mais j'ai l'impression qu'en général, tu ne fais pas la mouche du coche. Je t'ai vu sur le chantier. Tu exiges le zéro défaut et tu l'obtiens. Si quelqu'un se plante, il rattrape le coup ou il est viré.

— C'est sa vie, qu'elle met en danger, Isaac…

— J'ai fait des recherches de mon côté et j'ai parlé avec des amis médecins. Personne ne semble aussi sûr que toi qu'elle n'ait pas fait ce qu'il faut. Certains pensent même que son choix est peut-être le bon.

— Tu as déjà vu mourir quelqu'un sous tes yeux ? Pendant que tu lui tenais la main ?

Isaac réfléchit un moment. Puis il regarda Cash bien en face.

— Non, je n'ai jamais eu cette chance.

Un bref instant, Cash crut avoir mal entendu. Il préféra ne rien dire, de crainte d'être discourtois.

Isaac profita de cette pause.

— Je n'ai jamais été assez proche de quelqu'un qui allait mourir, pour être là au moment de sa mort. Ma mère adoptive habitait à l'étranger et personne ne m'a seulement averti qu'elle était malade, avant qu'il soit trop tard. C'est de Kendra, dont je suis le plus proche, et j'ai bien failli la perdre après son accident, tellement j'ai été nul.

— Voir quelqu'un mourir, ça n'a rien d'une chance.

— C'est possible, mais je trouve assez stupéfiant le fait de pouvoir être là pour quelqu'un en un moment pareil ;

d'atteindre ce degré d'intimité-là. Et de savoir que l'autre serait là si c'était l'inverse.

— C'est comme si on t'écorchait vif, millimètre carré de peau par millimètre.

Isaac reposa calmement son café sur la table.

— Jamie n'a pas envie de mourir, tu sais.

— C'est elle qui t'a envoyé ici ?

— Tu plaisantes ? Tu crois qu'il lui faut un intermédiaire ?

Cash prit conscience de la stupidité de sa question. Demander à quelqu'un de parler à sa place était certainement l'une des dernières choses qui viendrait à l'esprit de la jeune femme.

Isaac allongea les jambes devant lui, aussi tranquillement que s'ils avaient bavardé ainsi des milliers de fois dans leur enfance.

— Je me demande maintenant si ma réaction était tellement liée à Jamie, en définitive, avoua Cash.

— A mon avis, oui, du moins en partie, mais elle était peut-être surtout liée à ta femme.

Cash ne fut pas étonné qu'Isaac soit au courant. Jamie avait dû parler de Kary à Kendra ; entre sœurs, c'était normal. Et entre frères aussi, sans doute.

— Est-ce que ta femme a choisi une option qui a hâté sa fin ? demanda prudemment Isaac.

— Kary ? Non. Kary n'avait aucune option. C'est ça qui me rend dingue. Jamie en avait une, elle, et elle n'en a pas profité !

— Je peux comprendre ça.

— Jamie dit que j'emploie ma vie à ne plus rien ressentir.

— C'est un peu rude.

— Mais pourquoi est-ce que je te raconte tout ça, moi ?

— Tu veux la réponse ?

Cash fronça les sourcils.

Isaac reprit sa tasse et la brandit comme s'il portait un toast.

— Parce que tu ressens les choses, que tu le veuilles ou non ! dit-il. Et qui serait plus à même que ton grand frère de t'aider à y voir plus clair ?

Grace n'aurait jamais cru qu'elle se referait un jour de véritables amies dans la vallée. Et elle ne s'attendait certes pas à trouver l'amitié en la personne d'Helen Henry ou celle des membres du groupe de patchwork. Elle l'avait pourtant trouvée là. Peut-être, si toutes ces femmes s'amusaient un jour à énumérer les choses auxquelles elles croyaient ou pas, les choix de Grace correspondraient-ils rarement aux leurs. Mais leur passion commune gommait les différences superficielles pour aller droit au cœur de ce qui les unissait : l'amour du bel ouvrage, de la maison et de la famille — sous quelque forme que ce soit —, de valeurs fondamentales comme la solidarité, le don, la création d'objets vecteurs de chaleur et de joie, dans un monde qui en manque trop fréquemment.

Voilà donc où elle en était, entourée de femmes dont certaines avaient vécu un temps à l'autre bout du monde, d'autres n'étaient jamais allées plus loin que le chef-lieu du canton. Kate Brogan, une jeune mère débordée pour qui le patchwork n'était rien de plus qu'une diversion nécessaire ; Helen, qui venait d'annoncer sa décision d'inscrire une de ses œuvres au prochain concours du Festival de Houston, en espérant vivre assez longtemps pour faire le voyage là-bas à la fin de l'année. Jeunes et moins jeunes, expertes et novices, raffinées et rustiques — toutes ces femmes se fondaient dans une communauté unique où Grace se sentait à l'aise, désormais réconciliée avec sa décision de finir ses jours dans une région qu'elle avait tant rêvé de fuir, naguère.

Helen regarda par-dessus ses lunettes les dames assemblées autour du métier à piquer et s'éclaircit bruyamment la voix.

— Bon… Je suis peut-être un vieux rabat-joie qui ne connaît rien à rien, mais j'ai l'impression que si nous cousions un peu plus et jacassions moins, nous pourrions terminer cet ouvrage cet après-midi, avant la naissance des bébés…

La plupart des femmes acquiescèrent, puis se remirent aussitôt à papoter. Grace remarqua qu'elles semblaient accélérer toutefois un peu la cadence.

Pour sa part, elle avait finalement avoué à Helen que sa vue limitée l'empêchait de piquer correctement à la main. Helen avait résolu le problème en formant un bâti de plusieurs rangs de lignes droites avec du gros fil de coton perlé ; Grace pouvait ainsi sentir au toucher où elle devait placer ses points, quand tout devenait trouble. S'il lui arrivait un jour de perdre complètement la vue, Helen trouverait sans doute une astuce pour lui permettre de continuer à se rendre utile.

— Jamie va adorer ça, dit-elle, en parlant de leur cadeau commun. Rien ne pourrait la toucher davantage.

— Cette petite fait tellement de choses pour les autres ; elle mérite bien d'avoir son patchwork rien qu'à elle.

— Et grâce à toi, Helen, cet ouvrage va bénéficier du plus fin quilting qui soit !

Grace regarda l'ouvrage qui avançait sous leurs doigts. Elle y voyait encore suffisamment pour admirer le dessin d'ensemble. « Shining Hour » (Heure Radieuse) était un motif traditionnel, formé de neuf carrés d'étoffe disposés en pointe pour former un diamant et ornés au centre d'une étoile à huit branches reliée aux autres par de longues bandes de tissu semblables à des rubans. L'ensemble faisait penser à une tapisserie.

Tous les membres du groupe avaient finalement pris conscience que l'heure radieuse de Jamie approchait effectivement : elle allait faire le geste le plus altruiste qui soit et les autres femmes la considéraient à présent comme une sorte d'héroïne.

— Et du plus bel assortiment de couleurs, grâce à toi, renchérit Helen. Je n'aurais jamais eu l'idée de les associer. Mais c'est réussi, je dois t'accorder ça !

Grace avait voulu que ce dessin évoque pour Jamie l'espoir et le printemps. Plutôt qu'une courtepointe, c'était un plaid léger que la jeune femme pourrait emporter avec elle à la clinique pour se réchauffer après ses séances de radiothérapie, par exemple. Les carrés d'étoffe étaient des imprimés dans des tons vert menthe, lavande, turquoise et rose pêche pour les « rubans » qui serpentaient à travers le dessin. Les autres membres du groupe n'étaient pas au courant de son cancer ; elles ne songeaient qu'au geste généreux de Jamie pour sa sœur.

Kate se leva et s'étira longuement.

— Excusez-moi… Mais il faut que je rentre à la maison ; Rory ne va pas tarder à revenir de l'école. J'ai terminé ma section.

— Quelqu'un a-t-il l'intention de rester pour m'aider à l'achever ? demanda Helen.

Dovey et Cathy répondirent par l'affirmative. Grace se leva à contrecœur.

— Mon petit-fils doit venir me chercher. Mais si vous finissez tout le piquage aujourd'hui, je pourrai coudre la bordure ce soir pour que nous puissions le lui offrir ensuite.

Elles s'entendirent pour que Cathy le lui apporte chez

elle le soir même, si la route était praticable. Grace lui fit promettre d'inventer une histoire plausible au cas où Jamie serait là. Elle alla ensuite récupérer son manteau. Il faisait un froid de canard, cet après-midi-là. Il fallait espérer que Kendra n'avait pas eu de problème pour ramener Jamie ; personne n'avait répondu quand elle avait appelé, tout à l'heure. Peut-être Jamie était-elle allée au bout du chemin pour récupérer Hannah à la descente du bus de ramassage scolaire.

Par la fenêtre qui donnait sur le parking, la vieille dame surveilla l'arrivée du pick-up de Cash et ne mit son bonnet et ses gants qu'en le voyant arriver.

Quand elle sortit, Cash était déjà descendu et venait à sa rencontre.

— Vous avez dû avoir beaucoup de travail aujourd'hui pour que tu sois encore là à cette heure-ci, lui dit-il en guise de salut.

Grace s'interrogea sur son humeur. Elle n'avait jamais considéré son petit-fils comme un garçon particulièrement facile à vivre, sous sa désinvolture apparente. Mais c'était un homme qui savait se contrôler, un homme droit et juste qui ne réagissait jamais sans réfléchir ; tout le monde n'était pas en mesure de discerner ce qui restait, en lui, de l'enfant fougueux et de l'adolescent impétueux qu'elle avait peut-être été la seule à comprendre vraiment. Sans doute l'aimait-elle encore davantage pour la manière dont il s'était accommodé de ce tempérament. Elle souhaitait seulement qu'il réussît à s'accommoder d'un autre aspect de sa personnalité — cette âme tendre et sensible qui avait fait de lui, après la mort de Kary, un écorché vif contraint de se cuirasser.

— Nous avons confectionné un patchwork pour Jamie, en souvenir de ce qu'elle a vécu ces derniers mois. Mais c'est une surprise. Le motif s'appelle « Shining Hour ».

Cash ne fit aucun commentaire. Grace essaya d'interpréter son silence, sans succès. Il lui ouvrit la portière et l'aida à se hisser sur le siège.

— Personne d'autre que moi n'est au courant pour le cancer, reprit-elle, tandis qu'il manœuvrait pour quitter le parking. Mais les membres du groupe voulaient faire quelque chose rien que pour elle ; quoi qu'elle en dise, ce ne sera pas évident pour elle de remettre ces nouveau-nés dans les bras de leurs parents. C'est un geste qui force l'admiration.

— Pourquoi est-ce que tu me parles de Jamie ?

— Il faut bien que l'un de nous deux en parle et comme ce ne sera pas toi… Il se trouve aussi que l'un de nous deux sait quelque chose que l'autre ignore, reprit-elle. Quelque chose à son propos et comme elle ne te dira rien, je suppose que c'est à moi de le faire.

— Ah bon ? Encore un secret inavouable ? Je n'ose même pas t'interroger.

— C'est indigne de toi, Cash ! Si tu as peur de m'interroger, c'est uniquement parce que tu as envie de tout savoir sur elle et que ça t'effraie. Tu es amoureux d'elle, n'est-ce pas ? Et pourtant, tu préférerais l'éliminer de tes pensées.

— Je trouve ton analyste un peu simpliste ; on dirait les paroles de quelque chansonnette à la guimauve.

— Je vais te dire ce qu'elle a fait et je te le montrerai ensuite, si tu penses pouvoir y jeter un coup d'œil avec un minimum d'objectivité. Elle a dessiné un projet pour le domaine…

Cash la regarda d'un air surpris.

— Ah, bon ? Quel genre de projet ?

— Un projet assez brillant, à mon avis. J'aimerais que tu en parles avec elle ; ça en vaut vraiment la peine, à mon avis. Elle ne l'a pas précisé, mais je suis sûre qu'elle songe à Rosslyn & Rosslyn pour l'aménagement du site.

— L'aménagement du site ?

— Oui ; il s'agit d'un projet immobilier, bien sûr.

— Quelque chose a dû m'échapper, mamie Grace ! Je croyais que tu t'opposais à toute idée de projet immobilier ?

— Oui, s'il s'agit du genre de lotissements qu'on voit fleurir partout, ces grosses maisons moches et prétentieuses, collées les unes aux autres, avec une pancarte qui indique : « Résidence des Vieux Chênes », sans un seul chêne en vue. De ça, je n'en veux pour rien au monde. Jamie non plus, évidemment…

— Tu vas te faire tirer tous les vers du nez un à un ? Tu sais parfaitement que je ne suis pas en mesure de demander quoi que ce soit à Jamie !

— C'est une position dans laquelle personne ne t'a forcé à te mettre.

Cash resta muet pendant un long moment. Grace n'avait pas lancé son offensive à la légère et savait que son silence pouvait se prolonger jusqu'à l'arrivée.

Mais, finalement, il reprit la parole.

— Ma vie est un fiasco, n'est-ce pas ?

Grace sentit des larmes lui piquer les yeux.

— Je n'irais pas jusque-là. Dieu sait qu'après tout, tu avais d'excellentes raisons de te méfier de ce que tu ressens.

— Parle-moi du projet…

— Jamie a sillonné le terrain en voiture ou à pied dans ses moindres recoins, depuis pas mal de temps. Elle a pris tellement de notes que les papeteries du coin ont dû faire fortune. Puis elle a dessiné une esquisse qu'elle m'a montrée un soir de la semaine dernière. L'idée générale, c'est qu'il y a pas mal d'endroits qui ne sont pas mis en valeur, dans le domaine : des panoramas que nous ne remarquons même plus, des rangées d'arbres morts qu'il faudrait abattre, pour dégager les autres. Jamie a donc isolé sept sites, où elle verrait bien des groupes de six à huit maisons bioclimatiques, bien intégrées dans l'environnement, disposées de façon à offrir une belle vue à chacune, au milieu d'un espace commun.

— Et l'exploitation, alors ?

— Le verger continuerait à occuper soixante à soixante-dix pour cent du terrain et il serait classé en zone verte préservée, de manière à ce que tout le monde sache dès le départ que rien ne pourra s'y construire.

— Quoi d'autre ?

— Elle envisagerait de transformer l'ancienne remise en bâtiment de loisirs collectif, avec salle de sports, salle de réceptions et peut-être quelques chambres d'invités à l'étage. Et l'une des granges pourrait être rénovée et divisée en ateliers pour des artisans locaux. Une partie des bénéfices de l'opération serait placée dans un fonds commun qui permettrait d'embaucher du personnel qualifié pour s'occuper du verger. Il paraît que les laboratoires de recherches agronomiques universitaires s'intéressent à ce genre de projet pour tester de nouvelles variétés d'arbres fruitiers ou aider les producteurs à passer à l'agriculture biologique.

C'était là un résumé assez bref des propositions de Jamie — un ensemble foisonnant d'idées audacieuses et innovantes destinées à tirer le meilleur parti d'un environnement exceptionnel tout en le préservant au maximum.

Cash ne se montra cependant pas aussi enthousiaste que sa grand-mère.

— Est-ce qu'elle a pensé aux sommes astronomiques qu'il faudrait investir là-dedans ? Car ce genre de projet immobilier rapportera peut-être assez d'argent pour continuer à maintenir l'exploitation et peut-être même donner quelques profits à long terme, mais les gens qui acceptent de participer à une grosse affaire immobilière en attendent des bénéfices énormes et beaucoup plus rapides que ça.

— Eh bien, ce n'est pas le cas de Jamie. Elle est prête à financer elle-même ce projet.

— Pourquoi ?

— Parce qu'elle en a les moyens, mon chéri. Et que ça lui plaît de sauvegarder un endroit plein de charme, en lui conservant son caractère authentique et en en faisant profiter plus de monde.

— Mamie Grace, Jamie se donne tout ce mal pour te faire plaisir ! Elle veut rendre tout le monde heureux — à tout prix.

— C'est sûrement ça en grande partie, mais ce n'est pas tout. L'idée en soi la passionne réellement. Je sais que ce serait aussi l'occasion, pour elle, de donner libre cours à sa créativité et de se faire un nom en tant qu'architecte. Elle aura bien entendu besoin d'une aide considérable. Elle a du talent mais aucune expérience — un peu comme moi quand j'ai décidé de reprendre l'exploitation de ce verger pendant la guerre.

Tandis qu'elle parlait, Cash ralentit à moins de trente à l'heure dans un virage, un peu avant l'embranchement du domaine. Grace sentit les pneus déraper légèrement sur une plaque de verglas, puis accrocher de nouveau. Elle attendit qu'ils aient repris une allure normale avant de conclure :

— Jamie appartient à cette espèce assez rare des gens qui sont prêts à tout donner quand l'opportunité se présente. Ayant touché le fond à un moment donné de sa vie, elle s'estime tellement heureuse d'avoir pu regagner la surface qu'elle a besoin d'exprimer sa gratitude à tous ceux qu'elle aime et de leur offrir une seconde chance, comme elle-même en a reçu une, un jour. Je peux comprendre qu'une telle générosité puisse faire fuir certains hommes, mais à mon avis, si tu sondes tes sentiments avec sincérité, tu verras que ce n'est pas ton cas.

— Tout le monde semble me comprendre à merveille, on dirait ; tout le monde, sauf moi !

— Je ne crois pas qu'il s'agisse de te comprendre toi-même ou pas, John Cashel Rosslyn ; mais plutôt d'admettre ce que tu sais déjà de toi et de redémarrer. Tu es resté trop longtemps au point mort.

— Jamie a dit que c'était terminé entre nous.

— Lui as-tu dit quelque chose du même genre ?

— En effet.

— Et tu le pensais ?

Cash soupira.

— Alors, nous pouvons raisonnablement supposer qu'elle ne le pensait pas davantage.

Grace s'attendait à une objection ; elle ne s'attendait pas au coup de frein brutal qui fit faire une embardée au véhicule et l'obligea à s'agripper au tableau de bord pour ne pas être plaquée à son siège par l'airbag.

Mais avant qu'elle ait pu demander ce qui se passait, Cash ouvrit sa portière et sauta du camion.

Elle comprit pourquoi. Hannah, sans veste ni bonnet par ce temps glacial, arrivait en courant au-devant d'eux sur le chemin. Elle se jeta dans les bras grands ouverts de Cash.

— Maman est en train d'avoir les bébés !

Grace s'apprêtait à lui demander ce qu'elle voulait dire, au juste, mais Cash ne lui en laissa pas le temps. Hissant Hannah dans le pick-up, il la poussa vers sa grand-mère, se remit au volant et démarra en trombe.

36

Jamie avait mûrement réfléchi tout au long de l'après-midi. Le matin, à 10 heures, elles avaient vu le Dr Raille, qui se montrait beaucoup plus accommodante depuis que cette affaire de cancer n'était plus un secret pour Kendra. Après tous les examens d'usage à ce stade de la grossesse, elle avait proposé à Jamie de provoquer l'accouchement maintenant que les jumeaux, des fœtus de trente-sept semaines, étaient considérés comme parvenus à terme à beaucoup d'égards. Ils pesaient tous les deux plus de trois kilos. Ils étaient prêts à venir au monde.

Kendra abondant dans le même sens, Jamie avait promis de donner sa réponse le lendemain. Pendant que sa sœur, après l'avoir déposée chez Grace, était redescendue chercher Alison à la maternelle, elle avait décidé d'accepter. Le moment était venu d'accoucher et le fait de programmer la naissance des jumeaux permettrait à tout le monde de se préparer sereinement à l'événement. Elle avait déjà assisté, avec Kendra, à deux séances obligatoires de préparation à l'accouchement sans douleur, quelque chose qui n'avait rien de nouveau pour elle mais pour sa sœur, si. Il ne servait à rien d'attendre une ou deux semaines de plus et cela lui permettrait d'avancer d'autant le début de sa radiothérapie.

Dès le retour de Kendra, Jamie avait appelé le cabinet

médical et reçu la promesse qu'ils lui fixeraient une date dès le lendemain, par téléphone. Puis, quand Hannah était arrivée à son tour par le bus de l'école, Jamie, Kendra et les filles avaient célébré les naissances imminentes en dégustant des cookies aux noisettes arrosés de cidre chaud. Il avait fallu raconter une fois de plus l'épisode du jour où les œufs de cœur canard avaient commencé à éclore.

Kendra s'était ensuite proposée de rester jusqu'au retour de Grace, mais Jamie l'avait gentiment mise à la porte. Elle avait vu le médecin le jour même, les filles étaient rentrées, le téléphone marchait et Grace ne devait plus tarder à arriver. Elle allait se reposer un peu.

Après le départ de sa sœur, la jeune femme alla se lover dans le canapé avec ses filles, pour visionner le DVD de *E.T.*

Tout d'un coup, une douleur fulgurante, qu'elle connaissait bien, lui traversa le corps, puis une flaque se forma sous elle. Elle était en train de perdre les eaux ; elle était en train d'accoucher. Et cela ne se passait certes pas en douceur.

Il n'y avait aucune raison de s'affoler, se dit-elle. Ses précédents accouchements avaient duré une bonne demi-journée. Elle demanda à Hannah de lui apporter le téléphone et s'aperçut alors qu'il n'y avait plus de tonalité. Une heure auparavant, quand elle avait appelé le Dr Raille, la ligne fonctionnait encore. Sans doute le gel avait-il provoqué des chutes d'arbres ou de grosses branches, endommageant les câbles téléphoniques.

Elle expliqua à ses filles pourquoi le canapé était mouillé, puis les laissa discuter de cet étrange phénomène biologique pendant qu'elle allait prendre une petite douche et se changer. Les contractions suivantes furent plus timides, mais un peu trop rapprochées à son goût.

Une fois rhabillée, elle songea à utiliser son téléphone portable et essaya de joindre Kendra. Peine perdue. Chaque fois qu'elle avait voulu se servir de son mobile à la ferme, la mauvaise qualité de la réception l'avait contrainte à sortir et à monter sur un petit promontoire, assez loin de la maison, où elle avait réussi à obtenir un signal.

Hannah vint la rejoindre dans la chambre, toute pâle, les sourcils froncés. Jamie essaya de la rassurer. Mamie Grace n'allait plus tarder à arriver ; il y aurait alors quelqu'un pour l'emmener à l'hôpital. Ce n'était pas urgent. Il ne fallait pas s'inquiéter.

Mais Hannah s'était inquiétée. Après dix minutes de repos et deux puissantes contractions, Jamie se rendit compte qu'elle devait absolument faire quelque chose. Elle se leva, trouva son sac et ses clés et gagna tant bien que mal le séjour où Alison était toujours scotchée devant l'écran. Hannah n'était plus là.

— Alison, où est ta sœur ? lui demanda Jamie.

— Elle est partie chercher Ed.

— Qui ça ?

Hannah était en fait partie chercher de l'aide. Jamie sentit ses jambes se dérober ; sa fille était dehors, toute seule, par le jour le plus froid de l'année.

— Il faut la retrouver !

Elle alla prendre l'anorak d'Alison dans l'entrée et découvrit celui d'Hannah qui pendait juste à côté ; la fillette ne s'était même pas couverte en sortant. Une autre contraction la fit grimacer et elle s'obligea à avancer quand même, ignorant le spasme bien identifiable d'une matrice décidée à chasser des hôtes qui s'attardaient un peu trop à son goût. Elle décrocha les deux anoraks et appela sa cadette ; Alison regimba, prenant son temps, mais finit par venir enfiler le vêtement.

— Je veux regarder *E.T.* !

— Il faut partir tout de suite, mais chérie. Les bébés arrivent et il faut retrouver Hannah.

— Elle est avec Ed !

— Elle est allée chercher de *l'aide*, Alison, du secours, parce que le téléphone ne marche pas. Et elle n'a même pas de manteau.

— Tu es malade ?

Jamie se sentait mal ; les contractions ne semblaient pas s'espacer et elle commençait à s'affoler. Tout en se faisant du souci pour Hannah, elle ne pouvait s'empêcher d'espérer que sa fille ait réussi à trouver un employé de l'exploitation ; malheureusement, c'était assez improbable. Le mois de janvier était celui où il y avait le moins de travail ; même les ouvriers agricoles permanents en profitaient pour aller rendre visite à leur famille ou chercher le soleil plus au sud.

— Je ne suis pas malade, mais il faut que j'aille d'urgence à l'hôpital, dit-elle en enfonçant un bonnet sur les boucles cuivrées de sa fille et en lui enfilant des mitaines. Il faut partir tout de suite. Tu dois m'écouter et faire ce que je te dis.

Alison hocha la tête, les yeux comme des soucoupes. Jamie prit l'anorak d'Isaac ; elle commençait à l'enfiler quand une nouvelle contraction la fit chanceler. Le souffle coupé, elle eut tout juste la force de se laisser choir sur une chaise de l'entrée, complètement effondrée.

La porte s'ouvrit et elle leva les yeux, craignant qu'Alison n'ait décidé d'aller rejoindre sa sœur. Mais c'est Cash qui entrait en coup de vent, tenant Hannah dans ses bras. Il posa la petite fille par terre et Hannah se précipita vers sa mère.

— Ça y est, maman, on est sauvées ! Cash est avec nous. Tout va s'arranger !

Jamie le regarda et vit des émotions contradictoires dans son regard.

— Est-ce que tu peux me conduire à l'hôpital ? lui demanda-t-elle d'une voix entrecoupée. Tu pourras me laisser là-bas ; Kendra et Isaac prendront le relais.

Cash s'agenouilla près d'elle et effleura sa joue d'un baiser.

— Oui, je t'emmène tout de suite, mon ange. Mais je ne me laisserai pas éconduire comme ça ; je resterai, que ça te plaise ou non. A moins que ce ne soit pas ce que tu veux ?

Le moment était mal choisi pour une réconciliation ; Jamie savait qu'il restait bien des choses à régler entre eux. Mais ce qu'elle entendit dans sa voix, ce qu'elle vit dans son regard, lui suffit. Elle n'avait besoin de rien d'autre.

— Tout ce que je veux, c'est toi, dit-elle en respirant le plus profondément possible. Toi… et ces bébés… hors de mon ventre !

Il esquissa un sourire, l'embrassa encore rapidement et se remit debout.

— Entendu. C'est comme si c'était fait.

Cela se fit, le plus naturellement du monde, mais pas à l'endroit prévu pour l'accouchement.

Ils n'auraient eu aucune chance d'arriver à temps à la clinique de Front Royal. Dès qu'ils eurent fait assez de route pour pouvoir se servir du portable, Jamie prévint le Dr Raille qui les expédia à l'hôpital le plus proche — celui de Woodstock, en promettant de les y rejoindre au plus tôt. Kendra et Isaac étant restés à Tom Brooks, cela ne pouvait tomber mieux.

A présent, les bébés étaient sur le point de venir au monde.

— Je t'ai dit… que j'étais… particulièrement douée… pour ça ! rappelait Jamie à sa sœur, qui lui épongeait le front entre deux poussées.

Cash et Isaac lui tenaient chacun une main. Au début, elle s'était réjouie d'avoir tout ce monde autour d'elle — surtout Cash —, mais à présent, elle aurait préféré qu'ils s'en aillent et la laissent un peu tranquille.

A en juger par ses précédentes expériences, c'était signe qu'un bébé était sur le point d'apparaître.

— En poussant encore une fois, ce devrait être bon ; bravo, mademoiselle Dunkirk, c'est parfait. Tout se passe comme sur des roulettes.

Jamie songea que le Dr Raille n'avait jamais manifesté autant d'enthousiasme ; sans doute économisait-elle le peu qu'elle avait en réserve pour ces moments-là.

Cash se pencha sur elle pour qu'elle puisse le voir.

— Alors, ça y est ? On commence à s'amuser ?

— Je ne m'amuse pas du tout !

— Tu es drôlement courageuse. Jamais — au grand jamais — je ne ferais ce que tu fais là !

Il essayait de la faire rire et il faillit réussir. Puis une autre contraction commença ; Jamie ferma les yeux et poussa, avec un petit cri déchirant.

— La tête commence à sortir, dit le Dr Raille. Bien, bien, bien ! Arrêtez de pousser, maintenant.

— Non !

Pantelante, Jamie réussit néanmoins à obtempérer ; au bout d'un moment, la contraction s'acheva sans que le bébé fût sorti. Il était presque là, de toute évidence, et Jamie avait l'impression d'être assez distendue pour accoucher elle-même d'un poulain. Tout était allé si vite qu'elle n'avait pas demandé de péridurale, estimant que ce serait préférable pour les jumeaux. A présent, elle le regrettait.

— Je veux… en finir ! dit-elle dans un souffle.

Kendra lui essuya encore le front.

— Je suis navrée. J'aimerais tellement pouvoir te relayer…

— Ce serait drôlement bien !

— Voilà, cette fois-ci, ça va y être. Madame Taylor, venez voir par ici. Ne poussez pas tout de suite, Jamie… Laissez la contraction faire le boulot.

— Facile à diiiire !

Elle poussa un cri et referma les yeux.

— Oh, regarde ! Regarde ! s'exclama Kendra.

Jamie ne regarda pas. Elle avait trop mal pour prêter attention à quoi que ce soit.

— Ouvre tes jolis yeux, ma mie, lui chuchota Cash à l'oreille ; et tu verras ton neveu apparaître.

Elle obtempéra, cette fois, rien que pour le faire taire et, dans le miroir disposé en face d'elle, vit le miracle s'accomplir. L'espace d'un instant, elle oublia tout le reste.

— Ma foi, c'est un garçon, annonça le Dr Raille ; mais ce n'est pas vraiment une surprise, n'est-ce pas ?

Jamie en avait assez vu ; avec un soupir, elle ferma de nouveau les yeux, incapable de penser à autre chose qu'à cette rémission temporaire.

Elle entendit un vagissement, suffisamment vigoureux pour la faire sourire faiblement. A ce stade de la naissance, pour ses filles, elle avait ressenti un tel élan d'amour maternel qu'elle s'était assise pour prendre le bébé dans ses bras, bien que le personnel médical lui déconseillât de le faire. Présentement, elle préférait garder ses forces pour le second round.

— Jamie, il est magnifique ! Je crois qu'il a les cheveux bouclés.

— Ça… je n'y suis… pour rien, répondit-elle aux

propos de Kendra qui semblaient lui parvenir d'une voix lointaine.

— Bien sûr que si ; il ne serait pas là, sans toi !

Jamie rouvrit les yeux à contrecœur. Kendra et Isaac tournaient autour de l'obstétricienne qui venait de couper le cordon.

— Laissez l'infirmière le peser, mais il a l'air robuste, dit le Dr Raille. A mon avis, il fait plus de trois kilos. Et son teint est correct. Vous pourrez le tenir dans un petit moment.

Sur le point de répondre, Jamie se rendit compte que le médecin s'adressait à sa sœur. Elle se sentit vaguement désorientée, comme si elle venait de remporter une course et qu'on remettait le trophée à une autre.

Cash se pencha encore sur elle.

— Je dois pouvoir le leur piquer une minute, si tu veux le tenir.

Elle fut touchée qu'il eût deviné ce qu'elle ressentait.

— Merci ; non… laissons Kendra et Isaac profiter de lui.

Il lui reprit la main.

— Qu'est-ce que je peux faire pour toi ?

— Tu m'as dit un jour que tu ne mettrais jamais les pieds dans une salle d'accouchement…

— J'en ai dit, des choses…, murmura-t-il, en lui caressant doucement les cheveux.

— Tu n'es pas là par pure compassion ?

Il rit.

— Je compatis, c'est sûr ! Je pensais ce que je t'ai dit : je me demande comment font toutes les femelles mammifères pour supporter ça.

— Cash… je ne referai… plus jamais ça. Tu en es conscient ?

— Ce n'est pas la peine. Je connais deux charmantes

petites filles, là-haut, à la ferme, qui me prennent pour un super héros. Ça suffit à mon bonheur.

Jamie refoula les larmes qui lui venaient aux yeux.

— Je regrette de ne pas t'avoir dit la vérité tout de suite.

— Apparemment, tu avais vu juste. J'avais trop peur de te perdre, mon cœur. Mais dorénavant, j'ai l'intention de prendre tout le temps que tu voudras bien me donner.

— Il risque d'y en avoir beaucoup !

— Repose-toi, lui dit Cash, tandis que le Dr Raille remettait le premier bébé à ses vrais parents, en attendant l'arrivée du second.

Le premier-né des jumeaux pesait 3kg 450 ; le second était à peine moins lourd. Tous deux passèrent leur premier examen médical sous les applaudissements du public. Ils n'étaient pas identiques, mais tout le monde s'accorda à dire qu'ils se ressemblaient. L'un semblait avoir les boucles auburn de Kendra, quoique passablement clairsemées. Les cheveux de l'autre étaient plus clairs et plutôt raides. Mais Jamie savait que ces caractéristiques pouvaient changer aussi rapidement que la couleur de leurs yeux — ce bleu sombre un peu vitreux des nouveau-nés.

Après sa délivrance, la jeune femme avait été installée dans une chambre, en compagnie de Cash qui comptait bien rester tant que personne ne le renverrait chez lui. Il y avait eu un moment de gêne, quand une conseillère en allaitement était venue voir si Jamie comptait donner le sein aux bébés. La brave dame était tellement déterminée à lui faire comprendre qu'il était possible d'allaiter des jumeaux que Jamie avait dû insister sur le fait qu'elle n'était pas la vraie mère.

— J'avais pensé utiliser un tire-lait pour les nourrir,

dit-elle après le départ de la femme. Rien que pour un mois ou deux. Mais avec ce qui m'attend maintenant, ce n'est plus envisageable.

— Tu as déjà fait des merveilles ; à présent, c'est à ta sœur de faire en sorte qu'ils aient tout ce qu'il leur faut.

Jamie se sentait complètement désorientée. Cette journée avait été particulièrement fertile en émotions fortes : le retour de Cash, la naissance des jumeaux, le transfert de responsabilité...

Kendra et Isaac étaient à la pouponnière avec les bébés et Jamie ressentait une sorte de flottement. Après la seconde naissance, elle avait tenu tour à tour chacun des jumeaux dans ses bras, s'était extasiée avec conviction sur leurs petits bouts de nez et leurs minuscules oreilles ; maintenant, ses bras lui semblaient bien vides.

— C'est plus difficile que tu le croyais ? lui demanda Cash.

Il s'assit au bord du lit et lui tendit un mouchoir.

— C'est à cause des hormones...

— C'est ce qui fait tourner le monde.

Jamie se moucha bruyamment.

— Je n'arrive pas à imaginer comment font les mères porteuses qui remettent les enfants, en sachant qu'elles ne les reverront jamais plus. Au moins, les jumeaux feront partie de ma vie ; ils restent mes neveux.

— Nos neveux, corrigea Cash en riant. Essaie d'expliquer ça à la brave dame qui voulait te faire allaiter, histoire de l'embrouiller un peu plus.

— Avec deux enfants, je suis déjà comblée. Et puis, ces jumeaux ne me ressemblent ni l'un, ni l'autre.

— Si tu trouves ça réellement important, la pauvre petite Alison a de quoi s'inquiéter.

Elle rit, mais son rire s'acheva en sanglot.

— Kendra et Isaac vont être tellement heureux, dit-elle en hoquetant.

— Ils le sont déjà.

— Je suis une vraie loque !

— Tu vas te ressaisir bien vite ; ce qui est une bonne chose, car j'ai l'impression que tu as de la visite.

Jamie entendit trottiner dans le couloir. La porte s'ouvrit presque aussitôt et les filles entrèrent en coup de vent.

— Nous nous sommes dit qu'un peu de compagnie pourrait te faire plaisir, dit Grace, dans leur sillage.

— Comment êtes-vous venues jusque-là ? leur demanda Jamie.

— En voiture avec Sandra, bien sûr. Ma fille est un amour : elle m'emmène partout où j'ai besoin d'aller et ne s'impatiente jamais à m'attendre.

Jamie ouvrit les bras et ses filles s'y jetèrent. Cash leur dit de faire attention, mais Jamie était ravie.

— Mes bébés à moi, leur dit-elle. Comme c'est gentil de venir me voir.

Alison grimpa sur le lit.

— On t'a apporté un cadeau.

Jamie regarda Grace, qui déplia devant elle un joli plaid en patchwork multicolore.

— Tout le groupe s'y est mis. Je n'ai pas eu le temps de terminer la bordure, mais je voulais te le montrer dès ce soir. Je dois le laver pour enlever les marques et il reste sûrement quelques fils à couper. Le motif s'appelle « Shining Hour » ; et ce soir, c'était bien ton heure de gloire.

Cette fois, Jamie ne put retenir ses larmes. Elle serra contre elle le plaid inachevé ; elle serra ses filles dans ses bras. Elle s'essuya les yeux.

— Il est magnifique ! J'en prendrai grand soin.

— Je n'en doute pas.

— Les bébés sont plus là ? demanda Alison, en tapotant avec précaution le ventre de sa mère.

— Ils sont avec tatie Kendra et tonton Isaac. Ils sont beaux comme tout. Tu verras !

— Comme les poussins de sœur canard ?

— Exactement.

— Je comptais descendre à pied jusqu'en bas de la montagne pour trouver de l'aide, dit Hannah. Jusqu'en bas !

— Tu es une véritable héroïne, lui dit Cash.

Il la souleva en l'air, puis la déposa sur le lit près de sa sœur. Hannah se pencha sur sa mère et lui chuchota à l'oreille

— Tu es triste, maman ?

Jamie écarta une mèche de la joue d'Hannah.

— Juste un peu ; mais je le serais bien plus si je ne vous avais pas, Alison et toi.

— On fera tout pour que tu sois contente ; mais ce sera peut-être pas toujours si facile que ça, des fois.

— Vous n'avez rien à faire de spécial ; il vous suffit d'être là. Le reste s'arrangera tout seul.

— Bon, alors comme ça, ça va…

Au bout d'un moment, Grace récupéra les filles pour les emmener voir leurs cousins, puis les ramener à la maison. Cash se retrouva de nouveau seul avec Jamie.

— Il va falloir que j'y aille aussi, dit-il ; mais ton médecin m'a dit que si tout se passe bien, tu pourras rentrer dès demain.

— Je sais et Kendra pourra emmener les bébés après-demain.

— Je viendrai te chercher. Et nous prendrons grand soin de toi à la maison. Tu n'auras qu'à lever le petit doigt et exiger ce que tu voudras…

Jamie lui tendit les bras et il s'assit près d'elle pour la prendre dans les siens.

— Je t'aime, Jamie, dit-il tendrement.

Elle eut l'impression que son cœur allait déborder.

— Eh, on dirait bien que tu es sincère !

— C'est drôlement difficile à dire…

— Je sais. C'est réciproque, ce qui facilite peut-être un peu les choses…

Il la serra un peu plus fort contre lui.

— Tant mieux ; je ne sais pas trop pourquoi tu m'aimes, mais c'est une nouvelle qui me comble de joie !

Après que l'infirmière fut venue le mettre à la porte, Jamie ne put cesser de penser à Cash, aux années qui allaient suivre : des années avec Cash, avec ses filles et avec ses neveux.

Elle tourna la tête en entendant la porte de sa chambre s'ouvrir. Kendra et Isaac apparurent, portant chacun un nouveau-né dans les bras. Une infirmière les suivait avec deux nacelles de la pouponnière.

— Comment ça va ? leur demanda Jamie, en s'efforçant de ne pas couver les bébés du regard.

— Nous nous sommes dit que tu aurais peut-être besoin de rester un peu seule avec ces petits bonshommes, répondit Isaac. Nous reviendrons plus tard. Mais il nous a semblé naturel que tu profites de l'occasion pour admirer ton œuvre et pouponner quelques instants, sans témoins.

— Oh…, demanda Jamie en reniflant. Vous êtes sûrs ?

Kendra s'approcha du lit, puis s'assit sur le bord et plaça l'un des nourrissons dans les bras de sa sœur.

— Lui, c'est Colin James. Colin, je te présente ta merveilleuse tante Jamie. Il faut qu'il fasse connaissance avec la femme qui va tenir une si grande place dans sa vie.

— Colin James. James ? reprit Jamie en levant les yeux.

— Quoi de mieux ?

Jamie écarta la petite couverture pour mieux voir son homonyme assoupi. C'était le bébé aux cheveux bouclés, le premier-né.

— Oh, il est mignon comme tout. Comment s'appelle son frère ?

— Logan John.

— John ?

— Comme John Cashel Rosslyn. Nous avons pensé qu'après nous, Cash et toi seriez les personnes les plus importantes dans leur entourage.

Jamie renifla encore.

— Je ne sais pas quoi dire…

— Absolument rien. Nous reviendrons dans un moment. Et quand tu en auras assez de tenir Colin, Logan sera juste là…

Isaac plaça l'autre jumeau dans la nacelle, puis tendit la main à sa femme. Kendra embrassa sa sœur et son fils sur la joue avant de se lever. Main dans la main, les heureux parents quittèrent la chambre sans se retourner ni l'un ni l'autre.

Jamie jeta encore un coup d'œil sur le bébé qui dormait et vit ses petites lèvres remuer légèrement. Elle sourit et ce fut comme si son âme, jusqu'en ses zones d'ombre, était soudain inondée de lumière. Pour la première fois depuis bien longtemps, elle sut que tout allait bien se passer. Une dizaine de mois plus tôt, elle avait fait ce choix-là. Le bon choix. A présent, ces deux beaux enfants faisaient leur entrée dans la vie grâce à elle.

Et elle ferait partie de leur existence. Kendra et Isaac étaient sortis sans un regard en arrière, comme pour lui exprimer leur confiance entière et absolue. Tous ensemble, ils formaient enfin une famille — une vraie famille au sens large, comme Kendra et elle n'en avaient jamais eu par le passé. Elle avait accompli exactement ce qu'elle espérait. Elle pouvait tourner la page et se pardonner enfin.

— Bonjour, Colin James, dit-elle, en se penchant pour déposer un baiser à l'endroit précis où sa mère venait de l'embrasser. Bienvenue sur cette terre, petit bonhomme. Nous allons être de grands copains, tous les trois. Je te le promets.

Épilogue

Grace n'aurait pas su dire quelle était sa saison favorite au verger. L'été était toujours cher à son cœur, avec les fleurs des champs qui jonchaient les flancs des collines et les fruits en train de mûrir sur les branches feuillues des pommiers. L'automne aussi, saison des récoltes, riche de fruits juteux aux teintes allant de l'or au rouge profond, sous le poids desquels les rameaux se courbaient gracieusement, parfois jusqu'à toucher terre. Elle aimait également le calme de l'hiver, les arbres qui se découpaient sur un ciel d'ardoise, telles des silhouettes saupoudrées de neige, où se perchait parfois quelque cardinal rouge — unique tache de couleur dans ce paysage monochrome.

Et puis, bien sûr, il y avait le printemps. Pommiers en fleur, parfums enivrants au détour des chemins bordés de haies d'églantines, terre tapissée de pétales nacrés entre les rangées d'arbres. Saison de promesses, saison d'espoir, le printemps avait peut-être, pour cela, sa secrète préférence, s'il lui fallait vraiment choisir.

Surtout en un jour tel que celui-là.

— Allez, les filles ! Est-ce que vous lui avez dit au revoir ? demanda-t-elle à Hannah et Alison.

— Je crois qu'elle reviendra nous voir de temps en temps, dit Hannah. J'en suis presque sûre, je le sens.

Grace hocha gravement la tête, réprimant un sourire.

— Moi aussi, je le pense. Mais il ne faudra pas s'inquiéter si elle ne le fait pas. Il est temps pour elle de fonder une famille, tu sais.

Alison était toute triste et une profonde réflexion assombrissait sa frimousse de petit lutin.

— Qui est-ce qui va lui donner à manger ?

— Chance peut se nourrir toute seule, maintenant. Pendant quelques semaines, nous irons peut-être lui mettre un peu de fourrage dans les bois, pour lui laisser le temps de chercher ce qui est bon à manger pour elle dans la nature.

— Mais je serai trop seule, sans elle ! se plaignit la fillette, d'une petite voix tremblante.

Alison et Hannah ne resteraient pas seules bien longtemps. Le mois précédent, l'une des chiennes de Gig avait mis bas une portée de chiots qu'il cherchait à placer. Jamie et Cash comptaient emmener les filles en choisir un ; comme elles n'arriveraient probablement pas à se mettre d'accord, il y avait de fortes chances pour qu'ils reviennent avec deux chiots au lieu d'un, ce qui, en définitive, serait parfait pour eux.

La vieille dame posa une main sur l'épaule de la petite fille.

— Dis-toi qu'elle sera plus heureuse dans un troupeau. Elle s'est déjà fait des amis. Alors, les filles, on y va, maintenant ?

— Attends ! Voilà maman et Cash ! dit Hannah, en pointant le doigt vers la maison.

Grace mit une main en visière au-dessus de ses yeux et vit effectivement Jamie et son petit-fils se diriger vers eux, main dans la main.

La jeune femme portait un foulard de soie bleue enroulé

en turban autour de la tête et un cardigan de la même teinte. Cash, en veste de sport et pantalon de toile beige, ne manquait pas d'allure non plus.

Près de trois mois avaient passé depuis la naissance de Colin et Logan. Jamie et les filles habitaient encore à la ferme, pour la plus grande joie de Grace. Cash s'était installé au chalet, tandis que les Taylor emménageaient dans leur maison toute neuve, ravis d'avoir leur entrepreneur sous la main pour les petits ajustements inévitables.

Après avoir consulté quelques-uns des meilleurs spécialistes de la région, Jamie avait entamé une chimiothérapie programmée en deux temps, avec une radiothérapie de trente séances, intercalée entre les deux. Elle achevait maintenant sa seconde série de chimio. La première fois, ses cheveux n'étaient pas tous tombés et elle les avait fait couper court pour créer un effet de volume. Cette fois, elle s'était résignée à une calvitie provisoire. Kendra lui avait promis de l'emmener choisir une jolie perruque et de s'en acheter une aussi, histoire de changer un peu de tête.

Le pronostic de la jeune femme était bon. Les médecins ne garantissent jamais rien, mais les résultats de ses examens étaient encourageants et toutes les statistiques, en sa faveur. Elle bénéficiait des meilleurs soins possibles et ne négligeait aucune précaution. Cash souhaitait l'épouser sitôt la seconde chimio terminée, bien que Jamie insistât pour attendre d'avoir les cheveux assez fournis pour y accrocher un voile.

Grace pensait qu'en réalité, Jamie attendait que le groupe de patchwork ait réussi à se mettre d'accord sur le genre de couvre-lit matrimonial à confectionner pour les futurs époux. Helen proposait un motif traditionnel, tandis que Grace penchait pour un dessin abstrait évoquant de grosses pommes rouges, en pièces d'étoffes juxtaposées sur fond de fleurs éclatées.

— Je suis contente de ne pas avoir manqué ça, dit Jamie en prenant ses deux filles contre elle. Chance viendra vous voir de temps en temps, c'est sûr !

— Tu veux que je me charge de l'inauguration ? demanda Cash à sa grand-mère.

Grace acquiesça et Cash alla ouvrir la barrière de l'enclos. Chance regarda autour d'elle d'un œil soupçonneux, comme si elle flairait quelque piège, un peu intriguée par ce rassemblement. Puis elle franchit le passage d'un trot léger, pour la énième fois de l'année. Cette fois, cependant, elle ne trouverait plus la porte ouverte au cas où elle reviendrait. Elle était prête à vivre sa vie de biche ; pour rejoindre un troupeau, elle devait être entièrement autonome.

— Au revoir, Chance, au revoir ! crièrent les filles à l'unisson.

L'animal s'éloigna en direction du bois, trottinant avec désinvolture. Quelques secondes plus tard, elle avait disparu entre les arbres.

— Sam et Elisa sont là, annonça Jamie à ses filles, essayant manifestement de chasser leurs idées noires. Sandra et Manning sont aussi arrivés. Il ne manque plus que Kendra et Isaac.

Grace guida Alison et Hannah en direction de la maison. Prêtes à aller raconter leur mésaventure à un public conquis, elles partirent en courant dans un tourbillon de jupons fleuris.

Jamie prit le bras de Cash et, ensemble, ils leur emboîtèrent le pas.

— Kendra n'a pas encore le tour de main pour préparer deux bébés à la fois et les embarquer en voiture.

— Il lui faudrait un camion, avec tout le bazar qu'elle transporte !

— Les jumeaux vont être en retard pour leur baptême ;

jusqu'ici, Kendra avait toujours fait preuve d'une ponctualité irréprochable.

Comme pour la faire mentir, un bruit de moteur se fit entendre de l'autre côté de la ferme. Cash mit une main en visière au-dessus de ses yeux et regarda la voiture arriver.

— Tu crois qu'ils pourront se débrouiller tout seuls ?

— Pour les garçons, oui ; mais pour tout le reste, non.

Cash l'embrassa sur la joue et s'éloigna pour aller aider son frère et sa belle-sœur. Jamie prit Grace par le bras et les deux femmes suivirent à leur rythme.

— Comment te sens-tu, Jamie ?

— Un peu lasse, mais c'est une superbe journée pour une superbe occasion.

Grace songea à tous les changements survenus en un an. Même si toutes les personnes présentes ce jour-là n'étaient pas à proprement parler des membres de la famille de Ben, elle était sûre qu'il les aurait considérées comme tels et sa présence lui manquait tout particulièrement, en pareille circonstance.

A l'endroit où le chemin faisait une fourche, Grace tourna en direction de la maison.

— Allons rejoindre les autres à l'intérieur ; avec Cash, ta sœur a toute l'aide qu'il lui faut…

La jeune femme n'émit aucune objection.

Dans le séjour, elle trouva un fauteuil près de la cheminée et alla bavarder avec Elisa Kinkade, plus jolie que jamais dans sa robe confectionnée dans un tissu typique du Guatemala.

— Bien des rites de passage ont dû être célébrés ici, j'imagine, dit Sam, en s'approchant d'elles.

Grace appréciait beaucoup leur jeune pasteur dont la

générosité et la prévenance avaient contribué à la rapprocher de la communauté chrétienne de Tom Brooks ; il lui arrivait même, désormais, de se joindre à Sandra et Manning pour l'office dominical.

— Des gens sont nés ici ; des gens y sont morts. Et des gens y ont été conçus, ajouta-t-elle avec un clin d'œil. Mais à ma connaissance, je ne crois pas qu'il y ait jamais eu un baptême ; pas dans les années où j'y ai séjourné, en tout cas.

— Chaque chose en son temps.

— Excusez notre retard…

Isaac entra dans la pièce avec l'un des bébés enroulé dans sa petite courtepointe aux couleurs acidulées. Plissant les yeux, Grace jugea que ce devait être Logan, bien que la ressemblance des jumeaux s'accrût à mesure qu'ils grandissaient.

Jamie tendit les bras et Isaac lui confia son fils pour aller chercher le reste des affaires dans la voiture. Kendra arriva avec le second bébé emmitouflé dans l'autre plaid, le remit promptement à Elisa et rejoignit son mari dehors.

Quand ils eurent apporté tout ce qu'il leur fallait et repris possession de leur progéniture, Sam alla s'entretenir un moment avec eux ; puis il se tourna vers l'assistance.

— Tant que les garçons ont l'air contents, je suggère de profiter de l'aubaine…

Quelques rires fusèrent dans la pièce. Grace alla se placer près de sa fille et lui prit la main. Manning avait l'air sérieux, presque sévère, qu'il affichait généralement pour masquer ses émotions ; mais quand Sandra lui prit la main et la serra dans la sienne, il se pencha et l'embrassa sur la joue. Grace avait toujours été fière de sa fille, mais jamais autant qu'à présent. Car Sandra avait chaleureusement accueilli Isaac au sein de sa famille et pouponnait ses nouveaux « petits-fils » avec toute l'affection d'une véritable grand-mère.

Kendra, Isaac et Sam se placèrent face aux autres. Cash et Jamie — parrain et marraine des bébés — allèrent les rejoindre.

— C'est toujours un bonheur pour moi de célébrer la venue au monde d'un enfant..., commença Sam. Mais je dois vous avouer que je n'ai jamais été aussi heureux de le faire que pour ces jumeaux, Colin James et Logan John Taylor, deux précieux petits garçons qui sont venus au monde dans des circonstances tout à fait exceptionnelles — un geste d'amour d'une jeune femme pour sa sœur.

Hannah s'approcha et vint s'appuyer contre la hanche de Grace, tandis qu'Alison se faufilait à son tour jusque devant elle. Grace sentit l'émotion l'envahir. Elle se remémora l'époque où elle avait bien cru que l'avenir ne lui apporterait plus grand-chose de bon. Et voilà qu'à plus de quatre-vingts ans, la joie avait encore frappé à sa porte, la comblant de richesses incomparables.

Elle sentit alors, comme souvent dans cette pièce, la présence de Ben à ses côtés et elle sourit aux anges.

Remerciements

Quand les romans prennent vie pour leurs lecteurs, de nouvelles idées intéressantes peuvent prendre forme. Une idée de ce genre m'a été suggérée par Pam Brown, de Muscatine (Iowa), lors d'une séance de dédicace dans une exposition de patchworks. Je remercie donc Pam, qui n'a pas hésité à venir me parler, d'avoir entraîné mon imagination dans une direction inédite et extrêmement fructueuse. Un grand merci, en outre, à Jasmine, Karen, Connie et Diane dont l'énergie et la créativité m'ont beaucoup aidée dans l'élaboration de ce livre.

Deux sœurs ont répondu à ma quête d'une courtepointe au motif «Sister's Choice» pour la couverture du livre. L'une avait confectionné le patchwork, l'autre l'avait reçu en cadeau. Je remercie Kathy Rankin et Jeanne Prue de me l'avoir prêté. La courtepointe de Jeanne, offerte à Kathy pour fêter sa réussite aux examens, était exactement l'ouvrage qu'il fallait pour illustrer un roman sur l'amour entre deux sœurs.

BestSellers

A paraître ce mois-ci

Best-Sellers n°392 • roman

Des roses pour Rebecca - Margaret Kaine

Lorsque Ian et Rebecca s'étaient rencontrés, tout les séparait. Pourtant, entre eux, le coup de foudre avait été immédiat. Rebecca aimait à se rappeler comment il lui avait fait découvrir la sensualité et le plaisir d'être femme, un plaisir duquel un enfant allait naître. Et voilà qu'aujourd'hui, alors qu'elle venait lui annoncer cette merveilleuse nouvelle, tout s'écroulait autour d'elle : disparu dans un accident, Ian ne verrait jamais grandir la petite fille qu'elle portait en elle. Désormais seule au monde, Rebecca va devoir réapprendre le goût de la vie et de l'amour…

Best-Sellers n°393 • suspense

Visions - Lisa Jackson

Terrorisée par le cauchemar d'une scène de meurtre si réaliste que son sang se glace, Olivia Benchet est certaine que le crime qu'elle a vu est réel. Une certitude qui l'incite à aller trouver le célèbre inspecteur Rick Bentz, un homme solitaire et secret dont elle gagne peu à peu la confiance. Mais malgré l'aide et la protection de Bentz, Olivia doit affronter seule les visions qui continuent de la terrifier, tout en lui révélant peu à peu des indices sur l'assassin.

Best-Sellers n°394 • thriller

Mort sur la ville - Alex Kava

Piégés par l'auteur d'une mystérieuse missive, le profileur Maggie O'Dell et son patron Cunningham, tous deux agents du FBI, se retrouvent en contact avec une fillette de 4 ans et sa mère en proie à une violente fièvre hémorragique. Au même moment, des enveloppes sont adressées à des personnes apparemment sans lien entre elles et qui développent par la suite des symptômes alarmants. Une véritable course contre la montre s'engage pour Maggie et son équipier Tully, afin d'enrayer la propagation fulgurante d'une arme de mort incontrôlable.

Best-Sellers n°395 • suspense

L'héritage maudit - Heather Graham

A peine arrivé à La Nouvelle-Orléans dans la plantation dont il a hérité, le détective privé Aidan Flynn trouve des ossements humains. Des crimes récents, selon Aidan. Rien de bien intéressant, selon la police. Décidé à percer seul ce mystère, il fait appel à Kendall Montgomery, une jeune femme qui affirme non seulement être dotée de visions prémonitoires, mais aussi être en contact avec les fantômes qui hantent la propriété. Car Aidan soupçonne qu'en plus de cette demeure, il a également hérité d'un sombre secret de famille.

Best-Sellers n°396 • roman

Le temps des promesses - Emilie Richards

Rongée par le remords d'avoir jadis abandonné Kendra, sa sœur aînée, Jamie se rend au cœur de Shenandoah Valley pour offrir à sa sœur ce qu'elle estime lui devoir depuis longtemps. Grâce à ses talents d'architecte, elle dessine à Kendra la maison que celle-ci a toujours voulue. Mais ce n'est pas seulement pour l'aider à bâtir ce rêve que Jamie est revenue. C'est aussi pour offrir à Kendra un cadeau inestimable : celui d'un enfant. L'enfant que Kendra et son mari Isaac désirent de tout leur cœur mais ne peuvent concevoir.

Best-Sellers n°397 • historique

Un palais sous la neige - Rosemary Rogers

Angleterre et Russie, 1820

Pour échapper à un beau-père qui veut la mettre dans son lit, Brianna Quinn espère l'aide du duc de Huntley, son tuteur et ami d'enfance. Mais, à la place de ce dernier, c'est son jumeau, Edmond Summerville, qui lui offre sa protection… Brianna accepte bien malgré elle, car Edmond est tout l'opposé de son frère : débauché et séducteur. On raconte même qu'il est un homme de main du Tsar. Aussi, lorsqu'il décide de l'emmener en Russie avec lui, Brianna est-elle soudain prise d'angoisse : auprès d'un tel homme, sa vertu et sa vie sont plus que jamais en danger…

Best-Sellers n°398 • suspense

L'ultime refuge - Nora Roberts

Depuis qu'un inconnu lui envoie des photos inquiétantes sur lesquelles elle croit se reconnaître, Jo Hathaway vit en permanence dans la terreur. Une terreur qui monte encore d'un cran le jour où elle s'aperçoit que l'un des clichés ne la représente pas elle, mais sa mère, Annabelle, disparue vingt ans plus tôt sans laisser de traces… Peu après, la photo est subtilisée dans son appartement. Sans preuve à fournir à la police, et épuisée par la tension et la peur, Jo se réfugie alors dans la maison familiale, sur une île au large de la Géorgie. Là, espère-t-elle, elle sera en sécurité. Mais Jo pourrait bien avoir trouvé là son dernier refuge…

Composé et édité par les
éditions Harlequin

Achevé d'imprimer en août 2009

CPI Bussière

à Saint-Amand-Montrond (Cher)
Dépôt légal : septembre 2009
N° d'imprimeur : 90948 — N° d'éditeur : 14471

Imprimé en France